Tan muerto como tú

Tan muerto como tú

Peter James

Traducción de Jorge Rizzo

Rocaeditorial

Título original inglés: *Dead like you*
© Really Scary Books / Peter James, 2010.

Primera edición: septiembre de 2011

© de la traducción: Jorge Rizzo
© de esta edición: Roca Editorial de Libros, S. L.
Av. Marquès de l'Argentera, 17, pral.
08003 Barcelona.
info@rocaeditorial.com
www.rocaeditorial.com

Impreso por Egedsa
Roís de Corella, 12-16, nave 1
Sabadell (Barcelona)

ISBN: 978-84-9918-342-8
Depósito legal: B. 27.006-2011

A Anna-Lisa Lindeblad-Davies

Capítulo 1

Jueves, 25 de diciembre de 1997

*T*odos cometemos errores, constantemente. La mayoría de ellos son cosas triviales, como olvidarse de devolver una llamada, de poner dinero en un parquímetro o de recoger la leche del supermercado. Pero en ocasiones —por fortuna muy pocas veces— cometemos ese gran error.

El tipo de error que puede acabar costándonos la vida.

El tipo de error que cometió Rachael Ryan.

Y tendría mucho tiempo para pensar en ello.

Si... hubiera bebido menos. Si... no hubiera hecho tantísimo frío. Si... no se hubiera puesto a llover. Si... no hubiera habido una cola de un centenar de personas igual de bebidas que ella esperando taxis en East Street a las dos de la mañana aquella Nochebuena. Si... su piso no hubiera estado a tiro de piedra, a diferencia del de sus compañeras de fiesta, Tracey y Jade, que estaban igual de bebidas pero vivían lejos, en la otra punta de Brighton.

Si... hubiera escuchado a Tracey y a Jade cuando le dijeron que no fuera tan tonta, que habría montones de taxis, que solo tendrían que esperar un rato.

Todo el cuerpo se le puso rígido de la excitación. Tras dos horas observando, por fin la mujer que había esperado se adentraba en la calle. Iba a pie, y sola. ¡Perfecto!

Llevaba una minifalda y un chal sobre los hombros, y parecía contonearse un poco, por la bebida y quizá por la altura de los tacones. Tenía unas piernas bonitas. Pero lo que le interesaba realmente eran los zapatos. Aquel tipo de zapatos. De tacón alto y con tira en el tobillo. Le gustaban las tiras en el tobillo. Más de cerca, bajo la luz amarillenta de las farolas, pudo ver a través de los binoculares, por el parabrisas trasero, que eran brillantes, como esperaba.

¡Unos zapatos muy sensuales!

¡Era exactamente su tipo!

¡Dios, qué contenta estaba de haber decidido ir a pie! ¡Menuda cola! Y todos los taxis que habían pasado desde entonces iban llenos. Sintiendo la brisa y la fresca llovizna en el rostro, Rachael dejó atrás a paso ligero las tiendas de Saint James's Street, luego giró por Paston Place, donde el viento se hizo más intenso y le movió su larga melena castaña hacia el rostro. Ella se dirigió hacia el paseo marítimo y giró a la izquierda por su calle, que tenía una serie de casas victorianas adosadas; allí el viento y la lluvia le enmarañaron el cabello aún más. La verdad es que ya le daba igual. A lo lejos oyó el aullido de una sirena, una ambulancia o un coche de la policía, pensó.

Pasó junto a un automóvil pequeño con los cristales empañados, a través de los cuales distinguió la silueta de una pareja que se hacía arrumacos, y sintió una punzada de tristeza y una repentina añoranza por Liam, al que había dejado seis meses atrás. El muy cabrón le había sido infiel. Sí, vale, le había rogado que le perdonara, pero ella sabía que volvería a hacerlo una y otra vez: era de esos. Sin embargo, había momentos en que lo echaba muchísimo de menos. Se preguntó dónde estaría en aquel momento, qué estaría haciendo esa noche, con quién estaría. Con una chica, por supuesto.

Mientras que ella estaba sola.

Ella, Tracey y Jade. «Las tres tristes solteronas», como se llamaban a sí mismas en broma. Pero había algo de verdad en aquello, y resultaba hiriente. Tras dos años y medio de relación con el hombre con el que se había convencido de que acabaría casada, resultaba muy duro volver a estar sola. Especialmente en Navidad, con todos aquellos recuerdos.

Desde luego, había sido un año de mierda. En agosto, la princesa Diana había muerto. Y luego su vida se había ido al garete.

Echó un vistazo al reloj. Eran las 2.35. Sacó el teléfono móvil del bolso y marcó el número de Jade. Su amiga le dijo que aún estaban esperando en la cola. Rachael le contestó que ella ya estaba casi en casa. Les deseó una feliz Navidad a ella y a Tracey y les dijo que se verían en Nochevieja.

—¡Espero que Papá Noel se porte bien contigo, Rach! —dijo Jade—. ¡Y dile que no se olvide de las pilas si te trae un vibrador!

A lo lejos oyó que Tracey se carcajeaba.

—¡Que os den! —respondió, con una mueca.

Luego volvió a meter el teléfono en el bolso y siguió adelante, trastabillando. Estuvo a punto de darse un batacazo cuando un tacón de sus carísimos Kurt Geiger, comprados la semana anterior en unas rebajas, se quedó encajado entre dos losetas. Por un momento se planteó la idea de quitárselos, pero ya estaba casi en casa, así que siguió adelante.

Gracias a la caminata y a la lluvia se sentía algo más despejada, pero aún estaba demasiado colocada como para extrañarse de que en plena Nochebuena, casi a las tres de la mañana, hubiera un tipo con una gorra de béisbol intentando sacar una nevera de una furgoneta.

Cuando llegó a su altura la tenía mitad dentro, mitad fuera. Rachael vio que se debatía bajo lo que parecía un peso enorme; de pronto el hombre soltó un grito de dolor.

Ella se acercó dando una carrera, instintivamente, como hubiera hecho cualquier buena persona.

—¡Mi espalda! ¡El disco! ¡Me he cargado un disco! ¡Dios mío!

—¿Puedo ayudarle?

Fue lo último que recordaría haber dicho.

Estaba inclinada hacia delante. Sintió algo húmedo pegado a la nariz y un olor penetrante y acre.

Y perdió el conocimiento.

11

Capítulo 2

Miércoles, 31 de diciembre de 2009

*Y*ac habló por aquella cosa de metal instalada en el alto muro de ladrillo.

—¡Su taxi! —anunció.

Entonces las puertas se abrieron: unas elegantes verjas de hierro forjado pintado de negro, con puntas doradas en lo alto. Volvió a subirse a su Peugeot blanco y turquesa y recorrió el corto camino de acceso a la puerta. Había arbustos a ambos lados, pero él no sabía qué plantas eran. De momento se estaba aprendiendo los árboles, a los arbustos no había llegado.

Yac tenía cuarenta y dos años. Llevaba un traje con una camisa bien planchada y una corbata cuidadosamente escogida. Le gustaba vestirse bien para trabajar. Siempre iba afeitado, llevaba el pelo corto y peinado hacia delante, lo que le formaba una pequeña cresta en el flequillo, y se ponía desodorante en las axilas. Era consciente de que era importante no oler mal. Siempre se miraba las uñas de las manos y de los pies antes de salir de casa. Siempre le daba cuerda al reloj. Siempre comprobaba el teléfono por si tenía mensajes. Pero solo tenía cinco números almacenados en el teléfono, y únicamente cuatro personas tenían su número, así que no era habitual que los hubiera.

Echó un vistazo al reloj del salpicadero: 18.30. Bien. Tenía treinta minutos hasta la hora de su té. Mucho tiempo. Su termo esperaba en el asiento del acompañante.

El camino de acceso acababa en un círculo, con un murete bajo en el centro, con una fuente que estaba iluminada con luces verdes. Yac la rodeó con cuidado, dejó atrás una puerta de garaje de cuatro hojas y la fachada lateral de la enorme casa y se detuvo junto a las escaleras que llevaban a la puerta principal. Era una puerta enorme, de aspecto importante, y estaba cerrada.

Empezó a impacientarse. No le gustaba que los pasajeros no estuvieran ya en el exterior, porque nunca sabía cuánto tendría que esperar. Y había muchas decisiones que tomar.

No sabía si apagar el motor o no. Y si lo hacía, ¿debería apagar también las luces? Pero antes de apagar el motor había que hacer unas comprobaciones. Gasolina: tres cuartos de depósito. Aceite: presión normal. Temperatura: la correcta. ¡El taxi tenía tantas cosas que había que recordar! Entre ellas poner en marcha el taxímetro si no aparecían al cabo de cinco minutos. Pero lo más importante de todo era beberse el té, cada hora, a las horas en punto. Comprobó que el termo siguiera allí. Allí estaba.

En realidad no era su taxi. Pertenecía a un tipo que conocía. Yac solo era un conductor a sueldo. Llevaba el taxi las horas que su propietario no quería conducir. Sobre todo de noche. Algunas noches más horas que otras. Y aquel día era Nochevieja. Iba a ser una noche muy larga, y había empezado pronto. Pero a Yac no le importaba. La noche le daba igual. Para él era como el día, solo que más oscura.

La puerta principal se abrió. Él se puso rígido y respiró hondo, tal como le había enseñado su terapeuta. En realidad no le gustaba que los pasajeros se metieran en su taxi e invadieran su espacio, salvo las mujeres con bonitos zapatos. Pero tenía que aguantar hasta que llegaran a su destino; luego se los sacaba de encima y volvía a ser libre.

Estaban saliendo de la casa. El hombre era alto y delgado, con el pelo engominado hacia atrás. Llevaba esmoquin y pajarita y sostenía el abrigo sobre el brazo. Ella llevaba una chaqueta de pieles y una melena pelirroja que le caía alrededor de la cabeza. Tenía un aspecto espléndido, como el de las actrices famosas, esas que veía en los periódicos que la gente dejaba en su taxi o que salían en la tele, cuando cubrían la llegada de las estrellas a los estrenos.

Pero lo que él miraba no era la mujer en sí. Observaba sus

13

zapatos: ante negro, tres tiras en el tobillo, tacón alto con un aplique de metal brillante por los bordes de las suelas.

—Buenas noches —dijo el hombre, abriendo la puerta del taxi para que pasara la mujer—. Hotel Metropole, por favor.

—Bonitos zapatos —le dijo Yac a la mujer, a modo de respuesta—. Jimmy Choo, ¿ajá?

Ella soltó un gritito complacido.

—¡Sí, tiene razón! ¡Lo son!

También reconoció el embriagador perfume, pero no dijo nada: «Intrusion, de Oscar de la Renta», se dijo. Le gustaba.

Puso en marcha el motor y al cabo de un momento hizo todas sus comprobaciones mentales: «Taxímetro en marcha. Cinturones de seguridad. Puertas cerradas. Poner marcha. Quitar freno de mano». No se había cerciorado de la correcta presión de las ruedas desde la última carrera, pero eso había sido hacía media hora, así que seguramente estaría bien. «Mirar por el espejo.» Cuando lo hizo, vio otra vez el rostro de la mujer por un momento. Estaba claro que era guapa. Le gustaría volver a ver sus zapatos.

—A la entrada principal —dijo el hombre.

Yac hizo el cálculo mientras recorría la vía de acceso hasta la calle: 2,516 millas. Memorizaba las distancias. Conocía casi todas las de la ciudad, porque había memorizado las calles. Había 4.428 yardas hasta el Hilton Brighton Metropole, recalculó; o 2,186 millas náuticas, o 4,04897 kilómetros, o 0,404847 millas suecas. La tarifa rondaría las 9,20 libras, según el tráfico.

—¿Tienen ustedes cisternas bajas o altas en los baños de su casa? —preguntó.

Tras unos momentos de silencio, mientras Yac se integraba al tráfico de la calle, el hombre echó una mirada a la mujer, levantó las cejas y dijo:

—Bajas. ¿Por qué?

—¿Cuántos baños tienen en casa? Supongo que tienen muchos, ¿verdad? ¿Ajá?

—Los suficientes —respondió el hombre.

—Yo podría enseñarle dónde hay un buen ejemplo de váter de cisterna alta: está en Worthing. Podría llevarle a verlo, si le interesa —propuso, con evidente esperanza en la voz—. Es un buen ejemplar. En los baños públicos, cerca del muelle.

—No, gracias. No es lo mío.

La pareja mantuvo silencio en el asiento trasero.

Yac siguió conduciendo. Bajo la luz de las farolas de la calle, podía verles la cara por el retrovisor.

—Si tienen cisternas bajas, seguro que son de esas de botón —insistió.

—Pues sí —respondió el hombre. Entonces se llevó el teléfono a la oreja y respondió una llamada.

Yac le observó por el retrovisor. Luego cruzó la mirada con la de la mujer.

—Tiene una talla cinco, ¿verdad? De zapato.

—¡Sí! ¿Cómo lo ha sabido?

—Lo he visto. Siempre lo veo. Ajá.

—¡Qué buena vista! —dijo ella.

Yac se calló. Probablemente estaba hablando de más. El propietario del taxi le había dicho que había recibido alguna queja porque hablaba demasiado. El tipo le dijo que la gente no siempre quiere conversación. Yac no quería perder su trabajo. Así que permaneció en silencio. Pensó en los zapatos de la mujer mientras se dirigía hacia el paseo marítimo de Brighton y giraba a la izquierda. De pronto una ráfaga de viento azotó el taxi. Había mucho tráfico y discurría lento. Pero no se equivocaba con respecto a la carrera.

Cuando paró frente a la entrada del hotel Metropole, el taxímetro marcaba 9,20 libras.

El hombre le dio diez libras y le dijo que se quedara el cambio.

Yac los vio entrar en el hotel. Vio que la melena de la mujer se agitaba por el viento, y que los zapatos Jimmy Choo desaparecían por la puerta giratoria. Bonitos zapatos. Estaba excitado.

Excitado ante la perspectiva de la noche que le esperaba.

Habría muchos más zapatos. Zapatos especiales para una noche muy especial.

Capítulo 3

Miércoles, 31 de diciembre de 2009

*E*l superintendente Roy Grace miró por la ventana de su despacho y contempló el oscuro vacío de la noche, las luces del aparcamiento del supermercado ASDA al otro lado de la calle y, más allá, las lejanas luces de la ciudad de Brighton y Hove, y oyó el aullido del viento racheado. Sintió en la mejilla el frío soplo que se colaba por el fino resquicio de la ventana.

Nochevieja. Echó un vistazo a su reloj de pulsera: las seis y cuarto. Hora de marcharse. Hora de abandonar aquel desesperado intento de limpiar su escritorio de papeles y volverse a casa.

Era lo mismo cada Nochevieja, reflexionó. Siempre se prometía que haría limpieza, que se ocuparía de todos aquellos papelotes y que empezaría el año con la mesa limpia. Y siempre fracasaba. Al día siguiente volvería y se encontraría un día más el lío de siempre. Aún mayor que el del año anterior, que a su vez había sido mayor que la de un año antes.

Todos los dosieres de la Fiscalía General correspondientes a los casos que había investigado el año anterior estaban apilados en el suelo. A su lado había unos pequeños bloques de cajas de cartón azul apiladas y cajones de plástico verde llenos de casos sin resolver, o «casos fríos», como los llamaban antes. Él prefería el nombre antiguo.

Aunque su trabajo estaba relacionado sobre todo con asesinatos actuales y otros delitos importantes, le preocupaban mucho sus casos fríos, hasta el punto de que sentía una conexión personal con cada víctima. Pero no había podido dedicarles mucho tiempo a aquellos dosieres, pues había sido un año inusualmente ajetreado. Primero, habían enterrado vivo a un joven en un ataúd la noche de su despedida de soltero. Luego habían destapado una retorcida trama de películas *snuff*, tras lo cual había llegado un complejo caso de homicidios con robo de identidades, y después había pillado a un asesino doble que había fingido su desaparición. Pero sus buenos resultados no habían suscitado grandes reconocimientos por parte de su jefa, la subdirectora Alison Vosper, que estaba a punto de abandonar la unidad.

Quizás el año nuevo fuera mejor. Desde luego, resultaba prometedor. El lunes empezaba un nuevo subdirector, Peter Rigg. Faltaban cinco días. El mismo lunes, para aliviar su carga, empezaría un nuevo equipo de casos fríos formado por tres agentes veteranos a su mando.

Pero lo más importante de todo era que su querida Cleo iba a dar a luz a su hijo en junio. Y antes de aquello, en una fecha aún por determinar, se casarían, en cuanto eliminaran el único obstáculo que se les interponía.

Su esposa, Sandy.

Había desaparecido nueve años y medio antes, en el trigésimo cumpleaños de Roy y, a pesar de todos sus esfuerzos, no había tenido noticia de ella desde aquel momento. No sabía si había sido secuestrada o asesinada, si había huido con un amante, si había sufrido un accidente o si sencillamente había fingido su desaparición cuidando todos los detalles.

Los últimos nueve años, hasta el inicio de su relación con Cleo Morey, Roy había pasado casi todo su tiempo libre inmerso en una infructuosa investigación para descubrir lo que le había pasado a Sandy. Ahora por fin empezaba a relegarla al pasado. Había contratado a un abogado para conseguir que la declararan muerta desde un punto de vista legal. Esperaba que pudieran acelerar el proceso para poder casarse antes de que naciera el niño. Además, aunque Sandy hubiera aparecido de pronto de la nada, no tenía ninguna intención de recuperar su vida en común, lo había decidido. Había pasado página, o eso creía.

Movió varios montones de documentos de un lado al otro del escritorio. Los apiló unos sobre otros, daba la impresión

17

de que la mesa estaba más despejada, aunque los expedientes por resolver fueran los mismos.

Qué curioso, cómo cambiaba la vida, pensó. Sandy odiaba la Nochevieja. Se quejaba de lo artificioso que era todo aquello. Siempre la pasaban con otra pareja, un colega del cuerpo, Dick Pope, y su esposa, Leslie. Siempre en algún restaurante elegante. Luego, para no variar, Sandy analizaría toda la velada y no dejaría títere con cabeza.

Con Sandy se había acostumbrado a ver la llegada de la Nochevieja con un entusiasmo cada vez menor. Pero ahora, con Cleo, le hacía una ilusión tremenda. Iban a pasarla en casa, solos los dos, dándose un banquete con sus platos preferidos. ¡Qué delicia! El único inconveniente era que aquella semana era el oficial de guardia, con lo que podían llamarle a cualquier hora —lo que significaba que no podía beber—. Aunque, eso sí, había decidido que se concedería unos sorbos de champán a medianoche.

No veía el momento de volver a casa. Estaba tan enamorado de Cleo que había muchos momentos del día en que le dominaba una necesidad irresistible de verla, de abrazarla, de tocarla, de oír su voz, de ver su sonrisa. Era exactamente lo que sentía en aquel momento, y no había nada que deseara más que salir de allí e irse a casa de Cleo, que, a todos los efectos, se había convertido ya en la suya propia.

Solo le detenía una cosa: todas aquellas malditas cajas azules y verdes por el suelo. Tenía que prepararlo todo para que el nuevo equipo de casos fríos lo encontrara en orden el lunes, primer día de trabajo oficial del año nuevo. Y aquello significaba que le quedaban aún varias horas de trabajo.

Así que se tuvo que conformar con enviarle a Cleo un SMS con una línea de besos.

El año anterior, por primera vez, había conseguido delegar todos aquellos casos fríos en un colega. Pero no había funcionado, y ahora los había recuperado. Cinco delitos graves sin resolver de un total de veinticinco que había que volver a investigar. ¿Por dónde narices iba a empezar?

De inmediato le vinieron a la cabeza las palabras de *Alicia en el País de las Maravillas*, de Lewis Carroll: «Empieza por el principio y sigue hasta que llegues al final: entonces párate».

18

Así que empezó por el principio. Solo cinco minutos, pensó, luego lo dejaría por aquel año y se volvería a casa, con Cleo. En respuesta a sus pensamientos, su teléfono emitió un pitido que indicaba la llegada de un mensaje. Era una fila de besos aún más larga.

Con una sonrisa en la cara, abrió el primer dosier y echó un vistazo al informe de actividades. Cada seis meses los laboratorios de ADN hacían controles rutinarios de las víctimas de los casos fríos. Nunca se sabe. Así habían conseguido llevar a juicio a más de un delincuente que habría pensado durante mucho tiempo que había escapado de la justicia, pero que ahora estaba en la cárcel gracias a los adelantos en las técnicas de obtención y de cotejo de ADN.

El segundo dosier era un caso que a Roy siempre le había tocado la fibra: el joven Tommy Lytle. Veintisiete años atrás, a los once años de edad, Tommy había salido del colegio una tarde de febrero en dirección a casa. La única pista del caso era una furgoneta Morris Minor vista cerca de la escena del asesinato del chico, que después sería registrada. Según los archivos, era evidente que el inspector al mando en aquel momento estaba convencido de que el propietario de la furgoneta era el asesino, pero no consiguieron encontrar las pistas forenses necesarias para relacionar al chico con la furgoneta. El hombre, un tipo raro y solitario con un historial de delitos sexuales, quedó libre. Grace sabía perfectamente que seguía vivito y coleando.

Pasó al siguiente dosier: la Operación Houdini.

El Hombre del Zapato.

Los nombres de las operaciones se obtenían a partir de propuestas hechas al azar por el sistema informático del Departamento de Investigación Criminal. A veces el nombre tenía sentido, como en esta ocasión. Al igual que el gran escapista, hasta el momento este delincuente en particular había conseguido esquivar las redes de la Policía.

El Hombre del Zapato había violado —o había intentado violar— a un mínimo de cinco mujeres en la zona de Brighton durante un corto periodo de tiempo en 1997, y con toda probabilidad había violado y matado a una sexta víctima cuyo cuerpo nunca había sido hallado. Y puede que fueran

19

muchas más; muchas mujeres se avergüenzan o quedan demasiado traumatizadas como para denunciar una agresión sexual. No se había encontrado ninguna muestra de ADN en las víctimas que habían presentado denuncia en su momento. Pero las técnicas para obtenerlo eran menos efectivas en aquella época.

Lo único que tenían para trabajar era el modus operandi del agresor. Casi todos los delincuentes tienen uno propio. Un modo de hacer las cosas. Su «firma» particular. Y el Hombre del Zapato tenía uno muy característico: se llevaba las medias de sus víctimas y uno de sus zapatos. Pero solo si los zapatos eran muy elegantes.

Grace odiaba a los violadores. Sabía que toda víctima de un delito sufría un trauma de algún modo. Pero la mayoría de las víctimas de robos con allanamiento o atracos conseguían superarlo con el tiempo y seguían adelante. Las de abusos o agresiones sexuales, en particular los niños y las mujeres violadas, nunca se recuperaban del todo. La vida les cambiaba completamente. Se pasaban el resto de sus días viviendo con el recuerdo, haciendo un esfuerzo para soportarlo, para mantener controlada la sensación de asco, de rabia y de miedo.

Por duro que resultara, es un hecho que la mayoría de las agresiones sexuales son obra de conocidos de las víctimas. Las violaciones cometidas por extraños son muy infrecuentes, pero también las hay. Y no es raro que los denominados «extraños violadores» se lleven un recuerdo, un trofeo. Como el Hombre del Zapato.

Grace pasó una cuantas páginas del grueso dosier y analizó las comparaciones con otras violaciones registradas en el país. En particular, había un caso más al norte, en la misma época, que presentaba similitudes sorprendentes. Pero aquel sospechoso había sido eliminado, ya que las pruebas habían determinado sin ningún género de dudas que no pudo haber sido la misma persona.

«Bueno, Hombre del Zapato —pensó Grace—, ¿sigues vivo? Y si es así, ¿dónde estás ahora?»

Capítulo 4

Miércoles, 31 de diciembre de 2009

*N*icola Taylor se preguntaba cuándo acabaría aquella noche infernal, sin que se imaginara que su infierno personal ni siquiera había empezado.

«El infierno son los demás», escribió un día Jean-Paul Sartre, y ella estaba de acuerdo. En aquel preciso momento, el infierno era aquel borracho de la pajarita de su derecha, que le estaba aplastando todos los huesos de la mano, y el de su izquierda, aún más borracho y con aquella zarpa sudorosa tan grasienta como un trozo de panceta.

Y los otros trescientos cincuenta borrachos escandalosos que la rodeaban.

Los dos hombres le tiraban de los brazos arriba y abajo, casi arrancándoselos del tronco, mientras la banda del salón de actos del hotel Metropole atacaba el clásico *Auld lang syne* al dar la medianoche. El hombre de su derecha llevaba un bigote de plástico de Groucho Marx cogido con una pinza al tabique entre los orificios nasales, y el de su izquierda, cuya grasienta mano se había pasado gran parte de la noche intentando avanzar por su muslo, empezó a hacer sonar un silbato que parecía el pedo de un pato.

Habría deseado estar en cualquier otro lugar. Ojalá se hubiera mantenido firme y se hubiera quedado en casa, bien calentita, con una botella de vino y la televisión, tal como había pasado la mayoría de las noches del año que se acababa, desde que su marido la había abandonado por su secretaria de veinticuatro años.

Pero no, sus amigas Olivia, Becky y Deanne habían insistido en que «de ningún modo» iban a dejar que pasara la Nochevieja deprimiéndose en casa, a solas. Nigel no iba a volver, le aseguraron. La veinteañera estaba embarazada. No valía la pena. Había muchos más peces en el mar. Ya era hora de que saliera a buscarse la vida.

¿Y aquello era buscarse la vida?

Sintió cómo le tiraban de ambos brazos a la vez hacia arriba. Luego se vio arrastrada hacia delante al ritmo de la canción, y a punto estuvo de caerse de lo alto de los tacones de sus indecentemente caros zapatos Marc Jacobs. Un momento después se veía arrastrada hacia atrás, trastabillando.

«*Should auld acquaintance be forgot...*»,[1] cantaba la banda.

Pues sí, claro que sí que habría que olvidarlas. ¡Y también las actuales!

Solo que ella no podía olvidar. No podía olvidar todas aquellas noches de fin de año en que, al llegar la medianoche, había mirado a Nigel a los ojos y le había dicho que le quería, y él le había contestado que él también. Le pesaba el corazón, le pesaba horrores. No estaba lista para aquello. No era el momento, aún no.

La canción por fin acabó, y el señor Panceta Grasienta escupió su silbato, la agarró de las mejillas y le plantó un beso baboso e interminable en los labios.

—¡Feliz Año Nuevo! —barboteó.

Entonces cayeron globos del techo. Una lluvia de serpentinas la cubrió. A su alrededor solo veía caras alegres y sonrientes. La abrazaron, la besaron y la magrearon por todas partes. Aquello no tenía fin.

Nadie lo notaría si se escapaba en aquel momento.

Se abrió paso a través de la sala, esquivando un mar de gente, y salió al pasillo. Sintió una fría corriente de aire y el dulce olor del humo de un cigarrillo. ¡Dios, qué bien le iría un cigarrillo en aquel momento!

---

1. «¿Deberían olvidarse las viejas amistades...?». Letra de la canción tradicional escocesa *Auld lang syne. (N. del T.)*

Se encaminó hacia el pasillo, que estaba casi desierto, giró a la derecha y salió al vestíbulo del hotel; lo cruzó y se dirigió a los ascensores. Llamó. Se abrieron las puertas, entró y pulsó el botón para ir a la quinta planta.

Con un poco de suerte, todos estarían demasiado borrachos como para notar su ausencia. A lo mejor debería haber bebido más, y así tendría ganas de fiesta. Ella estaba absolutamente sobria, así que podría haberse ido a casa en coche sin problemas, pero había pagado la habitación para aquella noche y tenía todas sus cosas dentro. Quizá podría pedir un poco de champán al servicio de habitaciones, ver una película en la tele y agarrarse un pedo ella solita.

Al salir del ascensor, sacó la tarjeta de plástico que servía de llave de la habitación del interior de su bolso de noche Chanel de lamé plateado (una imitación que había comprado en Dubái en un viaje que había hecho con Nigel dos años atrás).

Observó a una mujer rubia y delgada —de unos cuarenta y tantos, supuso— a unos metros. Llevaba un vestido de noche, con mangas largas, y parecía que no conseguía abrir su puerta. Al llegar a su altura, la mujer, que estaba muy borracha, se giró hacia ella:

—No puedo meter esta maldita tarjeta. ¿Sabe cómo funcionan? —masculló, tendiéndole la tarjeta-llave.

—Creo que tiene que meterla y sacarla bastante rápido —dijo Nicola.

—Eso ya lo he probado.

—Déjeme probar a mí.

Nicola, solícita, cogió la tarjeta y la metió en la ranura. Cuando la sacó, vio una luz verde y oyó un clic.

Casi de inmediato notó algo húmedo apretado contra la cara, un olor dulce en la nariz y un ardor en los ojos. Sintió un golpe en la nuca y cayó tropezando hacia delante. Lo siguiente fue el impacto de la moqueta contra su rostro.

23

Capítulo 5

Jueves, 25 de diciembre de 1997

*E*n la oscuridad, Rachael Ryan oyó el tintineo de la hebilla del cinturón del hombre. Un ruido metálico. El roce de sus ropas. El sonido de su respiración, rápida, salvaje. Tenía un dolor de cabeza insoportable.

—Por favor, no me haga daño —rogó—. Por favor, no.

La furgoneta se agitaba con las frecuentes ráfagas de viento del exterior. De vez en cuando pasaba algún vehículo que arrojaba un chorro de luz blanca al interior con los focos, mientras el terror se iba apoderando de ella. En aquellos momentos era cuando podía verle con mayor claridad. El pasamontañas negro en la cabeza, con minúsculas aberturas para los ojos, las fosas nasales y la boca. Los vaqueros anchos y la chaqueta de chándal. El pequeño cuchillo curvado que sostenía con la mano izquierda, cubierta con un guante, el mismo cuchillo con que decía que la dejaría ciega si gritaba o si intentaba huir.

La fina capa sobre la que estaba tirada emanaba un olor a húmedo, como de sacos viejos, que se mezclaba con el casi imperceptible de la tapicería de plástico y el de gasoil, mucho más penetrante.

Rachael vio cómo se bajaba los pantalones y se quedó mirando los calzoncillos blancos, las piernas delgadas y sin pelos. Se bajó los calzoncillos, mostrando el pequeño pene, corto y fino como la cabeza de una serpiente. Le vio hurgar en el bolsillo con la mano derecha y sacar algo brillante. Un paquetito cuadrado. Lo abrió con el cuchillo, respirando aún más fuerte y sacando algo del interior. Un condón.

La mente de Rachael era un hervidero de pensamientos. ¿Un condón? ¿Estaba mostrándose considerado? Si tenía la consideración de usar un condón, ¿de verdad sería capaz de atacarla con el cuchillo?

—Vamos a ponernos el condón —dijo él, jadeando—. Hoy en día sacan ADN de todas partes. Y con el ADN pueden pillarte. No voy a dejarte un regalito para la Policía. Pónmela dura.

Ella tuvo un escalofrío de asco al ver la cabeza de la serpiente que se acercaba a sus labios, y vio que la cara de él se iluminaba de pronto otra vez con el paso de otro coche. Había gente fuera. Oyó voces en la calle. Risas. Pensó que si pudiera hacer ruido —golpear el lateral de la furgoneta, gritar— alguien acudiría, alguien lo detendría.

Se preguntó por un momento si no sería mejor excitarle, hacer que se corriera, y entonces quizá la dejaría escapar y desaparecería. Pero sentía demasiado asco, demasiada rabia... y demasiadas dudas.

Ahora oía su respiración aún más intensa. Sus gruñidos. Lo veía tocándose. ¡No era más que un pervertido, un pervertido asqueroso, y no iba a pasar por aquello!

De pronto, espoleada por el valor que le daba el alcohol que llevaba dentro, le agarró el sudoroso y depilado escroto y le apretó las pelotas con ambas manos con todas sus fuerzas. Él se echó atrás, jadeando de dolor. La chica aprovechó ese momento para arrancarle el pasamontañas y meterle los dedos en los ojos, en los dos, intentando sacárselos con las uñas, gritando con todas sus fuerzas.

Solo que su grito, como en la peor de las pesadillas, le salió mudo, convertido en un leve estertor.

Entonces sintió un tremendo golpe en la sien.

—¡Hija de puta!

Le asestó otro puñetazo. La máscara de dolor y rabia que era su cara, convertida en una imagen borrosa, estaba a unos centímetros de la suya. Volvió a sentir su puño, una y otra vez.

Todo giraba a su alrededor.

Y de pronto sintió que le arrancaba las medias y que la penetraba. Intentó echarse atrás, separarse, pero la tenía bien agarrada.

«Esta no soy yo. Este no es mi cuerpo.»

Se sintió completamente ajena a su cuerpo. Por un instante se preguntó si aquello no sería una pesadilla de la que no conseguía despertarse. En el interior de su cabeza se encendían luces. Luego se fundían.

Capítulo 6

Jueves, 1 de enero de 2010

*E*ra Año Nuevo. ¡Y la marea estaba alta!

A Yac le gustaba mucho que la marea estuviera alta. Sabía que estaba así porque sentía que su casa se movía, se elevaba, balanceándose levemente. Su casa era un barco carbonero Humber Keel llamado *Tom Newbound*, pintado de azul y blanco. No sabía de dónde le venía aquel nombre al barco, pero era propiedad de una mujer llamada Jo, que era enfermera, y de su marido, Howard, que era carpintero. Yac los había llevado a casa una noche en su taxi y ellos habían sido muy amables. Con el tiempo se habían convertido en sus mejores amigos. Le encantaba el barco, le gustaba pasar tiempo en él y ayudar a Howard con la pintura, con el barniz o con la limpieza en general.

Un día le dijeron que se iban a vivir un tiempo a Goa, en la India; no sabían cuánto estarían allí. A Yac le disgustaba perder a sus amigos y sus visitas al barco. Pero le dijeron que querían que alguien se ocupara de su embarcación y de su gato.

Yac llevaba allí dos años. Poco antes de Navidad había recibido una llamada de ellos, diciéndole que iban a quedarse al menos un año más.

Aquello significaba que podía quedarse allí al menos un año más, lo que le hacía muy feliz. Y además tenía el premio de la noche anterior, un nuevo par de zapatos, lo que también le hacía muy feliz…

Zapatos de cuero rojo, con una curvatura preciosa, seis tiras, una hebilla y tacones de aguja de quince centímetros.

Los dejó en el suelo, junto a su «litera». Había aprendido términos náuticos. En realidad era una cama, pero en un barco se le llamaba «litera». Igual que al sótano no lo llamaban «bodega», sino «sentina».

Podría navegar desde allí a cualquier puerto del Reino Unido; había memorizado todas las cartas del Almirantazgo. Solo que el barco no tenía motor. Un día le gustaría tener una embarcación propia, con un motor, y entonces navegaría a todos esos lugares que tenía almacenados en su cabeza. Ajá.

Bosun le pasó el morro por la mano que tenía colgando al lado de la litera. En el barco, ese enorme gato de manto rojizo era el jefe. El verdadero patrón. Yac sabía que el animal lo consideraba su criado. A él no le importaba. El gato nunca había vomitado en su taxi, como algunas personas.

El olor del caro zapato llenó las fosas nasales de Yac. Oh, sí. ¡El paraíso! Despertarse con un nuevo par de zapatos.

¡Y marea alta!

Aquello era lo mejor de vivir en el agua. Nunca oías pasos. Yac había intentado vivir en la ciudad, pero no había funcionado. No podía soportar el sugerente sonido de todos aquellos zapatos repiqueteando a su alrededor cuando intentaba dormir. Allí no pasaba, en los amarres del río Adur, en Shoreham Beach. Solo el golpeteo del agua, tal vez el silencio de las marismas. El chillido de las gaviotas. A veces el llanto del bebé de ocho meses del barco de al lado.

Con un poco de suerte, el niño se caería en el fango y se ahogaría.

Pero de momento, Yac esperaba ansioso el día que se le presentaba. Levantarse de la cama. Examinar sus zapatos nuevos. Y luego catalogarlos. Después, quizá, contemplar su colección, que guardaba en los lugares secretos que había encontrado y convertido en suyos en el barco. Era donde guardaba, entre otras cosas, su colección de planos de cableado. Luego se iría a su pequeño despacho en la proa y se pasaría un rato frente al ordenador portátil, conectado.

¿Qué mejor modo podía haber de empezar un año nuevo?

Pero primero tenía que acordarse de dar de comer al gato.

Pero antes de aquello tenía que cepillarse los dientes.

Y antes, tenía que ir al baño.

Luego tendría que hacer todas las comprobaciones del barco y marcarlas en la lista que le habían dado los propietarios. Lo primero de la lista era comprobar los sedales. Después tenía que comprobar que no hubiera filtraciones. Las filtraciones no eran nada bueno. Luego tenía que comprobar los cabos del amarre. La lista era larga, y repasarla entera le hacía sentirse bien. Le gustaba sentir que lo necesitaban.

Lo necesitaba el señor Raj Dibdoon, propietario del taxi.

Lo necesitaban la enfermera y el carpintero, dueños de su casa.

Lo necesitaba el gato.

¡Y esa mañana tenía un par de zapatos nuevos!

Era una buena forma de iniciar un nuevo año.

Ajá.

Capítulo 7

Jueves, 1 de enero de 2010

Carlo Diomei estaba cansado. Y cuando estaba cansado se sentía deprimido, como en aquel momento. No le gustaban aquellos inviernos ingleses, largos y húmedos. Echaba de menos el frío seco de su Courmayeur natal, en lo alto de los Alpes italianos. Añoraba la nieve en invierno y el sol en verano. Extrañaba ponerse los esquís cuando tenía un día libre y pasar unas horas estupendas a solas, lejos de la multitud de turistas que llenaban las estaciones, bajando por pistas que solo él y unos cuantos guías locales conocían.

Solo le quedaba un año más de contrato que cumplir y luego esperaba poder volver a las montañas y, con un poco de suerte, conseguir un puesto de director de hotel allí, donde tenía a todos sus amigos.

Pero de momento allí le pagaban bien, y la experiencia en aquel famoso hotel supondría un buen espaldarazo para su carrera. ¡Eso sí, vaya inicio de año más miserable el suyo!

Normalmente, como director titular del hotel Metropole de Brighton, tenía un horario fijo, lo que le permitía pasar las tardes en casa, en su apartamento de alquiler con vistas al mar, en compañía de su esposa y sus hijos, un niño de dos años y una niña de cuatro. Pero, de entre todas las noches, el encargado del turno de noche había escogido la anterior, Nochevieja, para contraer la gripe. Así que había tenido que volver y reemplazarlo, con una breve pausa de dos horas para regresar a casa a la carrera, acostar a sus hijos, desearle a su mujer un feliz Año Nuevo brindando con agua mineral, en lugar del champán con que pensaban pasar la noche, y volver a toda prisa al trabajo para supervisar todas las celebraciones de Año Nuevo que organizaba el hotel.

Llevaba trabajando dieciocho horas seguidas. Estaba agotado. Dentro de media hora dejaría al subdirector al mando y por fin podría irse a casa, celebrarlo con un cigarrillo, que necesitaba desesperadamente, y tumbarse en la cama y recuperar algo de sueño, que necesitaba aún más.

El teléfono sonó en su minúsculo despacho, separado del mostrador de recepción por una pared.

—Carlo —respondió.

Era Daniela de Rosa, la gobernanta, otra italiana, de Milán. Una camarera la había alertado sobre la habitación 547. Eran las 12.30, había pasado media hora de la hora del *check-out* y el cartelito de «No molestar» seguía colgado en el pomo de la puerta. No le habían respondido cuando había llamado repetidamente a la puerta ni al llamar por teléfono.

Carlo bostezó. Sería alguien durmiendo la mona. Qué envidia. Tecleó algo en el ordenador para ver quién era el ocupante de la habitación. El nombre que salía era Marsha Morris. Marcó el número de teléfono personalmente y oyó que sonaba, sin respuesta. Llamó otra vez a Daniela de Rosa.

—Bueno —dijo, resignado—. Ya subo.

Cinco minutos más tarde, salió del ascensor en la quinta planta y recorrió el pasillo, hasta el lugar donde estaba la gobernanta. Llamó con decisión a la puerta. No hubo respuesta. Volvió a llamar. Esperó. Luego, usando su llave maestra, abrió la puerta poco a poco yambos entraron.

—Hola —dijo Carlo en voz baja.

Las pesadas cortinas aún estaban cerradas, pero en la semioscuridad pudo distinguir la silueta de alguien echado en la amplia cama.

—¡Hola! —insistió—. ¡Buenos días!

Detectó un mínimo movimiento en la cama.

—¡Hola! —repitió—. Buenos días, señora Morris. ¡Hola! ¡Feliz Año Nuevo!

No hubo respuesta. Solo otro pequeño movimiento.

Tanteó la pared en busca de los interruptores y apretó uno. Varias lámparas se iluminaron a la vez. Entonces pudieron ver a una mujer esbelta y desnuda, con grandes pechos, una larga melena pelirroja y un denso triángulo de vello púbico, abierta de piernas en la cama. Tenía los brazos y las piernas en cruz y estaba atada con cuerdas blancas. El motivo de que no respondiera quedó claro inmediatamente cuando se acercó. Sintió una presión cada vez más acuciante en la garganta. A ambos lados de la boca, bajo la cinta adhesiva, asomaban los extremos de una toallita.

—¡Oh, Dios mío! —exclamó la gobernanta.

Carlo Diomei se lanzó hacia la cama, con el cerebro cansado de intentar comprender lo que estaba viendo sin conseguirlo del todo. ¿Sería algún tipo de extraño juego sexual? ¿Estaría el marido, el novio, o quien fuera, observando desde el baño? Los ojos de la mujer le miraron, desesperados.

Corrió hacia el baño y abrió la puerta completamente, pero estaba vacío. Había visto cosas raras en las habitaciones de los hoteles, y en otro tiempo había tenido que enfrentarse a algunas escenas muy retorcidas, pero, por un momento, por primera vez en su carrera, no tuvo claro qué hacer. ¿Habían interrumpido algún juego sexual perverso? ¿O había algo más?

La mujer le miró con unos ojos pequeños y asustados. Él se sentía avergonzado de verla desnuda. Hizo de tripas corazón e intentó quitarle la cinta adhesiva, pero al dar el primer tirón, la mujer echó la cabeza atrás violentamente. Estaba claro que le dolía. Pero tenía que quitársela, de eso no había duda. Debía hablar con ella. Así pues, se la fue despegando de la piel con la máxima suavidad posible, hasta que pudo sacarle la toalla de la boca.

Al instante, la mujer empezó a parlotear atropelladamente, entre lágrimas.

Capítulo 8

Jueves, 1 de enero de 2010

*H*acía mucho, pensó Roy, que no se sentía tan bien un día de Año Nuevo. Hasta donde le alcanzaba la memoria, salvo por las veces en que había estado de guardia, ese día siempre había empezado con un intenso dolor de cabeza y la misma sensación insuperable de desespero que acompañaba a la resaca.

Los primeros días de Año Nuevo tras la desaparición de Sandy había bebido aún más: sus amigos íntimos Dick y Leslie Pope no querían ni oír hablar de que se quedara solo e insistían en que lo celebrara con ellos. Y, casi como si fuera un legado de Sandy, había empezado a aborrecer las fiestas.

Pero en esta ocasión había sido completamente diferente. No recordaba una Nochevieja más sobria ni más agradable que aquella.

Para empezar, a Cleo le encantaba la idea de celebrar el Año Nuevo. Lo que hacía aún más irónico el hecho de que estuviera embarazada y que no pudiera beber demasiado. Pero a él no le importaba: estaba contento con el mero hecho de estar a su lado, celebrando no solo la llegada del nuevo año, sino también su futuro juntos.

Y también celebraba en silencio el hecho de que su irascible jefa, Alison Vosper, ya no estaría allí para enturbiarle el ánimo casi a diario. No veía la hora de la primera reunión con su nuevo jefe, el subdirector Peter Rigg, el lunes siguiente.

Lo único que había conseguido saber de aquel hombre hasta entonces había sido que era un maniático del detalle, que le gustaba implicarse personalmente y que aguantaba pocas tonterías.

Para su alivio, la mañana en la Sussex House, cuartel general del Departamento de Investigación Criminal, había sido tranquila, así que se había dedicado a las gestiones burocráticas y había hecho grandes progresos, sin dejar de echar un vistazo periódicamente a «la lista» (la lista de incidentes registrados en la ciudad de Brighton y Hove) en el ordenador.

Tal como era de esperar, se habían producido unos cuantos incidentes en los bares, pubs y clubes, en su mayoría riñas y algunos robos de bolsos. Observó un par de colisiones de tráfico leves, un «doméstico» —una pelea de pareja—, una queja por el ruido de una fiesta, un perro perdido, una moto robada y un hombre desnudo corriendo por Western Road. Pero ahora acababa de aparecer un caso grave. Era una denuncia de violación en el elegante hotel Metropole de Brighton. Había entrado en la lista hacía unos minutos, a las 12.55.

Había cuatro categorías principales de violaciones: extraño, conocido, cita y pareja. De momento en la lista no se hacía mención de qué tipo era en este caso. La Nochevieja era uno de aquellos momentos en los que los hombres perdían el control con la bebida y podían llegar a forzar a sus parejas, tanto ocasionales como estables, y este incidente muy probablemente se encuadraría en una de esas dos categorías. Desde luego era algo serio, pero no era probable que lo adjudicaran a la Brigada de Delitos Graves.

Veinte minutos más tarde, estaba a punto de cruzar la calle en dirección al supermercado ASDA, que hacía las funciones de cantina de la comisaría, para comprarse un bocadillo para el almuerzo, cuando sonó el teléfono interno.

Era David Alcorn, un inspector que conocía y que le caía bien. Alcorn trabajaba en la comisaría con más movimiento de toda la ciudad, en John Street, donde el propio Grace había pasado muchos de sus primeros años como agente, antes de pasar a la central del Departamento de Investigación Criminal, en la Sussex House.

—Feliz Año Nuevo, Roy —dijo Alcorn con su habitual tono seco y sarcástico. Con aquella entonación, el «feliz» sonaba como si lo hubieran tirado de un precipicio.

—Para ti también, David. ¿Qué tal la Nochevieja?

—Bueno, no ha ido mal. Aunque tuve que controlarme bastante con el alcohol para estar aquí a las siete esta mañana. ¿Y tú?

—Tranquila, pero bien. Gracias.

—Pensé que debía informarte, Roy. Parece que tenemos una violación obra de un extraño en el Metropole.

Le explicó los detalles someramente. Una patrulla había acudido al hotel y había llamado al Departamento de Investigación Criminal. Ahora mismo una agente del Departamento de Atención a Víctimas de Agresión Sexual iba de camino para acompañar a la víctima a la recién inaugurada Unidad Especializada en Violaciones, el SARC de Crawley, población situada en el centro geográfico del condado de Sussex.

Grace tomó nota en un cuaderno de todos los detalles que le pudo dar Alcorn.

—Gracias, David. Mantenme informado sobre el asunto. Y dime si necesitas ayuda de mi equipo.

Se produjo una breve pausa. Grace detectó la duda en la voz del inspector.

—Roy, hay algo que podría hacer que este asunto tuviera alguna repercusión «política».

—¿Y eso?

—La víctima había asistido a la fiesta de anoche en el Metropole. Me informan de que en una mesa de la fiesta había unos cuantos agentes de la Policía.

—¿Algún nombre?

—El comisario jefe y su esposa, para empezar.

«Mierda», pensó Grace, pero no lo dijo.

—¿Quién más?

—El subcomisario jefe. Y un ayudante del comisario. ¿Ves por dónde voy?

Grace lo veía perfectamente.

—A lo mejor tendría que mandar a alguien de Delitos Graves a que acompañara a la agente de Atención a Víctimas de Agresión Sexual. ¿Qué te parece? Como formalidad.

—Creo que sería buena idea.

Grace enseguida analizó sus opciones. En particular le

preocupaba su nuevo jefe. Si el subdirector Rigg realmente era tan maniático con los detalles, más le valía empezar con el pie derecho y cubrirse las espaldas lo mejor que pudiera.

—Vale. Gracias, David. Enviaré a alguien enseguida. Mientras tanto, ¿me puedes conseguir una lista de todos los asistentes al evento?

—Ya la he pedido.

—Y de todos los clientes alojados en el hotel y de todo el personal. Imagino que habrían contratado personal extra para la noche.

—Estoy en ello —respondió Alcorn, quizás algo molesto de que Grace dudara de su eficiencia.

—Sí, claro. Lo siento.

Tras colgar, Roy llamó a la agente Emma-Jane Boutwood, uno de los pocos miembros de su equipo que tenía turno de trabajo. También era una de las agentes a las que había encargado enfrentarse con la ingente cantidad de papeleo requerido para la Operación Neptuno, un largo e intenso caso de tráfico humano que le había ocupado las semanas anteriores a la Navidad.

Boutwood solo tardó un momento en llegar a su despacho desde su mesa, en la sala común, al otro lado de su puerta. Roy observó que cojeaba un poco al entrar en la oficina: aún no se había recuperado de las terribles lesiones que había sufrido en una persecución el verano anterior, cuando una furgoneta la había aplastado contra un muro. A pesar de las múltiples fracturas y de haber perdido el bazo, la chica había insistido en acortar al máximo el periodo de convalecencia para volver al trabajo lo antes posible.

—Hola, E. J. Siéntate.

En cuanto Grace empezó a repasar con ella las notas que le había dado Alcorn y a explicarle las delicadas connotaciones políticas del caso, su teléfono interno volvió a sonar.

—Roy Grace —respondió, levantándole un dedo a E. J. para indicarle que esperara.

—Superintendente Grace —dijo una voz alegre y amistosa con un elegante acento de colegio privado—. ¿Cómo está? Soy Peter Rigg.

«Mierda», pensó.

—Señor —respondió—. Es un placer... oírle. Pensé que no iba a empezar hasta el lunes, señor.

—¿Le supone eso algún problema?

«Vaya por Dios», se dijo Grace, con el corazón encogido. Apenas llevaba doce horas del nuevo año y ya tenían un primer delito grave entre las manos. Y oficialmente el nuevo subdirector no había empezado siquiera y ya estaba buscándole las cosquillas.

—No, señor, en absoluto. En realidad, llama en un momento muy oportuno. Parece que tenemos nuestro primer incidente crítico del año. Aún es pronto para estar seguros, pero puede que los medios muestren más interés del que quisiéramos.

Grace le hizo una señal a E. J. para indicarle que le dejara solo. Ella salió y cerró la puerta.

En un par de minutos, dio un repaso a los datos de los que disponían. Afortunadamente, el nuevo subdirector seguía con el mismo tono amistoso.

Cuando Grace acabó, Rigg dijo:

—Supongo que va a ir usted personalmente, ¿no?

Roy vaciló. Contando con un equipo tan especializado y preparado como el de Crawley, realmente no hacía falta; de hecho resultaría más útil en la oficina, ocupándose del papeleo y poniéndose al día sobre el incidente por teléfono. Pero decidió que aquello no era lo que el nuevo subdirector quería oír.

—Sí, señor, enseguida iré para allá —respondió.

—Bien. Manténgame informado.

Grace le aseguró que lo haría.

En el momento en que colgaba, concentrado en sus pensamientos, la puerta se abrió y apareció el rostro taciturno y la calva afeitada del sargento Glenn Branson. Sus ojos, en claro contraste con su piel negra, tenían un aspecto cansado y apagado. A Grace le recordaron los ojos de los peces que llevan demasiado tiempo muertos, los que Cleo siempre le decía que debía evitar en la pescadería.

—¡Eh, colega! —le saludó Branson—. ¿Tú crees que este año va a ser menos asqueroso que el anterior?

—¡No! —respondió Grace—. Los años nunca son menos

asquerosos que los anteriores. Lo único que podemos hacer es intentar aprender a superarlo.

—Bueno, parece que esta mañana has venido cargado de buena voluntad —observó Branson, que dejó caer su corpulento cuerpo en la silla que E. J. acababa de dejar vacía.

Incluso su traje marrón, su vistosa corbata y su camisa color crema parecían fatigados y arrugados, como si hubieran pasado demasiado tiempo en el armario. Aquello le preocupó. Su amigo siempre iba impecable, pero en los últimos meses su ruptura matrimonial le había lanzado a una espiral descendente.

—Para mí este año no ha sido el mejor, desde luego. A mitad del año me disparan, y a los tres cuartos de año mi mujer me echa a la calle.

—Míralo por el lado bueno: sobreviviste y has podido echar a perder mi colección de vinilos.

—Pues sí. Muchas gracias.

—¿Quieres venirte a dar un paseo conmigo? —propuso Grace.

Branson se encogió de hombros.

—¿En coche? Sí, claro. ¿Adónde?

El teléfono volvió a interrumpirlo. Era Alcorn, que llamaba de nuevo para darle más información.

—Hay algo que podría tener importancia, Roy. Según parece, desaparecieron parte de las ropas de la víctima. El agresor pudo llevárselas. En particular sus zapatos. —Hizo una pausa, dubitativo—. Creo recordar que había alguien que hacía eso mismo años atrás, ¿no?

—Sí, pero solo se llevaba un zapato y la ropa interior —respondió Grace, bajando la voz de pronto—. ¿Qué más se llevó?

—No hemos podido sacarle mucho a la víctima. Creo que está en estado de *shock*.

No era ninguna sorpresa. Grace fijó la vista en una de las cajas azules que había por el suelo: la que contenía el archivo del «caso frío» del Hombre del Zapato.

Aquello había sido doce años atrás. Con un poco de suerte no sería más que una coincidencia.

Pero solo de pensarlo sintió que se le helaba la sangre.

Capítulo 9

Jueves, 25 de diciembre de 1997

Se estaban moviendo. La furgoneta estaba en marcha. Rachael oía el ronquido sordo y constante del tubo de escape que le intoxicaba los pulmones. Oía el ruido de los neumáticos salpicando agua por el asfalto. Sentía cada bache, que la lanzaba por encima de los sacos sobre los que estaba tirada, con los brazos a la espalda, incapaz de moverse o hablar. Lo único que veía era la parte trasera de la gorra de béisbol del tipo al volante y las orejas asomando a los lados.

Estaba helada de frío y de pánico. Sentía la boca y la garganta secas, y la cabeza le dolía terriblemente por los golpes recibidos. Todo el cuerpo le dolía. Sentía asco, se sentía sucia, mugrienta. Necesitaba con desesperación una ducha, agua caliente, jabón, champú. Quería lavarse por dentro y por fuera.

Notó que la furgoneta giraba en una esquina. Vio la luz del día. Una luz de día gris. La mañana de Navidad. Debería estar en su piso, abriendo el calcetín con regalos que su madre le había enviado por correo. Cada año de su infancia había recibido un calcetín lleno de regalos por Navidad, y a sus veintidós años seguía recibiéndolo.

Se echó a llorar. Oía el repiqueteo de los limpiaparabrisas. De pronto en la radio empezó a sonar *Candle in the wind*, de Elton John, con alguna interferencia, y vio que el hombre balanceaba la cabeza al ritmo de la música.

Elton John había cantado aquella canción en el funeral de la princesa Diana, cambiando la letra. Rachael recordaba aquel día claramente. Ella había estado entre los cientos de miles de personas que habían acudido a presentar sus respetos en el exterior de la abadía de Westminster, escuchando aquella canción, viendo el funeral en una de las enormes pantallas de televisión. Había pasado la noche en una tienda de campaña en la acera, y el día antes se había gastado gran parte de su salario semanal, ganado en el mostrador de información del Departamento de Relaciones con el Cliente de la oficina de American Express en Brighton, en un ramo de flores que colocó, junto a otros miles, frente al palacio de Kensington.

La princesa era un ídolo para ella. Algo murió en su interior el día en que Diana falleció.

Y ahora había empezado una nueva pesadilla.

La furgoneta frenó de pronto y ella cayó unos centímetros hacia delante. Intentó mover de nuevo las manos y las piernas, donde sentía unos calambres insufribles. Pero no podía mover nada.

Era la mañana de Navidad y sus padres la esperaban para brindar con champán, almorzar juntos y oír el discurso de la reina. Una tradición anual, como la del calcetín.

Volvió a intentar hablar de nuevo, pedirle clemencia al hombre, pero tenía la boca tapada con una cinta adhesiva. Necesitaba orinar y ya se lo había hecho encima antes. No podía hacerlo otra vez. Oyó un ruido. Su teléfono móvil; reconoció la melodía de Nokia. El hombre giró la cabeza un instante; luego volvió a mirar adelante. La furgoneta se puso en marcha. Pese a que tenía la mirada borrosa y a la lluvia que caía sobre el parabrisas, vio que dejaban atrás un semáforo verde. Luego vio a su izquierda unos edificios que reconoció. Gamley's, la tienda de juguetes. Estaban en Church Road, en Hove. Se dirigían hacia el oeste.

El teléfono dejó de sonar. Poco después oyó un doble pitido que indicaba un mensaje.

¿De quién?

¿Tracey y Jade?

¿O sus padres, que llamaban para felicitarle la Navidad? ¿Su madre, que querría saber si le había gustado el calcetín?

¿Cuánto tiempo pasaría antes de que empezaran a preocuparse por ella?

«¡Dios santo! ¿Quién demonios es este hombre?»

Cuando la furgoneta giró a la izquierda de repente, cayó rodando hacia la derecha. Luego giró a la izquierda. Luego otro giro. Y luego se detuvo.

La canción acabó y una voz masculina y alegre empezó a hablar de dónde pasaría la Navidad el magnífico Elton John.

El hombre salió, dejando el motor en marcha. A Rachael el humo y el miedo le provocaban cada vez más náuseas. Necesitaba desesperadamente beber agua.

De pronto él volvió a meterse en la furgoneta, que avanzó hacia un lugar cada vez más oscuro. Luego el motor se paró y hubo un momento de silencio completo cuando la radio también dejó de sonar. El hombre desapareció.

Se oyó un sonido metálico al cerrarse la puerta del conductor.

Luego otro sonido metálico que la sumió en una oscuridad total.

Se quedó tendida, temblando de miedo, a oscuras.

Capítulo 10

Viernes, 26 de diciembre de 1997

Con el traje y la corbata de cachemir que le había regalado Sandy el día anterior, Roy dejó atrás la puerta azul en la que ponía «Superintendente», a su izquierda, y la que decía «Superintendente jefe», a su derecha. Muchas veces se preguntaba si llegaría algún día a superintendente jefe.

Todo el edificio parecía estar desierto aquella mañana de San Esteban, aparte de los pocos miembros de la Operación Houdini, concentrados en la sala de reuniones, que seguían trabajando a destajo para intentar atrapar al violador en serie conocido como el Hombre del Zapato.

Mientras esperaba a que hirviera el agua para el café, pensó por un momento en la gorra del superintendente jefe. Con su banda plateada que la distinguía de los oficiales inferiores, sin duda despertaba muchas ambiciones. Pero él se preguntaba si sería lo suficientemente inteligente como para llegar a aquel rango, y tenía sus dudas.

Una cosa que había aprendido de Sandy, en sus años de matrimonio, era que ella a veces tenía una visión muy precisa de cómo quería que fuera su mundo, y muy poco aguante si algo no iba como ella esperaba. En varias ocasiones, un arranque de ira inesperado de su mujer ante un camarero o un dependiente inepto le había llegado a avergonzar. Pero aquel espíritu era en parte lo que le había atraído de ella en un primer momento. Ella le daría todo el apoyo y el entusiasmo necesarios para conseguir cualquier éxito, fuera grande o pequeño, pero él tenía que recordar que, para Sandy, el fracaso simplemente no era una opción.

Aquello explicaba, en parte, el resentimiento que sentía y sus ocasionales accesos de rabia por no poder concebir el bebé que ambos deseaban con tanto anhelo, pese a los años que habían pasado probando todos los tratamientos de fertilidad posibles.

Tarareando la letra de *Change the world*, de Eric Clapton —que, por algún motivo, se le había metido en la cabeza—, Roy se llevó la taza de café a su mesa en la desierta sala común de trabajo, en la segunda planta de la comisaría de John Street, con sus filas de mesas separadas con mamparas, su deslustrada moqueta azul, sus casilleros abarrotados y sus vistas al este, hacia las paredes blancas y las resplandecientes ventanas azules de la central de American Express. Luego se conectó al antiguo y parsimonioso sistema informático para comprobar la lista de nuevos casos. Mientras esperaba a que se cargara, tomó un sorbo de café y deseó un cigarrillo, maldiciendo en silencio la recién impuesta prohibición de fumar en las dependencias policiales.

Como cada año, se había hecho algún intento de dar un poco de alegría navideña al lugar. Algunas guirnaldas de papel colgaban del techo. Trocitos de espumillón enrollados en el borde de las particiones. Tarjetas de Navidad en varias mesas.

A Sandy no pareció importarle mucho que fueran las segundas Navidades en tres años en las que tenía que trabajar. Y tal como había señalado ella misma, acertadamente, era una semana de mierda para trabajar. Incluso la mayoría de los delincuentes locales, colocados hasta las cejas de bebida o de droga, estarían en sus casas o en sus madrigueras.

Las fiestas navideñas eran el momento álgido del año en cuanto a muertes repentinas y suicidios. Podían ser unos días felices para quienes tuvieran amigos y familia, pero era un momento de desesperación y tristeza para los que se encontraban solos, en particular los ancianos que no tenían siquiera dinero suficiente para calefacción. Pero era una época tranquila en cuanto a delitos graves, de esos que podían dar ocasión a un sargento joven y ambicioso para mostrar sus habilidades y destacar ante sus colegas.

Aquello iba a cambiar.

43

A diferencia de lo que era habitual, los teléfonos estaban muy tranquilos. En general sonaban por toda la sala.

Al aparecer los primeros casos en la lista del ordenador, de pronto sonó el teléfono interno de Roy.

—Investigación Criminal —respondió.

Era una operadora de la Sala de Control Central, que recibía y gestionaba todas las denuncias.

—Hola, Roy. Feliz Navidad.

—Feliz Navidad, Doreen.

—Tengo una posible desaparición —dijo—. Rachael Ryan, veintidós años. En Nochebuena dejó a sus amigas esperando un taxi en East Street y decidió ir a casa a pie. No acudió a la comida de Navidad en casa de sus padres y no responde al teléfono de casa ni al móvil. Sus padres se presentaron en su piso, en Eastern Terrace, Kemp Town, a las 15.00 de ayer y no hubo respuesta. Nos han dicho que eso es muy raro en ella, y están preocupados.

Grace tomó nota de la dirección de Rachael Ryan y de la de sus padres y le dijo que lo investigaría.

La política de la Policía era dejar que pasaran varios días antes de iniciar gestiones por la desaparición de una persona, a menos que se tratara de un menor, de un anciano o de alguien identificado como especialmente vulnerable. Pero el día se presentaba tranquilo, así que decidió que prefería hacer algo en lugar de quedarse ahí sentado.

El sargento, de veintinueve años, se puso en pie y pasó junto a varias filas de mesas hasta llegar a la de uno de sus pocos colegas que sí estaba de turno, el sargento Norman Potting.

Este, quince años mayor que él, era un perro viejo, un policía de carrera que nunca había recibido un ascenso, en parte por su actitud políticamente incorrecta y en parte por su caótica vida privada, pero también porque, al igual que muchos otros agentes, como el difunto padre de Grace, prefería el trabajo de calle a las responsabilidades burocráticas que traían consigo los ascensos. Grace era uno de los pocos del departamento que le tenían afecto y que disfrutaban escuchando sus batallitas, pues veía que podía aprender algo de ellas. Además, el tipo le daba un poco de pena.

El sargento estaba concentrado tecleando algo en el ordenador con el dedo índice de la mano derecha.

—Jodida tecnología —masculló con su rudo acento de Devon al tiempo que la sombra de Grace caía sobre él. El hombre desprendía un fuerte olor a tabaco—. Me han dado dos clases, pero aún no entiendo un carajo. ¿Qué tenía de malo el sistema de siempre que todos conocíamos?

—Se llama progreso —dijo Grace.

—Brrr. ¿Progreso? ¿Como eso de dejar entrar a todo tipo de gente en el cuerpo?

Grace hizo caso omiso al comentario y fue al grano:

—Hay una denuncia de desaparición que no me hace mucha gracia. ¿Estás ocupado? ¿O tienes tiempo para acompañarme a investigar?

Potting se puso en pie.

—Lo que sea para dejar de picar piedra, como decía mi tía —respondió—. ¿Qué tal las Navidades, Roy?

—Cortas pero agradables. Las seis horas que he pasado en casa, quiero decir.

—Por lo menos tú «tienes» una casa —apuntó Potting, taciturno.

—¿Y eso?

—Yo vivo en una pensión. Me echó de casa, sin más. No es muy divertido desear a tus hijos feliz Navidad desde un teléfono de pago en el pasillo, y comer una «cena de Navidad para uno» del ASDA frente a la tele.

—Lo siento —respondió Grace. Lo sentía de verdad.

—¿Sabes por qué las mujeres son como los huracanes, Roy?

Grace sacudió la cabeza.

—Porque cuando llegan son una tormenta incontrolable de pasión, pero cuando se van se te llevan el coche y la casa.

Grace le rio la gracia con una sonrisa cómplice.

—A ti te va bien, tú estás felizmente casado. Te deseo buena suerte. Pero no bajes la guardia —añadió Potting—. Estate atento por si cambia el viento. Créeme, este es mi segundo fracaso. Tendría que haber aprendido de la primera vez. Las mujeres creen que los polis son de lo más interesante hasta que se casan con ellos. Entonces se dan cuenta de que

45

no son lo que parecían. Tienes suerte si tu matrimonio es diferente.

Grace asintió, pero no dijo nada. Las palabras de Potting se acercaban peligrosamente a la realidad. A él nunca le había interesado la ópera de ningún tipo. Pero hacía poco Sandy le había arrastrado a una representación de *Los piratas de Penzance* interpretada por una compañía de aficionados. Ella no había dejado de tirarle puyas durante la canción «La vida del policía no es una vida feliz».

Él le había respondido que se equivocaban, que él estaba muy contento con su vida.

Más tarde, en la cama, ella le había susurrado que quizás hubiera que cambiar la letra de la canción, que debería decir: «La vida de "la esposa" de un policía no es una vida feliz».

Capítulo 11

Jueves, 1 de enero de 2010

Varias de las casas de la calle residencial donde se encontraba el hospital tenían luces de Navidad en las ventanas y coronas decorativas en la puerta. Muy pronto volverían a sus cajas y permanecerían otro año guardadas, pensó Grace con cierta tristeza, al tiempo que reducía la velocidad y se acercaba a la entrada de la mole de cemento sucio y ventanas con cortinas de mal gusto que era el hospital de Crawley. Le gustaba el influjo mágico que tenían las fiestas de Navidad en todo el mundo, aunque a él le tocara trabajar.

Sin duda, bajo el cielo azul y soleado que se habría imaginado el arquitecto al proyectarlo, el edificio tendría un aspecto mucho más agradable que el que ofrecía aquella lluviosa mañana de enero. Grace pensó que probablemente al arquitecto se le habría olvidado pensar en las persianas que tapaban la mitad de sus ventanas, las decenas de coches aparcados en desorden en el exterior, la plétora de señales de tráfico y las manchas de humedad de las paredes.

Branson solía disfrutar asustándolo con sus habilidades al volante, pero esta vez le había dejado conducir a él, para poder concentrarse en el resumen completo que quería hacerle de su horrible semana de fiestas. El matrimonio de Glenn, que había alcanzado nuevas cotas negativas en las semanas previas, se había deteriorado aún más el día de Navidad.

Tras el berrinche que le provocó ver que su esposa, Ari, había cambiado las cerraduras de su casa, la mañana de Navidad la situación se desbordó y Glenn perdió completamente los nervios al llegar cargado de regalos para sus dos hijos pequeños y encontrarse con que ella no le permitía la entrada. Él, que había sido un fornido gorila de discoteca, abrió la puerta principal de una patada y se encontró, tal como sospechaba, al nuevo amante de su esposa en su casa, jugando con «sus» hijos, frente a su árbol de Navidad. ¡Por Dios santo!

Ella había llamado a la Policía y él se había librado por poco de ser arrestado por los agentes enviados a la casa desde la División Este de Brighton, lo que habría puesto punto final a su carrera.

—Bueno, ¿y tú qué habrías hecho?

—Probablemente lo mismo. Pero eso no significa que esté bien.

—Ya —respondió, y se quedó callado un momento—. Tienes razón. Pero cuando me encontré a ese capullo del entrenador personal jugando a la X-Box con «mis» hijos..., podría haberle arrancado la cabeza y haber jugado a baloncesto con ella.

—Vas a tener que echarte el freno de algún modo, colega. No quiero que esto acabe con tu carrera.

Branson se quedó mirando la lluvia a través del parabrisas. Luego se limitó a decir, con un hilo de voz:

—¿Y eso qué importa? Ya nada importa.

Roy le tenía un gran cariño a aquel tipo, a aquel tiarrón, enorme, noble y de buen corazón. Lo había conocido unos años atrás, cuando Glenn era un agente recién incorporado al cuerpo. En él reconoció muchos aspectos de sí mismo: las ganas, la ambición. Y Glenn tenía aquel elemento clave necesario para ser un buen policía: una gran inteligencia emocional. Desde entonces, Grace se había erigido en mentor suyo. Pero ahora que su matrimonio se desintegraba y que empezaba a dejarse llevar por su temperamento, Glenn estaba peligrosamente cerca de perderlo todo.

También se hallaba peligrosamente cerca de dañar la profunda amistad que los unía. Durante los últimos meses, Branson había sido su inquilino, y aún ocupaba su casa frente al mar, en Hove. A Grace aquello no le importaba, ya que de hecho él se había instalado en casa de Cleo, una vivienda independiente en el barrio de North Laine, en el centro de Brighton. Pero no le gustaba que su amigo toqueteara su preciosa colección de discos, ni las constantes críticas a sus gustos musicales.

Como ahora.

A falta de coche propio —su querido Alfa Romeo, que había quedado destrozado en una persecución unos meses atrás y que aún era objeto de disputa con la compañía de seguros—, Grace se veía obligado a usar coches de la Policía, que eran todos pequeños Ford o Hyundai Getz. Acababa de cogerle el tranquillo a un accesorio para el iPod que Cleo le había regalado en Navidad y con el que podía poner su música en cualquier equipo de radio, y había estado presumiendo ante Branson durante el camino.

—¿Esta quién es? —preguntó Branson, cambiando de pronto de tema al poner otra canción.

—Laura Marling.

—No tiene personalidad. Parece una imitadora —dijo, tras escuchar un momento.

—¿Imitadora? ¿De quién?

Branson se encogió de hombros.

—A mí me gusta —afirmó él, desafiante.

Escucharon en silencio unos momentos, hasta que descubrió un hueco e inició la maniobra para aparcar.

—Con las mujeres vocalistas no tienes criterio. Ese es tu problema.

—A mí me gusta. ¿Vale?

—Eres triste.

—A Cleo también le gusta —replicó— . Me lo regaló ella por Navidad. ¿Quieres que le diga que piensas que es una mujer triste?

—¡Uuuuuu! —respondió Branson, levantando sus enormes y cuidadas manos.

—Sí. ¡Uuuuuu!

—¡Un respeto! —dijo Branson, pero casi en voz baja, y sin un rastro de humor en su tono.

Las tres plazas reservadas para la Policía estaban ocupadas, pero al tratarse de un día festivo había muchos huecos libres por todas partes. Grace aparcó en uno, apagó el motor

49

y salieron del coche. Luego corrieron bajo la lluvia y se dirigieron al lateral del hospital.

—¿Alguna vez discutías con Ari sobre música?

—¿Por qué? —preguntó Branson.

—No sé, me ha entrado la duda.

La mayoría de los visitantes de aquel complejo de edificios no habría notado el pequeño cartel blanco con letras azules que decía SATURN CENTRE y que indicaba un sendero sin ningún rasgo particular delimitado por la pared del hospital a un lado y un seto al otro. Tenía el aspecto de llevar al patio de las basuras.

Sin embargo, en realidad llevaba al primer Centro de Asistencia a Víctimas de Agresiones Sexuales de Sussex. Era una unidad especializada, recién inaugurada por el comisario jefe, como otras repartidas por Inglaterra, y que suponía un importante cambio en el modo de tratar a las víctimas de violaciones. Grace aún recordaba una época, no tan lejana, en que, aún traumatizadas, tenían que pasar por en medio de la comisaría y someterse a interrogatorio por parte de agentes varones, que en muchos casos hasta se permitían hacer bromitas. Todo aquello había cambiado, y aquel centro era la última aportación.

Allí las víctimas, en un estado de profunda vulnerabilidad, podían ser atendidas por agentes y psicólogas de su mismo sexo, profesionales que harían todo lo posible por reconfortarlas y tranquilizarlas, procediendo al mismo tiempo a la desagradable tarea de buscar la verdad.

Una de las cosas más duras a las que tenían que enfrentarse los agentes de asistencia de víctimas de abusos era al hecho de que las propias víctimas en realidad se convertían en una suerte de escenario del crimen, ya que sus ropas y sus cuerpos podían contener pruebas y rastros de importancia vital. El tiempo, como en todas las investigaciones, era un factor crucial. Muchas víctimas de violación tardaban días, semanas o incluso años en ir a la Policía, y muchas nunca denunciaban las agresiones por no revivir la experiencia más angustiosa de su vida.

Υ

Branson y Grace pasaron junto a un contenedor de basuras negro con ruedas y luego al lado de unos conos de tráfico apilados en aquel lugar tan inesperado, y llegaron a la puerta. Roy llamó al timbre y unos momentos después se abrió la puerta. Les hicieron pasar y apareció de la nada una agente que él conocía, pero cuyo nombre no le venía a la mente.

—¡Feliz Año Nuevo, Roy! —dijo ella.

—¡Feliz Año!

Grace vio que la mujer miraba a Glenn y se devanó los sesos desesperadamente en busca de su nombre. De pronto le vino a la cabeza.

—Glenn, esta es Brenda Keys. Brenda, este es el sargento Glenn Branson, uno de mis colegas en la Brigada de Delitos Graves.

—Encantada, sargento —dijo ella.

Brenda Keys era una entrevistadora con formación especial que ya interrogaba a las víctimas en Brighton y en otras partes del país antes de que se creara aquel centro. Era una mujer amable y de aspecto inteligente, con el cabello corto y castaño y que llevaba unas grandes gafas; siempre iba vestida de un modo discreto, como en esta ocasión, con unos pantalones negros, una camisa y un suéter gris con el cuello de pico.

Que aquellas salas de entrevistas eran de reciente creación resultaba evidente. Todas olían a moqueta nueva y a recién pintado, y estaban insonorizadas.

Aquello era un laberinto de salas situadas tras puertas cerradas de madera de pino, con una recepción central enmoquetada en beis. Las paredes, pintadas de color crema, estaban decoradas con láminas enmarcadas, fotografías artísticas de vivos colores de escenas familiares de Sussex: las cabinas de la playa de Hove, los molinos Jack y Jill, en Clayton, o el muelle de Brighton. La buena intención era evidente, pero era como si alguien hubiera intentado con demasiado ahínco distanciar a las víctimas que acudían a este lugar de los horrores que habían experimentado.

Se registraron en la recepción. Brenda los puso al día. Mientras lo hacía, se abrió una puerta junto al pasillo y una

51

agente corpulenta, con el cabello de punta, peinado en púas, como si hubiera metido los dedos en el enchufe, se dirigió hacia donde estaban con una sonrisa amistosa.

—Agente Rowland, señor —se presentó—. ¿El superintendente Grace?

—Sí. Y este es el sargento Branson.

—Están en Entrevistas Uno; acabamos de empezar. La agente de enlace Westmore está hablando con la víctima, y el sargento Robertson está observando. ¿Quiere pasar a la sala de observación?

—¿Cabemos los dos?

—Pondré otra silla. ¿Les puedo traer algo de beber?

—Me iría estupendo un café —dijo Grace—. Cargado, sin azúcar.

Branson pidió una Coca-Cola *light*.

Siguieron a la agente por el pasillo, dejando atrás puertas con carteles que decían SALA DE EXÁMENES MÉDICOS, SALA DE REUNIONES y, por fin, SALA DE ENTREVISTAS.

Poco después la agente abrió otra puerta sin cartel y entraron. La sala de observación era un espacio pequeño, con una estrecha mesa de trabajo blanca ocupada por unos cuantos ordenadores. En la pared había una pantalla plana que mostraba las imágenes de circuito cerrado procedentes de la sala de entrevistas adjunta. El sargento que había acudido en primer lugar al hotel Metropole, un hombre de apenas treinta años con el rostro infantil y una pelusa de cabello rubio cortado a máquina, estaba sentado frente a la mesa con un ordenador portátil enfrente y una botella de agua sin tapón. Llevaba un traje gris que le quedaba fatal y una corbata violeta con un nudo enorme, y tenía la palidez enfermiza de quien se enfrenta a una resaca monumental.

Grace se presentó, y presentó a Glenn. Ambos se sentaron, Roy en una dura silla de oficina con ruedas que la agente acababa de traer.

La pantalla daba una imagen estática de una habitación pequeña y sin ventanas, amueblada con un sofá azul, un sillón del mismo color y una mesita redonda con una gran caja de pañuelos de papel. La moqueta era de un triste gris oscuro y las paredes estaban pintadas de un blanco roto. En lo alto de la pared se veía claramente una segunda cámara con micrófono.

La víctima, una mujer de aspecto asustado y de entre treinta y cuarenta años vestida con un albornoz de rizo con las letras MH bordadas en el pecho, estaba sentada en el sofá, con las manos cruzadas sobre el vientre. Era delgada y tenía un rostro atractivo pero pálido, con el rímel corrido. Su larga cabellera pelirroja estaba hecha una maraña.

Al otro lado de la mesa estaba sentada Claire Westmore, la agente de enlace con víctimas de agresión sexual. Imitaba los gestos de la víctima, sentándose en la misma postura, con los brazos alrededor del vientre también ella.

A lo largo de los años, había aprendido los medios más efectivos para obtener información de las víctimas y de los testigos durante las entrevistas. El primer principio tenía que ver con el código de vestuario. Nunca hay que llevar nada que pueda distraer al sujeto, como rayas o colores vivos. Westmore iba vestida al efecto, con una camisa azul lisa y un suéter azul marino con el cuello de pico, pantalones negros y unos sencillos zapatos negros. Tenía su media melena rubia recogida con una cinta, lo que dejaba la cara despejada. La única joya que llevaba era una sencilla gargantilla de plata.

El segundo principio era poner a la víctima o al testigo en posición de dominio, hacer que se relajara. Por eso, la entrevistada, Nicola Taylor, estaba en el sofá, mientras que la agente estaba en una silla.

La imitación de los gestos era una técnica clásica. Imitando los del sujeto, a veces este se relaja hasta el punto de que empieza a imitar al entrevistador. Cuando eso ocurre, ya se adquiere control sobre la víctima, que consiente, establece una relación con su interlocutor y, en la jerga de los interrogatorios, empieza a «cantar».

Grace tomó alguna nota mientras Westmore, con su suave acento de Liverpool, intentaba llegar lenta y con cuidado a la mujer, callada y traumatizada, y sacarle alguna respuesta. Un alto porcentaje de las víctimas de violación sufren un trastorno de estrés postraumático inmediatamente después de la agresión, y su estado de tensión les impide man-

53

tener la concentración. Westmore actuaba con inteligencia, siguiendo las líneas de actuación con atención, empezando por los hechos más recientes primero para luego ir retrocediendo en el tiempo.

Durante sus años como policía, de los numerosos cursos sobre interrogatorios a los que había asistido, Grace había aprendido algo que le gustaba decir a sus compañeros de equipo: no existen malos testigos, sino malos interrogadores.

Pero esta agente parecía saber exactamente lo que se hacía.

—Sé que tiene que ser muy difícil para ti hablar de esto, Nicola —le dijo—. Pero me ayudaría a entender lo sucedido y sería muy útil para intentar encontrar al que te ha hecho esto. No tienes que contármelo hoy si no quieres.

La mujer se quedó mirando hacia delante en silencio, retorciendo las manos una con otra, agitada.

Grace sintió una pena terrible por ella.

La agente también empezó a retorcerse las manos. Al cabo de unos momentos, preguntó:

—Creo que estabas en la cena de Fin de Año en el Metropole con unas amigas, ¿no?

Silencio.

Unas lágrimas cayeron por las mejillas de la joven.

—¿Hay algo que puedas decirme hoy?

Ella sacudió la cabeza enérgicamente.

—Bueno, no hay problema —dijo Westmore. Se quedó sentada en silencio un rato, y luego le preguntó—: En esta cena, ¿bebiste mucho?

La mujer sacudió la cabeza.

—¿Así que no estabas bebida?

—¿Por qué cree que estaba bebida? —replicó ella de pronto.

La agente sonrió.

—Es una de esas noches en que todos bajamos un poco la guardia. ¡Yo no bebo mucho, pero en Nochevieja suelo acabar como una cuba! Solo me ocurre esa noche.

Nicola se miró las manos.

—¿Es eso lo que cree? —dijo, en voz baja—. ¿Que estaba como una cuba?

—Estoy aquí para ayudarte. No presupongo nada, Nicola.

—Estaba absolutamente sobria —dijo, molesta.

—Vale.

Grace vio con alivio que la mujer reaccionaba. Aquello era una señal positiva.

—No te estoy juzgando, Nicola. Solo quiero saber qué pasó. Entiendo, de verdad, lo difícil que es hablar de lo que has pasado, y quiero ayudarte en todo lo que pueda. Y solo puedo hacerlo si me cuentas con detalle qué es lo que te pasó.

Un largo silencio.

Branson dio un sorbo a su Coca-Cola. Grace bebió de su café.

—Podemos poner fin a esto cuando tú quieras, Nicola. Si prefieres que lo dejemos hasta mañana, no importa. O hasta pasado mañana. Cuando a ti te parezca. Yo solo quiero ayudarte. Es lo único que me importa.

Otro largo silencio.

Entonces Nicola Taylor de pronto soltó la palabra:

—Zapatos.

—¿Zapatos?

55

Volvió a quedarse en silencio.

—¿Te gustan los zapatos, Nicola? —insistió la agente. Al no obtener respuesta, comentó con aire despreocupado—: Los zapatos son mi gran debilidad. Antes de Navidad me fui a Nueva York con mi marido, y casi me compro unas botas Fendi que costaban ochocientos cincuenta dólares...

—Los míos eran Marc Jacobs —dijo Nicola Taylor, casi en un murmullo.

—¿Marc Jacobs? ¡Me encantan sus zapatos! —respondió—. ¿Se los llevaron con tu ropa?

Otro largo silencio.

Entonces la mujer dijo:

—Me obligó a hacer cosas con ellos.

—¿Qué tipo de cosas? Intenta..., intenta contármelo.

La chica se echó a llorar de nuevo. Luego, entre sollozos, empezó a explicarlo con todo detalle, pero lentamente, con largos silencios intermedios en los que intentaba recuperar la compostura, y en ocasiones dejándose llevar pese a las náuseas, que le provocaban arcadas.

Mientras escuchaban, en la sala de observación, Branson se giró hacia su colega y le hizo una mueca de dolor.

Grace le devolvió la mirada y se sintió muy incómodo. Pero mientras escuchaba pensaba a toda máquina. Se acordó de aquel caso frío tirado por el suelo de su despacho y que acababa de releer a fondo. Pensaba en 1997. Recordaba fechas. Un patrón. Un modus operandi. Pensaba en las declaraciones de las víctimas de entonces, algunas de las cuales había repasado hacía muy poco tiempo.

Volvía a experimentar aquella sensación de frío en las venas tantos años después.

Capítulo 12

Viernes, 26 de diciembre de 1997

—¡*E*l termómetro dice que «esta noche»! —exclamó Sandy, con aquel brillo en sus radiantes ojos azules que siempre hacía efecto en Roy.

Estaban sentados frente al televisor. *S.O.S. Ya es Navidad*, de Chevy Chase, se había convertido en una especie de ritual, la película que veían tradicionalmente la noche de San Esteban. A Roy, la delirante estupidez de los desastres de la película le solía provocar carcajadas. Pero aquella noche estaba callado.

—¿Hola? —dijo Sandy—. ¡Hola, sargento! ¿Hay alguien en casa?

Él asintió, aplastando el cigarrillo contra el cenicero.

—Lo siento.

—No estarás pensando en el trabajo, ¿verdad, cariño? Esta noche no. No hemos tenido una Navidad como Dios manda, así que al menos vamos a disfrutar de San Esteban. Hagamos que sea algo especial.

—Es verdad —dijo Roy—. Pero es que...

—Siempre es «pero es que...» —se lamentó ella.

—Lo siento. He tenido que ver a una familia que no ha podido celebrar ni la Navidad ni San Esteban, ¿vale? Su hija dejó a sus amigas tras la Nochebuena y no la han vuelto a ver. Los padres están desesperados. Yo... tengo que hacer lo que pueda por ellos. Por ella.

—Bueno, ¿y qué? Probablemente estará muy ocupada follándose a algún tipo que habrá conocido en una discoteca.

—No. No da el patrón.

—¡Joder, sargento Grace! Tú mismo me has contado la cantidad de gente que denuncia desapariciones de seres queridos cada año. ¡Entre doscientas y trescientas todos los años, solo en el Reino Unido, me dijiste, y la mayoría aparecen durante el primer mes!

—Y once mil no.

—¿Y qué?

—Que tengo un presentimiento con esta.

—¿Te da en la nariz?

—Ajá.

Sandy le frotó la nariz.

—Me encanta su nariz, agente —dijo, besándosela—. Tenemos que hacer el amor esta noche. He comprobado mi temperatura y parece que estoy ovulando.

Roy sonrió y la miró a los ojos. Cuando se reunía con los colegas, fuera de servicio, en el bar situado sobre la comisaría de Brighton o en algún pub y la conversación derivaba —como siempre ocurría entre hombres— hacia el tema del fútbol —algo que a él le interesaba poco— o de las chicas, siempre las dividían en dos grupos: las que gustaban por sus tetas y las que resultaban más atractivas por sus piernas. Pero él podía afirmar que lo primero que le gustó de Sandy fueron sus seductores ojos azules.

Recordaba la primera vez que se habían visto. Había sido unos días después de Semana Santa. A su padre le acababan de diagnosticar un cáncer de colon terminal, y a su madre se le había reproducido el cáncer de mama. Él era un agente en prácticas y se sentía todo lo deprimido que podía sentirse. Algunos colegas le habían animado a que fuera con ellos a pasar la tarde al canódromo.

Sin demasiado entusiasmo, se había dejado llevar al canódromo de Brighton y Hove y se encontró sentado frente a una mujer guapa y llena de vida cuyo nombre no memorizó. Tras unos minutos de charla con el tipo que tenía al lado, ella se inclinó por encima de la mesa y le dijo a Grace:

—¡Me han dado una pista! ¡Siempre hay que apostar por un perro que haya descargado antes de correr!

—¿Quieres decir que hay que fijarse en si ha dejado una caca?

—Muy listo —respondió ella—. ¡Podrías ser detective!

—Aún no lo soy, pero me gustaría serlo.

Así que, mientras se comía su cóctel de gambas, observó atentamente cómo presentaban a los perros de la primera carrera y los llevaban a las casillas de salida. El número 5 se detuvo por el camino y plantó en el suelo una generosa mierda. Cuando la encargada pasó a recoger las apuestas, la joven apostó cinco libras, y él, para no ser menos, apostó diez, que era lo máximo que estaba dispuesto a perder. El perro llegó el último, a unos doce largos del penúltimo.

En su primera cita, tres días después, él la había besado en la oscuridad, con el rugido de las olas de fondo, bajo el Palace Pier de Brighton.

—Me debes diez libras —le había dicho él entonces.

—¡Me parece que he hecho muy buen negocio! —había respondido ella, rebuscando en su bolso, sacando un billete y metiéndoselo a Roy por el cuello de la camisa.

Miró a Sandy ahora, frente al televisor. Estaba aún más guapa que la primera vez. Le encantaba su cara, el olor de su cuerpo y de su cabello; le encantaba su sentido del humor, su inteligencia. Y le encantaba el modo en que se echaba todo a la espalda. Sí, es cierto, se había enfadado con él por trabajar en Navidad, pero lo entendía, porque ella quería que él triunfara.

Era el sueño de Roy. El de los dos.

Entonces sonó el teléfono. Sandy respondió.

—Sí, sí que está —dijo con voz fría, y le pasó el auricular a Roy.

Él escuchó, garabateó una dirección en el reverso de una felicitación de Navidad y dijo:

—Estaré ahí dentro de diez minutos.

Sandy se lo quedó mirando y sacó un cigarrillo del paquete. Chevy Chase seguía con sus payasadas en la pantalla.

—¡Es San Esteban, por Dios! —protestó, mientras buscaba el mechero—. No me lo pones nada fácil para que deje de fumar, ¿eh?

—Volveré lo antes posible. Tengo que ir a ver a este testigo, un hombre que afirma que vio a un tipo que metía a una mujer en una furgoneta de madrugada.

—¿Por qué no puedes ir a verle mañana? —replicó ella, enfurruñada.

—Porque puede que la vida de la chica esté en peligro, ¿vale?

Ella le respondió con una mueca.

—Vaya usted, sargento Grace. ¡Vaya y salve al jodido mundo!

Capítulo 13

Jueves, 1 de enero de 2010

—*E*sta noche pareces muy distraído, cariño. ¿Estás bien? —dijo Cleo.

Roy estaba sentado en uno de los enormes sofás rojos del salón de la casa de Cleo, en un barrio de almacenes reconvertidos, y *Humphrey*, que ganaba tamaño y peso día a día, estaba sentado encima de él. El negro cachorro, acomodado sobre su regazo, tiraba de las hebras de lana del ancho suéter que llevaba puesto, como si el juego consistiera en deshacerlo por completo antes de que su amo se diera cuenta. Y el plan estaba funcionando, porque Roy estaba tan absorto leyendo las notas de la Operación Houdini que no se había dado cuenta de lo que hacía el perro.

La primera agresión sexual registrada de aquella operación había sido el 15 de octubre de 1997. Había sido un ataque frustrado a una joven a última hora de la noche, en un *twitten* —un estrecho callejón— del barrio de North Laine, en Brighton. Un hombre que paseaba a su perro acudió a su rescate antes de que el agresor le hubiera podido quitar las medias, pero se escapó con uno de los zapatos. La siguiente vez, desgraciadamente, tuvo más éxito. Una mujer que había asistido a final de mes a un baile de Halloween en el Grand Hotel fue interceptada en el pasillo del hotel por un hombre disfrazado de mujer, y el personal del establecimiento no la encontró hasta la mañana siguiente, atada y amordazada.

Cleo, hecha un ovillo en el sofá de enfrente, vestida con un poncho de pelo de camello sobre unos leotardos negros de lana, estaba leyendo un libro sobre la Grecia antigua para su curso a distancia de filosofía en la Open University, rodeada de páginas de apuntes suyos, a mano y a máquina, todos cubiertos de *post-its* amarillos. Su largo cabello rubio le iba tapando la cara, y cada pocos minutos se lo echaba atrás con la mano. A Grace le encantaba verle hacer aquello.

Un CD de Ruarri Joseph sonaba en el equipo de música; en la tele, silenciada, Sean Connery agarraba a una bella mujer en una maniobra de emergencia en *Operación Trueno*. Durante toda la semana, desde Navidad, a Cleo se le había antojado el *korma* de gambas, y estaban esperando que les trajeran la cena a domicilio, su cuarto curri en cinco días. A Grace no le importaba, pero esta noche iba a darle a su organismo un descanso con un sencillo pollo *tandoori*.

En la mesa también había uno de los regalos de Navidad de Grace para Cleo, una gran pecera que sustituía a la que había roto un intruso que había entrado en la casa el año anterior. Su inquilino, al que ella había bautizado como *Pez-2*, estaba muy ocupado explorando con frenéticos aleteos el entorno, compuesto por algas y un minúsculo templo griego sumergido. A su lado estaban apilados los tres libros que Glenn le había regalado: *100 consejos básicos para tíos que quieran sobrevivir al embarazo, El futuro padre* y *¡Tú también estás embarazado, colega!*

—Sí, me encuentro bien —dijo él, levantando la vista y sonriendo.

Cleo le devolvió la sonrisa y él sintió tal acceso repentino de felicidad y serenidad que deseó poder parar el reloj y congelar el tiempo para que aquel momento durara eternamente.

«Y yo preferiría hacerte compañía», cantaba Ruarri Joseph acompañado de su guitarra acústica. «Sí, yo preferiría hacerte compañía a ti, mi querida Cleo, que a cualquier otra persona de este planeta», pensó Grace.

Quería quedarse ahí, en aquel sofá, en aquella habitación, contemplando con anhelo a aquella mujer que tanto amaba, que llevaba dentro a su hijo; deseaba que aquello no acabara nunca.

—Es Año Nuevo —le recordó Cleo, levantando su vaso de agua y dando un sorbito—. ¡Creo que deberías dejar de trabajar y relajarte! Todos volveremos al ajetreo del trabajo el lunes.

—Sí, claro, bonito ejemplo das tú, trabajando en tus cursos para la universidad. ¿Eso es relajante?

—¡Sí que lo es! Me encanta. Para mí no es trabajo. Lo que tú estás haciendo «sí» que es trabajo.

—Alguien debería decirles a los criminales que no se les permite delinquir en festivo —respondió él con una mueca.

—Sí, y alguien debería decirles a los viejos que no se murieran en Navidades. ¡Es antisocial! ¡Los forenses también tenemos derecho a vacaciones!

—¿Cuántos hay hoy?

—Cinco. Pobres desgraciados. Bueno, en realidad tres de ellos fueron ayer.

—Así que tuvieron el detalle de esperar a Navidad.

—Pero no podían afrontar la perspectiva de otro año.

—¿Has leído algo de Ernest Hemingway? —quiso saber ella.

Grace sacudió la cabeza, perfectamente consciente de lo ignorante que era él en comparación con Cleo. Había leído muy poco en su vida.

—Es uno de mis escritores favoritos. ¡Un día voy a pasarte algo para que lo leas! Escribió: «El mundo quiebra a todos, y después algunos se tornan más fuertes por las partes rotas». Ese eres tú. Eres más fuerte, ¿o no?

—Eso espero… Pero a veces me lo pregunto.

—Ahora tienes que ser más fuerte que nunca, señor superintendente —añadió ella, dándose unas palmaditas en el vientre—. Somos dos los que te necesitamos.

—¡Y son muchos los muertos que te necesitan a ti! —respondió él.

—¡Tú también tienes muchos muertos que te necesitan!

Volviendo a mirar el dosier, pensó que, muy a su pesar, aquello era cierto. Todas aquellas cajas azules y verdes por el suelo de su despacho… La mayoría de ellas representaban a víctimas que esperaban, más allá de la tumba, a que él llevara a sus agresores ante la justicia.

¿Vería Nicola Taylor, la víctima de violación de hoy, al hombre que le había hecho aquello respondiendo ante la justicia? ¿O acabaría un día convertida en una simple etiqueta de plástico en uno de aquellos dosieres de casos fríos?

—Estoy leyendo algo sobre un estadista griego llamado Pericles —dijo ella—. No era exactamente un filósofo, pero dijo algo muy cierto: «Lo que dejas atrás no es lo que queda grabado en monumentos de piedra, sino lo que tejiste en la vida de los demás». Ese es uno de los muchos motivos por los que te quiero, superintendente Grace. Vas a dejar cosas buenas tejidas en las vidas de los demás.

—Eso intento —dijo él, y volvió a posar la mirada en los dosieres sobre el Hombre del Zapato.

—Pobrecito mío, realmente hoy tienes la cabeza en otra parte.

Él se encogió de hombros.

—Lo siento. Odio a los violadores. La visita a Crawley ha sido bastante dura.

—En realidad no me has hablado de ello.

—¿Quieres oírlo?

—Sí que quiero. Quiero saber todo lo que llega a tus oídos de este mundo en el que va a nacer nuestro hijo. ¿Qué le hizo ese hombre?

Grace cogió su botella de Peroni del suelo, la apuró de un trago y podría haber hecho lo mismo con otra. Pero en lugar de hacerlo, la dejó de nuevo en el suelo y pensó en la escena de la mañana.

—La hizo masturbarse con el tacón del zapato. Era un zapato de diseño muy caro. Marc Joseph o algo así.

—¿Marc Jacobs?

—Sí. —Asintió—. Eso es. ¿Son caros?

—Es uno de los diseñadores más cotizados. ¿Hizo que se masturbara? ¿Usando el tacón como un consolador?

—Sí. ¿Sabes mucho sobre zapatos? —preguntó él, algo sorprendido.

Le encantaba cómo se vestía Cleo, pero cuando salían juntos ella casi nunca miraba los escaparates de zapatos o de ropa. Sandy lo hacía constantemente, a veces hasta el punto de aburrirle.

—¡Roy, cariño, «todas» las mujeres «saben» de zapatos! Son parte de la feminidad de una mujer. ¡Cuando una mujer

64

se pone un par de zapatos estupendos, se siente atractiva! ¿Así que el tipo se quedó mirándola mientras se hacía eso?

—Eran tacones de aguja, de quince centímetros. Le hizo meterse el tacón hasta dentro una y otra vez, mientras él se tocaba.

—Eso es horrible. ¡Cabrón pervertido!

—La cosa no acaba ahí.

—Cuéntame.

—Le hizo darse la vuelta, boca abajo, y le metió el tacón por atrás. ¿Vale? ¿Te basta?

—¿Así que en realidad no la violó…, tal como suele entenderse?

—Sí que lo hizo, pero eso fue después. Y le costó conseguir una erección.

Cleo se quedó unos momentos pensando en silencio, y luego dijo:

—¿Por qué, Roy? ¿Qué es lo que hace que alguien se vuelva así?

Él se encogió de hombros.

—He hablado con un psicólogo esta tarde. Pero no me ha dicho nada que no supiera. Las violaciones cometidas por extraños (como parece que es el caso) raramente son una cuestión sexual. Tienen que ver, más bien, con un odio hacia las mujeres y con la voluntad de imponerse a ellas.

—¿Crees que hay alguna conexión entre la persona que hizo esto y tu caso del Hombre del Zapato?

—Por eso lo estoy leyendo. Podría ser una coincidencia. O un imitador. O el violador de entonces, que vuelve a delinquir.

—¿Y tú qué crees?

—El Hombre del Zapato les hizo cosas así a algunas de sus víctimas. También tenía problemas para conseguir una erección. Y siempre se llevaba uno de los zapatos de sus víctimas.

—La mujer de hoy… ¿También se llevó uno de sus zapatos?

—Se llevó los dos, y toda su ropa. Y por lo que ha dicho la víctima hasta ahora, parece que podría ser un travestido.

—Así que hay una ligera diferencia.

—Sí.

—¿Y a ti qué te parece? ¿Qué te dice tu olfato de poli?

—Que no saque conclusiones precipitadas. Pero... —Se quedó en silencio.

—¿Pero?

Se quedó mirando el dosier.

66

Capítulo 14

Sábado, 3 de enero de 2010

Si se le pregunta a la gente dónde estaba y qué hacía en el momento —en el preciso momento— en que se enteraron del impacto de los aviones contra las Torres Gemelas el 11 de septiembre, o de la muerte de la princesa Diana, o de que habían matado a tiros a John Lennon o, en el caso de los más mayores, del asesinato de John F. Kennedy en Dallas, la mayoría sabrá responder con una claridad cristalina.

Roxy Pearce era diferente. Los momentos que marcaban su vida coincidían con los días en los que se compraba por fin los zapatos que tanto había anhelado. Podría decir con toda exactitud qué pasaba en el mundo el día en que había adquirido sus primeros Christian Louboutin. O sus primeros Ferragamo. O sus primeros Manolo Blahnik.

Pero todos aquel día, mientras revoloteaba por la moqueta gris de la tienda Ritzy Shoes de Brighton, todos aquellos tesoros acumulados en sus armarios parecían insignificantes.

—¡Oh, sí! ¡Oh, Dios mío, sí!

Se miró los tobillos. Pálidos, ligeramente azulados por efecto de las venas visibles bajo la superficie, demasiado finos y huesudos. Nunca habían sido su rasgo más atractivo, pero tenía que admitir que de pronto se habían transformado: eran un par de tobillos de una belleza arrebatadora. Las finas correas de piel negra los envolvían como frondas de vegetación, sensuales, vivas, impetuosas, que cubrían su piel blanca a ambos lados del prominente hueso.

¡Era la imagen del sexo sobre tacones!

Se miró al espejo. La imagen del sexo sobre tacones le

devolvía la mirada. Su melena lacia y negra; un cuerpo estupendo; sin duda nadie diría que al cabo de tres meses cumpliría treinta y siete años.

—¿Usted qué cree? —preguntó a la vendedora, volviendo a mirarse al espejo, los altos tacones de aguja, la suela curvada, el brillo mágico de la piel negra.

—¡Están hechos para usted! —respondió la mujer, de unos treinta años, con seguridad—. Sin duda están hechos para usted.

—¡Eso creo yo! —exclamó Roxy con un gorjeo—. ¿A usted también se lo parece?

Estaba tan emocionada que varias personas se la quedaron mirando. Había mucha gente por Brighton aquella mañana, el primer sábado del año nuevo. Los cazadores de gangas habían salido en masa, en busca de unas rebajas de Navidad aún más rebajadas.

Una clienta de la tienda no se giró. Cualquiera que hubiera mirado habría visto una mujer de edad media elegantemente vestida, con un abrigo oscuro y largo sobre un suéter de cuello alto y unas botas de tacón alto de aspecto caro. Sin bajarle el cuello del suéter, no habrían podido ver la masculina nuez que ocultaba.

El hombre disfrazado de mujer no se giró, porque él ya estaba mirando a Roxy desde antes. Llevaba observándola con disimulo desde el momento en que había pedido que le dejaran probarse aquellos zapatos.

—¡Jimmy Choo nunca falla! —manifestó la vendedora—. Realmente sabe lo que funciona.

—¿Y cree que son mi estilo? No resulta muy fácil caminar con ellos puestos.

Roxy estaba nerviosa. Bueno, cuatrocientas ochenta y cinco libras eran mucho dinero, en especial en aquel momento en que el negocio de *software* de su marido estaba a punto de irse al garete y su agencia de relaciones públicas apenas empezaba a repuntar.

¡Pero tenían que ser suyos!

Sí, claro, con cuatrocientas ochenta y cinco libras podía comprar un montón de cosas.

¡Pero ninguna le daría el mismo placer que aquellos zapatos!

Quería enseñárselos a sus amigas. Pero deseaba, sobre todas las cosas, ponérselos para Iannis, su amante, con el que llevaba seis semanas viviendo un tórrido romance. Desde luego no era el primer amante que tenía en doce años de matrimonio, pero sí el mejor. ¡Sin duda!

Solo de pensar en él, el rostro se le iluminó con una gran mueca. Luego sintió una punzada de dolor en el corazón. Ya había pasado por aquello dos veces antes y sabía que tendría que haber aprendido de la experiencia. La Navidad era la peor época para una pareja de amantes. Era cuando la gente dejaba de ir a trabajar y se dedicaba a sus reuniones familiares. Aunque ellos no tenían niños —ni ella ni Dermot los habían querido—, se había visto obligada a acompañar a su marido a ver a la familia en Londonderry durante cuatro días en Navidad, y luego, los cuatro siguientes los habían pasado con los padres de ella —los viejos P, como los llamaba Dermot— en los lejanos bosques de Norfolk.

El único día en que habían quedado para verse, antes de fin de año, Iannis, que era propietario de dos restaurantes griegos en Brighton y de un par más en Worthing y Eastbourne, había tenido que irse repentinamente a Atenas para visitar a su padre, que había sufrido un ataque al corazón.

Aquella tarde iban a verse por primera vez desde el día antes de Nochebuena, y le parecía que hacía más de un mes. O dos. O un año. ¡O una vida! No veía el momento de verlo. Lo deseaba. Lo necesitaba.

Y lo había decidido: ¡quería que la viera con aquellos zapatos!

A Iannis le iban los pies. Le encantaba quitarle los zapatos, aspirar sus aromas, olerlos por todas partes e inhalar su esencia, como si estuviera catando un vino de calidad en presencia del orgulloso bodeguero. ¡A lo mejor hoy le pediría que no se quitara sus Jimmy Choo! La idea la ponía tanto que notaba que estaba empezando a lubricar.

—Lo mejor de estos zapatos es que puede llevarlos con ropa muy de vestir o completamente informal —prosiguió la vendedora—. Con los vaqueros le quedan estupendos.

—¿Usted cree?

Era una pregunta tonta. Por supuesto que lo creía. La

69

vendedora estaba dispuesta a decirle que le quedaban bien aunque se hubiera presentado vestida con una bolsa de basura llena de cabezas de sardina.

Roxy llevaba puestos aquellos DKNY ajustados porque Iannis le decía que los vaqueros le marcaban un culo estupendo. A él le gustaba bajarle la cremallera y quitárselos poco a poco, diciéndole con aquel acento suyo, marcado y profundo, que era como pelar una apetitosa fruta madura. Le encantaban todas las tonterías románticas que le decía. Dermot ya no le decía nunca nada *sexy*. Su idea de «preliminares» consistía en cruzar la habitación con los calzoncillos y los calcetines puestos y tirarse un par de pedos.

—Claro —respondió convencida la vendedora.

—Supongo que estos no tendrán descuento, ¿no? ¿No están de rebaja?

—Me temo que no, no. Lo siento. Son de la nueva temporada, acaban de llegar.

—¡Qué suerte tengo!

—¿Quiere ver el bolso que va a juego?

—Más vale que no —dijo—. No me atrevo.

Pero la vendedora se lo enseñó igualmente. Y era espléndido. Roxy enseguida llegó a la conclusión de que, después de verlos los dos juntos, los zapatos quedaban un poco incompletos sin el bolso. Si no se compraba aquel bolso, más adelante lo lamentaría, estaba segura.

Dado que la tienda estaba tan llena y que su cerebro estaba tan ocupado en pensar cómo le escondería el recibo a Dermot, no se fijó en ninguna de las otras clientas, entre ellas la del suéter de cuello alto que examinaba un par de zapatos a poca distancia tras ella. Roxy estaba pensando en que tendría que hacerse con la liquidación de la tarjeta de crédito cuando llegara, y quemarla. De todos modos, se trataba de su dinero, ¿o no?

—¿Está usted en nuestra lista de correo, señora? —le preguntó la vendedora.

—Sí.

—Si me da su código postal, buscaré su ficha.

Ella se lo dio, y la vendedora lo introdujo en el ordenador, junto a la caja.

El hombre, detrás de Roxy, garabateó algo rápidamente en una pequeña agenda electrónica. Un momento más tarde apareció la dirección de la mujer. Pero el hombre no tuvo necesidad de mirar la pantalla.

—¿Señora Pearce, en el 76 de The Droveway?

—Eso es —confirmó Roxy.

—Muy bien. En total son mil ciento veintitrés libras. ¿Cómo quiere pagar?

Roxy le entregó la tarjeta de crédito.

El hombre disfrazado de mujer se escabulló de la tienda, agitando las caderas. De hecho, con la práctica había aprendido a caminar con cierta gracia, o eso pensaba. Al cabo de un momento ya se había mezclado con la masa de compradores de las Brighton Lanes, golpeteando con los tacones en el duro y frío suelo.

Capítulo 15

Sábado, 3 de enero de 2010

Aquellos días de bajón tras Nochevieja siempre eran tranquilos. Era el final de las vacaciones, la gente había vuelto al trabajo, y aquel año más arruinados que de costumbre. No era de extrañar, pensó el agente Ian Upperton, de la Policía de Tráfico de Brighton y Hove, que no hubiera mucha gente por las calles aquella tarde helada de sábado, a pesar de estar en plena temporada de rebajas.

Oscurecía, y su colega, el agente Tony Omotoso, estaba al volante de la ranchera BMW de la Policía, conduciendo hacia el sur. Habían dejado atrás el estanque de Rottingdean y seguían hacia el mar. Omotoso giró a la derecha en el cruce. El viento del suroeste, procedente del canal, azotaba el coche. Eran las 16.30. Una última ronda por lo alto de los acantilados, pasando por la residencia de Saint Dunstan para veteranos de guerra ciegos y por la escuela Roedean para niñas pijas, luego una pasada junto al mar y de vuelta a la base para tomarse un té y esperar junto a la radio que llegara el final del turno.

Upperton tenía la sensación de que había días en que casi se podía sentir la electricidad en el aire, en los que sabías que iban a pasar cosas. Pero aquella tarde no sentía nada. Esperaba impacientemente el momento de volver a casa, ver a su mujer y a sus hijos, sacar a los perros a pasear y luego pasar una velada tranquila frente a la tele. Y descansar los tres días siguientes, que tenía fiesta.

Mientras ascendían por la colina, donde el límite de cincuenta millas por hora daba paso a un tramo de ochenta, un pequeño deportivo Mazda MX-2 pasó rugiendo a su lado a una velocidad más que excesiva.

—¿Es que está ciego, el muy cabrón? —exclamó airado Omotoso.

Con bastante frecuencia ocurría que los conductores se apresuraban a pisar el freno en cuanto veían un coche de la Policía, y no eran muchos los que se atrevían a adelantarlo, aunque fuera muy por debajo del límite de velocidad. El conductor del Mazda, o lo había robado, o estaba como una cabra, o no los había visto, sin más. Era bastante difícil no verlos, incluso en la penumbra, con aquellas marcas reflectantes a cuadros y la inscripción POLICÍA en letras de alta visibilidad por todos los lados del coche.

Las luces traseras se iban perdiendo rápidamente en la distancia.

Omotoso pisó a fondo. Upperton se echó adelante, encendió las luces, la sirena y la cámara para medir la velocidad; luego tiró del cinturón de seguridad para tensarlo. La manera de conducir de su colega cuando perseguía a alguien siempre le ponía nervioso.

Llegaron a la altura del Mazda enseguida y fijaron su velocidad en setenta y cinco millas por hora antes de que redujera para embocar la rotonda. Luego, para su asombro, el vehículo volvió a acelerar al salir de la rotonda. El sistema de lectura de matrículas fijado al salpicadero, que pasaba directamente la información al ordenador de la Dirección General de Tráfico, permaneció totalmente en silencio, lo que indicaba que el coche no había sido robado y que tenía los papeles en regla.

Esta vez la cámara fijó la velocidad en ochenta y un millas por hora, más de ciento treinta kilómetros por hora.

—Tendremos que tener una charla con él —dijo Upperton.

Omotoso aceleró, se colocó justo detrás del Mazda y le hizo luces. Era el momento en que siempre se preguntaban si el conductor intentaría huir o si sería sensato y pararía.

Inmediatamente se iluminaron las luces de freno. El intermitente izquierdo empezó a parpadear, y el coche se detuvo en el arcén. Por la silueta que veían a través del parabrisas trasero, parecía que solo había un ocupante, la mujer que iba al volante, que los miraba, nerviosa, por encima del hombro.

Upperton apagó la sirena, dejó las luces azules en marcha y encendió las de avería. Luego salió del coche y, luchando contra el viento, rodeó el automóvil hasta llegar a la puerta del conductor, sin dejar de comprobar la carretera por si venía algún coche por detrás.

La mujer bajó la ventanilla a medias y le miró, nerviosa. Tendría cuarenta y pocos años, y lucía una masa de cabello rizado alrededor de su rostro, de facciones duras pero no sin atractivo. Parecía haberse puesto el pintalabios algo torpemente y el rímel se le había corrido, como si hubiera estado llorando.

—Lo siento, agente —dijo, con la voz algo tensa y poco nítida—. Supongo que iba un poco rápido.

Upperton flexionó las rodillas para acercarse todo lo posible a su rostro y poder olerle el aliento. Pero no hacía falta. Si hubiera encendido una cerilla, probablemente le habrían salido llamas de la boca. El coche también olía mucho a cigarrillos.

—Tiene algún problema de vista, ¿verdad, señora?

—No, esto…, no. De hecho he ido al oftalmólogo hace poco. Tengo una visión casi perfecta.

—Así pues, ¿suele adelantar coches patrulla a alta velocidad?

—¡Oh, qué tonta! ¿Eso he hecho? ¡No los he visto! Lo siento. Es que acabo de pelearme con mi exmarido. Tenemos un negocio a medias, ¿sabe? Y yo…

—¿Ha estado bebiendo, señora?

—Solo una copa de vino… con el almuerzo. Una copita.

A él le olía más bien como si se hubiera bebido toda una botella de vino.

—¿Podría apagar el motor, señora, y salir del coche? Le voy a pedir que se someta a la prueba de alcoholemia.

—No irá a ponerme una multa, ¿verdad, agente? —dijo, arrastrando las palabras aún más que antes—. Es que…, es que necesito el coche para trabajar. Y ya me han quitado algunos puntos del carné.

«Qué sorpresa», pensó él.

Ella se desabrochó el cinturón y salió, no sin esfuerzo. Upperton tuvo que ofrecerle el brazo para evitar que se cayera hacia la carretera. No hacía falta ni que soplara en el alcoholímetro, pensó. Lo único que tenía que hacer era ponérselo a veinte metros, y el aparato reventaría.

Capítulo 16

Viernes, 9 de marzo de 1979

—¡Johnny! —le gritó su madre desde el dormitorio—. ¡Para eso! ¡Para ese ruido! ¿Me oyes?

Él, de pie sobre la silla de su dormitorio, cogió otro de los clavos que sostenía entre los labios, lo colocó contra la pared y lo golpeó con el martillo. *¡Blam! ¡Blam! ¡Blam!*

—¡Johnny, para ese puto ruido de una vez! ¡Ahora mismo! ¡Para! —gritó ella.

Tendida en el suelo, perfectamente dispuesta, estaba su preciada colección de cadenas de cisterna. Tenía quince. Las había encontrado en contenedores de basura por todo Brighton (bueno, todas excepto dos, que había robado de algún baño).

Se sacó otro clavo de la boca. Lo situó en línea. Empezó a darle con el martillo.

Su madre se presentó en la habitación, apestando a aquel perfume, Shalimar. Llevaba una camisola de seda negra, medias de rejilla con ligas a medio poner, un maquillaje aplicado a la carrera y una peluca de rizos dorados un poco ladeada. Tenía puesto un zapato de tacón negro y llevaba el otro en la mano, levantado como un arma.

—¿Me estás oyendo?

Él no le hizo ningún caso y siguió clavando.

—¿Es que estás sordo, joder? ¿Johnny?

—No me llamo Johnny —masculló con los clavos entre los labios, sin dejar de darle al martillo—. Me llamo Yac. Tengo que colgar mis cadenas.

Sosteniendo el zapato por la punta, le clavó el tacón contra el muslo. Con un gemido como el de un perro al azotarle, cayó de lado y se estrelló contra el suelo. Un momento después ella estaba de rodillas a su lado, soltándole una tunda de golpes con el afilado tacón del zapato.

—¡No te llamas Yac, te llamas Johnny! ¿Lo entiendes? Johnny Kerridge.

Volvió a golpearle, una y otra vez. Y otra.

—¡Soy Yac! ¡Es lo que dijo el médico!

—¡Atontado! Hiciste que tu padre se fuera de casa y ahora me estás volviendo loca a mí. ¡El médico no dijo eso!

—¡El médico escribió Yac!

—¡El médico escribió Y.A.C.[2] en sus jodidas notas! ¡Porque eso es lo que eres: un niño autista, un niño autista inútil, imbécil y patético! Pero te llamas Johnny Kerridge. ¿Te enteras?

—¡Me llamo Yac!

Él se enroscó en un ovillo protector mientras ella levantaba de nuevo el zapato. La mejilla le sangraba por el impacto del tacón. Aspiró el denso y empalagoso perfume de su madre. Ella guardaba un gran frasco en su tocador y una vez le había dicho que era el perfume más elegante que podía llevar una mujer, y que tendría que estar contento de tener una madre con tanta clase. Pero ahora no estaba demostrando mucha clase.

Justo en el momento en que iba a golpearle otra vez, sonó el timbre de la puerta.

—¡Oh, mierda! —exclamó ella—. ¿Ves lo que has hecho? ¡No me has dejado arreglarme a tiempo! ¡Estúpido! —Volvió a golpearle en el muslo, tan fuerte que le agujereó los vaqueros—. ¡Mierda, mierda, mierda!

Salió corriendo de la habitación, gritando:

—Ve a abrirle la puerta. ¡Dile que espere abajo! —dijo, y cerró la puerta del dormitorio de un portazo.

Yac se puso en pie, dolorido, y salió cojeando de la habitación. Caminó poco a poco, deliberadamente, sin ninguna

77

---

2. Y.A.C., siglas de *Young Autistic Child*, «niño autista», en inglés. *(N. del T.)*

prisa, y bajó la escalera de la casa adosada en la que vivían, en un extremo de la urbanización Whitehawk. Cuando llegó al último escalón, el timbre volvió a sonar.

—¡Abre la puerta! —gritó su madre—. ¡Hazle pasar! No quiero que se vaya. ¡Lo necesitamos!

Con sangre en la cara, en la camiseta y en varios puntos de los pantalones, Yac fue hasta la puerta principal y la abrió sin demasiada convicción.

Apareció un hombre rechoncho y sudado, de aspecto torpe, con un traje gris que no le sentaba nada bien. Yac se lo quedó mirando. El hombre le devolvió la mirada y se ruborizó. El niño lo reconoció. Había venido antes, varias veces.

Se giró y gritó hacia el hueco de las escaleras:

—¡Mamá! ¡Es ese hombre apestoso que no te gusta, que ha venido a follarte!

Capítulo 17

Sábado, 27 de diciembre de 1997

*R*achael estaba tiritando. Una profunda y oscura sensación de terror la agitaba por dentro. Hacía tanto frío que le costaba pensar. Tenía la boca seca y se moría de hambre. De hambre y de sed. No tenía ni idea de qué hora sería: allí dentro estaba oscuro como boca de lobo, así que no podía ver el reloj ni podía saber si era de día o de noche.

¿La habría dejado allí para que muriera o volvería por ella? Tenía que escapar. De algún modo.

Aguzó el oído intentando distinguir algún ruido del tráfico que pudiera darle una pista de si era de día o de noche, o el chillido de alguna gaviota que le dijera si aún estaba cerca del mar. Pero lo único que oía era el sonido de una sirena muy lejana, muy de vez en cuando. Cada vez que la oía aumentaban sus esperanzas. ¿Estaría buscándola la Policía?

Claro que sí, ¿no?

Sin duda sus padres habrían denunciado su desaparición. Le habrían dicho a la Policía que no se había presentado a la comida de Navidad. Estarían preocupados. Los conocía, sabía que habrían ido a su piso a buscarla. No estaba segura siquiera de qué día era. ¿Veintiséis? ¿Veintisiete?

Los temblores iban a más, y el frío le iba penetrando cada vez más en los huesos. Pero no pasaba nada, pensó, mientras tiritase. Cuatro años antes, al acabar el instituto, había trabajado una temporada como lavaplatos en una estación de esquí francesa. Un esquiador japonés había tomado el último telesilla una tarde de ventisca. Los encargados del telesilla se habían confundido y, pensando que la última persona que había subido ya había bajado de la silla, apagaron la corriente. Por la mañana, cuando volvieron a darla, el japonés llegó arriba cubierto de hielo, desnudo y con una gran sonrisa en la cara.

Nadie podía entender por qué estaba desnudo y sonriendo. Pero un monitor de esquí del lugar con el que ella había tenido un breve flirteo le explicó que, durante las últimas fases de la hipotermia, la gente sufría alucinaciones, tenía la sensación de que hacía mucho calor y empezaba a quitarse la ropa.

Sabía que, de algún modo, tenía que mantener la temperatura, evitar la hipotermia. Así que hizo los únicos movimientos que podía, rodando a izquierda y derecha sobre la tela de arpillera. Rodando y rodando. Había momentos en que, totalmente desorientada por la oscuridad, se encontraba de costado y de bruces en el suelo, y otros en que caía de espaldas.

Tenía que salir. De algún modo. Tenía que hacerlo. ¿Cómo? Oh, Dios, ¿cómo?

No podía mover las manos ni los pies. No podía gritar. Tenía la piel de gallina por todo el cuerpo desnudo, como si millones de agujas le estuvieran perforando la piel.

«Por favor, Dios, ayúdame.»

Volvió a rodar y chocó contra el lateral de la furgoneta. Algo cayó con un sonoro *clanggggg*.

Entonces oyó un borboteo.

Olía a algo penetrante, empalagoso. Aceite para motores, concluyó. Que borboteaba. *Glub... Glub... Glub...*

Volvió a rodar. Una y otra vez. Acabó con la cara sobre aquel líquido apestoso, que le entró en los ojos, irritándolos y haciéndola llorar aún más.

Entonces cayó en la cuenta: ¡debía de proceder de una lata!

Estaba vertiéndose, así que la tapa de la lata se habría soltado. ¡El cuello de la lata sería fino y redondo! Volvió a girar y algo se movió bajo aquel pringue húmedo y apestoso, con un sonido metálico que rascaba contra el suelo.

Cataclong... Cataclong.... Clanggggg.

La inmovilizó contra el lateral de la furgoneta. La palpó, sintió que se movía, la hizo girar hasta ponerla plana, con la abertura hacia fuera. Entonces se apretó contra el afilado cuello. Sintió el fino borde cortándole la piel. Se revolvió para pegarse a la abertura, sacudiéndose, lentamente, con esfuerzo, y entonces notó que se le escapaba hacia un lado.

«¡No me hagas esto!»

Se retorció hasta que la lata volvió a moverse, hasta que sintió el áspero borde de la abertura otra vez; entonces lo presionó de nuevo, primero suavemente y luego con mayor fuerza, hasta inmovilizarlo. Empezó a moverse poco a poco, frotando lo que fuera con lo que le habían atado las manos. Hacia la derecha, izquierda, derecha, izquierda, durante una eternidad. De pronto, la presión en las muñecas se hizo menor, aunque solo fuera un poco.

No bastaba para darle esperanzas.

Siguió frotando, retorciéndose, frotando. Inspirando y espirando por la nariz. Aspirando los vapores nocivos y mareantes del aceite para motores. Tenía la cara, el rostro, todo el cuerpo empapado de aquel líquido.

La presión sobre sus muñecas se aflojó un poquito más.

Entonces, de pronto, oyó un fuerte sonido metálico y se quedó de piedra. «No, por favor, no.» Parecía la puerta del garaje al abrirse. Un momento más tarde oyó que se abrían las puertas traseras de la furgoneta. Un repentino destello de luz la cegó. Ella parpadeó. Sintió su mirada. Se quedó inmóvil, aterrorizada, preguntándose qué le iba a hacer.

Aparentemente, él se limitó a quedarse ahí, en silencio. Rachael oyó una respiración profunda que no era la suya. Intentó gritar, pero no pudo emitir ningún sonido.

Entonces la luz se apagó.

Oyó que se cerraban las puertas de la furgoneta. Otro fuerte sonido metálico, como la puerta del garaje al cerrarse.

Luego, el silencio.

Escuchó, sin tener claro si él seguía allí. Escuchó un buen rato antes de ponerse a frotar de nuevo las muñecas contra el cuello de la lata. Sentía que le cortaba la carne, pero no le importaba. Cuanto más frotara, más se aflojarían las ligaduras que le ataban las muñecas.

Capítulo 18

Sábado, 3 de enero de 2010

Garry Starling y su mujer, Denise, llevaban yendo al restaurante China Garden casi todos los sábados por la noche de los últimos doce años. Les gustaba la mesa junto a la escalera, a la derecha del comedor principal, la mesa donde él le había pedido matrimonio casi doce años atrás.

Estaba separada del resto del comedor por una baranda y ofrecía cierta intimidad, con lo que, ahora que Denise bebía cada vez más, podían mantenerse apartados del resto de los comensales, evitando que estos se enteraran de las frecuentes invectivas de ella (en su mayoría dirigidas a él mismo).

En general, ella ya estaba borracha antes de que salieran siquiera de casa, especialmente desde la ley del tabaco, que provocaba que se atizara buena parte de una botella de vino blanco y se fumara varios cigarrillos antes de salir, a pesar de los años que llevaba pidiéndole su marido que dejara de fumar. Luego salía tambaleándose hacia el taxi y, una vez en el restaurante, se tomaba uno o dos Cosmopolitans en la barra, antes de llegar a la mesa.

Llegado aquel punto, se abría la veda y ella empezaba a quejarse de los defectos que percibía en su marido. A veces eran los mismos de siempre, a veces otros nuevos. Todo aquello le resbalaba a Garry, que permanecía tranquilo y con cara de circunstancias, lo que solía provocar que ella se encendiera aún más. Era un obseso del control, eso les decía a sus amigas. Además de un jodido obseso del gimnasio.

La pareja con la que solían ir a cenar, Maurice y Ulla Stein, también bebía mucho y, acostumbrados a los ataques de Denise, solían seguirle la corriente. Además, su relación ya tenía sus propios problemas.

Aquella noche, primer sábado del nuevo año, Denise, Maurice y Ulla estaban bebiendo más aún de lo habitual. La resaca de la Nochevieja, que habían celebrado juntos en el hotel Metropole, ya era un recuerdo lejano. Pero también estaban un poco cansados, y Denise estaba inusitadamente apagada. Incluso estaba bebiendo un poco de agua, algo que, en general, ni tocaba.

Acababan de servir la tercera botella de Sauvignon Blanc. Mientras levantaba su copa, Denise observó a Garry, que había salido para responder a una llamada telefónica y ahora volvía, introduciendo el teléfono en el bolsillo superior.

Garry era de constitución ligera y tenía cara de pícaro, con un cabello corto y bien peinado que empezaba a clarear y a volverse gris. Sus grandes ojos redondos, situados bajo unas cejas arqueadas, le habían valido el apodo de Búho en el colegio. Ahora, alcanzada ya cierta edad, con sus pequeñas gafas montadas al aire, su elegante traje, su camisa impecable y una corbata sobria, tenía el aspecto de un científico que observara en silencio el mundo que tenía delante con una misteriosa mirada desapegada, como si fuera un experimento creado por él mismo en el laboratorio y que no le dejara completamente satisfecho.

A diferencia de su marido, Denise, que había sido una rubia esbelta de marcadas curvas en la época en que se habían conocido, últimamente se había ido hinchando. Aún era rubia, gracias a su peluquera, pero tantos años bebiendo se habían cobrado su precio. En opinión de Garry —aunque él nunca se lo diría, porque era muy reservado—, desnuda, tenía el tipo de un cerdo fofo.

—Lizzie, mi hermana —anunció Garry, en tono de disculpa, volviendo a tomar asiento—. Se ha pasado unas horas en comisaría: la han pillado conduciendo borracha. Solo quería asegurarme de que ha ido a verla un abogado y de que la lleven a casa.

—¿Lizzie? ¡Será tonta! ¿Cómo se le ha ocurrido? —exclamó Denise.

—Sí, claro —replicó Garry—. Lo hizo a propósito, ¿verdad? ¡Déjala respirar, por Dios! Ha sufrido un matrimonio de mierda y ahora ese capullo le está haciendo pasar por un divorcio de mierda.

—Pobrecilla —dijo Ulla.

—Aún está muy por encima del límite. No le dejarán volver a casa en coche. No sé si debería ir y...

—¡Ni se te ocurra! —respondió Denise—. Tú también has bebido.

—Hoy en día hay que tener un cuidado tremendo, con el alcohol y el coche —señaló Maurice, arrastrando las palabras—. Yo no lo haré. Me temo que no siento demasiada simpatía por la gente a la que pillan conduciendo borracha. —Luego, al ver la expresión hosca de su amigo, prefirió corregirse—: Salvo en el caso de Lizzie, por supuesto. —Y forzó una sonrisa.

Maurice había ganado una millonada construyendo residencias para ancianos. Su esposa, Ulla, era sueca. Se había implicado mucho en la lucha por la defensa de los derechos de los animales los últimos años, y no hacía mucho había encabezado un bloqueo en el puerto de Shoreham —el principal puerto de Brighton— para parar el trato inhumano que en su opinión se daba a las ovejas para la exportación. Garry había observado, especialmente en los últimos dos años, que los dos tenían cada vez menos cosas en común.

Había sido padrino de bodas de Maurice. En aquel tiempo deseaba en secreto a Ulla. Ella era la típica sueca de piernas largas y melena rubia. De hecho, había seguido deseándola hasta hacía poco, cuando ella había empezado a dejar de cuidarse. También había ganado peso y le había dado por vestirse de Madre Tierra, con blusones amplios, sandalias y abalorios hippies. Llevaba el pelo descuidado y parecía que se aplicaba el maquillaje como si fuera pintura de guerra.

—¿Habéis oído hablar del efecto Coolidge? —dijo Garry.

—¿Y eso qué es? —preguntó Maurice.

—Cuando Calvin Coolidge era presidente de Estados Unidos, fue a visitar una granja de pollos con su mujer. El granjero se sintió incómodo cuando un gallo empezó a follarse a una gallina delante de la señora Coolidge. Le pidió disculpas a la primera dama, pero ella le preguntó cuántas veces al día hacía eso el gallo. El granjero le dijo que decenas de veces. Ella se le acercó y le susurró: «¿Le importaría contárselo a mi marido?».

Garry hizo una pausa mientras Maurice y Ulla se reían. Denise, que ya había oído la anécdota antes, no hizo ningún gesto. Garry prosiguió:

—Entonces, un poco más tarde, Coolidge le preguntó al granjero sobre el gallo: «Dígame, ¿siempre se folla a la misma gallina?». El granjero contestó: «No, señor presidente, siempre es una diferente». Coolidge le susurró al hombre: «¿Le importaría contárselo a mi esposa?».

Maurice y Ulla aún seguían riéndose cuando llegaron el crujiente pato pequinés y las tortitas.

—¡Esa me ha gustado! —dijo Maurice, que inmediatamente hizo un gesto de dolor al recibir una patada de Ulla bajo la mesa.

—Te toca un poco demasiado de cerca —comentó ella, ácida.

Maurice le había contado a Garry una serie de aventuras a lo largo de los años. Ulla se había enterado de más de una.

—Por lo menos el gallo practica el sexo como Dios manda —le dijo Denise a su marido—. No tiene que recurrir a esas cosas retorcidas con las que tú te corres.

Garry le sonrió implacablemente tras la máscara que se había creado, siguiéndole la corriente. Se hizo un incómodo silencio mientras aparecían las tortitas, la cebolleta y la salsa *hoisin*, y mientras el camarero cortaba el pato antes de retirarse.

Maurice se sirvió una tortita y enseguida intervino de nuevo, cambiando de tema:

—Bueno, ¿y cómo pinta el negocio este año, Garry? ¿Crees que la gente va a reducir gastos?

—¿Cómo iba a saberlo? —interrumpió Denise—. Siempre está en ese campo de golf.

—¡Claro que sí, cariño! —se defendió Garry—. Ahí es donde consigo nuevos clientes. Así es como construí mi negocio. Un día logré a la Policía como cliente, jugando al golf con un agente.

Garry Starling había empezado como electricista, traba-

85

jando para Chubb Alarms, como instalador. Luego lo había dejado y se había arriesgado a crear su propia empresa; al principio trabajaba desde un minúsculo despacho en el centro de Brighton. Había escogido el mejor momento, ya que era cuando el negocio de la seguridad empezaba a dispararse.

Era una fórmula que no fallaba. Aprovechaba que era socio del club de golf, del Round Table y del Rotary Club para venderle el producto a todo el que encontraba. A los pocos años de empezar en el negocio, ya había creado Sussex Security Systems y Sussex Remote Monitoring Services, que se habían convertido en uno de los mayores negocios de seguridad de la zona de Brighton, tanto en instalaciones domésticas como comerciales.

—En realidad el negocio va bien —dijo, dirigiéndose a Maurice—. ¿Qué tal tú?

—¡A tope! —respondió Maurice—. ¡Increíble, pero cierto! —Levantó la copa—. ¡Bueno, salud para todos! ¡Por un año brillante! No llegamos a brindar en Nochevieja, ¿verdad, Denise?

—Sí, bueno, lo siento. No sé qué me dio. Debió de ser la botella de champán que nos tomamos en la habitación mientras nos cambiábamos.

—Que «tú» te tomaste —la corrigió Garry.

—¡Pobrecilla! —dijo Ulla.

—Aun así —comentó Maurice—, Garry hizo todo lo que pudo para beberse lo suyo y lo tuyo en la fiesta, ¿verdad, campeón?

—Sí, bueno, hice un esfuerzo supremo —concedió Garry, sonriendo.

—Vaya si lo hizo —confirmó Ulla—. ¡Estaba bien cocido!

—Oye, ¿habéis leído hoy el *Argus*? —dijo Maurice, cambiando de tono de pronto.

—No —respondió Garry—. Todavía no lo he leído. ¿Por qué?

—¡Se ve que violaron a una mujer en el hotel! ¡Mientras nosotros estábamos de fiesta! ¡Increíble!

—¿En el Metropole? —preguntó Denise.

—¡Sí! En una habitación. ¿No es increíble?

—Estupendo —dijo ella—. Es genial saber que tu atento

marido está poniéndose de alcohol hasta las cejas mientras su esposa está en la cama, sola, con un violador suelto por ahí.

—¿Qué decía el periódico? —dijo Garry, haciendo caso omiso.

—No mucho… Solo unas líneas.

—No pongas esa cara de culpabilidad, cariño —insistió Denise—. Tú no podrías mantenerla tiesa el tiempo suficiente para violar a una pulga.

Maurice se afanó en llenar su tortita con tiras de carne de pato.

—A menos que ella llevara tac…, ¡ay! —gritó.

Garry le había dado una buena patada bajo la mesa, para que se callara.

Capítulo 19

Sábado, 27 de diciembre de 1997

*R*achael no notaba siquiera el dolor. No sentía las muñecas, atadas a la espalda, por efecto del frío, y ella seguía serrando, desesperadamente, frotando adelante y atrás contra el afilado borde de la lata de aceite. Tenía el culo dormido y sentía repetidos calambres bajo la pierna derecha. Pero no hizo caso de nada de aquello. Solo le interesaba cortar. Cortar. Cortar, presa de la desesperación.

Era la desesperación lo que la impulsaba. La desesperación por liberarse antes de que él volviera. La desesperación por beber agua. La desesperación por comer. La desesperación por hablar con sus padres, por oír sus voces, por poder decirles que estaba bien. Lloraba, vertiendo lágrimas al tiempo que cortaba, se retorcía, se apretaba.

Entonces, con gran alegría, sintió que la separación entre sus muñecas se había ampliado ligeramente. Sentía que las ligaduras se iban aflojando. Cortó aún con más fuerza y notó que se aflojaban cada vez más.

Y se encontró con las manos libres.

Casi sin creérselo, fue separándolas cada vez más en la oscuridad, como si de pronto algo pudiera unirlas de nuevo y fuera a descubrir que aquello no era más que una ilusión.

Los brazos le dolían muchísimo, pero no le preocupaba. La mente le iba a toda velocidad.

«Estoy libre.»

«Va a volver.»

«Mi teléfono. ¿Dónde está mi teléfono?»

Tenía que llamar pidiendo ayuda. Solo que no sabía dónde

se encontraba. ¿Podían localizarte por la posición del teléfono? No lo creía. Lo único que podría decirles, hasta que pudiera abrir la puerta y orientarse, era que estaba dentro de una furgoneta, en un garaje de algún lugar de Brighton, o quizá de Hove.

Aquel hombre podía volver en cualquier momento. Tenía que soltarse las piernas. En la oscuridad, tanteó el espacio en busca de su teléfono, su bolso, cualquier cosa. Pero no había más que una capa de aceite para motores, viscoso y apestoso. Se echó hacia delante, hacia los tobillos, y sintió la cinta de PVC que tenía alrededor, atada con tanta fuerza que tenía la solidez de un molde de escayola. Entonces se llevó las manos a la cara, para ver si podía quitarse la mordaza y al menos gritar pidiendo ayuda.

Pero eso no sería muy inteligente.

La cinta que le tapaba la boca estaba igual de tensa. Consiguió agarrar el borde con dificultad, con los dedos resbaladizos por el aceite, y se la arrancó, tan agitada que casi no sentía el dolor. Entonces intentó buscar el borde de la cinta que le ataba las piernas, pero los dedos le temblaban tanto que no lo encontraba.

El pánico la atenazaba.

«Tengo que escapar.»

Intentó ponerse en pie, pero, con los tobillos atados, en su primer intento cayó de lado y se golpeó la frente con algo duro. Un momento más tarde sintió un líquido que le entraba en el ojo. Sangre, supuso. Tomó aire y se puso de lado, sentada contra el lateral de la furgoneta y luego, intentando agarrarse al suelo con los pies desnudos, empezó a ponerse derecha. Pero los pies seguían resbalando en el aceite, que había convertido el suelo en una pista de patinaje.

Tanteó a su alrededor hasta encontrar la arpillera en la que había estado tirada; puso los pies encima y volvió a intentarlo. Esta vez consiguió un agarre mejor. Poco a poco, empezó a erguirse. Consiguió ponerse en pie, hasta darse con la cabeza en el techo de la furgoneta. Luego, totalmente desorientada por la total oscuridad, cayó de lado con gran estruendo. Algo le golpeó en el ojo con la fuerza de un martillo.

89

Capítulo 20

Sábado, 3 de enero de 2010

*L*a unidad de datos del salpicadero emitió un pitido que sobresaltó a Yac, que había aparcado en el paseo marítimo, cerca del Brighton Pier, para beberse su taza de té. Era su taza de té de las 23.00. De hecho llegaba diez minutos tarde, porque la lectura del periódico le había absorbido por completo.

Miró la pantalla. Era una llamada de la centralita que decía: «Rest. China Garden. Preston St. 2 pas. Starling. Dest: Roedean Cresc.».

El China Garden estaba a un paso. Conocía el destino. Podía visualizarlo, igual que cada calle y cada vivienda en Brighton y Hove. Roedean Crescent estaba sobre los acantilados, al este de la ciudad. Todas las casas eran grandes, independientes y con personalidad propia, tenían buenas vistas del puerto deportivo y del canal. Casas de gente rica.

El tipo de gente que se podía permitir zapatos elegantes.

Presionó el botón de recepción, confirmando que aceptaba el servicio, y siguió dando sorbitos a su té y leyendo el periódico que se habían dejado en el taxi.

Aún estarían acabando de cenar. Cuando alguien pedía un taxi en un restaurante, daba por sentado que tendría que esperar, por lo menos un cuarto de hora si se trataba del centro de Brighton, en un sábado por la noche. Y además, no podía dejar de leer una y otra vez la noticia sobre la violación de la mujer en el Metropole en Nochevieja. Estaba fascinado.

Por los retrovisores veía las luces de colores del parque de atracciones. Lo sabía todo sobre aquellas luces. Había trabajado allí como electricista, en el equipo de reparación y mantenimiento de las atracciones. Pero le despidieron. Por el mismo motivo por el que solían despedirle: por perder los nervios con alguien. Aún no le había pasado en el taxi, pero una vez había salido y se había puesto a gritar a otro conductor que había parado en una parada de taxi justo delante de él.

Se acabó el té, dobló el periódico y volvió a meter la taza en la bolsa de plástico junto al termo. Luego dejó la bolsa en el asiento delantero.

—¡Vocabulario! —dijo en voz alta. Y empezó sus comprobaciones.

Primero, los neumáticos. Luego encender el motor y dar las luces. Nunca al revés, porque si tenía poca batería, las luces podían consumir la energía necesaria para arrancar el motor. Eso se lo había enseñado el dueño del taxi. Especialmente en invierno, cuando la batería sufría más. Y ahora era invierno.

Cuando arrancó el motor, comprobó el indicador de combustible. Tres cuartos de depósito. Luego la presión del aceite. Luego la temperatura. El climatizador estaba puesto a veinte grados, como le habían enseñado. En un termómetro exterior vio que estaban a dos grados Celsius. Una noche fría.

Ajá.

Miró en el retrovisor, comprobó que llevaba puesto el cinturón, puso el intermitente, se integró en el tráfico y llegó hasta el cruce, donde el semáforo estaba en rojo. Cuando cambió a verde giró a la derecha por Preston Street y casi inmediatamente se paró junto a la acera, frente a la puerta del restaurante.

Dos gamberros muy borrachos bajaban por la calle en su dirección. Al llegar al taxi, dieron unos golpecitos en la ventanilla y le preguntaron si estaba libre para llevarlos a Coldean. No estaba libre, les dijo, esperaba pasajeros. Mientras se alejaban, se preguntó si en casa tendrían váter de cisterna alta o baja. De pronto le pareció muy importante saberlo. Estaba a punto de salir del coche e ir corriendo tras ellos para preguntárselo cuando por fin se abrió la puerta del restaurante.

91

Salieron dos personas. Un hombre delgado con un abrigo oscuro y una bufanda alrededor del cuello y una mujer agarrada a su brazo, haciendo equilibrios sobre los tacones; daba la impresión de que, si él la soltaba, se caería. Y por la altura de los tacones, la caída sería dura.

Eran unos bonitos tacones. Bonitos zapatos.

¡Y tenía su dirección! Le gustaba saber dónde vivían las mujeres que llevaban zapatos tan bonitos.

Ajá.

Yac bajó la ventanilla. No quería que el hombre golpeara en la ventanilla.

—¿Taxi para Starling? —preguntó el hombre.

—¿Rodean Crescent? —respondió Yac.

—¡Sí, señor!

Se subieron al coche.

—Al sesenta y siete de Rodean Crescent —dijo el hombre.

—Sesenta y siete de Rodean Crescent —repitió Yac. Le habían enseñado que siempre convenía repetir la dirección claramente.

El coche se llenó de los olores a alcohol y perfume. Shalimar, lo reconoció al instante. El perfume de su infancia. El que siempre llevaba su madre. Entonces se giró hacia la mujer.

—Bonitos zapatos —dijo—. Bruno Magli.

—Sí —masculló ella.

—Talla cuatro —añadió.

—Eres un experto en zapatos, ¿eh? —preguntó la mujer, sarcástica.

Yac miró el rostro de la mujer en el espejo. Estaba muy erguida. No tenía la cara de alguien que se lo hubiera pasado bien. Ni de alguien muy agradable. El hombre tenía los ojos cerrados.

—Zapatos —dijo Yac—. Ajá.

Capítulo 21

Sábado, 27 de diciembre de 1997

*R*achael se despertó sobresaltada. Sentía un dolor punzante en la cabeza. Desorientada, por un instante tuvo la cruel ilusión de encontrarse en casa, en su cama, con una resaca de campeonato. Entonces sintió la dura superficie de metal. La tela de arpillera. La peste a aceite de motor. Y la realidad irrumpió en su conciencia, despertándola del todo y sumiéndola en una oscura espiral de terror.

El ojo derecho le dolía una barbaridad. Aquello era una agonía. ¿Cuánto tiempo había pasado ahí tirada? El hombre podía regresar en cualquier momento, y si lo hacía, vería que se había soltado las muñecas. Volvería a atárselas y probablemente le daría un escarmiento. Tenía que soltarse las piernas y correr, ahora, mientras aún tenía alguna posibilidad.

«Oh, Dios mío, por favor, ayúdame.»

Tenía los labios tan secos que se le abrían en dolorosas grietas cuando intentaba moverlos. Sentía la lengua como si tuviera una bola de pelo metida en la boca. Aguzó el oído por un momento, para asegurarse de que no había nadie alrededor. Lo único que pudo oír fue el sonido de una sirena distante, y una vez más se preguntó, con un atisbo de esperanza, si sería una patrulla policial que había salido en su busca.

Pero ¿cómo iban a encontrarla allí dentro?

Rodó por el suelo hasta que notó el lateral de la furgoneta, se agarró para erguirse y empezó a buscar con las uñas el borde de la cinta adhesiva que tenía alrededor de los tobillos, tanteando el PVC untado de aceite en busca de un punto de agarre.

Por fin lo encontró y, muy despacio, con cuidado, fue levantando el borde de la cinta hasta que tuvo una tira ancha. Empezó a tirar de ella; la cinta empezó a despegarse con una serie de agudos ruidos. Luego, con una mueca de dolor, separó el último trozo de la piel de los tobillos.

Agarrándose a la tela de arpillera empapada, consiguió ponerse en pie, estiró las piernas y se las frotó para recuperar la sensibilidad, y avanzó a tientas hasta la puerta trasera de la furgoneta. De pronto soltó un chillido de dolor al pisar algo afilado, una tuerca o un tornillo. Tanteó las puertas traseras en busca de una manilla. Encontró un vástago metálico vertical y pasó las manos por encima hasta que encontró la manilla. Intentó apretar hacia abajo. No pasó nada. Lo intentó hacia arriba, pero tampoco se movía.

Se dio cuenta de que estaba cerrada con llave. El corazón se le encogió en el pecho.

«No. Por favor, no. Por favor, no.»

Se giró y se dirigió a la parte delantera. Su respiración agitada resonaba en la caverna metálica del interior de la furgoneta. Encontró la parte trasera del asiento del acompañante, se encaramó torpemente y luego pasó los dedos por el borde de la ventanilla hasta que encontró el seguro. Lo agarró todo lo fuerte que pudo con los dedos untados en aceite y tiró.

Aliviada, notó que subía sin problemas.

Entonces tanteó en busca de la manilla, tiró de ella y empujó con todas sus fuerzas la puerta, casi cayendo de bruces en el suelo de cemento al abrirse. Al mismo tiempo se encendió la luz interior de la furgoneta.

Con aquella tenue luz pudo por fin ver el interior de su prisión. Pero no había mucho. Solo unas cuantas herramientas que colgaban de clavos en la pared desnuda. Un neumático. Agarró la tela de arpillera y corrió junto a la furgoneta, hacia la puerta del garaje, con el corazón en un puño. De pronto la arpillera se enganchó con algo y, al tirar de ella, diversos objetos cayeron al suelo con un gran ruido metálico. Ella hizo una mueca pero siguió adelante, hasta llegar a la puerta de bisagra.

Había una manilla doble en el centro, fijada con cables al

mecanismo situado en lo alto de la puerta. Intentó girar la manilla, primero a la derecha y luego a la izquierda, pero no se movió. Debía de estar cerrada desde el exterior. Con el pánico a flor de piel, agarró el cable y tiró de él. Pero tenía los dedos resbaladizos y no consiguió nada.

Desesperada, golpeó la puerta con el hombro, haciendo caso omiso al dolor. Pero no pasó nada. Presa del miedo y de una desesperación creciente, volvió a intentarlo. Resonó un sonoro *booommmmm* metálico.

Y luego otro.

Y otro.

«Por favor, Dios, alguien tiene que oír esto. Por favor, Dios. Por favor.»

Entonces, de pronto, la puerta se abrió, asustándola, casi tirándola hacia atrás.

Allí fuera, rodeado de la luz cegadora de la calle, estaba él, mirándola inquisitivamente.

Ella le devolvió la mirada, aterrorizada. Escrutó a toda velocidad el exterior, esperando con desesperación que pasara alguien, preguntándose si tendría fuerzas para esquivarlo y salir corriendo.

95

Pero antes de que tuviera ocasión, él le propinó un puñetazo bajo la barbilla. Salió despedida hacia atrás con tal fuerza que la cabeza impactó sonoramente contra la parte trasera de la furgoneta.

Capítulo 22

Lunes, 29 de diciembre de 1997

Aquella mañana el sargento Roy Grace se sorprendió ante la cantidad de gente concentrada en la sala de reuniones de la planta superior de la comisaría de John Street, en Brighton. A pesar del frío que hacía fuera, allí dentro parecía que faltaba el aire.

Las personas desaparecidas no solían despertar gran atención, pero en aquella época del año había pocas noticias. La epidemia de gripe aviar en Hong Kong era uno de los pocos titulares de impacto a los que podían recurrir los periodistas entre las fiestas de Navidad y la próxima celebración del Año Nuevo.

Pero la historia de la joven desaparecida, Rachael Ryan, que había coincidido con la serie de violaciones que habían tenido lugar en la ciudad el último par de meses, había despertado la imaginación de los medios, no solo locales, sino también nacionales. Y el *Argus*, por supuesto, estaba poniéndose las botas con la entrada del nuevo año y el Hombre del Zapato suelto por Brighton.

Reporteros de prensa, radio y televisión ocupaban todas las sillas, y también el resto del espacio de la abarrotada sala sin ventanas. Grace se sentó, perfectamente trajeado, tras una mesa en la tarima que había delante, junto al inspector jefe Jack Skerritt, perfectamente uniformado y apestando a tabaco de pipa, y el jefe del gabinete de prensa de la Policía, Tony Long.

Tras ellos había un tablero azul con el emblema de la Policía de Sussex, y a su lado una fotografía ampliada de

Rachael Ryan, y la mesa estaba cubierta de micrófonos y grabadoras. De allí salía un manojo de cables que iban por el suelo hasta las cámaras de televisión de BBC South Today y de Meridian Broadcasting.

Entre los clics de las cámaras y las constantes ráfagas de flashes, Skerritt procedió a presentar a sus colegas en el estrado; luego, con su voz rotunda leyó la declaración que tenía preparada: «La noche del 24 al 25, una vecina de Brighton de veintidós años, Rachael Ryan, desapareció, según ha denunciado su familia, que la esperaba a cenar el día de Navidad. No se sabe nada de ella desde entonces. Sus padres nos han informado de que eso es del todo inhabitual en la chica. Nos preocupa la integridad de esta señorita y le pediríamos a ella o a cualquiera que tenga información sobre ella que contacte con el Centro de Investigaciones de la comisaría de Brighton con la máxima urgencia».

Phil Mills, tenaz reportero de sucesos del *Argus* con gafas y una calvicie incipiente, vestido con un traje oscuro y con su portátil sobre las rodillas, hizo la primera pregunta:

—Inspector jefe, ¿sospecha la Policía de Brighton que la desaparición de esta joven pueda tener alguna conexión con la Operación Houdini y con el violador al que apodaron «el Hombre del Zapato»?

Aquello despertó una furia silenciosa tanto en Skerrit como en Grace. Aunque la Policía lo conocía como el Hombre del Zapato, su modus operandi se había mantenido en secreto, como era habitual, para evitar tener que tratar con los típicos pesados que llaman confesando el crimen o asegurando que conocen al culpable. Grace veía que Skerritt se debatía entre negar o no el apodo. Pero estaba claro que había decidido que ahora ya era de dominio público y que tenían que aguantarse.

—No tenemos ninguna prueba que sugiera eso —replicó, seco y tajante.

Jack Skerritt era un popular y diligente miembro del Departamento de Investigación Criminal. Un policía duro, seco y directo con casi veinte años de experiencia, de porte militar y rostro duro, con el pelo castaño y brillante, muy corto. A Grace le gustaba, aunque le ponía algo nervioso porque era muy exigente con sus agentes y no pasaba por alto los errores. Pero había aprendido mucho trabajando con él. Skerritt era el tipo de policía que le gustaría llegar a ser algún día.

De inmediato, otra periodista levantó la mano:

—Inspector jefe, ¿puede explicarnos más detalladamente qué quiere decir lo del «Hombre del Zapato»?

—Creemos que el individuo que ha atacado a varias mujeres de la zona de Brighton durante los últimos meses tiene un interés anormal por los zapatos de mujer. Es una de las diversas líneas de investigación que estamos siguiendo.

—Pero eso no lo han mencionado en público antes.

—No, no lo hemos dicho —respondió Skerritt—. Como he explicado, es solo una línea de trabajo.

Mills volvió al ataque:

—Las dos amigas que salieron con Rachael en Nochebuena dicen que ella tenía una obsesión especial por los zapatos y que se gastaba una parte desproporcionada de sus ingresos en ellos. Entiendo que el Hombre del Zapato ataca específicamente a mujeres que llevan lo que llamaríamos «zapatos de diseño».

—En Nochebuena, todas las jovencitas de Brighton y Hove salen con sus mejores galas —replicó Skerritt—. Repito que, en esta fase de nuestra investigación, no tenemos ninguna prueba que sugiera conexión alguna con las violaciones del Hombre del Zapato en esta zona.

Una reportera que Grace no reconoció levantó la mano. Skerritt le dio la palabra con un gesto de la cabeza.

—A la desaparición de Rachael Ryan le han asignado el nombre de Operación Crepúsculo. La creación de una operación formal hace pensar que se toman el caso más en serio que una desaparición normal y corriente. ¿Es eso correcto?

—Nos tomamos en serio todas las desapariciones. Pero hemos elevado el estatus de esta investigación en particular a la categoría de incidente grave.

Un periodista de una radio local levantó la mano:

—Inspector jefe, ¿tienen alguna pista en la búsqueda del Hombre del Zapato?

—En esta fase del caso, como he dicho antes, estamos

siguiendo varias líneas de investigación. Se ha registrado una repuesta sustancial de la gente. Mi equipo está estudiando todas las llamadas al Centro de Investigaciones.

—Pero ¿no preparan ninguna detención?

—En esta fase, eso es correcto.

Entonces un periodista que Grace reconoció como corresponsal de varios periódicos nacionales levantó la mano:

—¿Qué acciones está llevando a cabo actualmente la Policía de Brighton para encontrar a Rachael Ryan?

—Tenemos a cuarenta y dos agentes desplegados en su busca. Están realizando búsquedas casa por casa en su barrio y por la ruta que creemos que tomó para volver a casa. Estamos buscando en todos los garajes, almacenes y edificios vacíos de las proximidades. Hemos recibido datos importantes de un vecino de Kemp Town, el barrio de la señorita Ryan, que afirma haber visto cómo metían a la fuerza a una joven en una furgoneta blanca durante la madrugada de Navidad —explicó Skerritt; luego estudió el rostro del periodista unos momentos, como si lo considerara sospechoso, y se dirigió de nuevo a todos los presentes—. Por desgracia, solo tenemos parte de la matrícula de la furgoneta, dato con el que estamos trabajando, pero le pedimos a cualquiera que crea que puede haber visto una furgoneta blanca en las proximidades de Eastern Terrace la noche del 24 o la madrugada del 25 que se ponga en contacto con nosotros. Al final de esta rueda de prensa les daré el número de teléfono del Centro de Investigaciones. También esperamos tener noticias de cualquiera que haya podido ver a esta joven de camino a casa —añadió, señalando una serie de fotografías de Rachael Ryan obtenidas a través de sus padres.

Hizo una breve pausa y se dio una palmadita en el bolsillo, como para comprobar que su pipa seguía ahí; luego continuó:

—Rachael llevaba un abrigo negro de tres cuartos sobre una minifalda, y zapatos negros de piel de tacón alto. Estamos intentando definir la ruta exacta que siguió para ir a casa desde el momento en que la vieron por última vez, en la parada de taxis de East Street, poco después de las dos de la madrugada.

Un hombre diminuto pero robusto, con el rostro oscurecido en gran parte por una barba desaliñada, levantó un dedo corto y regordete:

—Inspector jefe, ¿les han llevado ya a algún sospechoso sus investigaciones sobre el Hombre del Zapato?

—Lo único que puedo decir en esta fase es que estamos siguiendo algunas pistas interesantes y que agradecemos la colaboración ciudadana.

El hombre rechoncho coló una segunda pregunta con gran rapidez:

—El caso de Rachael Ryan parece suponer un distanciamiento de la política habitual de la Policía —expuso—. No suelen actuar con tanta rapidez ante una denuncia de desaparición. ¿Sería correcto decir que están suponiendo que pueda tener alguna relación con el Hombre del Zapato (la Operación Houdini) aunque no lo hayan anunciado públicamente?

—No, no sería correcto —respondió Skerritt, tajante.

Una reportera levantó la mano.

—¿Nos puede indicar alguna otra línea de investigación que estén siguiendo en el caso de Rachael Ryan, inspector jefe?

Skerritt se giró hacia Roy Grace.

—Mi colega el sargento Grace está organizando una reconstrucción de los tramos del recorrido de Rachael hasta su casa de los que podemos estar razonablemente seguros. La recreación se hará el miércoles a las 19.00.

—¿Quiero eso decir que no creen que la vayan a encontrar hasta entonces? —preguntó Phil Mills.

—Quiere decir lo que he dicho —replicó Skerritt, que ya había tenido varios encontronazos con aquel reportero. Luego le hizo un gesto a su colega con la cabeza.

Era la primera vez que Roy hablaba en una conferencia de prensa y de pronto se puso nerviosísimo.

—Tenemos una agente de altura y constitución similares a las de Rachael Ryan, que se vestirá de modo similar y que seguirá la ruta que creemos que la chica siguió la noche (o la madrugada) de su desaparición. Le pediría a todos los que estaban por la calle la madrugada del día 25 que dedicaran un momento a repasar sus movimientos, por si les viene a la mente algún recuerdo.

Cuando acabó, estaba sudando. Skerritt le hizo un breve gesto de aprobación.

Aquellos periodistas iban en busca de alguna historia que los ayudara a vender sus periódicos, o que atrajera oyentes a su emisora, o público a sus canales de televisión. El interés de Grace y Skerritt era otro: mantener la seguridad en las calles de Brighton y Hove, o por lo menos conseguir que sus habitantes se «sintieran» seguros en un mundo que nunca había sido seguro y que nunca lo sería. No mientras la naturaleza humana siguiera siendo la que él había llegado a conocer trabajando de policía.

Había un depredador suelto por las calles. El reinado del terror del Hombre del Zapato había hecho que no hubiera ni una mujer en Brighton que pudiera sentirse tranquila. No había ni una sola mujer que no mirara hacia atrás, que no cerrara la puerta con la cadena de seguridad, que no se preguntara si no sería ella la siguiente.

Roy no estaba implicado en el caso del Hombre del Zapato, pero tenía cada vez más la sensación de que la Operación Houdini y la búsqueda de Rachael Ryan eran una misma cosa.

«Vamos a cogerte, Hombre del Zapato. Cueste lo que cueste», prometió en silencio.

Capítulo 23

Lunes, 29 de diciembre de 1997

*R*achael estaba en un helicóptero con Liam. Con su larga melena y aquella cara de niño enfurruñado, se parecía muchísimo a Liam Gallagher, de Oasis, su grupo favorito. Estaban atravesando el Gran Cañón. Tenían las rocas rojizas del despeñadero a ambos lados, muy cerca, peligrosamente cerca. Por debajo, muy por debajo de ellos, el agua del río, de un azul metálico, se abría paso por un desfiladero de bordes recortados.

Agarró la mano de Liam. Él le cogió la suya. No podían hablarse porque tenían los auriculares puestos para escuchar los comentarios del piloto. Ella se giró y articuló un «te quiero» con la boca. Él le dedicó una sonrisa que quedó algo rara, con el micrófono oscureciéndole la boca en parte, y le respondió con otro «te quiero».

El día anterior habían visto una capilla de bodas exprés. Bromeando, él la había arrastrado hasta el interior de la capilla, pintada de dorado. Había bancos a ambos lados del pasillo y dos jarrones algo rancios con flores que hacían las veces de altar. Pegada a la pared había una vitrina que contenía una botella de champán y un bolso blanco con el asa de flores, y en otra había una cesta blanca vacía y unos grandes cirios blancos.

—Podríamos casarnos —propuso él—. Hoy mismo. ¡Ahora!

—No seas tonto —replicó ella.

—No soy tonto. ¡Lo digo en serio! ¡Hagámoslo! ¡Volveríamos a Inglaterra como el señor y la señora Hopkirk!

Ella se preguntó qué habrían dicho sus padres. Se enfadarían. Pero era tentador. Sentía una intensa felicidad. Aquel era el hombre con el que quería pasar el resto de su vida.

—Señor Liam Hopkirk, ¿se me está declarando?

—No, no exactamente… Pero estoy pensando, ya sabes, que tendría gracia mandar al carajo todo eso de las damas de honor y toda la parafernalia que lleva consigo una boda. Sería divertido, ¿no? Los sorprenderíamos a todos.

Iba en serio. Rachael estaba sorprendida. ¡Lo decía de verdad! Sus padres quedarían destrozados. Recordó cuando era niña y se sentaba en el regazo de su padre. Su padre, que le decía lo guapa que era, lo orgulloso que estaría un día, cuando la llevara del brazo al altar, el día de su boda.

—No puedo hacerles esto a mis padres.

—¿Significan más que yo?

—No es eso. Es que…

La cara de Liam se oscureció. Volvía a enfurruñarse.

El cielo se oscureció. De pronto el helicóptero se hundía. Las paredes se volvían oscuras y pasaban a toda velocidad al otro lado del cristal en forma de burbuja. El río que tenían debajo se acercaba a toda velocidad.

Ella gritó.

La oscuridad total.

¡Oh, Dios!

Sentía un dolor insoportable en la cabeza. Entonces vio una luz. El tenue brillo de la lámpara del piloto auxiliar de la furgoneta. Oyó una voz. No era Liam, sino aquel hombre, que la miraba desde arriba.

—Apestas —le dijo—. Estás haciendo que mi furgoneta apeste.

La realidad volvió como un mazazo. El terror volvía a colarse por cada célula de su cuerpo. «Agua. Por favor. Agua.» Levantó la vista, muerta de sed, agotada y mareada. Intentó hablar, pero de la garganta no le salió más que un leve gemido.

—No me sirves para el sexo. Me das asco. ¿Sabes lo que quiero decir?

Un resquicio de esperanza se iluminó en su interior. A lo mejor acababa soltándola. Intentó de nuevo emitir un sonido

103

coherente. Pero su voz no era más que un murmullo sordo y hueco.

—Debería soltarte.

Ella asintió.

«Sí, por favor. Por favor. Por favor», quiso decir.

—Pero no puedo soltarte, porque me has visto la cara —rectificó.

Ella le rogó con la mirada.

«No se lo diré a nadie. Por favor, déjame marchar. No diré una palabra.»

—Podrías hacer que me pasara el resto de mi vida entre rejas. ¿Sabes lo que le hacen a la gente como yo en la cárcel? No es agradable. No puedo arriesgarme.

La presión que sentía en el estómago a causa del miedo se le extendió como un veneno por la sangre. Temblaba de terror, gimoteando.

—Lo siento —dijo él, y realmente parecía que lo sentía. Su tono era de verdadera disculpa, como quien te pisa sin querer en un bar atestado de gente—. Sales en el periódico. Estás en primera plana en el *Argus*. Hay una fotografía tuya. Rachael Ryan. Bonito nombre.

La miró desde lo alto. Parecía enfadado. Y enfurruñado. Y apenado.

—Siento que me vieras la cara —dijo—. No deberías haber hecho eso. No ha sido inteligente por tu parte, Rachael. Todo podría haber sido muy diferente. ¿Sabes lo que quiero decir?

Capítulo 24

Lunes, 5 de enero de 2010

*E*l Equipo de Casos Fríos, recién formado, era una de las responsabilidades de Roy en la Brigada de Delitos Graves. Tenía su sede en un despacho insuficiente de la Oficina de Incidentes Graves, en la primera planta de la Sussex House, con vistas al patio, ocupado por contenedores de basura, el generador de emergencia y los vehículos de la Policía Científica; más allá, las celdas de custodia le tapaban gran parte de la luz natural.

Roy siempre había pensado que había pocas cosas en el mundo que pudieran crear tanto papeleo como una investigación de Delitos Graves. El suelo, enmoquetado de gris, estaba cubierto con montones de cajas verdes y azules etiquetadas con nombres de operaciones, además de libros de referencias, manuales de formación y un tomo que, por sí solo, hacía de tope de puerta: *Guía práctica de homicidios*.

Casi cada centímetro de la superficie de las tres mesas estaba cubierto con ordenadores, teclados, teléfonos, archivadores, bandejas, agendas Rolodex, tazas y efectos personales. Había *post-its* por todas partes. Y dos mesillas auxiliares visiblemente combadas bajo el peso de los archivos que soportaban.

Las paredes estaban cubiertas de recortes de prensa sobre algunos de los casos, fotografías y viejos carteles de búsqueda de sospechosos que aún campaban a sus anchas. Uno mostraba a una adolescente sonriente de cabello oscuro, con este texto por encima:

¿HA VISTO A ESTA MUJER?
RECOMPENSA: 500 £

También había un cartel en blanco y negro de la Policía de Sussex que mostraba a un hombre de aspecto amable, con una gran sonrisa y una mata de pelo rebelde. Decía:

POLICÍA DE SUSSEX
ASESINATO DE JACK (JOHN) BAKER
JOHN BAKER FUE ASESINADO EN WORTHING (SUSSEX)
EL 8/9 DE ENERO DE 1990
¿LO CONOCÍA? ¿HA VISTO ALGUNA VEZ A ESTE HOMBRE?
SI TIENE ALGUNA INFORMACIÓN,
CONTACTE POR FAVOR CON EL CENTRO DE INVESTIGACIONES
(TELÉFONO: 0903-30821)
O CON CUALQUIER COMISARÍA DE POLICÍA.

Había bocetos hechos a mano de las víctimas y de los sospechosos, algunos retratos robot hechos por ordenador, uno de ellos de un sospechoso de violación, con diferentes sombreros y capuchas, con y sin gafas.

Al frente de la nueva unidad de casos fríos estaba Jim Doyle, que era quien respondía directamente ante Grace. Doyle era un exsuperintendente en jefe con el que Grace había trabajado muchos años atrás, un hombre alto y de aspecto reflexivo y con un físico que no dejaba entrever su fuerza mental (y física). Tenía más aspecto de distinguido académico que de policía. Sin embargo, su carácter firme e imperturbable, así como su mente inquieta y su precisión en el enfoque ante cualquier cosa le habían convertido en un policía tremendamente efectivo: había participado en la resolución de muchos de los más graves crímenes violentos del condado durante sus treinta años de carrera. En el cuerpo lo conocían como Popeye, en referencia a su homónimo, Jimmy Doyle, *Popeye*, el personaje de *The french connection*.

Los dos colegas de Doyle también tenían una larga experiencia. Eamon Greene, un tipo serio y tranquilo, había sido campeón de ajedrez sub-16 de Sussex y ahora era un gran maestro, que aún jugaba y ganaba torneos. Antes de retirarse, con solo cuarenta y nueve años, y de volver más tarde al cuerpo como civil, había alcanzado el rango de superintendente en la Brigada de Delitos Graves del Departamento de Investigaciones Criminales. Brian Foster, exinspector jefe conocido como Fossy, era un hombre delgado de sesenta y tres años, con el pelo muy corto y unos rasgos infantiles y atractivos, pese a su edad. El año anterior había corrido cuatro maratones en diferentes países en cuatro semanas consecutivas. Desde que se había retirado del D.I.C. de Sussex, a los cincuenta y dos años, había pasado una década en la oficina del fiscal del Tribunal Internacional de Crímenes de Guerra de La Haya, y ahora volvía a casa, dispuesto a iniciar una nueva fase en su carrera.

Grace, vestido con traje y corbata para su primer encuentro con el nuevo subdirector, que tendría lugar más tarde, hizo sitio en una de las mesas y se sentó frente a ella, con su segunda taza de café del día entre las manos. Eran las 8.45.

—Bueno —dijo, balanceando las piernas—, es fantástico teneros aquí a los tres. De hecho, dejadme que reformule eso: ¡es cojonudo!

Los tres esbozaron una sonrisa.

—Popeye, tú me enseñaste prácticamente todo lo que sé, así que no quiero ponerme a explicarte cómo freír un huevo. El jefe —quería decir el comisario en jefe, Tom Martinson— nos ha concedido un presupuesto generoso, pero vamos a tener que obtener resultados si queremos recibir lo mismo el año que viene. Es decir, si queréis seguir teniendo este mismo trabajo el año que viene.

Luego se dirigió a los otros dos:

—Solo voy a deciros algo que Popeye me dijo la primera vez que trabajé con él. Como parte de su trabajo, en los noventa, le acababan de asignar los casos fríos, o comoquiera que se les llamara entonces.

Eso provocó una risita ahogada. Los tres agentes retirados sabían los dolores de cabeza que causaban los constantes cambios en la terminología de la Policía.

Grace se sacó una hoja de papel del bolsillo y la leyó:

—Dijo, literalmente: «Cuando se revisa un caso frío, se usa la tecnología forense de hoy para resolver los crímenes del pasado, con vistas a evitar los crímenes del futuro».

—Me alegro de que todos aquellos años juntos no fueran

en balde, Roy —dijo Jim Doyle—. ¡Por lo menos te acuerdas de algo!

—Pues sí. ¡Es impresionante que hayas podido aprender algo de un veterano! —bromeó Foster.

Doyle no cayó en la provocación. Roy prosiguió:

—Es probable que ya hayáis visto en la televisión o en el *Argus* que una mujer fue violada en Nochevieja.

—¿La del Metropole? —preguntó Eamon Greene.

—Esa misma.

—Yo asistí a la primera entrevista con la víctima el jueves pasado, día de Año Nuevo —explicó Grace—. Según parece, el agresor, disfrazado de mujer, obligó a la víctima a entrar en una habitación del hotel con el pretexto de pedirle ayuda. Luego, con la cara cubierta por una máscara, la ató y le metió uno de los zapatos de tacón de aguja de la propia víctima por la vagina y por el ano. Parece que luego intentó penetrarla él mismo, con un éxito solo parcial. El caso tiene algún parecido con el modus operandi del caso frío del Hombre del Zapato, de 1997. En aquellos casos, el violador recurrió a una serie de disfraces y pretextos diferentes para solicitar la ayuda de sus víctimas y atraparlas. Luego dejó de delinquir (al menos en Sussex) y nunca se le atrapó. Tengo un resumen de este caso, que me gustaría que leyerais de forma prioritaria. Cada uno tendréis vuestros propios casos, pero por ahora quiero que todos trabajéis en este, ya que creo que podría ayudarme en el caso que estoy investigando actualmente.

108

—¿Había algún rastro de ADN, Roy? —preguntó Doyle.

—No había rastros de semen en ninguna de las mujeres, pero las tres víctimas dijeron que usó condón. Había fibras de ropa, pero no arrojaron nada concluyente. Ningún arañazo, nada de saliva. Dos de sus víctimas declararon que el hombre no tenía vello púbico. Desde luego aquel tipo iba con mucho cuidado de no dejar pruebas, incluso en aquella época. Nunca se encontró ADN. Solo había un elemento común: todas las víctimas eran grandes amantes de los zapatos.

—Lo cual cubre prácticamente el noventa y cinco por ciento de la población femenina, empezando por mi mujer —comentó Jim Doyle.

—Exacto —confirmó Grace.

—¿Y qué me dices de las descripciones? —preguntó Brian Foster.

—Por el modo en que fueron tratadas las víctimas de violación, no mucho. Tenemos a un hombre de constitución ligera, con poco vello corporal, un acento estándar y una polla pequeña.

»Me he pasado el fin de semana repasando los archivos de las víctimas, y los de los otros delitos cometidos durante el mismo periodo —prosiguió Grace—. Hay otra persona que sospecho que pudiera ser víctima del Hombre del Zapato, posiblemente la última. Se llamaba Rachael Ryan. Desapareció en Nochebuena (o más bien en Navidad) de 1997. Lo que me ha llamado la atención es que en aquella época yo era sargento. Fui a interrogar a sus padres. Gente respetable, completamente sorprendidos por el hecho de que su hija no se hubiera presentado a cenar en Navidad. Todo apunta a que era una jovencita decente de veintidós años, sensata, aunque en baja forma tras la ruptura con su novio.

Estuvo a punto de añadir que había desaparecido de la faz de la Tierra exactamente igual que su mujer, Sandy.

—¿Alguna teoría? —preguntó Foster.

—La familia no tenía ninguna —dijo Grace—. Pero interrogué a las dos amigas con las que había salido en Nochebuena. Una de ellas me dijo que estaba algo obsesionada con los zapatos. Que se compraba zapatos muy por encima de sus posibilidades (de diseño, de más de doscientas libras el par). Todas las víctimas de nuestro hombre llevaban zapatos caros —añadió, encogiéndose de hombros.

—No tenemos mucho a lo que agarrarnos, Roy —reconoció Foster—. Si había roto con su novio, quizá se quitara la vida. Ya sabes que en Navidad es cuando la gente siente más estas cosas. Recuerdo cuando mi ex me dejó tres semanas antes de Navidad. Casi me suicido. Era en 1992. El día de Navidad tuve que comer solo en un jodido Angus Steak House.

Grace sonrió.

—Es posible, pero por todo lo que me enteré de ella en aquel momento, no lo creo. Lo que sí creo que es significati-

109

vo es que uno de sus vecinos estuviera mirando por la ventana a las tres de la madrugada (el momento encaja perfectamente) y que viera a un hombre que metía a una mujer a la fuerza en una furgoneta blanca.

—¿Tomó la matrícula?

—Estaba borracho como una cuba. Solo vio una parte.

—¿Suficiente para localizar el vehículo?

—No.

—¿Tú le creíste?

—Sí. Aún le creo.

—No tenemos mucho. ¿No, Roy? —dijo Doyle.

—No, pero hay algo raro. Esta mañana he venido pronto para repasar ese dosier en particular, antes de esta reunión. ¿Y sabéis qué? —dijo, mirándolos a los tres a los ojos.

Todos negaron con la cabeza.

—Las hojas que buscaba habían desaparecido.

—¿Quién iba a llevárselas? —exclamó Foster—. Quiero decir... ¿Quién tendría acceso a ellas, para poder llevárselas?

—Tú eras poli —replicó Grace—. Dímelo tú. Y dime también por qué.

Capítulo 25

Lunes, 5 de enero de 2010

*Q*uizá fuera el momento de dejarlo.

La cárcel te hacía envejecer. Te echaba encima diez años de vida... o te los quitaba, según cómo lo miraras. Y en aquel momento a Darren Spicer no le gustaba ninguna de las dos perspectivas.

Desde los dieciséis años de edad, se había pasado gran parte de su vida dentro. A la sombra. «Un recluso de ida y vuelta», como lo llamaban. Un delincuente de profesión. Pero sin mucho éxito. Desde que era adulto, solo había pasado dos Navidades consecutivas en libertad, y había sido en los primeros años de su matrimonio. Su certificado de nacimiento —el auténtico— decía que tenía cuarenta y un años. El espejo del baño decía que tenía cincuenta y cinco... y subiendo. Por dentro se sentía como si tuviera ochenta. Se sentía muerto. Sentía...

Nada.

Mientras hacía espuma, se quedó mirando al espejo con los ojos apagados, sonriendo tristemente al viejo zorro arrugado que le devolvía la mirada. Estaba desnudo, y su cuerpo desgarbado y pellejudo —él prefería pensar que estaba delgado— mostraba la musculatura fruto de sus sesiones diarias de ejercicio en el gimnasio de la cárcel.

Se puso manos a la obra, a quitarse aquella barba de tres días con la misma hoja desgastada que había usado en la cárcel durante semanas, antes de que lo soltaran, y que se había llevado consigo. Cuando acabó, tenía la cara tan afeitada como el resto del cuerpo, que se había depilado la semana anterior. Siempre lo hacía al salir de la cárcel, como gesto de purificación. Una vez, en los primeros tiempos de su difunto matrimonio, había llegado a casa con ladillas en el pubis y en el pecho.

Llevaba dos pequeños tatuajes, en lo alto de ambos brazos, pero nada más. Muchos de sus compañeros de cárcel estaban cubiertos de ellos, y los lucían como una muestra de virilidad. Pero ¿para qué llevar algo que facilitaba la identificación? Además, ya tenía todas las marcas que necesitaba: cinco cicatrices en la espalda, producto de otras tantas puñaladas que le habían asestado en la cárcel los colegas de un traficante al que se había cargado años atrás.

Su última sentencia había sido la más larga hasta el momento: seis años. Por fin había conseguido un permiso tras cumplir tres. Era el momento de dejarlo, pensó. Sí, pero...

El gran pero.

Se suponía que uno tenía que sentirse libre al abandonar la cárcel. Pero él aún tenía que rendir cuentas ante su agente de la provisional. Había que presentarse a cursos de reinserción. Tenía que obedecer las normas de los albergues en los que se alojaba. Cuando te soltaban, se suponía que podías volver a casa.

Pero él no tenía casa.

Su padre había muerto mucho tiempo atrás y apenas había cruzado una docena de palabras con su madre desde hacía veinticinco años... y le parecían demasiadas. Su única hermana, Mags, había muerto de sobredosis de heroína cinco años atrás. Su exesposa vivía en Australia con su hijo, al que no había visto desde hacía diez años.

Su casa era cualquier sitio en el que encontrara un catre donde echarse a dormir. La noche anterior había sido una habitación en un centro de reinserción social junto al Old Steine, en Brighton. La había compartido con cuatro patéticos borrachos apestosos. Ya había estado allí antes. Hoy iba a intentar conseguir un sitio mejor. El Centro de Noche Saint Patrick's. La comida no estaba mal, y tenían un lugar para guardar cosas. Había que dormir en un gran dormitorio, pero estaba limpio. Se suponía que la cárcel debía ayudarte a reintegrarte en la comunidad después de cumplir condena. Pero la realidad era que la comunidad no te quería. La reinserción era un mito. Aunque él les seguía el juego, aceptaba las normas.

«¡Reinserción!»

¡Ja! Él no estaba interesado en hacer cursos de reinserción, pero se había mostrado muy dispuesto los seis meses anteriores, en la cárcel de Ford Open, para preparar su puesta en libertad, porque aquello le permitía pasar algún día fuera de la cárcel, con el programa de reinserción laboral. «Capacitación profesional», lo llamaban. Él había elegido el curso de mantenimiento de hoteles, lo que le permitía pasar tiempo en diferentes hoteles de Brighton. Trabajando en segundo plano. Estudiando la distribución. Con acceso a las llaves de las habitaciones y a los sistemas de programación de las llaves electrónicas. Algo muy útil.

Desde luego.

Su visitadora habitual en la cárcel de Lewes, una señorita agradable y maternal, le había preguntado si tenía algún sueño, si podía imaginarse una vida más allá de los muros de la cárcel.

Sí, claro, le había dicho, tenía un sueño. Volverse a casar. Tener hijos. Vivir en una bonita casa —como las casas señoriales en las que solía entrar a robar para subsistir— y conducir un buen coche. Tener un trabajo fijo. Sí. Ir de pesca los fines de semana. Aquel era su sueño. Pero aquello, le dijo, nunca iba a suceder.

—¿Por qué no? —le había preguntado ella.

—Le diré por qué no —respondió Darren—. Porque tengo ciento setenta y dos antecedentes. ¿Sabe? ¿Quién iba a dejarme seguir en mi puesto cuando se enterara de eso? Y siempre acaban enterándose. —Hizo una pausa, y luego añadió—: De todos modos, aquí no estoy mal. Tengo a mis colegas. La comida está bien. La electricidad está pagada. Tengo televisión.

Sí, estaba bien, solo que…

Nada de mujeres. Aquello era lo que echaba de menos. Las mujeres y la cocaína era lo que más le gustaba. En la cárcel podía conseguir drogas, pero no mujeres. No muy a menudo, en todo caso.

El jefe le había dejado quedarse en Navidad, pero dos días después de San Esteban le habían soltado. ¿Para qué?

Mierda.

Con un poco de suerte, aquel día sería el último en el centro de reinserción social. Si seguías las normas en el Saint Patrick's durante veintiocho días, podías conseguir uno de sus MiPods. Eran unos extraños nichos de plástico, como cápsulas del tiempo copiadas de uno de esos hoteles japoneses. Podías quedarte en el MiPod diez semanas más. Eran un espacio mínimo, pero te daban intimidad; podías tener tus cosas a buen recaudo.

Y él tenía cosas que necesitaba mantener en secreto.

Su colega, Terry Biglow —si es que podía llamar colega a aquella comadreja traicionera— le guardaba las únicas posesiones que tenía en el mundo. Estaban dentro de una maleta, con tres cadenas con candado para que nadie pudiera ver su contenido: las cadenas y los candados eran la prueba de lo mucho que confiaba en Biglow.

Quizás esta vez conseguiría mantenerse lejos de la cárcel. Reunir suficiente dinero, robando y trapicheando con drogas, hasta poder comprarse un pisito. ¿Y luego qué? ¿Una mujer? ¿Una familia? Tan pronto le gustaba la idea como le parecía demasiado. Demasiado lío. Lo cierto era que había acabado gustándole su modo de vida. Contar solo con su compañía, con sus cosas.

Su padre había sido techador. Él, de crío, le había ayudado. Había visto algunas de las casas elegantes de Brighton y Hove en las que solía trabajar su padre (y había observado a las apetitosas señoras elegantemente vestidas y con llamativos coches que vivían en ellas). A su padre le gustaba aquel estilo de vida. Le habría gustado tener una casa elegante y una mujer con clase.

Un día su padre se cayó desde un tejado, se rompió la espalda y nunca más volvió a trabajar. Eso sí, se dedicó a beberse la pensión, día y noche. A Darren no le gustaba techar, pues se dio cuenta de que aquello nunca le haría rico. Estudiar sí. Le gustaba el colegio, se le daban bien las matemáticas, las ciencias y las cosas de mecánica; aquello le encantaba. Pero tenía problemas en casa. Su madre también bebía. Cuando él tenía unos trece años, se le coló en la cama, borracha y desnuda, le dijo que su padre ya no podía satisfacerla y que le tocaba a él, como hombre de la familia.

Darren iba al colegio cada día, avergonzado, cada vez más desconectado de sus amigos. Tenía la cabeza hecha un lío y ya no conseguía concentrarse. No se sentía integrado en nada, y pasaba cada vez más tiempo solo, pescando o, cuando hacía muy mal tiempo, en la cerrajería de su tío, viendo cómo cortaba las llaves o haciéndole recados. De vez en cuando, se ponía tras el mostrador mientras su tío se escapaba a hacer alguna apuesta. Lo que fuera con tal de huir de su casa, de su madre.

Le gustaba la maquinaria de su tío, le gustaba el olor, el misterio de las cerraduras. En realidad, no eran más que rompecabezas. Simples rompecabezas.

Cuando tenía unos quince años, su madre le dijo que era hora de que empezara a contribuir a la economía familiar, que tenía que aprender un oficio, conseguir trabajo. Su tío, que no tenía a nadie a quien dejarle el negocio cuando se retirara, le ofreció un puesto como aprendiz.

115

Al cabo de un par de meses, Darren podía resolver cualquier problema que surgiera en una cerradura. ¡Su tío le dijo que era un maldito genio!

El chico pensaba que tampoco tenía tanto mérito. Cualquier cosa que hiciera un hombre estaba al alcance de la comprensión de otro hombre. Lo único que había que hacer era meterse mentalmente dentro de la cerradura: imaginar los resortes, las clavijas (imaginarse el interior de la cerradura, meterse en la cabeza de la persona que la había diseñado). Al fin y al cabo, grosso modo, solo había dos tipos de cerradura de uso doméstico: la Yale, que funcionaba con una llave plana, y la Chubb, que usaba una llave cilíndrica. Cerraduras empotradas y de caja. Si tenías un problema, podías ver el interior con un aparato médico muy sencillo, un proctoscopio.

Entonces se pasó a las cajas fuertes. Su tío se había hecho el dueño de un segmento del mercado, abriendo cajas fuertes para la policía. Con un poco de tiempo, no había ninguna caja que su sobrino no pudiera abrir. Ni ninguna cerradura.

Cometió su primer robo cuando tenía dieciséis años, en una casa de Hollingdean. Le pillaron y se pasó dos años en un reformatorio. Entonces fue cuando empezaron a gustarle las drogas y cuando aprendió su primera gran lección: se corría el mismo riesgo entrando en una casucha de mierda para robar el equipo de música que en una mansión de lujo donde se podían encontrar joyas y dinero en efectivo.

Cuando salió, su tío no quiso contratarle otra vez, y no tenía ningunas ganas de buscar un trabajo mal pagado como mano de obra, aunque fuera su única opción. Así que robó en una casa solitaria de Withdean Road. Se llevó siete mil de una caja fuerte. Se fundió tres mil en cocaína, pero invirtió los otros cuatro mil en heroína, con la que comerció y obtuvo veinte mil de beneficio.

A continuación robó en una serie de casas señoriales, hasta reunir casi cien de los grandes. Fantástico. Entonces conoció a Rose en un local. Se casó con ella. Se compró un pisito en Portslade. A ella no le parecía bien que robara, así que intentó enmendarse. A través de un tipo que conocía, consiguió una identidad falsa y encontró trabajo en una empresa que instalaba sistemas de alarma, la Sussex Security Systems.

Tenían una clientela de categoría: la mitad de las casas de lujo de la ciudad. Entrar en ellas era como ser de nuevo un niño en una tienda de golosinas. No tardó mucho en echar de menos los robos. En particular la emoción que sentía. Pero sobre todo el dinero que podía obtener con ellos.

Lo mejor de todo era cuando se encontraba solo en un dormitorio elegante. Oler el aroma de una mujer rica, inhalar sus perfumes, el olor corporal de su ropa íntima en el cesto de la ropa, sus vestidos caros colgados en el vestidor, la seda, el algodón, las pieles, el cuero. Le gustaba curiosear entre sus pertenencias. En particular entre la ropa interior y los zapatos. Había algo en aquellos lugares que le excitaba.

Aquellas mujeres procedían de un mundo diferente al que él conocía. Eran mujeres de un nivel muy superior, tanto económico como social.

Mujeres con maridos estirados.

Aquellas mujeres estarían deseando un buen polvo.

A veces un olor a colonia o un rastro penetrante en una prenda usada le recordaba a su madre, y por un momento se despertaba un efímero instinto sexual en su interior, que reprimía con un golpe de rabia.

Durante un tiempo pudo engañar a Rose, diciéndole que se iba a pescar de noche, sobre todo. Ella le preguntaba por qué nunca se llevaba al niño con él. Darren le decía que lo haría cuando el chaval fuera mayor. Y lo habría hecho, desde luego que lo habría hecho.

Pero entonces, una noche de febrero, mientras estaba robando en una casa de Tongdean, el propietario volvió y le pilló. Salió corriendo hacia la parte de atrás, cruzó el jardín y cayó al fondo de la jodida piscina, que estaba vacía: se rompió la pierna derecha, la mandíbula y la nariz, y perdió el conocimiento.

Rose solo fue a verle a la cárcel una vez. Fue para decirle que se llevaba al niño a Australia y que no quería volver a verle nunca más.

Ahora estaba otra vez en la calle, y no tenía nada. Solo su maleta en casa de Terry Biglow (eso si Terry seguía ahí, si no se había muerto o había acabado de nuevo en chirona). Su maleta, su cuerpo curtido y cubierto de cicatrices y las necesidades fisiológicas acumuladas de tres años de estar tendido en su estrecho catre, soñando con lo que haría cuando saliera...

117

Capítulo 26

Lunes, 29 de diciembre de 1997

—*P*uedo olvidarme de que te he visto la cara —dijo Rachael, levantando la mirada.

Bajo la luz amarilla del interior de la furgoneta, parecía como si tuviera ictericia. Ella intentó establecer contacto visual, porque en un oscuro rincón de su mente aterrorizada recordaba haber leído en algún lugar que los secuestrados debían intentar mirar a los ojos a sus secuestradores, que a la gente le costaba más hacerte daño si establecías un vínculo.

Y ella lo intentaba, con la voz quebrada, con aquel hombre, aquel monstruo, aquella cosa.

—Claro que puedes, Rachael. ¿Cuándo te crees que nací? ¿Ayer? ¿La semana pasada, el puto día de Navidad? Te dejo marchar, vale, y una hora más tarde estarás en una comisaría de Policía con uno de esos tipos que hacen retratos robot, describiéndome. ¿Es eso, más o menos?

Ella sacudió la cabeza con fuerza, de lado a lado.

—Te lo juro —suplicó.

—¿Por la vida de tu madre?

—Por la vida de mi madre. Por favor, ¿me das un poco de agua? Por favor, algo.

—¿Así que podría dejarte marchar, y si me traicionas y vas a la Policía, yo podría ir a la casa de tu madre, en Surrenden Close, y matarla?

Rachael se preguntó cómo sabía dónde vivía su madre. ¿Lo habría leído en el periódico? Aquello le dio un atisbo de esperanza. Si lo había leído en el periódico, quería decir que se hablaba de ella. Estarían buscándola. La Policía.

—Lo sé todo de ti, Rachael.

—Puedes dejarme marchar. No voy a poner tu vida en peligro.

—¿Puedo?

—Sí.

—Ni en tus mejores sueños.

119

Capítulo 27

Jueves, 8 de enero de 2010

*L*e gustaba estar dentro de una casa grande. O, más exactamente, en «los recovecos» de aquellas casas.

A veces, acurrucado en el interior de alguna cavidad estrecha, sentía como si la casa fuera su segunda piel. O, apretujado en un vestidor, rodeado de vestidos colgados y de los hipnóticos aromas de las bellas mujeres que los poseían, y del cuero de los zapatos, se sentía en la cima del mundo, dueño y señor de la mujer que se ponía todo aquello.

Como la propietaria de los vestidos que tenía alrededor en aquel momento. Y de aquellos montones de zapatos de diseño de sus diseñadores favoritos.

¡Y muy pronto, por un rato, sería suya! Muy pronto.

Ya sabía mucho de ella, mucho más que su marido, de eso no tenía duda. Era jueves. La había observado las tres noches anteriores. Sabía a qué horas llegaba y salía de casa. Y conocía los secretos de su portátil (¡un detalle por su parte, no haberle puesto contraseña!). Había leído los mensajes de correo electrónico que se había intercambiado con el griego con el que se acostaba. Había visto las fotografías que se había tomado con él, algunas de ellas más que escandalosas.

Pero aquella noche, si todo iba bien, durante un rato su amante sería él. No el Señor Peludo, con su cuidada barba de tres días y aquel garrote indecentemente grande.

Tendría que ir con cuidado de no moverse ni un centímetro cuando ella llegara. Las perchas eran especialmente escandalosas (las peores eran aquella finas de metal que daban en las tintorerías). Había quitado unas cuantas, las más ruidosas, y las había dejado en el suelo del armario, y había envuelto con tela las que tenía más cerca. Ahora lo único que tenía que hacer era esperar.

Era como salir a pescar. Se necesitaba mucha paciencia. Podía ser que ella tardara en volver, pero por lo menos no había peligro de que su marido se presentara esa noche.

Hubby se había ido en avión, muy, muy lejos, a un congreso sobre *software* en Helsinki. Estaba todo ahí, sobre la mesa de la cocina, la nota de él en el que le decía que la vería el sábado, firmada «Te quiero, besos», con el nombre del hotel y el número de teléfono.

Solo para asegurarse, como tenía tiempo de sobra, había llamado al hotel usando el teléfono de la cocina y había pedido que le pasaran con el señor Dermot Pearce. Una voz cantarina le había dicho que el señor Pearce no contestaba y que si quería dejarle un mensaje en su buzón de correo.

Sí, sintió la tentación de decir: «Estoy a punto de follarme a tu mujer», dejándose llevar por la emoción del momento, por la satisfacción al ver que todo iba saliéndole redondo. Pero el sentido común le hizo colgar.

121

Las fotografías en el salón de dos niños adolescentes, un niño y una niña, le preocuparon un poco. Pero sus dos dormitorios estaban inmaculados. No eran los dormitorios de dos chavales que vivieran allí. Llegó a la conclusión de que serían los hijos de un primer matrimonio del marido.

Había un gato, uno de esos asquerosos birmanos, que se le había quedado mirando en la cocina. Él le había dado una patada, y el animal había desaparecido por la gatera. Todo estaba tranquilo. Estaba contento y excitado.

Percibía la vida, la respiración de algunas casas. En especial cuando las calderas se ponían en marcha y las paredes vibraban. ¡Respirando! Sí, como él ahora, respirando con tanta intensidad por la excitación que podía oír su propio sonido, los latidos de su corazón, el paso de la sangre por las venas, como si fluyera en algún tipo de carrera.

¡Dios, qué sensación!

Capítulo 28

Jueves, 8 de enero de 2010

*R*oxy Pearce llevaba esperando aquella noche toda la semana. Dermot estaba de viaje de negocios y ella había invitado a Iannis a cenar. Quería hacerle el amor en su propia casa. ¡La idea le parecía deliciosamente morbosa!

No lo había visto desde el sábado por la tarde, cuando se había paseado por su apartamento, desnuda, con sus nuevos Jimmy Choo, que no se había quitado ni para follar, algo que a él le había puesto a tope.

Roxy había leído en algún sitio que la hembra de mosquito se vuelve tan loca cuando busca sangre que hace lo que sea, aunque sepa que le llevará a la muerte, para conseguir esa sangre.

Así se sentía ahora al pensar en Iannis. Tenía que verle. Tenía que poseerlo, a cualquier precio. Y cuanto más suyo era, más lo necesitaba.

«Soy mala persona», pensó, sintiéndose culpable, mientras apretaba el acelerador de su Boxster plateado por calles elegantes y oscuras como Shirley Drive, a la luz de las farolas. Dejó atrás la zona de ocio de Hove y tomó The Droveway, volvió a girar a la derecha y llegó hasta la gran casa que se habían construido, cuadrada y moderna, un remanso de paz en plena ciudad, con el jardín trasero orientado a los campos de juego de una escuela privada. Las luces de seguridad se fueron encendiendo a medida que pasaba por la vía de acceso.

«¡Soy TAN mala persona!»

Aquello era la típica cosa por la que podías acabar pudriéndote en el infierno. A ella la habían educado para que fuera una buena niña católica, para que creyera en el pecado y en la condenación eterna. Y con Dermot se había comprado el billete solo de ida a la condenación, y con camiseta de regalo.

Cuando se conocieron él estaba casado. Ella le había seducido, apartándolo de su mujer y de los niños que él adoraba, tras una relación apasionada que se había ido haciendo cada vez más fuerte durante los dos años siguientes. Estaban locamente enamorados. Pero entonces, cuando se fueron a vivir juntos, la magia se evaporó.

Ahora vivía aquellas mismas pasiones irrefrenables con Iannis. Al igual que Dermot, estaba casado, y tenía dos niños mucho más pequeños. Su mejor amiga, Viv Daniels, no aprobaba aquello, y le había avisado de que se iba a ganar la fama de «destrozamatrimonios». Pero no podía evitarlo, no podía cambiar sus sentimientos.

Bajó la visera sobre el parabrisas en busca del mando del aparcamiento, esperó a que se levantara la puerta, entró en el garaje, que parecía inmenso sin el BMW de Dermot, y apagó el motor. Entonces cogió las bolsas de Waitrose del asiento del acompañante y bajó.

123

Había conocido a Iannis una noche que Dermot la había llevado a cenar al Thessalonica, en Brighton. Él se había acercado y se había sentado en su mesa al acabar la cena, invitándoles a *ouzo* por cortesía de la casa y sin dejar de mirarla.

Lo primero que la sedujo fue su voz. El modo apasionado en que hablaba de la comida y de la vida, con su inglés defectuoso. Su rostro atractivo y sin afeitar. Su pecho peludo, visible a través de una camisa blanca abierta casi hasta el ombligo. Sus facciones duras. Parecía ser un hombre sin una preocupación en el mundo, relajado, contento con su suerte.

¡Y tan atractivo!

Mientras abría la puerta interior y marcaba el código en el teclado de la alarma para que no saltara, no observó que en el panel había una luz diferente a la habitual. Era la que indicaba el modo nocturno, que aislaba el piso de arriba, manteniendo activada la protección solo en la planta baja. Pero ella tenía la cabeza puesta en algo completamente diferente. ¿Le gustaría a Iannis lo que iba a cocinarle?

Había optado por algo sencillo: entrantes italianos variados, chuleta y ensalada. Y una botella —o dos— de la preciada bodega de Dermot.

Mientras cerraba la puerta tras de sí, llamó al gato:

—¡*Sushi*! ¡Eo, *Sushi*! ¡Mami está en casa!

Ponerle aquel nombre tan estúpido al gato había sido idea de Dermot, que se había inspirado en el primer restaurante al que habían ido, en Londres, la primera vez que habían quedado.

Se encontró un silencio por respuesta, algo nada habitual.

Normalmente el gato salía a su paso, se frotaría contra su pierna y luego levantaría la vista, expectante ante la perspectiva de la cena. Pero no estaba allí. «Quizás haya salido al jardín —pensó—. Bueno.»

Consultó su reloj de pulsera y luego el de la cocina: las seis y cinco. Iannis llegaría dentro de menos de una hora.

Había sido otro día de mierda en la oficina, con el teléfono mudo y un saldo deudor que se acercaba peligrosamente al límite. Pero ahora no iba a pensar en aquello, al menos durante unas horas. Lo único que importaba era el tiempo que iba a pasar con Iannis. ¡Pensaba paladear cada minuto, cada segundo, cada nanosegundo!

Vació las bolsas sobre la mesa de la cocina, guardó las cosas, cogió una botella del Château de Meursault de Dermot y lo metió en la nevera para que se enfriara un poco; luego abrió una botella de su Gevrey Chambertin del 2000 para que respirara. A continuación quitó la tapa a una lata de comida para gatos, vertió el contenido en el cuenco y lo colocó en el suelo.

—¡*Sushi*! —llamó de nuevo—. ¡Eo, *Sushi*! ¡La cena!

Luego subió las escaleras corriendo, con la idea de ducharse, depilarse las piernas, ponerse un poco de perfume Jo Malone, bajar de nuevo y preparar la cena.

Desde el interior del armario, él la oyó llamar al gato y se tapó la cabeza con el pasamontañas. Entonces percibió sus pasos al subir por las escaleras. Todo su cuerpo se puso rígido de la emoción.

Flotaba en una nube de excitación. ¡La tenía dura como una piedra! Intentó controlar la respiración mientras la observaba desde detrás de los vestidos de seda, a través de las puertas de cristal esmerilado del armario. Estaba preciosa. Aquella melena negra y lisa. El modo en que se descalzaba los zapatos negros de la oficina, de una patada. Entonces se quitó su traje chaqueta azul marino sin pensárselo dos veces. ¡Como si lo estuviera haciendo para él!

¡Gracias!

Se quitó la blusa blanca y el sujetador. Sus pechos eran más pequeños de lo que él se había imaginado, pero no importaba. Estaban muy bien. Firmes, pero de pezones pequeños. No importaba. Los pechos no eran lo suyo.

¡Ahora las braguitas!

¡Era de las que se afeitaban! ¡Blanquita y perfilada, con una fina tirita brasileña! Muy higiénico.

¡Gracias!

Estaba tan excitado que tenía la ropa empapada de sudor.

Entonces ella se metió en el baño, desnuda. Él oyó el ruido de la ducha. Aquel habría sido un gran momento, lo sabía, pero no quería que estuviera toda mojada y embadurnada de jabón. Le gustaba imaginar que se secaba y se perfumaba para él.

Al cabo de unos minutos ella volvió al dormitorio, envuelta en una gran toalla, con otra más pequeña en la cabeza. De pronto, como si actuara para él, dejó caer la toalla que le envolvía el cuerpo, abrió una puerta del armario y eligió un par de elegantes zapatos negros y brillantes, con largos tacones de aguja.

¡Los Jimmy Choo!

Apenas podía contener su excitación mientras la veía ponérselos, apoyando un pie y luego el otro en la pequeña butaca junto a la cama y atándose las correas, cuatro en cada zapato. Entonces se paseó por la habitación, mirándose, desnuda, deteniéndose y posando para verse reflejada en el gran espejo de la pared desde todos los ángulos.

Oh, sí, preciosa. ¡Oh, sí! ¡Oh, sí! ¡Gracias!

Él se regodeó mirando la fina tira de vello púbico que tenía por debajo del liso vientre. Le gustaba que lo llevara recortado. Le gustaban las mujeres que se cuidaban, que se fijaban en los detalles.

¡Solo para él!

Ahora se acercaba al armario, con la toalla aún envolviéndole el pelo. Estiró una mano. Tenía la cara a unos centímetros de la de él, al otro lado del cristal esmerilado.

Estaba listo.

Ella abrió la puerta.

Él tendió la mano, enfundada en un guante quirúrgico, y le plantó la gasa con el cloroformo en la nariz.

Como un tiburón al ataque, se deslizó por entre los vestidos colgados y le agarró la cabeza por la nuca con el otro brazo, manteniendo la presión contra la nariz unos segundos hasta que cayó, inconsciente, entre sus brazos.

Capítulo 29

Martes, 30 de diciembre de 1997

*R*achael yacía inmóvil en el suelo de la furgoneta. A él le dolía el puño en el punto en el que había impactado con la cabeza de la chica. Le dolía tanto que se temía que se hubiera podido romper un par de dedos. Apenas podía mover el pulgar y el índice.

—Mierda —dijo, sacudiendo la mano—. Mierda, joder, mierda. ¡So zorra!

Se quitó el guante para examinarse los dedos, pero era difícil ver nada bajo la tenue luz del piloto interior de la furgoneta.

Entonces se arrodilló a su lado. Al golpearla había oído un fuerte chasquido. No sabía si se había roto un hueso de la mano o si habría sido la mandíbula de ella. No parecía que respirara.

Asustado, apoyó la cabeza contra el pecho de ella. Sentía movimiento, pero no estaba seguro de si era suyo o de ella.

—¿Estás bien? —preguntó, en un arranque de pánico—. ¿Rachael? ¿Estás bien? ¿Rachael?

Volvió a ponerse el guante, la agarró por los hombros y la zarandeó.

—¿Rachael? ¿Rachael? ¿Rachael?

Sacó una pequeña linterna del bolsillo y la enfocó hacia su cara. Tenía los ojos cerrados. Le levantó un párpado, que se volvió a cerrar al soltarlo.

Su pánico iba en aumento.

—¡No te me mueras, Rachael! No te me mueras. ¿Me oyes? ¿Me oyes, joder?

Por la boca empezaron a salirle unas gotas de sangre.

—¿Rachael? ¿Quieres beber algo? ¿Quieres que te traiga algo de comer? ¿Quieres un McDonald's? ¿Un Big Mac? ¿Una hamburguesa con queso? ¿O un bocadillo? Puedo traerte un bocadillo. ¿Eh? Dime de qué lo quieres. ¿De chorizo picante? ¿Algo con queso fundido? Esos son muy buenos. ¿Atún? ¿Jamón?

Capítulo 30

Jueves, 8 de enero de 2010

*Y*ac tenía hambre. El bocadillo de pollo y queso fundido llevaba tentándole más de dos horas. La bolsa iba dando tumbos por el asiento del acompañante, junto con su termo, cada vez que frenaba o tomaba una curva.

Había pensado comer durante su pausa horaria para el té, pero había demasiada gente por las calles. Demasiadas carreras. Había tenido que tomar el té de las 23.00 conduciendo. Los jueves por la noche solían ser animados, pero aquel era el primer jueves tras el fin de año. Esperaba que fuera tranquilo. No obstante, la gente parecía haberse recuperado y ya volvía a estar de fiesta. Tomando taxis. Poniéndose zapatos bonitos.

Ajá.

A él ya le iba bien. Cada uno tenía su modo de divertirse. Él se alegraba por ellos. Siempre que pagaran lo que marcaba el taxímetro y que no intentaran salir corriendo, como ocurría de vez en cuando. ¡Y si le daban propina, aún mejor! Cualquier propina era bienvenida. Le ayudaría a ahorrar. Le ayudaría a ampliar su colección.

Que crecía a ritmo constante. Estupendamente. ¡Vaya!

Se oyó una sirena.

Yac sintió un acceso repentino de miedo. Aguantó la respiración.

Los retrovisores se cubrieron de una luz azul; luego un coche de policía pasó a toda velocidad. Y más tarde otro, como si siguiera su estela. «Interesante», pensó. Él solía pasarse toda la noche en la calle y raramente veía dos coches patrulla juntos. Sería algo grave.

Estaba acercándose a su lugar habitual en el paseo marítimo de Brighton, donde le gustaba parar cada hora en punto y beberse su té; en esta ocasión, también leería el periódico. Desde la violación del hotel Metropole, el jueves anterior, leía el periódico cada noche. La historia le excitaba. A la mujer le habían quitado la ropa. Pero lo que más le excitaba era que le hubieran quitado los zapatos.

¡Ajá!

Detuvo el taxi, paró el motor y cogió la bolsa de papel con el bocadillo, pero luego la volvió a dejar. Ya no olía bien. El olor le dio asco.

Se le había pasado el hambre.

Se preguntó adónde irían aquellos coches de la Policía.

Entonces pensó en el par de zapatos que llevaba en el maletero y volvió a sentirse bien.

¡Muy bien!

Tiró el bocadillo por la ventana.

«¡Guarro! —se reprendió mentalmente—. ¡Eres un auténtico guarro!»

Capítulo 31

Viernes, 9 de enero de 2010

*U*na de las ventajas o, más bien, una de las muchas ventajas de que Cleo estuviera embarazada, pensó Grace, era que así él bebía bastante menos. Aparte de alguna copa de vino blanco frío de vez en cuando, Cleo se había mantenido abstemia, así que él también había tenido que dejarlo. ¡Lo malo era aquella maldita afición que había cogido por el curri! No estaba muy seguro de cuánto más admitiría su cuerpo. Toda la casa empezaba a oler como un puesto de mercadillo indio.

A él le apetecía algo sencillo. *Humphrey* tampoco parecía estar muy convencido. Tras un simple lametón, el cachorro ya había decidido que el curri no iba a proporcionarle sabrosos restos que le apeteciera comer.

Roy los soportaba porque sentía la obligación de apoyar a Cleo. Además, en uno de los libros sobre el embarazo que le había regalado Glenn, había todo un apartado que hablaba sobre compartir los antojos de tu pareja, para que se sintiera feliz. Y si tu pareja se sentía feliz, el bebé captaría las vibraciones, nacería feliz y no se convertiría en un asesino en serie al crecer.

Habitualmente, con el curri le gustaba beber cerveza, sobre todo una Grolsch o su cerveza alemana favorita, la Biltberger, o la *Weissbier* a la que se había aficionado al trabajar con un agente de policía alemán, Marcel Kullen, y en sus últimas visitas a Múnich. Pero esa semana era el oficial de guardia de la Brigada de Delitos Graves, lo que significaba que debía estar localizable todos los días y a cualquier hora, lo que le obligaba a eliminar el alcohol.

Aquello explicaba que estuviera sentado en su despacho a las 9.20 de la mañana de aquel viernes, despierto como una liebre, dándole sorbitos a su segundo café del día, repartiendo su atención entre los informes de los casos abiertos, los correos electrónicos que iban llegando, como si gotearan de un grifo mal cerrado, y la montaña de papeles que tenía sobre la mesa.

Solo quedaban dos días y unas horas hasta la medianoche del domingo, cuando le tocaría el turno a otro superintendente o inspector jefe, que se convertiría en el nuevo oficial de guardia, y a él no le volvería a tocar hasta al cabo de seis semanas. Tenía tanto trabajo que hacer, con la preparación de casos para juicio y la supervisión del nuevo Equipo de Casos Fríos, que lo que menos necesitaba eran nuevos casos que le ocuparan tiempo.

Pero no era su día de suerte.

El teléfono sonó. En cuanto respondió reconoció la voz seca y directa del inspector David Alcorn, del D.I.C. de Brighton.

—Lo siento, Roy, pero parece que tenemos entre manos otro caso de violación perpetrada por un extraño.

Hasta entonces, el D.I.C. de Brighton se había ocupado de la violación del hotel Metropole por su cuenta, aunque manteniendo informado a Roy. Pero ahora parecía que la Brigada de Delitos Graves iba a tener que ocuparse del asunto. O sea, él.

Joder, y en viernes. ¿Por qué en viernes? ¿Qué tenían de particular los viernes?

—¿Qué es lo que tienes, David?

Alcorn le hizo un resumen rápido:

—La víctima está profundamente traumatizada. Por lo que dicen los del Uniform, que asistieron a la llamada, llegó a casa sola anoche (su marido está de viaje de negocios). La agredieron cuando estaba dentro. Llamó a una amiga, que fue a verla esta mañana, y fue ella la que contactó con la Policía. La víctima ha sido examinada por el personal de la ambulancia, pero no precisa de atención médica. La han llevado al centro para víctimas de violaciones de Crawley, acompañada por una agente especializada del centro y otro agente del D.I.C.

—¿Qué más datos hay?

—Muy pocos, Roy. Como te he dicho, parece que está muy traumatizada. Y que también hay un zapato de por medio.

Grace frunció el ceño.

—¿Qué sabes de eso?

—La violaron con uno de sus zapatos.

«Mierda», pensó Grace, buscando un bolígrafo y su cuaderno entre el montón de papeles que tenía sobre la mesa.

—¿Cómo se llama?

—Roxanna, o Roxy, Pearce —dijo Alcorn, que deletreó el nombre y el apellido—. Dirección: The Droveway, 76, en Hove. Tiene una agencia de relaciones públicas en Brighton; su marido trabaja en tecnología de la información. Eso es todo lo que sé de momento. He contactado con el Departamento Forense y ahora voy para la casa. ¿Quieres que te recoja?

Su despacho no estaba ni de lejos en la ruta viniendo desde la comisaría de Brighton, pero Roy decidió que no iba a discutir. Le iría bien el tiempo del trayecto para ponerse al día sobre el caso de la violación del Metropole, y para pedir el envío de toda la información a la Brigada de Delitos Graves.

—De acuerdo, gracias.

Cuando colgó el teléfono, se quedó sentado un momento, poniendo orden en sus pensamientos.

En particular, volvió a pensar en el Hombre del Zapato. Toda aquella semana, el Equipo de Casos Fríos le había dedicado una atención especial, en busca de cualquier relación que pudieran encontrar en cuanto al modus operandi entre los casos conocidos, en 1997, y la agresión a Nicola Taylor en el Metropole.

Le habían quitado los zapatos. Aquel era el primer vínculo posible. Aunque en 1997 el violador solo se llevaba un zapato y las braguitas de sus víctimas. A Nicola Taylor le habían quitado ambos zapatos, así como toda su ropa.

En algún lugar, bajo aquella montaña de papeles, estaba la enorme carpeta con el perfil del delincuente o, tal como se le llamaba ahora, el «informe psicológico de conducta», escrito por un psicólogo forense de lo más excéntrico, el doctor Julius Proudfoot.

Nunca le había hecho mucha gracia, desde la primera vez que lo había visto, en 1997, durante la investigación de la desaparición de Rachael Ryan, pero posteriormente le había formulado unas cuantas consultas.

Estaba tan absorto en el informe que no oyó el ruido de la puerta al abrirse ni las pisadas sobre la moqueta.

—¡Eh, colega!

Grace levantó la mirada, sobresaltado, y se encontró a Branson de pie frente a su mesa:

—¿Qué problema tienes?

—La vida en general. Estoy pensando en acabar con todo.

—Buena idea. Pero no lo hagas aquí. Ya tengo suficiente mierda de la que ocuparme.

Branson rodeó la mesa y echó un vistazo por encima del hombro de su amigo. Leyó unos momentos y luego le dijo:

—Ya sabes que ese Julius Proudfoot está mal de la chaveta, ¿no? Sabes la reputación que tiene, ¿verdad?

—Menuda novedad. Hay que estar muy mal de la chaveta para hacerse policía.

—Y para casarse.

—Eso también —reconoció él, sonriendo—. ¿Qué otras perlas de sabiduría me tienes reservadas?

Branson se encogió de hombros.

—Solo intentaba ayudar.

«Lo que realmente me ayudaría —pensó Grace— sería que ahora mismo estuvieras a mil kilómetros de aquí. Que dejaras de destrozarme la casa. Que dejaras de destrozarme la colección de CD y de vinilos. Eso es lo que me ayudaría de verdad.»

Pero en vez de decir aquello, levantó la vista y miró al hombre que quería más que a ningún otro y dijo:

—¿Quieres irte al carajo, o quieres ayudarme de verdad?

—Si me lo pides con tanta dulzura, ¿cómo iba a resistirme?

—Vale. —Grace le dio el informe del doctor Julius Proudfoot sobre el Hombre del Zapato—. Me gustaría que me resumieras esto para la reunión de esta noche, en unas doscientas cincuenta palabras, con un lenguaje que nuestro subdirector pueda entender.

Branson sopesó el archivo y luego hojeó las páginas.

—Joder, doscientas ochenta y dos páginas. Tío, esto es un marrón de cojones.

—Yo mismo no habría podido definirlo mejor.

Capítulo 32

Viernes, 9 de enero de 2010

*E*l padre de Roy había sido un poli de los de toda la vida. Jack Grace le dijo a su hijo que ser policía quería decir observar el mundo con una mirada diferente a la de los demás. Formabas parte de una «saludable cultura de la sospecha», tal como lo llamaba él.

Nunca había olvidado aquello. Así era como él miraba el mundo, siempre. Y así era como él miraba, en aquel momento, las casas elegantes de Shirley Drive, en aquella mañana clara, fresca y soleada de enero. La calle era una de las vías principales de Brighton y Hove. Llegaba casi a campo abierto, a las afueras de la ciudad, y estaba flanqueada con elegantes casas independientes muy lejos del alcance de la mayoría de los agentes de Policía. Allí vivía gente rica: dentistas, banqueros, propietarios de concesionarios, abogados, ejecutivos de la zona y de Londres y, por supuesto, como en todos los barrios finos, una serie de delincuentes con suerte. Era uno de los barrios en los que muchos esperaban llegar a vivir algún día. Si vivías en Shirley Drive —o en alguna de sus bocacalles— eras «alguien».

Por lo menos, a la vista de cualquiera que pasara por allí y que no tuviera la mirada cínica de un poli.

Roy no tenía una mirada cínica. En cambio tenía una buena memoria, casi fotográfica. Mientras Alcorn, vestido con un elegante traje gris, conducía su pequeño Ford, dejando atrás el parque infantil, Grace iba pasando revista a las casas, una por una. Para él era rutina. Allí tenía una casa uno de los jefes de la mafia de Londres. También el rey de los burdeles de Brighton. Y la del rey del crac estaba a solo una travesía.

Alcorn no llegaba a los cincuenta: bajo, con el pelo castaño muy corto y un olor permanente a humo de cigarrillo, tenía un aspecto exterior duro y serio, pero en realidad era un hombre encantador.

—Esta es la calle a la que querría mudarse mi señora —comentó al girar a la derecha para tomar The Droveway.

—Pues venga —dijo Grace—, múdate.

—Solo me faltan un par de cientos de miles para estar a un par de cientos de miles de poder pagar la entrada —respondió—. O quizá ni eso. —Vaciló un momento—. ¿Sabes lo que pienso?

—Dime.

Grace observaba cada una de las casas por las que iban pasando. A su derecha dejaron un colmado Tesco. A su izquierda, una lechería con un antiguo muro empedrado.

—Que a tu Cleo le gustaría esto. Este barrio le va, a una señora con clase como ella.

Iban reduciendo la velocidad. De pronto frenó de golpe.

137

—Es ahí, esa de la derecha.

Mientras entraban en el carril de acceso, corto y flanqueado por setos de laurel, Grace buscó con la mirada, pero no encontró cámaras de circuito cerrado. Sí vio las luces de seguridad.

—Está bien, ¿no? —dijo Alcorn.

Estaba más que bien, aquello era la hostia. Grace decidió que, si tuviera dinero para diseñar y construirse la casa de sus sueños, aquella sería la que copiaría.

Era como una reluciente escultura blanca. Una mezcla de rectas marcadas y curvas suaves, algunas de ellas combinadas para crear unos atrevidos ángulos geométricos. La casa parecía estar construida a diferentes niveles, con enormes ventanales y paneles solares en el tejado. Hasta las plantas, situadas estratégicamente por las paredes, parecían haber sufrido una modificación genética para aquel uso particular. No era una casa enorme; tenía unas dimensiones habitables. Pensó que debía de ser un lugar estupendo al que volver cada noche.

Entonces se concentró en lo que quería sacar del escenario del delito, pasando lista mentalmente mientras aparcaban tras un pequeño coche patrulla. A su lado había un agente uniformado, un tipo fornido de unos cuarenta años. Tras él, una cinta a cuadros azules y blancos delimitaba el escenario y cerraba el paso al resto de la vía de acceso, que llevaba a un gran garaje interior.

Salieron, y el policía, un respetuoso agente de la vieja escuela, les puso al día con tono pedante de lo que había encontrado por la mañana, al acudir a la llamada, y los informó de que la unidad forense venía de camino. No pudo darles mucha más información de la que Alcorn ya le había dado a Grace, aparte de que la mujer había llegado a casa y aparentemente había desactivado la alarma al entrar.

Mientras hablaban, llegó una pequeña furgoneta blanca y bajó un veterano agente de la policía forense, Joe Tindall, con quien Grace había trabajado muchas veces y que siempre le había parecido algo cascarrabias.

—Viernes —murmuró el forense, a modo de saludo—. ¿Qué es lo que tienen los putos viernes, Roy? —añadió, esbozando una sonrisa socarrona.

—Mira que les digo a los delincuentes que actúen solo en lunes, pero no parece que me hagan mucho caso.

—Tengo entradas para ver a Stevie Wonder en el O$_2$ Arena esta noche. Si no llego a tiempo, mi relación se va al carajo.

—Cada vez que te veo tienes entradas para algo, Joe.

—Sí, me gusta pensar que tengo una vida fuera de este trabajo, a diferencia de la mitad de mis colegas.

Le lanzó al superintendente una mirada intencionada y empezó a sacar de la parte trasera de la furgoneta unos trajes de papel blanco y protecciones azules para los zapatos, y se los entregó.

Roy se sentó en el estribo trasero de la furgoneta y poco a poco se fue enfundando el mono. Cada vez que lo hacía, maldecía al que había diseñado aquello, pues tenía que contorsionarse para conseguir pasar los pies por las perneras sin romperlas y luego hacer lo mismo con las mangas. Agradeció no encontrarse en un lugar público, porque era casi imposible ponerse aquel traje sin dar la nota. Por fin, refunfuñando, se agachó y se calzó las protecciones para los zapatos. Luego se puso los guantes de látex.

El agente les indicó el camino al interior. Grace se quedó impresionado de que hubiera tenido el sentido común de marcar el terreno con cinta, para indicar una única vía de entrada y de salida.

El salón, de planta abierta, con su reluciente suelo de parqué, elegantes esculturas de metal, pinturas abstractas y unas plantas altas y frondosas, le habría encantado a Cleo, pensó. Había un intenso y agradable aroma a pino en el ambiente, y un olor algo más dulce y almizclado, probablemente de un popurrí. Entrar en una casa que no oliera a curri era un cambio que se agradecía.

El agente les dijo que subiría al piso de arriba para poder responder a sus preguntas, pero que no entraría en el dormitorio, para alterar lo mínimo posible las pruebas.

Grace confiaba en que el agente, siendo tan meticuloso, no lo hubiera toqueteado todo la primera vez, al acudir a la llamada de emergencia. Siguió a Alcorn y a Tindall por una escalera de caracol de cristal y por un corto rellano con baranda hasta llegar a un enorme dormitorio que desprendía un intenso olor a perfume.

En las ventanas había unos finos visillos blancos y las paredes estaban cubiertas de armarios a medida con paneles de cristal y cortinillas. La puerta doble de uno de ellos estaba abierta y sobre la moqueta yacían varios vestidos con sus respectivas perchas.

El elemento central del dormitorio era una cama enorme con cuatro postes de madera en punta en las esquinas. En uno de ellos había atado un cinturón de bata, y en otro una corbata a rayas. Otras cuatro corbatas, atadas de dos en dos, estaban esparcidas por el suelo. El edredón, de raso de color crema, estaba hecho un lío.

—La señora Pearce quedó amordazada y atada por las muñecas y los tobillos a los postes —explicó el agente desde el umbral—. Consiguió liberarse hacia las seis y media de esta mañana, y entonces llamó a su amiga. —Consultó su cuaderno—. La señora Amanda Baldwin. Tengo su número.

139

Grace asintió. Estaba mirando una fotografía colocada sobre un tocador con la superficie de cristal. Era la imagen de una mujer atractiva, con una melena lacia y negra sujeta con horquillas y un vestido de noche largo, junto a un tipo de mirada penetrante vestido con un esmoquin.

—Supongo que es ella, ¿no? —dijo, señalándola.

—Sí, jefe.

David Alcorn también estudió la foto.

—¿Cómo estaba? —preguntó Grace al agente.

—Bastante afectada. Pero lúcida hasta cierto punto, teniendo en cuenta lo que ha pasado, ya me entiende.

—¿Qué sabemos de su marido?

—Se fue ayer de viaje de negocios a Helsinki.

Grace pensó por un momento; luego miró a David Alcorn.

—Curiosa coincidencia —dijo—. Quizá sea significativa. Me gustaría saber con qué frecuencia se va. Podría ser alguien que la conociera o que hubiera estado espiándola.

Se giró hacia el agente y añadió:

—Llevaría una máscara, ¿no?

—Sí, señor: un pasamontañas con orificios.

Grace asintió.

—¿Han contactado con el marido?

—Va a intentar tomar un vuelo de regreso hoy mismo.

Alcorn pasó a inspeccionar las otras habitaciones.

Joe Tindall tenía una videocámara compacta pegada al ojo. Tomó una panorámica de trescientos sesenta grados de la escena y luego un plano corto de la cama.

—¿Ha acudido usted solo? —preguntó Grace al agente.

Iba escrutando la habitación mientras hablaba. En el suelo había unas braguitas color crema, una blusa blanca, una falda y un top azul marino, unas medias y un sujetador. No estaban desperdigados por la habitación como si se los hubieran quitado a la fuerza a la mujer; parecía más bien como si se los hubiera quitado sin pensar y se hubieran quedado en el lugar donde habían caído.

—No, señor, con el sargento Porritt. Él ha acompañado a la víctima y a la agente especial de Agresiones Sexuales al Saturn Centre.

Grace dibujó un pequeño croquis de la habitación, en el que indicó las puertas —una al rellano, la otra al baño— y las ventanas como posibles vías de entrada y salida. Pediría que peinaran a fondo la habitación en busca de huellas dactilares, cabellos, fibras, células cutáneas, saliva, semen, posibles restos de lubricante de preservativo —si es que se había usado— y pisadas. También habría que buscar a fondo en el exterior de la casa, especialmente huellas de pisadas y fibras textiles que hubieran podido desprenderse al contacto con la pared o con un marco, si es que el agresor había escapado por una ventana, así como colillas.

Tendría que rellenar un formulario de recuperación de rastros y pasárselo a Tindall, para que supiera qué elementos del interior de la habitación, de la casa y de los alrededores iba a querer etiquetados para mandar al laboratorio. El juego de cama, por supuesto. Las toallas del baño, por si el agresor se había secado las manos u alguna otra parte del cuerpo. El jabón.

Tomó notas, paseándose por la habitación, buscando cualquier cosa que se saliera de lo habitual. Había un enorme espejo colgado frente a la cama, situado allí con una clara intención morbosa, pensó, aunque no le pareció mal. En una mesilla de noche había un diario y una novela romántica, y en la otra un montón de revistas de tecnología de la información. Abrió todas las puertas de los armarios, una por una. Allí había más vestidos colgados de los que había visto en toda su vida.

Entonces abrió otra y, envueltos en una atmósfera que olía a cuero y a lujo, encontró un filón de zapatos de marca. Estaban dispuestos en una serie de cajones móviles que ocupaban del suelo al techo. Grace no era ningún experto en calzado femenino, pero a primera vista podía asegurar que se trataba de zapatos elegantes y caros. Allí debía de haber más de cincuenta pares. La puerta que abrió a continuación reveló otros tantos. Y otros cincuenta tras la tercera puerta.

—¡Parece que la señora le sale bastante cara al marido! —comentó.

—Creo que tiene su propio negocio, Roy —le corrigió Alcorn.

141

Grace se reprendió. Había sido un comentario estúpido, la típica presuposición machista que cabría esperar de alguien como Norman Potting.

—Sí, claro.

Se acercó a la ventana y echó un vistazo hacia el jardín de atrás, un espacio elegantemente distribuido, con una piscina ovalada tapada con una lona en el centro.

Más allá del jardín, a través de los densos arbustos y los arbolillos, se entreveían los campos de juego del colegio vecino. Había postes de rubgy en dos campos y porterías de fútbol en un tercero. Aquella era una posible ruta de acceso para el agresor, pensó.

¿Quién era?

¿El Hombre del Zapato?

¿Algún otro monstruo?

Capítulo 33

Viernes, 9 de enero de 2010

—*P*odías haber llamado a la puerta, joder —refunfuñó Terry Biglow.

Llamar a la puerta nunca había sido el estilo de Darren Spicer. Se quedó de pie en el cuartito sumido en la semioscuridad a causa de las cortinas, con su bolsa bien agarrada e intentando respirar lo menos posible aquel aire fétido. La habitación apestaba a humo de cigarrillo, madera vieja, el polvo de la alfombra y leche rancia.

—Pensé que aún no te habrían soltado. —La voz del viejo delincuente era tenue y quebradiza. Estaba tendido, parpadeando, deslumbrado por el haz de luz de la linterna de Spicer—. En cualquier caso, ¿qué cojones estás haciendo aquí a estas horas?

—He echado un polvo —respondió Spicer—. Pensé que podía pasarme por aquí y hablarte de ella, y de paso recoger mis cosas.

—Como si necesitara oírlo. Para mí eso de echar polvos se ha quedado atrás. Apenas me sirve para mear. ¿Qué es lo que quieres? ¡Deja de enfocarme esa mierda en la cara!

Spicer pasó el haz de luz por las paredes, encontró un interruptor y lo accionó. Una lúgubre luz procedente de una lámpara con una pantalla aún más lúgubre iluminó el espacio. Hizo una mueca de asco al ver la habitación.

—¿Has vuelto a escaparte? —preguntó Biglow, aún parpadeando.

Spicer pensó que tenía un aspecto terrible. El de un viejo de setenta que se acerca de golpe a los noventa.

—Buena conducta, colega. Me han soltado antes de lo previsto. —Le lanzó un reloj de pulsera al pecho—. Te he traído un regalito.

Biglow lo agarró con unas manos huesudas y menudas y lo observó con avidez.

—¿Qué es esto? ¿Coreano?

—Es de verdad. Lo birlé anoche.

Biglow se irguió un poco en la cama, tanteó la mesilla de noche con la mano y se puso unas gafas de leer enormes, pasadas de moda. Estudió el reloj.

—Tag Heuer Aquaracer —anunció—. No está mal. ¿Así que robando y follando?

—Al revés.

Biglow sonrió, dejando a la vista una fila de afilados dientecillos del color de una lata oxidada. Llevaba puesta una camiseta asquerosa que en algún momento debía de haber sido blanca. Debajo, era solamente piel y huesos. Olía a sacos viejos.

—Está bien —dijo—. Muy bonito. A ver, ¿cuánto quieres por él?

—Mil.

—Estás de broma. Puedo conseguirte una «sábana» si encuentro comprador, y si es bueno, y no una copia. Eso o te doy cien pavos ahora.

Una «sábana» eran quinientas libras.

—Ese reloj vale dos de los grandes —replicó Spicer.

—¿Has oído hablar de la crisis? —Biglow volvió a mirar el reloj—. Tienes suerte de no haber venido más tarde. —Calló, y al ver que Spicer no decía nada, prosiguió—: No me queda mucho, ¿sabes? —Tosió, con una tos larga, ronca y rasposa que le hizo lagrimear, y escupió sangre en un pañuelo mugriento—. Me dan seis meses de vida.

—Qué putada.

Darren Spicer fijó la mirada en aquel semisótano. Fuera pasó un tren con un rugido fantasmagórico y toda la habitación tembló. Una ráfaga fría atravesó la estancia. Aquel lugar no era más que un sitio donde vivir, tal como lo recordaba de la última vez que había estado allí. Una alfombra raída cubría parte de la tarima del suelo. Había ropa en perchas de alambre colgadas de la moldura. Un viejo reloj de madera en un estante decía que eran las 8.45. En la pared había un crucifijo, justo encima de la cama, y en la mesilla de noche junto a Biglow había una Biblia, junto a varios frascos de medicinas etiquetados.

«Este voy a ser yo dentro de treinta años, si es que llego», pensó Spicer.

Luego sacudió la cabeza.

—¿Va a ser esto, Terry? ¿Aquí es donde vas a acabar tus días?

—Está bien. Es práctico.

—¿Práctico? ¿Práctico para qué? ¿Para el jodido cortejo fúnebre?

Biglow no dijo nada. A poca distancia, al otro lado de Lewes Road, junto al cementerio y al tanatorio, había toda una serie de casas de pompas fúnebres.

—¿No tienes agua corriente?

—Claro que tengo —protestó Biglow, interrumpido por otro acceso de tos. Señaló hacia el otro lado de la habitación, donde había un lavamanos.

—¿Nunca te lavas? Aquí huele a váter.

—¿Quieres una taza de té? ¿Café?

Spicer miró hacia una repisa en la esquina, donde había un calentador de agua y unas tazas desportilladas.

—No, gracias. No tengo sed.

Miró al viejo maleante, sacudiendo la cabeza. «Eras un tipo importante en la ciudad. Hasta a mí me acojonabas cuando era un crío. Solo con oír el apellido Biglow la gente se cagaba de miedo. Mírate ahora», pensó.

Los Biglow habían sido una familia de malhechores que había que tener en cuenta: dirigían uno de los negocios de extorsión más importantes de la ciudad, controlaban la mitad del negocio de la droga de Brighton y Hove, y Terry había sido uno de los herederos del clan. No era un hombre al que te apeteciera buscarle las cosquillas, a menos que quisieras recibir un navajazo o un chorro de ácido en la cara. Solía vestirse como un dandy, con grandes anillos y relojes, y llevaba buenos coches. Ahora, arruinado por el alcohol, tenía la cara hundida y arrugada. El pelo, que solía llevar perfectamente peinado, incluso a medianoche, estaba más gastado que la alfombra, y tenía el color de la nicotina que daban los tintes baratos.

—En Lewes estabas en el ala de delitos sexuales, ¿no, Darren?

—Que te jodan. Yo nunca he violado a nadie.

—No es eso lo que he oído.

Spicer le echó una mirada defensiva.

—Ya te lo he dicho antes, ¿vale? La tía estaba pidiendo guerra. Se nota cuando una tía pide guerra. Me atacó ella. Tuve que quitármela de encima.

—Qué curioso que el jurado no te creyera.

Biglow sacó un paquete de cigarrillos del cajón, los sacudió y se puso uno en la boca.

Spicer sacudió la cabeza.

—¿Con el cáncer de pulmón sigues fumando?

—¿Tú crees que va a cambiar mucho la cosa, pichabrava?

—Vete a la mierda.

—Siempre es un placer verte, Darren.

Encendió su cigarrillo con un mechero de plástico, inhaló el humo y luego se perdió en un nuevo acceso de tos.

Spicer se arrodilló, enrolló la alfombra, quitó unos tablones del suelo y extrajo la vieja maleta cuadrada de cuero, rodeada por tres cadenas, cada una con su candado de alta seguridad.

Biglow se quedó mirando el reloj.

—Te diré lo que haremos. Siempre he sido un hombre justo y no quiero que pienses mal de mí cuando me haya ido. Tenemos tres años de servicio de consigna pendientes. Así que lo que haré es darte trescientas libras por el reloj. Me parece que es un trato justo.

—¿Trescientos pavos?

En un arranque de ira, Spicer agarró a Biglow por el pelo con la mano izquierda y tiró de él, sacándolo de la cama y colocándoselo delante de la cara, zarandeándolo como el muñeco de un ventrílocuo. Le sorprendió lo poco que pesaba. Luego le asestó un gancho con la derecha bajo la barbilla, con todas sus fuerzas, tan fuerte que se hizo un daño tremendo.

Biglow quedó inconsciente. Darren lo soltó y el otro cayó

desplomado en el suelo. Dio unos pasos hacia delante y apagó el cigarrillo aún encendido. Entonces paseó la mirada por aquella mísera habitación, en busca de cualquier cosa que pudiera valer la pena llevarse. Pero aparte de recuperar el reloj, no había nada más que hacer. Nada en absoluto. Realmente no había nada.

Cargando con la pesada maleta bajo un brazo y el bolso de mano con sus cosas de uso diario, salió por la puerta. Vaciló un momento, se giró y se quedó mirando aquel montón de huesos.

—Nos vemos en tu funeral, colega.

Cerró la puerta tras él, subió las escaleras y salió al exterior, dispuesto a enfrentarse a aquella gélida y borrascosa mañana de viernes.

147

Capítulo 34

Viernes, 9 de enero de 2010

*P*or segunda vez en poco más de una semana, la agente de enlace con las víctimas de una agresión sexual Claire Westmore estaba en el Saturn Centre, unidad especializada en violaciones adscrita al hospital de Crawley.

Sabía por experiencia que no había dos víctimas que reaccionaran del mismo modo, y que su estado no se mantenía estático. Una de las difíciles tareas a las que se enfrentaba ahora era saber reaccionar ante los cambios de ánimo de la mujer con la que estaba. Pero al tiempo que la trataba con delicadeza y comprensión, para que se sintiera lo más segura posible, no podía perder de vista el hecho de que Roxy Pearce, lo quisiera o no, era un escenario de un delito del que había que obtener todos los rastros posibles para el análisis forense.

Cuando acabaran con aquello, dejaría que la mujer descansara —segura en la habitación que se le había asignado en el centro— y que durmiera, con ayuda de la medicación. Al día siguiente confiaba en que la mujer se encontraría mejor y podría empezar el interrogatorio. Para Roxy Pearce, al igual que ocurría en la mayoría de los casos, aquello probablemente supondría unos días desagradables en los que reviviría lo sucedido, y Westmore tendría que arrancarle una angustiosa declaración con la que acabaría llenando treinta páginas de su cuaderno A4.

En aquel momento se encontraba en el proceso más desagradable de todos para la víctima, y también para ella. Estaban solas con una médico forense de la Policía en la sala de exámenes forenses. La mujer llevaba únicamente el albornoz blanco de rizo y las zapatillas rosas que traía puestos al llegar. En el coche patrulla la habían envuelto en una manta para que se calentara, pero ahora ya no la tenía. Estaba sentada, encorvada, abatida y en silencio, sobre la camilla azul, con la cabeza agachada y la mirada perdida, la larga melena negra enmarañada y tapándole en parte el rostro. De la locuacidad irrefrenable mostrada en el momento en que la Policía se había presentado en su casa, había pasado ahora a un estado cercano al catatónico.

A Westmore alguna víctima le había dicho que sufrir una violación era como si te mataran el alma. Al igual que en caso de asesinato, no había vuelta atrás. No había terapia que pudiera hacer que Roxy Pearce volviera a ser la persona de antes. Sí, con el tiempo se recuperaría un poco, lo suficiente para seguir adelante, para llevar una vida, en apariencia, normal. Pero sería una vida constantemente amenazada por la sombra del miedo. Una vida en la que apenas podría confiar en nadie, en cualquier situación.

—Aquí estás segura, Roxy —le dijo Claire, con una sonrisa franca—. No hay lugar más seguro que este. Aquí él no podría entrar.

Volvió a sonreír. Pero no hubo respuesta. Era como hablar con una figura de cera.

—Tu amiga Amanda está aquí —prosiguió—. Ha salido un momento a fumarse un pitillo. Se quedará contigo todo el día. —Volvió a sonreír.

De nuevo aquella expresión ausente. Los ojos muertos. En blanco. Tan en blanco como todo lo que la rodeaba. Tan en blanco e insensibles como el resto de su cuerpo.

Los ojos de Roxy recorrieron las paredes de color magnolia de la salita. Recién pintada. El reloj redondo e impersonal marcaba las 12.35. Un soporte con cajas de guantes de látex azules. Otro soporte con recipientes rojos con jeringas, gasas y viales, todo precintado. Una silla rosa. Una báscula. Un lavamanos con un dispensador de crema hidratante en un lado, y un jabón estéril en el otro. Un teléfono apoyado en un escritorio blanco y desnudo, como si fuera el de la llamada de emergencia en un concurso de televisión. Un biombo plegable con ruedecitas.

149

Afloraron las lágrimas. Deseó que Dermot estuviera allí. Su cerebro aturdido deseó no haberle sido infiel, no haber tenido aquella historia loca con Iannis.

Entonces, de pronto, espetó:

—Es todo culpa mía, ¿verdad?

—¿Por qué dices eso, Roxy? —preguntó la agente, apuntando sus palabras en el registro que llevaba en su portátil—. No debes culparte en absoluto. Eso no es así.

Pero la mujer volvió a sumirse en el silencio.

—Está bien, cariño. No te preocupes. No tienes que decirme nada. No tenemos que hablar, si no quieres, pero lo que sí necesito es obtener pruebas forenses de tu cuerpo, que puedan ayudarnos a encontrar al hombre que te hizo esto. ¿Te parece bien?

Tras unos momentos, Roxy dijo:

—Me siento sucia. Quiero darme una ducha. ¿Puedo?

—Por supuesto, Roxy —dijo la forense—. Pero todavía no. No querrás que se pierdan las pruebas que podamos tener, ¿no? —añadió. Tenía un tono algo autoritario, pensó Westmore, quizá demasiado decidido, teniendo en cuenta el frágil estado de la víctima.

Silencio otra vez. La mente de Roxy se fue por la tangente. Había sacado dos de las mejores botellas de Dermot. Las había dejado en algún sitio. Una, abierta sobre la mesa de la cocina; la otra en la nevera. Tendría que comprar una botella en algún sitio para reemplazar la que estaba abierta, y volver a casa antes de que lo hiciera Dermot para volver a poner las dos en la bodega. Si no, él se subiría por las paredes.

Con un chasquido, la forense se ajustó un par de guantes de látex, se acercó a los recipientes de plástico y sacó el envoltorio estéril del primer objeto, una pequeña herramienta afilada para recoger restos de debajo de las uñas. Cabía la posibilidad de que la mujer hubiera arañado a su atacante, y esas células cutáneas, con su ADN, quizás estuvieran aún bajo las uñas.

Para Roxy aquello no fue más que el inicio de la larga tortura que sufrió en aquella sala. Antes de que le dejaran darse una ducha, la forense tendría que aplicar gasas y sacar muestras de todas las partes de su cuerpo donde hubiera podido producirse contacto con el agresor, en busca de saliva, semen y células cutáneas. Le peinaría el vello púbico, le haría un examen de alcohol en sangre, le sacaría una muestra de orina para las pruebas de toxicología y registraría en el libro de exámenes médicos cualquier daño sufrido en la zona genital.

Mientras la forense iba repasando cada una de las uñas de Roxy, empaquetando los restos por separado, la agente de enlace intentó calmarla.

—Vamos a atrapar a ese hombre, Roxy. Por eso estamos haciendo esto. Con tu cooperación, podremos evitar que le haga esto a otra mujer. Sé que es duro para ti, pero intenta pensar en eso.

—No sé por qué se molestan —dijo Roxy, de pronto—. Solo el cuatro por ciento de los violadores acaban cumpliendo condena. ¿No es así?

Westmore vaciló. Había oído que en Inglaterra el índice era del dos por ciento, porque en realidad solo se acababan denunciando el seis por ciento de las violaciones. Pero no quería ponerle las cosas más difíciles a la pobre mujer.

—Bueno, eso no es del todo cierto —respondió—. Pero las cifras son bajas, sí. Eso se debe a que pocas víctimas tienen las agallas que tienes tú, Roxy. No tienen el valor de actuar, como has hecho tú.

—¿Agallas? —replicó ella amargamente—. Yo no tengo «agallas».

—Sí que las tienes. Desde luego que sí.

—Es culpa mía —insistió, meneando la cabeza casi sin fuerzas—. Si hubiera tenido agallas, le habría detenido. Todo el mundo pensará que yo quería que me hiciera esto, que le animé de algún modo. Cualquier otra persona se las habría arreglado para evitarlo, tal vez dándole un patada en las pelotas o algo así, pero yo no. ¿Qué hice yo? Yo me quedé ahí tirada.

Capítulo 35

Viernes, 9 de enero de 2010

$\mathcal{A}$ Darren se le estaba arreglando la mañana. Había recuperado sus cosas de casa de Terry Biglow y ahora tenía un lugar donde guardarlas, una taquilla alta de color beis con su propia llave, en el Centro de Noche Saint Patrick's. Y dentro de unas semanas esperaba poder conseguir uno de los MiPod que tenían.

La gran iglesia neonormanda situada al final de una tranquila calle de vecinos de Hove se había adaptado al paso de los tiempos. Al ir perdiendo fieles, la profunda nave de Saint Patrick's se había dividido en dos, y la mitad se había puesto en manos de una organización de beneficencia para los indigentes, que había dedicado una parte a un dormitorio de catorce camas donde la gente podía pasar la noche un máximo de tres meses. Otra parte, la sala de MiPods, era un santuario. Era donde podían quedarse diez semanas más quienes mostraran verdaderas intenciones de llevar una vida honrada, con la esperanza de que les sirviera de base para empezar una nueva vida.

La sala de MiPods estaba inspirada en los hoteles cápsula japoneses. Era un espacio único, con seis nichos de plástico, una cocina comunitaria y una sala de estar con un televisor. Cada uno de los nichos tenía el tamaño suficiente como para tumbarse a dormir y para guardar un par de maletas.

Para poder optar a un MiPod, primero tenía que convencer a la dirección de que era un residente modélico. No había pensado en qué pasaría después de aquellas diez semanas en el nicho, pero, para entonces, con un poco de suerte, ya tendría dinero suficiente como para volver a alquilar un piso o una casa.

Ser un residente modelo significaba obedecer las normas, como la de salir antes de las 8.30 y no volver hasta la hora de la cena, a las 19.30. Durante las horas intermedias se esperaba que realizara actividades de reciclaje. Sí, bueno, eso es lo que todos pensarían que hacía. Se apuntaría en el centro de reinserción y con suerte conseguiría un trabajo de mantenimiento en alguno de los hoteles elegantes de Brighton. Ese puesto debería darle la ocasión de cometer pequeños robos sin problemas. Debería poder acumular un buen pico. Y quizá, mientras tanto, encontrara a alguna mujer con ganas de pasárselo bien, como la noche anterior.

Poco después de mediodía, vestido con vaqueros, deportivas, un suéter y una cazadora, salió del centro de reinserción. La entrevista había ido bien y ahora poseía un impreso sellado y la dirección del lujoso Grand Hotel, en el paseo marítimo, donde empezaría el lunes. Tenía el resto del día libre.

Mientras deambulaba por Western Road, la gran calle comercial que conectaba Brighton con Hove, mantenía las manos bien hundidas en los bolsillos para protegerse del frío. Solo tenía siete libras en el bolsillo —todo lo que le quedaba de las cuarenta y seis que le habían dado al soltarle, más la pequeña cantidad de efectivo que llevaba encima en el momento de su última detención—. Y sus reservas de emergencia estaban en la maleta que había retirado de casa de Terry Biglow.

Mentalmente, se iba haciendo una lista de la compra de todo lo que necesitaría. Allí le daban las cosas de aseo básicas, como cuchillas de afeitar nuevas, crema de afeitar o pasta de dientes. Pero necesitaba algunas cosas más. Pasó frente a una librería que se llamaba City Books, se paró, dio media vuelta y se quedó mirando el escaparate. Decenas de libros, algunos de autores cuyos nombres conocía, otros de escritores de los que nunca había oído hablar.

Estar en la calle aún era una novedad para él. Oler el aire cargado de sal. Caminar libremente entre las mujeres. Oír el zumbido y el rugido de los vehículos y, de vez en cuando, fragmentos de música de las radios. Sin embargo, aunque era

153

libre, también se sentía vulnerable y expuesto. Se dio cuenta de que la vida «ahí dentro» se había convertido en algo cómodo. Aquel otro mundo ya no lo conocía tan bien.

Y aquella calle parecía haber cambiado en los últimos tres años. Tenía mucha más vida de lo que él recordaba. Como si el mundo, tres años después, fuera una fiesta a la que él no estaba invitado.

Era la hora del almuerzo y los restaurantes empezaban a tener clientes. A llenarse de extraños.

Prácticamente todo el mundo era un extraño para él.

Sí, claro, tenía unos cuantos amigos con los que podía contactar, y lo haría con el tiempo. Pero ahora mismo no tenía mucho que decirles. Lo mismo de siempre. Ya los llamaría cuando necesitara un poco de coca, o cuando tuviera algo de caballo para vender.

Un coche patrulla se acercaba en dirección contraria y automáticamente él se giró y se puso a mirar el escaparate de una agencia inmobiliaria, fingiendo interés.

La mayoría de los policías de la ciudad conocían su cara. La mitad de ellos le habían pillado en una u otra ocasión. Tenía que recordarse a sí mismo que era libre de pasear por aquella calle, que ahora no era un fugitivo, que era un ciudadano de Brighton y Hove. ¡Era como cualquier otro!

Se quedó mirando algunas de las casas expuestas. Una frente al Hove Park le llamó la atención. Le era familiar. Tenía la sensación de haberla desvalijado años atrás. Cuatro dormitorios, invernadero, garaje de dos plazas. El precio tampoco estaba mal: 750.000 libras. Sí, un poco por encima de sus posibilidades. Unas 750.000 libras por encima de sus posibilidades.

Ahora tenía el enorme supermercado Tesco a poca distancia. Cruzó la calle y entró, dejando atrás la cola de coches que esperaban a la entrada del aparcamiento. Algunos eran muy elegantes. Un Beemer descapotable, un bonito deportivo Mercedes y varios todoterrenos imponentes: las señoronas de Brighton y Hove iban a hacer la compra. Mamás buenorras con niños cómodamente atados a sus sillitas en el asiento de atrás.

Gente con dinero en efectivo, con tarjetas de crédito, de débito, del club Tesco.

154

¡Y algunas de ellas se mostraban la mar de generosas!

Se paró frente a la entrada principal, observando el flujo de gente que salía con sus bolsas o con los carritos cargados. Pasó por alto los que no llevaban más que un par de bolsas; no le interesaban. Eran los carritos llenos los que centraban su atención. Las mamás, los papás y los propietarios de residencias que hacían la compra para toda la semana. Los que habrían cargado doscientas libras o más en sus tarjetas MasterCard, Barclaycard o American Express.

Algunos llevaban a niños pequeños en los asientos de sus carritos, pero esos no le interesaban. ¿Quién coño quería comida de bebé?

Entonces la vio salir.

¡Oh, sí! ¡Perfecta!

Tenía aspecto de rica, de arrogante. Tenía uno de esos cuerpos con los que había soñado en la litera de su celda los últimos tres años. Empujaba un carrito tan cargado que la última capa desafiaba la gravedad. Y llevaba unas botas muy bonitas. De piel de serpiente, con tacones de doce centímetros, calculó.

Pero no eran las botas lo que le interesaba en aquel momento. Era el hecho de que se parara un momento junto a la papelera, hiciera una bola con el tique de caja y lo tirara dentro. Él se acercó a la papelera como quien no quiere la cosa, sin apartar la mirada de ella, que seguía empujando su carrito hacia un Range Rover Sport negro.

Entonces metió la mano en la papelera y sacó un manojo de tiques. Solo tardó un momento en encontrar el de ella: medía más de medio metro e indicaba la hora, hacía solo un par de minutos.

Bueno, bueno..., ¡185 libras! Y además había pagado en efectivo, lo que significaba que no tendría que presentar ninguna tarjeta de crédito ni identificación personal. Leyó los artículos: vino, whisky, cóctel de gambas, *moussaka*, manzanas, pan, yogur. Un montón de cosas. ¡Hojas de afeitar! Algunas de las cosas no las quería, pero no era el momento de ponerse meticuloso... ¡Fantástico! Le dedicó una leve reverencia, que ella nunca vería. Al mismo tiempo, se quedó con la matrícula de su coche; al fin y al cabo, estaba muy buena y llevaba un calzado precioso. ¡Nunca se sabía! Luego cogió un carrito y entró en el supermercado.

Spicer tardó media hora en encontrar todo lo que había en la lista, artículo por artículo. Era consciente de la hora que ponía en el tique, pero tenía su historia preparada: que uno de los huevos estaba roto, así que había entrado a cambiarlo, y que se había parado a tomar un café.

Había unas cuantas cosas, como una docena de latas de comida de gato, que realmente no le hacían ninguna falta, y dos latas de ostras ahumadas que se habría podido ahorrar, pero decidió que lo mejor era que los artículos de la lista coincidieran a la perfección, por si le ponían pegas. Lo que sí le agradeció mucho fueron los seis bistecs congelados y las tartas de riñones. ¡Justo el tipo de comida que le gustaba a él! Y la media docena de latas de judías estofadas Heinz. No era remilgado con la comida. Alabó su gusto por el whisky irlandés Jameson's, pero el Baileys no era santo de su devoción. A la mujer le iban los huevos y las frutas ecológicas. Bueno, podría soportarlo.

Se llevaría la compra a casa y tiraría, vendería o cambiaría por cigarrillos lo que no quería. Luego saldría de caza.

La vida le sonreía. Solo había una cosa que podría mejorar aún más las cosas en aquel momento: otra mujer.

Capítulo 36

Viernes, 2 de enero de 1998

𝒴a habían pasado ocho días desde que los padres de Rachael Ryan habían denunciado su desaparición.

Ocho días sin ninguna prueba de que siguiera con vida.

Roy había estado trabajando obstinadamente en el caso desde el día de Navidad, cada vez más seguro de que allí había algo que olía muy mal, hasta que el inspector jefe Skerrit había insistido en que se tomara la Nochevieja libre y que la disfrutara con su esposa.

Grace lo había hecho a regañadientes, dividido entre la preocupación por encontrar a Rachael y la necesidad de mantener la paz en casa con Sandy. Ahora era viernes por la mañana y, tras una ausencia de dos días, tenía una reunión con Skerritt sobre el caso. El inspector comunicó a su pequeño equipo de agentes la decisión, tomada previa consulta con el subdirector, de designar a la Operación Crepúsculo un centro de investigaciones propio. Se habían requerido los servicios de un equipo del HOLMES —el servicio de grandes investigaciones del Ministerio del Interior— y habían reclutado a seis agentes más de otros puntos del país.

Lo habían instalado en la cuarta planta de la comisaría de John Street, junto al centro de control del circuito cerrado y frente al centro de investigaciones de la Operación Houdini, donde proseguía la investigación sobre el Hombre del Zapato.

A Grace, que estaba convencido de que las dos operaciones deberían fusionarse, le habían asignado el escritorio en el que estaba ahora y que se convertiría en su lugar de trabajo durante el tiempo que durara la investigación. Estaba junto a una ventana por donde se filtraba el aire y que ofrecía unas tristes vistas del aparcamiento y de los grises tejados con manchas de humedad en dirección a la estación de Brighton y el viaducto.

En la mesa de al lado estaba el agente Tingley, un joven policía de veintiséis años con cara de niño que a Roy le caía bien. En particular le gustaba la energía de aquel hombre. Jason Tingley estaba al teléfono, con la camisa arremangada, bolígrafo en mano, respondiendo a una de las decenas de llamadas que habían ido llegando tras la reconstrucción que habían hecho, tres días antes, del recorrido de Rachael, desde la parada de taxis de East Street hasta su casa.

Grace tenía sobre la mesa un grueso dosier sobre Rachael Ryan. A pesar de las fiestas, ya había conseguido sus datos bancarios y la información de su tarjeta de crédito. No se habían producido transacciones la semana anterior, lo que significaba que ya podían descartar que la hubieran asaltado para hacerse con el contenido de su bolso. Su número de móvil no registraba llamadas desde las 2.35 de la Nochebuena.

158

No obstante, de la operadora de telefonía móvil había podido obtener algo útil. Había estaciones base de teléfonos, o minirrepetidores, situadas por todo Brighton y Hove, y cada quince minutos, incluso aunque no se usara, el teléfono enviaría una señal al repetidor más cercano, del mismo modo que un avión comunica su posición, y recibiría otra.

Aunque el teléfono de Rachael no había hecho más llamadas, había permanecido encendido tres días más, hasta acabársele la batería, supuso. Por la información que había recibido de la compañía, poco después de la última llamada de teléfono se había trasladado de pronto tres kilómetros al este de su casa, en un vehículo de algún tipo, a juzgar por la velocidad a la que lo había hecho.

Había permanecido allí el resto de la noche, hasta las 10.00 del día de Navidad. Después se había desplazado aproximadamente seis kilómetros al oeste, hasta Hove. Una vez más, la velocidad del trayecto indicaba que había viajado en algún vehículo. Luego se había detenido y no se había movido hasta la emisión de la última señal, poco después de las 23.00 del sábado.

En un mapa a gran escala de Brighton y Hove desplegado en la pared del centro de investigaciones, Grace había trazado un círculo rojo que indicaba la superficie cubierta por aquel repetidor en particular. Incluía la mayor parte de Hove, así como parte de Brighton, Southwick y Portslade. En aquella zona vivían más de ciento veinte mil personas: una cantidad que hacía prácticamente imposible la búsqueda casa por casa.

Además, era consciente de que aquel dato tenía un valor limitado. Quizá Rachael no llevara su teléfono encima. No era más que un indicador de dónde podía estar, nada más. Pero hasta el momento era todo lo que tenían. Una línea que seguiría —decidió— era comprobar si las cámaras de circuito cerrado de tráfico habían recogido algo que coincidiera con la información sobre la señal. Aunque solo cubrían las vías principales, y de forma limitada.

Rachael no tenía ordenador propio, y en el de su oficina, en American Express, no había nada que arrojara ninguna pista sobre el motivo de su desaparición.

En aquel momento, era como si se la hubiera tragado la Tierra.

Tingley colgó y tachó el nombre que había escrito un par de minutos antes en su cuaderno:

—¡Capullo! —dijo—. Qué ganas de perder el tiempo. —Entonces se giró hacia Roy—. ¿Qué tal la Nochevieja, colega?

—Bueno, estuvo bien. Fui con Dick y Leslie Pope al Donatello's. ¿Y tú?

—Me fui con la señora a Londres. Trafalgar Square. Fue fantástico... hasta que empezó a llover. —Se encogió de hombros—. Así pues, ¿qué te parece? ¿Seguirá viva?

—No pinta bien —respondió—. Es una chica muy hogareña. Aún estaba afectada por la ruptura con su ex. Le iban los zapatos. Mucho —añadió. Se quedó mirando a su colega y se encogió de hombros—. Eso es lo que más me da que pensar.

Ese mismo día, había pasado una hora con el doctor Julius Proudfoot, el analista de conducta que habían integrado en el equipo de la Operación Houdini. Proudfoot le había dicho que, en su opinión, la desaparición de Rachael Ryan no podía relacionarse con el Hombre del Zapato. Aún no entendía cómo había llegado a aquella conclusión ese arrogante psicólogo, con las pocas pruebas que tenían.

—Proudfoot insiste en que no es el estilo del Hombre del Zapato. Dice que este ataca a sus víctimas y luego las suelta. Como ha usado el mismo modus operandi con cinco víctimas, no acepta que de pronto haya podido cambiar y retener a otra.

—El modus operandi es similar, Roy —admitió Jason Tingley—. Pero las busca en diferentes lugares, ¿no? Atacó a la primera en un callejón. A otra en una habitación de hotel. A otra en su casa. A otra bajo el muelle. A otra en un aparcamiento público. Está bien pensado, si es que se puede decir así: hace difícil prever sus acciones.

Grace se quedó mirando sus notas, concentrado. Había un denominador común entre las víctimas del Hombre del Zapato. A todas ellas les encantaban los zapatos de diseño. Todas se acababan de comprar un par nuevo, en diferentes tiendas de Brighton, poco antes de sufrir el ataque. Pero hasta el momento las indagaciones con el personal de las tiendas no habían revelado nada que fuera útil.

Rachael Ryan también se había comprado un par de zapatos nuevos. Tres días antes de Navidad. Caros, para una joven con sus posibilidades: 170 libras. Los llevaba puestos la noche en que había desaparecido.

Pero Proudfoot no había hecho mucho caso de aquello.

Grace se giró hacia Tingley y se lo dijo. Este asintió y, de pronto, con aire pensativo dijo:

—Pues si no es el Hombre del Zapato, ¿quién se la ha llevado? ¿Adónde ha ido? Si está bien, ¿por qué no se ha puesto en contacto con sus padres? Debería de haber visto el aviso en el *Argus*, o haberlo oído en la radio.

—No tiene sentido. Normalmente llama a sus padres cada día. ¿Ocho días de silencio? ¿Y en esta época del año: Navidad y Año Nuevo? ¿Que no los llame para desearles feliz Navidad ni feliz Año Nuevo? Le ha pasado algo, seguro.

Tingley asintió:

—Como no la hayan abducido los extraterrestres…

Grace volvió a mirar sus notas. El Hombre del Zapato se llevaba a sus víctimas a un lugar diferente cada vez, pero lo que les hacía a todas era siempre parecido. Y aún más importante era lo que les hacía a las vidas de sus víctimas. No necesitaba matarlas. Para cuando acababa con ellas, ya estaban muertas por dentro.

«¿Eres una víctima más del Hombre del Zapato, Rachael? ¿O has caído en manos de algún otro monstruo?»

Capítulo 37

Viernes, 9 de enero de 2010

*L*a SR-1, la mayor de las dos salas de reuniones usadas como centro de investigaciones de la Sussex House, tenía un ambiente que a Roy siempre le infundía energía.

Estaba situada en medio del Centro de Delitos Graves, en la sede del Departamento de Investigaciones Criminales, y a ojos de cualquier otro observador parecería una gran oficina más. Tenía las paredes de color crema, una funcional moqueta gris, sillas rojas, modernos escritorios de madera, archivadores, un dispensador de agua y grandes pizarras blancas en las paredes. Las ventanas llegaban al techo y estaban cubiertas permanentemente con persianas cerradas, como para desanimar a quien tuviera la ocurrencia de mirar afuera.

Pero para Grace aquello era mucho más que una oficina. La SR-1 era el centro neurálgico del caso que tenía entre manos, al igual que lo había sido de los anteriores que había gestionado desde aquel lugar, y para él era casi un terreno sagrado. Muchos de los delitos más graves cometidos en Sussex en la última década se habían solucionado —y los delincuentes habían acabado encerrados— gracias a la labor de investigación llevada a cabo en aquella sala.

Los garabatos en rojo, azul y verde sobre las pizarras blancas de cualquier oficina comercial del mundo podían indicar cifras de negocio, objetivos de ventas o índices de penetración en los mercados. Aquí eran líneas cronológicas de los delitos y gráficas de parentesco de las víctimas y los sospechosos, que compartían espacio con fotografías y otros datos clave. Cuando obtuvieran un retrato robot del delincuente —y ojalá fuera pronto—, también acabaría colgado en aquellas pizarras.

El lugar inspiraba a todo el mundo la sensación de que tenían un rumbo, de que competían en una carrera contrarreloj y, salvo durante las reuniones, era raro oír el parloteo entre colegas tan habitual en las comisarías.

La única frivolidad que se habían permitido era una fotocopia del dibujo de un pez azul y gordo de la película *Buscando a Nemo* que Branson había pegado en el interior de la puerta. En el D.I.C. de Sussex se había convertido en tradición buscar una imagen graciosa para cada operación, algo que aliviara ligeramente la tensión propia de los horrores con los que tenía que enfrentarse aquel equipo, y aquella había sido la contribución del sargento Branson, gran cinéfilo, a la Operación Pez Espada.

Había otros tres centros de delitos graves en el condado, todos ellos con salas similares: la última había sido la construida hacía poco en Eastbourne. Pero a Grace esta ubicación le resultaba más práctica, porque los dos delitos que estaba investigando en aquel momento se habían producido a solo un par de kilómetros de allí.

163

En la vida había todo tipo de patrones repetitivos. Era algo de lo que se había dado cuenta, y daba la impresión de que últimamente solo le tocaba investigar delitos perpetrados —o descubiertos— en viernes, lo que propiciaba que se quedara sin fin de semana. Él y todo su equipo.

Al día siguiente por la noche estaba invitado a cenar con Cleo en casa de una de sus amigas más antiguas: quería presumir de novio, según le había dicho con una sonrisita burlona. Él tenía un gran interés en participar de la vida de aquella mujer de la que estaba tan profundamente enamorado y de la que aún sabía tan poco. Pero aquello ahora se había ido al garete.

Por fortuna para él, a diferencia de Sandy, que nunca había entendido ni se había acostumbrado a sus disparatados horarios, Cleo también estaba en servicio de guardia constante, y podía verse obligada a salir a cualquier hora a levantar un cuerpo, allá donde se encontrara. Eso que hacía que se mostrara mucho más comprensiva, aunque no siempre lo llevara tan bien.

En las primeras fases de cualquier gran investigación había que dejar de lado todo lo demás. La primera tarea de la secretaria del oficial al cargo de la investigación consistía en limpiarle la agenda.

El momento más crucial eran las veinticuatro horas que seguían a la comisión del delito. Había que limitar el escenario del crimen para proteger en lo posible las pruebas forenses. El criminal estaría en su máximo estado de ansiedad, la «niebla roja» en la que solía encontrarse la gente después de cometer un delito grave, en la que podía comportarse de un modo errático. Podían encontrarse testigos oculares que aún lo tuvieran todo fresco, y había más posibilidades de llegar hasta ellos rápidamente a través de los medios de comunicación locales. Y todas las cámaras de circuito cerrado en un radio razonable aún conservarían las grabaciones de las últimas veinticuatro horas.

Grace echó un vistazo a las notas escritas por su secretaria, que tenía junto al cuaderno de actuaciones del caso, recién estrenado.

164

—Son las 18.30 del viernes 9 de enero —anunció, en voz alta—. Esta es la primera reunión de la Operación Pez Espada.

El ordenador de la Policía de Sussex proporcionaba los nombres de las operaciones al azar, en la mayoría de los casos sin ninguna relación con el caso en el que se estaba trabajando. Pero en esta ocasión el nombre podía resultar de lo más irónico, por lo escurridizos que son los peces.

Grace estaba satisfecho de que todos los agentes en los que más confiaba estuvieran disponibles para trabajar en su equipo. Todos menos uno. Sentados en la sala estaban el agente Nick Nicholl, aún ojeroso por falta de sueño a causa de su reciente paternidad; la agente Emma-Jane Boutwood; la eficaz sargento Bella Moy, con su habitual caja de Maltesers abierta sobre la mesa; el beligerante sargento Norman Potting; y el sargento Glenn Branson, colega y discípulo de Grace. Faltaba el sargento Guy Batchelor, que se había tomado sus vacaciones anuales. En su lugar tenía a un agente con el que había trabajado tiempo atrás y que le había impresionado mucho, Michael Foreman, un hombre delgado y decidido, con el cabello oscuro engominado, que tenía un aire de seguridad que hacía que la gente se dirigiera a él de forma instintiva, aunque no fuera el oficial al mando. El año anterior, después de que le ascendieran temporalmente a sargento en funciones, Foreman había colaborado con el equipo en la Central de Inteligencia Regional. Ahora había vuelto a la Sussex House y a ejercer el papel de su rango, pero Grace estaba seguro de que no tardaría mucho en ascender a sargento. Y sin duda estaba destinado a llegar mucho más alto.

Entre los habituales también estaba presente John Black, analista del sistema HOLMES, un tipo afable de cabello gris que podría pasar por un discreto oficinista, y el agente Don Trotman, encargado de comprobar en el MAPPA la central de relación entre los diferentes cuerpos de seguridad, si algún recluso recientemente liberado tenía antecedentes de delitos sexuales y un modus operandi que concordara con el del delincuente que buscaban. Él lo sabría.

La que era nueva en el equipo era la analista Ellen Zoratti, que trabajaría en estrecha colaboración con la división de Brighton y el analista del HOLMES, procesando los datos del servicio de inteligencia, consultando la base de datos de la Policía y la SCAS (siglas en inglés de la Sección de Análisis de Grandes Delitos), además de responder a órdenes directas de Roy Grace.

También se incorporaba por primera vez la jefa de prensa, Sue Fleet, del renovado Equipo de Relaciones Públicas de la Policía. Aquella agradable pelirroja de treinta y dos años, que había sido un miembro popular y respetado de la comisaría de John Street, en el centro de Brighton, sustituía al anterior jefe de Relaciones Públicas, Dennis Ponds, experiodista que había tenido una difícil relación con diversos miembros del cuerpo, incluido el propio Grace.

Roy quería que Sue Fleet estuviera presente para organizar inmediatamente una estrategia respecto a los medios. Necesitaba obtener una respuesta rápida del público que le ayudara a encontrar al agresor y a alertar a la población femenina de los posibles daños a los que se enfrentaba, pero al mismo tiempo quería evitar el pánico generalizado. Era un delicado equilibrio de relaciones públicas, y la labor sería todo un reto para ella.

—Antes de empezar —señaló Grace—, quiero recordaros algunas estadísticas. En Sussex tenemos un buen índice de resolución de homicidios: en la última década se ha resuelto el noventa y ocho por ciento de todos los asesinatos. Pero en violaciones hemos caído por debajo de la media nacional del cuatro por ciento; apenas rebasamos el dos por ciento, una cifra inaceptable.

—¿Tú crees que se debe a la actitud de algunos agentes? —preguntó Potting, que lucía una de las viejas americanas de *tweed* que siempre llevaba, impregnadas en humo de pipa. A Grace le parecía que le daban más un aspecto de anciano profesor de Geografía que de investigador—. ¿O a que algunas víctimas simplemente no son testigos fiables... debido a otras circunstancias?

—¿Otras circunstancias dices, Norman? ¿Cómo cuando los policías de antes insinuaban que las mujeres violadas se lo habían buscado? ¿Es eso lo que quieres decir?

Potting gruñó, evitando definirse.

—¡Por amor de Dios! ¿En qué planeta vives? —espetó furiosa Bella, a la que nunca le había gustado Potting—. ¡Trabajar contigo es como vivir en otro planeta!

El sargento se encogió de hombros, a la defensiva, y luego murmuró algo apenas audible, como si no estuviera lo suficientemente convencido como para decir en voz alta lo que fuera que le había pasado por la cabeza.

—Sabemos que algunas mujeres declaran haber sido violadas porque se sienten culpables, ¿no? Eso te hace preguntarte cosas.

—¿Preguntarte qué cosas? —replicó Bella.

Grace tenía los ojos clavados en Potting. Casi no se creía lo que estaba oyendo. Estaba tan enfadado que se sintió tentado de apartar a aquel hombre del caso de inmediato. Empezaba a pensar que había cometido un error metiendo a un tipo de tan poco tacto en un caso tan sensible. Potting era un buen policía, con una serie de virtudes como investigador que, desgraciadamente, no iban acompañadas de unas habilidades sociales que estuvieran al mismo nivel. La inteligencia emocional era uno de los principales activos de un buen investigador. Y en ese campo, en una escala de uno a cien, Potting habría dado un resultado próximo a cero. Sin embargo, podía llegar a ser tremendamente efectivo, sobre todo en investigaciones de calle. A veces.

—¿Quieres seguir en este caso, Norman? —le preguntó Grace.

—Sí, jefe, sí quiero. Creo que podría contribuir a su resolución.

—¿De verdad? —replicó Grace—. Bueno, pues entonces dejemos algo claro, desde el principio —puntualizó, mientras paseaba la mirada por todos los presentes—. Yo odio a los violadores tanto como odio a los asesinos. Los violadores destruyen las vidas de sus víctimas. Sea una violación cometida por un extraño, por la pareja o por alguien conocido y de confianza para la víctima. Y no hay ninguna diferencia entre un caso y el otro, tanto si la víctima es mujer como si es hombre. ¿De acuerdo? Pero en este momento resulta que nos enfrentamos a agresiones a mujeres, que son más frecuentes.

Se quedó mirando fijamente a Potting, y prosiguió:

—Sufrir una violación es como sufrir un grave accidente de tráfico que te deje tullido de por vida. En un momento, la mujer pasa de su vida normal y plácida a encontrarse hecha trizas, una piltrafa. Se enfrenta a años de terapia, a años de pánico, de pesadillas, de desconfianza. Por mucha ayuda que reciba, nunca volverá a ser la misma. Nunca volverá a llevar lo que conocemos como una vida «normal». ¿Entiendes lo que digo, Norman? Algunas mujeres violadas acaban autolesionándose. Se frotan la vagina con estropajos de metal y lejía porque sienten una necesidad imperiosa de quitarse de encima lo que han vivido. Eso es solo una pequeña parte de las consecuencias que puede tener una violación sobre la víctima. ¿Lo entiendes? —Miró a todos los presentes—. ¿Lo entendéis?

—Sí, jefe —masculló Potting—. Lo siento, no pretendía parecer insensible.

—¿Es que un hombre con cuatro matrimonios fallidos a sus espaldas puede conocer el significado de la palabra «insensible»? —preguntó Bella, que agarró con rabia un

Malteser de la caja, se lo metió en la boca y lo aplastó entre los dientes.

—Bueno, Bella, ya está bien —intervino Grace—. Creo que Norman sabe de lo que hablamos.

Potting fijó la mirada en su cuaderno, con el rostro rojo como un tomate, y asintió, sumiso.

Grace volvió a mirar sus notas.

—Tenemos otro asunto algo delicado. En Nochevieja, el comisario jefe, el subcomisario jefe y también dos de los otros cuatro comisarios de la división estaban en la misma cena del hotel Metropole que Nicola Taylor, la primera víctima de violación.

Se produjo un momento de silencio.

—¿Estás diciendo que eso los convierte en sospechosos, jefe? —preguntó el agente Foreman.

—Todo el que estuviera en el hotel es un sospechoso potencial, pero creo que de momento preferiría llamarlos «testigos materiales a la espera de investigación para ser descartados» —respondió Grace—. Vamos a tener que interrogarlos, como a todos los demás. ¿Algún voluntario?

Nadie levantó la mano. Roy hizo una mueca.

—Parece que voy a tener que asignar esa tarea a uno de vosotros personalmente. Podría ser una buena ocasión para ganar puntos de cara a un ascenso… o para joderos la carrera de una vez por todas.

En la sala hubo unas cuantas sonrisas incómodas.

—Yo recomendaría a nuestro maestro en delicadeza y tacto: Norman Potting —propuso Bella.

Aquello provocó unas cuantas risas apagadas.

—No me importaría hacerme cargo de eso —dijo él.

Grace decidió que Potting era la última persona de aquella sala a quien le asignaría aquella tarea; hizo una anotación en su cuaderno de actuaciones y luego estudió sus notas durante un momento.

—Tenemos dos violaciones a manos de extraños en ocho días, con un modus operandi lo suficientemente parecido como para suponer, de momento, que se trata del mismo agresor —prosiguió—. El muy animal obligó a ambas víctimas a que ejecutaran maniobras sexuales con sus zapatos y luego las penetró por el ano con los tacones de esos mismos zapatos. Después las violó él mismo. Por lo que hemos podido saber (y la segunda víctima hasta ahora solo nos ha dado una información limitada), le costaba mantener la erección. Eso pudo ser debido a una eyaculación prematura o a una disfunción sexual. Hay una diferencia significativa en su modus operandi. En 1997, el Hombre del Zapato se llevaba solo un zapato y las medias de sus víctimas. En la violación de Nicola Taylor, en el Metropole, se llevó toda su ropa, incluidos ambos zapatos. En el caso de Roxy Pearce, solo se llevó los zapatos.

Hizo una pausa para volver a repasar sus apuntes, mientras varios de los miembros de su equipo tomaban notas.

—Nuestro agresor parece ser un tipo meticuloso en cuanto a evitar dejar rastros. En ambos casos llevaba un pasamontañas negro y guantes quirúrgicos, y usó condón. O se afeitó el vello corporal, o tenía poco por naturaleza. Lo han descrito como un tipo de altura media a baja, delgado y educado al hablar, con un acento neutro.

Potting levantó la mano y Grace asintió.

—Jefe, tú y yo participamos en la Operación Crepúsculo, la desaparición de una mujer en 1997 que podría guardar relación con un caso similar de la época, el del Hombre del Zapato: la Operación Houdini. ¿Crees que puede haber algún vínculo?

—Aparte de las diferencias en cuanto a los trofeos que se llevó, el modus operandi del Hombre del Zapato es muy similar al de este agresor. —Grace hizo un gesto con la cabeza en dirección a la analista—. Ese es uno de los motivos por los que he hecho venir a Ellen.

El D.I.C. de Sussex tenía cuarenta analistas. Todos, salvo dos, eran mujeres, la mayoría con formación en sociología. Los analistas varones eran tan poco frecuentes que eran objeto de todo tipo de bromas. Ellen Zoratti era una mujer brillante de veintiocho años, con el cabello oscuro a la altura de los hombros y con un corte moderno; iba elegantemente vestida con una blusa blanca, falda negra y unas medias de cebra.

Junto con otra analista, trabajarían día y noche, a turnos

169

alternos: podían tener un papel crucial en los días siguientes. Entre las dos elaborarían perfiles personales de las dos víctimas, proporcionando al equipo información sobre su pasado familiar, su estilo de vida y sus amistades. Las investigarían tan a fondo y con tanto detalle como si fueran agresores.

También aportaría información, posiblemente crucial, la Unidad de Investigación Tecnológica, de la planta baja, que había iniciado el proceso de análisis de los teléfonos móviles y los ordenadores de ambas víctimas. Estudiarían todas las llamadas y mensajes electrónicos enviados y recibidos por las dos mujeres, a partir de los datos recabados de sus teléfonos y de las operadoras. Analizarían los correos electrónicos y los chats en los que hubieran podido tomar parte. Sus agendas de direcciones. Las páginas web que visitaban. Si tenían algún secreto electrónico, el equipo de investigación de Grace muy pronto lo sabría.

Además, la Unidad de Investigación Tecnológica había destinado un analista cibernético oculto para que se conectara a los chats para fetichistas de los zapatos y de los pies, para que estableciera relaciones con otros visitantes, con la esperanza de descubrir nuevos enfoques extremos.

—¿Crees que podría tratarse de un imitador, Ellen? —le preguntó Foreman—. ¿O del mismo agresor de 1997?

—He iniciado un análisis comparativo entre los dos casos —respondió ella—. Uno de los datos cruciales que se ocultó a la prensa y a la opinión pública de la Operación Houdini fue el modus operandi del agresor. Es demasiado pronto para daros algo definitivo, pero por lo que tengo hasta ahora, y apenas acabamos de empezar, parece posible que se trate del mismo agresor.

—¿Tenemos alguna información de por qué dejó de delinquir el Hombre del Zapato, señor? —preguntó Emma-Jane.

—Todo lo que sabemos de la Operación Houdini —dijo Grace— es que dejó de actuar coincidiendo con la desaparición de Rachael Ryan, posiblemente su sexta víctima. Yo trabajé en el caso, que sigue abierto. No tenemos pruebas, ni siquiera indicios, de que se tratara de una de sus víctimas, pero encajaba en el patrón.

—¿Y eso? —preguntó Foreman.

—Se había comprado un par de zapatos caros en una tienda de Brighton alrededor de una semana antes de su desaparición. Todas las víctimas del Hombre del Zapato se habían comprado un par de zapatos muy caros antes de la agresión. Una de las líneas de investigación seguidas en la Operación Houdini en aquel tiempo era la de interrogar a las clientas de las zapaterías de Brighton y Hove. Pero de ahí no sacamos nada en claro.

—¿En aquel tiempo había grabaciones de circuito cerrado? —preguntó Bella.

—Sí —respondió Grace—. Pero la calidad no era tan buena, y la ciudad no tenía una cobertura como la de ahora, ni mucho menos.

—Así pues, ¿qué teorías tenemos que expliquen por qué paró el Hombre del Zapato? —preguntó Foreman.

—No lo sabemos. En aquel momento, el analista (el experto en conducta Julius Proudfoot) nos dijo que quizá se hubiera mudado a otro condado o a otro país. O que quizás estuviera en la cárcel por algún otro delito. O que podía haber muerto. O que hubiera iniciado una relación que satisficiera sus necesidades.

—Si es la misma persona, ¿por qué iba a parar durante doce años para volver a atacar luego otra vez? —planteó Bella—. ¿Y por qué variar ligeramente su modus operandi?

—Proudfoot no le da demasiada importancia a la diferencia en los trofeos que se quedaba en 1997 y ahora. Le interesa más el hecho de que el modus operandi en general sea similar. En su opinión, podría haber diversos motivos que explicaran por qué alguien vuelve a delinquir. Si se trata del Hombre del Zapato, sencillamente podría ser que haya vuelto a la zona y que considere que ya ha dejado pasar suficiente tiempo. O que la relación que tiene ha cambiado, y que ya no satisface sus deseos. O que le han soltado de la cárcel, después de estar recluido por algún otro delito.

—Uno bastante grave, si ha cumplido doce años —observó Branson.

—Y eso es fácil de investigar —dijo Grace. Luego se giró hacia Ellen Zoratti—. Ellen, ¿has encontrado alguna otra vio-

171

lación con un modus operandi similar en el resto del país? ¿O alguien que haya estado entre rejas doce años?

—Nada que se parezca al Hombre del Zapato, salvo por un tipo de Leicester llamado James Lloyd, que violaba a mujeres y luego les quitaba los zapatos, señor. Actualmente está cumpliendo la perpetua. He vuelto a comprobar sus delitos y sus movimientos, y lo he descartado. Estaba en Leicester en el momento en que se cometieron estos delitos en Brighton, y he confirmado que aún está en la cárcel. —Hizo una pausa y echó un vistazo a sus notas—. He elaborado una lista de todos los agresores sexuales que entraron en prisión a partir de enero de 1998 y que han salido antes de la pasada Nochevieja.

—Gracias, Ellen, eso nos irá muy bien —dijo Grace. Luego se dirigió a todo el equipo—: Es un hecho que un gran porcentaje de los violadores sin relación previa con la víctima empiezan con delitos menores: exhibicionismo, roces, masturbaciones en público..., esas cosas. Es muy posible que nuestro agresor hubiera sido arrestado por algún delito menor cuando era más joven. Le he pedido a Ellen que consulte las bases de datos de la Policía, local y nacional, en busca de delincuentes y casos que pudieran encajar con esta línea cronológica antes de las primeras violaciones, en 1997 (y durante el periodo intermedio). Por si aparecen robos de zapatos de señora o casos de escándalo público en los que se hayan usado esos zapatos, por ejemplo. También quiero que interroguemos a todas las prostitutas y dominatrices de la zona sobre cualquier cliente fetichista de los pies o de los zapatos que hayan podido tener.

Entonces se giró hacia Branson.

—En relación con esto, el sargento Branson ha estado estudiando el informe del doctor Proudfoot sobre el Hombre del Zapato. ¿Qué nos puedes decir, Glenn?

—¡Esto podría ser un superventas! —bromeó Glenn, levantando un documento de aspecto pesado—. Doscientas ochenta y dos páginas de análisis de conducta. Solo he podido leerlo en diagonal, porque el jefe me lo ha encargado hoy mismo, pero hay algo muy interesante. Existen cinco delitos relacionados directamente con el Hombre del Zapato, pero el doctor Proudfoot cree que podría haber cometido muchos más que habrían quedado sin denunciar.

Hizo una breve pausa.

—Muchas víctimas de violación quedan tan traumatizadas que no pueden afrontar el proceso de denunciarlo. Pero ahora viene lo interesante: la primera de las violaciones denunciadas del Hombre del Zapato, en 1997, se produjo en el Grand Hotel, tras un baile de Halloween. Metió a una mujer en una habitación. ¿Os suena?

Se produjo un silencio incómodo en la sala. El Grand Hotel estaba al lado del Metropole.

—Y hay más —prosiguió Branson—. La habitación del Grand estaba a nombre de una mujer llamada Marsha Morris. Pagó en efectivo y todos los esfuerzos por seguir el rastro fracasaron.

Grace asimiló la información en silencio, pensando a toda prisa. La habitación del Metropole en la que habían violado a Nicola Taylor en Nochevieja estaba a nombre de una mujer, según el gerente. Y también se llamaba Marsha Morris. Pagó en efectivo. La dirección que había escrito en el registro era falsa.

—Alguien se está riendo de nosotros —dijo Nicholl.

—¿Significa eso que es el mismo agresor —preguntó Emma-Jane—, o un imitador con un sentido del humor enfermizo?

—¿Se hizo público algún dato de esa información? —intervino Foreman.

Grace meneó la cabeza.

—No. El nombre de Marsha Morris no se dio a conocer.

—¿Ni siquiera al *Argus*?

—Al *Argus* menos que a nadie. —Grace hizo un gesto a Branson para que continuara.

—Aquí es donde se pone más interesante —prosiguió el sargento—. Otra de las víctimas fue violada en su casa, en Hove Park Road, exactamente dos semanas más tarde.

—Ese es un barrio muy elegante —observó Foreman.

—Mucho —coincidió Grace.

Branson prosiguió:

—Cuando llegó a casa, la alarma antirrobo estaba encendida. Ella la desactivó, subió a su dormitorio y allí la atacó el violador, que estaba escondido en un armario.

—Igual que el agresor de Roxy Pearce anoche —señaló Grace—, por lo que sabemos hasta ahora.

Durante unos momentos, nadie habló. Luego lo hizo Branson.

—La siguiente víctima del Hombre del Zapato fue violada en la playa, bajo el Palace Pier. La siguiente, en el aparcamiento de Churchill Square. Y la última (si la suposición del jefe es correcta) fue asaltada cuando volvía a casa caminando después de una fiesta de Nochebuena con sus amigas.

—Entonces lo que dices, Glenn —dedujo Bella—, es que deberíamos vigilar de cerca los aparcamientos dentro de una semana.

—No vayas tan lejos, Bella —dijo Grace—. No vamos a permitir que llegue a ese punto.

Roy mostró una sonrisa valiente y confiada ante su equipo. Aunque en realidad no se sentía tan seguro.

Capítulo 38

Martes, 6 de enero de 1998

—¿*F*unciona? —preguntó.

—Sí, claro que funciona. No la vendería si no, ¿qué se cree? —respondió el otro, mirando a aquel hombre delgado vestido con un mono marrón como si acabara de ofenderle en lo más profundo—. Aquí todo funciona, colega. ¿Vale? Si quieres basura, puedo indicarte otro sitio, subiendo la calle. Aquí solo trabajo con calidad. Todo funciona.

—Eso espero.

Se quedó mirando el arcón congelador blanco encajado entre las mesas de escritorio, las sillas de oficina y los sofás puestos en vertical en la parte trasera de aquel enorme emporio de muebles de segunda mano de Lewes Road.

—Tiene treinta días de garantía. Durante el próximo mes, si hay algún problema, me lo devuelves. Sin problemas.

—¿Pides cincuenta libras?

—Sí.

—¿Qué descuento me haces?

—Aquí todo tiene el descuento aplicado.

—Te doy cuarenta.

—¿En efectivo?

—Ajá.

—¿Te lo llevas tú? Por ese precio no entrego a domicilio.

—¿Me echas una mano?

—¿Esa furgoneta de fuera es la tuya?

—Sí.

—Pues más vale que nos pongamos en marcha. Ahí viene un guardia.

Y

Cinco minutos más tarde se puso al volante de la Transit, unos segundos antes de que llegara el guardia. Arrancó el motor y abandonó el sitio donde había aparcado, en zona de doble línea amarilla. Oyó el ruido metálico de su nueva compra al botar sobre la arpillera, única cobertura que había sobre la base de metal, y momentos más tarde oyó cómo se deslizaba al frenar de golpe, obligado por el tráfico de la rotonda.

En caravana, pasó por Sainsbury's, luego giró a la izquierda en el semáforo, pasó bajo el viaducto y siguió en dirección a Hove, hacia el garaje donde yacía la joven.

La joven que le miraba desde la portada del *Argus*, en cada quiosco, bajo el anuncio «¿Ha visto a esta persona?». Seguido de su nombre: Rachael Ryan.

Él asintió.

—Sí, sí que la he visto.

«¡Sé dónde está!»

«¡Está esperándome!»

Capítulo 39

Los zapatos son vuestras armas, señoritas, ¿verdad? Los usáis para hacer todo el daño que podáis a los hombres, ¿no?

Sabéis a lo que me refiero: no hablo de daños físicos, de los golpes y las heridas que podéis hacerles en la piel a los hombres golpeándolos con ellos. Hablo de los sonidos que hacéis con ellos. Del clac-clac-clac *de vuestros tacones sobre los suelos de madera, sobre las losas de cemento, sobre las baldosas, sobre los caminos de ladrillo.*

Te pones esos zapatos tan caros. Y eso significa que vas a algún sitio... y que me dejas solo otra vez. Yo oigo ese clac-clac-clac *cada vez más tenue. Es el último sonido que oigo de ti. Y el primero que oigo cuando vuelves. Horas más tarde. A veces hasta un día más tarde. No me cuentas dónde has estado. Te ríes de mí. Te mofas de mí.*

Una vez, cuando volviste y yo estaba de mal humor, te me acercaste. Pensé que ibas a darme un beso. Pero no lo hiciste. Simplemente me clavaste el tacón de aguja con fuerza sobre el pie desnudo. Me atravesaste la carne y los huesos, hasta dar contra la madera del suelo.

Capítulo 40

Sábado, 10 de enero de 2010

*S*e le había olvidado cuánto disfrutaba con aquello. Lo adictivo que se había vuelto. Pensó que sería solo una vez, por los viejos tiempos. Pero aquella vez le había hecho desear otra. Y ahora se disponía a arrancar de nuevo.

¡Sí!

¡Sacaría el máximo partido de aquellos meses de invierno, en los que podía ponerse abrigo y bufanda, ocultar la nuez, pasearse sin problemas, como cualquier otra señora elegante de Brighton! Le gustaba el vestido que había elegido, un Karen Millen, y el abrigo de pelo de camello de Prada, el chal Cornelia James alrededor del cuello, el gran bolso colgado al hombro y los suaves guantes de piel en las manos. Pero lo que más le gustaba era la sensación de sus botas de aspecto mojado. Oh, sí. ¡Se sentía *taaaaaan* a gusto! Casi se atrevería a decir que... ¡sexy!

Se abrió paso por las Lanes, bajo la llovizna. Estaba perfectamente vestido y protegido contra la lluvia y el frío viento, y sí... ¡*taaaaan* sexy! Lanzó repetidas miradas para verse reflejado en los escaparates. Dos hombres de mediana edad se cruzaron con él y uno le echó una mirada de admiración al pasar. Él le devolvió una mirada pícara, mientras se abría paso por entre la multitud en las estrechas callejuelas. Pasó junto a una moderna joyería, luego frente a un anticuario que tenía fama de pagar bien por objetos robados.

Dejó atrás el pub Druid's Head, el Pump House, luego el restaurante English's, cruzó East Street y giró a la derecha hacia el mar, en dirección a Pool Valley. Luego dobló a la izquierda frente al restaurante que en otro tiempo había sido el cine ABC y se encontró frente a su destino.

La zapatería Last.

Era una tienda especializada en calzado de diseño, que contaba con una gran oferta de marcas por las que tenía una predilección especial, como Esska, Thomas Murphy o Hetty Rose. Se quedó mirando el escaparate. Un par de preciosos y delicados Amia Kimono con motivos japoneses. Un par de Thomas Murphy Genesis de color petróleo con tacones plateados. Unos Esska Loops de ante marrón.

La tienda tenía el suelo de madera, un sofá estampado, un taburete calzador y unos colgadores con bolsos. Y, en aquel momento, una clienta. Una mujer elegante y guapa, de cuarenta y tantos, con una larga melena rubia y unas botas Fendi de piel de serpiente. Talla cinco. Y un bolso Fendi a juego colgado del hombro. ¡Vestida para matar, o para comprar!

Llevaba puesto un largo abrigo negro, un suéter de cuello alto y un sedoso pañuelo blanco en el cuello. Tenía la nariz respingona y los labios carnosos. No llevaba guantes. Se fijó en su alianza y en el gran pedrusco del anillo de compromiso. Quizás aún estuviera casada, pero podría estar divorciada. Podría ser cualquier cosa. Desde allí era difícil decirlo. Pero de una cosa estaba seguro.

Era su tipo. ¡Vaya!

Tenía en la mano un Homage con botón de la colección TN-29 de Tracey Neuls. De piel blanca perforada, con ribete de color marrón topo. Algo que podría haber llevado Janet Leigh en la oficina, antes de robar el dinero en la versión original de *Psicosis*. ¡Pero no eran sensuales! Parecían sacados de un concurso de Miss América de los años sesenta. «No los compres —la apremió, mentalmente—. ¡No, no!»

Había expuestos muchos otros zapatos y botas muchísimo más sensuales. Él los repasó con la mirada, analizando la forma, las curvas, los cierres, las costuras, los tacones de cada uno de ellos. Se imaginó a aquella mujer desnuda, solo vestida con los zapatos. Haciendo lo que él le dijera que hiciera con ellos.

«¡No te compres esos!»

Ella, obediente, volvió a dejarlos donde estaban. Entonces se giró y salió de la tienda.

Al pasar a su lado, él percibió la densa nube de perfume Armani Code, que era como su propia capa de ozono. Entonces ella se paró, sacó un pequeño paraguas negro del bolso, lo levantó y lo abrió. Era una dama con estilo. Segura de sí misma. Desde luego, estaba claro que era el tipo de mujer que le gustaba. Y ahora llevaba un paraguas abierto, como una guía turística, solo para él, para que pudiera seguirla con facilidad entre la multitud.

«¡Oh, sí, el tipo de mujer que me gusta!»

«¡De las detallistas!»

Ella se puso en marcha, decidida, y él la siguió. El modo de caminar de aquella mujer tenía un aire propio de un animal de presa. Iba a la caza de zapatos, sin duda. Y eso estaba muy bien.

¡Él también iba de caza!

Se paró un momento en East Street para echar un vistazo al escaparate de Russell y Bromley. Entonces cruzó hacia L. K. Bennett.

Un instante más tarde él sintió un golpe violento, oyó un improperio y dio de pronto contra el suelo mojado, al tiempo que sentía un dolor agudo en el rostro, como si un centenar de abejas le hubieran picado a la vez. Una taza de poliestireno de Starbucks liberó su contenido de café hirviendo y acabó cayendo a su lado. De pronto sintió una ráfaga de aire frío en la cabeza y, en un arranque de pánico, notó que la peluca se le había caído.

La agarró y se la puso como puedo, sin preocuparse ni por un momento de su aspecto, y se encontró de pronto cara a cara ante un tipo como un armario, tatuado y con la cabeza rapada.

—¡Maricón! ¿Por qué no miras por dónde vas, joder?

—¡Que te jodan! —le contestó, a voz en grito, olvidándose por un instante de afinar la voz, se puso en pie como pudo, agarrándose con una mano la peluca rubia, y se puso en marcha trastabillando, consciente del olor a café caliente y de la desagradable sensación del líquido caliente que le corría por el cuello.

—¡Nenaza de mierda! —rugió la voz a sus espaldas, mientras él arrancaba a correr, abriéndose paso por entre un grupo de turistas japoneses, con la mirada fija en el paraguas de la mujer que se movía en la distancia. Para su sorpresa, no se paró a mirar en L. K. Bennett, sino que siguió recto y se metió en las Lanes.

Giró a la izquierda. La siguió. Dejó atrás un pub y luego otra joyería. Él metió la mano en el bolso, sacó un pañuelo de papel y se secó el café de la cara, rezando para que no le hubiera estropeado el maquillaje.

La rubia cruzó la concurrida Ship Street y giró a la derecha; luego a la izquierda por la calle de las boutiques caras: Duke's Lane.

«¡Buena chica!»

Entró en Profile, la primera tienda a la derecha.

Él miró por el escaparate. Pero no prestó atención a la exposición de zapatos y botas de los estantes, sino a su propio reflejo. Disimulando todo lo que pudo, se ajustó la peluca. Entonces se miró más de cerca el rostro: parecía que estaba todo bien, no vio manchas extrañas.

181

Entonces volvió a observar a la rubia. Estaba sentada en una silla, mirando su BlackBerry, apretando teclas. Apareció una vendedora con una caja, se la abrió con la misma ceremonia con que levanta un camarero la tapa de una sopera y le presentó su contenido a examen.

La rubia asintió, complacida.

La vendedora sacó un zapato Manolo Blahnik de satén azul y tacón alto con una hebilla cuadrada con brillantes.

Observó a la rubia mientras se probaba el zapato. Ella se puso en pie y caminó por la moqueta, observando el reflejo de su pie en los espejos. Parecía que le gustaba.

Entonces él entró en la tienda y empezó a mirar zapatos, aspirando el embriagador cóctel de aroma a piel curtida y a Armani Code. Vio a la rubia con el rabillo del ojo, la observó y «escuchó».

La vendedora le preguntó si querría probarse también el zapato izquierdo. La rubia dijo que sí.

Mientras se paseaba por la gruesa moqueta, la vendedora se acercó a él. Era una joven delgada, con el cabello oscuro y un acento irlandés. Le preguntó si podía ayudarle. Él, con su voz más fina, respondió que «solo estaba mirando, gracias».

—Tengo que dar un discurso importante la semana que viene —explicó la rubia. Tenía acento norteamericano, observó él—. Es un evento de media tarde. Me he comprado un vestido azul divino. Creo que el azul es un buen color para el día. ¿Qué le parece?

—El azul tiene que sentarle muy bien, señora. Lo veo en los zapatos. Y es un color muy propio para el día.

—Sí, ah, sí. Yo también lo creo. Ah, sí. Debería haber traído el vestido, pero ya veo que van a hacer juego.

—Combinan con muchos tonos de azul.

—Ah, sí…

La rubia se quedó mirando el reflejo de sus zapatos en el espejo unos momentos, y se dio unos golpecitos en los dientes con la uña. Entonces dijo las palabras mágicas:

—¡Me los quedo!

«¡Buena chica!» Los Manolos eran estupendos. Preciosos. De categoría. Y lo más importante: tenían unos tacones de trece centímetros.

¡Perfecto!

Y le gustaba su acento. ¿Sería de California?

Se acercó con disimulo al mostrador donde tenía lugar la compra, escuchando atentamente, mientras fingía examinar un par de chinelas marrones.

—¿La tenemos en el listado de clientas, señora?

—No creo.

—¿Le importaría que la apuntáramos? Podríamos informarla de nuestras rebajas. Puede encontrar unas gangas excepcionales.

Ella se encogió de hombros.

—Bueno. ¿Por qué no?

—¿Me da su nombre?

—Dee Burchmore. Señora.

—¿Y su dirección?

—Sussex Square, 53.

«Sussex Square. En Kemp Town», pensó. Una de las plazas más bonitas de la ciudad. La mayoría de sus casas señoriales estaban divididas en pisos. Había que ser rico para tener una casa entera allí. Y también para comprarse aquellos Manolos. Y el bolso a juego, que ahora tenía entre las manos. Del mismo modo que la tendría él entre las manos muy pronto.

«Kemp Town», pensó. ¡Menuda coincidencia!

Aquello le traía buenos recuerdos.

Capítulo 41

Sábado, 10 de enero de 2010

Siempre que se compraba un par de zapatos, Dee Burchmore sentía un acceso de emoción y de culpa. No tenía ninguna necesidad de sentirse culpable, por supuesto. Rudy le animaba a que se vistiera bien, a que se pusiera guapa. Él era ejecutivo del American & Oriental Banking, destinado durante cinco años a la sede de Brighton, recién inaugurada, para potenciar el arraigo de la compañía en Europa, así que para él el dinero no era en absoluto un problema.

Ella estaba orgullosa de Rudy y lo quería. Le encantaba que se esforzara en mostrar al mundo que, tras los escándalos económicos que habían sacudido a la banca estadounidense en los últimos años, aún había quien se preocupaba por los clientes. Rudy estaba atacando el mercado hipotecario británico con empeño, haciendo ofertas a los compradores de primera vivienda que ninguna de las entidades británicas, aún en proceso de recuperación tras la crisis financiera, podían plantear. Y ella tenía un papel importante en el proceso, en lo referente a las relaciones públicas.

En las horas que le quedaban a Dee entre el momento de llevar a sus hijos —Josh, de ocho años, y Chase, de seis— al colegio y el de recogerlos, Rudy le había encomendado la tarea de establecer todas las relaciones que pudiera por la ciudad. Quería que encontrara organizaciones benéficas a las que pudiera hacer significativas contribuciones el American & Oriental (ganándose así, por supuesto, una publicidad considerable como benefactores de la ciudad). Era un papel que a ella le iba que ni pintado.

Era una golfista experimentada, así que se había apuntado a la sección femenina del club de golf más caro de la ciudad, el North Brighton. Se había hecho socia del Rotary Club que le pareció más influyente de la ciudad, y se había prestado a participar en los comités de organización de varias de las principales instituciones de beneficencia de la ciudad, entre ellas el Martlet's Hospice, reputado centro de cuidados paliativos para enfermos terminales. La última cita que había tenido había sido con el comité de recaudación de fondos para el principal refugio para indigentes de Brighton y Hove, el Saint Patrick's, que contaba con un centro muy particular, con espacios privados al estilo de los hoteles-nicho japoneses para los indigentes, entre ellos exreclusos en proceso de reinserción.

Se quedó allí de pie, en la tiendecita, observando cómo la dependienta envolvía sus bonitos Manolos azules en papel de seda, para meterlos después con toda delicadeza en la caja. No veía el momento de llegar a casa y probarse el vestido con aquellos zapatos y con el bolso. Sabía que le iban a quedar estupendos. Justo lo que necesitaba para sentirse más segura de sí misma la semana siguiente.

185

Entonces miró el reloj: las 15.30. ¡Mierda! Había tardado más de lo que pensaba. Iba a llegar tarde a su manicura en el Nail Studio, en Hove, en la otra punta de la ciudad. Salió a toda prisa de la tienda, sin fijarse apenas en la extraña mujer con la peluca rubia torcida que miraba algo en el escaparate.

Por el camino hasta el aparcamiento, no se volvió ni una vez.

Si lo hubiera hecho, habría visto que aquella misma mujer la estaba siguiendo.

Capítulo 42

*E*ran poco más de las diez de la noche cuando Roy puso el intermitente a la derecha. Iba más rápido de lo que habría sido sensato con aquella lluvia torrencial porque llegaba tardísimo, y casi derrapó al girar de golpe sobre el asfalto mojado. Dejó atrás la tranquila New Church Road y se metió en la calle residencial aún más tranquila que llevaba al paseo marítimo de Hove, donde vivía con Sandy.

El viejo BMW Serie 3 crujió, y los frenos emitieron un chirrido de protesta. El coche tenía que haber pasado la revisión meses atrás, pero él estaba más pelado que nunca, gracias en parte a una pulserita de brillantes que le había costado una barbaridad y que le había comprado como regalo sorpresa a Sandy por Navidad, así que la revisión iba a tener que esperar aún unos meses.

Por costumbre, repasó cada uno de los vehículos aparcados en las vías de acceso a las casas y en la calle, pero no detectó nada fuera de lugar. Al irse acercando a casa, inspeccionó cuidadosamente esas zonas oscuras aisladas a las que no llegaba del todo el brillo anaranjado de las farolas.

Una de las cosas que tenía ser policía, arrestar a los malos y, en muchos casos, tener que enfrentarse a ellos en el tribunal meses más tarde, era que nunca sabías quién podía tener algo en tu contra. Los ataques en represalia no eran frecuentes, pero Grace conocía a un par de colegas que habían recibido correos amenazadores, y la mujer de uno de ellos se había encontrado una amenaza de muerte grabada en la corteza de un árbol en el parque de su barrio. No era algo que le quitara el sueño, pero sí suponía un riesgo propio del trabajo. Podía intentar mantener su dirección en secreto, pero los delincuentes tenían modos de descubrir esas cosas. Nunca se podía bajar la guardia del todo, y aquello era algo que Sandy le echaba en cara.

En particular, le ponía de los nervios que, en los pubs o restaurantes, Roy siempre escogiera la mesa que le ofreciera la mejor visión posible de la sala y de la puerta, y que siempre intentara sentarse con la espalda contra la pared.

Grace sonrió cuando vio que las luces de la planta baja de su casa estaban encendidas, lo que significaba que Sandy seguía despierta, aunque le entristeció un poco ver que ya había quitado las luces de Navidad. Metió el coche en la vía de acceso y frenó frente a la puerta del garaje. El pequeño Golf de Sandy, aún más destartalado que el suyo, estaría aparcado dentro, bien seco.

La casa era el sueño de su mujer. Poco antes de que la encontrara, había tenido una falta y aquello había hecho aumentar sus esperanzas de quedarse embarazada, ilusión que se desvaneció unas semanas más tarde. Aquello la había sumido en una depresión profunda, hasta el punto de preocupar seriamente a Roy. Entonces, un día, ella le llamó al trabajo para decirle que había encontrado una casa. Estaba por encima de lo que podían pagar, admitió, pero tenía muchísimas posibilidades. ¡Seguro que le encantaba!

Habían comprado aquella casa adosada de cuatro dormitorios hacía poco más de un año. Había sido un gran cambio, tras el pequeño piso de Hangleton donde se habían ido a vivir tras su boda; había supuesto un esfuerzo económico importante para ambos. Pero Sandy se había enamorado de la casa y le había convencido de que debían dar el paso. Él había accedido pese a no estar muy convencido, y sabía cuál era el motivo por el que había dicho que sí: porque veía lo infeliz que era Sandy por no poder concebir y porque deseaba desesperadamente darle una alegría.

Apagó el motor y se sumergió en la lluvia helada, agotado. Se agachó, cogió del asiento del acompañante el abultado maletín en el que llevaba una tonelada de casos que quería revisar antes de irse a dormir, corrió hasta la puerta de la casa y entró.

187

—¡Hola, cariño! —dijo, al entrar al recibidor. Era raro verlo así, desnudo y despojado de las decoraciones navideñas.

Oyó las voces procedentes del televisor. En el ambiente flotaba un sugerente aroma a algún plato de carne. Estaba hambriento. Se quitó la gabardina, la colgó en un perchero antiguo que habían comprado en un puesto del mercado de Kensington Street, dejó caer el maletín y entró en el salón.

Sandy, vestida con un grueso albornoz y cubierta por una manta, estaba echada en el sofá, con una copa de vino tinto en la mano, viendo las noticias. Un periodista hablaba, con un micrófono en la mano, desde un poblado arrasado por el fuego.

—Lo siento, cariño —se disculpó Roy.

Le sonrió. Estaba preciosa, con su cabello húmedo cayéndole descuidadamente sobre la cara y sin maquillaje. Era una de las cosas que más le gustaban de ella: que estaba igual de guapa con maquillaje que sin maquillar. Él siempre se levantaba pronto, y algunas mañanas disfrutaba quedándose en la cama despierto, unos minutos, solo para verle la cara.

—¿Sientes lo que está pasando en Kosovo? —replicó ella.

Él se agachó y la besó. Olía a jabón y a champú.

—No, siento llegar tan tarde. Quería ayudarte a quitar las cosas de Navidad.

—¿Por qué no sientes lo de Kosovo?

—Siento lo de Kosovo —reconoció—. También siento lo de Rachael Ryan, que todavía no ha aparecido, y siento lo de sus padres y su hermana.

—¿Para ti son más importantes que lo de Kosovo?

—Necesito una copa —dijo—. Y me muero de hambre.

—Yo ya he cenado. No podía esperar más.

—Lo siento. Siento llegar tarde. Siento lo de Kosovo. Siento todos los malditos problemas del mundo que no puedo resolver.

Se agachó y sacó una botella de Glenfiddich del mueble bar. Mientras se la llevaba a la cocina, oyó que ella le decía:

—Te he dejado un plato de lasaña en el microondas y tienes ensalada en la nevera.

—Gracias —dijo él desde la cocina.

Al llegar, se sirvió cuatro dedos de whisky, echó unos

cubitos de hielo, sacó su cenicero de cristal favorito del lava-vajillas y volvió al salón. Se quitó la chaqueta, la corbata y se dejó caer en el sillón, ya que Sandy ocupaba todo el sofá. Se encendió un Silk Cut.

Casi de inmediato, como si se tratara de un reflejo pavlo-viano, Sandy sacudió con la mano una nube de humo imagi-naria.

—Bueno, ¿y cómo te ha ido a ti el día? —preguntó él, mientras se agachaba y recogía una aguja de pino del suelo.

En la pantalla, frente a unos edificios arrasados, apareció una joven atractiva con el pelo negro de punta y ropa mili-tar. Sostenía un micrófono y le contaba a la cámara el terri-ble precio que se estaba cobrando en vidas la guerra de Bosnia.

—Esa es el Ángel de Mostar —dijo Sandy, señalando la pantalla con un gesto de la cabeza—. Sally Becker. Es de Brighton. Está haciendo algo por la guerra. ¿Qué es lo que estás haciendo tú, detective Grace, a la espera de ser pronto el «inspector Grace»?

—Empezaré a enfrentarme al problema de la guerra de Bosnia, y a todos los demás problemas del mundo, cuando haya ganado la guerra de Brighton. Me pagan por ello —res-pondió, y dejó el aguja de pino en el cenicero.

Sandy sacudió la cabeza.

—No lo entiendes, ¿verdad, amor mío? Esa joven, Sally Becker, es una heroína.

—Sí que lo es. —Asintió—. El mundo necesita a gente como ella. Pero…

—Pero ¿qué?

Dio una calada al cigarrillo y un sorbo al whisky, sintien-do la reconfortante y cálida sensación en lo profundo de la garganta.

—No hay ninguna persona que pueda solucionar todos los problemas del mundo.

Ella se giró hacia él.

—Muy bien. Pues háblame del que estás solucionando tú —dijo, bajando el volumen del televisor.

Roy se encogió de hombros.

—Venga, quiero oírlo. Nunca me hablas de tu trabajo.

Siempre me preguntas cómo me ha ido el día y yo te hablo de la gente rara con la que tengo que enfrentarme en el centro médico. Pero cada vez que te pregunto, me sueltas algún rollo sobre confidencialidad. Así que, «futuro inspector Grace», cuéntame cómo te ha ido el día, para variar. Dime por qué llevo diez noches cenando sola, una tras otra. Cuéntame. Recuerda nuestras promesas matrimoniales. ¿No había algo sobre no tener secretos?

—Sandy —protestó él—. ¡Venga! ¡No me hagas esto!

—No, venga tú, para variar. Cuéntame cómo te ha ido el día. Dime cómo va la búsqueda de Rachael Ryan.

Él dio otra calada profunda a su cigarrillo.

—No va a ningún lado —dijo.

—Bueno, eso ya es algo —exclamó ella, sonriendo—. Creo que es la primera vez que me hablas con tanta sinceridad en todos los años que llevamos casados. ¡Gracias, «futuro inspector Grace»!

Roy hizo una mueca.

—Deja de decir eso. Puede que nunca lo sea.

—Sí que lo serás. Eres el niño bonito del cuerpo. Conseguirás el ascenso. ¿Y sabes por qué?

—¿Por qué?

—Porque para ti significa más eso que tu matrimonio.

—¡Sandy! Venga ya, eso es…

Dejó el cigarrillo en el cenicero, se puso en pie de un salto, se sentó en el borde del sofá e intentó rodearla con un brazo, pero ella se zafó.

—Venga, cuéntame cómo te ha ido el día —insistió—. Quiero todos los detalles. Si me quieres de verdad, claro. Nunca he oído un relato minucioso, minuto por minuto, de un día de trabajo tuyo. Ni una sola vez.

Él volvió a ponerse en pie y apagó el cigarrillo contra el cenicero, que se llevó a la mesa junto al sofá, y volvió a sentarse.

—Me he pasado el día buscando a esa chica, ¿vale? Igual que el resto de la semana.

—Sí, vale. Pero ¿eso qué supone?

—¿De verdad quieres saber los detalles?

—Sí que quiero. Desde luego que quiero saber los detalles. ¿Te supone algún problema?

Él encendió otro cigarrillo y dio una calada. Luego, con la boca llena de humo, dijo:

—He ido con otro sargento (un tipo llamado Norman Potting, que por cierto no es el agente más diplomático del cuerpo) a ver a los padres de la desaparecida una vez más. Están destrozados, como puedes imaginarte. Hemos intentado tranquilizarlos, contándoles todo lo que hacemos, y les hemos pedido toda la información que pudieran darnos sobre su hija y que no supiéramos ya. Potting ha conseguido cabrearlos a los dos.

—¿Cómo?

—Les ha formulado todo tipo de preguntas raras sobre su vida sexual. Había que preguntárselo, pero hay formas y formas...

Dio otro sorbo a su copa y otra calada al cigarrillo; luego lo dejó en el cenicero. Ella lo miraba inquisitivamente.

—¿Y luego?

—¿De verdad quieres oír todo lo demás?

—Sí que quiero. Quiero oír todo lo demás.

—Bueno, pues hemos intentado sacarles todo lo que hemos podido sobre la vida de Rachael. Si tenía amigos o colegas del trabajo con los que se viera y con los que aún no hubiéramos hablado. Si aquello había sucedido antes... Hemos intentado hacernos una imagen de sus hábitos.

—¿Y cuáles eran sus hábitos?

—Llamar a sus padres cada día, sin falta. Ese es el más significativo.

—¿Y ahora hace diez días que no los llama?

—Exacto.

—¿Crees que estará muerta?

—Hemos comprobado las cuentas del banco para ver si ha sacado dinero, y no lo ha hecho. Tiene una tarjeta de crédito y otra de débito, y no hay transacciones desde Nochebuena.

Bebió un poco más de whisky y observó, sorprendido, que había vaciado el vaso. Los cubitos de hielo chocaron entre sí al darle contra la boca cuando apuró las últimas gotas.

—O la tienen retenida contra su voluntad, o está muerta —concluyó Sandy en tono neutro—. La gente no desaparece de la faz de la Tierra como si nada.

191

—Sí que lo hace —dijo él—. Cada día. Miles de personas cada año.

—Pero si tenía esa relación tan próxima con sus padres, no querría hacerles daño así, deliberadamente, ¿no te parece?

Él se encogió de hombros.

—¿Qué te dice tu olfato de poli?

—Que esto no huele nada bien.

—¿Y qué es lo siguiente?

—Estamos ampliando la búsqueda, las consultas casa por casa van en aumento, vamos cubriendo una extensión mayor; hemos incorporado nuevos agentes al equipo. Estamos buscando por los parques, los vertederos, el campo. Estamos examinando las grabaciones de circuito cerrado. Se están haciendo controles en todas las estaciones, puertos y aeropuertos. Estamos interrogando a sus amigos y a su exnovio. Y contamos con un psicólogo criminal para trazar el perfil del agresor.

Al cabo de unos momentos, Sandy preguntó:

—¿Crees que es el violador ese del zapato, otra vez? ¿El Hombre del Zapato?

—Según parece, a la chica le vuelven loca los zapatos. Pero el modus operandi no es el mismo. Nunca se ha quedado con una de sus víctimas.

—¿No me dijiste una vez que los delincuentes se vuelven más atrevidos y violentos con el tiempo? ¿Que cada vez van a más?

—Eso es cierto. El tipo que empieza como inofensivo exhibicionista puede acabar convirtiéndose en un violador violento. Lo mismo que los ladrones, cuando van cogiendo confianza.

Sandy dio un sorbo a su vino.

—Espero que la encuentres pronto y que esté bien.

Grace asintió.

—Sí —dijo, en voz baja—. Yo también lo espero.

—¿La encontrarás?

No tenía respuesta para aquello. Al menos, no la que ella esperaba oír.

192

Capítulo 43

Sábado, 10 de enero de 2010

$\mathcal{A}$ Yac no le gustaban los borrachos, y mucho menos las guarrillas borrachas. Y menos aún, las guarrillas borrachas que se metían en su taxi. Especialmente a una hora tan temprana de la noche del sábado, cuando estaba ocupado leyendo las últimas noticias sobre el Hombre del Zapato en el *Argus*.

Y ahí tenía cinco chicas borrachas, todas sin abrigo, todas con vestiditos mínimos, con las piernas al aire, luciendo las tetas, los tatuajes y los *piercings* de los ombligos. ¡En enero! ¿No notaban el frío?

Solo estaba autorizado a llevar a cuatro. Se lo había dicho, pero se las había encontrado demasiado borrachas como para que le escucharan, amontonadas unas contra otras en la parada de East Street, gritando, cacareando, riéndose compulsivamente y diciéndole que las llevara al muelle.

El taxi se había llenado de sus olores: Rock'n Rose, Fuel for Life, Red Jeans, Sweetheart y Shalimar. Los reconocía todos. Ajá. En particular, reconocía el Shalimar.

El perfume de su madre.

Les dijo que no había más que un paseo, que con el tráfico de los sábados por la noche habrían llegado antes a pie, pero ellas habían insistido.

—¡Hace un frío de perros, por Dios! —había respondido una de ellas.

Era una gordita, la que llevaba el Shalimar, con una tupida melena rubia y unos pechos medio descubiertos que daban la impresión de haber sido hinchados con un compresor para bicicleta. Le recordó un poco a su madre. Había algo en su rotundidad, en sus formas y en el color de su pelo...

—Sí —dijo otra—. Un frío de cojones.

Otra encendió un cigarrillo. Yac sintió el olor acre. Aquello también iba contra la ley, y se lo dijo mirándola, enojado, en el espejo.

—¿Quieres una calada, guapetón? —dijo ella, con un mohín, al tiempo que le tendía el cigarrillo.

—Yo no fumo.

—Ya. Eres demasiado joven, ¿no? —dijo otra.

Y se echaron a reír con estridentes carcajadas.

Estuvo a punto de llevarlas hasta las ruinas del West Pier, casi un kilómetro más allá, solo para enseñarles que no debían meterse con el medio de vida de un pobre taxista. Pero no lo hizo, solo por un motivo.

Los zapatos y el perfume que llevaba la gordita.

Unos zapatos que le gustaban especialmente: Jimmy Choo, negros y plateados. Talla cuatro. Ajá. La talla de su madre.

Yac se preguntó qué aspecto tendría desnuda, con solo aquellos zapatos. ¿Se parecería a su madre?

Al mismo tiempo, se preguntó si el lavabo de su casa tendría la cisterna alta o baja. Pero lo malo de la gente borracha era que no se podía tener una conversación normal con ellos. Sería una pérdida de tiempo. Condujo en silencio, pensando en los zapatos. Aspirando su perfume. Mirándola por el espejo. Pensando, cada vez más, lo mucho que se parecía a su madre.

Giró a la derecha por North Street y cruzó Steine Gardens. Se detuvo en el semáforo y luego giró a la derecha y esperó su turno en la rotonda, para llegar después a las llamativas luces del Brighton Pier.

El taxímetro marcaba 2,40 libras. Había estado esperando en la parada media hora. No era una gran recompensa. No estaba contento. Y menos contento aún se quedó cuando una de ellas le dio 2,50 libras y le dijo que se quedara el cambio.

—¡Ah! —dijo—. ¡Ah!

Los sábados por la noche el propietario del taxi esperaba hacer una buena caja.

Las chicas salieron a presión del vehículo, mientras él observaba por turnos los Jimmy Choo y la calle, por si aparecía algún coche patrulla. Las chicas maldecían el frío viento, agarrándose el pelo, tambaleándose sobre sus altos tacones y luego, sin cerrar la puerta trasera del taxi, empezaron a discutir entre ellas por qué habían decidido ir hasta allí en lugar de quedarse en el bar en el que estaban.

Él estiró el cuerpo hacia la ventanilla contraria.

—¡Disculpen, señoritas! —dijo, en voz alta.

Cerró la puerta de un tirón y se puso en marcha hacia el paseo marítimo, con el taxi impregnado del olor a Shalimar, a humo de cigarrillo y a alcohol. Al cabo de un rato, paró sobre la doble línea amarilla, junto a la baranda del paseo, y apagó el motor.

Por la cabeza le pasaban un montón de cosas. Zapatos Jimmy Choo. Talla cuatro. La de su madre. Inspiró profundamente, saboreando el Shalimar. Eran casi las siete de la tarde. Su taza de té, cada hora, a la hora en punto. Aquello era muy importante. Lo necesitaba.

Pero tenía algo más en la cabeza, algo que necesitaba más.

Ajá.

195

Capítulo 44

Sábado, 10 de enero de 2010

A pesar del frío y del feroz viento, varios grupos de personas, en su mayoría jóvenes, pululaban por la entrada de la zona de ocio del embarcadero. Toda la estructura estaba animada con brillantes luces de colores, que se adentraban casi medio kilómetro hacia la oscuridad del canal de la Mancha. Una bandera británica ondeaba al viento. En la entrada, una valla gigantesca anunciaba la actuación de un grupo en directo. El puesto de helados no estaba haciendo un gran negocio, pero sí había cola ante los mostradores de Southern Fried Chicken, Doughnut, Meat Feast y Fish and Chips.

Darren Spicer, vestido con un chaquetón impermeable, vaqueros, manoplas de lana y una gorra de béisbol bien calada, estaba eufórico, totalmente ajeno al frío, mientras hacía cola para comprarse unas patatas fritas. El olor al aceite frito le estaba despertando el apetito. Se ajustó el cuello hasta la boca, se frotó las manos y miró el reloj. Las 19.52. Tenía que estar de vuelta en el Centro de Noche Saint Patrick's antes de las 20.30, hora del cierre de puertas, o perdería la cama, y desde allí tenía veinticinco minutos a paso ligero, a menos que cogiera un autobús o tuviera la extravagancia de tomar un taxi.

En el interior de uno de sus grandes bolsillos interiores llevaba un ejemplar del *Argus* que había sacado de un contenedor en el Grand Hotel, por el que se había pasado antes para fichar, ya que empezaría a trabajar el lunes, en un puesto en el que tendría que poner en práctica sus conocimientos de electricidad. El hotel estaba cambiando el cableado eléctrico, que, al parecer, no se había tocado desde hacía décadas. El lunes estaría en el sótano, tirando cables desde el generador de emergencia a la lavandería.

Era una gran extensión, y tenían poco personal. Aquello significaba que no habría mucha gente vigilándole. Y que prácticamente tendría el lugar a su disposición. Con todas las ganancias que ello podía implicar. Y tendría acceso al sistema informático. Ahora todo lo que necesitaba era un teléfono móvil de prepago. Eso no sería un problema.

¡Se sentía bien! ¡Se sentía fantástico! ¡En aquel momento era el hombre más poderoso de toda la ciudad! ¡Y probablemente el que iba más caliente!

Un grupito de chicas con poca ropa que bajaban de un taxi llamó su atención. Entre ellas había una gordita a la que casi se le salían las tetas de la blusa, con unos morritos carnosos. Se tambaleaba por el embaldosado de la entrada, con sus brillantes zapatos de tacón alto, sujetándose el cabello azotado por el viento. Parecía que había bebido un poco.

La minifalda se le subió con un soplo de viento y por un momento quedó a la vista la parte alta del muslo. Aquello le causó un repentino y momentáneo arranque de deseo. Era su tipo de chica. Le gustaban las mujeres con algo de carne. Sí, sin duda era su tipo.

Sí.

Le gustaba.

Le gustaban sus zapatos.

Dio una calada a su cigarrillo.

El taxi se fue.

Las chicas discutían por algo. Luego se dirigieron todas hacia la cola que había tras él.

Consiguió sus patatas y luego se separó unos pasos, se apoyó en un soporte de hierro y se quedó observando a las chicas en la cola, que seguían discutiendo y tomándose el pelo las unas a las otras. Pero en particular observaba a la gordita, y sentía cómo aumentaba ese arranque de deseo en su interior, pensando una y otra vez en aquella imagen que había visto de su muslo.

Para cuando las chicas consiguieron sus patatas y las pagaron, no sin antes rebuscar en sus bolsitos hasta dar con

197

el dinero exacto, él ya se había acabado las suyas y había encendido otro cigarrillo. Se dirigieron hacia el muelle. La gordita se había quedado un poco atrás. Hacía esfuerzos por llegar a la altura de sus amigas, pero le costaba mantener el paso con aquellos tacones.

—¡Eh! —gritó a las dos que iban atrás—. ¡Eh, Char, Karen, no corráis tanto! ¡No puedo seguiros!

Una de las cuatro se giró, riéndose y sin bajar el ritmo:

—¡Venga, Mandy! A lo mejor será porque estás demasiado gorda, ¿no?

Mandy Thorpe, algo mareada por el exceso de cócteles, dio una carrerita y por un momento se puso a la altura de sus amigas.

—¡Os podéis ir a la mierda con lo del peso! ¡No estoy tan gorda! —gritó, fingiéndose enfadada.

Al momento, cuando la entrada embaldosada dio paso a la pasarela de madera del muelle, ambos tacones se le quedaron encajados en una fisura, los pies se le salieron de los zapatos y cayó de bruces, desparramando por el suelo el contenido del bolso y las patatas fritas.

—¡Mierda! —exclamó—. ¡Mierda, mierda y más mierda!

Se puso en pie como pudo, se agachó y embutió ambos pies dentro de los zapatos, agachándose aún más para desencajarlos con los dedos, maldiciendo aquella barata imitación de Jimmy Choo que se había comprado en un viaje a Tailandia y que le apretaba los dedos.

—¡Eh! —gritó—. ¡Char, Karen, eh!

Dejando el amasijo de patatas embadurnadas de kétchup por el suelo, salió a trompicones tras ellas, ahora con más cuidado de no volver a meter los tacones en las rendijas. Dejó atrás una locomotora de juguete y se vio envuelta por las brillantes luces y el ruido de la feria. Oía una música de fondo, las campanillas de las máquinas y el sonido metálico de las monedas, los chillidos de alegría y alguna palabrota airada. Pasó junto a unas luces neón rosa con la forma de un petardo, luego frente a una máquina con la parte frontal de cristal llena de ositos de peluche y un rótulo intermitente en el que ponía BOTE EN EFECTIVO 35 £, y con una taquilla que tenía el aspecto de una marquesina victoriana de tranvía.

Entonces se encontraron de nuevo en el exterior y sintieron el frío glacial. Mandy llegó a la altura de sus amigas justo en el momento en que pasaban frente a una serie de casetas, cada una con su música estruendosa: «¡Pesquen un pato!»; «¡El bote de la langosta: 2 pelotas por 1 libra!»; «Tatuajes de *henna*!».

En la distancia, a su izquierda, contra el negro profundo del mar, se distinguían las luces de las elegantes casas de Kemp Town. Pasaron frente a la «Carrera de delfines», en dirección al tiovivo, al tobogán en espiral, a los autos de choque, a la montaña rusa Crazy Mouse y al Turbo Skyride, en el que Mandy se había montado una vez, y que la había dejado mareada varios días.

A su derecha tenían el Tren Fantasma y el Hotel del Horror.

—¡Yo quiero subir al Tren Fantasma! —exclamó Mandy.

Karen se giró, mientras sacaba un cigarrillo del bolso.

—Es patético. Es una mierda, una memez. Yo necesito otra copa.

—¿Y el Turbo? —propuso otra, Joanna.

—¡Ni hablar! —protestó Mandy—. Yo quiero subir al Tren Fantasma.

Joanna sacudió la cabeza.

—A mí eso me da miedo.

—No da tanto miedo —aseguró Mandy—. Si no venís, iré yo sola.

—¡No te atreves! —la desafió Karen—. ¡Eres una gatita asustada!

—¡Ya veréis! —respondió Mandy—. ¡Vais a ver!

Dio una carrerita hasta la taquilla donde se vendían las fichas para las atracciones. Ninguna de ellas vio al hombre que las contemplaba desde cierta distancia, que tiraba el cigarrillo al suelo y lo apagaba con la suela del zapato.

199

Capítulo 45

Martes, 6 de enero de 1998

*N*unca había visto un cadáver hasta aquel momento. Bueno, aparte del de su madre, claro. Se había quedado en los huesos, demacrada por culpa del cáncer que se la había comido por dentro, con tal voracidad que solo había dejado la piel. Y las malditas células cancerígenas probablemente también se habrían comido la piel, si el líquido de embalsamar no la hubiera petrificado.

Aunque habían hecho un buen trabajo. No sería él quien lo negara.

Su madre tenía el aspecto de estar durmiendo. Estaba bien metida en la cama, con su camisón, en una sala de la capilla de reposo de la funeraria. Perfectamente peinada. Con un poco de maquillaje en la cara para que tuviera un poco de color, y la piel con un tono un poco rosado gracias al líquido de embalsamado. El director de la funeraria le había dicho que había quedado muy guapa.

Mejor en muerte que en vida.

Una vez muerta ya no podría acosarle. No podría decirle, mientras se colaba en su cama, que era tan inútil como el borracho de su padre. Que su «cosita» era patética, que era más corta que los tacones de sus zapatos. Algunas noches llevaba un zapato con tacón de aguja a su cama y le obligaba a darle placer con el tacón.

Empezó a llamarle Colilla. El apodo enseguida se extendió por el colegio. «¡Eh, Colilla. ¿Te ha crecido ya un poquillo?», le decían los otros chicos y chicas.

Se había sentado a su lado, en la silla junto a la cama, tal como lo había hecho antes en la habitación del hospital durante los días en que la vida iba abandonándola. La había cogido de la mano. Estaba fría y huesuda, era como coger la mano de un reptil. Pero el reptil ya no podía hacerle ningún daño.

Entonces se había agachado y le había susurrado al oído: «Creo que se supone que debo decirte que te quiero. Pero no te quiero. Te odio. Siempre te he odiado. No veo la hora de que acabe tu funeral, porque luego voy a coger esa urna con tus cenizas y te voy a tirar en un contenedor de basura, que es donde te corresponde estar».

Sin embargo, la mujer que tenía ahora delante era diferente. No odiaba a Rachael Ryan. Se la quedó mirando, tendida en el fondo del congelador que había comprado esa misma mañana. Mirándole a través de unos ojos que se iban cubriendo de escarcha. La misma escarcha que se iba formando por todo su cuerpo.

Oyó por un momento el murmullo del motor del congelador. Entonces susurró:

—Rachael, siento lo ocurrido, ¿sabes? De verdad lo siento. Nunca quise matarte. Nunca he matado ni a una mosca. Yo no soy así. Solo quería que lo supieras. No es mi estilo. Cuidaré de tus zapatos, te lo prometo.

Entonces decidió que no le gustaba ver aquella mirada hostil en sus ojos. Como si aún pudiera acusarle, aunque estuviera muerta. Acusarle desde otro lugar, desde otra dimensión a la que había llegado.

Cerró la tapa de golpe.

El corazón se le salía del pecho. Estaba cubierto de sudor.

Necesitaba un cigarrillo.

Tenía que pensar con mucha, mucha calma.

Encendió un cigarrillo y se lo fumó lentamente, pensando. Pensando. Pensando.

El nombre de la chica estaba por todas partes. La Policía la buscaba por toda la ciudad. Por todo Sussex.

Estaba temblando.

«¡Estúpida! ¡Mira que quitarme el pasamontañas!»

«Mira lo que has hecho. ¡Lo que nos has hecho a los dos!»

No debían encontrarla. Si encontraban el cuerpo, sabrían

quién era. Tenían todo tipo de métodos. Todo tipo de artilugios científicos. Si la encontraban, sería cuestión de tiempo hasta que dieran con él.

Por lo menos, si la mantenía fría, evitaría el olor que había empezado a desprender. Las cosas congeladas no huelen. Así que ahora tenía tiempo. Una opción era dejarla ahí, pero era peligroso. La Policía había sacado en los periódicos que estaban buscando una furgoneta blanca. Alguien podría haber visto la suya. Alguien podría decirles que había una furgoneta blanca que a veces entraba y salía de allí.

Tenía que deshacerse de ella.

Tirarla al mar era una opción, pero el mar podía devolverla a la orilla. Si cavaba una tumba en un bosque, algún perro podía detectar el olor. Tenía que encontrar un lugar donde no hubiera perros que pudieran olisquear.

Un lugar donde nadie fuera a curiosear.

202

Capítulo 46

Sábado, 10 de enero de 2010

*Q*uizá, después de todo, aquello no hubiera sido tan buena idea, pensó Mandy, a la que de pronto le había abandonado el valor, en el momento que entregaba la ficha al hombre de la entrada a la atracción del Tren Fantasma.

—¿Da miedo? —le preguntó.

Era un chico joven y atractivo, con acento extranjero. Quizás español, pensó.

—No, no mucho. ¡Solo un poco! —dijo él, sonriendo—. Está bien.

—¿Sí?

Él asintió.

Subida a sus tacones, se encaminó por la pasarela hasta el primer coche. Era como una bañera victoriana de madera sobre unas ruedas de goma. Se subió tambaleándose, con el corazón en la garganta, y se sentó. Dejó el bolso a su lado.

—Lo siento, no puedes llevar el bolso. Yo te lo cuido.

De mala gana accedió. Entonces él bajó la barra de seguridad y la ajustó. Ya no había vuelta atrás.

—¡Sonríe! —dijo él—. ¡Diviértete! Está bien, de verdad.

«Mierda», pensó ella. Entonces llamó a sus amigas:

—¡Char! ¡Karen!

Pero el viento se llevó sus palabras. El vagón avanzó con un traqueteo, dando un golpe contra una puerta doble y sumiéndose en la oscuridad. Las puertas se cerraron violentamente tras ella y la oscuridad se hizo completa. A diferencia del aire húmedo del exterior, allí era seco y olía un poco a circuitos eléctricos recalentados y a polvo.

La oscuridad la envolvió. Aguantó la respiración. Entonces el coche giró de golpe a la derecha, ganando velocidad. Oía el ruido de las ruedas que resonaba por las paredes; era como ir en el metro. A ambos lados aparecieron unos destellos de luz. Oyó una risa tenebrosa. Unos tentáculos le rozaron la frente y el cabello, y ella gritó de miedo, cerrando los ojos con fuerza.

«Esto es de idiotas —pensó—. Qué tonta he sido. ¿Por qué? ¿Por qué he hecho esto?»

Entonces el coche impactó contra otra puerta doble. Abrió los ojos y vio un viejo larguirucho y polvoriento que se levantaba tras un escritorio y que se lanzaba de cabeza hacia ella. Mandy se encogió, tapándose los ojos, con el corazón en un puño. Todo el valor que le había dado el alcohol la estaba abandonando de pronto.

Cayeron por una larga rampa. Se destapó los ojos y vio que la luz se hacía cada vez más tenue y que volvía a sumirse en una oscuridad total. Oyó un silbido de serpiente. Entonces apareció: un reptil asqueroso, luminoso y esquelético salió de la oscuridad, le escupió y le mojó la cara con agua fría. Entonces un esqueleto blanquísimo salió de la oscuridad balanceándose, y ella se encogió, aterrorizada, convencida de que la golpearía.

Dieron contra una nueva puerta doble. Oh, Dios mío, ¿cuánto tiempo más iba a durar aquello?

Iban muy rápido, de bajada, en plena oscuridad. Oyó un frenazo y luego una carcajada horrible, como un cacareo. Sintió de nuevo el contacto de unos tentáculos, como si una araña le trepara por el cabello. Se abrieron otras puertas, giraron bruscamente a la izquierda y de repente se detuvieron. Mandy se quedó allí sentada, en plena oscuridad, temblando. De pronto sintió un brazo alrededor del cuello.

Un brazo humano. Olió un aliento cálido en la mejilla. Entonces una voz le susurró al oído. Una voz que no había oído nunca.

Se quedó helada del pánico.

—Tengo algo extra para ti, cariño.

¿Sería alguna broma pesada de Char y Karen? ¿Estaban por ahí, haciendo de las suyas?

El cerebro le iba a toda velocidad. Algo le decía que aquello no formaba parte de la atracción. Que algo iba muy mal. Al momento oyó un sonido metálico y la barra de seguridad se subió. Luego, temblando de pánico, sintió que la sacaban del coche y la arrastraban hasta una superficie dura. Algo duro le golpeó la espalda y se vio empujada a través de unas cortinas a un espacio que olía a aceite, donde cayó de espaldas sobre el duro suelo. Entonces oyó la puerta que se cerraba y un clic, como un interruptor, seguido casi de inmediato por un chirrido de maquinaria pesada. A continuación una linterna le enfocó la cara y la cegó momentáneamente.

Ella levantó la vista, casi paralizada por el miedo y la confusión. ¿Quién era aquel tipo? ¿El encargado de la atracción que había visto fuera?

—Por favor, no me hagas daño —dijo.

A través del haz de luz vio la silueta de la cara de un hombre cubierta con algo parecido a una media de nailon con unas rajas.

Cuando intentó abrir la boca y gritar, algo blando y de sabor desagradable se le metió dentro. Oyó una especie de desgarro y al momento tenía una cinta adhesiva sobre los labios, de un lado al otro de la cara. Intentó gritar de nuevo, pero lo único que le salió fue un sonido ahogado que parecía resonarle dentro de la cabeza.

—Estás deseándolo, ¿verdad, chata? Vestida así… ¡Y con esos zapatos!

Ella intentó alcanzarle con los puños, aporrearlo, arañarlo. Entonces vio un brillo en la oscuridad. Era la cabeza de un gran martillo. Aquel tipo lo tenía en la mano, a su vez, enfundada en un guante.

—Estate quieta o te dejo tiesa.

Ella se quedó inmóvil, aterrorizada, con la mirada fija en el frío metal.

De pronto sintió un porrazo a un lado de la cabeza. El cerebro se le llenó de lucecitas.

Luego, el silencio.

No llegó a notar cómo la penetraba, ni supo que se llevaba sus zapatos.

Capítulo 47

Sábado, 10 de enero de 2010

Garry Starling entró en el restaurante China Garden, que estaba atestado, poco después de las nueve, y se dirigió a toda prisa a su mesa, haciendo solo una breve pausa para pedir una cerveza Tsingtao al dueño, que salió a su encuentro para saludarle.

—¡Hoy llega tarde, señor Starling! —dijo el jovial chino—. No creo que su esposa sea una señora muy contenta.

—¡Cuéntame algo que no sepa! —respondió Garry, colocándole un billete de veinte libras en la mano.

Luego subió las escaleras a ritmo ligero hasta su mesa habitual y observó que los muy tragones ya se habían acabado los entrantes variados. Solo quedaba un solitario rollito de primavera en la enorme bandeja, y el mantel estaba sembrado de restos de algas y manchas de salsa. Los tres tenían aspecto de haberse tomado ya unas cuantas copas.

—¿Dónde cojones estabas? —exclamó su esposa, Denise, dándole la bienvenida con su habitual sonrisa ácida.

—En realidad, estaba trabajando, querida —dijo, al tiempo que le daba un beso a Ulla, la excéntrica mujer de Maurice, algo hippy, y la mano al propio Maurice, y se sentaba en el espacio que quedaba entre ellos. A Denise no le dio ningún beso. Había dejado de hacerlo mucho tiempo atrás.

—Trabajando. ¿Sabes? Trabajando —dijo, girándose hacia su mujer y mirándola fijamente a los ojos—. Es una palabra que no está en tu vocabulario. ¿Sabes lo que significa? Ganando dinero para pagar la hipoteca de las narices. Y la cuenta de tu tarjeta de crédito.

—¡Y tu mierda de caravana hippy!

—¿Caravana? —dijo Maurice, asombrado—. Eso no es de tu estilo, Garry.

—Es una furgoneta Volkswagen. La original, con el parabrisas dividido en dos. Es una buena inversión, un artículo de colección. Pensé que nos iría bien a Denise y a mí hacer alguna excursión por carretera, dormir en plena naturaleza de vez en cuando, ¡volver a la naturaleza! Me habría comprado un barco, pero ella se marea.

—Es la crisis de los cuarenta, eso es lo que es —dijo Denise, dirigiéndose a Maurice y a Ulla—. Si se cree que me va a llevar de vacaciones en una caravana asquerosa, lo tiene claro. ¡Como el año pasado, cuando intentó que fuéramos en moto a Francia, de camping!

—¡No es una caravana asquerosa! —dijo Garry, que se hizo con el último rollito de primavera, antes de que se lo quitaran; por error lo mojó en la salsa picante y se lo metió en la boca.

En el interior de su cabeza se produjo una pequeña explosión termonuclear que lo dejó temporalmente sin habla. Denise la aprovechó.

—¡Tienes un aspecto de mierda! ¿Cómo te has hecho ese arañazo en la frente?

—Subiéndome a un jodido desván para cambiar un cable que se habían comido los putos ratones. Con un clavo que salía de una viga.

De pronto ella se inclinó y lo olisqueó.

—¡Has estado fumando!

—He subido a un taxi en el que alguien había fumado —masculló, mientras masticaba.

—¿Ah, sí? —respondió ella, escéptica, y luego se giró hacia sus amigos—. Quiere hacerme creer que lo ha dejado; se cree que soy tonta. Se lleva a pasear al perro, o sale en bicicleta, o a dar una vuelta con la moto, y vuelve horas más tarde apestando a humo. Eso siempre se huele, ¿o no? —puntualizó, mirando a Ulla, luego a Maurice, y bebió un poco de su Sauvignon Blanc.

La cerveza de Garry llegó a la mesa y él le dio un buen trago, mirando primero a Ulla, pensando que su alocado cabello tenía un aspecto aún más loco aquella noche, y luego a Maurice, que tenía más aspecto de sapo que nunca. Ambos, al igual que Denise, le parecían extraños, como si los estuviera mirando a través de un vidrio deformante. La camiseta negra de Maurice estaba en tensión, apretada contra su barriga cervecera, los ojos le salían de las órbitas y su horrible y carísima americana a cuadros, con sus brillantes botones de Versace, le quedaba demasiado justa. Parecía que la hubiera heredado de su hermano mayor.

Maurice salió en defensa de su amigo, sacudiendo la cabeza:

—Yo no huelo nada.

Ulla se inclinó hacia Garry y lo olisqueó, como un perro excitado.

—¡Buena colonia! —dijo, evasiva—. Aunque huele un poco femenina.

—Chanel Platinum —dijo él.

Ella volvió a olisquear, frunció el ceño, dubitativa, y levantó las cejas, mirando a Denise.

—Así pues, ¿dónde narices has estado? —insistió Denise—. Tienes un aspecto horrible. Podías haberte peinado al menos.

—¡Está soplando un viento huracanado ahí fuera, por si no te has dado cuenta! —replicó Garry—. He tenido que lidiar con un cliente cabreado; hoy estábamos cortos de personal, con uno con gripe, con otro enfermo de otra cosa y con un tal Graham Lewis, de Steyning, al que se le disparaba continuamente la alarma sin motivo y que amenazaba con cambiarse de compañía. Así que he tenido que encargarme yo. ¿Vale? Y resulta que eran los jodidos ratones.

Ella inclinó la copa en dirección a la boca para apurar las últimas gotas y entonces se dio cuenta de que ya estaba vacía. Al momento apareció un camarero con otra botella. Garry señaló su copa de vino, al tiempo que daba cuenta de su cerveza. Tenía los nervios de punta y necesitaba beber. Mucho.

—¡Salud! —brindó.

—¡Salud! —respondieron Maurice y Ulla, levantando sus copas.

Denise se tomó su tiempo. Tenía la mirada fija en Garry. Sencillamente, no le creía.

De todos modos, pensó Garry, ¿cuándo había sido la última vez que su mujer le había creído en algo? Se bebió media copa de un trago y el frescor del vino le alivió por un momento la sensación de ardor en el paladar. A decir verdad, era probable que la última vez que le había creído hubiera sido el día en que se habían casado, cuando le hizo aquellas promesas de amor.

Aunque... ni siquiera estaba seguro de aquello. Aún recordaba la mirada que le había echado ante el altar, cuando él le había puesto el anillo en el dedo y había respondido a las preguntas del vicario. No veía en sus ojos el amor que cabía esperar, sino más bien la expresión de petulante satisfacción del cazador que vuelve a casa con la presa muerta sobre el hombro.

En aquel momento, había estado a punto de echarse atrás.

Doce años más tarde, no había un día en que no deseara haberlo hecho.

Pero, bueno, estar casado tenía sus ventajas, no había que olvidarlo.

209

Estar casado te convertía en un tipo respetable.

Capítulo 48

Sábado, 10 de enero de 2010

—$\mathcal{H}$e estado pensando en la redacción de las invitaciones a la boda —dijo Cleo desde la cocina.

—¡Qué bien! —dijo Roy Grace—. ¿Quieres que le eche un vistazo?

—Ya nos lo miraremos cuando hayas cenado.

Él sonrió. Una cosa que estaba aprendiendo de Cleo era que le gustaba planificar las cosas con mucha antelación. Apenas iba a quedarles tiempo entre la boda y el nacimiento del niño. Ni siquiera podían fijar una fecha exacta por culpa de todo el papeleo necesario para conseguir que declararan a Sandy legalmente muerta.

Humphrey descansaba satisfecho a su lado, tendido en el suelo del salón, con una mueca que le daba un aspecto bobalicón, con la cabeza ladeada y la lengua medio salida. Roy acarició el cálido y suave vientre de la feliz criatura, mientras un político laborista echaba su sermón desde la pantalla plana del televisor en las noticias de las diez.

Pero él no escuchaba. Allí sentado, sin chaqueta y con la corbata aflojada, dejaba volar la mente, pensando en la reunión de la tarde, con las hojas que se había traído del trabajo extendidas sobre el sofá, a su lado. En particular, estaba cavilando sobre los puntos en común entre el Hombre del Zapato y el nuevo agresor. Una serie de preguntas sin respuesta le mantenían ocupado.

Si el Hombre del Zapato había vuelto, ¿dónde se había metido los últimos doce años? Y si se había quedado en la ciudad, ¿por qué había dejado de delinquir tanto tiempo?

¿Podía ser que hubiera violado a otras víctimas y que estas no hubieran presentado denuncia?

Parecía poco probable. Sin embargo, hasta ahora no habían encontrado en la base de datos nacional violadores que tuvieran un modus operandi similar. Por supuesto, podría haberse ido al extranjero, y para constatarlo necesitarían una cantidad de tiempo y de medios enormes.

No obstante, esa tarde se había enterado de que había un sospechoso potencial en la ciudad, tras el análisis de las bases de datos del VISOR —el registro de agresiones sexuales y violentas— y el MAPPA.

El MAPPA, que era el programa de colaboración entre los cuerpos de seguridad británicos, indicaba la fecha de liberación de los agresores sexuales y de delitos violentos tras cumplir condena, y los clasificaba en tres categorías. El nivel 1 era el de reclusos en libertad condicional con bajo riesgo de volver a delinquir, sometidos a seguimiento para asegurarse de que cumplían con las obligaciones de la condicional. En el nivel 2 estaban los que se consideraba que necesitaban un seguimiento moderadamente activo. Y el nivel 3 era el de los que presentaban un alto riesgo de volver a delinquir.

Zoratti había descubierto que había alguien de un nivel 2 al que se le había concedido la condicional en la prisión de Ford Open tras cumplir tres años de una sentencia de seis, en su mayor parte en Lewes, por robo y agresión sexual: Darren Spicer, ladrón profesional y traficante de drogas. Había intentado besar a una mujer tras entrar a robar en su casa, y había tenido que salir corriendo al reaccionar ella y apretar un botón de alarma oculto. Posteriormente, la mujer le había identificado en una rueda de reconocimiento.

Habían pasado una petición urgente al Servicio de Seguimiento de la Libertad Condicional para obtener el lugar de residencia actual de Spicer. Pero aunque valía la pena interrogarlo, Grace no estaba convencido de que fuera su hombre. Había estado entrando y saliendo de la cárcel varias veces en los últimos doce años. ¿Cómo es que no había delinquido en los periodos intermedios? Y bajo su punto de vista, aún más importante era el hecho de que el tipo no tenía ningún antecedente de agresiones sexuales. Aquel último delito, que había contribuido a aumentar la pena de reclusión, parecía ser algo excepcional en su trayectoria —aunque, por supuesto, no tenían ninguna certeza de aquello—. Teniendo en cuenta la triste estadística que decía que solo el seis por ciento de las víctimas de violación denunciaban las agresiones, era muy posible que hubiera cometido delitos similares y que no hubiera pagado por ello.

Luego pensó en la teoría del suplantador. Había algo que le inquietaba mucho: las páginas que faltaban en el dosier del caso Rachael Ryan. Sí, era posible que simplemente estuvieran mal archivadas. Pero cabía la posibilidad de que hubiera un motivo más oscuro. ¿Podía ser que el propio Hombre del Zapato hubiera tenido acceso al dosier y que hubiera eliminado algo que pudiera incriminarlo? Si había tenido acceso a aquellos documentos, también podía acceder al dosier completo.

¿O sería otra persona que no tuviera nada que ver? ¿Algún ser retorcido que hubiera decidido copiar el modus operandi del Hombre del Zapato?

¿Quién?

¿Algún miembro de su equipo de confianza? No lo creía, pero, por supuesto, no podía descartar la posibilidad. Había mucha otra gente que tenía acceso al Centro de Delitos Graves —otros agentes, personal de apoyo y de limpieza—. Se dio cuenta de que resolver aquel misterio era una prioridad.

—¿Ya estás listo para la cena, cariño? —dijo Cleo desde la cocina.

Le estaba haciendo un filete de atún a la parrilla. Roy vio en ello un indicio de que quizá se iba a librar por fin de los curris. El aroma a especias indias había desaparecido, y ahora había un fuerte olor a leña procedente del fuego que había encendido Cleo en la chimenea antes de su llegada, junto al agradable olor a velas aromáticas que ardían en diferentes puntos de la sala.

Dio otro trago largo al vodka martini deliciosamente frío que le había preparado Cleo, pese a morirse de envidia. Ahora él tenía que beber por los dos, le había dicho, y aquella noche en particular no le supondría ningún problema hacerlo. Sintió el agradable efecto relajante del alcohol y, sin dejar de acariciar mecánicamente al perro, se sumió de nuevo en sus pensamientos.

El jueves a las nueve de la noche se había visto un coche que salía de casa de los Pearce, en The Droveway, lo que encajaba a la perfección con la hora de la agresión. Iba a toda velocidad y casi atropella a un vecino. El hombre estaba tan furioso que intentó tomar nota de la matrícula, pero solo estaba seguro de dos de los números y de una letra, así que no hizo nada al respecto hasta que leyó la noticia en el *Argus*, lo que le había hecho llamar al centro de investigaciones aquella misma tarde.

Por lo que había dicho, el conductor era un hombre, pero con los cristales tintados del vehículo no había podido verle claramente la cara. Solo pudo decir que pensaba que era un varón de entre treinta y cincuenta años y con el pelo corto. Del coche pudo dar más detalles; aseguraba que era un Mercedes sedán Clase E, modelo antiguo. ¿Cuántos de aquellos Mercedes había por las calles? Muchísimos. Tardarían mucho en cribar los datos de todos los propietarios registrados, y no tenían un número completo de matrícula para empezar. Ni mucho tiempo que perder.

Ahora que, con dos violaciones en la ciudad en poco más de una semana, el interés de los medios de comunicación se había disparado, y las noticias publicadas estaban sembrando el pánico entre los ciudadanos. Las centralitas se veían inundadas de consultas de mujeres ansiosas que preguntaban si era seguro salir a la calle, y él era consciente de que sus superiores inmediatos, el superintendente jefe Jack Skerrit y el subdirector Peter Rigg, estaban impacientes por ver sus progresos en el caso.

La rueda de prensa siguiente estaba programada para el lunes a mediodía. Todo el mundo se tranquilizaría mucho si pudiera anunciar que tenían un sospechoso y, mejor aún, que habían practicado una detención. Sí, de acuerdo, Darren Spicer era una posibilidad. Pero no había nada peor que tener que soltar a un sospechoso por falta de pruebas, o porque se demostrara que no era la persona que buscaban. Aquello los dejaría como una banda de ineptos. Lo del Mercedes le parecía más prometedor. Pero el conductor no

213

tenía por qué ser el agresor. Puede que hubiera una explicación inocente; quizá fuera un familiar o amigo que hubiera ido a ver a los Pearce, o simplemente alguien que fuera a entregar un paquete.

El hecho de que el conductor saliera a toda prisa era un buen indicio de que podría ser el sospechoso. Era bien sabido que, en muchos casos, los delincuentes conducían mal inmediatamente después del delito debido a la ansiedad del momento, la «niebla roja».

Había dado la noche libre a todo su equipo para que descansaran, salvo a los dos analistas, que cubrían las veinticuatro horas todos los días, en turnos alternos. Glenn Branson le había pedido que fuera a tomarse una cerveza rápida con él antes de ir a casa, pero él se había disculpado, porque apenas había visto a Cleo el fin de semana. La relación conyugal de su colega iba de mal en peor, pero a él ya no se le ocurría qué decirle al pobre Glenn. El divorcio era una opción temible, especialmente para alguien con niños pequeños. Pero él ya no veía muchas alternativas para su amigo, pese a que deseaba con todas sus fuerzas que las hubiera. Glenn iba a tener que coger el toro por los cuernos y seguir adelante. Algo muy fácil de decir, pero casi imposible de asumir.

Sintió unas ganas repentinas de fumar, pero se resistió, a duras penas. A Cleo no le importaba que fumara allí, ni en ninguna parte, pero él pensaba en el niño que llevaba dentro, y en lo que podía afectarle el humo, y en el ejemplo que quería dar. Así que dio otro trago a la copa e hizo caso omiso al antojo.

—¡Estará listo dentro de cinco minutos! —dijo ella desde la cocina—. ¿Quieres otra copa? —añadió, asomando la cabeza por la puerta.

Él levantó el vaso para que viera que estaba casi vacío.

—¡Si me tomo otra acabaré debajo de la mesa!

—¡Así es como más me gustas! —respondió ella, acercándosele.

—¡Eres una obsesa del control! —dijo él, con una gran sonrisa.

Se dejaría matar por aquella mujer. Moriría por Cleo, encantado, lo sabía. Sin dudarlo un momento.

Entonces sintió una extraña punzada de culpa. ¿No era aquello lo mismo que había sentido una vez por Sandy?

Intentó contestarse a aquella pregunta con sinceridad. Sí, cuando desapareció había sido un infierno. Aquella mañana, la de su trigésimo cumpleaños, habían hecho el amor antes de que él se fuera a trabajar y, aquella misma noche, cuando volvió a casa esperando celebrarlo, ella ya no estaba allí. Había sido un verdadero infierno.

Igual que los días, las semanas, los meses y los años que siguieron. Había imaginado todas las cosas terribles que podrían haberle pasado. Y a veces había pensado en lo que aún podría estarle pasando, en la guarida de algún monstruo. Pero aquella era una de las muchas posibilidades que se imaginaba. Había perdido la cuenta del número de videntes y parapsicólogos a los que había consultado en los últimos diez años, y ninguno le había dicho que estuviera en el mundo de los espíritus. Con todo y con eso, él estaba razonablemente seguro de que Sandy estaba muerta.

Dentro de unos meses se cumplirían diez años de su desaparición. Toda una década, en la que él había pasado de joven prometedor a gris cuarentón.

En la que había conocido a la mujer más encantadora, brillante e increíble del mundo.

A veces se despertaba y se imaginaba que lo había soñado todo. Entonces sentía el calor del cuerpo desnudo de Cleo a su lado. La rodeaba con sus brazos y la abrazaba fuerte, igual que se abraza uno a sus sueños.

—¡Te quiero tanto! —susurraba entonces.

—¡Joder! —exclamó de pronto ella, liberándose de su abrazo y rompiendo el hechizo.

Algo olía a quemado, y Cleo se dirigió corriendo hacia los fogones.

—¡Joder, joder, joder!

—¡No pasa nada! Me gusta bien hecho. ¡No me gusta el pescado cuando el corazón aún le late!

—¡Más te vale!

La cocina se llenó de humo negro y de un pestazo a pescado quemado. La alarma antiincendios empezó a sonar. Roy abrió las ventanas y la puerta del patio, y *Humphrey* salió a la carrera, ladrándole furiosamente a algo con aquellos ladridos agudos de cachorrillo; luego volvió a entrar y se puso a ladrarle a la alarma.

Unos minutos más tarde, Grace estaba sentado a la mesa, y Cleo le colocaba un plato delante, con un filete de atún ennegrecido, un poco de salsa tártara, unos guisantes algo mustios y una masa de patatas hervidas desintegradas.

—¡Si te comes eso —dijo ella—, será una prueba de amor verdadero!

El televisor estaba encendido, con el sonido apagado. El político había desaparecido y ahora Jamie Oliver estaba demostrando con gran entusiasmo cómo limpiar las vieiras de corales.

Humphrey le dio un empujoncito en la pierna derecha y luego intentó subírsele al regazo.

—¡Abajo! ¡Nada de pedir! —dijo él.

El perro le miró poco convencido y luego se fue con las orejas gachas.

Cleo se sentó a su lado y le miró, frunciendo el ceño.

—No tienes que comértelo si está asqueroso.

Él se metió un trozo de pescado en la boca. El sabor era aún peor que el aspecto. Algo peor. No había duda de que Sandy cocinaba mejor que Cleo. Mil veces mejor. Pero aquello no le importaba lo más mínimo. Eso sí, cuando vio lo que estaba preparando Jamie Oliver en la tele, le dio cierta envidia.

—Bueno, ¿cómo te ha ido el día? —preguntó Roy, metiéndose otro pedazo de pescado quemado en la boca y pensando que en realidad el curri de todos aquellos días no había estado tan mal.

Ella le habló del cuerpo de un hombre de unos doscientos setenta kilos que había tenido que ir a buscar a su domicilio. Para levantar el cadáver habían tenido que recurrir a un equipo de bomberos.

Él escuchó en silencio, asombrado; luego comió un poco de ensalada que ella le había puesto en un platito. Por lo menos aquello no estaba quemado.

De pronto ella cambió de tema:

—Oye, se me ha ocurrido algo sobre el Hombre del Zapato. ¿Quieres que te diga lo que pienso?

216

Él asintió.

—Vale. Tu Hombre del Zapato (si es el mismo agresor que antes y si sigue en esta zona) no creo que haya podido dejar lo que tanto le ponía.

—¿Y eso qué quiere decir?

—Si dejó de delinquir, fuera por lo que fuera, seguiría teniendo sus necesidades. Y necesitaría satisfacerlas. Así que quizá fuera a mazmorras del sado, o a lugares así: sitios de sexo «bizarro», fetiches y todo eso. Ponte en su lugar: eres un pervertido que se excita con los zapatos de mujer, ¿vale?

—Esa es una de nuestras líneas de investigación.

—Sí, pero escucha. Has encontrado un modo divertido de hacerlo: violando a desconocidas que llevan zapatos caros y luego quitándoselos. ¿Vale?

Él la miró, sin reaccionar.

—De pronto, ¡ups! Se te va la mano. Ella muere. La cobertura mediática es enorme. Decides mantenerte fuera de la circulación, ocultarte. Pero... —Hizo una pausa—. ¿Quieres oír el «pero»?

—No tenemos la certeza de que muriera nadie. Lo único que sabemos es que paró. Pero dime.

—Aún te vuelven loco los zapatos de mujer, ¿vale? ¿Me sigues?

—Te piso los talones —bromeó él.

—Vete al carajo, superintendente.

Él levantó la mano.

—¡No era mi intención ofender!

—No lo has hecho. Bueno, o sea, que eres el Hombre del Zapato, que aún te ponen los pies, o los zapatos. Antes o después, eso que llevas dentro, esa suerte de necesidad va a salir al exterior. Vas a necesitar satisfacerla. ¿Dónde vas? ¡A Internet! Así que vas a un buscador e introduces «pies» y «fetiche», y quizá «Brighton». ¿Sabes lo que te sale?

Grace sacudió la cabeza, impresionado con la lógica de Cleo. Intentó pasar por alto el horrible olor a pescado quemado.

—Un montón de burdeles y mazmorras del sado, como las que tengo que visitar yo a veces para levantar cadáveres. Ya sabes, viejos verdes que se excitan demasiado...

217

Sonó su teléfono móvil.

Cleo se disculpó y respondió. Al instante su expresión cambió a «modo de trabajo». Cuando colgó, le dijo:

—Lo siento, amor mío. Hay un cadáver en un refugio junto al mar. La llamada del deber.

Él asintió. Ella le dio un beso.

—Volveré lo antes posible. Te veré en la cama. No te me mueras.

—Intentaré seguir vivo.

—Al menos una parte. La que me interesa —dijo ella, tocándole suavemente justo por debajo del cinturón.

—¡Marrana!

—¡Calentorro!

Entonces le puso una hoja impresa delante.

—Echa un vistazo, y haz las correcciones que te parezca.

Roy miró el papel.

LOS SEÑORES MOREY

DESEAN CONTAR CON SU ASISTENCIA

EN EL ENLACE MATRIMONIAL DE SU HIJA

CLEO SUZANNE

CON ROY JACK GRACE

EN LA ALL SAINTS' CHURCH DE LITTLE BOOKHAM

—¡No te olvides de sacar a *Humphrey* antes de subir! —dijo.

Y se fue.

Un momento después de que cerrara la puerta sonó otro teléfono, esta vez el de él. Lo sacó del bolsillo y echó un vistazo a la pantalla. El número estaba oculto, lo que significaba, casi sin lugar a dudas, que era una llamada de trabajo.

Lo era.

Y no eran buenas noticias.

Capítulo 49

$\mathcal{A}$ apenas tres kilómetros, en otro punto de la ciudad, en una calle residencial de Kemp Town, otra pareja discutía sobre sus planes de boda.

Jessie Sheldon y Benedict Greene se habían sentado uno frente al otro en el restaurante Sam's y compartían el postre.

Cualquiera que mirara vería dos veinteañeros atractivos, evidentemente enamorados. Resultaba obvio por su lenguaje corporal. Estaban sentados, ajenos al entorno y a cualquier otra persona, casi tocándose con la frente por encima del alto plato de cristal, cogiendo por turnos la larga cuchara y dándose de comer el uno al otro con gran ternura.

Ninguno de los dos iba muy arreglado, aunque fuera sábado por la noche. Jessie, que había acudido directamente desde su clase de *kick-boxing*, en el gimnasio, llevaba un chándal gris con una gran raya de Nike en el pecho. Tenía la rubia melena recogida en una cola de la que escapaban unos cuantos mechones. Tenía un rostro bonito y, si no fuera por la nariz, sería casi de una belleza clásica.

Durante toda su infancia, Jessie había tenido complejo por su nariz. Ella decía que, más que una nariz, era un pico. De adolescente, siempre se miraba de lado en los espejos y en los escaparates. Estaba decidida a operársela algún día.

Pero aquello era el pasado, antes de conocer a Benedict. Ahora, a sus veinticinco años, ya no le importaba. Benedict le había dicho que adoraba su nariz, que no quería ni oír hablar de cambiarla y que esperaba que sus hijos heredaran aquella misma forma. A Jessie no le hacía tanta gracia la idea de que sus hijos pasaran por los años de sufrimiento que había tenido que vivir ella.

«Ellos se operarán», se prometió para sus adentros.

Lo curioso era que ni su padre ni su madre tenían aquella nariz, ni tampoco sus abuelos. Era su bisabuelo, según le había contado su madre, que conservaba una vieja fotografía sepia enmarcada. El maldito gen de la nariz aguileña había conseguido saltarse dos generaciones y colarse en su secuencia de ADN.

«¡Muchas gracias, bisabuelo!»

—¿Sabes una cosa? Cada vez estoy más enamorado de tu nariz —dijo Benedict, sosteniendo en la mano la cuchara que Jessie acababa de relamer y pasándosela.

—¿Solo de mi nariz? —bromeó ella.

Él se encogió de hombros y fingió pensárselo por un momento.

—¡Bueno, y de alguna otra cosa, supongo!

Ella, haciéndose la ofendida, le dio una patada bajo la mesa.

—¿Qué otras cosas?

Benedict tenía un rostro serio, de persona reflexiva, y el cabello de un castaño brillante. Cuando se conocieron, le recordó a uno de aquellos actores con el aspecto típico del vecino perfecto, de esos que aparecen en todas las miniseries norteamericanas. Se sentía de maravilla a su lado. Le daba seguridad, y le echaba de menos cada segundo que estaban separados. Tenía unas ganas enormes de iniciar una vida en común con él.

Pero primero había que salvar un gran obstáculo.

Una barrera infranqueable, y ahora mismo la tenían justo delante, sumiéndolos en su sombra.

—¿Y qué? ¿Se lo dijiste anoche? —preguntó él.

El viernes por la noche. El sabbat. El ritual del viernes por la noche, con sus padres, su hermano, su cuñada y su abuela. Nunca se lo perdía. Los rezos y la cena. El pescado *gefilte* que las dotes culinarias de su madre hacían que supiera a comida de gato. El pollo chamuscado y el maíz reseco. Las velas. El nefasto vino que compraba su padre y que sabía a alquitrán líquido, como si beber alcohol la noche del viernes fuera un pecado mortal y tuviera que asegurarse de que el vino supiera a penitencia.

Su hermano, Marcus, era el gran triunfador de la familia. Era abogado, se había casado con una chica judía estupenda, Rochelle, que por si fuera poco ahora estaba embarazada, y ambos estaban insoportablemente satisfechos de sí mismos.

Ella se había presentado con la intención de hacer pública la noticia, del mismo modo que los cuatro viernes anteriores. Quería decirles que estaba enamorada y que tenía intención de casarse con un *goy*. Y un *goy* pobre, por si fuera poco. Pero, una vez más, el miedo había podido con ella.

—Lo siento —dijo, encogiéndose de hombros—. Iba a hacerlo, pero… no era el momento adecuado. Creo que deberían conocerte primero. Así verían lo encantador que eres.

Él frunció el ceño.

La chica dejó la cuchara en el plato, alargó la mano y cogió la de él.

—Ya te lo dije… No son fáciles.

Él puso la otra mano encima de la de ella y la miró fijamente a los ojos.

—¿Significa eso que tienes dudas?

—Ninguna —dijo ella, sacudiendo la cabeza con fuerza—. Absolutamente ninguna. Te quiero, Benedict, y quiero pasar el resto de mi vida contigo. No tengo la más mínima duda.

Y era cierto, no la tenía.

Pero había un problema. No era solo que Benedict no era judío ni rico, sino que además no era ambicioso en el sentido en que sus padres entendían que se debía ser: el monetario. Tenía grandes ambiciones, pero en otro sentido. Trabajaba para una organización de beneficencia local, ayudando a los indigentes. Quería ayudar a mejorar el nivel de vida de los menos favorecidos de la ciudad. Soñaba con el día en que nadie tuviera que dormir en las calles de aquella rica ciudad. Y ella le amaba y le admiraba por eso.

La madre de Jessie habría querido que ella fuera médico, y en un tiempo aquel había sido también el sueño de Jessie. Cuando decidió bajar sus expectativas y diplomarse como enfermera en la Universidad de Southampton, sus padres lo habían aceptado (su madre de peor gana que su padre). Pero

221

tras acabar los estudios decidió que quería hacer algo para ayudar a los menos favorecidos, y había encontrado un trabajo mal pagado pero que le encantaba, como enfermera y asesora en un centro de acogida para drogadictos en el Old Steine, en el centro de Brighton.

Un trabajo sin posibilidades de futuro. No era algo que sus padres pudieran aceptar con facilidad. Pero admiraban su dedicación, de aquello no tenían dudas. Estaban orgullosos de ella. Y esperaban la llegada de un yerno del que pudieran estar igualmente orgullosos. Se daba por sentado que sería alguien que ganara mucho dinero, que la mantuviera y que le permitiera seguir con el nivel de vida al que estaba acostumbrada.

Y aquel era el problema de Benedict.

—Yo estoy dispuesto a conocerlos cuando tú quieras. Ya lo sabes.

Ella asintió y le agarró la mano con fuerza.

—Los conocerás la semana que viene, en el baile. Y quedarán encantados contigo. Estoy segura.

Su padre era presidente de una gran organización benéfica de la zona que recaudaba fondos para causas judías de todo el mundo. Había reservado una mesa en un baile benéfico en el hotel Metropole y le había dicho que podía llevar a un amigo.

Jessie ya se había comprado el vestido y lo único que le faltaba era un par de zapatos a juego. Solo tenía que pedirle el dinero a su padre, y sabía que él estaría encantado de dárselo. Pero era algo que no podía hacer. Unas horas antes había localizado unos zapatos Anya Hindmarch, en las rebajas de enero de una tienda de la ciudad, Marielle Shoes. Eran de lo más sensuales, pero al mismo tiempo tenían clase. De charol negro, con tacones de trece centímetros, cierre en el tobillo y la punta abierta. Pero aun de rebajas valían 250 libras, y aquello era mucho dinero. Esperaba que, quizá, si esperaba, los rebajaran un poco más. Y si alguien se los llevaba antes, bueno, mala suerte. Encontraría otros. En Brighton no faltaban las zapaterías. ¡Algo encontraría!

El Hombre del Zapato estaba de acuerdo con ella.

La había contemplado desde atrás en el mostrador de Deja Shoes, en Kensington Gardens, unas horas antes. Había oído cómo le decía a la vendedora que quería algo sensual y con clase para un importante evento al que tenía que ir con su novio la semana siguiente. Y la había seguido a Marielle Shoes, en la misma calle.

Tuvo que admitir que estaba realmente atractiva con aquellos zapatos de charol negro que se había probado, pero que no había comprado. Muy, muy atractiva.

Demasiado atractiva como para que solo los disfrutara con su novio.

Esperaba sinceramente que volviera y se los comprara.

¡Así podría ponérselos para él!

Capítulo 50

Sábado, 10 de enero de 2010

*L*a pantalla de datos del taxi de Yac decía: «China Garden rest. Preston St. 2. Cliente: Starling. Dest. Roedean Cresc.».

Eran las once y veinte de la noche. Llevaba aparcado unos minutos y hacía un rato que había puesto en marcha el taxímetro. El propietario del taxi le había dicho que solo debía esperar cinco minutos, y que luego debía activarlo. Yac no estaba seguro de la precisión de su reloj y no quería aprovecharse de sus pasajeros. Así que siempre les concedía veinte segundos de margen.

Starling. Roedean Crescent.

Ya había llevado a aquellas personas alguna otra vez. Nunca olvidaba a un pasajero, y especialmente a aquellos. La dirección era: Roedean Crescent, 67. Lo había memorizado. Ella llevaba perfume Shalimar. El mismo que su madre. Aquello también lo había memorizado. En aquella ocasión llevaba zapatos Bruno Magli. Talla cuatro. La misma que su madre.

Se preguntaba qué zapatos llevaría esa noche.

La excitación fue en aumento cuando la puerta del restaurante se abrió y vio salir a la pareja. El hombre iba agarrado a la mujer y parecía inestable. Soplaba un viento de tormenta. Ella le ayudó a bajar el bordillo, pero él siguió agarrado a ella mientras recorrían la escasa distancia que los separaba del taxi.

Pero Yac no le miraba a él. Miraba los zapatos de la mujer. Eran bonitos. Tacón alto. Cierre en el tobillo. De los que le gustaban.

El señor Starling miró a través de la ventanilla, que Yac había abierto.

—¿*Taaaxish* para Roedean *Cresshent*? ¿*Shtarling*?

Estaba tan borracho como parecía.

El propietario del taxi le había dicho que no tenía por qué aceptar a pasajeros borrachos, especialmente si tenían aspecto de que pudieran ponerse a vomitar. Costaba mucho dinero limpiar el vómito del taxi, porque se colaba por todas partes: por las rejillas de ventilación, por las ventanillas hasta los motores eléctricos, por las rendijas a los lados de los asientos... A la gente no le gustaba subirse a un taxi que oliera a enfermo. Y tampoco era agradable conducirlo.

Pero había sido una noche muy tranquila. El propietario del taxi se enfadaría con él por la escasa recaudación. Ya se había quejado de lo poco que había hecho Yac desde Año Nuevo y le había dicho que nunca había conocido a ningún taxista que hubiera ganado tan poco dinero en Nochevieja.

Necesitaba hacer todas las carreras que pudiera, porque no quería arriesgarse a que él le despidiera y se buscara a otro conductor. Así que decidió arriesgarse.

Y deseaba oler aquel perfume. ¡Quería aquellos zapatos en el taxi!

Los Starling se subieron al asiento de atrás y él arrancó. Ajustó el retrovisor para ver bien el rostro de la señora Starling y luego le dijo:

—¡Bonitos zapatos! ¡Apuesto a que son Alberta Ferretti!

—¿Y a ti qué te importa? ¿Eres un pervertido o algo así? —respondió ella, que parecía tan cocida como su marido—. Me parece que ya nos has llevado antes, ¿verdad? Hace poco. ¿La semana pasada? ¿Mmm?

—Usted llevaba unos Bruno Magli.

—¡Jodido entrometido! ¡Los zapatos que yo me ponga no son asunto tuyo!

—Le gustan los zapatos, ¿verdad?

—*Sshí*, le encantan los putos zapatos —intervino Garry Starling—. Se gasta todo mi dinero en zapatos. ¡Cada penique que gano acaba en sus jodidos pies!

—Eso, querido, es porque solo se te levanta cuando... ¡ah! —gritó ella.

225

Yac volvió a mirarla a través del espejo. Tenía el rostro contraído por el dolor. Sí, también había sido maleducada con él la otra vez que se había subido a su taxi.

Le gustó ver aquella mueca de dolor.

Capítulo 51

Sábado, 10 de enero de 1998

Se había pasado los últimos días pensando en Rachael Ryan, que estaba metida en aquel congelador del garaje. Era difícil no hacerlo. Su rostro le miraba desde las páginas de todos los periódicos. Sus padres, hechos un mar de lágrimas, hablaban de ella en tono personal, dirigiéndose a él, en cada programa de televisión: «Por favor, sea quien sea, si se ha llevado a nuestra hija, devuélvanosla. Es una niña dulce e inocente, y la queremos. Por favor, no le haga daño».

—¡La culpa ha sido de la zorra de vuestra hija! —les susurró él, furioso—. Si no me hubiera arrancado el pasamontañas, estaría bien. ¡Vivita y coleando! Aún sería vuestra querida niña, y no mi jodido problema.

Poco a poco, la idea de la noche anterior había ido arraigando cada vez más en su interior. ¡Quizá fuera la solución perfecta! Valoró los riesgos una y otra vez. Las ventajas eran más que los problemas. Era más arriesgado esperar que actuar.

En casi todos los periódicos se mencionaba la furgoneta. Ocupaba un titular enorme en la portada del *Argus*: ¿ALGUIEN HA VISTO ESTA FURGONETA? El pie de foto decía: «Furgoneta similar a la vista en Eastern Terrace».

Desde la Policía se decía que estaban recibiendo un aluvión de llamadas. ¿Cuántas llamadas de aquellas corresponderían a furgonetas blancas?

¿A su furgoneta blanca?

Había montones de furgonetas Transit de color blanco. Pero la Policía no era tonta. Era solo cuestión de tiempo hasta que una llamada telefónica los llevara hasta su garaje. Tenía que sacar a la chica de allí. Y tenía que hacer algo con la furgoneta: la Científica estaba espabilando cada vez más. Pero primero lo primero: los problemas, uno detrás de otro.

Fuera llovía a mares. Eran las once de la noche del sábado. Noche de fiesta en la ciudad. Pero no habría tanta gente por ahí, con aquel tiempo horroroso.

Se animó y salió de casa, dando una carrera hasta su viejo Ford Sierra.

Diez minutos más tarde bajó la puerta del garaje, empapado, y la cerró con un sonido metálico. Accionó la linterna. No quería arriesgarse a encender los faros.

En el interior del congelador, la chica estaba completamente cubierta de escarcha y su rostro brillaba, translúcido, al contacto con el penetrante haz de luz.

—Vamos a dar un paseo, Rachael. Hace fresquito fuera, pero eso no te importa, ¿verdad?

Se rio de su ocurrencia. Sí. Bueno. Aquello iba a salir bien. Debía mantener la mente fría. ¿Cómo era aquello que había leído en algún sitio? «Si puedes mantener la cabeza fría mientras los demás la pierden…»

Sacó el paquete de cigarrillos e intentó encender uno. Pero la mano le temblaba tanto que primero no atinó con la rueda del encendedor, y luego no daba con la llama en la punta del cigarrillo. Por el cuello le caía un sudor frío, como si viniera de un grifo roto.

Unos minutos antes de la medianoche, con el cinturón de herramientas puesto y los limpiaparabrisas apartando la lluvia con su ruido mecánico, se dirigió hacia la rotonda de Lewes Road, dejó atrás la entrada del tanatorio de Brighton y Hove y giró a la izquierda por la vía de acceso a su destino, la funeraria de J. Bund and Sons.

Estaba temblando de los nervios, agarrotado y sudando intensamente. «Estúpida zorra, maldita Rachael. ¿Por qué tuviste que quitarme el pasamontañas?»

Localizó la caja de la alarma, en lo alto de la fachada, por encima del escaparate, que tenía las cortinas corridas. De

Sussex Security Systems. «Ningún problema», pensó. Aparcó frente a las puertas de acero cerradas con un candado. Eso tampoco era un problema.

Al otro lado de la calle había un edificio con una inmobiliaria en la planta baja y dos plantas de pisos. En uno de ellos había luz. Pero estarían acostumbrados a ver vehículos entrando y saliendo de la funeraria día y noche.

Apagó las luces, salió del Ford Sierra y se puso a manipular el candado bajo la lluvia. Por la calle iban pasando de vez en cuando coches: algunos taxis, y un coche patrulla, con las luces azules dando vueltas y la sirena encendida. Aguantó la respiración, pero los agentes no se fijaron en él; irían a responder alguna emergencia. Un momento más tarde metía el coche en el patio posterior y aparcaba entre dos coches fúnebres y una furgoneta. Volvió corriendo bajo la lluvia hasta la puerta metálica y la cerró, pasando la cadena pero dejando el candado abierto. Mientras no viniera nadie, no habría problema.

Tardó menos de un minuto en desactivar el mecanismo de bloqueo de la puerta doble de entrada. Luego entró en el oscuro vestíbulo, arrugando la nariz al detectar el olor a líquido de embalsamar y desinfectante. La alarma emitió un *bip-bip*. No era más que la señal de aviso interna. Tenía sesenta preciosos segundos antes de que sonara la campana exterior. Tardó menos de treinta en eliminar la cubierta frontal del panel de alarma. Otros quince, y el sistema quedó mudo.

229

Demasiado mudo.

Cerró la puerta tras él. Y el silencio se hizo aún mayor. El leve murmullo de una nevera. El *tic-tic-tic* incesante de un reloj o un temporizador.

Aquellos lugares le daban escalofríos. Recordaba la última vez que había estado allí; estaba solo y cagado de miedo. Allí todos estaban muertos, muertos como Rachael Ryan. No podían hacerte daño ni contarte historias.

No podían echársete encima.

Pero aquello no mejoraba las cosas.

Encendió la linterna y enfocó al pasillo que tenía delante, intentando orientarse. Vio una fila de carteles sobre salud y seguridad en la pared, un extintor de incendios y un dispensador de agua para beber.

Avanzó unos pasos; sus deportivas no hacían ruido sobre las baldosas. Escuchó, atento a cualquier sonido del interior o el exterior. A su derecha había una escalera que subía. Recordaba que llevaba a las salas individuales —o capillas de reposo—, donde los familiares y amigos podían visitar y llorar a sus seres queridos en la intimidad. Cada sala contenía un cuerpo tendido sobre una cama, hombres en pijama, mujeres en camisón, con la cabeza asomando por entre las sábanas, el pelo arreglado, el rostro rosado gracias al líquido de embalsamar. Parecían clientes de un hotel cutre pasando la noche.

Eso sí, desde luego estos no se irían sin pagar la cuenta por la mañana, pensó, y se sonrió a pesar de los nervios.

Entonces, enfocando con la linterna a través de una puerta abierta a su izquierda, vio una estatua de mármol blanco. Solo que, al mirar más de cerca, vio que no era una estatua. Era un hombre muerto sobre un pedestal. Del pie derecho le colgaban dos etiquetas con algo escrito. Era anciano y estaba tumbado, con la boca abierta como un pez recién sacado del agua. Las cánulas por donde le administrarían el líquido de embalsamar le atravesaban la piel; y el pene yacía, inerte, sobre el muslo.

Cerca del muerto había una serie de ataúdes, abiertos y vacíos. Solo uno estaba tapado. Había una placa de latón en la tapa, con el nombre de su ocupante grabado.

Se detuvo por un momento a escuchar. Pero lo único que percibió fueron los latidos de su propio corazón y la sangre que fluía por sus venas con más fuerza que un río en plena crecida. No oía el tráfico del exterior. Lo único que llegaba del mundo exterior era un tenue brillo anaranjado procedente de una de las farolas de la calle.

—¡Hola, chicos! —dijo, sintiéndose extremadamente incómodo mientras paseaba el haz de luz por la sala hasta encontrar lo que buscaba. La serie de impresos blancos DIN A4 con su duplicado colgaban de unos ganchos de la pared.

Se encaminó hacia ellos con ansia. Eran los impresos de admisión de cada uno de los cuerpos que había en la funeraria, con toda la información pertinente: nombre, fecha y lugar de la muerte, instrucciones para el funeral y toda una serie de casillas opcionales para marcar, como, por ejemplo, la tarifa del organista, la del cementerio, la de la iglesia, la del sacerdote, la del médico, la de la extracción del marcapasos, la de la cremación, la del enterrador, la de los trabajos de imprenta, flores, estampas, esquelas, ataúd o la urna para los restos.

Leyó rápidamente el primer impreso. No le valía: habían marcado la casilla de «embalsamado». Lo mismo en las cuatro siguientes. El corazón empezó a encogérsele en el pecho. Estaban embalsamados y el funeral no iba a celebrarse hasta pasados unos días.

Pero con el quinto impreso parecía que había tenido suerte: «Sra. Molly Winifred Glossop. F. 2 enero 1998. Edad: 81 años». Y más abajo ponía: «Funeral: 12 de enero de 1998, 11.00».

¡El lunes por la mañana!

Los ojos se le fueron de inmediato a la palabra «Sepultura». Aquello no le gustaba tanto. Habría preferido una cremación. Al horno, y asunto liquidado. Más seguro.

Examinó los seis impresos restantes. Pero ninguno de ellos le valía. Todos correspondían a funerales que debían celebrarse en días posteriores. Demasiado riesgo, si a la familia se le ocurría ver al difunto. Y todos menos uno habían solicitado el embalsamado.

Nadie había pedido que se embalsamara a Molly Winifred Glossop.

Si no la embalsamaban, querría decir, probablemente, que la familia era muy rácana. Aquello indicaba también que no les preocuparía demasiado su cuerpo. Así que, con un poco de suerte, ningún familiar compungido se presentaría aquella noche o a primera hora de la mañana para echarle un último vistazo.

Dirigió la luz hacia la placa del ataúd cerrado, intentando pasar por alto el cadáver que tenía a apenas un par de metros: «Molly Winifred Glossop —confirmó—. Fallecida el 2 de enero de 1998, a los 81 años».

El hecho de que estuviera cerrado, con la tapa atornillada, era un buen indicio de que nadie iría al día siguiente a despedirla.

Se sacó un destornillador del cinturón, retiró los brillantes tornillos de latón que fijaban la tapa, la levantó y miró en su interior, respirando un cóctel de olores: a madera recién serrada, a cola, a telas nuevas y a desinfectante.

La muerta estaba envuelta en la capa de satén que cubría el ataúd, con la cabeza asomando de la mortaja que envolvía el resto de su cuerpo. Tenía un aspecto irreal; parecía más bien una especie de extraña muñeca-abuela, o eso le pareció a primera vista. El enjuto rostro era todo arrugas y ángulos, del color de una tortuga. Tenía la boca cosida; a través de los labios se le veían los puntos. Y el pelo era una cuidada masa de rizos blancos.

Sintió un nudo en la garganta al recordar. Y otro nudo, esta vez de miedo. Introdujo las manos por debajo de los costados de la muerta y empezó a levantarla. Le sorprendió lo poco que pesaba. Sentía la ligereza de aquel peso en sus brazos. Aquella mujer no tenía nada en su interior, nada de carne. Debía de haber muerto de cáncer, decidió él, que la posó en el suelo. Mierda, Rachael Ryan pesaba mucho más. Muchos kilos más. Aunque quizá, con un poco de suerte, los portadores del féretro no se dieran cuenta.

Volvió afuera a toda prisa, abrió el maletero del Sierra y sacó el cuerpo de Rachael Ryan, que había envuelto en dos capas de film de plástico de gran resistencia para evitar cualquier filtración de agua al descongelarse.

Diez minutos más tarde, con la tapa de la alarma de nuevo en su sitio, el sistema reiniciado y el candado cerrado de nuevo en la cadena de la puerta principal, salió a la encharcada carretera e introdujo el Ford Sierra en el tráfico intenso propio del sábado por la noche.

Tenía que mantener la calma; no quería arriesgarse a llamar la atención de la Policía, sobre todo ahora que llevaba a Molly Winifred Glossop en el maletero del coche. Puso la radio y oyó cantar a los Beatles *We can work it out*.

Siguiendo el ritmo de la música con golpecitos en el volante, se sintió de pronto eufórico y aliviado.

—¡Sí, sí, sí! ¡Podemos arreglarlo![3] ¡Sí, ya verás!

La fase uno del plan había concluido con éxito. Ahora solo tenía que pensar en la fase dos. Y le preocupaba bastante. Había factores imponderables. Pero era la mejor de sus escasas opciones. Y, a su modo de ver, era una solución bastante inteligente.

233

3. *We can work it out*, en inglés. *(N. del T.)*

Capítulo 52

Domingo, 11 de enero de 2010

*E*n el Centro de Noche Saint Patrick's, las normas que regían toda la semana se relajaban un poco los domingos. Aunque los internos tenían que salir de las instalaciones antes de las 8.30, como cualquier otro día, tenían permitido volver a las 17.00.

Aun así, Darren Spicer pensó que aquello era demasiado estricto, tratándose de una iglesia y todo eso. ¿No se suponía que debía acoger a la gente a cualquier hora? En especial cuando hacía un tiempo de mierda. Pero él no iba a discutir, pues no quería emborronar su expediente. Quería uno de los MiPods. Diez semanas de espacio propio y la posibilidad de entrar y salir libremente. Sí, aquello estaría bien. Le permitiría buscarse la vida, aunque no de la manera que se imaginaba la gente que dirigía aquel lugar.

Fuera llovía a cántaros. Y hacía un frío de mil demonios. Pero él no quería quedarse todo el día allí dentro. Se había duchado y se había comido un cuenco de cereales y unas tostadas. El televisor estaba encendido y un par de internos estaban viendo la repetición de un partido de fútbol en la pantalla, ligeramente desenfocada.

Fútbol, sí. El equipo de Brighton y Hove era el Albion. Recordaba aquel día mágico, de adolescente, cuando jugaron la final de la Copa de Inglaterra en Wembley y empataron. La mitad de los vecinos de Brighton y Hove había ido al campo, mientras la otra mitad estaba pegada al sofá, frente a la tele, en el salón de casa. Había sido uno de los mejores días de toda su carrera como ladrón de casas.

El día anterior se había disputado un partido en el estadio de Withdean y él había ido. Le gustaba el fútbol. No es que fuera un gran seguidor del Albion. Le gustaban más el Manchester United y el Chelsea, pero tenía sus motivos para ir. Necesitaba pillar un poco de *charlie* —como era conocida la cocaína en la calle— y el mejor modo era dejarse ver. Su camello estaba allí, en su localidad de siempre. No había cambiado nada, salvo el precio, que había subido, y la calidad, que había bajado.

Después del partido se había comprado tres gramos y medio por 140 libras, esquilmando sus escasos ahorros. Enseguida se había metido dos gramos con un par de pintas de cerveza y unos chupitos de whisky. El último gramo y medio lo guardaba para combatir el tedio de hoy.

Se puso su chaqueta y su gorra de béisbol. La mayoría de sus compañeros internos estaban pasando el tiempo, hablando en grupitos o perdidos en sus pensamientos, o viendo la tele. Al igual que él, ninguno tenía ningún lugar al que ir, y mucho menos en domingo, cuando cerraban las bibliotecas, el único lugar cálido donde se podían pasar las horas sin gastar dinero y sin que nadie los echara. Pero él tenía planes.

El reloj redondo de la pared, sobre la trampilla de la comida, ahora cerrada, marcaba las 8.23. Faltaban siete minutos. En momentos como aquel, echaba de menos la cárcel. Allí dentro la vida era fácil. Se estaba seco y calentito. Había rutinas y compañerismo. No había preocupaciones. Pero cada uno tenía sus sueños.

Pensó en ello. Sus sueños. La promesa que se había hecho a sí mismo. Labrarse un futuro. Conseguir un buen pellizco y vivir limpio.

Mientras esperaba aquellos últimos minutos antes de echarse a la calle, Spicer leyó algunos de los carteles pegados a las paredes:

¿TE VAS?
CURSO GRATUITO DE AUTOCONFIANZA PARA HOMBRES

CURSO GRATUITO DE SEGURIDAD ALIMENTARIA

NUEVO CURSO GRATUITO:
SENTIRTE MÁS SEGURO EN CASA Y EN LA COMUNIDAD

¿TE PINCHAS PARA GANAR MÚSCULO?
INFÓRMATE DE LOS RIESGOS

¿CREES QUE PODRÍAS TENER UN PROBLEMA
CON LA COCAÍNA U OTRAS DROGAS?

Se sorbió la nariz. Sí, tenía un problema con la cocaína: no tenía bastante, aquel era el problema ahora mismo. No le quedaba dinero para comprar más, y aquello iba a convertirse en un problema. Era lo que necesitaba, sí. La coca que se había metido el día anterior le había hecho volar, le había puesto de un humor estupendo, le había puesto caliente, hasta un punto peligroso. Pero ¡qué narices...!

Ahora estaba de bajón. Un buen bajón. Iría a tomarse unas copas, se metería el resto de la coca y así no le importaría en absoluto el tiempo de mierda. Se había propuesto ir a visitar algunos puntos de la ciudad que quería estudiar como posibles objetivos.

El domingo era un día peligroso para robar casas. Había demasiada gente que no salía. Y aunque hubieran salido, siempre estaban los vecinos. Se pasaría el día investigando, estudiando el terreno. Tenía una lista de propiedades obtenida a lo largo de su estancia en prisión a través de contactos en compañías de seguros, para no perder el tiempo llegado el momento de la verdad. Toda una lista de casas y pisos cuyos propietarios tenían joyas y cuberterías de calidad. En algunos casos, tenía incluso la lista completa de sus objetos de valor. Algunos botines muy sustanciosos. Si procedía con cuidado, quizá bastara para iniciar una nueva vida.

—¿Darren?

Se giró, sorprendido al oír su nombre. Era uno de los voluntarios del centro, un hombre de unos treinta años vestido con camisa azul y vaqueros, con el pelo corto y patillas largas. Se llamaba Simon.

Spicer le miró, preguntándose qué pasaría. ¿Le habría delatado alguien la noche anterior? ¿Le habrían visto las pupilas dilatadas? Si te pillaban consumiendo drogas o simplemente si ibas colocado, podían echarte, sin más.

—Hay dos caballeros ahí fuera que quieren verte.

Aquellas palabras le sentaron como si la gravedad le tirara hacia el suelo con un violento empujón, como si todas sus vísceras se hubieran convertido en gelatina. Era la misma sensación que tenía cada vez que se daba cuenta de que se había acabado el juego y que le iban a detener.

—Ah, bueno —dijo, intentando parecer despreocupado.

«Dos caballeros» solo podía significar una cosa.

Siguió al joven hasta el pasillo, sintiendo cómo se le revolvía el estómago por momentos. El cerebro le iba a toda velocidad. Se preguntaba cuál de las cosas que había hecho en los últimos días era la que los traía hasta allí.

Allí fuera el ambiente era más de iglesia. Un largo pasillo con un arco apuntado a cada extremo. La recepción estaba al lado, tras una pared de cristal. Afuera había dos hombres. Por su atuendo, solo podían ser polis.

Uno de ellos era delgado y alto como un poste, con el cabello corto, revuelto y de punta; daba la impresión de no haber dormido bien desde hacía meses. El otro era negro, con la cabeza afeitada, más calvo que un meteorito. A Spicer le sonaba vagamente. 237

—¿Darren Spicer? —dijo el negro.

—Sí.

El hombre presentó una identificación que Spicer apenas se molestó en mirar.

—Sargento Branson, del D.I.C. de Sussex. Y este es mi colega, el agente Nicholl. ¿Te importaría responder unas preguntas?

—Tengo una agenda bastante apretada —respondió Spicer—. Pero supongo que les puedo hacer un hueco.

—Muy considerado por tu parte.

—Sí, bueno. Me gusta ser considerado, con la Policía y eso —dijo, asintiendo y sorbiéndose la nariz.

El voluntario abrió una puerta y les indicó que podían pasar.

Spicer entró en una pequeña sala de reuniones con una mesa y seis sillas y una gran ventana emplomada en la pared más alejada. Se sentó. Los dos policías hicieron lo mismo frente a él.

—Nos hemos visto antes, ¿no, Darren? —dijo el sargento Branson.

—Sí, quizá —respondió Spicer, frunciendo el ceño—. Me resulta familiar. Estoy intentando pensar dónde.

—Te interrogué hace unos tres años, cuando estabas detenido, por unos robos con allanamiento. Acababan de arrestarte por robo y agresión sexual. ¿Te acuerdas ahora?

—Ah, sí, me suena.

Les sonrió a ambos, pero ninguno de los policías le correspondió. De pronto el teléfono móvil del poli del pelo de pincho sonó. Comprobó el número y luego respondió en voz baja.

—Estoy ocupado. Te llamo luego —murmuró, y volvió a metérselo en el bolsillo.

Branson sacó un cuaderno y lo abrió. Se quedó estudiándolo un momento.

—Te soltaron el 28 de diciembre, ¿es así?

—Sí, es correcto.

—Querríamos que nos contaras tus movimientos desde ese momento.

Spicer se sorbió la nariz.

—Bueno, el caso es que no llevo una agenda, ¿saben? No tengo secretaria.

—No te preocupes —dijo el del pelo de pincho, sacando un librito negro—. Yo tengo una. Esta es para el año pasado, y tengo otra para este. Podemos ayudarte con las fechas.

—Muy amable por su parte —respondió Spicer.

—Para eso estamos —dijo Nick Nicholl—. Para ser amables.

—Empecemos con Nochebuena —propuso Branson—. Tengo entendido que en la cárcel de Ford Open te habían dado permiso para ir a trabajar al Departamento de Mantenimiento del hotel Metropole mientras no llegaba la libertad provisional. ¿Es cierto?

—Sí.

—¿Cuándo fue la última vez que estuviste en el hotel?

Spicer pensó un momento.

—En Nochebuena —dijo.

—¿Y en Nochevieja, Darren? —preguntó Glenn Branson—. ¿Dónde estabas en Nochevieja?

Spicer se rascó la nariz y volvió a sorbérsela.

—Bueno, había recibido una invitación de Sandringham para pasarla con la realeza, pero pensé: «*Bah*, ya estoy harto de esa gente tan estirada...».

—Corta el rollo —le interrumpió Branson—. Recuerda que estás en libertad provisional. Podemos tener esta charla por la vía fácil o por la difícil. La fácil es aquí, ahora. Pero también podemos volver a enchironarte y hacerlo allí. A nosotros nos da igual.

—Mejor aquí —se apresuró a decir Spicer, que de nuevo se sorbió la nariz.

—Parece que te has resfriado, ¿eh? —observó Nicholl.

Él negó con la cabeza.

Los dos policías se miraron, y luego Branson prosiguió:

—Vale. Nochevieja. ¿Dónde estabas?

Spicer puso las manos sobre la mesa y se quedó mirándose los dedos. Tenía todas las uñas mordisqueadas, al igual que la piel de alrededor.

—Estuve tomándome algo en el Neville.

—¿En el pub Neville? —preguntó Nick Nicholl—. ¿El que está junto al canódromo?

—Sí, ese, donde los perros.

—¿Hay alguien que pueda corroborarlo? —preguntó Branson.

—Estuve con unos... conocidos, sí. Puedo darles unos nombres.

Nicholl se giró hacia su colega.

—Quizá podamos comprobar la grabación en vídeo y ver si estuvo allí. Creo recordar, de otro caso, que tienen circuito cerrado.

Branson tomó una nota.

—Si no lo han borrado ya. Muchos de estos locales solo guardan siete días de grabación. —Luego miró a Spicer—. ¿A qué hora saliste del pub?

Spicer se encogió de hombros.

—No lo recuerdo. Estaba como una cuba. A la una, o una y media, quizá.

—¿Dónde te alojabas? —preguntó Nick Nicholl.

—En el albergue de Kemp Town.

—¿Habrá alguien que recuerde haberte visto a la vuelta?

—¿Esa gentuza? Qué va. No son capaces de recordar nada.

—¿Cómo volviste hasta allí? —preguntó Branson.

—El chófer me recogió con el Rolls, por supuesto.

Lo dijo con tal inocencia que Glenn tuvo que hacer un esfuerzo para no reírse.

—Así pues, ¿tu chófer podrá confirmarlo?

Spicer sacudió la cabeza.

—Me fui a pie, ¿cómo iba a volver si no? A patita.

Branson pasó unas páginas de su cuaderno.

—Pasemos a la semana pasada. ¿Nos puedes decir dónde estabas entre las 18.00 y la medianoche del jueves 8 de enero?

Spicer respondió rápidamente, como si ya supiera lo que le iban a preguntar.

—Sí, me fui a los perros. Era la noche de descuento para las chicas. Me quedé hasta las siete y media más o menos, y luego me vine aquí.

—¿Al canódromo? Parece que eres habitual del pub Neville, ¿eh?

—Bueno, entre otros, sí.

Branson tomó nota mentalmente de que el canódromo estaba a menos de quince minutos a pie de The Droveway, donde había sido violada Roxy Pearce el jueves por la noche.

—¿Tienes algo que demuestre que estuviste allí? ¿Resguardos de apuestas? ¿Te acompañó alguien?

—Ligué con una chica —dijo, y se calló en seco.

—¿Cómo se llama? —preguntó Branson.

—Sí, bueno, ese es el problema. Está casada. Su marido estaba fuera aquella noche. No creo que le haga mucha gracia que se presente la poli a interrogarla.

—¿De pronto tenemos conflictos morales, Darren? —preguntó Branson—. ¿La conciencia se te ha activado de repente?

Estaba pensando, aunque no lo dijo, que también era una curiosa coincidencia que el marido de Roxy Pearce estuviera fuera aquella misma noche.

—No es una cuestión de conciencia, pero no quiero darles su nombre.

—Entonces más vale que nos des alguna otra prueba de que estuviste en el canódromo durante ese periodo de tiempo.

Spicer los miró. Necesitaba un cigarrillo desesperadamente.

—¿Les importa decirme de qué va todo esto?

—Se ha registrado una serie de agresiones sexuales en esta ciudad. Estamos intentando descartar sospechosos para nuestra investigación.

—Así pues, ¿soy sospechoso?

Branson negó con la cabeza.

—No, pero la fecha en que te soltaron te convierte en un posible «sujeto de interés».

No le reveló que habían comprobado su historial y observado que en 1997 había salido de la cárcel justo seis días antes de la primera agresión atribuida al Hombre del Zapato.

—Pasemos al día de ayer. ¿Puedes explicarnos dónde estabas entre las cinco de la tarde y las nueve de la noche?

Spicer estaba seguro de que el rostro le ardía. Se sentía acorralado, no le gustaba cómo sonaban todas aquellas preguntas. Preguntas a las que no podía responder. Sí, recordaba con exactitud dónde estaba el día anterior a las cinco. Estaba en un bosquecillo tras una casa de Woodland Drive, en el Barrio de los Millonarios, comprando coca a uno de sus residentes. Dudaba de que pudiera llegar a su próximo cumpleaños si se le ocurría mencionar la dirección.

—Estuve en el partido del Albion. Luego me fui a tomar unas cervezas con un colega. Hasta la hora en que cierran las puertas aquí. ¿Vale? Volví y cené. Luego me fui a la cama.

—Una mierda de partido, ¿eh? —apuntó Nick Nicholl.

—Sí, el segundo gol, bueno… —Spicer levantó las manos en un gesto resignado y volvió a sorberse la nariz.

—¿Tu colega tiene nombre? —preguntó Glenn Branson.

—No. Es curioso, le he visto muchas veces, desde hace años…, y aún no sé cómo se llama. No es de esas cosas que se le preguntan a alguien después de estar tomando cervezas con él durante diez años, ¿no?

—¿Por qué no? —dijo Nicholl.

241

Spicer se encogió de hombros.

Se produjo un largo silencio.

Branson pasó una página de su cuaderno.

—Aquí cierran las puertas a las ocho y media. Me han dicho que llegaste a las ocho cuarenta y cinco, que se te trababa la lengua y tenías las pupilas dilatadas. Tuviste suerte de que te dejaran entrar. Los internos tienen prohibido tomar drogas.

—Yo no tomo drogas, sargento..., señor —replicó, y se sorbió de nuevo la nariz.

—Estoy seguro. Simplemente tienes un resfriado tremendo, ¿verdad?

—Sí, debe de ser eso. Eso es. ¡Un resfriado tremendo!

Branson asintió.

—Apuesto a que también crees en Papá Noel, ¿verdad?

Spicer esbozó una sonrisa socarrona, no muy seguro de la intención de la pregunta.

—¿Papá Noel? Sí, sí, ¿por qué no?

—Pues el año que viene escríbele y pídele que te traiga un jodido pañuelo.

Capítulo 53

Domingo, 11 de enero de 2010

$\mathcal{Y}$ac no conducía el taxi los domingos porque tenía «otros compromisos».

Había oído a alguien usar aquella expresión y le gustaba. «Otros compromisos.» Sonaba bien. A veces le gustaba decir cosas que sonaran bien.

—¿Por qué no conduces el taxi los domingos por la noche? —le había preguntado recientemente el dueño del taxi.

—Porque tengo otros compromisos —había respondido Yac, haciéndose el importante.

Y los tenía. Tenía compromisos importantes que le ocupaban el domingo, desde el momento en que se levantaba hasta entrada la noche.

Ya era de noche.

Su primera obligación cada domingo por la mañana era examinar el barco en busca de filtraciones, procedentes de debajo de la línea de flotación o del techo. Luego lo limpiaba. Era la casa flotante más limpia de todo Shoreham. Luego se lavaba él, a conciencia. Era el taxista más limpio y mejor afeitado de todo Brighton y Hove.

Cuando por fin los propietarios del *Tom Newbound* volvieran de la India, Yac esperaba que estuvieran orgullosos de él. A lo mejor le dejarían seguir viviendo con ellos, a cambio de que limpiara el barco cada domingo por la mañana.

Tenía grandes esperanzas puestas en aquella posibilidad. Y no tenía ningún otro sitio al que ir.

Uno de sus vecinos le había dicho que el barco estaba tan

limpio que se podría lamer la cubierta. Yac no lo entendía. ¿Por qué iba a querer lamer la cubierta? Si ponía comida en la cubierta, vendrían las gaviotas y se la comerían. Luego, entre la comida y las gaviotas, tendría la cubierta llena de porquería y tendría que limpiarlo todo. Así que hizo caso omiso al consejo.

A lo largo de los años había aprendido que no seguir los consejos que le daban era algo bueno. La mayoría de ellos los daban gente idiota. Las personas inteligentes solían guardarse sus ideas para sí mismos.

La siguiente tarea, interrumpida solo por su taza de té de cada hora y la cena del domingo —siempre el mismo plato, lasaña al microondas— era sacar su colección de cadenas de váter, recopilada desde la infancia, de su escondrijo en la sentina. Había descubierto que el *Tom Newbound* disponía de numerosos escondrijos para guardar cosas. Su colección de zapatos estaba en uno de ellos.

Le gustaba tomarse su tiempo y disponer todas sus cadenas en el suelo del salón. En primer lugar, las contaba para asegurarse de que no hubiera entrado nadie en el barco y le hubiera robado alguna. Luego las inspeccionaba, para comprobar que no hubiera manchas de óxido. A continuación las limpiaba, frotando con mimo cada una de las cadenas y aplicándoles limpiametales.

Después de guardarlas de nuevo, Yac se conectaba a Internet. Se pasaba el resto de la tarde en Google Earth, comprobando cualquier cambio en sus mapas. Era algo de lo que se había dado cuenta: los mapas cambiaban, como todo. No podías fiarte de ellos. No podías confiar en nada. El pasado eran arenas movedizas. Lo que leías y aprendías y almacenabas en la cabeza podía cambiar, y lo hacía. Solo por el hecho de haber aprendido algo, no quería decir que siguiera siendo cierto. Como en los mapas. No se podía ser un buen taxista fiándose únicamente de los mapas. ¡Había que actualizarse, ponerse al día!

Lo mismo ocurría con la tecnología.

Las cosas que habías aprendido cinco, diez o quince años antes no siempre seguían estando vigentes. La tecnología cambiaba. Él tenía todo un escritorio en el barco lleno de diagramas eléctricos de sistemas de alarma. Le gustaba estudiarlos, encontrar vulnerabilidades. Hacía tiempo que había llegado a la conclusión de que, si el ser humano diseñaba algo, tenía que esconder alguna imperfección. Le gustaba almacenar aquellas imperfecciones en la cabeza. ¡La información es conocimiento, y el conocimiento es poder!

Poder sobre toda esa gente que pensaba que él no valía para nada, que se mofaban o se reían de él. A veces se daba cuenta, cuando algún pasajero del taxi se quedaba con él. Los veía por el retrovisor, haciendo muecas y susurrándose cosas al oído. Pensaban que era un poco lento. Tontorrón. Lelo. Sí, sí.

Ajá.

Como su madre.

Ella cometió el mismo error. Pensó que era tonto. No sabía que algunos días, o algunas noches, cuando ella estaba en casa, él la observaba. Su madre no sabía que había hecho un pequeño agujero en el techo del dormitorio. Él subía sigilosamente al desván y observaba cómo le hacía daño a algún hombre con los zapatos. Veía cómo les clavaba los tacones de aguja en la espalda desnuda.

Otras veces ella le encerraba en su habitación con una bandeja de comida y un cubo, y lo dejaba solo en casa toda la noche. Él oía el ruido de la llave en la cerradura y los pasos de ella, los tacones resonando contra el suelo, cada vez más lejos.

Ella nunca supo que él sabía de cerraduras, que había leído y memorizado todas las revistas especializadas y todos los manuales de instrucciones a los que había podido echar mano en la biblioteca. Sabía prácticamente todo lo que había que saber sobre cerraduras de tambor, de pines o de palanca. Estaba seguro de que no había cerradura o sistema de alarma en el planeta que se le resistiera. No es que los hubiera probado todos. Aquello le hubiera llevado mucho trabajo y mucho tiempo.

Cuando ella salía y le dejaba solo en casa, con el *clac-clac-clac* de sus zapatos fundiéndose en el silencio, él abría la cerradura de su dormitorio y se iba al de ella. Le gustaba tumbarse desnudo en su cama, a salvo de sus ataques, aspirando los penetrantes aromas almizclados de su perfume Shalimar, y el aire que olía a humo de cigarrillo, con uno de sus zapatos en la mano izquierda, mientras se aliviaba con la derecha.

Así era como le gustaba acabar sus tardes de domingo ahora.

¡Pero aquella noche iba a ser mejor que nunca! Tenía los artículos de periódico sobre el Hombre del Zapato. Los había leído una y otra vez, y no solo los del *Argus*, sino también los de otros periódicos. Los del domingo. El Hombre del Zapato violaba a sus víctimas y se llevaba sus zapatos.

Ajá.

Roció el interior de su habitación en el barco con Shalimar, un poquito en cada esquina y un poco más hacia el techo, directamente sobre su cabeza, de modo que las minúsculas gotitas invisibles de la fragancia cayeran a su alrededor.

Luego se puso de pie, temblando de la excitación. Al cabo de unos momentos quedó empapado de sudor, respirando con los ojos cerrados, mientras el olor le traía todos aquellos recuerdos. Entonces encendió un cigarrillo Dunhill International e inhaló el dulce humo, lo retuvo en los pulmones unos momentos y luego lo exhaló por la nariz, como hacía su madre.

Ahora olía como la habitación de ella. Sí.

Entre calada y calada, cada vez más excitado, empezó a desabrocharse los pantalones. Luego, tendido en su catre, se tocó y susurró:

—¡Oh, mami! ¡Oh, mami! ¡Oh, mami, soy un niño malo!

Y no dejaba de pensar en lo malo que había sido. Y eso le excitaba aún más.

Capítulo 54

A las siete y media de la mañana, Roy estaba de mal humor. No llevaban ni dos semanas de año y ya tenía tres casos de violación entre manos.

Estaba sentado en el despacho que siempre le ponía incómodo, aunque su anterior ocupante, la tiránica Alison Vosper, ya no estaba allí. En su lugar, tras el gran escritorio de palisandro, ahora todavía mucho más lleno de papeles, estaba el subdirector Rigg, que iniciaba su segunda semana en el cargo. Y por primera vez, le habían ofrecido algo de beber en aquel despacho. Ahora estaba con un café cargado entre las manos que le iba a ir muy bien, en una elegante taza de porcelana.

El subdirector era un hombre pulcro y distinguido, de aspecto sano, cabello claro con un corte clásico, y una voz elegante y profunda. Aunque era varios centímetros más bajo que Grace, tenía una postura elegante que le daba un porte militar, lo que le hacía parecer más alto de lo que era. Llevaba un traje azul marino de raya diplomática, una elegante camisa blanca y una corbata llamativa. Por la serie de fotografías que había sobre su escritorio y las que colgaban de las paredes, era evidente que le gustaban las carreras de coches, lo que agradó a Grace, ya que sería algo que tendrían en común, aunque no hubiera tenido ocasión aún de sacar el tema.

—He estado hablando al teléfono con el nuevo alcalde —dijo Rigg, con tono afable pero serio—. Pero eso ha sido antes del ataque en el Tren Fantasma. Las violaciones por parte de extraños suscitan una gran reacción en la gente.

247

Brighton ya ha perdido el congreso anual del Partido Laborista (no es que eso esté relacionado de ningún modo con las violaciones), y el alcalde cree que las posibilidades de la ciudad de ser sede de congresos de alto nivel dependerán de la imagen de seguridad que demos. Parece que el miedo a la delincuencia se ha convertido en un factor determinante a la hora de organizar congresos y conferencias.

—Sí, señor. Me doy cuenta.

—Nuestro principal objetivo debería ser luchar contra los delitos que provocan miedo en la comunidad, miedo entre la gente normal y corriente. Ahí es hacia donde creo que deberíamos orientar nuestros recursos. Nuestro mensaje subliminal debería ser que la gente está tan segura en Brighton y Hove como en su propia casa. ¿Qué le parece?

Grace asintió, pero por dentro estaba preocupado. Las intenciones del subdirector eran buenas, pero el momento no era el mejor. No se podía decir que Roxy Pearce hubiera estado segura en su propia casa. Por otra parte, lo que acababa de decirle no era nada nuevo. Tal como lo veía él, no estaba más que subrayando lo que había sido el objetivo principal del cuerpo de Policía desde siempre. Desde luego, en cualquier caso, ese había sido su objetivo personal.

Cuando lo habían ascendido a superintendente, su inmediato superior, el entonces jefe del D.I.C., Gary Weston, le había explicado su filosofía de un modo muy sucinto: «Roy, como jefe, intento pensar qué es lo que la gente espera de mí y lo que quiere que haga. ¿Qué quiere mi esposa? ¿Y mi anciana madre? Quieren sentirse seguras, quieren poder moverse a su aire tranquilas, y quieren que meta entre rejas a todos los malos».

Desde aquel momento, Grace había usado aquello como mantra personal.

Rigg cogió un documento escrito a máquina, seis hojas de papel unidas por un clip. Roy supo inmediatamente de qué se trataba.

—Este es el informe de las últimas veinticuatro horas del Departamento de Supervisión de Actuaciones Policiales sobre la Operación Pez Espada —dijo el subdirector—. Hice que me lo trajeran anoche —añadió, con una sonrisa de preocupación—.

Es positivo. No se ha dejado nada. No esperaba menos, con todas las cosas buenas que he oído de usted, Roy.

—Gracias, señor —respondió Grace, agradablemente sorprendido. Estaba claro que no había hablado mucho con su predecesora, Alison Vosper.

—Creo que los políticos se van a poner mucho más pesados cuando salgan a la luz las noticias sobre esta tercera violación. Y, por supuesto, no sabemos cuántas más puede cometer el violador antes de que lo metamos entre rejas.

—O antes de que vuelva a desaparecer de nuevo —observó Grace.

El subdirector le miró como si acabara de morder una guindilla de lo más picante.

249

Capítulo 55

Lunes, 12 de enero de 2010

*L*a sede de Sussex Security Systems y Sussex Remote Monitoring era un gran edificio de los años ochenta en una zona industrial de Lewes, a diez kilómetros de Brighton.

Cuando el negocio fundado por Garry Starling quince años antes en un pequeño local de Hove se había expandido en dos campos diferenciados, supo que tendría que trasladarse a un lugar mayor. La oportunidad perfecta se presentó cuando el edificio de Lewes se quedó vacío a causa de una bancarrota, con lo que el titular se mostró deseoso de hacer un trato.

Pero lo que le atrajo aún más que los términos favorables del contrato fue la ubicación del edificio, a menos de quinientos metros de la Malling House, cuartel general de la Policía de Sussex. Ya había firmado dos contratos con ellos para la instalación y el mantenimiento de alarmas en un par de comisarías menores que cerraban por la noche, y estaba seguro de que la proximidad al centro neurálgico del departamento no podría traerle nada malo.

Y no se había equivocado. Llamando a diferentes puertas, haciendo mucho la pelota en el campo de golf y ofreciendo precios muy competitivos, había conseguido mucho más trabajo. Además, cuando apenas una década antes, el D.I.C. se trasladó a su nueva sede, la Sussex House, había sido su empresa la que se había llevado el contrato del sistema de seguridad interna.

A pesar de su éxito, a Starling no le interesaban los coches caros y lujosos. Nunca llevaba uno, porque a su modo de ver solo servían para llamar la atención —y cuanto más llamativo el coche, más caros pensarían los clientes que eran sus servicios—. El éxito, para él, significaba libertad. La posibilidad de contratar a gente para hacer los trabajos que no le apetecía hacer a él. La libertad para estar en el campo de golf cuando quisiera. Y de hacer otras muchas cosas. La tarea de derrochar dinero se la dejaba a Denise. Podía gastar todo lo que quisiera.

El día en que se conocieron, ella estaba para comérsela. Le gustaba todo lo que le ponía a él, y era un animal sexual, con pocos límites. Ahora se pasaba el tiempo con el culo en el sofá —un culo cada vez más gordo, por cierto— y no quería saber nada del sexo; por lo menos, del tipo de sexo que le gustaba tanto a él.

Al volante de su pequeño Volvo gris, Starling atravesó la zona industrial, dejando atrás un concesionario Land Rover, la entrada al Tesco y luego la casa de muebles Homebase. Giró a la derecha, luego a la izquierda y siguió recto. Al final de la calle sin salida vio su edificio, de una planta, y en el exterior una fila de nueve furgonetas blancas aparcadas, todas ellas con el logotipo de la empresa.

En su constante empeño por controlar el gasto, las furgonetas eran completamente blancas, y el nombre de la empresa iba en unos paneles magnéticos pegados a los lados. Así no tenía que gastarse el dinero en pintura cada vez que compraba una furgoneta nueva; solo tenía que cambiar los paneles de una a otra.

Eran las nueve de la mañana y no le hizo muy feliz ver tantas furgonetas aún aparcadas. Deberían estar fuera, haciendo instalaciones o atendiendo las llamadas de los clientes. Aquello era culpa de la recesión. No había muchas cosas que le hicieran feliz últimamente.

A Dunstan Christmas le picaba el culo, pero no se atrevía a rascárselo. Si dejaba de ejercer presión sobre la silla más de dos segundos estando de turno, sonaría la alarma y el supervisor acudiría de inmediato.

Christmas tuvo que admitir que el sistema era jodidamente eficaz. Había que reconocérselo a quienquiera que lo hubiera ideado. A prueba de tontos.

Y tenía que serlo, porque era por lo que pagaban los clientes

251

de Sussex Remote Monitoring Services: operadores de circuito cerrado con experiencia como él, uniformados y sentados ante los monitores, observando las imágenes de sus casas y sus oficinas, a tiempo real, día y noche. Christmas tenía treinta y seis años y pesaba ciento veinticinco kilos. Planchar el culo todo el día era algo que se le daba bien.

No entendía mucho el sentido del uniforme, ya que nunca salía de aquella sala, pero el Gran Jefe, el señor Starling, exigía que todos los empleados, incluso las recepcionistas, llevaran uniforme. Según decía, hacía que la gente diera más valor a su trabajo, e impresionaba a las visitas. Todo el mundo hacía lo que decía el señor Starling.

Junto al selector de cámaras del panel que tenía delante había un micrófono. Aunque algunas de las casas y de los negocios que aparecían en las veinte pantallas que tenía delante estaban a muchos kilómetros de distancia, accionando el botón del micrófono podía hacer que cualquier intruso se cagara en los pantalones, al hablarle directamente. Aquella parte del trabajo le gustaba. ¡No ocurría muy a menudo, pero cuando sucedía le encantaba ver el bote que daban los cacos! Era una de las ventajas del puesto.

Christmas trabajaba en turnos de ocho horas, de mañana, tarde o noche, y no estaba descontento con su sueldo, pero a veces el trabajo en sí, especialmente de noche, podía ser aburrido hasta el agotamiento. ¡Veinte canales de televisión diferentes y no ocurría nada en ninguno de ellos! En uno, la imagen de la puerta de una fábrica. En otro, la entrada a una casa. En otro, la fachada trasera de una gran mansión de Dyke Road Avenue. De vez en cuando pasaba algún gato, o un zorro, o un tejón, o algún roedor dando una carrerita.

Con la pantalla 17 tenía cierta conexión emocional. Mostraba imágenes de la vieja cementera de Shoreham, que llevaba cerrada diecinueve años. Veintiséis cámaras de circuito cerrado cubrían la gran extensión del recinto, una en la entrada principal y el resto por los puntos de acceso internos más importantes. En aquel momento, la imagen que recibía era la de la alta valla de la entrada, de acero y con alambre de espino por encima y, tras ella, de las puertas aseguradas con cadenas.

Su padre había trabajado allí como conductor de una hormigonera; alguna vez le había dejado subirse a la cabina cuando salía a recoger material. Le encantaba aquel lugar. Siempre pensó que era como un decorado de una película de James Bond, con sus enormes hornos de ladrillo, sus muelas trituradoras y sus silos de almacenaje, sus bulldóceres, sus volquetes y sus excavadoras, y una actividad que no se detenía nunca.

La cementera ocupaba una enorme hondonada junto a una cantera apartada, a unos kilómetros hacia el interior, al noroeste de Shoreham. Las instalaciones tenían cientos de hectáreas y ahora solo contenían enormes edificios abandonados. Se rumoreaba que había planes de reactivación, pero desde la salida del último camión, hacía ya casi dos décadas, se había convertido en un poblado fantasma gris y en ruinas de estructuras en su mayoría sin ventanas, maquinaria oxidada, viejos vehículos y caminos invadidos por las hierbas. Los únicos visitantes eran los gamberros y los ladrones que habían acudido sistemáticamente a robar alguno de los motores eléctricos, los cables y las tuberías de plomo, motivo por el que se había instalado aquel completo sistema de seguridad.

Pero aquella mañana de lunes estaba resultando más interesante de lo habitual. Por lo menos en una pantalla en particular, la número 11.

253

Cada una de las pantallas ofrecía diferentes funciones. El *software* de detección de movimiento activaba de inmediato una de ellas si se registraba cualquier movimiento, como la llegada o la partida de algún vehículo o cualquier incursión, aunque fuera la de un zorro o un perro vagabundo. En la pantalla 11 se había producido una actividad constante desde que había iniciado su turno, a las 7.00. Era la vista frontal de la casa de los Pearce. Mostraba la cinta de seguridad de la Policía, a un asesor y a tres agentes de la Policía Científica con sus trajes protectores azules y sus guantes de goma, a cuatro patas, escrutando el lugar centímetro a centímetro en busca de cualquier pista que pudiera haber dejado el agresor de la señora Pearce, que se había colado en la casa el jueves por la noche, y pequeños marcadores adhesivos repartidos aquí y allá por el suelo.

Hundió la mano en el gran paquete de patatas fritas Kettle que tenía junto al panel de control de su puesto, se metió un puñado en la boca y las acompañó con un trago de Coca-Cola.

Tenía ganas de ir al lavabo, pero decidió esperar un poco. Podía desconectarse del sistema para hacer lo que llamaban una «pausa», pero llamaría la atención. Solo hacía una hora y media que había empezado el turno; tenía que esperar un poco más si quería quedar bien con el jefe.

Una voz a sus espaldas le sorprendió.

—Me alegro de ver que la línea de The Droveway ya funciona.

Dunstan se giró y vio a su jefe, Garry Starling, propietario de la empresa, mirando por encima de su hombro.

Starling tenía la costumbre de hacer aquello. Siempre pillaba a sus empleados por sorpresa. Se acercaba con sigilo por detrás, fuera en ropa de trabajo —camisa blanca, vaqueros y deportivas— o vestido con un traje perfectamente planchado. Pero siempre con sigilo, sin hacer ruido al pisar, como un asaltante furtivo. Sus grandes ojos de búho escrutaban la batería de pantallas.

—Sí, señor Starling. Ya funcionaba al empezar el turno.

—¿Se sabe ya qué le pasaba?

—Aún no he hablado con Tony.

Tony era el ingeniero jefe de la empresa.

Starling observó la actividad de la casa de los Pearce unos momentos, asintiendo.

—No pinta bien, ¿verdad, señor? —dijo Christmas.

—Es increíble —dijo Starling—. Lo peor que ha ocurrido nunca en las propiedades que vigilamos, y el jodido sistema va y se estropea. ¡Increíble!

—Ya podía haber sido en otro momento...

—Desde luego.

Christmas accionó un interruptor del panel y enfocó a un miembro de la Policía Científica, que estaba embolsando algo interesante, pero demasiado pequeño para poder verlo a aquella distancia.

—Es curioso lo meticulosos que son estos tipos —observó.

Su jefe no respondió.

—Es como ver *CSI*.

Tampoco respondió esta vez.

Giró la cabeza y, para su asombro, descubrió que Garry Starling había abandonado la habitación.

Capítulo 56

*P*oneros zapatos caros de tacón alto os hace sentir sexis, ¿verdad? Creéis que gastar dinero en esas cosas es como una inversión, ¿no? Todo forma parte de vuestra trampa. ¡Sois como plantas atrapamoscas! Eso es lo que sois.

¿Alguna vez habéis mirado de cerca las hojas de una planta atrapamoscas? Son rosadas por dentro. ¿No os recuerdan nada? Yo os diré qué es lo que me recuerdan: vaginas con dientes. Que es exactamente lo que son. Con atroces colmillos alrededor, como barrotes de una celda.

En el momento en que un insecto entra y toca uno de los minúsculos pelitos de aquellos labios rosados, sugerentes y sensuales, la trampa se cierra de golpe, dejando al insecto sin aire. Igual que hacéis vosotras. Entonces actúan los jugos digestivos, matando lentamente a la presa, si no ha tenido la suerte de ahogarse antes. ¡Igual que vosotras! Las partes internas del insecto, más blandas, se disuelven, pero no la parte dura del exterior, el exoesqueleto. Al final del proceso digestivo, tras varios días, a veces un par de semanas, la trampa reabsorbe el fluido digestivo y luego vuelve a abrirse. Los restos del insecto se los llevan el viento o la lluvia.

Por eso os ponéis esos zapatos, ¿verdad? Para atraparnos, para sorbernos todos los fluidos y luego excretar nuestros restos.

Bueno, pues tengo noticias para vosotras.

Capítulo 57

Lunes, 12 de enero de 2010

*L*a SR-1 tenía capacidad para albergar a la vez hasta tres investigaciones de casos graves. Pero el equipo de Grace estaba creciendo cada vez más, y la Operación Pez Espada requería toda la sala. Afortunadamente, siempre había mantenido buena relación con el agente al mando de la sección de infraestructuras, Tony Case, que controlaba las cuatro salas de reuniones para casos graves del condado.

La importancia del caso había obligado a trasladar el otro caso importante que se investigaba en la Sussex House en aquel momento —el asesinato en plena noche de un hombre aún no identificado en la calle— a la SR-2, más pequeña, situada en el otro extremo del pasillo.

Aunque Grace ya había convocado dos reuniones el día anterior, había sido sin gran parte de su equipo, que estaba ocupado en investigaciones diversas. Esta vez había ordenado que asistieran todos sin excepción.

Se sentó en el espacio libre reservado en una de las mesas, con la agenda y el cuaderno de actuaciones delante. A su lado tenía el tercer café del día. Cleo siempre le reprochaba la gran cantidad que consumía, pero después de su agradable pero tensa reunión con el subdirector Rigg aquella mañana, sentía la necesidad de otro chute de cafeína.

Aunque la SR-1 no había sido reformada ni redecorada en años, siempre presentaba un olor algo anodino, a oficina moderna, en claro contraste con las comisarías de antes de la imposición de la ley que impedía fumar en ellas. Casi todas olían a tabaco y flotaba en su interior una neblina permanente. Pero aquello les daba ambiente y, en ciertos aspectos, lo echaba de menos. Todo se estaba volviendo demasiado estéril.

Recibió con un gesto de la cabeza a varios miembros de su equipo a medida que iban entrando en la sala, la mayoría —entre ellos Glenn, que parecía librar otra de sus interminables discusiones con su mujer— enfrascados en conversaciones telefónicas.

—Hola, colega —le saludó cuando acabó la llamada. Se metió el teléfono en el bolsillo, se llevó la mano a lo alto del afeitado cráneo y frunció el ceño.

Grace le respondió con la misma mueca.

—¿Qué pasa?

—No llevas gomina. ¿Te has olvidado?

—Tenía que ver al nuevo subdirector a primera hora, así que pensé que quizá debería mostrarme algo conservador.

Branson, que había dado un repaso integral a la imagen de Roy meses atrás, sacudió la cabeza.

—¿Sabes qué? A veces eres decididamente triste. Si yo fuera el nuevo subdirector, querría agentes con algo de gancho, no tipos que me recordaran a mi abuelo.

—¡Que te jodan! —replicó Grace con una sonrisa burlona. Luego bostezó.

—¿Lo ves? —remarcó Branson, divertido—. Es la edad. No puedes seguir el ritmo.

—Muy gracioso. Oye, necesito concentrarme unos minutos, ¿vale?

—¿Sabes a quién me recuerdas? —insistió Branson, haciendo caso omiso.

—¿A George Clooney? ¿A Daniel Craig?

—No. A Brad Pitt.

Por un momento Grace se quedó bastante satisfecho. Luego el sargento añadió:

—Sí, en *Benjamin Button*, cuando tiene cien años y aún no ha empezado a rejuvenecer.

Grace sacudió la cabeza, esbozó otra sonrisa burlona y bostezó de nuevo. El lunes era un día temido por la mayoría de la gente normal. Pero la mayoría de la gente «normal» empezaba el día descansada y fresca. Él se había pasado todo el domingo trabajando, primero en el Brighton Pier, visitando la sala de mantenimiento del Tren Fantasma, donde habían violado y herido de gravedad a Mandy Thorpe, y luego visitando el Royal Sussex County Hospital, donde estaba ingresada bajo custodia policial. A pesar de la grave lesión en la cabeza, la joven había podido realizar una declaración completa a la agente asignada, que a su vez le había transmitido la información a él.

Además del trauma causado a aquellas pobres víctimas, Grace sentía otro tipo de trauma propio, generado por la presión recibida para que resolviera el caso y efectuara alguna detención. Para complicar aún más las cosas, el periodista al mando de la sección de sucesos del *Argus*, Kevin Spinella, le había dejado tres mensajes en el teléfono móvil: le pedía que le devolviera la llamada lo antes posible. Grace sabía que si quería contar con la cooperación del principal periódico de la ciudad en el caso y evitar un titular sensacionalista en la edición del día siguiente, tendría que manejar a Spinella con cuidado. Eso significaba proporcionarle en exclusiva algún dato no incluido en la conferencia de prensa que daría a mediodía. Y en aquel momento no tenía nada para él. Al menos, nada que quisiera que llegara a la opinión pública.

Hizo una llamada rápida al periodista y se encontró con el buzón de voz. Le dejó un mensaje en el que le dijo que acudiera a su despacho diez minutos antes de la conferencia de prensa. Ya pensaría en algo para él.

Y un día, a no tardar, tenía que pensar en la trampa que iba a tenderle. Alguien de la Policía le pasaba información de forma regular a Spinella. La misma persona, estaba seguro, que le había informado de todos los casos graves el año pasado al joven reportero, a los pocos minutos de que la Policía recibiera la llamada de aviso. Tenía que ser alguien del Centro de Gestión de Llamadas o del Departamento de Información y Telecomunicaciones, alguien que tuviera acceso a los registros actualizados al minuto. Podía ser un agente, pero eso lo dudaba, porque la información filtrada era sobre todos los casos graves, y no había ningún agente que recibiera información al momento sobre casos que no fueran suyos.

Lo bueno era que Spinella era un periodista avispado con quien se podía hacer negocios. Hasta ahora habían tenido suerte, pero quizás un día no estuviera él ahí, y si alguien con menor voluntad de cooperación ocupara su puesto, podía hacer mucho daño.

—Joder con el Albion... Pero ¿qué les pasa? —protestó Foreman mientras entraba, perfectamente vestido, como siempre, y con unos zapatos de cordones de un negro brillante.

En las primeras fases de una investigación, la mayoría de los agentes se ponían traje, pues nunca sabían cuándo tendrían que salir corriendo a entrevistar a alguien —en especial a los familiares próximos de las víctimas, ante quienes debían mostrar una actitud de respeto—. Algunos, como Foreman, iban impecablemente vestidos en todo momento.

—¡Ese segundo gol! —exclamó el agente Nicholl, que era más bien tímido, pero que ahora charlaba animadamente, agitando los puños al aire—. ¿De qué van? ¡Ni se enteraron!

—Sí, bueno, yo soy del Chelsea —dijo John Black, analista del HOLMES—. Pasé del Albion hace tiempo. El día en que dejaron de jugar en el Goldstone Ground.

259

—Pero cuando se trasladen al nuevo estadio..., eso va a ser estupendo —vaticinó Foreman—. Dales tiempo para que se sitúen y recuperarán el orgullo.

—El orgullo gay, eso es para lo único que valen —gruñó Potting, que entró en último lugar, sacudiendo la cabeza y apestando a tabaco de pipa.

Se dejó caer en una silla frente a Grace.

—Siento llegar tarde, Roy. ¡Mujeres! Nunca más. No vuelvo a casarme. Hasta aquí hemos llegado. ¡La cuarta y la última!

—La mitad de la población británica se alegrará de oír eso —murmuró Bella, lo suficientemente alto como para que la oyeran todos.

Potting hizo caso omiso y se quedó mirando a Grace con aire melancólico.

—¿Sabes la charla que tuvimos antes de Navidad, Roy?

Grace asintió; no tenía ningunas ganas de enfrentarse al último de la larga sucesión de desastres sentimentales del sargento.

—Me iría bien algún consejo, en algún momento durante la semana que viene, o cuando sea, si te va bien, Roy. Cuando tengas un minuto.

«Cuando tenga un minuto, lo que quiero es pasarlo durmiendo», pensó Grace, abatido. Pero le hizo un gesto con la cabeza a Potting y le dijo:

—Claro, Norman.

A pesar de que Potting solía ponerle de los nervios, le daba pena aquel tipo. Seguía en el cuerpo después de rebasar la edad a la que podía haber optado por jubilarse, y Grace sospechaba que era porque el trabajo era lo único que daba sentido a su vida.

El último en entrar en la sala fue el doctor Proudfoot, con una bolsa de trabajo de cuero negro colgada del hombro. Era un psicólogo forense —como se llamaban ahora los analistas de la conducta— con experiencia en un gran número de casos graves, que había adquirido durante las últimas dos décadas, entre ellos el del Hombre del Zapato original. Los últimos diez años había disfrutado de cierta fama en los medios y de las ganancias que le había proporcionado un lucrativo contrato editorial. En sus cuatro libros autobiográficos, que relataban su vida profesional hasta la actualidad, alardeaba de sus logros, y se presentaba como un elemento crucial en la búsqueda de los peores criminales del Reino Unido y su puesta a disposición de la justicia.

En privado, unos cuantos agentes veteranos habían manifestado que aquellos libros deberían venderse en las secciones de «ficción» de las librerías. Consideraban que se había atribuido el mérito de varios casos en los que en realidad solo había desempeñado un papel muy pequeño, y no siempre con acierto.

Grace no tenía una opinión muy diferente, pero dado que Proudfoot había participado antes en el caso del Hombre del Zapato, la Operación Houdini, pensaba que tendría algo que aportar a la Pez Espada. El psicólogo había envejecido en los doce años que habían pasado desde su último encuentro, y había engordado considerablemente, pensó, mientras lo presentaba a los miembros de su equipo. Tras aquello, pasó al orden del día.

—En primer lugar, quiero daros las gracias a todos por sacrificar el fin de semana. En segundo lugar, me alegra comunicaros que no tenemos ninguna queja del Departamento de Supervisión de Actuaciones Policiales. Hasta la fecha están satisfechos con todos los aspectos de nuestra investigación. —Bajó la mirada y echó un vistazo a la agenda—. Bueno, son las 8.30 de la mañana del lunes 12 de enero. Esta es nuestra sexta reunión de la Operación Pez Espada, la investigación en torno a la violación de dos personas, la señora Nicola Taylor y la señora Roxy Pearce, y ahora quizá de una tercera víctima, la señorita Mandy Thorpe.

Señaló una de las pizarras blancas, de las que se habían colgado descripciones detalladas de las tres mujeres. Grace había decidido no mostrar sus fotografías públicamente, para proteger su intimidad y por considerarlo una falta de respeto. En vez de aquello, anunció:

—Disponemos de fotografías de las víctimas, para quienes las necesiten.

Proudfoot levantó una mano y empezó a agitar sus dedos regordetes.

261

—Perdona, Roy, ¿por qué dices que ahora «quizás» haya una tercera víctima? No creo que haya dudas sobre Mandy Thorpe, por el material que yo tengo.

Grace dirigió la mirada hacia la mesa a la que estaba sentado Proudfoot.

—El modus operandi es significativamente diferente —respondió Grace—. Pero ya llegaremos a eso más tarde, si no te importa. Está en el orden del día.

Proudfoot abrió y cerró sus minúsculos labios rosados un par de veces, fijando sus ojos redondos y brillantes en el superintendente, con aspecto contrariado, al ver rechazada su intervención. Grace prosiguió:

—En primer lugar, quiero repasar nuestros progresos en torno a la violación de Nicola Taylor en Nochevieja y a la de Roxy Pearce el jueves pasado. En este momento tenemos seiscientos diecinueve sospechosos potenciales, entre el personal del hotel Metropole y los clientes hospedados aquella noche, así como los asistentes a la fiesta de Nochevieja, entre los que había, como ya sabemos, varios oficiales de Policía.

También tenemos nombres proporcionados por la gente, algunos directamente a nosotros y otros a través del programa Crimestoppers. Entre los sospechosos que tenemos de momento están todos los condenados por agresión sexual en la zona de Brighton y Hove. Y dos pervertidos que han estado haciendo molestas llamadas a zapaterías de Brighton y que ya han sido identificados por el Equipo de Investigaciones Exteriores.

Dio un sorbo al café.

—Un sospechoso de la lista es especialmente interesante. Un ladrón de casas reincidente y traficante ocasional de drogas, Darren Spicer. Diría que varios de vosotros lo conocéis.

—¡Ese desgraciado! —dijo Potting—. Lo trinqué hace veinte años por una serie de robos con allanamiento por Shirley Drive y Woodland Drive.

—Tiene ciento setenta y tres antecedentes —señaló Ellen Zoratti, la analista—. Un encanto. Está en la calle con la provisional. Cumplía condena por acoso a una mujer en una casa de Hill Brow a la que había entrado a robar. Intentó besuquearla.

—Eso, desgraciadamente, es un patrón habitual —observó Grace, mirando hacia Proudfoot—. Hay ladrones de casas que se convierten en violadores.

—Exacto —dijo Proudfoot, aprovechando la ocasión—. Empiezan penetrando en las casas y luego pasan a penetrar a cualquier mujer que encuentren en la casa.

Grace observó las expresiones de varios de sus colegas, que a todas luces pensaban que aquello no era más que palabrería. Pero él sabía que, por desgracia, era cierto.

—Spicer salió de permiso de la prisión de Ford Open el 28 de diciembre. El sargento Branson y el agente Nicholl le interrogaron ayer por la mañana —prosiguió, e hizo un gesto a Glenn.

—Así es, jefe —respondió Branson—. No le sacamos gran cosa; mucho rollo. Es un perro viejo. Afirma que tiene coartada para el momento en que se cometieron los tres delitos, pero no me convence. Le dijimos que queríamos confirmación. Según dice había quedado con una mujer casada el jueves pasado por la noche, y se niega a darnos su nombre.

—¿Spicer tiene algún antecedente de agresión sexual? —preguntó la sargento Bella Moy—. ¿O de violencia doméstica, o de fetichismo?

—No —respondió la analista.

—¿No sería más lógico que nuestro violador tuviera algún antecedente en actos de perversión, doctor Proudfoot, si asumimos que los violadores no suelen llevarse zapatos por regla general? —preguntó Moy.

—Llevarse algún tipo de trofeo no es nada raro en agresores en serie —dijo Proudfoot—. Pero tiene razón; es muy poco probable que estas sean sus primeras agresiones.

—Hay algo que podría ser muy significativo —señaló Zoratti—. Anoche estudié la declaración de la víctima, la mujer atacada por Spicer en su casa hace poco más de tres años: la señora Marcie Kallestad. —Miró a Roy Grace—. No entiendo cómo es que nadie ha relacionado una cosa con otra, señor.

—¿Relacionar? ¿El qué?

—Creo que es mejor que lo lea. Cuando Marcie Kallestad se quitó a Spicer de encima, él la tiró al suelo, le arrancó los zapatos de los pies... y se fue corriendo con ellos. Eran unos Roberto Cavalli de tacón alto que le habían costado trescientas cincuenta libras. Se los acababa de comprar aquel mismo día, en una zapatería de Brighton.

263

Capítulo 58

Lunes, 12 de enero de 2010

*E*l cambio de humor en la sala de reuniones era palpable. Roy sintió el repentino murmullo de excitación. Sucedía cada vez que aparecía un dato potencialmente decisivo en una investigación. Y aun así, en aquel momento él era el menos excitado de todo su equipo.

—Lástima que no lo supiéramos ayer —observó Branson—. Podríamos haberlo cazado con eso.

Nicholl asintió.

—Ahora ya tenemos suficiente para detenerlo, jefe, ¿no? —preguntó Foreman.

Grace miró a Ellen.

—¿Sabemos dónde aparecieron después los zapatos?

—No, me temo que no —respondió ella—. No tengo esa información.

—¿Tendrían algún valor económico para él? —preguntó Nicholl.

—Por supuesto —dijo Bella Moy—. Unos Roberto Cavalli nuevos como esos... En la ciudad hay montones de tiendas de ropa de segunda mano que los comprarían a precio de saldo. Yo a veces les compro cosas. Puedes encontrar gangas estupendas.

Grace se la quedó mirando un momento. Bella tenía poco más de treinta años, era soltera y vivía en casa con su anciana madre. Le daba un poco de pena, porque no es que no fuera atractiva, pero daba la impresión de que no tenía una vida real, aparte de su trabajo.

—¿El diez por ciento de su precio, Bella? —preguntó.

—No lo sé. Pero no pagarían mucho. Veinte libras, quizá. Como mucho.

Grace pensó. Aquel dato nuevo sin duda justificaría el arresto de Darren Spicer. Y aun así... no le parecía bien. Era un sospechoso casi demasiado obvio. Sí, el tipo había salido a tiempo para cometer la primera violación, el día de Año Nuevo. Y, por si fuera poco, trabajaba en el hotel Metropole, donde había tenido lugar. Y ahora se acababan de enterar de que en su último allanamiento con agresión se había llevado los zapatos de su víctima. Pero a Grace le inquietaba algo: ¿era posible realmente que aquel tipo fuera tan tonto?

Aún más significativo era que Spicer siempre se hubiera dedicado a robar casas y a traficar con drogas. Se ganaba la vida, si se podía decir así, metiéndose en la casa de la gente y abriendo cajas fuertes, llevándose joyas, relojes, plata y efectivo. Ni Nicola Taylor ni Roxy Pearce habían denunciado hasta el momento ningún robo aparte del de sus zapatos y, en el caso de Nicola, también su ropa. Lo mismo que en el caso de Mandy Thorpe, el sábado por la noche. Solo habían desaparecido los zapatos. A menos que Spicer hubiera cambiado en prisión —algo que dudaba, dado su historial—, no parecía que aquello fuera su típico modus operandi.

Por otra parte, ¿cómo podía estar seguro de que Spicer no hubiera cometido otros delitos sexuales por los que no hubiera resultado condenado? ¿Podía ser que fuera él el Hombre del Zapato? La información recabada por Ellen mostraba que estaba en la calle en el momento de todos los ataques del Hombre del Zapato. Pero este violaba y atacaba a sus víctimas con agresividad. No se limitaba a intentar besarlas, como había hecho Spicer. Una vez más, el modus operandi no coincidía.

Sí, podrían detenerlo. Los jefazos se pondrían contentos al realizar un arresto tan rápido, pero ese placer podría durar poco. ¿Qué iba a hacer luego con Spicer? ¿Cómo conseguiría las pruebas necesarias para condenarlo? El agresor llevaba máscara y apenas hablaba, así que no contaban con una descripción facial o con una voz a las que agarrarse. Ni siquiera tenían una declaración fiable de la altura del tipo. Lo más seguro es que fuera de altura media y constitución ligera. Con poco vello corporal.

265

Los exámenes forenses demostraban que el agresor no había dejado semen en ninguna de las tres víctimas. Hasta el momento no había coincidencias de ADN en ninguno de los pelos, las fibras o los rastros de los arañazos, aunque aún era muy pronto. Tardarían un par de semanas en examinarlo todo, y no podían retener a Spicer todo ese tiempo sin acusarle de nada. Estaba claro que la Fiscalía del Estado no consideraría que tuvieran suficientes pruebas para presentar cargos.

Podían interrogarle sobre por qué se llevó los zapatos de Marcie Kallestad, pero si de verdad era el Hombre del Zapato, eso le pondría en guardia. Igual que si pedían una orden de registro para su taquilla en el albergue. Por lo que habían dicho Glenn y Nick, Spicer pensaba que había estado muy listo y que los había dejado satisfechos. Ahora quizá no le preocupara volver a delinquir. Si mostraban demasiado interés en él, quizás aquello frenara sus pasos, o incluso podía ahuyentarlo. Y Grace quería un resultado, no otros doce años de silencio.

Se quedó pensando un momento y luego le preguntó a Branson:

—¿Spicer tiene un coche, o acceso al de alguien?

—No daba la impresión de que tuviera nada. Lo dudo, jefe. No.

—Dijo que va a pie a todas partes para ahorrarse el autobús, jefe —añadió Nicholl.

—Probablemente pueda conseguir uno cuando lo necesite —apuntó Zoratti—. Tiene un par de antecedentes por robo de vehículo: una furgoneta y un coche particular.

Que no tuviera un medio de transporte era algo bueno, pensó. Haría mucho más sencilla la tarea de mantenerlo vigilado.

—Creo que, por el momento, es más fácil que obtengamos algo si lo observamos que si le apretamos. Sabemos dónde está entre las 8.30 de la tarde y las 8.30 de la mañana, gracias al toque de queda del albergue. Tiene su trabajo de reinserción en el Grand Hotel, así que sabremos dónde está durante el día, los días laborables. Voy a contactar con Seguimiento para que lo observen cuando sale del trabajo y para que se aseguren de que no sale del albergue por la noche.

—Si realmente es un «sujeto de interés», Roy, que parece que sí —intervino Proudfoot—, yo diría que vale la pena que actúes rápido.

—Espero que se pongan en marcha hoy mismo —respondió Grace—. Este sería un buen momento para que nos dijera qué piensa.

El psicólogo forense se puso en pie y se acercó a una pizarra blanca en la que había colgada un gran hoja con una gráfica. Presentaba varias líneas irregulares trazadas con tintas de diferentes colores. Se tomó su tiempo para hablar, como si quisiera demostrar que era tan importante que no tenía por qué darse prisa.

—El patrón de agresión del Hombre del Zapato y del agresor de este caso son muy similares —expuso—. Esta gráfica muestra los factores vinculantes hasta el momento entre los dos. Cada color es un aspecto diferente: el lugar, la hora del día, el acercamiento a las víctimas, la forma del ataque y el aspecto externo del agresor.

Señaló cada una de las líneas, se hizo a un lado y prosiguió:

—Hay una serie de aspectos de las agresiones del Hombre del Zapato que nunca se hicieron públicas, y que, sin embargo, aparecen en el modus operandi del agresor actual. Eso me lleva a afirmar con cierta seguridad que, en este momento, tenemos suficientes factores vinculantes como para suponer que nos enfrentamos a la misma persona. Uno de los más significativos es que usara el mismo nombre, Marsha Morris, para registrarse en el Grand Hotel en 1997 y en el Metropole la Nochevieja pasada, y que ese nombre nunca se filtró a la opinión pública.

Avanzó unos pasos, hasta una pizarra en blanco.

—También estoy bastante seguro de que el agresor es un hombre de la zona, o por lo menos un tipo con buenos conocimientos del lugar, que ha vivido aquí antes.

Rápidamente dibujó con un rotulador negro unos cuadraditos en la mitad superior de la pantalla y los numeró del 1 al 5, sin dejar de hablar mientras lo hacía.

267

—La primera agresión sexual del Hombre del Zapato de la que tenemos denuncia fue un ataque frustrado el 15 de octubre de 1997. Voy a pasar esa por alto para centrarnos en lo que nos interesa, y nos centraremos en los ataques que consiguió llevar a término. El primero fue en el Grand Hotel, la madrugada del 1 de noviembre de 1997. —Escribió GH sobre el primer cuadrado—. El segundo fue en una vivienda privada de Hove Park Road, dos semanas más tarde. —Escribió HPR sobre el segundo cuadrado—. El tercero fue bajo el muelle del Palace Pier, dos semanas más tarde. —Escribió PP sobre el tercer cuadrado—. El cuarto fue en el aparcamiento de Churchill Square, otras dos semanas más tarde. —Escribió CS sobre el cuarto—. Un posible quinto ataque tuvo lugar la Nochebuena, otras dos semanas más tarde, en Eastern Terrace, aunque ese no está confirmado. —Escribió ET sobre la quinta casilla—. Luego se giró hacia el equipo, pero fijó la mirada en Roy Grace.

»Sabemos que las cinco mujeres se habían comprado un par de zapatos caros en alguna zapatería de Brighton inmediatamente antes de los ataques. Creo que es probable que el agresor conociera bien estos lugares. También podría haber sido alguien de fuera, claro, pero no lo creo. Los foráneos no suelen quedarse por la zona. Atacan y cambian de escenario.

Grace se giró hacia Foreman, que dirigía el Equipo de Investigaciones Exteriores.

—Michael, ¿has estado en las zapaterías donde habían comprado los zapatos nuestras víctimas, para ver si tienen circuito cerrado de televisión?

—Estamos en ello, jefe.

Entonces Proudfoot trazó un círculo alrededor de las cinco casillas.

—Vale la pena observar la extensión relativamente limitada de la zona de la ciudad donde tuvieron lugar estos ataques. Ahora pasemos a la serie de agresiones de ahora.

Cambió el rotulador negro por uno rojo, dibujó tres casillas en la mitad inferior de la pizarra y las número del 1 al 3. Se giró un momento hacia su público, y de nuevo hacia la pizarra.

—La primera agresión tuvo lugar en el hotel Metropole

que, como saben, está junto al Grand. —Escribió MH sobre la primera casilla—. El segundo ataque, aproximadamente una semana más tarde, tuvo lugar en una casa particular de una elegante calle residencial, The Droveway. —Escribió TD sobre la segunda casilla—. El tercer ataque, y acepto que hay diferencias en el modus operandi, tuvo lugar apenas dos días después en el Palace Pier, o Brighton Pier, como creo que lo llaman ahora. —Escribió BP sobre la tercera casilla, y luego volvió la cara de nuevo hacia el equipo.

»The Droveway es paralela a Hove Park Road. No creo que ninguno de nosotros necesite un máster en ciencia aeroespacial para ver las coincidencias geográficas en estos ataques.

El agente Foreman levantó la mano.

—Doctor Proudfoot, esa es una observación muy inteligente. ¿Qué nos puede decir sobre el agresor, por su amplia experiencia en el tema?

Proudfoot sonrió. Los cumplidos habían alcanzado el punto G de su ego.

—Bueno —dijo, abriendo los brazos ostentosamente—, sin duda habrá tenido una infancia disfuncional. Es más que probable que haya sido hijo de padre o madre solteros, o puede que haya sufrido una educación religiosa muy represiva. Quizás haya sufrido abusos sexuales en su infancia por parte de un progenitor o un familiar cercano. Es probable que haya cometido algún delito menor en el pasado, empezando con actos de crueldad a animales durante la infancia y quizá pequeños robos a sus compañeros de colegio. Sin duda habrá sido un tipo solitario, con pocos amigos de infancia, si es que ha tenido alguno.

Hizo una breve pausa y se aclaró la garganta antes de proseguir:

—Desde el inicio de su adolescencia, es probable que se haya obsesionado con la pornografía violenta, y posiblemente haya cometido algunos delitos sexuales leves: exhibicionismo, abusos deshonestos, cosas así. De ahí habrá pasado a recurrir a prostitutas, probablemente a las que ofrecen servicios sadomasoquistas. Y es muy posible que consuma drogas: cocaína, quizá. —Hizo una pausa—. El uso de ropas de mujer como disfraz es indicativo tanto del mundo de fantasía en el que vive como del hecho de que es inteligente, y de que quizá tenga un perverso sentido del humor que podría resultar significativo, en cuanto a la elección de los escenarios de sus ataques en 1997 y a la de los de ahora (y también en la del momento). El hecho de que sea tan cuidadoso y no deje pruebas también es indicativo de que es inteligente, y que tiene conocimientos sobre los métodos de la Policía, quizá por experiencia directa.

La agente Boutwood levantó la mano.

—¿Puede sugerirnos alguna teoría, si es que es el Hombre del Zapato, que explicara por qué ha dejado de delinquir durante doce años y luego ha vuelto a las andadas?

—No es nada raro. Hubo un asesino en serie en Estados Unidos, llamado Denis Rader, que dejó de matar durante doce años, al casarse y formar una familia. Estuvo a punto de empezar de nuevo cuando se cansó de la relación, pero afortunadamente le pillaron antes de que pudiera hacerlo. Podría ser el caso de nuestro agresor. Pero también es posible que se haya mudado a otro lugar del país, o incluso al extranjero, que haya seguido delinquiendo allí y que ahora haya vuelto.

Cuando acabó la reunión, Grace le pidió al psicólogo forense que se pasara por su despacho. El policía cerró la puerta. Era un día de tormenta y la lluvia repiqueteaba contra las ventanas tras su mesa.

—No quería discutir con usted delante del equipo, doctor Proudfoot —dijo con voz firme—, pero me preocupa mucho el tercer ataque, el del Tren Fantasma. El modus operandi es completamente diferente.

Proudfoot asintió, sonriendo como lo haría un padre que le sigue la corriente a su niño.

—Dígame cuáles considera que son las principales diferencias, superintendente.

Aquel tono le pareció condescendiente e irritante, pero intentó no caer en la trampa. Levantó un dedo y se limitó a enumerar:

—En primer lugar, a diferencia de las otras víctimas,

Mandy Thorpe no se acababa de comprar los zapatos que llevaba en el momento de la agresión (e incluyo en la cuenta a Rachael Ryan, de quien aún no podemos asegurar nada). Las cinco mujeres agredidas años atrás se acababan de comprar un caro par de zapatos de diseño, horas o días antes del ataque. Igual que las dos primeras víctimas de este caso, Nicola Taylor y Roxy Pearce. Mandy Thorpe era diferente. Se había comprado los zapatos meses atrás, en unas vacaciones en Tailandia.

Levantó otro dedo.

—En segundo lugar, y creo que puede ser algo significativo, Mandy Thorpe llevaba unos zapatos de diseño falsos, unos Jimmy Choo de imitación.

—Con todo el respeto, yo no soy un experto en la materia, pero tenía entendido que el objetivo de las imitaciones era que no pudieran distinguirse de los originales.

Grace sacudió la cabeza.

—No se trata de distinguir los zapatos. Las víctimas las encuentra en las zapaterías. En tercer lugar (y eso es muy importante), no obligó a Mandy Thorpe a masturbarse con los zapatos. Así es como se excita, imponiendo su voluntad sobre las víctimas.

Proudfoot se encogió de hombros, dando a entender que podría estar de acuerdo con Grace... o no.

—La joven estaba inconsciente, así que no sabemos lo que le hizo.

—Las muestras vaginales tomadas demuestran que fue penetrada por alguien que se había puesto un condón. No había ningún indicio de penetración vaginal o anal con un zapato.

—Quizá le interrumpieran y tuviera que marcharse a toda prisa —propuso Proudfoot.

Grace levantó otro dedo y prosiguió.

—Quizá. Cuarto: Mandy Thorpe está rellenita. Gorda, por decirlo llanamente. Obesa. Todas las otras víctimas eran delgadas.

El psicólogo sacudió la cabeza.

—El tipo de las mujeres no es el factor significativo. El agresor va de caza. Lo significativo son los tiempos. Antes,

271

el Hombre del Zapato actuaba a intervalos de dos semanas. Esta vez ha empezado con intervalos de una semana, que ahora se han reducido a dos días. Ninguno de nosotros sabe qué es lo que ha estado haciendo estos doce años de silencio, pero quizá su apetito se haya intensificado, sea por el tiempo de contención, si es que se ha reprimido todo ese tiempo, o por la confianza, si ha seguido delinquiendo sin que le pillaran. De una cosa estoy seguro: cuanto más se sale con la suya un agresor, más invencible se siente y más va a aumentar su deseo.

—Tengo una rueda de prensa a mediodía, doctor Proudfoot. Lo que diga entonces puede pasarnos factura más tarde. Quiero dar una información precisa que nos ayude a atrapar a nuestro hombre y tranquilizar a la población, en la medida de lo posible. Por el bien de su reputación, usted también querrá que dé una información veraz; no querrá que luego le señalen por algún error.

Proudfoot sacudió la cabeza.

—Yo me equivoco muy poco, superintendente. Si me escucha, usted tampoco se equivocará de mucho.

—Es un alivio saberlo —respondió Grace con frialdad.

—Usted es un veterano, como yo —prosiguió Proudfoot—. Sufre presiones de todo tipo; lo sé, les pasa a todos los superintendentes con los que he trabajado. El asunto es este: ¿qué es lo peor para la opinión pública? ¿Que crean que hay un violador suelto por ahí, buscando mujeres a las que atacar, o que hay dos? —El psicólogo se quedó mirando a Grace y levantó las cejas—. Yo sé con qué me quedaría si quisiera proteger la reputación de mi ciudad.

—No voy a dejarme llevar por la política a la hora de tomar una decisión —replicó Grace.

—Roy... ¿Puedo llamarle así?

Grace asintió.

—No nos enfrentamos con alguien cualquiera, Roy. Este tipo es inteligente. Va de caza. En su cabeza hay algo que le lleva a hacer lo mismo que hizo tiempo atrás, pero sabe, porque no es tonto, que tiene que variar su rutina o sus métodos. Se partiría de la risa si pudiera oír esta conversación que estamos teniendo. No disfruta únicamente imponiendo su poder sobre las mujeres; también le gusta sentir que lo hace sobre la Policía. Todo ello forma parte de su juego enfermizo.

Grace se quedó pensando unos momentos. Su formación como oficial de Policía le decía que debía escuchar a los expertos, pero no dejarse influir por ellos, y formarse siempre sus propias opiniones.

—Ya entiendo lo que dice.

—Espero que lo tenga bien claro, Roy. Si tiene alguna duda, repase mi historial en otros casos. Voy a decirle algo de este delincuente: es una persona que necesita una zona cómoda, un poco de rutina. Se está ajustando al mismo patrón de la otra vez. Esa es su zona cómoda. Asaltará a sus víctimas en lugares idénticos o, al menos, similares. Antes de que acabe la semana va a producirse un asalto con violación en un aparcamiento en el centro de esta ciudad, y el agresor se llevará los zapatos de la víctima. Puede decirles eso en la conferencia de prensa, de mi parte.

La petulancia de aquel hombre estaba empezando a irritar increíblemente a Grace. Pero lo necesitaba. En aquel momento precisaba de todos los recursos de los que pudiera disponer.

—No puedo poner en alerta todo el centro de la ciudad: no disponemos de suficientes recursos. Si llenamos de uniformes todo el centro, eso no nos ayudará a cogerle. Simplemente le ahuyentará, y se irá a otro sitio.

—Yo creo que su hombre es lo bastante listo y osado como para hacerlo ante sus narices. Puede que eso incluso le excite. Puede cubrir la ciudad de policías, y aun así conseguirá a su víctima.

—Muy tranquilizador —dijo Grace—. Así pues, ¿qué sugiere usted?

—Va a tener que hacer alguna apuesta… y confiar en la suerte. O… —Hizo una breve pausa, pensativo—. Estaba dándole vueltas al caso de Dennis Rader, en Estados Unidos: un tipo especialmente retorcido, que firmaba como ATM, iniciales de «Ato, Torturo, Mato». Le cogieron tras doce años de silencio, cuando el periódico del lugar escribió algo sobre él que no le gustó. No era más que una especulación…

—¿De qué tipo? —preguntó Grace, de pronto muy interesado.

—Creo que era algo que cuestionaba la virilidad del tipo. Algo así. De algo puede estar seguro: su violador estará muy pendiente de los medios y leerá cada palabra de lo que salga impreso en los periódicos locales. El ego.

—¿Cree que irritarlo puede provocarle y hacer que actúe con mayor violencia?

—No, no creo. Hace doce años perpetró las mismas agresiones y salió indemne. Y solo Dios sabe si durante este tiempo no ha perpetrado nuevos delitos, por los que tampoco ha recibido castigo. Y ahora estas violaciones. Imagino que se cree invencible, listísimo, poderoso. Esa es la imagen que ha dado de él la prensa. Cogen a nuestro Hombre del Zapato, crean un demonio y ¡bingo!, las ventas de periódicos se disparan en todo el país, así como las cifras de audiencia de las cadenas de televisión. Y en realidad de lo que se está hablando todo el rato es de un inadaptado asqueroso y retorcido al que le falta un tornillo.

—¿Así que tenemos que conseguir que el periódico local diga algo que ataque a su virilidad? ¿Que tiene una polla minúscula… o algo así?

—¿Qué tal decir la verdad, que no se le levanta… o que le cuesta mantenerla en alto? A ningún hombre le va a gustar leer eso.

—Peligroso —dijo Grace—. Podríamos ponerle colérico.

—Ahora mismo ya supone un gran peligro, Roy. Pero por ahora se muestra inteligente, calculador, paciente y meticuloso. Cabréelo, haga que pierda los nervios… y así cometerá algún error. Y entonces lo pillaremos.

—O «los» pillaremos.

Capítulo 59

Sussex Square era una de las joyas de la corona de Brighton, en cuanto a arquitectura. Comprendía una hilera recta de casas de estilo Regencia, y otras dos en media luna, todas ellas con vistas a dos hectáreas de jardines privados y al canal de la Mancha al fondo. Originalmente se había construido para albergar las residencias de fin de semana de los londinenses ricos. Ahora la mayoría de los edificios estaban divididos en pisos, pero no habían perdido ni un ápice de su elegancia.

Al volante de la furgoneta, pasó poco a poco por delante de las altas e imponentes fachadas, pintadas todas de un blanco uniforme, comprobando la numeración. Buscaba el número 53.

Sabía que siendo una única vivienda, con cinco plantas, la última de ellas sería para el servicio. Una casa elegante, pensó, que reflejaba el estatus de un hombre como Rudy Burchmore, vicepresidente de American & Oriental Banking para Europa, y de su esposa Dee, tan activa socialmente. Un hogar perfecto para organizar elegantes recepciones. Para impresionar a la gente. Para lucir zapatos caros.

Volvió a rodear la plaza, estremeciéndose de la excitación. Se detuvo junto a la casa y aparcó en un hueco que había al lado del jardín. Era un buen lugar para parar. Veía el coche de ella y la puerta principal, pero ella no le vería, ni desde la ventana ni al salir por la puerta.

¡Era invisible!

Había aprendido que algunas cosas eran invisibles para

275

los habitantes del mundo rico. Había gente invisible, como los barrenderos, las señoras de la limpieza y los peones. Y había vehículos invisibles, como el camión del lechero, las furgonetas blancas y los taxis. Los traficantes de drogas usaban mucho los taxis, porque nunca levantaban sospechas, aunque circularan en plena noche. Pero en aquel momento la furgoneta se adaptaba mejor a su objetivo que un taxi.

Sonrió, cada vez más excitado, con la respiración acelerada. Aún podía sentir su fragancia Armani Code Femme. La sentía intensamente, como si toda la furgoneta estuviera llena de aquel aroma.

«¡Oh, sí, pedazo de zorra! —pensó—. ¡Sí, sí, sí!»

Disfrutaría oliendo aquel perfume mientras la obligaba a hacerse cosas con aquellos zapatos; luego él mismo pasaría a la acción. El miedo la haría sudar y la transpiración haría que el olor fuera aún más fuerte.

Podía imaginársela saliendo de la puerta de su casa, con aquellos Manolos azules y su aroma a Armani Code. Podía imaginársela poniéndose al volante de su coche. Luego aparcaría en algún lugar seguro, como había hecho el sábado, en un aparcamiento subterráneo.

Sabía exactamente cuándo se pondría aquellos zapatos. La había oído en la zapatería el sábado, al comprarlos. «Para un discurso importante», le había dicho a la vendedora. Aquel «evento de media tarde» para el que se había comprado «un vestido azul divino» y, ahora, unos zapatos a juego.

Le habría gustado que Dee Burchmore saliera de su casa en aquel momento, pensó, aunque hoy no llevaría sus Manolos azules nuevos.

La sección que tenía Dee en su página web donde comentaba todos sus compromisos sociales le había resultado muy útil. Además, los anunciaba en Facebook. Y le había contado al mundo todos sus movimientos, a veces hora por hora, en Twitter. ¡Todo un detalle!

Había confirmado en su página web y en Facebook que su próximo compromiso importante era el jueves, cuando iba a dar una charla en un almuerzo benéfico a favor del sanatorio local, el Martlet's. Ya había empezado a colgar *tweets* sobre el tema. Lo más granado de la sociedad local estaría allí. Una de las invitadas de honor iba a ser la esposa del actual lord lugarteniente de Sussex.

El almuerzo se celebraría en el Grand Hotel, que tenía un gran aparcamiento detrás.

¡Desde luego, el lugar no podía ser más práctico!

277

Capítulo 60

Lunes, 12 de enero de 2010

*L*a actitud con que Kevin Spinella entró en el despacho de Grace unos minutos antes de la hora fijada, cogió una silla sin que nadie se la ofreciera y se sentó resultaba insolente. Spinella siempre le irritaba, y al mismo tiempo aquel ambicioso y joven reportero tenía unas cualidades que, muy a su pesar, Roy admiraba en secreto.

El tipo se recostó con aire despreocupado en la silla, al otro lado de la mesa de Grace, con las manos en los bolsillos de su gabardina. Debajo llevaba un traje con la corbata mal anudada. Era un tipo de unos veinticinco años, enjuto, con ojos vivos y el cabello negro y fino, engominado y formando finos pinchos. Sus afilados dientes, como siempre, estaban muy ocupados dando cuenta de un chicle.

—Bueno, ¿qué tiene para mí, superintendente?

—Tú eres el que se entera de todo —respondió Grace, poniéndolo a prueba—. ¿Qué tienes tú para mí?

El periodista ladeó la cabeza.

—He oído que el Hombre del Zapato ha vuelto a las andadas.

—Dime, Kevin, ¿quién es tu fuente?

El periodista sonrió y se dio un par de golpecitos en el lado de la nariz con el dedo.

—Lo descubriré. Lo sabes, ¿verdad? —dijo Grace, con un tono grave.

—Pensaba que me había llamado porque quería hacer negocios.

—Y quiero.

—Entonces…

Grace mantuvo la calma como pudo y decidió dejar el tema de las filtraciones por el momento.

—Quiero que me ayudes —dijo, cambiando de tema—. Si te cuento algo *off the record,* ¿me das tu palabra de que te lo guardarás hasta que te diga que puedes usarlo? Necesito que me des la máxima garantía.

—¿No se la doy siempre?

«No, no siempre, la verdad», pensó Grace. Aunque tenía que reconocer que el último año Spinella se había portado muy bien.

—Habitualmente —admitió.

—¿Y qué gana con ello el *Argus?*

—Posiblemente el reconocimiento por su colaboración en la caza al violador. Desde luego, te puedo dar una entrevista luego y mencionarlo.

—¿Solo hay un violador, entonces? —preguntó Spinella, con intención.

«Mierda», pensó Grace, preguntándose de dónde había sacado aquello. ¿Quién habría especulado sobre aquello fuera de la reunión? ¿Sería uno de los miembros de su equipo? ¿De dónde lo había sacado?

La rabia creció en su interior. Pero la expresión en el rostro del periodista dejaba claro que no le sacaría nada. De momento tenía que aparcar aquello.

—En este punto creemos que el responsable de todas las agresiones es solo uno.

Los ojos inquietos de Spinella le decían que no le creía. Grace hizo caso omiso.

—Bueno, este es el trato —prosiguió. Vaciló un instante, consciente de que estaba jugándosela—. Tengo dos exclusivas para ti. La primera no quiero que la publiques hasta que te lo diga; la segunda me gustaría que la difundieras enseguida. No voy a decir nada sobre ellas en la conferencia de prensa.

Hubo un breve silencio en el que ambos hombres cruzaron miradas. Por un momento Spinella dejó de mascar.

—¿Trato hecho? —preguntó Grace.

Spinella se encogió de hombros.

—Trato hecho.

—Vale. La primera, la que no debes publicar, es que creemos que podría haber otra agresión esta semana. Es probable que sea en algún lugar del centro, posiblemente en un aparcamiento.

—Una gran deducción, después de los tres ataques en las dos últimas semanas —replicó Spinella, sarcástico.

—Ya, estoy de acuerdo contigo.

—Eso no es una gran exclusiva. Podría haberlo predicho yo mismo.

—Haré que quedes bien si ocurre. Podrás escribir algo del tipo «Un oficial de la Policía había advertido al *Argus* de que la agresión era probable». Algo como lo que has hecho en otras ocasiones.

Spinella tuvo la decencia de sonrojarse. Luego se encogió de hombros.

—¿Un aparcamiento? Entonces, ¿creen que está reproduciendo la misma secuencia de la otra vez?

—Así lo cree el psicólogo forense.

—El doctor Proudfoot tiene cierta fama de soltar predicciones infundadas, ¿no?

—Eso lo has dicho tú, no yo —respondió Grace, con un brillo en los ojos.

—¿Y qué van a hacer para evitar el próximo ataque?

—Todo lo que podamos; cerrar el centro de Brighton al público en la medida de lo posible. Vamos a dedicarle todos los recursos que nos sea posible, pero sin dejarnos ver. Queremos atraparle, no ahuyentarlo y perderlo.

—¿Cómo van a avisar a la gente?

—Espero que podamos contar con el apoyo de los medios en la rueda de prensa que celebraremos ahora mismo, y alertarlos de un modo genérico, no específico.

Spinella asintió, y luego sacó su cuaderno.

—Ahora dígame cuál es la que puedo publicar.

Grace sonrió y luego dijo:

—El agresor tiene la picha pequeña.

El periodista se quedó como esperando, pero Grace no dijo nada más.

—¿Eso es todo?

—Eso es.

—¿Está de broma?

El superintendente sacudió la cabeza.

—¿Esa es mi exclusiva? ¿Que el agresor tiene la picha pequeña?

—Espero no estar poniendo el dedo en la llaga —respondió Grace.

Capítulo 61

*L*a anciana estaba sentada en el asiento del conductor de la furgoneta robada, en lo alto de la pronunciada pendiente, con el cinturón de seguridad tan apretado como era posible. Tenía las manos apoyadas en el volante, el motor en punto muerto y las luces apagadas.

Él estaba de pie a su lado, con la puerta del coche abierta, con los nervios de punta. La noche era cerrada y el cielo estaba densamente poblado de nubes. No le habría ido nada mal un poco de luz de luna, pero eso no podía arreglarlo.

Sus ojos escrutaron la oscuridad. Eran las dos de la madrugada y aquella carretera secundaria, unos cientos de metros al norte de la entrada del club de golf Waterhall, a unos tres kilómetros de Brighton, estaba desierta. Había un pronunciado descenso de casi un kilómetro, con una curva brusca a la izquierda al final, y a partir de ahí la carretera se abría paso por el valle entre los South Downs. Lo mejor de aquel lugar, pensó, era que, por los faros, podría ver si venía alguien a casi dos kilómetros de distancia en ambas direcciones. De momento todo estaba despejado.

¡Manos a la obra!

Metió el cuerpo en el coche, soltó el freno de mano y dio un salto atrás mientras la furgoneta se ponía en marcha. Cogió velocidad rápidamente. La puerta del conductor se cerró de un portazo seco. La furgoneta viró hacia el carril contrario y se mantuvo allí, sin dejar de coger velocidad.

Por fortuna no venía ningún vehículo en sentido contrario, porque la anciana no estaba en condiciones de evitar la colisión, ni de reaccionar de ningún modo, puesto que llevaba muerta diez días.

Él se subió a su bicicleta y, con el impulso adicional proporcionado por el peso suplementario de la mochila, pedaleó y luego se dejó ir colina abajo tras ella.

Frente a él distinguió la forma de la furgoneta (que había robado de una obra), que iba acercándose al arcén; en un momento de desesperación, tuvo la certeza de que iba a dar contra el grueso seto de aulagas, que la habría detenido. Pero entonces, milagrosamente, viró una pizca a la izquierda, hizo una ligera corrección y se lanzó colina abajo recta como una bala, como si realmente la anciana controlara la dirección. Como si estuviera disfrutando del subidón de su vida. O más bien, pensó él, de su muerte.

—¡Venga, preciosa! ¡Adelante, Molly! —la animó—. ¡Pisa a fondo!

La furgoneta, que tenía el nombre de la empresa Bryan Barker Builders grabado por todas partes, seguía ganando velocidad. Ahora iba tan rápida que su perseguidor sintió una peligrosa sensación de pérdida de control. Accionó los frenos de la bicicleta, redujo un poco la marcha y dejó que la furgoneta se alejara. Era difícil calcular la distancia. Los setos se iluminaron. Sintió un aleteo cerca del rostro. ¿Qué coño era aquello? ¿Un murciélago? ¿Un búho?

El viento, húmedo y frío, le golpeaba en los ojos, y lo hizo llorar hasta casi cegarlo.

Frenó con más fuerza. Se acercaban al fondo, a una curva a la izquierda. La furgoneta siguió recto. Cuando la furgoneta atravesó el seto y la valla de una granja oyó el chirrido, el chasquido, el crujido de la alambrada. Frenó la bicicleta, derrapando y dejándose las suelas de las deportivas en el asfalto, a punto de salir despedido.

A través de las lágrimas que le inundaban los ojos, ya más acostumbrados a la oscuridad, vio una enorme masa negra que desaparecía. Luego oyó un impacto metálico, sordo y potente.

Saltó de la bici, la tiró contra el seto, sacó la linterna y la encendió; luego se abrió paso por el agujero en el seto. El haz de luz encontró su objetivo.

—¡Perfecto! ¡Oh, sí, perfecto! ¡Estupendo! ¡Muy bien, cariño, sí! ¡Molly, eres un encanto! ¡Lo conseguiste, Molly! ¡Lo conseguiste!

La furgoneta estaba volcada, sobre el techo, con las cuatro ruedas girando.

Corrió hacia allí y luego se detuvo, apagó la linterna y miró en todas direcciones. Seguía sin ver ningún faro. Entonces enfocó la linterna hacia el interior. Molly Glossop colgaba del cinturón de seguridad, con la boca cerrada gracias a los puntos que le atravesaban los labios; el cabello le colgaba desordenadamente en cortos mechones grises.

—¡Gracias! —susurró, como si su voz pudiera llegar muy lejos—. ¡Buena carrera!

Se sacó la mochila de la espalda y soltó las hebillas con dedos temblorosos. Llevaba las manos enfundadas en guantes. Luego sacó el bidón de plástico de cinco litros lleno de gasolina, se abrió paso por entre el trigo mojado y el barro pegajoso del suelo, llegó hasta la puerta del conductor e intentó abrirla.

284

No se movía.

Soltó un improperio, dejó el bidón en el suelo y tiró de la manilla con ambas manos, con toda su fuerza, pero el metal emitió un quejido lastimero y solo cedió unos centímetros.

No importaba, porque la ventana estaba abierta; eso sería suficiente. Echó otra mirada nerviosa en ambas direcciones. Seguía sin aparecer ningún vehículo.

Desenroscó la tapa del bidón, que se separó y dejó escapar el aire con un silbido, y vertió el líquido por la ventana. Echó toda la gasolina que pudo sobre la cabeza y el cuerpo de la anciana.

Cuando se acabó, volvió a poner la tapa y metió el bidón de nuevo en su mochila, ajustó las hebillas y se la puso a la espalda.

A continuación, se separó unos metros de la furgoneta, sacó un paquete de cigarrillos, extrajo uno y se lo puso en la boca. Las manos le temblaban tanto que le costó accionar la rueda del encendedor. Por fin se encendió una llama, pero el viento la apagó enseguida.

—¡Mierda! ¡Joder! ¡No me hagas esto!

Volvió a intentarlo, haciéndose pantalla con la mano, y por fin consiguió encender el cigarrillo. Le dio dos caladas profundas y una vez más miró hacia la carretera por si veía algún faro.

«Mierda.»

Un vehículo venía cuesta abajo.

«Que no nos vea. Por favor, que no nos vea.»

Se echó entre el trigo. Oyó el rugido del motor. Sintió la luz de los faros que pasaba por encima y luego volvió la oscuridad.

El ruido del motor se hacía cada vez más tenue.

Se puso en pie. El rojo de las luces traseras apenas se veía, luego desapareció. Volvió a verlas unos segundos más tarde. Después desaparecieron del todo.

Esperó unos segundos más antes de acercarse a la furgoneta. Entonces lanzó el cigarrillo por la ventanilla abierta del lado del conductor, se giró y corrió unos metros. Se detuvo y miró atrás.

No sucedió nada. Ni rastro de una llama. Nada de nada.

Esperó un rato que le pareció eterno. Seguía sin pasar nada.

«¡No me hagas esto!»

Ahora se acercaban unos faros procedentes del otro lado de la carretera.

«¡Que no sea la furgoneta que ha pasado antes, que ha dado la vuelta para mirar por el agujero del seto!»

Para su alivio, no lo era. Era un coche, y por el ruido parecía que iba a toda mecha, subiendo la cuesta con el motor al máximo de revoluciones. Por las débiles luces de cola debía de ser una vieja tartana; al sistema eléctrico no debía de gustarle mucho la humedad.

Esperó otro minuto, aspirando los vapores de la gasolina que cada vez impregnaban más el aire, pero seguía sin pasar nada. Entonces encendió un segundo cigarrillo, se acercó con cuidado y lo tiró dentro. El resultado fue el mismo. Nada.

El pánico empezó a adueñarse de él. ¿Estaría mal la gasolina?

Un tercer vehículo bajó la pendiente y pasó de largo.

Se sacó el pañuelo del bolsillo, se acercó cuidadosamente

285

a la furgoneta y vio ambos cigarrillos, empapados e inertes, en el charco de gasolina que se había formado en el techo de la furgoneta. ¿Qué coño era aquello? ¡En las películas la gasolina siempre prendía con cigarrillos! Mojó el pañuelo en el charco de gasolina, dio un paso atrás y lo encendió.

Se produjo una llamarada tan violenta que, del susto, lo soltó y cayó al suelo. El pañuelo ardía con tal intensidad que lo único que pudo hacer fue esperar a que las llamas lo consumieran.

Otro jodido coche bajaba por la cuesta. A toda prisa, pisoteó el pañuelo en llamas una y otra vez, hasta apagarlo. Con el corazón en un puño, esperó a que las luces y el ruido del motor desaparecieran.

Se descargó de nuevo la mochila, se quitó el anorak, hizo con él una bola, se asomó por la ventanilla y lo mojó en el charco de gasolina un par de segundos. Luego dio un paso atrás, sosteniéndolo con el brazo estirado, y lo abrió. Accionó el encendedor y el anorak se prendió con un enorme ¡*UMPF!*

Las llamas saltaron en su dirección, implacables, chamuscándole el rostro. Olvidándose del dolor, lanzó el anorak en llamas por la ventanilla, y esta vez el resultado fue inmediato.

Todo el interior de la furgoneta se encendió como un horno. Por unos segundos vio claramente a Molly Glossop, antes de que el cabello desapareciera y ella empezara a oscurecerse. Se quedó mirando las llamas, fascinado, observando a la anciana mientras esta se ponía cada vez más oscura. El depósito explotó. La furgoneta quedó envuelta en llamas.

Agarró su mochila, volvió trastabillando al lugar donde había dejado la bicicleta, subió en ella y se alejó de aquel lugar pedaleando todo lo rápido que pudo, sintiendo el agradable y silencioso aire fresco en la cara, siguiendo la tortuosa ruta que se había marcado para volver a Brighton.

No se encontró con ningún vehículo hasta llegar a la carretera principal. Escuchó atentamente por si oía alguna sirena. Pero no oyó nada.

Capítulo 62

Martes, 13 de enero de 2010

*B*illy Solitaria estaba sentada en una mesa de la cafetería junto a la ventana, hundiendo el tenedor en una enorme ensalada verde; los berros y la escarola se derramaban por los bordes del cuenco. Daba la impresión de que se estaba comiendo una peluca.

Mascaba pensativa, consultando su iPhone y mirando algo en la pantalla entre bocado y bocado. Llevaba la rubia melena, larga hasta los hombros, recogida en una cola de caballo, con algunos mechones sueltos colgando, igual que la última vez que la había visto, en Marielle Shoes, el sábado.

Tenía una cara bonita, a pesar de su nariz aguileña, e iba vestida de un modo informal, casi descuidado, con una informe túnica gris sin mangas sobre un suéter negro de cuello alto, vaqueros y unas deportivas con brillantitos. ¡Tendría que obligarla a que se las quitara! No le gustaban nada las mujeres con deportivas.

Estaba claro que a Jessie Sheldon no le importaba nada la imagen que daba en el trabajo, o quizá su aspecto fuera deliberado. Sus álbumes en Facebook dejaban claro que podía estar muy guapa cuando iba bien vestida y con el cabello suelto. En algunas fotos estaba estupenda. Impresionante. ¡Realmente sexy!

Y de Billy Solitaria no tenía nada, aunque sí diera esa impresión en aquel momento, allí sentada y a solas. En realidad tenía doscientos cincuenta y un amigos en Facebook, por lo que había visto él en su última visita, unas horas antes. Y uno de ellos, Benedict Greene, era su prometido (bueno, o su novio, ya que aún no se habían prometido formalmente, tal como explicaba en la red: «¡*Sssshh!* ¡No se lo digáis a mis padres!»).

Lo cierto es que tenía su página al día. Mantenía a todos sus amigos informados puntualmente de sus actividades. Todo el mundo sabía lo que estaría haciendo al cabo de tres, de seis o de veinticuatro horas, y las semanas siguientes. Y al igual que Dee Burchmore, también escribía *tweets*. La mayoría, en aquel momento, sobre su dieta: «Jessie está pensando en comerse un KitKat...»; «Jessie se ha resistido al KitKat...»; «¡Hoy he perdido medio kilo!...»; «¡Mierda, hoy he ganado medio kilo!»; «¡El resto de la semana solo voy a comer comida vegetariana!».

Era una buena chica. ¡Le ponía las cosas muy fáciles! Colgaba muchos más *tweets* que Dee Burchmore. El último lo había escrito apenas una hora antes: «¡A mantener la dieta! ¡Hoy como vegetariano en Lydia, mi restaurante favorito del momento!».

Seguía toqueteando el iPhone. ¿Estaría escribiendo nuevos *tweets*?

A él le gustaba tener controladas a sus mujeres. Aquella mañana, Dee Burchmore estaba en el *spa* del hotel Metropole, disfrutando de un «ritual corporal completo Thalgo de los mares del Sur». Incluso se había planteado la posibilidad de concederse uno él también. Pero no era el momento. Tenía cosas que hacer; de hecho, él no tenía que estar allí siquiera. Pero ¡se sentía tan bien! ¿Cómo iba a resistirse?

Billy Solitaria había enviado un *tweet* poco antes: «Voy a echar otro vistazo a esos zapatos a la hora del almuerzo: ¡espero que sigan ahí!».

¡Seguían ahí! La había visto antes, tomando una foto de los zapatos con su iPhone; luego le había dicho a la vendedora que se lo pensaría durante la hora del almuerzo. Le había preguntado si se los podía reservar hasta las dos. La vendedora le había dicho que sí.

¡Eran tremendamente sensuales! Los negros, con las tiras en el tobillo y aquellos tacones de trece centímetros de color acero. Ella quería ponérselos, según le había dicho a la vendedora, para asistir con su novio a un acto en el que conocería a sus padres.

Billy Solitaria tecleó algo y luego se llevó el teléfono al oído. Un momento más tarde la cara se le iluminó.

—¡Eh, Roz! —dijo, animada—. ¡Te acabo de enviar una foto de los zapatos! ¿La has recibido? ¿Sí? ¿Qué te parecen? ¿De verdad? ¡Vale, voy a comprármelos! ¡Te los traeré esta noche para que los veas, después del partido de *squash*! ¿Qué película vamos a ver? ¿Encontraste *Destino final 4*? ¡Qué bien!

Él sonrió. Así que le gustaban las películas de terror. ¡Bueno, entonces quizás hasta disfrutara con el numerito que tenía pensado para ella! Aunque su intención no era darle placer.

—No, el coche va bien, ya está arreglado. Yo recogeré la comida. Le diré que no nos cobre las algas. La semana pasada se olvidaron. Sí, vale, salsa de soja. Ya le diré que ponga de más.

Sonó el teléfono de él. Miró la pantalla. Trabajo. Apretó el botón rojo, accionando el buzón de voz.

Luego echó un vistazo al ejemplar del *Argus* que se acababa de comprar. El titular de primera página anunciaba:

LA POLICÍA AUMENTA LA VIGILANCIA
TRAS LA TERCERA VIOLACIÓN EN LA CIUDAD

Frunció el ceño y empezó a leer. El tercer ataque, registrado el fin de semana, había sido en la atracción del Tren Fantasma, en el embarcadero. Se especulaba con que pudiera haber regresado el Hombre del Zapato, que en 1997 y 1998 había cometido cuatro —o quizá cinco— violaciones, y posiblemente muchas más nunca denunciadas. El superintendente de policía Roy Grace, oficial al cargo, afirmaba que era demasiado pronto para afirmarlo. Estaban siguiendo diferentes líneas de investigación, decía, y aseguraba que estaban usando todos los recursos a disposición de la Policía de Sussex. La seguridad de las mujeres de la ciudad era su prioridad absoluta.

Entonces, el siguiente párrafo le hizo dar un brinco.

En declaraciones en exclusiva para el *Argus*, el superintendente Grace afirmó que el agresor tiene una deformidad sexual. No dio datos específicos, pero este reportero pudo averiguar que

tenía que ver con las dimensiones del órgano sexual, excepcionalmente pequeñas. Añadió que era un rasgo que cualquier mujer
que hubiera tenido relaciones con él recordaría. Un psicólogo consultado ha confirmado que esa deficiencia podría llevar a un individuo a buscar una compensación por medios violentos. La Policía
ha hecho un llamamiento a cualquier persona que crea que pueda
conocer a alguien con esas características para que llame al 0845
6070999 y pregunte por el Centro de Investigaciones de la Operación Pez Espada, o que realice una llamada anónima al número
de Crimestoppers.

Su teléfono emitió dos pitidos que confirmaban la recepción de un mensaje. Hizo caso omiso, con la mirada fija en el
periódico y preso de una rabia creciente. «¿Deformidad
sexual?» ¿Era eso lo que iba a pensar todo el mundo de él?
Bueno, a lo mejor el superintendente Grace tendría problemas de desarrollo en otro órgano: el cerebro. No le había
podido coger doce años atrás, y no iba a cogerle ahora.

«Polla pequeña, cerebro grande, señor Grace».

Leyó el artículo de nuevo, hasta la última coma, palabra
por palabra. Y luego otra vez. Y otra.

Una voz femenina con un acento surafricano y un tono
amable le sobresaltó de pronto:

—¿Ya sabe lo que quiere, señora?

Levantó la vista y vio la cara de la camarera. Luego miró
hacia la mesa de la ventana.

Billy Solitaria se había ido.

No importaba. Sabía dónde encontrarla más tarde. En el
aparcamiento del estadio de Withdean, esta tarde, tras el partido de *squash*. Era un buen aparcamiento, abierto y enorme.
Estaría tranquilo a esa hora del día, y muy oscuro. Con un
poco de suerte quizás encontrara sitio junto al Ford Ka negro
de aquella zorra.

Levantó la vista y miró a la camarera.

—Sí, tomaré un filete poco hecho y patatas fritas.

—Lo siento, pero el restaurante es vegetariano.

—Entonces, ¿qué coño estoy haciendo aquí? —dijo, olvidándose de poner voz femenina.

Se puso en pie y salió del local, indignado.

Capítulo 63

Martes, 13 de enero de 2010

*A*l final de Kensington Place giró a la izquierda y siguió por Trafalgar Street, buscando una cabina. Encontró una al final de la calle y se metió dentro. Contra el cristal había diversas tarjetas con señoritas medio desnudas ofreciendo «clases de francés», «masaje oriental» y «clases de disciplina».

—¡Putas! —exclamó, mirando de un lado al otro.

Tardó un momento en concentrarse de nuevo y recordar que tenía que hacer una llamada. Buscó en su bolsillo una moneda y metió la única que encontró, de una libra, en la ranura. Luego, aún temblando de la rabia, buscó el número que daban en el artículo del *Argus* y lo marcó.

Cuando le respondieron, pidió que le pasaran con el Centro de Investigaciones de la Operación Pez Espada y esperó.

A los tres tonos, una voz masculina le respondió:

—Centro de Investigaciones, agente Nicholl.

—Quiero que le dé un mensaje al superintendente Grace.

—Sí, señor. ¿Puedo saber quién le llama?

Esperó un momento y dejó que pasara un coche patrulla que iba a toda velocidad y con la sirena a todo trapo; luego dejó su mensaje, colgó y salió de la cabina a paso ligero.

Capítulo 64

Martes, 13 de enero de 2010

*T*odo el equipo presente en la reunión de las 18.30 de la Operación Pez Espada, reunido en la SR-1, guardó silencio mientras Roy Grace accionaba el interruptor de la grabadora. La cinta que habían enviado del Centro de Gestión de Llamadas se puso en marcha.

Se oyó un ruido de fondo de tráfico y luego la voz de un hombre tranquilo, que hablaba como si estuviera haciendo un esfuerzo por mantener la calma. El ruido del tráfico hacía difícil oír claramente sus palabras: «Quiero que le dé un mensaje al superintendente Grace», dijo el hombre.

La voz de Nick Nicholl respondió: «Sí señor. ¿Puedo saber quién le llama?».

Unos momentos de silencio, salvo por el ruido ensordecedor de una sirena de fondo; luego la voz del hombre otra vez, esta vez más fuerte: «Dígale que la verdad es que no es pequeña».

A continuación se oyó el duro sonido del teléfono al colgar, un clic marcado, y la línea se quedó muda.

Nadie sonrió.

—¿Es auténtica o se trata de algún impostor? —preguntó Potting.

—Yo apostaría a que es auténtica, por el modo en que habla —dijo el doctor Proudfoot tras unos momentos.

—¿Podemos volver a oírla, jefe? —solicitó Foreman.

Grace volvió a poner la cinta. Cuando acabó, se dirigió a Proudfoot:

—¿Le dice algo?

El psicólogo forense asintió.

—Bueno, sí, bastante. En primer lugar, suponiendo que sea él, quiere decir que ha conseguido usted hacerle reaccionar. Por eso creo que es auténtica, y no la llamada de un impostor. El tono denota una rabia genuina. Muestra mucha emoción.

—Esa era mi intención, hacerle reaccionar.

—Lo puede ver en la voz, en el modo en que aumenta la cadencia de las palabras —prosiguió el psicólogo—. Tiene mucha rabia contenida. Y el hecho de que, al colgar, el auricular hiciera tanto ruido probablemente indique que le estaba temblando la mano de la rabia. También he observado que está nervioso, que se siente presionado... y que le ha tocado la fibra. ¿Es cierta esa información sobre él? ¿Es algo procedente de las declaraciones de las víctimas?

—No se han extendido tanto, pero sí, es lo que se deduce de las declaraciones de las víctimas de 1997 y de ahora.

—¿Cómo se te ha ocurrido darle eso al *Argus*, Roy? —preguntó Emma-Jane Boutwood.

—Porque sospecho que este monstruo se cree muy listo. Sus agresiones pasadas quedaron impunes y está seguro de que le va a ocurrir lo mismo con estas. Si el doctor Proudfoot tiene razón y es también el autor de la violación del Tren Fantasma, está claro que está aumentando la velocidad y arriesgando cada vez más en sus agresiones. Quería darle un poco en el ego; quizá, con un poco de suerte, cometa algún fallo. La gente enfadada suele cometer más errores.

—O aumentar la brutalidad con sus víctimas —apuntó Bella Moy—. ¿No es un riesgo?

—Si la última vez cometió un asesinato, Bella, y me temo que es así, el riesgo de que vuelva a matar es alto, le incordiemos o no. Cuando alguien ha matado a una persona, ha cruzado una barrera personal. Es mucho más fácil la segunda vez. En especial si han disfrutado con ello la primera. Nos enfrentamos a una mente perversa, asquerosa y retorcida, y el tipo no es tonto. Tenemos que encontrar modos de ponerle la zancadilla. No me basta con conseguir que modere su nivel de brutalidad con una víctima, quiero que no haya una nueva víctima, y punto. Tenemos que atraparlo antes de que vuelva a atacar.

—¿Alguien puede identificar su acento? —preguntó Nick Nicholl.

—A mí me suena a que es de por aquí —dijo Foreman—, pero es difícil de decir con ese ruido de fondo. ¿Se puede mejorar el sonido de la grabación?

—Están trabajando en ello —respondió Grace. Luego se dirigió a Proudfoot—. ¿Puede calcular su edad por la grabación?

—Eso es difícil: entre treinta y cincuenta, supongo. Tendrán que analizarlo en algún laboratorio, un lugar como J. P. French, especializado en perfiles de voz. De una llamada así pueden sacar bastante información. Probablemente el origen geográfico y étnico del sujeto, para empezar.

Grace asintió. Ya había recurrido a aquel laboratorio especializado y los resultados le habían sido de ayuda. También podría obtener un patrón de voz del laboratorio, un dato tan personal como una huella dactilar o el ADN. Pero le daba la impresión de que no disponían de mucho tiempo. ¿Llegarían a tiempo?

—Hay comunidades en las que se han hecho rastreos comparativos de ADN —dijo Bella—. ¿No podríamos probar algo así en Brighton con el patrón de voz?

—Sí, claro —respondió Potting—. Lo único que tenemos que hacer es pedir a todos los tipos de Brighton y Hove que repitan las mismas palabras. Solo hay unos ciento cuarenta mil hombres en la ciudad. No nos llevará más de diez años.

—¿Podemos escucharlo otra vez, jefe? —dijo Branson, que hasta el momento se había mantenido en silencio—. ¿No era en aquella película, *La conversación*, con Gene Hackman, donde deducían la situación de un tío por el ruido de fondo del tráfico?

Volvieron a poner la grabación.

—¿Han podido localizar el punto de origen, señor? —preguntó Zoratti.

—El número estaba oculto. Pero están trabajando en ello. Es una tarea ingente, con la cantidad de llamadas que llegan cada hora —dijo Grace, que volvió a poner la cinta en marcha.

—Parece algún sitio del centro de Brighton —dijo

Branson cuando acabó—. Si no pueden localizar el número, tenemos la sirena y la hora: parece que el vehículo pasó muy cerca del teléfono. Tenemos que comprobar qué vehículo de emergencias iba de servicio exactamente a las 13.55. Si tenemos la ruta, sabremos que estaba en algún punto del recorrido. Quizás alguna cámara de circuito cerrado haya grabado a alguien hablando por el móvil... Puede que suene la flauta.

—Bien pensado —dijo Grace—. Aunque sonaba más a línea terrestre que de móvil, por el modo de colgar.

—Sí —coincidió Foreman—. Ese sonido seco es más bien como el de un auricular antiguo al colgar.

—Quizá se le cayera el teléfono de la mano, si estaba tan nervioso como sugiere el doctor Proudfoot —propuso la agente Boutwood—. No creo que debamos descartar el uso de un móvil.

—O podría ser una cabina de teléfono —añadió Foreman—, en cuyo caso podría haber huellas.

—Si está furioso —intervino Proudfoot—, aumentan las posibilidades de que actúe de nuevo enseguida. Y lo que está claro es que copiará el patrón de la última vez. Sabe que le funcionó. Se sentirá seguro si sigue los mismos pasos de antes. Eso significa que va a actuar en un aparcamiento, tal como dije.

Grace se acercó a un plano del centro de Brighton y se lo quedó mirando, concentrándose en cada uno de los aparcamientos principales. La estación, London Road, New Road, Churchill Square, North Road. Había decenas, grandes y pequeños, algunos municipales, otros de la NCP, otros propiedad de supermercados u hoteles. Se giró hacia Proudfoot.

—Sería imposible cubrir cada uno de los aparcamientos de la ciudad, y aún más imposible cubrir cada planta de los que tienen varios niveles —expuso—. No tenemos tantas patrullas. Y no podemos precintarlos.

De pronto se sintió nervioso. A lo mejor había sido un error decirle aquello a Spinella el día anterior. ¿Y si eso incitaba al Hombre del Zapato a volver a matar? Sería por culpa de aquel estúpido error suyo.

—Lo mejor que podemos hacer es enviar a agentes de paisano a las salas de circuito cerrado de los aparcamientos

295

que lo tengan, aumentar el número de patrullas y mandar a todos los coches camuflados que tengamos a circular por los aparcamientos —dijo Grace.

—Lo que yo le diría a su equipo que debe buscar, superintendente, es a cualquiera que conduzca nervioso esta noche. Alguien que conduzca de modo errático por las calles. Creo que nuestro hombre estará muy tenso.

Capítulo 65

Te crees muy listo, ¿verdad, superintendente Roy Grace? Te crees que me vas a cabrear insultándome, ¿no? Veo las intenciones a través de todas tus patrañas.

Deberías aceptar que eres un mierda. Tus colegas no me cogieron antes y tú no me vas a coger ahora. Soy mucho más listo de lo que tú podrías llegar a soñar. ¡No te das cuenta de que te estoy haciendo un favor!

¡Estoy limpiando la ciudad de todo ese veneno! ¡En realidad soy tu mejor amigo! Un día te darás cuenta. Un día tú y yo pasearemos bajo los acantilados de Rottingdean y hablaremos de todo esto.

¡Ese paseo que te gusta tanto dar con tu querida Cleo los domingos! A ella también le gustan los zapatos. La he visto en alguna de las zapaterías a las que voy. Le gustan bastante los zapatos, ¿verdad? Vas a tener que ahorrar mucho para tenerla contenta, pero de eso aún no te das cuenta. Ya llegará.

Son todas un veneno. Todas las mujeres. Te seducen con sus vaginas, que en realidad son como plantas carnívoras. No soportas separarte de ellas. Las llamas y les envías mensajes cada pocos minutos, todos los días, porque necesitas saber lo mucho que te quieren.

Déjame que te cuente un secreto.

Ninguna mujer te quiere. Nunca. Lo único que quieren es controlarte.

Puedes reírte de mí si quieres. Puedes cuestionar el

tamaño de mi hombría. Pero te diré algo, señor superintendente. Un día me lo agradecerás. Un día caminarás cogido de mi brazo bajo los arrecifes de Rottingdean y me darás las gracias por haberte salvado la vida.

Capítulo 66

Martes, 13 de enero de 2010

Jessie sentía una añoranza profunda y constante cada momento que estaba lejos de Benedict. Debía de hacer una hora de su último mensaje de texto. Los martes era la noche que salían cada uno por su cuenta. Ella jugaba a *squash* con una amiga recién casada, Jax, luego pasaba a buscar comida china y se reunían en casa de Roz para ver un DVD, algo que habían hecho casi cada martes por la noche hasta donde le alcanzaba la memoria. Benedict, que componía música para guitarra, tenía también su compromiso para los martes por la noche: trabajar hasta tarde con su colega de composiciones, pensando en nuevas canciones. Ya tenían varias para un álbum en el que tenían puestas muchas esperanzas.

Algunos fines de semana, Benedict tocaba con una banda en diversos pubs de Sussex. A ella le encantaba verle tocar. Era como una droga de la que no podía desengancharse. Ya habían pasado ocho meses de noviazgo, pero aún sentía aquellas ganas de hacer el amor con él todo el día y toda la noche (aunque no tenían mucho tiempo para pasarlo juntos). Él besaba como nadie, era el mejor amante del mundo. Y no es que ella hubiera tenido tantos como para comparar. Cuatro, para ser exactos, y ninguno de ellos memorable.

Benedict era bueno, detallista, considerado, generoso y la hacía reír. Le encantaba su sentido del humor. Le encantaba el olor de su piel, su cabello, su aliento y su sudor. Pero lo que más le gustaba de todo era su inteligencia.

Y por supuesto, le encantaba que a él le gustara de verdad su nariz.

—En realidad no te gusta, ¿no? —le había preguntado ella unos meses atrás.

—¡Claro que sí!

—¡No puede ser!

—Yo te encuentro guapísima.

—No lo soy. Tengo una nariz como el morro de un Concorde.

—Para mí eres guapísima.

—¿Hace mucho que no vas al oculista?

—¿Quieres oír algo que leí y que me hizo pensar en ti? —propuso él.

—Vale, dime.

—«La belleza captura el interés, pero es la personalidad la que captura el corazón.»

Ahora sonreía al recordarlo, sentada en pleno atasco, a la luz de las farolas, mientras la calefacción de su pequeño Ford Ka emitía un ronroneo y le calentaba los pies. Oía, sin escuchar atentamente, las noticias de Radio 4, donde Gordon Brown soltaba su arenga sobre Afganistán. No le gustaba aquel tipo, aunque se considerara laborista, así que cambió de emisora. Los Air tocaban *Sexy boy*.

—¡Sí! —exclamó, moviendo la cabeza y repiqueteando con los dedos sobre el volante unos momentos, al ritmo de la música—. ¡Un *sexy boy*, eso es lo que eres, guapetón!

Le quería con toda su alma. Deseaba pasar el resto de su vida con él. Nunca había estado tan segura de nada. A sus padres les dolería que no se casara con un judío, pero ella no podía hacer nada para evitarlo. Respetaba las tradiciones de su familia, pero ella no creía en ninguna religión. Creía en hacer del mundo un lugar mejor para todos los que viven en él, y aún no había encontrado ninguna religión que pareciera capaz o interesada en luchar por eso.

Su iPhone, tirado en el asiento del pasajero, soltó un pitido: un mensaje. Sonrió.

El atasco típico de la hora punta en London Road se había vuelto peor que nunca debido a las obras. El semáforo que tenía delante había pasado de verde a rojo y de rojo a verde de nuevo, y no se habían movido ni un centímetro. Seguía parada junto al escaparate iluminado de la librería British

Bookshops. Tenía tiempo de echar un vistazo al teléfono: «¡Espero que ganes! Besos».

Sonrió. El motor seguía al ralentí y los limpiaparabrisas rascaban el cristal hacia un lado y se deslizaban suavemente hacia el otro, convirtiendo las gotas de lluvia que caían en el parabrisas en una película opaca. Benedict le había dicho que tenía que cambiar las escobillas, y que se las compraría él. Ahora no le habrían ido mal, pensó.

Miró el reloj: 5.50. «Mierda», se dijo. Normalmente, la media hora que se daba de margen para ir desde las oficinas de la organización de beneficencia de Old Steine, donde tenía aparcamiento gratuito, hasta el estadio de Withdean, era más que suficiente. Pero esta vez llevaba cinco minutos sin moverse ni un centímetro. Tenía que estar en la pista a las seis. Con un poco de suerte, la cosa mejoraría una vez pasadas las obras.

Jessie no era la única que sufría los nervios provocados por el tráfico. Alguien que la esperaba en el estado de Withdean, alguien que no era su pareja de *squash*, estaba de muy mal humor. Y empeoraba por segundos.

301

Capítulo 67

Martes, 13 de enero de 2010

¡*D*ebería estar oscuro! Estaba oscuro la noche anterior, cuando había ido a inspeccionar el terreno. No había pasado ni un mes desde la noche más larga del año; ¡era el 13 de enero, por Dios! A las seis de la tarde debería estar completamente oscuro. Pero la mierda de aparcamiento del estadio de Withdean estaba iluminado como un jodido árbol de Navidad. ¿Por qué tenían que haber escogido aquella noche para el entrenamiento de atletismo al aire libre? ¿No les había hablado nadie del calentamiento global?

¿Y dónde cojones estaba esa mujer?

El aparcamiento estaba mucho más lleno de lo que esperaba. Ya había dado tres vueltas, por si se le había pasado por alto el pequeño Ford Ka negro. Desde luego, allí no estaba.

La chica había dejado claro en Facebook que se encontraría aquí con Jax a las 17.45. La pista estaba reservada para las seis. Como siempre.

También había echado un vistazo a las fotos de Roz en Facebook. «Ver fotos de Roz (121). Enviar un mensaje a Roz. Dale un toque a Roz. Roz y Jessie son amigas.» Roz era una pechugona bastante sexy. ¡Estaba bien buena! Había unas fotos suyas vestida de gala para una fiesta de graduación.

Se concentró en lo que le ocupaba, escrutando el aparcamiento a través del parabrisas. Dos hombres pasaron a la carrera frente a él con sendas bolsas de deporte, agachando la cabeza para protegerse de la lluvia hasta entrar en el edificio. Ellos no le vieron. ¡Las furgonetas blancas siempre pasaban desapercibidas! Se sintió tentado de seguirlos y entrar, por si

Jessie Sheldon se le hubiera pasado por alto y ya estuviera en la pista. Había dicho algo sobre su coche, que se lo habían reparado. ¿Y si se le había estropeado de nuevo y la había llevado otra persona, o si había tomado un autobús o un taxi?

Detuvo la furgoneta junto a una fila de vehículos aparcados, en una posición que le daba una clara visión de la rampa de entrada al aparcamiento, y apagó el motor y las luces. La noche era lluviosa y hacía un frío de narices, lo cual le iba perfecto. Nadie iba a fijarse en la furgoneta, con o sin luces. Todo el mundo iba con la cabeza gacha, resguardándose en los edificios o en los coches. Todo el mundo, salvo los imbéciles de los atletas, que corrían bajo la lluvia.

Estaba preparado. Ya llevaba los guantes de látex puestos. La gasa con el cloroformo estaba en un recipiente hermético, dentro del bolsillo de su anorak. Metió la mano en el bolsillo y lo comprobó de nuevo. Solo le preocupaba una cosa: esperaba que Jessie se duchara después del partido, porque no le gustaban las mujeres sudadas. No le gustaban algunos de los olores que emitían las mujeres cuando no se lavaban. Tenía que ducharse, seguro, porque se iba directamente al restaurante chino a recoger la cena y luego a ver una película de terror con Roz.

Unos faros se acercaron a la rampa. Se puso rígido. ¿Sería ella? Encendió el motor para accionar los limpiaparabrisas y despejar el cristal de lluvia. Era un Range Rover. Los faros le cegaron por un momento; luego oyó el ruido del motor que pasaba de largo. Mantuvo los limpiaparabrisas funcionando. El calefactor emitía un agradable aire caliente.

Un tipo con pantalones cortos y gorra de béisbol caminaba pesadamente por el aparcamiento, con una bolsa de deporte cargada al hombro, concentrado en la conversación que mantenía por el móvil. Oyó un lejano pitido y vio el parpadeo de las luces de un Porsche de color oscuro. El hombre abrió la puerta.

«Capullo», pensó.

Volvió a fijar la vista en la rampa. Miró el reloj: las seis y cinco. «Mierda.» Golpeó el volante con los puños. Oyó un pitido lejano en el interior de su oído. A veces le pasaba cuando estaba tenso. Se apretó la nariz con dos dedos y sopló con fuerza, pero no funcionó, y el pitido se hizo aún más intenso.

—¡Para! ¡Joder! ¡Basta ya!

303

La intensidad del pitido aumentó aún más.

«¡Las dimensiones del órgano sexual, excepcionalmente pequeñas!»

Sería Jessie quien tendría que decirlo.

Volvió a mirar el reloj: las seis y diez.

El pitido tenía ya la fuerza del silbido de un árbitro de fútbol.

—¡Calla! —gritó, tembloroso y con la vista borrosa de la rabia.

Entonces, de pronto, oyó voces y unas pisadas:

—¡Ya le dije que aquel tipo no vale para nada!

—¡Dice que le quiere! Yo le pregunté, que, bueno... ¿¿¿Cómo???

Se oyó un doble pitido. Vio un destello de color naranja a su izquierda. Entonces el sonido de las puertas de un coche al abrirse y, un momento más tarde, al cerrarse. El ronroneo de un motor que arrancaba y luego el sonido inconfundible de un motor diésel. El interior de la furgoneta de pronto apestaba a humo. Sonó una bocina.

—Que os jodan —dijo.

La bocina volvió a sonar, dos veces, a su izquierda.

—¡Que os jodan! ¡A tomar por culo! ¡Joderos! ¡Joderos!

Una neblina le cubría los ojos, le inundaba la mente. Los limpiaparabrisas chirriaban, apartando la lluvia. El agua seguía cayendo. Y seguía acabando a los lados. Seguía cayendo.

Entonces la bocina sonó otra vez.

Se giró, furioso, y vio unas luces de marcha atrás. Y entonces se dio cuenta. Un gran monovolumen estaba intentando dar marcha atrás y él le bloqueaba la salida.

—¡Joder! ¡Mierda!

Puso en marcha la furgoneta, la adelantó unos centímetros y se paró. La cabeza le temblaba, el pitido era cada vez más intenso y le estaba machacando el cerebro, que le iba a reventar. Volvió a poner en marcha la furgoneta. Alguien picó en la ventanilla del acompañante.

—¡Que te jodan!

Puso la primera y pisó a fondo. Siguió adelante, casi cegado por la ira y bajó la rampa a toda prisa. Consumido por la rabia, no pudo ver los faros del pequeño Ford Ka que subía la rampa en sentido contrario.

Capítulo 68

Miércoles, 14 de enero de 1998

—Siento llegar tarde, cariño —dijo Roy Grace al entrar en casa.

—¡Si me dieran una libra por cada vez que he oído eso, sería millonaria! —respondió Sandy con una sonrisa resignada, y luego le dio un beso.

Un cálido olor a velas aromáticas impregnaba la casa. Sandy las encendía casi todas las noches, pero daba la impresión de que aquel día había más, en honor a aquella ocasión especial.

—Dios, estás guapísima —dijo él.

Lo estaba. Había ido a la peluquería y se había rizado la larga melena rubia. Llevaba un vestido negro corto que realzaba cada curva de su cuerpo y se había puesto el perfume favorito de Roy, Poison. Levantó la muñeca para enseñarle la fina pulsera de plata que le había comprado en una joyería moderna de The Lanes.

—¡Te queda preciosa!

—¡Pues sí! —respondió ella, admirándola en el espejo junto al perchero del recibidor—. Me encanta. Tienes un gusto espléndido, sargento Grace.

La cogió entre los brazos y le rozó el cuello con los labios.

—Podría hacerte el amor ahora mismo, aquí, en el suelo del recibidor.

—Pues tendrías que darte prisa. ¡El taxi llegará dentro de treinta minutos!

—¿Taxi? No necesitamos un taxi. Llevaré el coche.

—¿No vas a beber el día de mi cumpleaños?

Le ayudó a quitarse el abrigo, lo colgó en el perchero y le llevó de la mano hasta el salón. La máquina tragadiscos que habían comprado un par de años antes en el mercado del sábado de los Kensington Gardens y que habían restaurado emitía una de sus canciones favoritas de los Rolling Stones, una versión de *Under the boardwalk*. La sala estaba a media luz y había velas encendidas por todas partes. En la mesita del sofá reposaba una botella abierta de champán, dos copas y un cuenco de aceitunas.

—Pensé que podríamos tomar una copa antes de salir —dijo ella, con tono cariñoso—. Pero no pasa nada. Lo meteré en la nevera y nos lo bebemos cuando volvamos. Podrías verterlo sobre mi cuerpo desnudo y beberlo de ahí.

—Mmmm… —dijo él—. Es una idea espléndida. Pero estoy de guardia, cariño, así que no puedo beber.

—¡Roy, es mi cumpleaños!

Volvió a besarla, pero ella se lo quitó de encima.

—No vas a estar de guardia el día de mi cumpleaños. Estuviste de servicio todas las Navidades. Has estado trabajando todo el día, desde muy temprano. ¡Ahora tienes que desconectar!

—Eso cuéntaselo a Popeye.

Popeye era su inmediato superior, el inspector jefe Jim Doyle, a quien habían asignado el mando de la Operación Crepúsculo, la investigación de la desaparición de Rachael Ryan, que actualmente ocupaba todas las horas de servicio de Grace, y que le mantenía despierto por la noche, con el cerebro a toda marcha.

—¡Dame su número y lo haré!

Grace sacudió la cabeza.

—Cariño, han cancelado todos los permisos. Estamos trabajando en ese caso día y noche. Lo siento. Pero si fueras la madre de Rachael Ryan, es lo que esperarías que hiciéramos.

—¿No vas a decirme que no puedes tomarte una copa el día de mi cumpleaños?

—Deja que suba un momento y me cambie.

—No vas a ir a ningún sitio hasta que me prometas que vas a beber conmigo esta noche.

—Sandy, si me llaman y alguien nota que huelo a alcohol, puedo perder mi trabajo y ser expulsado del cuerpo. Por favor, entiéndelo.

—«Por favor, entiéndelo» —repitió ella—. ¡Si me dieran una libra por cada vez que he oído eso, sería multimillonaria!

—Cancela lo del taxi. Llevaré el coche.

—¡Tú no vas a conducir el maldito coche!

—Pensé que íbamos a intentar ahorrar para la hipoteca y para las obras de la casa.

—¡No creo que un taxi suponga una gran diferencia!

—En realidad son dos taxis, el de ida y el de vuelta.

—¿Y qué? —respondió, desafiante, con los brazos en jarras.

En aquel momento, la radio de Grace cobró vida con un ruido rasposo. Se la sacó del bolsillo y respondió.

—Roy Grace.

Ella le echó una mirada que decía: «No te atrevas, sea lo que sea».

Era el inspector jefe.

—Buenas noches, señor —dijo él.

Había poca cobertura; la voz de Jim Doyle se entrecortaba:

—Roy, un granjero que iba buscando conejos ha encontrado una furgoneta quemada en el campo. Según el registro, fue robada ayer tarde. Hay un cuerpo en su interior, y él cree que es de mujer; estuvo en la División Acorazada en Iraq y parece que sabe algo de esas cosas. Resulta factible que sea nuestra desaparecida, Rachael Ryan. Tenemos que trazar un perímetro alrededor del vehículo inmediatamente. Está junto a Saddlescombe Road, menos de un kilómetro al sur del club de golf Waterhall. Yo voy para allá. ¿Nos vemos allí? ¿Cuánto crees que puedes tardar?

Grace sintió que se le encogía el corazón.

—¿Quiere decir «ahora», señor?

—¿Tú qué crees? ¿Dentro de tres semanas?

—No, señor, es que... es el cumpleaños de mi esposa.

—Felicítala de mi parte.

Capítulo 69

Miércoles, 14 de enero de 2010

*N*orman Potting entró en la SR-1 con un café que se acababa de sacar de la máquina del pasillo. Iba encorvado, sosteniendo la humeante taza con el brazo extendido, como si se esperara que pasara algo. Gruñó un par de veces mientras cruzaba la sala; daba la impresión de que iba a decir algo, pero que luego cambiaba de opinión.

Al igual que la mayor parte de su equipo, Potting llevaba en su puesto desde antes de las 7.00. Ahora eran casi las 8.30, la hora de la reunión matinal. Faltaban Grace, que había tenido que ir a ver al subdirector Rigg, y el doctor Proudfoot, que llegaría en cualquier momento.

Sonó un teléfono, muy fuerte, con el sonido de un toque de corneta. Todo el mundo miró a su alrededor. Avergonzado, Nicholl cogió el escandaloso aparato y lo silenció.

Cuando Grace entró en la sala, sonó otro teléfono. La melodía era la de *Indiana Jones*. Potting tuvo la decencia de sonrojarse. Era el suyo.

Murmurando una disculpa a Grace, lo sacó del bolsillo y miró la pantalla. Entonces levantó un dedo:

—Tengo que responder, un momento… Es alguien que podría darnos una pista.

Sonó otro teléfono más. Era el de Proudfoot. El psicólogo forense entró en la sala, sacando el móvil de la bolsa sin dejar de caminar, respondió y se sentó, sin separárselo de la oreja.

La última en llegar fue la agente Westmore, de Atención a Víctimas de Agresión Sexual, que había tratado e interrogado a las tres mujeres violadas. Era la primera reunión a la que asistía.

Potting, sosteniendo el teléfono contra la oreja con el hombro, estaba tomando notas.

—Gracias. Eso será muy útil. Gracias.

Colgó el teléfono y se giró hacia Roy, aparentemente satisfecho de sí mismo.

—¡Tenemos otro sospechoso, jefe!

—Cuéntame.

—Era un tipo que conozco, uno de mis «contactos» —dijo, dándose unos golpecitos con el dedo en el lado de la nariz—. Conduce un vehículo de Streamline Taxis. Me ha dicho que hay un tío (parece que los otros taxistas se ríen un poco de él) que se llama John Kerridge. Pero él se hace llamar con un apodo raro: Yac. Bueno, parece que este tal Yac hace el turno de noche y que tiene aficiones algo raras: los zapatos de mujer son una de ellas.

Ahora ya contaba con la atención de toda la sala.

—Ha habido algunas quejas de pasajeros: parece que se mete demasiado en sus cosas. En particular, pregunta por los baños de sus casas y por el calzado. He hablado con el encargado de licencias de taxi del Ayuntamiento. Me dice que este taxista no ha llegado a hacer proposiciones a nadie, pero que hace preguntas algo más personales de lo que querrían sus clientes. El Ayuntamiento quiere que la gente (y en particular las mujeres) se sienta segura en los taxis oficiales, no vulnerables. Dice que piensan tener unas palabritas con él.

—¿Tienes la dirección del tal Kerridge?

Potting asintió.

—Vive en un barco en Shoreham.

—Buen trabajo —dijo Grace—. Uno de los puntos del día es «sospechosos», así que lo añadiremos a la lista. —Puso sus apuntes junto al libro de actuaciones—. Bueno, son las 8.30 del miércoles 14 de enero. Esta es nuestra décima reunión de la Operación Pez Espada, la investigación sobre la violación de tres personas: la señora Nicola Taylor, la señora Roxy Pearce y la señorita Mandy Thorpe. He pedido la asistencia de la agente de apoyo Claire Westmore para que nos ponga al día sobre las declaraciones de las víctimas.

309

Le dio paso con un gesto de la cabeza.

—Como cabe esperar, las tres están muy traumatizadas por lo que les ha pasado: el asalto y la posterior agresión sexual —explicó ella con su suave acento de Liverpool—. Empezaré por la primera víctima, Nicola Taylor, que aún tiene recuerdos muy limitados del ataque en el Metropole. Su trauma se ha intensificado desde la primera entrevista, parte de la cual presenciaron usted y el sargento Branson. En este momento está sedada en su casa de Brighton, atendida día y noche por una amiga. Ha intentado autolesionarse dos veces. Puede que tenga que recibir tratamiento psiquiátrico antes de que podamos iniciar un interrogatorio a fondo.

Hizo una pausa para repasar sus notas.

—Creo que sí estamos haciendo algunos progresos con la señora Roxanna Pearce, que fue atacada en su casa de The Droveway el jueves por la noche pasado. Lo más interesante de su caso es que, cuando la atacó el agresor, ella estaba arreglándose, mientras su marido estaba de viaje de negocios por Escandinavia. La Policía Científica encontró pruebas en la cocina de que esperaba un invitado.

Unos cuantos levantaron las cejas, y Bella dijo:

—Puede que simplemente hubiera invitado a una amiga. ¿Por qué tanto misterio?

—Bueno —respondió Westmore—, los indicios no parecen indicar que se tratara de una velada inocente con una amiga. Había entrantes italianos en una bolsa sobre la mesa de la cocina. Dos filetes en los platos. Una botella abierta de un vino muy caro y otra en la nevera. Le he preguntado para quién eran aquellos filetes y se puso muy a la defensiva. No deja de repetir que los había comprado para darle una sorpresa a su marido cuando volviera. Pero él no tenía que regresar hasta el día siguiente.

—No se deja respirar un vino tanto tiempo. Se echaría a perder —señaló Foreman—. Es una de mis aficiones. No importa de qué vino se trate. Una hora o dos puede ser, pero tanto tiempo... Nunca. He echado un vistazo al informe. La botella abierta debía de costar más de cien libras. No es un vinorro de diario.

—Sí, bueno, yo no sé mucho de vinos —añadió

Westmore—, pero estoy de acuerdo contigo. Creo que esperaba a alguien.

—¿Quiere decir un amante? —preguntó Nicholl.

—No abres una botella de vino para alguien que va a violarte —precisó Emma-Jane Boutwood.

—Quizás tenía planeada una sesión de sexo duro —propuso Potting.

—Ni en tus mejores sueños —replicó Moy.

—Evidentemente no va a contarnos la verdad si tenía un plan mientras su marido estaba fuera —añadió él—. Y no querrá que el tipo se entere, ¿no?

—¿Puede que se trate de una sesión de sexo duro que se les fuera de las manos? —preguntó Proudfoot.

—No creo —dijo Claire—. Por lo que yo he visto, no parece.

—Entonces, ¿quién era su invitado misterioso? —preguntó Nicholl.

—Ella niega que lo hubiera.

—El Mercedes que se vio alejándose de la casa hacia la hora de la agresión —respondió Branson—, del que solo tenemos dos números y una letra de la matrícula. Ya hemos reducido la búsqueda a ochenta y tres vehículos registrados en la zona de Brighton y Hove. Estamos contactando e interrogando a todos los propietarios registrados. Por supuesto, no hay forma de saber si el coche está registrado aquí, pero parece probable.

—¿Cuántos hemos eliminado hasta ahora? —preguntó Grace.

—Setenta y uno, señor —dijo un joven agente, Alan Ramsay—. Deberíamos acabar con el resto en las próximas veinticuatro horas.

—Así que podría ser el agresor... o su invitado —dedujo Grace.

—Si era su invitado, ¿por qué iba a marcharse de aquel modo, jefe? —preguntó Foreman.

—Por lo que dice Claire, parece que quizá tengamos ocasión de preguntárselo directamente. —Grace la miró—. ¿Algo más sobre la tercera víctima?

—Mandy Thorpe sigue en el hospital, en observación por

la lesión de la cabeza, pero va mejorando. Al menos físicamente —dijo la agente de apoyo—. Pero va respondiendo bien a las preguntas.

—¿Ha dicho algo nuevo?

—No, señor.

—Aún no estoy convencido de la relación entre las dos primeras y ella. No tengo claro que sea el mismo agresor. —Grace miró a Proudfoot, que no dijo nada—. Bueno, pasemos a la lista de sospechosos. Primero, ¿alguien me cuenta en qué punto nos encontramos con Darren Spicer?

Branson volvió a intervenir:

—El agente Nicholl y yo lo interrogamos de nuevo en el Centro de Noche Saint Patrick's: comprobamos que había estado trabajando todo el día en el Grand Hotel, para ver si es cierto que quiere enmendarse. Le preguntamos por qué se había llevado los zapatos de su última víctima, Marcie Kallestad, después de agredirla sexualmente.

—¿Y?

—Dijo que era para evitar que saliera corriendo tras él.

Se oyeron unas risitas contenidas.

—¿Le creísteis?

—No mucho. Ese tipo dice cualquier cosa que quieras oír. Pero no me dio la impresión de que se los llevara por ningún motivo retorcido —dijo, girándose hacia Nicholl, que sacudió la cabeza y coincidió.

—Estoy de acuerdo.

—¿Dijo qué había hecho con ellos?

Nicholl asintió.

—Dijo que los había vendido en una tienda de Church Street.

—¿La tienda sigue ahí? ¿Creéis que podríamos comprobarlo?

—¿Cree que van a recordar un par de zapatos de hace tanto tiempo, señor?

Grace asintió.

—Bien pensado. Bueno, Norman, ¿qué puedes decirnos de ese taxista, Johnny Kerridge, o Yac?

—Es todo un personaje, por lo que he oído. Pensaba ir a charlar con él esta mañana.

—Bien. Si tienes suficiente para detenerlo, tráetelo.

—Sí, jefe.

—¿Y qué tal pedir una orden de registro? ¿Pillarle por sorpresa para evitar que se deshaga de cualquier prueba?

—No sé si tenemos bastante para eso, jefe —respondió Potting.

—Por lo que he oído, tenemos suficiente como para justificarlo. A partir de ahora hemos de ir sin miramientos a por todos los sospechosos, así que eso va a ser lo siguiente que hagas, Norman. —Grace miró sus notas—. Bueno, ¿en qué punto estamos con el resto de los agresores del registro? ¿Hay alguno que haya ganado puntos?

—No, señor —dijo Zoratti—. Estamos repasando la lista. Tenemos una posible coincidencia en Shrewsbury, hace cuatro años, con un modus operandi muy similar (no se hizo ninguna detención), y otro en Birmingham hace seis años. Estoy a la espera de más datos.

Grace asintió.

—Una cuestión importante, Ellen, es saber si tenemos controladas todas las agresiones que han tenido lugar hasta ahora en nuestro territorio. ¿Estamos seguros de que no nos hemos dejado ninguna? Sabemos con seguridad que solo se denuncia el seis por ciento de todas las violaciones. ¿Cómo vamos a obtener información esencial del otro noventa y cuatro por ciento? Hemos hablado con los cuerpos de los condados vecinos: Kent, Surrey, Hampshire y la zona metropolitana de Londres. No hemos sacado nada en claro. —Se quedó pensando un momento—. Tú has buscado en el SCAS casos de violaciones por parte de extraños. ¿Algún resultado?

El SCAS cubría todo el Reino Unido, salvo la Policía Metropolitana de Londres, que no estaba integrada.

—Hasta ahora nada, señor —dijo ella—, pero aún espero respuesta de varios cuerpos.

—Avísame en cuanto tengas algo.

Proudfoot tosió y luego habló:

—Tal como dije, me sorprendería mucho que nuestro hombre no hubiera delinquido en otro lugar estos últimos doce años. Sería realmente una gran sorpresa. Pueden dar por sentado que lo habrá hecho.

—¿Con delinquir quiere decir «violar»? —preguntó Boutwood.

—Las pulsiones no desaparecen así como así —respondió Proudfoot—. Habrá necesitado darles salida. —Volvió a sonar su teléfono. Tras una rápida mirada a la pantalla, lo silenció—. ¿Supongo que estará en contacto con Crimewatch, Roy? Podrían sernos de ayuda.

—Tenemos una relación excelente con ellos, Julius —respondió él—. Desgraciadamente, hasta dentro de dos semanas no vuelven a emitir. Espero tener a nuestro hombre entre rejas mucho antes.

Podría haber añadido, pero no lo hizo, que eso esperaban el subdirector Peter Rigg, el comisario jefe Tom Martinson y el director general de la Policía de Brighton y Hove.

De pronto fue su teléfono el que sonó.

Era su antiguo jefe de 1997, Jim Doyle, que ahora formaba parte del recién creado Equipo de Casos Fríos.

—Roy, ¿sabes esas páginas que faltan del caso de Rachael Ryan... sobre la furgoneta blanca vista cerca de su piso la Nochebuena de 1997?

—¿Sí?

—Hemos encontrado quién firmó la última consulta del dosier. Creo que esto te va a gustar mucho.

Capítulo 70

Miércoles, 14 de enero de 2010

—Soy todo oídos —dijo Roy.

Las palabras de Doyle a continuación le dejaron de piedra. Cuando por fin las hubo asimilado, dijo:

—No puedes estar hablando en serio, Jim.

—Del todo.

En sus diecinueve años en el cuerpo, Roy Grace siempre había considerado a sus colegas gente buena y decente y, en su mayoría, se había tratado de personas con las que se había sentido a gusto, tanto en el trabajo como fuera de él. Claro que había algún imbécil: algunos, como Norman Potting, al menos eran buenos policías, pero otros, muy pocos, eran casos perdidos. Pero solo había dos personas de las que pudiera decir que no le gustaban nada.

La primera era la mordaz exsubdirectora Alison Vosper, que parecía haber decidido desde el principio no llevarse bien con Grace; la segunda era un policía de Londres que había pasado una temporada en Brighton el año anterior y que había intentado por todos los medios tocarle las narices. Se llamaba Cassian Pewe.

Grace se excusó, salió de la sala y cerró la puerta tras él.

—¿Cassian Pewe? ¿Hablas en serio, Jim? ¿Estás diciéndome que Cassian Pewe fue la última persona que firmó el registro de salida de ese dosier?

—El superintendente Cassian Pewe. Estuvo trabajando aquí en otoño, ¿no? —dijo Doyle—. ¿No había venido de Londres para ayudarte con los casos fríos?

—No para ayudarme, Jim, sino para ocupar mi lugar. Y no

solo con los casos fríos. Ese era su plan, por cortesía de Alison Vosper. ¡Se había propuesto hacerme la cama!

—Ya había oído que había algo de fricción.

—Podrías decirlo así.

Grace había conocido a Pewe unos años atrás, cuando aquel tipo era inspector. Habían enviado refuerzos desde Londres para colaborar con la policía de Brighton durante la Conferencia del Partido Laborista, y Pewe era parte de los refuerzos. Grace había chocado con él y Pewe se había mostrado increíblemente arrogante. Y solo un año antes había tenido que enterarse de que Pewe había sido destinado al D.I.C. de Sussex con el rango de superintendente, y que Alison Vosper le había asignado los casos fríos de Grace; además había insinuado de que con el tiempo iría haciéndose cargo cada vez más de las competencias de Grace.

Pewe se consideraba un ligón. Con su cabello dorado, sus angelicales ojos azules y su bronceado permanente. Se acicalaba y se pavoneaba, con aire autoritario, actuando siempre como si fuera el jefe, incluso cuando no lo era. Moviéndose a escondidas de Grace, Pewe se había propuesto arruinar la carrera de su colega intentando reabrir las investigaciones sobre la desaparición de Sandy, y señalándole como sospechoso. Al volver de un viaje a Nueva York el mes de octubre anterior, se encontró con la gran sorpresa de que Pewe había creado un equipo de búsqueda para cavar en su jardín en busca de los restos de Sandy.

Afortunadamente, aquello bastó para que quedara claro que había ido demasiado lejos. Pewe abandonó el D.I.C. de Sussex y volvió a Londres poco después, con el rabo entre las piernas.

Le hizo unas preguntas más a Doyle y colgó. Se quedó pensando unos momentos. Llegados a aquel punto, no podía mencionar nada de eso a su equipo, al menos abiertamente. Para señalar como sospechoso a un policía del rango de Pewe, había que hacerlo con discreción, con independencia de sus sentimientos personales hacia aquel tipo.

Lo haría en persona, y sería todo un placer.

Capítulo 71

Miércoles, 14 de enero de 2010

TWITTER
JESSIESHELDONUK

HOY, TRABAJO HASTA TARDE.
AUDITORÍA... ¡QUÉ ROLLO!
PERO BENEDICT ME LLEVARÁ LUEGO A CENAR SUSHI
EN MOSHI MOSHI.
¡YUPIII!

*E*n su teléfono, leyó el texto que Jessie acababa de *twitear*. «Sushi», pensó él con desdén. Aquello no lo entendía. ¿Qué gracia tenía ir a un restaurante para comer pescado crudo? Menudo chollo para el cocinero. Había leído en algún sitio que en Japón había restaurantes donde podías comer sushi directamente del cuerpo de una mujer desnuda. A él se le ocurrían cosas mucho mejores que hacer con una mujer desnuda.

Y no veía el momento de hacerlas con Jessie Sheldon.

Lástima que ella fuera a estar ocupada esa noche. Pero no importaba. Dee Burchmore iba a dar su discurso en el Martlet's al día siguiente. Llevaría sus Manolo Blahnik de satén azul con las hebillas de brillantes. Sabía dónde iba a aparcar y el lugar era perfecto. Aquello le iba a gustar.

Mientras tanto, Jessie Sheldon le iría poniendo al día. Tenía trescintos veintidós seguidores en Twitter. Qué detalle por su parte, informarle de todos sus movimientos.

Capítulo 72

Miércoles, 14 de enero de 2010

*Y*a en su despacho tras la reunión de la mañana, Grace se puso a reflexionar. ¿Era el Hombre del Zapato un policía en activo?

En un momento u otro, desde luego había habido manzanas podridas en la Policía de Sussex, como en cualquier otro cuerpo del país. Asesinos, violadores, ladrones, estafadores y traficantes de pornografía y de drogas escondidos tras una fachada de respetabilidad y confianza indiscutible. No era frecuente, pero con más de cinco mil trabajadores solo en Sussex, era algo que no podía descartarse.

Y encajaba. La información privilegiada sobre el Hombre del Zapato que se había filtrado a la prensa en 1997, y ahora, en la investigación actual, podía haber sido proporcionada por cualquiera que tuviera los códigos de acceso a la red informática de la Policía de Sussex. Cassian Pewe lo había tenido en octubre del año pasado. ¿Quién sabe lo que podía haber copiado o lo que podía haberse llevado?

Grace marcó el número interno de la Policía Metropolitana de Londres, con una idea precisa de lo que iba a decir.

Tras dos minutos de desvíos por diferentes extensiones, oyó la voz del superintendente Pewe, tan sonora y penetrante como el ruido de un trépano de dentista, y tan embriagadora como una pipeta llena de ácido sulfúrico.

—¡Roy! ¡Qué alegría oírte! Ya me necesitas otra vez, a que sí...

Grace fue al grano:

—No, necesito cierta información. Cuando estuviste aquí,

sacaste del archivo el dosier de un caso frío. Tu firma es la última del registro. Tiene que ver con una tal Rachael Ryan, que desapareció la Nochebuena de 1997. ¿Te suena?

—Vi muchos archivos en el poco tiempo que estuve allí, Roy —dijo, con un tono afligido.

—Bueno, en este dosier faltan dos páginas, Cassian. Me preguntaba si por casualidad no se las habrías dado a nadie. ¿A algún investigador, quizá?

—Déjame pensar. No, seguro que no. ¡De ningún modo! Todo lo investigué yo personalmente.

—¿Leíste ese dosier en particular?

—Pues la verdad, no me acuerdo.

—Haz un esfuerzo.

De pronto, Pewe pareció incómodo.

—¿Qué es lo que pasa, Roy?

—Te estoy haciendo una pregunta. ¿Leíste ese archivo? Solo hace unos meses.

—Me suena un poco —dijo, a la defensiva.

—¿Te habrías dado cuenta, si hubiesen faltado las dos últimas páginas?

—Bueno... Sí, claro que me habría dado cuenta.

—Entonces, ¿estaban todas cuando lo leíste?

—Supongo que sí.

—¿Recuerdas lo que decían?

—No... No, no lo recuerdo.

—Necesito que recuerdes lo que decían, porque ahora podrían ser de una importancia vital para una investigación en curso.

—¡Roy! —replicó, con tono de complicidad—. Venga, hombre. ¿Tú te acuerdas de lo que leíste hace tres meses?

—Pues sí, en realidad sí. Tengo buena memoria. ¿No es algo que se les presupone a los policías?

—Mira, lo siento. Ahora mismo estoy ocupadísimo con un informe que tengo que acabar antes de mediodía.

—¿Te ayudaría a refrescar la memoria si hiciera que te detuvieran y te trajeran hasta aquí?

Grace oyó un sonido como el de la hoja de un cortacésped al dar con una piedra semienterrada.

—¡Ja, ja! Estás de broma, ¿no?

319

En una operación el mes de octubre anterior, él mismo le había salvado la vida a Pewe, corriendo un riesgo personal considerable. Sin embargo, este prácticamente no le había dado las gracias. Era difícil de imaginar que pudiera sentir por ningún ser humano un desprecio comparable al que sentía por aquel hombre. Grace esperaba que aquello no estuviera enturbiando su sentido común, aunque en aquel momento realmente no le habría importado mucho.

—Cassian, Tony Case, el agente al mando de la Sección de Infraestructuras, a quien recordarás de tu estancia entre nosotros, me ha informado de que, desde que empezó a operar la Sussex House, en 1996, todos los dosieres de casos fríos han estado guardados en un almacén seguro en el sótano. El acceso está controlado al máximo para no alterar la fiabilidad de las pruebas. El almacén está protegido por una alarma digital y cualquiera que entre necesita un código de acceso, que se registra. Tiene una entrada, firmada por ti, que demuestra que devolviste el dosier del Hombre del Zapato a uno de sus ayudantes en octubre pasado. Nadie más ha vuelto a tocar ese archivo, hasta que lo ha hecho el Equipo de Casos Fríos, esta semana. ¿Vale?

Pewe le respondió con un silencio.

—Estuviste en Brighton durante la conferencia del Partido Laborista de 1997, ¿no? Como personal de apoyo de Londres, cuando trabajabas para el Departamento Especial. Luego seguiste trabajando en Brighton, en una investigación sobre una serie de atracos a joyerías en Londres relacionados con Brighton. Te compraste un piso, con la idea de venirte a vivir aquí. ¿Correcto?

—Sí. ¿Y?

—Las fechas en las que estuviste en la ciudad coinciden exactamente con las fechas en las que actuó el Hombre del Zapato. Pasaste la Nochebuena de 1997 en Brighton, ¿no?

—No puedo recordarlo sin consultar la agenda.

—Una de mis agentes puede confirmarlo, Cassian. Bella Moy. ¿Te acuerdas de ella?

—¿Debería?

—Intentaste follártela en el asiento trasero de tu coche hacia la medianoche, después de salir de copas con un puñado de agentes. La llevaste a casa en coche y luego intentaste convencerla para que no se bajara. ¿Ahora te acuerdas?

—No.

—Probablemente sea mejor así. Ella lo recuerda muy bien. Tienes suerte de que no presentara cargos por acoso sexual.

—Roy, ¿me estás diciendo que nunca le has insistido a una chica con un par de copas encima?

Él no le hizo caso.

—Quiero saber qué hiciste después de dejar a Bella frente a la casa de su madre, en esas horas entre la medianoche y la mañana del 25. Quiero saber lo que hiciste en la fiesta de Halloween de 1997. Tengo más fechas para ti. Quiero saber dónde estuviste hace dos semanas, en Nochevieja. ¿Dónde estabas el jueves pasado, 8 de enero? ¿Y el domingo pasado, 10 de enero, por la tarde? Espero que estés tomando nota, Cassian.

—¡Estás haciendo perder el tiempo a la Policía, Roy! —dijo Pewe, intentando adoptar un tono divertido—. Venga, hombre. ¿De verdad esperas que sea capaz de decirte dónde estaba en un momento dado hace doce años? ¿Tú podrías decirme dónde estabas?

—Sí que podría, Cassian. Podría decírtelo con exactitud. Así que dime, ¿dónde pasaste la Nochevieja pasada?

Se produjo un largo silencio. Entonces Pewe dijo, a regañadientes:

—En realidad estuve en Brighton.

—¿Hay alguien que pueda dar fe?

Otro largo silencio precedió a la respuesta de Pewe.

—Lo siento, Roy, no estoy dispuesto a seguir con esta conversación. No me gusta ni tu tono ni tus preguntas.

—Y a mí no me gustan tus respuestas.

321

Capítulo 73

Miércoles, 14 de enero de 2010

*Y*ac estaba cansado. A las tres de la madrugada la ciudad ya estaba muerta. Era el segundo martes de enero, y la gente se había quedado en casa. Había dado unas cuantas vueltas porque el dueño del taxi se enfadaba cuando lo dejaba demasiado pronto, pero solo había hecho dos carreras desde la medianoche, y aquello apenas cubría el gasto en combustible. Y cuando estaba a punto de irse a casa, había recibido una llamada para recoger a dos personas en el aeropuerto de Luton. No había llegado al barco hasta las siete de la mañana. Exhausto, le había puesto comida al gato y se había dejado caer en el catre.

Le despertaron unos pasos. Un *clamp, clamp, clamp* regular en la cubierta, sobre su cabeza. Levantó la cabeza y miró el reloj. Las dos de la tarde.

«¡El té!», fue lo primero que pensó. Lo segundo fue: «¿Quién narices anda ahí arriba?».

Nunca tenía visitas. Jamás. Aparte del cartero y los mensajeros. Pero no esperaba ningún envío.

Por el ruido, parecía como si hubiera un grupo de personas. ¿Serían chavales? Ya se había encontrado chavales en el barco varias veces, haciéndole burla y gritándole, y había tenido que echarlos de allí.

—¡Fuera de aquí! —gritó, hacia el techo—. ¡Marchaos por ahí! ¡Que os jodan! ¡A la mierda! ¡Que os den! ¡Perdeos, niñatos! —Le gustaba usar palabras que había oído en el taxi.

Entonces oyó llamar a la puerta. Un repiqueteo insistente.

Malhumorado, bajó las piernas de la litera y atravesó lentamente el salón, arrastrando los pies por el suelo de madera, vestido solo con los calzoncillos y la camiseta.

Tap, tap, tap.

—¡A la mierda! —gritó—. ¿Quiénes sois? ¿No me habéis oído? ¿Qué queréis? ¿Estáis sordos? ¡Fuera de aquí! ¡Estoy durmiendo!

Tap, tap, tap.

Subió los escalones de madera hasta la cubierta posterior. Tenía una gran puerta de cristal y un gran sofá marrón, y ventanas alrededor, con vistas del cielo gris sobre las olas. Había marea baja.

Allí fuera había un hombre de unos cincuenta años, medio calvo, con el pelo peinado de un lado al otro de la cabeza, con una vieja americana de *tweed,* pantalones de franela gris y zapatos bajos de cuero marrón. Mostraba una pequeña cartera de piel y le dijo algo que Yac no entendió. Tras él había todo un grupo de personas con chaquetas azules en las que ponía POLICÍA, con cascos y viseras. Uno de ellos cargaba con un gran cilindro amarillo que parecía un extintor.

—¡Fuera de aquí! —gritó Yac—. ¡Estoy durmiendo!

Entonces se giró y empezó a bajar los escalones. Al hacerlo, oyó de nuevo el *tap, tap, tap.* Empezaba a molestarle. «No deberían estar en este barco. ¡Es propiedad privada!», pensó.

En el mismo momento en que ponía el pie en el suelo del salón, el sonido del cristal roto en pedazos le dejó paralizado. Sintió una rabia que le invadía por dentro. ¡Idiota! ¡Aquel idiota había llamado demasiado fuerte! ¡Bueno, ahora tendría que darle una lección!

Pero cuando se giró, el ruido de las pisadas de un montón de botas de cuero y suela de goma lo invadió todo.

Una voz gritó:

—¡Policía! ¡No se mueva! ¡Policía!

El hombre del pelo peinado de un lado al otro bajaba por las escaleras, seguido de varios agentes con chalecos amarillos. Seguía mostrando la cartera, en cuyo interior había algún tipo de insignia y algo escrito.

—¿John Kerridge? —le preguntó.

—Yo soy Yac —respondió—. Me llamo Yac. Soy taxista.

—Soy el sargento Potting, de la Policía de Sussex —dijo el

323

intruso, que ahora sostenía una hoja de papel a la vista—. Tengo una orden de registro.

—Tendrá que hablar con los dueños. Yo solo les cuido el barco. Tengo que dar de comer al gato. Y ya tenía que haberlo hecho, pero me he dormido.

—Me gustaría tener unas palabras con usted, Yac. ¿Podemos sentarnos en algún sitio?

—En realidad tengo que volverme a la cama, porque necesito dormir. Es muy importante para mi trabajo, en el turno de noche. —Yac miró a los policías apostados tras él y a los lados—. Lo siento —dijo—. No puedo dejarles subir al barco sin hablar antes con los dueños. Tendrán que esperar fuera. Puede que me cueste encontrarlos, porque están en Goa.

—Yac —dijo Potting—, hay un modo fácil de hacer esto, y un modo complicado. O cooperas y nos ayudas, o te detengo. Es tan fácil como eso.

Yac ladeó la cabeza.

—¿Fácil como qué?

Potting le miró, incrédulo, preguntándose si a aquel tipo no le faltaría un hervor.

—Tú eliges. ¿Quieres dormir esta noche en tu cama, o en una celda de comisaría?

—Esta noche tengo que trabajar —dijo—. El dueño del taxi se enfadará mucho si no trabajo.

—Muy bien, chato, pues más vale que cooperes.

—Yo no soy chato. Tengo la nariz puntiaguda.

Potting frunció el ceño, pero pasó por alto el comentario.

—Eres todo un pescador, ¿eh?

—Soy taxista.

Potting señaló hacia la cubierta con el pulgar.

—Tienes unos cuantos sedales tendidos.

Yac asintió.

—¿Qué es lo que pescas aquí? ¿Cangrejos, sobre todo?

—Platijas —respondió Yac—. A veces también lenguados.

—Parece que hay buena pesca. Yo también pesco de vez en cuando, pero nunca he llegado hasta aquí.

—Han roto las puertas de cubierta. Más vale que las reparen. Los dueños se enfadarán. No puedo romper nada.

—A decir verdad, Yashmak, me importa un bledo tu puerta.

En realidad no me importas una buena mierda tú tampoco, y me parece que tienes un gusto horrible en cuanto a calzoncillos, pero no llevaremos esto al campo personal. O bien cooperas, o bien te detengo y luego desguazo este cascarón, tablón por tablón.

—Si hace eso, se hundirá —dijo Yac—. Necesita los tablones. A menos que sea buen nadador.

—Eres todo un humorista, ¿eh? —dijo Potting.

—No, soy taxista. Hago el turno de noche.

Potting hizo un esfuerzo por contenerse.

—Estoy buscando algo que puede estar en este barco, Yashmak. ¿Tienes algo por aquí de lo que quieras hablarme? ¿Algo que quieras enseñarme?

—Tengo mi colección de cadenas de váter, pero es privada. No puedo enseñársela, salvo las que tengo en la litera. Esas sí puedo enseñárselas —propuso Yac de pronto—. Hay un váter de cisterna alta estupendo cerca del muelle de Worthing. Podría llevarle y enseñárselo, si quiere.

—A ti te voy a tirar por el váter, si no te callas —amenazó Potting.

Yac se le quedó mirando y luego hizo una mueca.

—No cabría —respondió—. El desagüe es demasiado estrecho.

—Para cuando acabara contigo, sí que cabrías.

—¡Yo… no creo!

—Y yo lo que creo, guapetón, es que encontraremos algo aquí dentro, ¿verdad que sí? Así que, ¿por qué no nos evitas una gran pérdida de tiempo y nos enseñas dónde tienes los zapatos de señora?

Vio una reacción en el rostro de aquel hombre tan raro e inmediatamente supo que había hecho diana.

—No tengo ningún zapato. No de señora.

—¿Estás seguro?

Yac lo miró de arriba abajo por un momento y luego bajó la mirada.

—No tengo ningún zapato de señora.

—Me alegro de oírlo, Yashmak. Ahora mis chicos lo comprobarán, y luego nos iremos.

—Sí —dijo Yac—. Pero no pueden tocar mis cadenas de váter.

325

—Se lo diré.

Yac asintió, cubierto de sudor.

—Hace mucho que las colecciono, ¿sabe?

—¿Las cadenas?

Yac asintió de nuevo.

El sargento se lo quedó mirando un momento.

—No sé, Yashmak... Casi me dan ganas de tirarte por el jodido váter ahora mismo.

Capítulo 74

Viernes, 16 de enero de 1998

Grace odiaba aquel sitio. Se le ponían los pelos de punta cada vez que atravesaba las puertas de hierro fundido. Las letras doradas le daban el aspecto de una casa señorial, hasta que uno se fijaba en las palabras que componían: TANATORIO DE BRIGHTON Y HOVE.

Ni siquiera el casete de Rod Stewart que sonaba en la radio del coche, que se había puesto para animarse, conseguía ponerle de mejor humor. Había una fila de coches que ocupaban todos los huecos junto a la entrada, así que tuvo que conducir hasta el otro extremo y aparcar junto a las puertas que daban a la marquesina. Para empeorar aún más las cosas, empezó a llover más fuerte, con gotas como perdigones. Apagó el motor y dejó de sonar *Maggie May*. Los limpiaparabrisas se detuvieron en medio del cristal. Puso la mano en la manilla de la puerta y vaciló.

Realmente no tenía ningunas ganas de aquello. Sentía como si se le hubiera hecho una pelota en el estómago.

A causa del calor generado por el incendio y la dificultad que suponía llevar mangueras hasta allí, hasta el mediodía del día anterior la furgoneta no se había enfriado lo suficiente como para inspeccionarla, y para determinar que era robada. El hedor a hierba chamuscada, a goma, pintura, gasolina y plástico, a carne humana quemada, le había provocado arcadas varias veces. Había olores a los que nunca se acostumbraba, por más que los hubiera experimentado anteriormente. Y también imágenes. La de la infortunada ocupante de la furgoneta no era bonita de ver.

Ni tampoco la expresión de Sandy al llegar a casa, el jueves a las cuatro de la madrugada, para dormir unas horas antes de volver a la acción.

Ella no había dicho nada, se había sumido en uno de sus silencios. Era lo que hacía cada vez que estaba muy enfadada: no le hablaba, le hacía el vacío, a veces durante días. Ni siquiera el enorme ramo de flores que le había comprado consiguió ablandarla.

Él no había podido dormir, pero no se debía a Sandy. Ella lo superaría con el tiempo; siempre lo hacía, y luego aquello quedaría olvidado. Se había pasado toda la noche tumbado en la cama, dándole vueltas a una idea, una y otra vez: ¿Era el cuerpo de la furgoneta el de Rachael Ryan?

Los cuerpos humanos calcinados eran lo peor. En sus tiempos de novato, había tenido que recuperar los restos de dos niños, de cinco y siete años, de una casa quemada en Portslade, tras un incendio provocado; el que fueran niños había hecho que la horrorosa experiencia fuera diez veces peor. Aquello le provocó pesadillas durante meses.

Sabía que lo que estaba a punto de ver en el depósito tendría un efecto similar, y que le acompañaría mucho tiempo. Pero no tenía elección.

Ya llegaba tarde porque su superintendente, Jim Doyle, había convocado a primera hora una reunión que se había alargado, así que salió del coche, lo cerró y echó una carrera hasta el depósito, subiéndose el cuello de la gabardina con una mano.

A la reunión había asistido un sargento de la Unidad de Investigación de Accidentes, equipo que examinaba todos los vehículos implicados en accidentes graves. Aún no sabían gran cosa de la furgoneta, según le había dicho el sargento, pero según los primeros indicios era muy improbable que el fuego hubiera sido causado por el accidente.

Tocó el timbre y un momento después le abrió la puerta la forense jefe en persona, Elsie Sweetman, que llevaba un delantal verde sobre un pijama azul de cirujano con las perneras metidas dentro de unas largas botas blancas de agua.

Elsie tenía poco menos de cincuenta años y una melena de cabello rizado, una expresión agradable y un carácter curiosamente alegre, teniendo en cuenta los horrores a los que tenía que enfrentarse día y noche en aquel lugar. Roy siempre recordaba lo amable que había sido con él la primera vez que había asistido a una autopsia, cuando había estado a punto de caer redondo. Ella le había llevado a su despacho y le había preparado una taza de té; le había dicho que no se preocupara y que a la mitad de los polis del cuerpo les había pasado lo mismo.

Entró por la puerta, que era como la puerta de entrada de un bungaló de las afueras, y pasó al vestíbulo, donde la cosa cambió de pronto, empezando por el penetrante olor a desinfectante. En aquella ocasión, su pituitaria detectó algo más; la desagradable sensación en el estómago se intensificó.

En el pequeño vestidor, se colocó un delantal verde por la cabeza y se ató las cintas; luego se puso una mascarilla, se la ajustó, y metió los pies en un par de botas de goma blancas que le iban demasiado grandes. Recorrió el pasillo con sonoras pisadas y giró a la derecha, dejando atrás la sala acristalada de acceso restringido donde se examinaban los cadáveres de la gente que se sospechaba que hubiera muerto de enfermedades contagiosas; luego entró en la sala de autopsias principal, intentando respirar únicamente por la boca.

Había tres mesas de acero inoxidable con ruedas, dos de las cuales estaban junto a un armario. La tercera estaba en el centro de la sala, y su ocupante, tendida boca arriba, estaba rodeada de gente vestida del mismo modo que él.

Grace tragó saliva. Aquella visión le produjo un escalofrío. No tenía un aspecto muy humano. Aquellos restos ennegrecidos parecían los de algún monstruo terrible creado por el equipo de efectos especiales de una película de terror o ciencia ficción.

«¿Eres tú, Rachael? ¿Qué te ha ocurrido? Y si eres tú, ¿cómo fuiste a parar a esa furgoneta robada?»

Inclinado sobre el cuerpo, con los guantes puestos y una sonda quirúrgica en una mano y unas pinzas en la otra, estaba el forense del Ministerio del Interior, el doctor Frazer Theobald, un hombre que a Grace siempre le había parecido el doble exacto de Groucho Marx.

Junto a Theobald vio a varias personas: un policía retira-

329

do de unos cincuenta y cinco años, Donald Whitely, que ahora era técnico del Departamento de Medicina Forense de la Policía; Elsie Sweetman, su ayudante; Arthur Trumble, un hombre de casi cincuenta años con un sentido del humor ácido y unas patillas dickensianas; y a un fotógrafo del Departamento de Atención a Víctimas de Agresión Sexual, James Gartrell, que estaba muy ocupado enfocando con el objetivo una sección de la pierna izquierda de la mujer sobre la que habían puesto una regla.

Casi todo el pelo de la mujer había desaparecido, y la cara se le había fundido como cera negra. Era difícil imaginarse sus rasgos. El estómago de Grace iba a peor. A pesar de respirar a través de la boca y de la mascarilla que le cubría la nariz, no podía evitar el olor. El olor del almuerzo de los domingos cuando era niño, a cerdo asado y beicon crujiente.

Pensar en aquello era una obscenidad, lo sabía. Pero el olfato le estaba enviando señales confusas al cerebro y al estómago. Se sentía cada vez más mareado y estaba empezando a sudar. Volvió a observar el cuerpo y luego apartó la mirada, respirando con fuerza por la boca. Miró a los otros. Todos estaban oliendo lo mismo, y también harían las mismas asociaciones; lo sabía, habían hablado de ello antes; sin embargo, no parecía que les afectara tanto como a él. ¿Estarían todos tan acostumbrados?

—Aquí hay algo interesante —anunció el forense con tono despreocupado, sosteniendo con las pinzas un objeto ovalado, de un par de centímetros de ancho.

Era translúcido, estaba quemado y parcialmente fundido.

—¿Ve esto sargento Grace? —Theobald parecía dirigirse a él.

De mala gana, se acercó más al cadáver. Parecía una lentilla, o algo así.

—Esto es de lo más curioso —dijo el forense—. No es algo que me esperara encontrar en una persona al volante de un vehículo.

—¿Qué es? —preguntó Grace.

—Un protector ocular.

—¿Protector ocular?

—Se usan en los depósitos de cadáveres —dijo Theobald,

asintiendo—. Los ojos se empiezan a hundir bastante rápido tras la muerte, así que los técnicos forenses los colocan entre los párpados y los globos oculares, para mejorar el aspecto del cadáver —añadió, sonriendo—. Tal como le digo, no es algo que esperara encontrarme en un conductor.

—¿Por qué iba a llevarlo esta mujer? —preguntó Grace, frunciendo el ceño.

—Supongo que, si tuviera un ojo falso o si le hubieran hecho algún tipo de cirugía reconstructiva, podría estar ahí por motivos cosméticos. Pero no en ambos ojos.

—¿Está sugiriendo que era ciega, doctor Theobald? —propuso, divertido, Arthur Trumble.

—Algo más que eso, me temo —respondió—. Estaba muerta bastante antes de que la metieran en este vehículo.

Se produjo un largo silencio.

—¿Está completamente seguro? —preguntó el técnico forense.

—Ha sobrevivido una pequeña cantidad de tejido pulmonar, que tendré que llevarme para examinar en el laboratorio, pero por lo que se ve a simple vista no hay señales de inhalación de humo ni de llamas, lo cual quiere decir, en pocas palabras, que cuando se inició el fuego ya no respiraba.

—¿Está diciendo que estaba muerta antes de que se produjera el accidente?

—Sí, eso digo. Estoy seguro.

Al tiempo que intentaba encontrarle sentido a aquello, preguntó:

—¿Puede calcular su edad, doctor Theobald?

—Yo diría que era bastante mayor: setenta y muchos... o más de ochenta. No puedo determinarlo con exactitud sin hacer pruebas, pero desde luego no tiene menos de cincuenta y cinco. Puedo darles una cifra más precisa dentro de un par de días.

—Pero desde luego no tenía menos de cincuenta, ¿no?

Theobald sacudió la cabeza.

—Sin duda.

—¿Qué hay de los registros de piezas dentales? —preguntó Grace.

—Me temo que uno de los efectos del calor intenso es que

331

las coronas explotan —dijo el patólogo, señalando la mandíbula con su sonda—. No veo nada que les pueda servir para cotejar con los registros dentales. Creo que el ADN será la apuesta más segura.

Grace volvió a mirar el cadáver. La sensación de asco había disminuido, solo levemente, al irse acostumbrando a aquella visión.

«Si no eres Rachael Ryan, ¿quién eres? ¿Qué estabas haciendo en esa furgoneta? ¿Quién te metió ahí? ¿Y por qué?»

Capítulo 75

Miércoles, 14 de enero de 2010

Grace siguió a Tony Case por la escalera de piedra negra que conducía al sótano del cuartel general del D.I.C. Nadie podría acusar a la Policía de Sussex de despilfarrar el dinero en decoración en aquella zona, a juzgar por las paredes agrietadas y los fragmentos de rebozado que faltaban.

Luego Case le llevó por un pasillo mal iluminado que daba la impresión de llevar a una mazmorra. Se detuvo frente a una puerta cerrada y señaló el panel digital de alarma de la pared. Levantó el dedo índice.

—Bueno, lo primero, Roy, es que cualquiera que quisiera acceder necesitaría un código, y solo un puñado de personas, entre ellas tú, lo tienen. Y yo los doy siempre personalmente.

Case era un tipo corpulento de entre cincuenta y sesenta años, con el pelo muy corto y un aspecto interesante, de tipo duro, vestido con un traje beis, camisa y corbata. Había sido policía, y al retirarse se había reincorporado como personal de apoyo. Con un pequeño equipo, gestionaba las infraestructuras del D.I.C. y era el responsable de todo el equipo de la comisaría, así como de los otros tres centros de delitos graves del condado. Podía ser de gran ayuda para los agentes a los que tenía respeto y un verdadero engorro para los que no, y no solía equivocarse en su evaluación. Afortunadamente para Roy, con él se llevaba bien.

Case levantó un segundo dedo:

—Cualquiera que baje aquí (trabajadores, limpiadoras, quien sea) está escoltado en todo momento.

—Sí, vale, pero debe de haber ocasiones en que estén solos, y entonces podrían hurgar en los archivos.

Case puso cara de incredulidad.

—No en un lugar tan sensible como este almacén de pruebas, no.

Grace asintió. Tiempo atrás conocía aquel lugar como la palma de su mano, pero el nuevo equipo había reestructurado el archivo. Case abrió la puerta y entraron. Una serie de estanterías metálicas rojas, todas ellas con candados de seguridad, se extendían del suelo al techo y de pared a pared, hasta perderse en la distancia. Y en los estantes había cajas rojas y verdes llenas de archivos, y bolsas de pruebas precintadas.

—¿Hay algo en particular que quieras ver?

—Sí, los archivos sobre el Hombre del Zapato —respondió Grace. Aunque tenía resúmenes en su despacho, las pruebas estaban todas guardadas en aquel lugar.

Case caminó unos metros, se paró, buscó una llave de entre el manojo que le colgaba del cinturón y abrió un candado. Luego tiró de la reja que cerraba el estante.

—Este lo conozco —dijo—, porque ahora mismo tu equipo lo está consultando.

Grace asintió.

—¿Te acuerdas del superintendente Cassian Pewe, que estuvo aquí el otoño pasado?

Case le miró con aire divertido.

—Sí, no creo que lo olvide durante un buen tiempo. Me trataba como su lacayo personal. Pretendía que le colgara cuadros en las paredes de su despacho. Espero que no le haya pasado nada malo, espero… ¿No se habrá caído de otro acantilado sin que estuvieras tú por ahí esta vez para salvarle…?

Grace se sonrió. Salvar la vida de Pewe había acabado convirtiéndose en lo menos popular que había hecho nunca.

—Pues desgraciadamente no.

—No entiendo por qué no te dieron una medalla al valor por lo que hiciste.

—Yo sí. —Volvió a sonreír—. Solo me la habrían dado si lo hubiera dejado caer.

—No te preocupes. Es un mierda. ¿Y sabes lo que dicen de la mierda?

—No.

—Que con el tiempo cae. Siempre, por su propio peso.

Capítulo 76

Miércoles, 14 de enero de 2010

$\mathcal{M}$edia hora más tarde, Grace estaba sentado frente a la gran mesa del subdirector Peter Rigg en la Malling House, la comisaría central de la Policía de Sussex. Eran las cuatro de la tarde.

—Bueno, Roy, quería verme. ¿Tiene buenas noticias sobre el Hombre del Zapato?

—Posiblemente, señor —dijo Grace.

Le puso al día sobre el caso y le dijo que esperaba tener algo más para él tras la reunión de la tarde, a las 18.30. Luego añadió:

—Hay una cuestión bastante delicada que quiero tratar con usted.

—Adelante.

Grace le hizo un resumen de los antecedentes de Cassian Pewe y lo que había pasado durante el breve tiempo que había pasado en el D.I.C. de Sussex. Luego le expuso sus sospechas.

Rigg escuchó con atención, tomando notas de vez en cuando. Cuando Grace hubo acabado, dijo:

—Bueno, a ver si lo entiendo: el superintendente Pewe estaba en el lugar de los hechos durante las primeras agresiones, en 1997, con lo que podría ser sospechoso.

—Eso parece, señor.

—¿Y durante estas dos últimas semanas, una vez más, sus movimientos encajan con los lugares y las fechas de los ataques?

—Le he preguntado por su paradero en el momento de estos tres últimos ataques, sí.

—¿Y usted cree que el superintendente Pewe podría ser la persona que se llevó las páginas del dosier, que posiblemente contuvieran pruebas cruciales?

—Pewe era uno de los pocos que tenían acceso a ese dosier.

—¿Podría ser el responsable de las filtraciones a la prensa de entonces y de ahora, en su opinión?

—Es posible —dijo Grace.

—¿Por qué? ¿Qué gana él con ello?

—¿Ponernos en evidencia? ¿Quizás a mí, en particular?

—Pero ¿por qué?

—Ahora lo veo bastante claro, señor. Si pudiera hacer que yo quedara como un incompetente, socavando mi credibilidad de diferentes maneras, podría conseguir que me trasladaran lejos del cuartel general del D.I.C., lejos de los casos fríos que pueden incriminarle.

—¿Es solo una teoría o tiene algo concreto?

—De momento no es más que una teoría. Pero encaja. —Se encogió de hombros—. Espero no estar dejando que el pasado me enturbie el sentido común.

El subdirector le lanzó una mirada reflexiva. Luego esbozó una amable sonrisa.

—No debe dejar que se convierta en algo personal.

—Pretendo evitarlo a toda costa, señor.

—Sé que su experiencia con él no fue nada satisfactoria y que corrió un enorme riesgo personal para salvarle, y sepa que eso no pasó desapercibido. Pero él es un agente muy respetado. Nunca es bueno crearse enemigos. Conoce el viejo proverbio, ¿no?

Daba la impresión de que aquella tarde era la de los dichos, proverbios y refranes.

—Mil amigos son poco; un enemigo es demasiado.

Grace sonrió.

—Así pues, ¿cree que debería dejar lo de Pewe, aunque sospeche que pueda ser nuestro hombre?

—No, en absoluto. Quiero que iniciemos nuestra relación de trabajo sobre una base de confianza mutua. Si de verdad cree que puede ser el delincuente que buscamos, debería arrestarlo. Yo le apoyaré. Pero es un asunto delicado. Si metemos la pata, quedaremos como unos tontos.

—¿Quiere decir si «yo» meto la pata?

Rigg sonrió.

—Si lo hace, estará incluyéndome a mí y al comisario jefe en la metedura de pata, por asociación. Eso es todo lo que digo. Asegúrese bien de los hechos. Si nos equivocamos, nos lloverán bofetadas de todas partes.

—Y más aún si tengo razón y permitimos que el agresor ataque a otra mujer sin hacer nada al respecto.

—Usted asegúrese de que sus pruebas son tan irrefutables como su planteamiento.

337

Capítulo 77

Miércoles, 14 de enero de 2010

*E*l equipo reclutado por Grace para la Operación Pez Espada, cada vez mayor, era ya demasiado numeroso como para caber cómodamente en la SR-1, así que convocó la reunión de las 18.30 en la sala de reuniones del Centro de Delitos Graves.

Allí cabían veinticinco personas sentadas en unas sillas rojas distribuidas alrededor de una mesa rectangular abierta por el centro, y otras treinta de pie. Se solía emplear para las ruedas de prensa relativas a casos de delitos graves. Al fondo, en el extremo opuesto a la pantalla de vídeo, había una pizarra en dos tonos de azul, de dos metros de altura y tres y medio de ancho, donde se podía ver la dirección web de la Policía de Sussex y el logo y el número de teléfono del programa Crimestoppers.

El superintendente se sentó de espaldas a la pizarra, de cara a la puerta, mientras su equipo iba entrando, la mitad de ellos pegados al teléfono. Uno de los últimos en entrar fue Norman Potting, que caminaba estirado, aparentemente muy satisfecho consigo mismo.

A las seis y media en punto, Roy dio inicio a la reunión:

—Equipo, antes de empezar con el orden del día, el sargento Potting tiene noticias para nosotros —anunció, y le dio paso con un gesto.

Potting tosió y luego dijo:

—Tengo el placer de comunicar que he detenido a un sospechoso.

—¡Genial! —reaccionó Foreman.

—Ahora mismo está en custodia, mientras procedemos al registro de su casa, un barco atracado en el Adur, en Shoreham Beach.

—¿Quién es, Norman? —preguntó Nicholl.

—John Kerridge, el hombre que he mencionado en la reunión de esta mañana. Un taxista de la ciudad. Se hace llamar por su apodo, Yac. Realizamos un registro preliminar y descubrimos un escondrijo con ochenta y siete pares de zapatos de tacón escondidos en la sentina, en bolsas.

—¿Ochenta y siete pares? —exclamó Emma-Jane Boutwood, asombrada.

—Puede que haya más. El registro sigue adelante —respondió él—. Sospecho que encontraremos los de nuestras dos víctimas… y los de otras anteriores.

—¿Esos aún no los tenéis? —preguntó Nick Nicholl.

—No, pero los encontraremos. Tiene un montón de recortes de periódico sobre el Hombre del Zapato, que hemos confiscado, así como un fajo de documentos impresos sobre los delitos de 1997, sacados de Internet.

—¿Vive solo? —preguntó Bella Moy.

—Sí.

—¿Esposa? ¿Separado? ¿Novia o novio?

—No parece.

—¿Cómo justificó que tuviera esos recortes y también los zapatos?

—No lo hizo. Cuando se lo pregunté, se encerró en sí mismo y se negó a hablar. También encontramos una gran cantidad de cadenas de váter escondidas, no solo los zapatos. Y cuando las descubrimos, se agitó muchísimo.

Branson frunció el ceño, y luego imitó con el brazo el movimiento de tirar de la cadena.

—¿Cadenas? ¿Quieres decir cadenas de cisterna?

Potting asintió.

—¿Por qué? —preguntó.

Potting miró alrededor, vacilante, y luego se quedó mirando a Roy.

—No sé si es políticamente correcto decirlo…, jefe.

—Nos tienes en ascuas —respondió Grace, divertido.

Potting se dio unos golpecitos en la sien.

—Al chico le falta un hervor.

Se oyeron unas risitas apagadas. Potting sonrió, orgulloso de sí mismo. Grace lo observó, contento de que aquel hombre hubiera tenido ocasión de demostrar su valía al equipo. Pero al mismo tiempo no podía dejar de pensar en Pewe. Aunque la detención de aquel sospechoso encajaba en muchos aspectos, dejaba sin responder una gran pregunta. Eso le preocupaba.

Volvió a concentrarse en el detenido del sargento Potting. Era estupendo que hubieran hecho una detención, y ahí había algo con lo que el *Argus* podría abrir su edición al día siguiente. Pero tenía la suficiente experiencia como para saber que una cosa era arrestar a un sospechoso y otra muy diferente demostrar que era el delincuente al que buscaban.

—¿Cómo está reaccionando, Norman? —preguntó.

—Está cabreado, jefe —respondió Potting—. Y podríamos tener un problema. Su abogado es Ken Acott.

—Mierda —exclamó Nicholl.

Eran muchos los abogados de oficio que podían asignárseles a los sospechosos, y sus aptitudes y modo de actuar variaban muchísimo. Acott era el más listo de todos. Era una pesadilla para el agente responsable del arresto.

—¿Qué es lo que dice? —preguntó Grace.

—Solicita un examen médico de su cliente antes de que sigamos hablando con él —respondió el sargento—. Yo me encargo de eso. Mientras tanto he dejado a Kerridge en custodia preventiva. Espero que el equipo de registro encuentre más pruebas.

—A lo mejor encontramos alguna coincidencia de ADN —planteó el agente Foreman.

—Hasta ahora el Hombre del Zapato se ha mostrado muy prudente a la hora de dejar rastros —adujo Grace—. Es uno de los grandes problemas con los que nos hemos encontrado. Ni un maldito pelo ni una fibra. —Echó un vistazo a sus notas—. Bueno, excelente trabajo, Norman. Pasemos a otra cosa un momento. Glenn, tú tienes algo sobre otro posible sospechoso.

—Sí, jefe, hemos identificado al conductor del Mercedes sedán Clase E, el que se vio salir a toda velocidad de casa de los Pearce en The Droveway poco después de la agresión a la señora Roxanna Pearce. Ya le hemos interrogado. Explica la cena romántica para dos que estaba preparando, pero no nos ayuda mucho, me temo —dijo Branson, encogiéndose de hombros—. Se llama Iannis Stephanos. Tiene un par de restaurantes en la ciudad. El Timon's, en Preston Street, y el Thessalonica.

—¡Lo conozco! —dijo Foreman—. ¡Es donde llevé a cenar a mi mujer la semana pasada, por nuestro aniversario!

—Sí, bueno, E. J. y yo hemos ido y hemos hablado con Stephanos esta tarde. Ha admitido, algo avergonzado, que la señora Pearce y él tenían una aventura. Ella luego lo ha confirmado. Le había invitado porque su marido estaba fuera, de viaje de trabajo, algo que ya sabíamos. Él acudió a la cita, pero no le abrieron la puerta. Dice que esperó un rato fuera, llamando al timbre y por teléfono. Estaba seguro de que ella estaba en casa porque había visto sombras que se movían tras las cortinas. No estaba seguro de a qué estaba jugando la mujer. Luego, de pronto, le entró el miedo de que quizás el marido hubiera vuelto antes de tiempo, motivo por el que salió de allí a toda velocidad.

—¿Le creéis? —Grace primero lo miró a él, y luego a Emma-Jane Boutwood.

Ambos asintieron.

—No tiene ningún sentido que la violara si ella le había invitado a su casa.

—¿No podría ser que ella hubiera dicho que era una violación porque su marido hubiera vuelto antes de tiempo y se sintiera culpable? —planteó Foreman.

—Su marido no volvió hasta que contactamos con él al día siguiente —respondió Branson.

—¿Sabe algo de la aventura? —preguntó Grace.

—He intentado ser discreto —respondió Branson—. Creo que más vale que eso nos lo guardemos, de momento.

—El señor Pearce me ha llamado por teléfono varias veces para preguntar si había alguna novedad —anunció Grace, que miró a la agente de apoyo a las víctimas de violación, Claire Westmore—. ¿Le parece bien que no digamos nada?

—En este punto, no veo que ganemos nada haciéndole las cosas aún más difíciles a la señora Pearce —respondió ella.

Tras la reunión, Grace le pidió al agente Foreman que fuera a su despacho, para hablarle, en privado, de sus sospechas sobre el superintendente Pewe.

Foreman no había coincidido con Cassian Pewe en el D.I.C., así que nadie podría acusarle de tener prejuicios. Era la persona idónea para aquello.

—Michael, quiero que compruebes las coartadas del superintendente Cassian Pewe en 1997 y ahora. Tengo dudas sobre él, porque hay demasiadas cosas que encajan. Pero si le detenemos, tiene que ser porque tenemos pruebas irrefutables. Y de momento no es así. A ver qué puedes conseguir. Y recuerda que te vas a enfrentar a una persona muy astuta y manipuladora.

—Ha encontrado la horma de su zapato, jefe.

Grace sonrió.

—Por eso te he escogido a ti.

Capítulo 78

Martes, 20 de enero de 1998

*L*as pruebas de laboratorio confirmaron que la edad de la mujer parcialmente incinerada en la furgoneta era de entre ochenta y ochenta y cinco años.

Quienquiera que fuera —o que hubiera sido— no era la desaparecida Rachael Ryan. Aquello dejaba al sargento Grace con un segundo problema. ¿Quién era aquella mujer? ¿Quién la había metido en la furgoneta? ¿Por qué?

Tres grandes dudas por resolver.

Hasta aquel momento ningún tanatorio había informado de la desaparición de un cuerpo, pero Grace no podía sacarse de la cabeza la imagen de la mujer. Durante los últimos dos días, le habían ido enviando información detallada sobre ella. Medía un metro y sesenta y tres centímetros. Blanca. Las pruebas de laboratorio del doctor Frazer Theobald respecto al tejido de los pulmones y a la pequeña cantidad de carne de la espalda que había quedado intacta confirmaban que llevaba muerta un tiempo considerable antes de que la furgoneta se incendiara: varios días. Había muerto a causa de un cáncer.

No obstante, daba la impresión de que el condado de Sussex estaba lleno de abuelitas con enfermedades terminales. Algunos de sus municipios, como Worthing, Eastbourne o Bexhill, con una media de edad muy alta, eran conocidos, en broma, como las «salas de espera de Dios». Contactar con todos los tanatorios y depósitos de cadáveres sería una labor ingente. Las conclusiones del patólogo hacían que el caso se clasificara más como una rareza que como un delito grave, así que los recursos destinados a su investigación eran limitados. Prácticamente estaba en manos de Roy Grace.

Habría tenido madre, pensó. Y padre. También había tenido hijos, así que habría sido la esposa o la amante de alguien. La madre de alguien. Probablemente también la abuela de alguien. Quizás una persona buena, cariñosa y decente.

¿Cómo se explicaba, entonces, que su último viaje lo hubiera hecho atada al asiento del conductor de una furgoneta robada?

¿Sería una broma macabra de una pandilla de chavales?

Y si así fuera, ¿de dónde la habían sacado? Si alguien hubiera entrado en un depósito de cadáveres y se hubiera llevado un cuerpo, sin duda habrían dado parte de inmediato. Pero en el registro no había nada. Lo había comprobado todo, hasta tres semanas atrás.

Sencillamente, no tenía sentido.

Amplió la búsqueda a los tanatorios y depósitos de cadáveres de todo Sussex y de los condados vecinos, sin éxito. La mujer debía de tener familia. A lo mejor estaban todos muertos, pero esperaba que no. Pensar en aquello le entristeció. También pensar que en el depósito nadie había notado su ausencia.

La indignidad de lo que le había ocurrido a aquella mujer no hacía más que empeorar las cosas.

Si no había sido víctima de alguna broma macabra, ¿habría algo que se le escapaba?

Repasó la escena mentalmente una y otra vez. ¿Qué motivo podría tener alguien para robar una furgoneta y luego meter a una anciana muerta dentro?

¿Podrían ser tan estúpidos como para no saber que existen pruebas de laboratorio con las que se puede saber que la mujer no iba conduciendo, y que determinarían su edad?

La gamberrada era la explicación más probable. Pero ¿de dónde habían sacado el cadáver? Cada día ampliaba su búsqueda en tanatorios y depósitos. Tenía que haber uno, en algún lugar del país, donde faltara un cuerpo. ¿O no?

Aquel misterio le acompañaría los siguientes doce años.

Capítulo 79

Jueves, 15 de enero de 2010

*N*orman Potting estaba sentado en la silla verde de la sala de interrogatorios del Centro de Custodia, junto a la central del D.I.C. Había una ventana alta, una cámara de circuito cerrado y un micrófono. La pesada puerta verde, con su pequeña escotilla, estaba cerrada con llave.

Frente al sargento, al otro lado de una mesa del color del granito, estaba sentado John Kerridge, vestido con un mono reglamentario azul que le sentaba fatal y zapatillas de deporte. A su lado estaba el abogado de oficio que le habían asignado, Ken Acott.

A diferencia de muchos de sus colegas del turno de oficio, que no prestaban mucha atención a su atuendo por considerar que no tenían ninguna necesidad de impresionar a sus clientes, Acott siempre iba impecable. El abogado, de cuarenta y cuatro años, llevaba aquel día un elegante traje azul marino, con una camisa blanca recién planchada y una vistosa corbata. Con su cabello negro corto y su aspecto avispado, a mucha gente le recordaba el actor Dustin Hoffman, y la verdad es que tenía las tablas del actor, tanto a la hora de reivindicar sus derechos en una sala de interrogatorio como a la de dirigirse al juez en el tribunal. De todos los abogados de oficio de la ciudad, Acott era el que menos les gustaba a los policías.

Kerridge parecía tener problemas para permanecer quieto. Era un individuo de unos cuarenta años, con el pelo corto peinado hacia delante, y no paraba de agitarse, como si se debatiera para liberarse de unas ataduras imaginarias, y no dejaba de mirar el reloj.

—No me han traído mi té —dijo, ansioso.

—Ya viene —le aseguró Potting.

—Sí, pero son y diez —respondió Yac, hecho un saco de nervios.

En la mesa había una grabadora de triple pletina para hacer tres copias de la grabación, una para la Policía, otra para la defensa y otra para el archivo. Potting insertó un casete en cada hueco. Estaba a punto de apretar el botón de puesta en marcha cuando el abogado habló.

—Sargento Potting, antes de que nos haga perder el tiempo a mi cliente y a mí, creo que debería echar un vistazo a esto, que hemos encontrado en la casa de mi cliente, en el barco *Tom Newbound*, esta noche.

Sacó un gran sobre marrón y se lo pasó por encima de la mesa al sargento.

Vacilante, Potting lo abrió y sacó lo que había dentro.

—Tómese su tiempo —dijo Acott, con una seguridad que a Potting le dio mala espina.

Lo primero era un papel impreso. Era un recibo de una transacción hecha a través de eBay, la compra de unos zapatos Gucci de tacón alto.

Durante los veinte minutos siguientes, Potting fue sacando y leyendo, cada vez más malhumorado, una serie de recibos de tiendas de ropa de segunda mano y subastas de eBay correspondientes a ochenta y tres de los ochenta y siete pares de zapatos que habían encontrado en la casa-barco.

—¿Puede justificar su cliente la adquisición de los últimos cuatro pares? —preguntó Potting, con la sensación de estar agarrándose a un clavo ardiendo.

—Tengo entendido que los documentos están en su taxi —dijo Ken Acott—. Pero como ninguno de estos, ni de los otros, concuerda con las descripciones de los zapatos de la reciente serie de agresiones, le pediría que soltaran a mi cliente inmediatamente, para evitar que siga sufriendo pérdidas en su negocio.

Potting insistió en proceder con el interrogatorio. Pero Acott obligó a su cliente a que respondiera «Sin comentarios» a todas las preguntas. Tras una hora y media, el policía salió a hablar con Roy. Luego volvió y aceptó la derrota.

—Aceptaré soltarlo con el compromiso de que se presente de nuevo dentro de dos meses, mientras prosigue nuestra investigación —propuso Potting.

—También quiere que le devuelvan sus propiedades —dijo Acott—. ¿Hay algún motivo por el que no deban devolverle los zapatos y los recortes de prensa aprehendidos, su ordenador y su teléfono móvil?

A pesar del berrinche de Kerridge, Potting insistió en quedarse los zapatos y los recortes. El teléfono y el ordenador no suponían un problema, puesto que la Unidad de Delitos Tecnológicos ya había extraído del teléfono todo lo que necesitaba, y había clonado el disco duro del ordenador para seguir con sus comprobaciones.

Acott cedió en lo de los zapatos y los recortes, y veinte minutos más tarde soltaron a Yac. El abogado le llevó a casa en coche, con su ordenador y su teléfono.

Capítulo 80

Jueves, 15 de enero de 2010

*H*abía llegado hasta allí muy rápido, pero no había calculado la cantidad de tráfico que habría en el paseo marítimo. ¿Eran imaginaciones suyas? ¿No parecía que había más policía de lo habitual?

Entró en el aparcamiento tras el Grand Hotel poco después de las tres de la tarde, con la esperanza de que no se hubiera ido ya. Con sus nuevos Manolos de satén azul. Pero entonces, aliviado, localizó su Volkswagen Touareg negro.

Estaba en un lugar ideal para sus propósitos. No podía haber escogido una plaza mejor. Qué bien. Era una de las pocas zonas de aquel nivel que quedaba fuera de la vista de las cámaras de circuito cerrado.

Mejor todavía, la plaza de al lado estaba vacía.

Y él tenía las llaves de su coche en el bolsillo: el juego de llaves de reserva que había encontrado justo donde esperaba, en un cajón de la mesita del salón de su casa.

Aparcó la furgoneta marcha atrás, dejando suficiente espacio por detrás para poder abrir las puertas. Entonces, a toda prisa, salió y echó un vistazo, consciente de que no disponía de mucho tiempo. Escrutó el aparcamiento con calma. Estaba desierto.

Dee Burchmore llegaría muy pronto de su almuerzo de gala, pues tenía que volver a casa —donde acogía una reunión de la fundación West Pier Trust a las cuatro—. Luego tenía que volver al centro para asistir al cóctel ofrecido por el alcalde a las siete para recaudar fondos para el programa Crimestoppers en el museo de la Policía. Era una ciudadana modelo, un pilar para montones de causas diferentes por todo Brighton. Y alguien imprescindible para la economía de muchas tiendas de la ciudad.

Y además era tan buena chica..., con ese detalle de colgar todos sus movimientos en Facebook.

Esperaba que no hubiera cambiado de opinión y que llevara aquellos Manolo Blahnik de satén azul con las hebillas de brillantes. Las mujeres tenían la fea costumbre de cambiar de opinión, y aquella era una de las muchas cosas que no le gustaban de ellas. Si llevara otros zapatos, le sentaría muy mal, y tendría que enseñarle a no darle disgustos.

Por supuesto, la castigaría aún más si los llevaba.

Apretó el botón del mando a distancia. Las luces se encendieron y se oyó un *clac*. La luz del interior se encendió.

Abrió la puerta del conductor y se subió, sintiendo el rico aroma del cuero de la tapicería y el rastro del perfume de ella, Armani Code.

Tras comprobar a través del parabrisas que todo estuviera tranquilo, buscó los botones de las luces interiores hasta que encontró el que evitaba que se encendieran al abrir las puertas, y lo accionó.

349

Todo listo.

Había mucho en lo que pensar. En particular aquellas cámaras de circuito cerrado por todas partes. No bastaba con poner matrículas falsas a la furgoneta. Había muchos coches de policía circulando por ahí con un equipo de reconocimiento de matrículas a bordo, con el que podían comprobar la numeración en un momento y obtener todos los detalles del vehículo desde la central de tráfico, en Swansea. Si el número de matrícula no coincidía con el vehículo, lo sabrían al instante. Así que le había puesto a la furgoneta unas matrículas que eran una copia de las de otra furgoneta idéntica, una que había visto aparcada en una calle de Shoreham.

Para asegurarse de que la furgoneta de Shoreham no se iba a mover en uno o dos días, por si una misma patrulla localizaba ambas, le había vaciado un par de bolsas de azúcar en el depósito. Le gustaba pensar que lo tenía todo previsto. Era el modo de mantener lejos a la poli: eliminando todo rastro; teniendo siempre una explicación para todo.

Se tumbó en el asiento de atrás y se puso el pasamontañas, ajustándolo hasta tener las ranuras alineadas con los ojos y la boca. Luego se estrujó en el suelo, entre los asientos de delante y de atrás, fuera del alcance de la vista de cualquiera que mirara por la ventanilla, aunque no es que fueran a ver mucho a través de los cristales tintados. Respiró hondo y apretó el botón del mando para cerrar las puertas.

Ya faltaba poco.

Capítulo 81

Jueves, 15 de enero de 2010

*D*ee Burchmore tenía una regla de oro: no beber nunca antes de dar una charla. Pero luego... ¡cómo lo necesitaba! Por mucho que lo hubiera hecho antes, ponerse ante la gente y hablar en público seguía poniéndola nerviosa; y aquel día, por algún motivo —no sabía por qué, quizá porque se trataba de un evento especialmente importante y prestigioso—, había estado más nerviosa de lo habitual al dar su charla a favor del Martlet's Hospice.

Así que después, aunque no veía el momento de llegar a casa y prepararse para recibir a sus invitados a las cuatro, se había quedado charlando con unas amigas. Antes de que se diera cuenta, ya se había bebido tres copas enormes de Sauvignon Blanc. No debía haberlo hecho, ya que apenas había probado un bocado.

Ahora, mientras entraba en el aparcamiento, sentía que le fallaba el equilibrio. Debería dejar el coche, pensó, y tomar un taxi, o ir a pie —no estaba tan lejos—. Pero se había puesto a llover y no quería que se le empaparan sus nuevos Manolos.

Aun así, conducir no era buena idea. Aparte del riesgo, pensaba en la vergüenza que le haría pasar a su marido si la detuvieran. Se acercó a la caja y buscó el resguardo en el bolso. Al sacarlo, se le cayó de entre los dedos.

Soltó una palabrota y se arrodilló, pero le costó bastante agarrarlo.

«¡Estoy cocida!», pensó.

Intentó recordar si llevaba un paraguas en el coche.

Estaba segura de que sí. Y por supuesto sus zapatos planos para conducir también estaban allí. ¡Estupendo! Se los pondría y se iría a casa a pie. Sería lo mejor para eliminar el alcohol.

Volvió a meter el resguardo en el bolso y, casi tambaleándose, llegó al nivel 2.

Capítulo 82

Jueves, 15 de enero de 2010

O yó el *clac-clac-clac* de los tacones que resonaban contra el suelo de hormigón. Cada vez más cerca. Caminando rápido.

Le gustaba el sonido de los tacones al acercarse. Siempre le había gustado. Mucho más que cuando se alejaban. Sin embargo, al mismo tiempo, era algo que de niño le causaba miedo. Ese sonido alejándose significaba que su madre se iba. Cuando lo sentía cada vez más cerca, quería decir que ella volvía, para castigarle o para obligarlo a hacerle cosas.

El corazón le latía con fuerza. Sintió el flujo de adrenalina, como el subidón de una droga. Aguantó la respiración. Se acercaba cada vez más.

Tenía que ser ella.

«Por favor, que lleve los Manolos de satén azul.»

CLONK.

El ruido le sorprendió. Fue como cinco disparos simultáneos a su alrededor. Al saltar los cinco seguros de la puerta a la vez, casi se le escapa un grito.

Entonces, otro sonido.

Clac-clac-clac.

Pasos dirigiéndose a la parte trasera del coche. Seguidos del suave ruido de los amortiguadores hidráulicos del maletero al abrirse. ¿Qué estaba metiendo? ¿La compra? ¿Más zapatos?

Casi en silencio, con la destreza que le daba la práctica, abrió la tapa de la jabonera hermética de plástico que llevaba en el bolsillo y sacó la gasa empapada en cloroformo. Se preparó. Al cabo de un momento entraría en el coche, cerraría la puerta y se pondría el cinturón. Entonces atacaría.

353

Pero para su sorpresa, en lugar de la puerta del conductor, abrió la de atrás. Levantó la vista y vio su cara de asombro. Entonces ella dio un paso atrás, atónita al verle.

Un instante más tarde, gritó.

Él se levantó, saltó hacia ella con la gasa por delante, pero calculó mal la altura del coche y cayó al suelo de bruces. Mientras se revolvía para ponerse en pie, ella se echó atrás, volvió a gritar y luego una vez más; se giró y salió corriendo, chillando y haciendo *clac-clac-clac* con sus zapatos.

«Mierda, mierda, mierda, mierda, mierda.»

La observó unos momentos, agazapado en el espacio entre el Touareg y su furgoneta, debatiendo si debía salir corriendo tras ella. Ahora estaría plenamente a la vista de las cámaras. Alguien oiría sus gritos.

«Mierda, mierda, mierda, mierda, mierda.»

Intentaba pensar con claridad, pero no podía. Tenía la mente colapsada.

«Tengo que salir de aquí, rápido.»

Rodeó la furgoneta a la carrera, subió por la puerta trasera y la cerró de golpe; luego se lanzó hacia delante, trepó al asiento por el respaldo, se situó frente al volante y arrancó el motor. Entonces salió disparado de la plaza y giró a la izquierda, pisando a fondo, siguiendo las flechas hasta la rampa de bajada y la salida.

Al girar a la izquierda, la vio a medio camino bajando por la rampa, tambaleándose sobre los tacones y agitando los brazos como una histérica. Lo único que tenía que hacer era acelerar y borrarla del mapa. La idea se le pasó por la cabeza. Pero aquello le traería más complicaciones que otra cosa.

Ella se giró al oír el ruido del motor y agitó los brazos aún más desesperada.

—¡Ayúdeme! ¡Por favor, ayúdeme! —gritó, cortándole el paso.

Tuvo que frenar de golpe para evitar golpearla.

Entonces, al mirar a través del parabrisas, los ojos de ella se abrieron como platos del pánico.

Era el pasamontañas. No se dio cuenta hasta aquel momento. Había olvidado que lo llevaba puesto.

Ella retrocedió casi a cámara lenta; luego dio media vuelta y salió corriendo, todo lo rápido que pudo, tropezando, tambaleándose, gritando, perdiendo los zapatos: primero el izquierdo, luego el derecho.

De pronto la puerta de una salida de incendios se abrió a su derecha y apareció un policía de uniforme.

Él pisó el acelerador a fondo, haciendo chirriar las ruedas y lanzándose por la rampa, y se dirigió como una exhalación hacia las dos barreras idénticas que cerraban la salida.

Y de pronto cayó en la cuenta de que no había pagado el recibo.

No había nadie en la cabina, pero en cualquier caso no tenía tiempo. Siguió pisando a fondo, preparándose para el impacto. Pero fue lo de menos. La barrera salió volando como si fuera de cartón y él siguió acelerando, hasta la calle, y siguió adelante, girando a la izquierda y luego a la derecha por la parte trasera del hotel, hasta que llegó a los semáforos del paseo marítimo.

Entonces se acordó del pasamontañas. A toda prisa, se lo arrancó y se lo metió en el bolsillo. Alguien, furioso, tocó la bocina detrás de él. El semáforo se había puesto en verde.

—¡Vale, vale!

Aceleró y la furgoneta se caló. El conductor de atrás volvió a tocar la bocina.

—¡Que te jodan!

Arrancó, inició la marcha, giró a la derecha y se dirigió hacia el oeste, por la costa, en dirección a Hove. Respiraba rápido y con dificultad. Un desastre. Aquello era un desastre. Tenía que alejarse de allí todo lo rápido que pudiera. Tenía que esconder la furgoneta.

El semáforo que tenía delante estaba cambiando a rojo. La llovizna había transformado su parabrisas en una superficie escarchada. Por un instante se planteó saltarse el semáforo en rojo, pero un largo camión articulado ya había empezado a cruzar ante él. Se detuvo, golpeando nerviosamente el volante con las palmas de la mano, y luego accionó los limpiaparabrisas.

El camión estaba tardando una eternidad en pasar. ¡Era un jodido tráiler!

Con el rabillo del ojo vio algo. Alguien a su derecha le hacía señas. Giró la cabeza y se le heló la sangre.

Era un coche de la Policía.

Estaba atrapado. El jodido camión pertenecía a un circo o algo así, y se movía a la velocidad de una tortuga. Justo detrás tenía otro camión articulado enorme.

¿Qué debía hacer? ¿Salir corriendo?

El agente sentado en el asiento del acompañante del coche patrulla seguía haciéndole señas, indicando algo con una sonrisa. El poli hizo un gesto señalándose el hombro y luego a él, y luego otra vez su hombro.

Frunció el ceño. ¿De qué coño iba?

Entonces se dio cuenta

¡Le estaba diciendo que se abrochara el cinturón de seguridad!

Él le devolvió el gesto y se lo puso enseguida. *Clac-clic.*

El agente le enseñó el pulgar en señal de aprobación. Él hizo lo mismo. Todo sonrisas.

Por fin acabó de pasar el camión y el semáforo se puso verde. Condujo a ritmo constante, manteniendo la velocidad justo por debajo del límite hasta que, para su alivio, el coche de la Policía giró por una bocacalle. Entonces aceleró todo lo que pudo.

Un kilómetro y medio. Un kilómetro y medio más y estaría a salvo.

Pero aquella zorra no podría decir lo mismo.

Capítulo 83

Jueves, 15 de enero de 2010

*E*l modo de conducir de Glenn Branson siempre había sumido a Grace en un estado de pánico silencioso, pero más aún desde que había conseguido su licencia especial para persecuciones. Lo único que esperaba era no tener la mala suerte de estar en el coche cuando su colega tuviera que hacer uso de ella.

Pero aquel jueves por la tarde, mientras el sargento lanzaba su Ford Focus plateado como una bala por entre el tráfico habitual de la hora punta, Grace guardaba silencio por otro motivo. Estaba inmerso en sus pensamientos. Ni siquiera reaccionó al ver a la pobre anciana que salió de detrás de un autobús y que tuvo que dar un salto hacia atrás al pasar junto a ella muy por encima del límite de velocidad.

—¡No pasa nada, colega, ya la he visto! —dijo Glenn.

Grace no respondió. Habían liberado al sospechoso de Norman a mediodía, y aquella misma tarde, exactamente en el sitio donde había predicho Proudfoot, el psicólogo, se había producido un nuevo intento de agresión.

Por supuesto, era posible que no guardara ninguna relación con el Hombre del Zapato, pero por lo poco que había oído hasta el momento, tenía toda la pinta. ¿Cómo iban a quedar si al final resultaba que el hombre que acababan de liberar era el responsable de aquello?

Glenn encendió las luces de emergencia para abrirse paso por entre el congestionado tráfico en la rotonda frente al muelle, tocando el panel y variando el sonido de la sirena cada pocos segundos. La mitad de los conductores de la ciudad no tenían la inteligencia necesaria para estar al volante, o eran sordos o ciegos, y algunos las tres cosas a la vez, pensó Grace. Pasaron junto al Old Ship Hotel y luego, en King's Road, Glenn se metió por el carril junto a la isleta del cruce con West Street por el carril contrario y esquivó por los pelos a un camión que le venía de cara.

Probablemente no había sido muy buena idea dejarse llevar por alguien cuyo matrimonio hacía agua y que no veía motivos para seguir viviendo. Pero por suerte ya estaban llegando a su destino. Las probabilidades de salir del coche indemnes, en lugar de tener que esperar a que los sacara de dentro con un abrelatas una patrulla de rescate de los bomberos, aumentaba.

Un momento más tarde tomaron la calle de al lado del Grand Hotel y pararon al llegar a la entrada del aparcamiento, rodeada por tantos coches patrulla y furgonetas de la Policía que resultaría difícil contarlos, todos ellos con sus luces giratorias encendidas.

Grace salió del coche prácticamente antes de que parara. Se encontró un grupo de agentes uniformados, algunos con chalecos reflectantes y otros con chalecos blindados, frente a una cinta azul y blanca a cuadros que delimitaba la escena del delito. También había numerosos mirones.

La única persona a la que echaba de menos era el periodista Kevin Spinella, del *Argus*.

Uno de los agentes, el inspector al cargo, Roy Apps, le estaba esperando.

—Segunda planta, jefe. Yo le acompaño.

Con Glenn pegado al teléfono siguiendo sus pasos, los dos pasaron por debajo de la cinta y se encaminaron al aparcamiento. Olía a aceite de motor y a polvo. Apps le puso al día mientras caminaban.

—Tenemos suerte —dijo—. Un joven agente especialmente espabilado, Alec Davies, que estaba en la sala de control del circuito cerrado con el vigilante, pensó que esto podía ser algo más de lo que parecía y lo precintó todo antes de que llegáramos.

—¿Han encontrado algo?

—Sí. Algo que puede ser interesante. Se lo enseñaré.

—¿Qué hay de la furgoneta?

—La sala de control de vídeo de la Policía la ha detectado viajando hacia el oeste por Kingsway, hacia Hove. La última vez que se la vio fue girando a la derecha, tomando Queen Victoria Avenue. Hemos mandado a todas las patrullas disponibles y a una unidad de la Policía de tráfico en su busca, pero hasta ahora no la han encontrado.

—¿Tenemos los datos de registro?

—Sí. Está a nombre de un decorador que tiene su casa en Moulsecoomb. Tengo una patrulla vigilando el edificio. También tengo unidades de tráfico cubriendo todas las salidas de la ciudad en la dirección en que viajaba, y el *Hotel 900* está rastreando la zona.

El *Hotel 900* era el helicóptero de la policía.

Llegaron a la segunda planta, que estaba precintada con una segunda cinta. Un agente de uniforme, joven y alto, estaba de pie junto a la cinta, con una carpeta en la mano.

—Este es el chico —dijo Apps.

—¿Agente Davies? —preguntó Grace.

—Sí, señor.

—Buen trabajo.

—Gracias, señor.

—¿Puede enseñarme el vehículo?

El agente dudó un momento.

—La Científica viene de camino, señor.

—Este es el superintendente Grace. Es el máximo responsable de la Operación Pez Espada —le tranquilizó Apps.

—Ah. De acuerdo. Perdone, señor. Por aquí.

Pasaron bajo la cinta. Grace le siguió a través de una serie de plazas de aparcamiento vacías, al final de las cuales había un reluciente Volkswagen Touareg negro con el maletero abierto.

El agente Davies hizo un gesto de precaución con la mano al llegar y señaló un objeto que había en el suelo, justo debajo del maletero. Parecía un trozo de algodón. El agente sacó la linterna y lo enfocó con el haz de luz.

—¿Qué es? —preguntó Grace.

—Tiene un olor raro, señor —dijo el agente—. Al estar tan cerca de la escena de la agresión, pensé que podría estar relacionado de algún modo, así que no lo he tocado, por si tiene huellas o rastros de ADN.

Grace observó la expresión seria del joven y sonrió.

—Tienes madera de inspector, chico.

—Eso es lo que me gustaría ser, señor, cuando acabe los dos años de uniforme.

—No esperes hasta entonces. Si has cumplido doce meses, podría acelerar tu entrada en el D.I.C.

Los ojos del agente se iluminaron.

—Gracias, señor. ¡Muchísimas gracias!

Roy se arrodilló y acercó la nariz a la gasa. Tenía un olor dulce y astringente al mismo tiempo. Y casi al instante notó un ligero mareo. Se puso en pie y sintió que le fallaba el equilibrio unos segundos. Estaba bastante seguro de que conocía aquel olor, de un curso de toxicología al que había asistido unos años antes.

Las declaraciones de Nicola Taylor y Roxy Pearce eran muy similares. Coincidían con las de algunas de las víctimas del Hombre del Zapato en 1997. Era el mismo olor que habían descrito cuando les habían presionado algo contra la nariz.

Cloroformo.

Capítulo 84

No sabe quién soy ni dónde estoy, ¿verdad, superintendente Roy Grace? ¡No tiene ni idea! Una detención. Y luego ha tenido que soltarlo por falta de pruebas. Está perdiendo los nervios.

Pero yo no.

Se ha complicado un poco la cosa esta tarde, tengo que admitirlo. Pero me he recuperado de cosas peores. He estado fuera de juego doce años y ahora he vuelto. Puede que desaparezca de nuevo, pero volveré, no sufra. ¡Volveré! ¡A lo mejor la semana que viene, quizás el mes que viene, o el año que viene, o la década que viene! Y cuando vuelva, sentirá mucho haber dicho eso de que tengo la picha pequeña.

Aunque de momento aún sigo aquí. No quiero irme sin acabar lo que he empezado.

No quiero irme sin darle algo que le haga perder los nervios de verdad. Algo que le va a dejar como un tonto ante su nuevo subdirector. ¿Cómo lo han dicho en el Argus esta mañana? ¡De caza! Usted ha dicho que el Hombre del Zapato está de caza.

Bueno, pues tiene razón. ¡Estoy de caza! ¡Al acecho!

No di con ella en el estadio Withdean, pero la pillaré mañana.

Conozco todos sus movimientos.

Capítulo 85

Viernes, 16 de enero de 2010

Grace no era de los que solían poner mala cara, pero en la reunión de aquel viernes por la mañana estaba realmente malhumorado, y la noche que había pasado en vela no ayudaba nada a mejorar la situación. Se había quedado en la SR-1 con parte de su equipo hasta pasada la una, repasando todo lo que tenían sobre el Hombre del Zapato, actual y antiguo. Luego se había ido a casa de Cleo, pero a los pocos minutos ella había recibido una llamada para levantar un cadáver hallado cerca del cementerio de una iglesia.

Había permanecido en pie una hora, bebiendo whisky y fumando un cigarrillo tras otro, pensando, pensando, pensando en lo que se le podía estar pasando por alto, mientras *Humphrey* roncaba sonoramente a su lado. Luego había repasado un largo informe de la Unidad de Delitos Tecnológicos que se había llevado a casa. Investigando en Internet, habían encontrado toda una colección de páginas web sobre fetichismos de los pies y de los zapatos. Había cientos de ellos. En los últimos seis días no habían podido estudiar más que un pequeño porcentaje. Y hasta el momento no habían encontrado nada concluyente.

Grace dejó el informe algo asombrado y decidió que quizás había llevado una vida demasiado convencional, pero no estaba seguro de que pudiera llegar a desear compartir sus fantasías con un puñado de perfectos desconocidos. Después se había vuelto a la cama y había intentado dormir. Pero el cerebro se le había disparado. Cleo había regresado hacia las 4.30, se había dado una ducha, se había metido en la cama y se había dormido. A él siempre le sorprendía que pudiera enfrentarse a cualquier tipo de cadáver, por terrible que fuera su estado o cualesquiera que hubieran sido las circunstancias de la muerte, y luego volver a casa y dormirse al cabo de un momento. Debía de ser su capacidad para desconectar lo que le permitía enfrentarse a aquel trabajo.

Tras media hora más de dar vueltas en la cama absolutamente tenso, decidió levantarse y salir a correr por el paseo marítimo, para intentar aclarar sus ideas.

Y ahora, a las 8.30 de la mañana, tenía un dolor de cabeza insufrible y le temblaba todo el cuerpo debido a la sobredosis de cafeína; pese a todo se llevó una nueva taza de café instantáneo bien cargado a la atestada sala, que ahora ya acogía a más de cincuenta agentes y al personal de apoyo.

Delante tenía un ejemplar del *Argus* de la mañana, junto a un montón de documentos, el primero de los cuales era del Departamento de Supervisión de Actuaciones Policiales. Era el informe de la primera semana de la Operación Pez Espada, que acababa de llegar, algo retrasado.

El *Argus* mostraba una fotografía de una Ford Transit blanca en la primera página, con el pie de foto: «Similar a la usada por el sospechoso».

Por otra parte, el periódico reproducía, creando cierto efecto dramático, la matrícula clonada, con la petición de que cualquiera que hubiera visto el vehículo entre las 14.00 y las 17.00 del día anterior se pusiera en contacto urgentemente con el Centro de Investigaciones de la Policía o con Crimestoppers.

El propietario de la furgoneta al que le habían clonado la matrícula no se podía decir que estuviera contento. Era un decorador que no había podido mover su vehículo del lugar donde estaba trabajando para ir a comprar materiales que necesitaba con urgencia porque la furgoneta no arrancaba. Pero, por lo menos, tenía la coartada perfecta. De las dos a las cinco de la tarde anterior, estaba en la cuneta de la carretera, acompañado de un mecánico de urgencia que le había vaciado el depósito y le había limpiado el carburador. Según el mecánico, alguien había tenido la gentileza de vaciarle una bolsa de azúcar en el depósito.

363

Grace se preguntó si aquello sería otro de los toques de gracia del Hombre del Zapato.

La única buena noticia del día era que el informe de la primera semana al menos era positivo. Aprobaba todos los movimientos realizados en la gestión del caso —por lo menos los de los siete primeros días—. Pero ahora ya habían pasado nueve más. El siguiente informe sería al cumplirse veintiocho días. Con un poco de suerte, para entonces el Hombre del Zapato ya estaría disfrutando de los placeres del calzado de la prisión.

Le dio un sorbo al café y luego, viendo la cantidad de asistentes a la reunión, se puso en pie para dirigirse a ellos.

—Bueno —dijo, saltándose la habitual presentación—. Esto es fantástico: soltamos a nuestro sospechoso a mediodía y por la tarde se produce la siguiente agresión. Entenderéis que no esté muy contento. ¿Qué es lo que pasa? ¿Se está riendo de nosotros ese tal John Kerridge, o Yac? ¡El *Argus* desde luego sí!

Levantó el periódico. El gran titular de portada decía:

ESCAPA POR LOS PELOS DE SU AGRESOR.
¿EL CUARTO ATAQUE DEL HOMBRE DEL ZAPATO?

Nadie dudaba de que el tipo que había esperado a Dee Burchmore en su coche el día anterior era el Hombre del Zapato. La situación y la confirmación de un análisis de emergencia realizado por el laboratorio forense de que la sustancia de la gasa de algodón era cloroformo apuntaban a esa conclusión. Ahora el coche estaba en el taller de la Policía Científica, donde pasaría varios días, para buscar fibras, pelos, células epiteliales o cualquier otro indicio revelador que pudiera haber dejado el agresor, por microscópico que fuera.

Las circunstancias temporales, comprobadas por Potting, exculpaban a John Kerridge. El abogado del taxista, Ken Acott, le había llevado en coche a su barco. Un vecino había confirmado su coartada: había permanecido en el barco hasta las 17.30, cuando había salido para iniciar su turno de noche con el taxi.

Pero había algo más, algo personal, que afectaba al humor de Grace. El agente Foreman le había informado de que Pewe se había mostrado completamente reacio a colaborar. Hasta el momento no había hecho ningún progreso con el superintendente.

Sentía una gran tentación de detener a Pewe. Pero las palabras de su nuevo subdirector tenían una fuerza aún mayor: «No debe dejar que se convierta en algo personal».

Reconocía que arrestarlo en aquel momento, con las exiguas pruebas que tenía hasta el momento, estaría muy cerca de ser algo personal. Y detener a un segundo sospechoso para tener que liberarlo posteriormente sin cargos crearía la impresión de que estaba cazando moscas a cañonazos. A su pesar, no le quedó más remedio que decirle a Foreman que siguiera investigando.

Para acabar de arreglarlo, Nick Nicholl le había informado de que había visto la grabación de las cámaras de circuito cerrado del pub Neville. La imagen era pobre y había solicitado que la mejoraran en el laboratorio, pero mostraba a alguien que podría ser Darren Spicer bebiendo la noche de Nochevieja hasta la una y media. Si resultaba que era él, aquello exculparía al ladrón de casas de cualquier implicación en la violación de Nicola Taylor. No obstante, no había podido aportar una coartada para el momento de la agresión a Roxy Pearce; se había limitado a declarar de nuevo que se encontraba en el canódromo —a apenas quince minutos a pie de la casa—. Tampoco tenía una coartada firme para el sábado por la noche, cuando Mandy Thorpe fue agredida en el Tren Fantasma del Brighton Pier.

365

A Roy aquella línea cronológica le parecía interesante. La agresión se produjo hacia las 19.30, una hora antes del toque de queda en el Centro de Noche Saint Patrick's, donde se alojaba Spicer. Podía haber cometido la agresión y llegar al centro a tiempo.

Pero en aquel momento las pruebas eran demasiado circunstanciales como para justificar su detención. Un abogado espabilado como Acott las dejaría en nada. Necesitaban mucho más, y en aquel momento no lo tenían.

—Bueno —dijo Grace—. Quiero que repaséis todos los

hechos que tenemos hasta ahora. Hecho número uno: nuestros analistas han establecido que en 1997 las cinco víctimas conocidas del Hombre del Zapato, así como una sexta posible, Rachael Ryan, que desapareció, se habían comprado un par de zapatos de diseño en alguna zapatería de Brighton en los siete días anteriores a la agresión.

Muchos de los presentes asintieron.

—Hecho número dos: tres de nuestras cuatro víctimas, efectivas y potenciales —incluyo a la señora Dee Burchmore—, han hecho eso mismo en los últimos dieciséis días. La excepción es Mandy Thorpe. De momento la incluyo en nuestra investigación, aunque sospecho que su agresor no fue el Hombre del Zapato. Pero no entraremos en eso de momento.

Miró a Julius Proudfoot. El psicólogo forense le devolvió una mirada un tanto hostil.

—Hecho número tres: la situación del ataque de ayer se corresponde exactamente con la predicción hecha por nuestro psicólogo forense. Julius, quizá quiera usted añadir algo.

Proudfoot hinchó el pecho con aire petulante.

—Sí, bueno, el caso es que creo que hay mucho más de lo que vemos. Tenemos un montón de imponderables, pero sabemos unas cuantas cosas importantes sobre el Hombre del Zapato. Para empezar, es un hombre muy turbado. Sospecho que ahora estará furioso porque le han salido mal las cosas. Si, tal como creo, nos enfrentamos a alguien a quien su madre hizo daño, podría estar tan dolido como los niños que se sienten rechazados por su mamá. Un chaval reaccionaría encerrándose en sí mismo, pero un adulto lo haría de un modo muy diferente. Es solo una impresión, pero yo apostaría a que ahora estará muy violento y resultará peligroso. No se salió con la suya ayer, pero seguro que lo hará muy pronto.

—¿Con la misma víctima? —preguntó Michael Foreman.

—No, creo que pasará a otra. Puede que vuelva a intentarlo con esta víctima, Dee Burchmore, en un futuro, pero no inmediatamente. Es probable que ahora busque un objetivo más fácil.

—¿Cómo se encuentra la señora Burchmore? —preguntó Bella Moy.

—Está muy traumatizada, como cabía esperar —apuntó Westmore, la agente de atención a víctimas de agresión sexual—. También tiene que ver el que el agresor se colara dentro de su coche (un Volkswagen Touareg con los sistemas de seguridad más modernos). Según parece, han desaparecido las llaves de repuesto.

—Por lo que yo sé, las mujeres siempre están perdiendo llaves —soltó Potting.

—Ah, ¿y los hombres no? —replicó Bella Moy.

—Los Burchmore las guardaban en un cajón, en su casa —prosiguió Westmore, sin hacerles caso a ninguno de los dos—. Eso plantea la cuestión de si el agresor podría haberse colado allí y haberlas robado en algún momento. A ambos les preocupa mucho esa posibilidad.

—¡«Penetrar» en la casa de la víctima! —declaró Proudfoot, con una sonrisa triunfante—. Al Hombre del Zapato eso le gustaría. Es parte de su gratificación.

—Sabemos que se le da bien entrar en las casas —dijo Bella—. La agresión a Roxy Pearce y la anterior en una casa privada en 1997 lo demuestran.

367

—La especialidad de Darren Spicer —observó Glenn Branson—. ¿No? Encaja con su perfil.

—Hay algo más que podría ser significativo —señaló Proudfoot—. En 1997, los cinco ataques del Hombre del Zapato se produjeron entrada la noche. En esta nueva tanda, a excepción del de Nochevieja, se han producido a media tarde. Eso me hace pensar en la posibilidad de que se haya casado, lo que explicaría que se retirara durante un tiempo. Ahora el matrimonio no va tan bien, y ese es el motivo de que haya vuelto a delinquir.

La sargento Moy levantó la mano.

—Lo siento. No entiendo su razonamiento... Eso de que puede estar atacando a una hora más temprana solo porque se ha casado.

—Porque tiene que llegar a casa a buena hora para evitar despertar sospechas —respondió Proudfoot.

—¿O para llegar a tiempo antes de que cierren el Centro de Noche Saint Patrick's? —propuso ella.

—Posiblemente —concedió Proudfoot—. Sí, eso también.

—¿Y cómo podría habérselas arreglado en Nochevieja si está casado? —preguntó Foreman—. ¿Alguien ha comprobado el taxímetro de ese tal Kerridge? ¿No mostraría lo que estaba haciendo en el momento del ataque a Nicola Taylor en el Metropole?

—He hablado con el dueño del taxi y le he pedido un registro completo desde el 31 de diciembre —respondió Potting—. En este momento no disponemos de las pruebas necesarias para incautar el taxi y analizar el taxímetro.

—¿Qué crees que necesitamos, Norman? —preguntó Grace.

—Los zapatos de las víctimas, jefe. O pruebas forenses que vinculen a Kerridge con ellos. No las tenemos. No podemos conseguirlas sin volver a detenerle. Da la impresión de ser un pirado inofensivo apasionado de los zapatos. Según el informe, tiene algún problema de salud mental. Está en el espectro autista.

—¿Le exime eso de algún modo de la investigación por violación? —preguntó Branson.

—Lo que hace es dificultar mucho más el interrogatorio —dijo Grace—. Tendríamos que someterle a un examen médico, pasar por todo ese procedimiento. El sargento Potting tiene razón. No tenemos suficiente para trincarle. —Le dio un sorbo al café—. ¿Pudiste comprobar, Norman, si Kerridge ha llevado a alguna de las víctimas en su taxi, como pasajeras?

—Le enseñé todas sus fotos. Asegura que no ha visto nunca a ninguna.

Grace se dirigió al agente Nicholl:

—¿Cuándo dispondremos de la versión mejorada de las imágenes de circuito cerrado del pub Neville?

—Hoy mismo, espero, señor.

—He estado desarrollando el perfil geográfico —intervino Proudfoot—, que creo que nos puede resultar útil.

Se giró y señaló un gran plano del centro de la ciudad, pegado a la pizarra blanca de la pared que tenía detrás. Tenía cinco círculos rojos.

—Les hablé del patrón de ataque del Hombre del Zapato en 1997 y del de los ataques actuales. Tras su ataque fallido, la primera violación de la que tenemos constancia fue en el

Grand Hotel. Su primera agresión este año fue en el hotel Metropole, que está casi al lado. Su segundo ataque en 1997 fue en una edifico en Hove Park Road, y la segunda de este año en una casa en The Droveway, una travesía hacia el norte. Su tercer ataque en aquella época fue bajo el muelle, antes conocido como Palace Pier. Su tercer ataque ahora ha sido en el Tren Fantasma del mismo muelle. Su cuarto ataque de entonces fue en el aparcamiento de Churchill Square. Ahora tenemos el ataque de ayer, en el aparcamiento detrás del Grand Hotel. Unos cientos de metros al sur.

Hizo una pausa para que los asistentes asimilaran la información.

—El quinto ataque, si el superintendente Grace no se equivoca, se produjo en Eastern Terrace, junto a Paston Place y Saint James's Street. —Se giró hacia el mapa y señaló el quinto círculo—. En ausencia de otro elemento del que partir, voy a predecir que el próximo ataque del Hombre del Zapato se producirá en un lugar cercano a este. Se siente herido tras su último fracaso. Está furioso. Es probable que regrese a su zona cómoda —dijo, señalando las calles por arriba y por debajo de Saint James's—. Eastern Road y Marine Parade. Esta última solo tiene edificios en un lado, por el otro el paseo da al mar. Eastern Road es la que más se parece a Saint James's. Hay un laberinto de calles transversales en la zona, y ahí es donde creo que es más probable que ataque, esta noche o mañana. Yo diría que por la mañana, porque las calles estarán algo más concurridas, con lo que estará más protegido.

—Eastern Road es una calle muy larga —observó el agente Foreman.

—Si tuviera una bola de cristal, les daría un número —dijo Proudfoot con una mueca de suficiencia—. Pero si yo dirigiera esta operación, sería el lugar en el que centraría mis esfuerzos.

—¿Cree que ya habrá seleccionado a su próxima víctima? —preguntó Grace.

—Puede que yo tenga algo interesante al respecto —los interrumpió Ellen Zoratti, la analista—. Algo que quiero que vean.

369

Capítulo 86

Viernes, 16 de enero de 2010

Zoratti cogió un mando a distancia y apretó un botón. Del techo bajó una pantalla blanca que tapó el plano de Proudfoot.

—Sabemos que la habitación donde fue violada la primera víctima del Hombre del Zapato en 1997, en el Grand Hotel, estaba registrada a nombre de Marsha Morris —dijo—. También sabemos que la habitación del Metropole donde fue violada Nicola Taylor la mañana de Año Nuevo estaba registrada con el mismo nombre. Ya tengo la grabación de las cámaras del vestíbulo del Metropole y me gustaría que la vierais. Desgraciadamente no hay sonido.

Ellen volvió a apretar el mando. Apareció una secuencia de imágenes en blanco y negro y con algo de grano. Mostraban a diferentes personas con maletas haciendo cola en el mostrador principal del hotel. Dejó el mando, cogió un puntero láser y situó el punto rojo sobre la cabeza de una figura femenina de la cola. Tenía una melena rubia y vaporosa hasta los hombros, unas gafas de sol enormes que le tapaban gran parte de la mitad superior del rostro y un chal alrededor del cuello que ocultaba gran parte de la boca y de la barbilla.

—Creo que esta es Marsha Morris, registrándose en el Metropole el 31 de diciembre a las 15.00, hace poco más de dos semanas. Fíjense bien en el cabello, ¿de acuerdo?

Apretó el mando y la escena cambió a una imagen de vídeo con saltos de imagen de una de las principales zonas comerciales de Brighton, East Street.

—Me encontré con esto mientras analizaba imágenes de todas las cámaras próximas a las zapaterías de la ciudad. Hay muchas en un radio de unos doscientos metros desde el punto donde está esta cámara en particular, entre ellas Last, L. K. Bennett, Russell and Bromley y Jones. Ahora miren esta grabación.

En la siguiente secuencia de fotogramas, una mujer de unos cuarenta años, elegantemente vestida, con el cabello rubio al viento, un largo abrigo oscuro y unas botas de tacón alto, caminaba con tranquilidad hacia la cámara y luego la dejaba atrás.

—Esa es Dee Burchmore, a la que agredieron ayer —constató Ellen Zoratti—. Esta grabación se realizó el sábado pasado, 10 de enero. ¡No dejen de mirar!

Un momento más tarde, una mujer delgada de melena clara y voluminosa, vestida con un largo abrigo de camello y con un chal alrededor del cuello, con un bolso al hombro y botas brillantes, apareció en la imagen. Tenía un aspecto decidido, como si fuera a cumplir una misión.

Un instante más tarde chocó con un hombre que caminaba en dirección contraria y cayó de bruces. La voluminosa melena, que era una peluca, acabó en el suelo. Un peatón se detuvo, tapando la imagen de la cabeza descubierta del hombre.

371

Al cabo de unos segundos ya había agarrado la peluca y se la había vuelto a poner —algo torcida— de un manotazo. Se puso de nuevo en pie, echó un vistazo al bolso y, un instante después, salió de la imagen, con las manos en la cabeza, colocándose bien la peluca.

Dado el ángulo de la cámara y la mala calidad de la imagen, era imposible distinguir sus rasgos. Eso sí, eran claramente masculinos.

—¿Marsha Morris? —preguntó Michael Foreman.

—A los maricones siempre los delata la nuez —dijo Potting—. No falla.

—En realidad, Norman, he leído que ahora hay quien se la opera —precisó Bella Moy—. Por lo menos pueden reducírsela. Y no tengo muy claro por qué los llamas «maricones».

—Esa persona llevaba cuello alto —señaló Nicholl, sin hacer caso—. Tuviera nuez o no, no se podía ver.

—¿Esa es la imagen mejorada, Ellen? —dijo Grace.

—Me temo que sí, señor. Es la más clara que me ha podido proporcionar el laboratorio. No es estupenda, pero nos dice un par de cosas importantes. La primera es que el Hombre del Zapato podría acechar a sus víctimas vestido de mujer. La segunda es que la señora Burchmore compró unos zapatos caros aquel día. Eche un vistazo a la secuencia siguiente. La calidad de la imagen tampoco es muy buena. La tomaron las cámaras de circuito cerrado de la tienda.

Apretó el mando a distancia y en la pantalla apareció el interior de una zapatería, otra vez en una secuencia de planos de una cámara estática.

—Esta es de una de las tiendas Profile, en Duke's Lane —dijo Ellen.

Había una mujer rubia sentada en una silla, con algo que parecía un iPhone o una BlackBerry en las manos, tecleando. Ellen apuntó a su rostro con el láser rojo.

—Esta es Dee Burchmore, cinco minutos después de la secuencia que acaban de ver en East Street.

Una dependienta apareció en la imagen, con un par de zapatos de tacón alto en las manos. En un segundo plano, la cámara mostraba a una mujer con un peinado voluminoso, *bouffant*, abrigo largo, gafas oscuras y con un chal que le tapaba gran parte de la mitad inferior del rostro. Entró en la tienda. Era la misma persona que acababan de ver cayéndose por el suelo.

Ellen la señaló con el láser.

—¡Es nuestra amiga Marsha Morris otra vez! —exclamó Foreman—. ¡Con la peluca bien puesta!

Observaron al travestido que se movía en segundo plano, mientras Dee Burchmore compraba sus zapatos. Entonces se puso a charlar con la vendedora en la caja, mientras la joven introducía sus datos en el teclado del ordenador. Marsha Morris estaba muy cerca, fingiendo que examinaba unos zapatos, pero evidentemente estaba escuchando.

Entonces Dee Burchmore se fue con su compra en una bolsa.

A los pocos segundos, Marsha Morris también se marchó. Ellen detuvo la cinta.

—¿Sabemos si la persona que atacó a Dee Burchmore ayer iba disfrazada de mujer? —preguntó Potting.

—Llevaba un pasamontañas oscuro con agujeros para los ojos —respondió Westmore—. Es la única descripción que nos ha podido dar hasta ahora. Pero históricamente las dos únicas agresiones en las que el Hombre del Zapato se había travestido han sido la del Grand Hotel, en 1997, y la de este Año Nuevo, en el Metropole. Ninguna de las otras víctimas ha mencionado que fuera vestido de mujer.

—Yo creo que usa ese atuendo como disfraz —afirmó Proudfoot—. No como una gratificación sexual. Le ayuda a entrar en las zapaterías de señoras sin que sospechen y es un buen disfraz para los hoteles.

Grace asintió.

—Si repasamos los datos de 1997, la víctima a la que atacó en el aparcamiento de Churchill Square era una persona de hábitos fijos. Siempre aparcaba en el mismo sitio, en la planta superior, porque era la que estaba más vacía. Ahí hay un paralelismo con Dee Burchmore, que siempre aparcaba en el nivel 2 del aparcamiento de detrás del Grand Hotel. Ambas facilitaban mucho el trabajo a quien quisiera acecharlas.

—Dee me ha dicho que suele informar de sus movimientos con regularidad en las páginas de redes sociales como Facebook o Twitter —añadió la agente Westmore—. He echado un vistazo a algunos de sus *posts* de la semana pasada, y realmente no haría falta ser un genio para saber dónde se iba a encontrar prácticamente a cada hora. Las tres víctimas anteriores también llevaban un tiempo en Facebook, y Mandy Thorpe usaba Twitter con cierta regularidad.

—Así pues, hemos reducido la búsqueda de la próxima víctima del Hombre del Zapato: tenemos que encontrar a alguien que se haya comprado un par de zapatos caros la semana pasada y que se conecte a Facebook, a Twitter o a los dos —concluyó Nicholl con una mueca sarcástica.

—Podríamos ser algo más específicos —rebatió Zoratti—. La edad de las víctimas podría ser significativa. Nicola Taylor

373

tiene treinta y ocho años; Roxy Pearce, treinta y seis; Mandy Thorpe, veinte; y Dee Burchmore, cuarenta y dos. Estas cuatro edades se corresponden bastante con las de las víctimas del Hombre del Zapato en 1997.

La analista hizo una pausa para que asimilaran el nuevo dato, luego prosiguió:

—Si el superintendente Grace tiene razón en que Rachael Ryan fue la quinta víctima del Hombre del Zapato en 1997, a lo mejor eso nos puede ayudar a estrechar la búsqueda de su próxima víctima en la actualidad..., suponiendo que haya una más.

—La habrá —afirmó Proudfoot, convencido.

—Rachael Ryan tenía veintidós años —dijo Ellen, que se giró hacia el psicólogo forense—. Doctor Proudfoot, ya nos ha dicho que cree que el Hombre del Zapato podría estar repitiendo su patrón porque esa es su «zona cómoda». ¿Podría ser extensiva esa idea a la edad de su próxima víctima? ¿Alguien que tenga una edad parecida a la de su quinta víctima de 1997? ¿Unos veintidós años?

Proudfoot asintió, pensativo.

—No podemos estar seguros sobre el caso de Rachael Ryan, claro —dijo pomposamente, fijando la mirada en Roy Grace—. Pero si suponemos de momento que Mandy Thorpe fue víctima del Hombre del Zapato y que Roy tiene razón sobre Rachael Ryan, entonces sí, Ellen, su suposición no es descartable. Es muy posible que vaya a por alguien de esa edad. Si atacó a la pobre Rachael Ryan y ella nunca apareció, y si no le han cogido por lo que le pudo haber hecho, es muy probable, después del susto de ayer, que opte por lo conocido. Una mujer más vulnerable, más joven. Sí, creo que deberíamos centrarnos en eso. Mujeres jóvenes con zapatos de tacón alto y con presencia en Facebook.

—Lo que incluye prácticamente a todas las chicas jóvenes de Brighton y Hove. Y del resto del país —apuntó E. J.

—No puede haber tantas que se puedan permitir los precios de los zapatos que atraen al Hombre del Zapato —observó Bella Moy—. Podríamos pedirles a las tiendas de la ciudad una lista de clientas recientes, de las que tengan esa edad.

—Bien pensado, Bella, pero no tenemos tiempo —dijo Grace.

—Podríamos estrechar el cerco, señor —propuso Zoratti—. La conexión podría ser esta persona con la peluca cardada. Si encontramos en alguna grabación de una zapatería una mujer de poco más de veinte años con esta persona cerca, quizá tengamos algo.

—El Equipo de Investigación está repasando todas las grabaciones que puede de las zapaterías, pero es una pesadilla, debido a las rebajas de enero —dijo Bella Moy—. Yo he estado en la sala de vídeo de la central, viendo grabaciones de cámaras próximas a las zapaterías. Hay cientos de personas de esa edad entrando y saliendo de las tiendas. Y el problema es que hay cientos de horas de grabaciones.

Grace asintió.

—Señor —intervino Westmore—, hoy en día muchas zapaterías toman los datos de las clientas para el envío de comunicaciones. Es probable que la tienda que haya vendido (o que vaya a vender) los zapatos a la próxima víctima potencial tenga su nombre y su dirección en el sistema.

Grace lo consideró un momento.

—Sí, vale la pena intentarlo. Tenemos una lista de todas las tiendas de la ciudad que venden zapatos caros y de diseño. —Bajó la vista para mirar sus notas—. Veintiuna. Es probable que la víctima haya comprado sus zapatos la semana pasada, si es que ya los ha comprado. Podríamos visitar todas esas tiendas y pedirles los nombres y direcciones de todas las clientas que encajen con ese perfil y que hayan comprado unos zapatos, pero con los recursos que tenemos nos llevará días. Nuestro problema es que no podemos concedernos el lujo del tiempo.

—¿Y si ponemos algún cebo, señor? —propuso la agente Boutwood.

—¿Cebo?

—Si vamos alguna de nosotras de compras.

—¿Quieres decir mandaros a comprar zapatos caros?

Ella asintió, encantada:

—¡Yo me presento voluntaria!

—Mujeres y zapatos bonitos en las rebajas de enero

375

—reflexionó Grace con una mueca—. ¡Es como buscar una aguja en un pajar! Necesitaríamos decenas de cebos en las zapaterías y acertar con el lugar y el momento. El doctor Proudfoot cree que el Hombre del Zapato volverá a atacar esta noche o mañana. —Sacudió la cabeza—. La idea es interesante, E. J., pero las probabilidades de éxito son mínimas, y no tenemos tanto tiempo. Necesitamos tener la zona de Eastern Road bajo observación antes de las tres de la tarde.

Miró su reloj. Eran casi las nueve de la mañana. Solo tenía seis horas.

La cámara de vídeo de circuito cerrado era un invento muy bien pensado, le parecía. Pero tenía un gran problema. En aquel momento había cientos de cámaras grabando a todas horas y por toda la ciudad, pero no contaban con la cantidad necesaria de personal para examinar las grabaciones (y la mitad, en cualquier caso, era de una calidad de mierda). Hubieran necesitado una especie de superordenador que lo comprobara todo automáticamente. Lo único que tenía era un número limitado de seres humanos con una capacidad de concentración limitada.

—Señor, usted trabajó personalmente en el caso de la desaparición de Rachael Ryan, ¿no? —preguntó Zoratti.

Grace sonrió.

—Aún sigo en ello. El caso sigue abierto. Pero sí, estuve muy implicado. Entrevisté varias veces a las dos amigas con las que había salido aquella Nochebuena. A Rachael le gustaban mucho los zapatos, motivo por el que siempre he sospechado que el Hombre del Zapato estaría implicado. Se había comprado un par de zapatos muy caros la semana anterior, en Russell y Bromley, en East Street, creo. —Se encogió de hombros—. Ese es otro motivo por el que no creo que ganáramos nada enviando a gente de compras hoy mismo. Creo que hace sus planes con antelación.

—A no ser que se sienta frustrado por lo de ayer, jefe —intervino Branson—. Y que decida ir a por alguien al azar.

—Nuestra mejor apuesta ahora mismo es que, después de lo de ayer, haya perdido la calma, y que opte por hacer algo que no tuviera preparado. A lo mejor consiguió darle en la cresta criticando sus atributos sexuales en el *Argus*..., y por eso cometió su error.

—Bueno, pues entonces más vale que encontremos un modo de volver a darle en la cresta, y esta vez con más fuerza —dijo Grace.

377

Capítulo 87

Viernes, 16 de enero de 2010

A Darren Spicer, el trabajo en el Grand Hotel no estaba dándole los frutos esperados. Había sistemas de seguridad que impedían que se creara sus propias tarjetas-llave, y un supervisor los controlaba a él y a sus colegas desde el minuto en que empezaban por la mañana hasta el minuto en que fichaban para marcharse por la tarde.

Eso sí, cobraba por el trabajo, que consistía en renovar la anticuada red eléctrica del hotel, sustituyendo kilómetros de cables por un laberinto de pasillos subterráneos, donde se encontraban la lavandería, las cocinas, las calderas, los generadores de emergencia y los almacenes. Pero cuando había aceptado aquel trabajo, tenía esperanzas de que podría hacer algo más que pasarse el día tirando metros y metros de cableado y recoger los cables viejos mordisqueados por los ratones.

Se había imaginado que tendría acceso a las doscientas una habitaciones y a las cosas que sus ricos ocupantes habrían guardado en la caja fuerte; sin embargo, de momento, durante la primera semana, no había encontrado el modo. Tenía que tener paciencia; lo sabía. Eso podía hacerlo. Tenía mucha paciencia cuando salía a pescar, o cuando esperaba frente a una casa a que sus ocupantes salieran, para luego entrar a robar.

Aquí, sin embargo, la tentación era tan fuerte que no veía el momento de empezar.

¡Porque doscientas una habitaciones quería decir doscientas una cajas fuertes! Y el hotel estaba lleno: registraba un ochenta por ciento de ocupación todo el año.

En la cárcel, un compañero le había explicado el modo de robar las cajas de caudales de hotel. No cómo abrirlas: eso ya lo sabía; tenía todo el material necesario para las cajas del Grand. Lo que le había enseñado era a robar el contenido de las cajas sin que le descubrieran.

Era sencillo: había que robar solo un poco. No había que dejarse llevar por la codicia. Si alguien dejaba doscientas libras en efectivo, o moneda extranjera, había que coger solo una pequeña cantidad. Siempre efectivo; nunca joyas; la gente echaba de menos las joyas, pero no iban a echar de menos veinte libras de un montón de doscientas. Eso, diez veces al día, suponía unos buenos ingresos. Mil a la semana. Cincuenta de los grandes al año. Sí. Genial.

Había decidido que esta vez no iba a volver a caer, que no perdería la libertad. Sí, no podía negar que la cárcel de Lewes ofrecía más comodidades que el Centro de Noche Saint Patrick's, pero muy pronto conseguiría su MiPod y, con un poco de suerte, al cabo de un par de meses habría reunido suficiente efectivo como para pagar la fianza de un alquiler. Algo modesto para empezar. Luego se buscaría una mujer. Ahorraría, y quizá consiguiera suficiente dinero para alquilar un buen piso. Y quizás un día podría comprar uno. ¡Ja! Ese era su sueño.

Pero en aquel momento, mientras recorría el camino de vuelta al Saint Patrick's por Western Road, a las seis y media de aquella noche de viernes helada y seca, con la cabeza apretada contra el cuerpo y las manos en los bolsillos de la chaqueta, el sueño quedaba muy lejos.

Paró en un pub, el Norfolk Arms, en Norfolk Square, y se tomó una pinta con un chupito de whisky. Ambos le sentaron bien. Era algo que echaba de menos cuando estaba entre rejas. La libertad para tomarse algo en un pub. Cosas sencillas como aquello. Pidió otra pinta, se la llevó a la calle y se fumó un cigarrillo. Un viejo, que también tenía una pinta en la mano y daba caladas a una pipa, intentó iniciar una conversación, pero Spicer no le hizo caso. Estaba pensando. No podía fiarse únicamente del hotel, tendría que hacer otras cosas. Envalentonado por la bebida, pensó: «¿Por qué no empezar ahora?».

En invierno, entre las cuatro y las cinco de la tarde era una buena hora para entrar a robar en las casas. Estaba oscuro, pero la gente aún estaba en el trabajo. Ahora era un mal momento para las casas. Pero había un sitio que había visto durante su paseo por el barrio de Hove el domingo anterior, mientras buscaba oportunidades. Un lugar que, un viernes por la noche, hacia las seis y media, muy probablemente estuviera vacío. Un lugar que le había llamado la atención.

Un lugar que, estaba seguro, tenía posibilidades.

Se acabó sin prisas la cerveza y el cigarrillo. Tenía mucho tiempo para ir al Saint Patrick's y recoger la bolsa con el equipo de especialista que había ido adquiriendo y haciéndose él mismo a lo largo de los años. Podía hacer ese trabajito y llegar al centro antes del toque de queda. Sí, sin duda.

«Toque de queda..., de quedarte en la calle», pensó, ya algo afectado por la bebida.

El juego de palabras le hizo esbozar una sonrisa socarrona.

—¿No quieres compartir el chiste? —dijo el viejo de la pipa.

Spicer sacudió la cabeza.

—No, me parece que no —respondió—. *Nah.*

Capítulo 88

$\mathcal{A}$ las 18.45, Grace, aún en marcha gracias a la adrenalina y la cafeína, estaba sentado en un pequeño despacho al final de la sala de operaciones, en la tercera planta de la comisaría central de Brighton. Situada en John Street, junto a Kemp Town y a apenas doscientos metros de Edward Street —justo en la zona donde Julius Proudfoot predecía que tendría lugar el próximo ataque del Hombre del Zapato—, el enorme edificio de seis plantas se había convertido en un lugar ideal para seguir la operación en curso.

En el corto espacio de tiempo desde la reunión de la mañana y después de presionar un poco al subdirector Rigg, el superintendente había podido reunir un equipo de veinte agentes de paisano, y estaba trabajando activamente para aumentar el número hasta treinta y cinco en las veinticuatro horas siguientes.

Ya tenía un equipo de vigilancia de ocho agentes por las calles, a pie y en vehículos, y otros doce, entre ellos algunos miembros de su propio equipo de investigación, junto con varios agentes de calle, policía especial y agentes de apoyo que había reclutado y que tenía situados en posiciones estratégicas, en diferentes edificios por Edward Street y Eastern Road, y por algunas de las transversales. La mayoría de ellos, como solía ocurrir en las operaciones de vigilancia, estaban en habitaciones de pisos altos de particulares, con el consentimiento de sus propietarios. Una batería de monitores de televisión cubría la mayor parte de la pared que tenía frente a la mesa. Grace podía ver inmediatamente las imágenes de cualquiera de las trescientas cincuenta cámaras situadas por el centro de la ciudad, acercar la imagen, girarlas y hacer barridos. Aquella sala era la que usaba el oficial al cargo, de nivel operativo oro, en acontecimientos públicos de gran importancia, como congresos de partidos políticos o grandes manifestaciones, así como en las operaciones importantes llevadas a cabo en la ciudad, como era el caso en aquel momento.

Su número dos en la operación, de nivel plata, era el superintendente de John Street, que estaba en aquel momento en la sala de operaciones, que se comunicaba por un canal seguro de radio con los dos oficiales de nivel bronce. Uno de ellos, una inspectora que dirigía los equipos de vigilancia del cuerpo desde la sede del D.I.C., estaba de patrulla en un coche camuflado, coordinando el equipo de vigilancia de la calle. El otro, Roy Apps, veterano inspector de John Street, dirigía el equipo estático, que comunicaba por radio cualquier dato de interés potencial procedente de los puntos de observación.

Hasta el momento todo estaba tranquilo. Para alivio de Grace, no llovía: muchos agentes bromeaban con el mal tiempo; lo llamaban «la lluvia del policía». Los niveles de delincuencia siempre descendían cuando llovía fuerte. Daba la impresión de que a los malos les gustaba tan poco mojarse como a los demás. Aunque en el pasado el Hombre del Zapato había mostrado cierta predilección por la llovizna.

La hora punta estaba acabando y Eastern Road se iba quedando más tranquila. Grace repasó todas las pantallas que mostraban imágenes próximas a sus puntos de observación. Se detuvo en una, en la que vio un coche de vigilancia camuflado que frenaba y aparcaba.

Hizo una breve pausa y llamó a Cleo para decirle que era probable que llegara tarde y que no le esperara despierta. Ella le dijo que estaba agotada tras la noche anterior y que se iba a ir a la cama pronto.

—Intentaré no despertarte —dijo él.

—Quiero que me despiertes —respondió ella—. Quiero saber que has llegado bien a casa.

Él le mandó un beso y volvió a su tarea.

De pronto sonó su teléfono interno. Era el oficial de nivel plata.

—Jefe, acabo de recibir una alerta de una patrulla de tráfico: el equipo de detección de matrículas ha reconocido la del taxi conducido por John Kerridge tomando Old Steine desde el paseo marítimo.

Grace tensó todo el cuerpo, sintiendo ese vacío en la boca del estómago tan típico de cuando empezaba la acción.

—Vale, avisa a los bronce.

—Estoy en ello.

Grace conectó la radio para recoger todos los comentarios de los bronce a cualquier miembro del equipo. Llegó justo a tiempo de oír la voz excitada de uno de los agentes de vigilancia entre interferencias:

—¡Objetivo girando a derecha-derecha, por Edward Street!

Un momento más tarde llegó la respuesta desde un puesto de observación al este de John Street.

—El objetivo pasa, sigue este-este. Un momento: está parando. Recoge a un pasajero varón.

«¡Mierda! —pensó Grace—. ¡El muy cabrón!»

Si Kerridge se paraba a recoger a un pasajero, significaba que no iba de caza. Y sin embargo, le despertó la curiosidad el que se hubiera introducido justamente en la zona en la que sospechaban que se produciría el siguiente ataque.

¿Coincidencia?

No estaba tan seguro. Había algo en ese John Kerridge que le inquietaba. Por sus años de experiencia, delincuentes como el Hombre del Zapato a menudo resultaban ser tíos solitarios con algún tornillo flojo. Kerridge se ajustaba a la descripción. Puede que hubieran tenido que soltarlo por falta de pruebas de momento, pero eso no significaba que no fuera su hombre.

«Si yo fuera al volante de un taxi y necesitara hacer carreras, ¿por qué iba a meterme por Eastern Road, que está casi desierta a esta hora del viernes? ¿Por qué no tomar Saint James's Street, una calle al sur, que siempre está llena de gente? ¿O North Street, o London Road, o Western Road?»

Llamó a Streamline Taxis, se identificó y preguntó si

383

habían mandado a John Kerridge a Eastern Road a recoger a un pasajero. La operadora le dijo que sí, que así era.

Grace le dio las gracias. Así que la presencia del taxista en aquel lugar tenía una explicación inocente.

Aun así, tenía un mal presentimiento al respecto.

Capítulo 89

Viernes, 16 de enero de 2010

Spicer estaba sudando, a pesar del frío. La bolsa de supermercado del Tesco, de aspecto inofensivo pero cargada con sus herramientas, pesaba una tonelada, y el paseo desde el Saint Patrick's al cruce con The Drive y Davigdor Road parecía mucho más largo esta vez que el domingo anterior. Las dos pintas de cerveza y el chupito de whisky, que antes le habían animado tanto, ahora le estaban absorbiendo la energía.

El viejo bloque de apartamentos se levantaba a su izquierda. Había poco tráfico por la calle, y se había cruzado con pocos peatones por el camino. A su derecha, media docena de vehículos que iban hacia el norte por The Drive, esperaban inmóviles a que cambiara el semáforo. Spicer bajó el ritmo, esperando él también que cambiara para no arriesgarse a que lo vieran, por si acaso. Nunca se sabe…

Por fin los coches se pusieron en marcha. A toda prisa giró a la izquierda, bajando el caminito que rodeaba el bloque de apartamentos, cruzó el aparcamiento de enfrente y llegó hasta el lateral del edificio, por la parte de los garajes cerrados de la esquina trasera, casi en una completa oscuridad, salvo por la luz procedente de alguna de las ventanas de los pisos de arriba.

Caminó hasta el garaje situado más a la izquierda, el que le había llamado tanto la atención en su visita de reconocimiento del domingo. Todos los demás tenían una sola cerradura en la manija. Pero este tenía cuatro candados de seguridad, dos en cada lado. Uno no pone tantos candados en un garaje a menos que guarde dentro algo de gran valor.

Claro que podía ser solo un coche de época, pero, aun así, conocía a un traficante que pagaba muy bien las piezas de coches antiguos: volantes, palancas de cambio, insignias de marca y cualquier otra cosa que se le pudiera quitar. Pero con un poco de suerte quizás encontrara objetos de valor de algún tipo. Por sus años de experiencia sabía que muchos ladrones como él usaban garajes como trasteros. Él mismo había usado uno durante muchos años. Eran un buen lugar para guardar objetos de valor fácilmente identificables por sus dueños durante un tiempo, hasta el momento de sacarlos al mercado, quizás un año más tarde.

Se quedó allí de pie, en la oscuridad y levantó la vista hacia el bloque de pisos, comprobando que no hubiera sombras en alguna ventana que indicaran que alguien estaba asomado. Pero no vio a nadie.

Rápidamente, echó mano a su bolsa y se puso a trabajar en el primero de los candados. Cedió al cabo de menos de un minuto. Le siguieron los otros, que se abrieron con la misma facilidad.

Echó un paso atrás entre las sombras y volvió a mirar a su alrededor y hacia arriba. Nadie a la vista.

Tiró de la puerta basculante y se quedó inmóvil, petrificado por un momento, intentando asimilar lo que estaba viendo. Aquello no era en absoluto lo que se esperaba.

Dio un paso hacia el interior, nervioso, bajó la puerta a sus espaldas, sacó la linterna de la bolsa y la encendió.

—Oh, mierda —dijo, cuando se confirmó su primera impresión.

Asustado como un crío, salió de allí, pensando mil cosas a la vez. Con manos temblorosas volvió a cerrar los candados; no quería dejar ninguna pista. Y salió corriendo hasta perderse en la noche.

Capítulo 90

Sábado, 17 de enero de 2010

FACEBOOK
JESSIE SHELDON
VER MIS FOTOS (128)
JESSIE AHORA TIENE 253 AMIGOS EN FACEBOOK

BENEDICT VA A CONOCER A MIS PADRES ESTA NOCHE
EN UN BAILE DE BENEFICENCIA. ¡QUÉ NERVIOS!
PRIMERO TENGO MI CLASE DE *KICK-BOXING*, POR LA TARDE,
ASÍ QUE SI PASA ALGO Y EMPIEZAN A PORTARSE MAL CON ÉL,
MÁS VALE QUE SE VAYAN CON CUIDADO.
Y... ¡¡¡LLEVARÉ MIS NUEVOS ZAPATOS ANYA HINDMARCH
CON TACÓN DE TRECE CENTÍMETROS!!!

*L*eyó la última entrada de Jessie en Facebook con una fina sonrisa.

TE PORTAS MUY BIEN CONMIGO, JESSIE. ME DEJASTE
COLGADO EN EL ESTADIO WITHDEAN, PERO ESTA NOCHE
NO LO HARÁS, ¿VERDAD? ACABARÁS TU CLASE DE *KICK-BOXING*
A LA HORA HABITUAL, Y LUEGO VOLVERÁS CAMINANDO
CASI UN KILÓMETRO HASTA SUDELEY PLACE Y TE PONDRÁS
TU BONITO VESTIDO Y TUS ZAPATOS NUEVOS: VESTIDA
PARA MATAR. LUEGO SUBIRÁS AL COCHE DE BENEDICT,
QUE TE ESTARÁ ESPERANDO EN LA CALLE.
ESE ES TU PLAN, ¿NO?
SIENTO AGUARTE LA FIESTA...

Capítulo 91

Domingo, 17 de enero de 2010

Con la operación de vigilancia, Grace había tenido que cancelar la reunión de la noche anterior. Ahora, en la de las 8.30 de la mañana del sábado, tenían que ponerse al día tras veinticuatro horas de actividad del equipo.

Mucha actividad, pero pocos progresos.

Zoratti y su colega analista aún no habían conseguido resultados en su búsqueda de delitos sexuales a escala nacional que pudieran relacionarse con el Hombre del Zapato, y la Unidad de Delitos Tecnológicos todavía no había encontrado pistas útiles.

Los interrogatorios realizados del Equipo de Investigación a las encargadas y las trabajadoras de treinta y dos de los burdeles conocidos de la ciudad ya habían concluido y no habían dado ningún resultado tangible. Varios de sus clientes habituales eran fetichistas de los pies o de los zapatos, pero como ninguno de los establecimientos registraba los nombres y direcciones de sus clientes, lo único que podían hacer era comprometerse a llamar por teléfono la próxima vez que alguno de ellos pidiera un servicio.

Cada vez daba más la impresión de que, fuera lo que fuera lo que hubiera estado haciendo el Hombre del Zapato durante los últimos doce años, el muy cabrón había hecho un trabajo fantástico para mantenerlo en secreto.

La noche anterior había sido tranquila. Toda la ciudad parecía un cementerio. Después de tantas fiestas de Navidad, parecía como si sus habitantes, al menos esa noche, hubieran decidido recluirse en casita para recuperarse de tanto gasto. Y a pesar de la prolongada vigilancia de su equipo, no se había vuelto a ver al taxista John Kerridge —Yac— desde su breve aparición en la zona a primera hora de la noche.

Un dato positivo era que Grace ahora contaba con los treinta y cinco agentes de vigilancia que necesitaba para cubrir todo el vecindario de Eastern Road. Si el Hombre del Zapato aparecía, su equipo estaría esperándole.

El doctor Proudfoot seguía convencido de que lo haría.

Cuando la reunión estaba a punto de acabar, sonó un teléfono interno. Branson se dirigió hacia la puerta de la atestada sala de reuniones para llamar a Ari, porque no le había podido coger el teléfono durante la reunión. Sabía por qué llamaba, para pedirle que se quedara con los niños y pasara el día con ellos. No había ninguna posibilidad, aunque habría dado cualquier cosa por poder hacerlo.

Pero en el momento en que cruzaba el umbral de la puerta, Foreman le llamó:

—¡Glenn! ¡Para ti!

Volvió a meterse en la sala, abriéndose paso entre la gente que salía, y cogió el aparato que Foreman había dejado sobre la mesa.

—Branson —respondió.

—Sí. Esto…, hola, agente Branson.

Frunció el ceño al reconocer aquella voz ronca.

—Es sargento Branson —le corrigió.

—Soy Darren Spicer. Nos vimos en el…

—Ya sé quién eres.

—Mire, tengo…, bueno…, lo que podríamos llamar una situación delicada.

—Qué suerte.

Branson estaba impaciente por deshacerse de él y llamar a Ari. Ella detestaba que le cortara las llamadas al móvil. Además, había encontrado otra carta del abogado de ella esperándole en casa de Roy al volver del trabajo por la noche, o más bien de madrugada, y quería hablar con ella del asunto.

Spicer soltó una risita poco convencida.

—Sí, bueno…, tengo un problema. Necesito hacerle una pregunta.

—Bueno. Pregunta.

—Sí, es que... tengo un problema.

—Eso me lo acabas de decir. ¿Cuál es la pregunta?

—Bueno es que..., si le dijera que yo..., bueno..., que he visto algo, ¿sabe? O que alguien que conozco ha visto algo..., al meterse en un sitio en el que no debería de haber estado... ¿Sí? Si él... le diera una información que para usted es muy necesaria... ¿Le detendría igualmente por haber estado donde no tenía que haber estado?

—¿Estás intentando decirme que te has metido en algún sitio en el que no debías estar y que has visto algo?

—No es que haya violado la condicional, ni nada de eso. No es eso.

—¿Quieres ir al grano?

Spicer se calló un momento; luego prosiguió:

—Si le dijera algo que podría ayudarles a coger a ese Hombre del Zapato, ¿eso me daría inmunidad? Quiero decir, ¿no me acusarían?

—Yo no tengo poder para eso. Llamas para pedir la recompensa, ¿no?

Al otro lado de la línea se produjo un silencio repentino.

—¿Recompensa? —dijo entonces Spicer.

—Eso es lo que he dicho.

—¿Recompensa por qué?

—La recompensa por cualquier información que conduzca a la detención del hombre que atacó a la señora Dee Burchmore el jueves por la tarde. La ofrece su marido. Cincuenta mil libras.

Otro silencio.

—No lo sabía.

—No lo sabe nadie, nos ha informado esta mañana. Estamos a punto de pasársela a los medios, así que tienes la primicia. ¿Hay algo que quieras contarme?

—No quiero volver a chirona. Quiero mantenerme limpio, ya sabe, empezar de nuevo —dijo Spicer.

—Si tienes una información, podrías llamar a Crimestoppers de forma anónima y dársela a ellos. Ellos nos la pasarán.

—Pero entonces no conseguiría la recompensa, si me mantengo en el anonimato.

—De hecho, creo que sí podrías. Pero eres consciente de que ocultar información es un delito, ¿no?

Al momento detectó en la voz de aquel tipo que el pánico iba en aumento.

—Sí, pero espere un momento… Yo le llamo para ayudar, ¿sabe?

—Muy altruista por tu parte.

—¿Muy qué?

—Creo que más vale que me digas lo que sabes.

—¿Qué tal si solo le doy una dirección? ¿Con eso optaría a la recompensa, si encuentran algo allí?

—¿Por qué no dejas de tocar los cojones y me dices qué es lo que tienes?

391

Capítulo 92

Sábado, 17 de enero de 2010

*P*oco después de las dos de la tarde, Grace entró con el coche en la vía de acceso a un gran bloque de apartamentos algo viejo, Mandalay Court, y luego por una rampa lateral, tal como le habían indicado. Tenía curiosidad por ver adónde los llevaba la pista de Spicer.

Al pasar por la parte trasera del edificio, con los limpiaparabrisas en pleno funcionamiento a causa de la llovizna, vio una larga fila de vetustos garajes cerrados que daban la impresión de no haber sido usados desde hacía años. Junto al último vio tres vehículos: el Ford Focus plateado de Glenn Branson, idéntico al que había traído él; la pequeña furgoneta azul que suponía que pertenecería al cerrajero; y la furgoneta blanca de la policía, con dos miembros del Equipo de Apoyo Local, convocados por si había que entrar a la fuerza, provistos de un ariete por si fuera necesario. Aunque por la experiencia que él tenía, no había muchas puertas que pudieran resistirse al siempre sonriente Jack Tunks, encargado del mantenimiento de las cerraduras de la cárcel de Lewes.

Tunks, vestido con su mono azul de trabajo y con una sucia bolsa de herramientas a su lado, en el suelo, ya estaba inspeccionando los candados.

Grace salió del coche con la linterna en la mano y saludó a su colega; luego hizo un gesto con la cabeza señalando el último garaje de la fila.

—¿Es ese?

—Sí. El número 17. No está muy clara la numeración.

—Branson repasó la orden de registro firmada media hora antes por el juez—. Sí.

—Caray —exclamó Tunks—, ¿qué guardan aquí? ¿Las joyas de la Corona?

—Sí, me parecen muchos candados —dijo Grace.

—Quien haya puesto todo esto no se anda con tonterías. Estoy seguro de que la puerta también está reforzada por detrás.

Grace detectó un tono de respeto en su voz. El reconocimiento de la obra de un profesional por parte de otro.

Mientras Tunks empezaba a trabajar, él se quedó frotándose las manos para combatir el frío.

—¿Qué sabemos del dueño de este garaje?

—Estoy en ello —respondió Branson—. Tengo a dos agentes preguntando por el bloque, por si alguien conoce al dueño, o al menos a la persona que lo usa. Si no funciona, veremos qué podemos sacar consultando el registro de la propiedad por Internet.

Grace asintió, se secó la nariz con el pañuelo y luego se sorbió, con la esperanza de no estar incubando un resfriado; no quería contagiarle ninguna infección a Cleo durante el embarazo.

—¿Has comprobado que esta sea la única entrada?

El sargento, que llevaba una larga gabardina color crema con cinturón y trabillas y unos guantes de brillante cuero marrón, hizo un gesto de resignación con la cabeza, agitándola de lado a lado.

—Ya sé que no soy el más espabilado de la clase, colega, pero sí, ya lo he comprobado.

Grace esbozó una sonrisa y se fue hasta el lateral del edificio para comprobarlo él mismo. Era un garaje largo, pero no tenía ventanas ni puerta de atrás. Volvió al lado de Branson.

—Bueno, ¿y qué noticias tenemos de Ari? —preguntó.

—¿Has visto la película *La guerra de los Rose*?

Se quedó pensando un momento.

—¿Michael Douglas?

—Exacto. Y Kathleen Turner y Danny DeVito. Acaban tirándose los platos a la cabeza. Nosotros estamos, más o menos, a ese nivel..., pero peor.

—Ojalá pudiera darte algún consejo, colega.

—Yo sí puedo dártelo —respondió Glenn—. No te molestes en casarte. Busca directamente una mujer que te odie y dale tu casa, tus hijos y la mitad de tu sueldo, y acabarás antes.

El cerrajero anunció que ya había acabado y empujó la puerta unos centímetros hacia el interior y hacia arriba, para demostrar que ya estaba desbloqueada.

—¿Quiere hacer los honores? —preguntó, y se hizo a un lado, cauteloso, como si pensara que de allí dentro pudiera salir algún monstruo.

Branson respiró hondo y tiró de la puerta hacia arriba. Pesaba mucho más de lo que se había imaginado. Tunks tenía razón; la habían reforzado con una plancha de acero.

La puerta subió siguiendo las guías hasta quedar paralela al techo. Todos miraron al interior.

Estaba vacío.

Entre la sombras pudieron distinguir una mancha oscura irregular hacia el extremo de atrás, aparentemente de aceite de algún vehículo. Roy Grace detectó un leve olor a motor. A la derecha, al fondo del garaje, había una estantería de madera del suelo al techo. Había un viejo neumático desgastado apoyado contra la pared de la izquierda. Un par de llaves inglesas y un viejo martillo de orejas colgaban de unos ganchos en la pared de la izquierda. Pero nada más.

Glenn se quedó mirando al vacío con el ceño fruncido.

—Se está riendo de nosotros, ¿no?

Grace no dijo nada, mientras con la linterna iba enfocando las paredes y luego el techo.

—¡A ese cabrón de Spicer le arranco la cabeza! —exclamó Glenn.

Entonces, al enfocar la luz hacia el suelo, ambos vieron a la vez dos tiras de plástico en el suelo. Dieron un paso adelante. Grace se puso un par de guantes de látex, se arrodilló y recogió la primera tira.

Era la matrícula frontal de un vehículo, con letras negras sobre una superficie reflectante blanca.

Reconoció la matrícula al momento. Era la de la furgoneta que había salido a toda mecha del aparcamiento del Grand

Hotel el jueves por la tarde, con toda probabilidad conducida por el Hombre del Zapato.

La segunda tira de plástico era la matrícula de atrás.

¿Habían encontrado la guarida del Hombre del Zapato?

Grace se acercó hasta la pared del fondo. En un estante había un paquete de rollos de cinta americana. El resto de los estantes estaban vacíos.

Branson se acercó a la pared izquierda. Grace le detuvo.

—Mejor no lo manoseemos todo, colega. Intentemos volver sobre nuestros pasos y dejarlo todo lo limpio que podamos para la Científica. Quiero que vengan inmediatamente.

Miró a su alrededor, pensativo.

—¿Tú crees que esto es lo que vio Spicer? ¿Esas matrículas?

—No creo que sea tan listo como para haber atado cabos solo con esas matrículas. Yo creo que vio algo más.

—¿Como qué?

—No hablará a menos que le dé inmunidad. Tengo que decir que al menos fue suficientemente listo como para volver a cerrar la puerta.

—Hablaré con el subdirector —decidió Grace, pisando con todo cuidado al salir—. Necesitamos saber qué es lo que podría haber habido aquí antes, que ya no está.

—¿Quieres decir que podría haberse llevado algo?

—No —respondió—. No creo que Spicer se llevara lo que había aquí dentro. Creo que lo que vio aquí probablemente fuera una furgoneta blanca. Aquí ha habido un motor en marcha en las últimas horas. Si la furgoneta no está, ¿dónde demonios está? Y, más importante, ¿por qué se ha ido? Ve y habla con él. Apriétale las tuercas. Dile que, si quiere tener alguna oportunidad de cobrar esa recompensa, tendrá que decirnos lo que vio. De lo contario no hay trato.

—Tiene miedo de volver a la cárcel por allanamiento.

Grace miró a su colega.

—Dile que mienta, que diga que la puerta estaba abierta. No tengo ningún interés en trincarlo por allanamiento.

Branson asintió.

—Vale, iré a hablar con él. Se me acaba de ocurrir que, si traes a la Científica y el Hombre del Zapato vuelve y los ve, saldrá corriendo. ¿No es mejor poner a alguien a vigilar el lugar? ¿Decirle a Tunks que vuelva a cerrarlo para que no sepa que hemos estado aquí?

—Eso suponiendo que no nos esté observando ahora mismo —objetó Grace.

Branson miró a su alrededor y luego hacia arriba, con gesto de preocupación.

—Sí, suponiendo eso.

Lo primero que Grace hizo al llegar a la sala de control de operaciones de John Street, veinte minutos más tarde, fue informar a sus oficiales de los niveles plata y bronce de que cualquier furgoneta Ford Transit blanca avistada en las cercanías de Eastern Road durante el resto del día debería someterse a estrecha vigilancia. Luego hizo una llamada más amplia a todas las unidades de la ciudad, para que estuvieran atentos a cualquier furgoneta Ford Transit de color blanco.

Si no se equivocaba, doce años antes el Hombre del Zapato usó ese tipo de vehículo para su ataque. La teoría de la simetría de Proudfoot hacía pensar que podría hacer lo mismo esa noche.

¿Por qué habría retirado alguien aquellas páginas en particular del dosier, las relativas a la declaración de un testigo sobre el secuestro de una mujer con una furgoneta blanca? ¿Contenían pistas vitales sobre su conducta? ¿Su modus operandi? ¿Sobre la furgoneta?

Había algo en aquel garaje que le había tenido pensando todo el rato y que ahora le inquietaba aún más. Si el Hombre del Zapato había sacado la furgoneta del garaje, ¿por qué se había molestado en cerrar los cuatro candados? Allí no había nada que robar más que dos inútiles matrículas.

Aquello no tenía ningún sentido.

Capítulo 93

Sábado, 17 de enero de 2010

*L*os únicos pasajeros que a Yac le gustaban menos aún que los borrachos eran los que iban colocados. La chica que llevaba en el asiento de atrás estaba tan puesta que parecía que fuera a atravesar el techo en cualquier momento.

No se callaba ni un momento. Llevaba escupiendo palabras desde que la había recogido en una casa cerca de la playa, en Lancing. Tenía el cabello largo y peinado en puntas, de un rojo kétchup y de un verde sopa de guisantes. No decía más que tonterías, y llevaba unos zapatos malísimos. Apestaba a tabaco y a Dolce & Gabbana Femme, e iba hecha un asco. Parecía una muñeca Barbie sacada de un vertedero.

Estaba tan lejos de este mundo que Yac dudaba de que fuera a darse cuenta si la llevaba hasta la Luna, solo que él no tenía idea de cómo llegar a la Luna. En aquello aún no había pensado.

—El caso —continuó ella— es que en esta ciudad hay mucha gente que quiere sacarte la pasta. Tú quieres material de calidad. Les dices que quieres chocolate y ellos te dan mierda. Pero mierda mierda. ¿Te ha pasado alguna vez?

Yac no estaba seguro de si estaba hablando por el teléfono móvil, como llevaba haciendo gran parte del viaje, o con él. Así que siguió conduciendo en silencio, mirando el reloj, nervioso. Después de dejarla en Kemp Town, aparcaría y haría caso omiso a cualquier llamada de la central, esperaría a que fueran las siete y se bebería su té.

—¿Te ha pasado? —insistió ella, más fuerte—. ¿Eh? ¿Te ha pasado?

Él sintió un contacto en la espalda. Eso no le gustaba. No le gustaba que los pasajeros le tocaran. La semana anterior había llevado a un borracho que no paraba de reírse y de darle empujones en el hombro. Había empezado a preguntarse cómo reaccionaría el tipo si le diera en la cara con la pesada llave de acero para cambiar ruedas que llevaba en el maletero.

Y también empezaba a preguntarse cómo reaccionaría la chica si lo hiciera en aquel momento. No le costaría nada parar y sacar la llave del maletero. Ella probablemente se quedaría en el asiento, hablándole al aire, incluso después de golpearla. Había visto a alguien que lo había hecho, en una película de televisión.

Ella volvió a darle en la espalda.

—¡En! Entonces, ¿qué? ¿Te ha pasado?

—¿Si me ha pasado qué?

—Oh, mierda, no estabas escuchando. Bueno, vale. Vale. Joder. ¿No tienes música en esta cosa?

—¿Talla cuatro? —preguntó él.

—¿Número cuatro? ¿Número cuatro de qué?

—Los zapatos.

—¿Eres zapatero cuando no estás al volante?

Sus zapatos eran realmente horribles. De falsa piel de leopardo, planos y rozados por los bordes. Decidió que podría matar a aquella mujer. Podría hacerlo. Sería fácil. Se había encontrado con muchos pasajeros que no le gustaban. Pero a aquella chica podría haberla matado.

Aunque quizá sería mejor no hacerlo. Uno se puede meter en problemas por matar a gente si le pillan. Yac veía *CSI* y *Bones*, y otras series sobre científicos forenses. Muy instructivas. Te enseñaban cómo podías matar a una mujer estúpida como aquella, con su estúpido pelo y sus estúpidas uñas pintadas de negro, y con aquellas tetas que casi no le cabían en aquel top color púrpura.

Al girar por la rotonda frente al Brighton Pier y tomar Old Steine, de pronto se calló.

Yac se preguntó si podía leerle la mente.

398

Capítulo 94

Grace, sentado en el despacho al final de la sala de operaciones, estaba dando cuenta de un horrible pegote de *chow mein* de pollo y gambas casi helado que algún agente bien intencionado le había traído. Si no hubiera estado muerto de hambre, lo habría tirado a la basura. Pero no había comido nada desde su cuenco de cereales de primera hora de la mañana, y necesitaba la energía.

En el garaje de detrás de Mandalay Court no se había registrado movimiento. Pero el número y la calidad de los candados de aquella puerta seguían dándole que pensar. El subdirector Rigg enseguida le había dado permiso para que Darren Spicer les contara lo que había visto sin que ello le acarreara consecuencias, pero de momento Branson no había podido encontrarle. Grace esperaba que el violador en serie no estuviera jugando a algún juego macabro con ellos.

Hundió el tenedor de plástico en el recipiente de cartón, mientras miraba la imagen cuadriculada que tenía en la pantalla de la mesa de delante. Todos los coches y los treinta y cinco agentes de aquella operación estaban equipados con transmisores que comunicaban su posición exacta, con un margen de error de un par de metros.

Comprobó la posición de cada uno de ellos, y luego las imágenes de las calles de la ciudad a través de las cámaras de circuito cerrado. Las pantallas de la pared mostraban tanto las imágenes de visión nocturna como lo grabado a la luz del día. Desde luego la ciudad estaba más animada que el día anterior. La gente se habría quedado en casa la noche del viernes, pero parecía que la del sábado iba a ser toda una fiesta.

Mientras masticaba una gamba correosa, la radio cobró vida con un crujido y se oyó una voz excitada:

—¡Objetivo Uno localizado! ¡Girando a derecha-derecha por Edward Street!

«Objetivo Uno» era el código asignado a John Kerridge: Yac. Objetivo Dos y los números siguientes se aplicarían a cualquier furgoneta blanca o peatón que despertaran sospechas.

Al momento, Grace dejó el plato de cartón en la mesa y tecleó el comando para mostrar en uno de los monitores de la pared la imagen de la cámara situada en el cruce de Edward Street con Old Steine. Vio un taxi Peugeot, con los colores oficiales de Brighton, turquesa y blanco, pasando frente a la cámara hasta perderse de vista.

—Una pasajera. Mujer. En dirección este-este —oyó.

Un momento más tarde, Grace vio un pequeño Peugeot que se dirigía en la misma dirección. El transmisor que apareció en la cuadrícula le indicó que era uno de sus coches camuflados, el número 4.

Conectó la siguiente imagen en la secuencia de cámaras del circuito cerrado y vio el taxi cruzando la intersección con Egremont Place, donde Edward Street se convertía en Eastern Road.

«Casi el mismo patrón que anoche», pensó Grace. Pero esta vez, aunque no podría explicar por qué, había cambiado algo. Al mismo tiempo, le seguía preocupando la gran fe que había puesto en las opiniones de Proudfoot.

Comunicó por el teléfono interno con su oficial de nivel plata.

—¿Hemos preguntado el lugar de destino a la compañía de taxis?

—No, jefe, no hemos querido alertarlos, por si la operadora le dice algo al taxista. Tenemos suficiente cobertura como para mantenerlo controlado, si se mantiene en la zona.

—De acuerdo.

Otra voz excitada sonó en la radio.

—Gira a la derecha…, a la derecha por… ¿Cómo se llama esa calle? Montague, creo. ¡Sí, Montague! ¡Se para! ¡Se abre la puerta de atrás! ¡La chica sale del coche! ¡Oh, Dios mío, está corriendo!

Capítulo 95

Sábado, 17 de enero de 2010

*H*abía llegado a primera hora de la tarde, para asegurarse de encontrar aparcamiento en una de esas zonas reguladas con tique cerca del piso de ella. En un punto por el que tuviera que pasar al volver de su clase de *kick-boxing*.

Pero cuando llegó no había ni un jodido espacio libre. Así que le había tocado esperar al final de la calle, en una zona de estacionamiento prohibido.

Aquella zona al sur de Eastern Road era un laberinto de estrechas callejuelas con casas victorianas adosadas de dos o tres plantas, popular entre estudiantes y solteros, y en el corazón del barrio gay. Había numerosas agencias inmobiliarias que anunciaban pisos en venta o en alquiler. A ambos lados de la calle había coches, la mayoría pequeños y viejos, y unas cuantas furgonetas.

Tuvo que esperar más de una hora, casi hasta las tres y media, hasta que vio salir, aliviado, a un viejo Land Cruiser, que dejó un espacio suficientemente grande. Estaba a apenas diez metros de la puerta de entrada de la casa de color azul claro, con ventanas en saliente, donde estaba el piso de Jessie Sheldon. ¡La diosa Fortuna le sonreía!

Era perfecto. Había puesto suficientes monedas como para estar cubierto hasta las seis y media, cuando acababa la limitación de aparcamiento. Ahora acababa de pasar aquella hora.

Una hora y diez minutos antes, Jessie había salido por la puerta principal, con su chándal y sus deportivas, y había pasado a su lado de camino a su clase de *kick-boxing*, a la que iba cada sábado por la tarde y de la que tanto hablaba en Facebook. Podría habérsela llevado en aquel momento, pero aún había demasiada luz y pasaba gente por la calle.

Pero ahora estaba oscuro y, de momento, la calle estaba desierta.

Ella iría con prisas, lo sabía. Había informado al mundo de que iba a volver a casa lo antes posible, para ponerse sus mejores galas y llevar a Benedict a su primer encuentro con sus padres.

«¡Estoy *taaaaan* nerviosa! ¿Y si no les gusta?», había escrito en Facebook.

¡Y añadió que estaba *taaaaan* contenta con los zapatos Anya Hindmarch que se había comprado!

Él también estaba *taaaaan* contento con el par de zapatos Anya Hindmarch que se había comprado. Estaban allí mismo, en la furgoneta, esperándola. Y él también estaba *taaaaan* nervioso. Nervioso y excitado, con una especie de cosquilleo por todo el cuerpo.

«¿Dónde estás esta noche, superintendente-pollón-estupendo Roy Grace? Aquí no te veo, ¿eh? ¡No tienes ni una pista! ¡Una vez más!»

403

Había aparcado de modo que pudiera verla en cuanto se acercara a través de la rendija que dejaban las cortinas del parabrisas trasero, aunque las cortinas no eran realmente necesarias. Había aplicado una película plástica negra al parabrisas de detrás y a las ventanillas laterales que hacía imposible ver dentro desde el exterior, incluso a plena luz del día. Por supuesto, los amantes de esas furgonetas Volkswagen clásicas no verían con buenos ojos una mejora como los cristales tintados. No le importaba una mierda.

Miró el reloj, se puso los guantes de látex, la gorra de béisbol y se llevó los binoculares de visión nocturna a los ojos. Ella aparecería por la esquina en cualquier minuto, caminando o quizá corriendo. Había doscientos metros desde la esquina de la calle hasta la puerta de su casa. Si venía corriendo, tendría veinte segundos. Si venía caminando, un poco más.

Lo único importante es que viniera sola y que la calle siguiera desierta.

Si no, tendría que adoptar el plan alternativo: meterla en casa. Pero haría más difícil la tarea de volver a sacarla y meterla en la furgoneta sin que la vieran. Más difícil, pero no imposible; aquello también lo había pensado.

Temblaba de emoción al repasar una vez más su lista de preparativos. El corazón le latía con fuerza. Abrió la puerta deslizante, cogió la nevera falsa que había hecho con contrachapado y la acercó a la puerta. Luego se quitó la gorra de béisbol, se puso el pasamontañas y volvió a ponerse la gorra encima, para ocultar el pasamontañas todo lo posible. Luego miró los zapatos en el suelo de la furgoneta. Idénticos a los que se había comprado ella.

Estaba listo. Después del mal trago del jueves, esta vez lo había planeado todo con mucho más cuidado, tal como hacía normalmente. Lo tenía todo pensado, estaba seguro.

Capítulo 96

Sábado, 17 de enero de 2010

—¡*E*h! —gritó Yac, hecho una furia—. ¡Eh! ¡Eh!

No podía creérselo. ¡Se estaba yendo sin pagar! La había traído desde Lancing, una carrera de veinticuatro libras y, al parar en la dirección que le había dado, había abierto la puerta de atrás y había echado a correr.

¡Por ahí no iba a pasar!

Se quitó el cinturón de golpe, abrió la puerta de un empujón y salió trastabillando, agitándose de rabia. Sin apagar siquiera el motor ni cerrar la puerta, salió corriendo tras aquella silueta que se perdía en la distancia.

Ella corrió por el asfalto, cuesta abajo, y luego giró a la izquierda por la concurrida Saint George's Road, que estaba más iluminada, con tiendas y restaurantes en ambos lados. Yac esquivó a varias personas y ganó terreno. La chica miró por encima del hombro y de pronto se lanzó a la calzada, justo por delante de un autobús, que le soltó un bocinazo. A Yac no le importaba; la siguió, corriendo entre la parte trasera del autobús y el coche que le seguía, que soltó un sonoro frenazo.

¡Iba a atraparla!

Pensó que era una lástima no llevar la llave de las ruedas encima. ¡Con eso sí que le daría caza!

Entre ellos había apenas unos pocos metros.

En uno de los colegios a los que había ido le habían hecho jugar al rugby, deporte que odiaba. Pero se le daban bien los placajes. Se le daba tan bien que le prohibieron seguir jugando, porque decían que hacía daño a los otros niños y que los asustaba.

Ella le echó otra mirada, con la cara iluminada por la luz de una farola. En ella vio miedo.

Estaban dirigiéndose a otra oscura calle residencial, hacia las intensas luces del paseo marítimo, Marine Parade. Yac no llegó a oír los pasos que se le acercaban por detrás. No vio a los dos hombres con vaqueros y anoraks que aparecieron frente a la chica al final de la calle. Él estaba concentrado en su dinero.

En sus veinticuatro libras.

Esa no se iba a ir de rositas.

¡Cada vez más cerca!

¡Ya la tenía!

Alargó la mano y se la plantó en el hombro. La oyó chillar de miedo.

Luego, de pronto, unos brazos como tenazas le agarraron por la cintura. Cayó de bruces sobre el asfalto, sin poder respirar por la presión del tremendo peso que le había caído sobre la columna.

Entonces le tiraron de los brazos hacia atrás con fuerza. Sintió el frío acero alrededor de las muñecas. Oyó un chasquido y luego otro.

Lo pusieron en pie tirando bruscamente de él. La cara le ardía y le dolía todo el cuerpo.

Alrededor tenía a tres hombres, jadeando, sin aliento. Uno de ellos le agarraba el brazo tan fuerte que le hacía daño.

—John Kerridge —dijo este—. Queda detenido como sospechoso de agresión sexual y violación. No está obligado a hacer declaraciones, pero cualquier información que omita en su interrogatorio y declare luego ante un tribunal puede tener consecuencias perjudiciales para su defensa. Todo lo que diga puede ser utilizado en su contra. ¿Está claro?

Capítulo 97

Sábado, 17 de enero de 2010

$\mathcal{D}$e pronto la vio. Estaba doblando la esquina corriendo a ritmo suave: vista con sus binoculares de visión nocturna era una esbelta figura verde contra los tonos grises de la oscuridad.

Se giró, aterrado ante la posibilidad de que pudiera suceder algo, y echó una rápida mirada a ambos lados de la calle. Aparte de Jessie, que se le acercaba rápidamente, estaba desierta.

Corrió la puerta lateral, agarró la falsa nevera con ambos brazos y bajó al bordillo dando un paso atrás y tambaleándose; luego soltó un grito de dolor:

—¡Ay, mi espalda, mi espalda! ¡Dios mío, ayuda!

Jessie se paró de golpe al ver a alguien vestido con anorak, vaqueros y gorra de béisbol que parecía tener problemas para sostener una nevera a medio sacar de una furgoneta Volkswagen.

—¡Ay, Dios! —volvió a gritar.

—¿Puedo ayudarle? —preguntó ella.

—Por favor, rápido. ¡No puedo con ella!

Ella se acercó a toda prisa para ayudarle, pero cuando tocó la nevera el tacto le resultó extraño, para nada el de una nevera.

Una mano la agarró por la nuca, tirando de ella hacia el interior de la furgoneta. Ella cayó revolviéndose y se golpeó la cabeza contra algo duro y sólido. Antes de que pudiera recuperar la conciencia, le cayó un gran peso en la espalda que la aplastó; a continuación le colocaron algo dulce y húmedo contra la cara, algo que le irritaba la nariz y la garganta y que la hacía llorar.

El pánico se apoderó de ella.

Intentó recordar los movimientos que había aprendido. Aún llevaba poco tiempo yendo a clases de *kick-boxing*, era una novata, pero había aprendido un concepto básico: «Cúrvate antes de golpear». El golpe, por si solo, no desarrolla suficiente energía. Primero había que acercar las rodillas al cuerpo y luego lanzar las piernas. Tosiendo, escupiendo, intentando no aspirar aquel vapor tóxico y penetrante, aunque ya algo mareada, pegó los codos al cuerpo y rodó hacia un lado, intentando liberarse. Ya veía borroso, pero flexionó las rodillas y luego soltó una fuerte patada.

Sintió que había dado contra algo. Oyó un gruñido de dolor, y algo que caía por el suelo. Volvió a golpear, se quitó aquellas manos de la cabeza, se revolvió, cada vez más mareada y débil. Volvía a tener aquella cosa húmeda y dulce pegada al rostro, irritándole los ojos. Se echó hacia un lado, liberándose, golpeando duro con ambos pies a la vez, aún más mareada.

El peso que tenía sobre la espalda cedió. Oyó algo que se deslizaba, y luego el ruido de la puerta al cerrarse. Intentó levantarse. Una cara enmascarada la miraba a través de unas ranuras practicadas a la altura de los ojos. Intentó gritar, pero su cerebro iba a cámara lenta y había perdido la conexión con su boca. No pudo emitir ningún sonido. Se quedó mirando el pasamontañas negro. Lo veía todo borroso. Su cerebro intentaba procesar lo que estaba pasando, pero en el interior de su cabeza todo daba vueltas. Sentía un profundo torpor y unas terribles náuseas.

Entonces notó de nuevo aquella cosa húmeda, viscosa y penetrante.

Se quedó sin fuerzas, atrapada en un vórtice negro, cayendo cada vez más hondo. Sumiéndose en un abismo insondable.

Capítulo 98

Sábado, 17 de enero de 2010

*E*n la sala de operaciones de la comisaría central de Brighton había un ambiente casi de fiesta. Grace ordenó al equipo de vigilancia que se retirara; podían volverse a casa. Pero no estaba de humor para compartir su euforia, y tardaría aún un rato en volverse a casa.

El tal John Kerridge —Yac— le había tocado las narices desde el principio. Le habían soltado demasiado rápido, sin interrogarlo e investigarlo a fondo. Menos mal que habían pillado a aquel monstruo antes de que pudiera hacer daño a otra víctima, o habrían quedado aún peor ante la opinión pública.

Tal como estaban las cosas tendrían que responder a unas cuantas preguntas difíciles, y él tendría que encargarse de buscar respuestas convincentes.

Se maldecía a sí mismo por haber permitido que Norman Potting llevara el interrogatorio inicial, y por haber accedido enseguida a su petición de liberar a Kerridge. A partir de aquel momento participaría activamente, tanto en su planificación como en los interrogatorios en sí.

Concentrado en sus pensamientos, salió de la comisaría y se dirigió hacia el centro de custodia, tras la Sussex House, donde se habían llevado a Kerridge. Se esperaba que en cualquier momento le llamara Kevin Spinella, del *Argus*.

Eran poco más de las siete de la tarde cuando aparcó el Ford Focus frente a la sede central del D.I.C., un edificio largo de dos plantas. Llamó a Cleo para decirle que, con un poco de suerte, podría llegar a casa antes de lo que pensaba;

en cualquier caso, antes de medianoche. Luego salió del coche. Justo en aquel momento le sonó el teléfono. Pero no era Spinella.

Era el inspector Rob Leet, el Golf 99: el responsable de turno de todos los incidentes graves de la ciudad. Leet era un oficial muy tranquilo y capaz.

—Señor, no sé si estará relacionado, pero acabo de recibir un informe del Sector Este: una unidad ha asistido al incendio de una furgoneta en un campo, algo lejos, al norte de Patcham.

Grace frunció el ceño.

—¿Qué información tiene?

—Parece que ha ardido mucho tiempo: está muy consumida. La brigada de bomberos va de camino. Pero he pensado que podría interesarle porque es un modelo actual de Ford Transit, como el de la alerta que tiene puesta.

A Grace aquella noticia le inquietó.

—¿Hay muertos?

—Parece que está vacía.

—¿No han visto a nadie saliendo de ella?

—No.

—¿Hay algo de la matrícula?

—Me han dicho que las matrículas están tan quemadas que resultan irreconocibles, señor.

—Bueno, gracias. Tenemos a nuestro hombre bajo custodia. Puede que no esté relacionado. Pero manténgame informado.

—Así lo haré, señor.

Grace colgó y entró en la Sussex House, saludando con un gesto de la cabeza al guardia de noche.

—Hola, Duncan. ¿Cómo van las carreras?

El guardia, un tipo alto y atlético de cuarenta y cuatro años, le sonrió, orgulloso.

—Completé una media maratón el fin de semana pasado. Llegué el decimoquinto de setecientos.

—¡Fantástico!

—Estoy preparándome para la maratón de Londres de este año. Pensaba pedirle que me recomendara para buscar un patrocinador. El hospicio de Saint Wilfred, por ejemplo.

—¡Por supuesto!

Grace atravesó el edificio hasta llegar al patio trasero. Dejó atrás los contenedores de basura y los vehículos de la Científica, que solían aparcarse allí, y luego subió la cuesta que llevaba al bloque de custodia. En el momento en que colocaba su tarjeta-llave contra el panel de seguridad para desbloquear la puerta, el teléfono volvió a sonar.

Era el inspector Leet otra vez.

—Roy, he pensado que más valía que le llamara enseguida. Sé que tiene al Hombre del Zapato en custodia, pero tenemos una unidad en Sudeley Place, en Kemp Town, asistiendo a un grado uno.

Aquella era la categoría más alta asignada a las llamadas de emergencia, la de asistencia inmediata. Grace conocía Sudeley Place. Estaba justo al sur de Eastern Road. El tono de la voz de Leet le preocupó. Lo que el inspector tenía que decirle le inquietó aún más.

—Según parece, una vecina de la zona estaba mirando por la ventana y vio a una mujer peleándose con un hombre junto a una nevera.

—¿Una nevera?

—Él tenía una especie de furgoneta, una de esas hippies para ir de acampada; la mujer no sabe mucho de vehículos, no nos pudo dar la marca. Dice que el hombre la golpeó y luego se marchó a gran velocidad.

—¿Con ella a bordo?

—Sí.

—¿Y eso cuándo ha sido?

—Hace unos treinta y cinco minutos; poco después de las seis y media.

—Podría estar en cualquier parte. ¿Cogió la matrícula?

—No. Pero he considerado el caso como potencial secuestro y he acordonado esa zona de la acera. Le he pedido a la policía de tráfico que controle a todas las furgonetas de ese tipo que circulen por las cercanías de la ciudad. Vamos a ver si sacamos algo de las cámaras de vídeo.

—Vale. Bueno, no sé muy bien por qué me dice esto. Nosotros tenemos al sospechoso de los crímenes del Hombre del Zapato en custodia. Estoy a punto de entrar a verle.

411

—Hay un motivo por el que he pensado que podría ser importante para usted, señor —dijo Leet, vacilante—. Mis agentes han encontrado un zapato de mujer en el suelo.

—¿Qué tipo de zapato?

—Muy nuevo, parece. De charol negro y tacón alto. La testigo vio que se caía de la furgoneta.

Grace sintió un tremendo vacío en la boca del estómago. La mente le giraba a velocidad de vértigo. Tenían al Hombre del Zapato. En aquel mismo momento, John Kerridge estaba bajo custodia.

Pero no le gustaba cómo sonaba lo de la furgoneta en llamas, y menos aún lo de aquel otro incidente.

Capítulo 99

Sábado, 17 de enero de 2010

*E*n la sala de monitores de la Sussex Remote Monitoring Services, Dunstan Christmas movió sus ciento veinticinco kilos sobre la silla, con cuidado de no levantar el peso del todo para no activar el sensor de alarma. Solo eran las siete y media de la tarde. Mierda. Aún hora y media más hasta el momento de su pausa de cinco minutos.

No le tocaba turno de noche hasta dos semanas más adelante, pero había aceptado cubrir el turno de un compañero enfermo porque necesitaba el dinero de las horas extras. Las horas pasaban lentísimas; casi daba la impresión de que el tiempo se hubiera parado. A lo mejor incluso iba hacia atrás, como en una película de ciencia ficción que había visto recientemente en Sky. Iba a ser una noche muy larga.

Pero pensar en el dinero que estaba ganando le alegraba. El señor Starling sería un tipo raro, pero pagaba bien. La paga era buena; mucho mejor que en su trabajo anterior, en el que se dedicaba a escanear maletas en el aeropuerto de Gatwick.

Se echó adelante, agarró un puñado de Doritos de la bolsa de tamaño gigante que tenía enfrente, se los metió en la boca y los empujó con un buen trago de Coca-Cola de una botella de dos litros; luego eructó. Al pasar la vista de forma rutinaria por las más de veinte pantallas, con la mano cerca del botón del micrófono por si descubría algún intruso, observó que una que llevaba muerta desde que había empezado su turno seguía sin mostrar ninguna imagen. Era la vieja planta cementera de Shoreham, donde su padre había trabajado como transportista.

Apretó el mando para cambiar la imagen de la pantalla, por si se trataba únicamente de un fallo en alguna de las veintiséis cámaras de la instalación. Pero la pantalla seguía en blanco. Cogió el teléfono y llamó al ingeniero del turno de noche.

—Hola, Ray. Soy Dunstan, de la sala de monitores 2. No tengo imagen en la pantalla 17 desde que he empezado el turno.

—Son instrucciones del señor Starling —respondió el ingeniero—. El cliente no paga. Parece que hace ya cuatro meses. El señor Starling ha suspendido el servicio. No te preocupes.

—Vale, gracias —respondió Dunstan Christmas—. Me quedo más tranquilo.

Y siguió comiendo Doritos.

Capítulo 100

*U*n dolor terrible despertó a Jessie. Sintió como si le estuvieran aplastando la cabeza con un torno. Por un momento se notó completamente desorientada; no tenía ni idea de dónde estaba.

¿En la habitación de Benedict?

Estaba embotada y mareada. ¿Qué había pasado la noche anterior? ¿Qué había pasado en la cena? ¿Se había emborrachado?

415

Sintió una sacudida. Oía un murmullo constante procedente de más abajo, el ruido de un motor. ¿Estaba en un avión?

El mareo empeoró. Estaba a punto de vomitar.

Otra sacudida, y luego otra. Se oyó un golpeteo, como el de una puerta mal cerrada. El miedo se apoderó de ella. Algo iba muy mal; había ocurrido algo terrible. A medida que recobraba la conciencia fue retrocediendo en sus recuerdos, vacilante, como si algo se lo impidiera.

No podía mover ni los brazos ni las piernas. El miedo aumentó. Estaba tendida boca abajo sobre algo duro que no paraba de moverse. Tenía la nariz tapada y le costaba respirar. Intentó desesperadamente hacerlo por la boca, pero algo se la tapaba, y el aire no podía entrar. Intentó gritar, pero solo oyó un quejido sordo y sintió una reverberación en la boca.

Aterrada, forcejeó y se revolvió intentando respirar, haciendo un esfuerzo por aspirar más fuerte. Por la nariz no absorbía suficiente aire como para llenar los pulmones. Se agitó, gimió, giró el cuerpo a un lado y a otro, luego se puso boca arriba, aspirando, aspirando con desesperación en busca de aire, a punto de perder el conocimiento. Luego, tras unos momentos boca arriba, la nariz se le descongestionó un poco y le entró un poco más de aire. El pánico disminuyó. Respiró hondo varias veces y se calmó mínimamente; luego intentó volver a gritar. Pero el sonido se le quedaba atrapado en la boca y la garganta.

Un resplandor iluminó la oscuridad por un instante y pudo ver el techo del vehículo. Luego volvió la oscuridad.

Otro resplandor. Vio a una persona agazapada en el asiento del conductor; solo los hombros y la parte trasera de una gorra de béisbol. La luz pasó y al instante otra ocupó su lugar. Los faros de los coches en sentido contrario, dedujo.

De pronto a su derecha aparecieron unas luces intensas, las de un vehículo que los adelantaba. Por un breve instante vio parte de su rostro reflejado en el espejo interior. Se quedó de piedra, aterrada. Aún llevaba puesto el pasamontañas negro.

Posó los ojos en ella.

—¡Tú échate y disfruta del viaje! —dijo, con una voz suave y sin expresión.

Ella intentó hablar, haciendo un nuevo esfuerzo por mover los brazos. Los tenía a la espalda, atados por las muñecas. La cuerda estaba muy tensa; no había modo de liberarse. Intentó mover las piernas, pero daba la impresión de que se las habían atado por los tobillos y por las rodillas.

¿Qué hora sería? ¿Cuánto tiempo llevaba allí? Cuánto tiempo habría pasado desde...

Debería estar en la cena-baile. Benedict iba a conocer a sus padres. Iba a ir a buscarla. ¿Qué estaría pensando en aquel momento? ¿Qué estaría haciendo? ¿Estaría frente a su casa, llamando al timbre? ¿Llamándola por teléfono? Unos nuevos faros iluminaron el interior. Miró a su alrededor y vio lo que parecía un pequeño mueble de cocina: una puerta se abría y se cerraba, dando golpes contra el mueble pero sin cerrarse. Ahora estaban frenando. Oyó que cambiaba de marcha y el ruido del intermitente.

Sintió un miedo aún más profundo. ¿Adónde iban?

Entonces oyó una sirena, primero muy débil y luego más

416

fuerte. Estaba detrás de ellos. ¡Ahora la oía aún más fuerte! Y de pronto sintió un arranque de euforia. ¡Sí! Benedict habría ido a buscarla y, al ver que no estaba allí, habría llamado a la Policía. ¡Ya llegaban! Estaba a salvo. ¡Oh, gracias a Dios! ¡Gracias a Dios!

Unos reflejos de luz azul, como si fueran los de una lámpara de araña rota en pedazos, inundaron el interior de la furgoneta y el aire se llenó con el aullido de la sirena. Entonces, un instante después, las luces azules habían desaparecido. Jessie oyó alejarse la sirena en la distancia.

«No, idiotas, no, no, no, no. ¡Por favor, volved! ¡Por favor, volved aquí!»

La furgoneta tomó una curva cerrada a la derecha y ella salió despedida por el suelo hacia la izquierda. Dos virajes bruscos e inesperados y paró. Se oyó el ruido del freno de mano. «¡Por favor, volved!» Entonces una linterna le enfocó la cara, lo que la dejó mareada por un momento.

—Ya casi estamos —dijo él.

Lo único que Jessie pudo ver cuando él apartó el haz de la linterna fueron sus ojos a través de las ranuras del pasamontañas. Intentó hablar con él: «Por favor, ¿quién eres? ¿Qué es lo que quieres? ¿Adónde me has traído?». Pero lo único que le salió fue un gemido que reverberaba en la cinta, como una bocina ahogada.

417

Oyó que se abría la puerta del conductor. El motor, al ralentí, emitía un murmullo constante. Entonces oyó un ruido metálico que parecía el repiqueteo de una cadena y luego el de unas bisagras oxidadas. ¿Una puerta que se abría?

A aquello le siguió un sonido familiar. Un zumbido suave. De pronto la esperanza aumentó en su interior. ¡Era su teléfono móvil! Lo había puesto en modo silencioso, con vibración, para su clase de *kick-boxing*. Sonaba como si estuviera en algún sitio, por delante. ¿Estaría en el asiento del acompañante?

Por Dios, ¿quién sería? ¿Benedict, que se preguntaba dónde estaba? A los cuatro tonos se paró y se conectó automáticamente el buzón de voz.

Un momento más tarde aquel tipo volvió a ponerse al volante, avanzó unos metros y volvió a salir de la furgoneta, dejando una vez más el motor al ralentí. Jessie oyó el mismo crujido metálico y el ruido de la cadena otra vez. Se dio cuenta de que ahora estaban al otro lado de alguna puerta cerrada con llave, y el pánico se apoderó aún más de ella. Era algún lugar privado. Algún sitio donde no llegarían las patrullas de la Policía. Tenía la boca seca y la sensación de estar a punto de vomitar, con el sabor de la bilis en la garganta, amarga y penetrante. Tragó saliva.

La furgoneta dio un bote y luego otro más —debían de ser bandas limitadoras de la velocidad—, bajó una cuesta que hizo que saliera despedida hacia delante y se golpeara el hombro con algo; luego subió otra que la mandó hacia atrás sin que pudiera hacer nada por evitarlo. A continuación avanzaron por una superficie lisa, con unos ruiditos periódicos cada pocos segundos, como los que producen las uniones entre losas de hormigón. Allí dentro reinaba una oscuridad total; daba la impresión de que conducía con las luces apagadas.

Por un momento, el terror se convirtió en rabia, y luego en una furia salvaje y desatada. «¡Sácame de aquí! ¡Sácame de aquí! ¡Desátame! ¡No tienes derecho a hacer esto, cabrón!» Forcejeó, tirando de las muñecas, de los brazos con todas sus fuerzas, agitándose, sacudiéndose. Pero lo que fuera que la tenía atada no se movió.

Dejó de moverse y tomó aire, con los ojos llenos de lágrimas. En ese momento debería estar en la cena. Con su bonito vestido y sus zapatos nuevos, del brazo de Benedict, mientras él charlaba con sus padres, haciendo gala de su ingenio y ganándoselos, como estaba segura de que ocurriría. Últimamente Benedict estaba nerviosísimo. Había tenido que tranquilizarle, asegurándole que quedarían prendados con él. Su madre le adoraría, y su padre…, bueno, la primera impresión que daba era la de tipo duro, pero en realidad era un buenazo. Lo adoraría, se lo había prometido.

«Sí, bueno, hasta que se enteren de que no soy judío.»

La furgoneta siguió su trayecto. Ahora giraban a la izquierda. Los faros se iluminaron por un momento. Jessie vio lo que parecía el muro de una vieja estructura alta, como una fachada lisa con ventanas rotas. Aquella visión le provocó un escalofrío, como si una ráfaga de aire gélido le recorriera todo el cuerpo. Era como uno de los edificios donde estaba ambientada aquella película de terror, *Hostal*. El edificio donde llevaban a gente inocente para que un grupo de sádicos ricos se ensañaran con ellos.

Su imaginación iba en caída libre. Siempre había sido aficionada a las películas de terror. Ahora pensaba en todos los asesinos perturbados que había visto en las películas, que secuestraban a sus víctimas, las torturaban y luego las mataban impunemente. Como en *El silencio de los corderos*, *La matanza de Texas* o *Las colinas tienen ojos*.

El terror la estaba bloqueando. Respiraba rápido y profundo, dominada por el pánico, con el corazón golpeándole el pecho, y por dentro estaba hecha una furia.

La furgoneta se detuvo. Él volvió a salir. Jessie oyó el ruido de una puerta metálica corredera y luego el terrible chirrido del metal contra otra superficie dura. El tipo volvió a subir, cerró su puerta y siguió adelante, encendiendo de nuevo los faros.

«Tengo que hablar con él, de alguna manera.»

A través del parabrisas podía ver que se encontraban en el interior de algún enorme edificio industrial en desuso, de la altura de un hangar de aviación o de varios hangares. Por un momento, los faros le mostraron una pasarela de acero con barandillas en lo alto de las paredes y, a lo lejos, una red de algo parecido a enormes y polvorientos cilindros de combustible de algún cohete Apolo, apoyados en enormes soportes de acero y hormigón. Al girar, vio unas vías que desaparecían entre el polvo y los escombros, y una vagoneta oxidada, cubierta de grafitos, que daba la impresión de que no se había movido desde hacía décadas.

La furgoneta se detuvo.

Jessie temblaba tanto del miedo que no podía pensar con claridad.

El hombre salió y apagó el motor. Le oyó alejarse. Luego el gruñido del metal, un sonoro golpe que resonó, seguido del repiqueteo de algo que sonaba como una cadena. Oyó los pasos que volvían hacia la furgoneta.

Un momento más tarde la puerta trasera se abrió y allí estaba él. Enfocó la linterna hacia ella, primero a la cara y

419

luego al cuerpo. Ella se quedó mirándole a la cara, cubierta con el pasamontañas, temblando de terror.

Podría darle una patada, pensó. Aunque tenía las piernas atadas una con otra, podría flexionar las rodillas y soltar las piernas contra él, pero a menos que pudiera desatarse los brazos, ¿de qué serviría? Solo para enfurecerle.

Necesitaba hablar con él. Recordó consejos que había leído en los periódicos sobre los rehenes que habían sobrevivido a una captura. Había que intentar conectar con los captores. Les resultaba más difícil hacerte daño si establecías un vínculo. De algún modo tenía que conseguir que le destapara la boca para poder hablar con él. Razonar con él. Descubrir qué quería.

—No deberías haberme dado esa patada —dijo él de pronto—. Te había traído unos bonitos zapatos nuevos, los mismos que ibas a ponerte en la fiesta a la que ibas a llevar a Benedict para que conociera a tus padres. Las mujeres sois todas iguales. Os creéis que tenéis el poder. Os ponéis todas esas cosas para seducir a vuestro hombre y, luego, diez años más tarde, os volvéis todas gordas y horrorosas, llenas de celulitis y con el vientre caído. Alguien tiene que daros una lección, y yo lo haré, aunque tenga que ser con solo un zapato.

Jessie volvió a intentar hablar.

Él se agachó. Con un movimiento repentino que la pilló por sorpresa, le dio la vuelta y la puso boca abajo. Luego se sentó sobre sus piernas, aprisionándolas y aplastándola con su peso. Jessie sintió que le pasaba algo alrededor de los tobillos y que lo apretaba. Cuando el tipo se levantó, Jessie sintió que le tiraba de las piernas hacia la izquierda. Luego, al cabo de unos momentos, sintió que tiraba hacia la derecha. Intentó mover las piernas, pero no podía.

Entonces oyó un chasquido metálico. Un instante más tarde, algo frío y duro le rodeó el cuello, tirando de él. Se oyó otro sonoro chasquido, como el de un candado al cerrarse. De pronto algo le tiró de la cabeza hacia delante, y luego hacia la izquierda. Otro chasquido, como otro candado, y otro tirón de la cabeza hacia la izquierda. Otro chasquido.

Estaba tumbada, como si la hubieran colocado en un potro de tortura medieval. No podía mover la cabeza, las piernas ni los brazos. Intentó respirar. La nariz se le estaba tapando de nuevo. Se agitó, aterrorizada.

—Ahora tengo que irme. Me esperan para cenar —dijo él—. Te veré mañana. *Sayonara, baby.*

Ella gimoteó de terror, intentando rogarle. «¡No, por favor! ¡No, por favor, no me dejes boca abajo! No puedo respirar. Por favor, soy claustrofóbica. Por favor...»

Oyó que la puerta de atrás se cerraba con un golpe.

Pasos. Un ruido lejano y un golpe metálico que resonó.

Entonces oyó el motor de una motocicleta que arrancaba, aumentaba de revoluciones y se perdía en la distancia con un rugido cada vez más lejano. Mientras escuchaba, temblando de miedo, haciendo grandes esfuerzos por respirar, sintió de pronto el contacto de algo caliente que se le iba extendiendo por la ingle y por los muslos.

Capítulo 101

Sábado, 17 de enero de 2010

Grace se sentó en la pequeña sala de interrogatorios del Centro de Custodia, junto al agente Foreman que, al igual que él, tenía formación especial en técnicas de interrogatorio de testigos y sospechosos. Sin embargo, en aquel momento su formación no les estaba valiendo de mucho. John Kerridge había adoptado la táctica del «sin comentarios», gracias al listillo de su abogado, Ken Acott.

Sobre la mesa estaba la grabadora con tres casetes vírgenes. En lo alto de las paredes, dos cámaras de vídeo los observaban, como pájaros algo inquisitivos. El ambiente era tenso. Grace estaba de un humor de perros. En aquel momento no le habría importado alargar el brazo por encima de la estrecha mesa de interrogatorios, agarrar a Kerridge por el cuello y sacarle la verdad a aquel mierdecilla a base de apretárselo, fuera un discapacitado o no lo fuera.

Acott los había informado de que su cliente se encuadraba en el espectro del autismo. Kerridge, que seguía insistiendo en que le llamaran Yac, sufría el síndrome de Asperger. Su cliente le había informado también de que había salido del taxi persiguiendo a una pasajera que había echado a correr sin pagar. Resultaba evidente que era a la pasajera de su cliente a quien tenían que haber detenido, y no a su cliente. Este estaba siendo discriminado y perseguido debido a su discapacidad. Kerridge no haría ningún comentario si no era en presencia de un médico especialista.

Grace decidió que en aquel momento tampoco le importaría estrangular al capullo de Acott. Se quedó mirando al educado abogado con su traje de corte perfecto, su camisa y su corbata; sentía incluso el olor de su colonia. Contrastaba con su cliente, también vestido con traje, camisa y corbata, pero que era un personaje patético.

Kerridge tenía el cabello corto y oscuro, peinado hacia delante, y un curioso rostro acongojado que podría haber resultado incluso atractivo, de no ser porque tenía los ojos un poco más juntos de lo normal. Era delgado y de hombros caídos, y parecía absolutamente incapaz de estar inmóvil. Se agitaba como un escolar aburrido.

—Son las nueve en punto —dijo Acott—. Mi cliente necesita una taza de té. Tiene que tomarse una cada hora, a las horas en punto. Es su ritual.

—Tengo noticias para su cliente —dijo Grace, mirando fijamente a Kerridge—: esto no es un hotel Ritz-Carlton. Se le dará té fuera del horario habitual en que se sirve el té cuando yo decida que se le puede dar. En todo caso, si su cliente tuviera la bondad de mostrarse más dispuesto a cooperar (o quizá si su abogado tuviera la bondad de mostrarse más dispuesto a cooperar), estoy seguro de que podríamos hacer algo para mejorar la calidad de nuestro servicio de habitaciones.

—Ya se lo he dicho, mi cliente no va a hacer ninguna declaración.

—Tengo que tomarme el té —dijo Yac de pronto.

—Te lo tomarás cuando yo diga —respondió Grace, observándolo.

—Tengo que tomármelo a las nueve en punto.

Grace se lo quedó mirando fijamente. Se produjo un breve y tenso silencio; luego Yac le devolvió la mirada y dijo:

—¿El váter de su casa es de cisterna alta o de cisterna baja?

La voz del taxista demostraba vulnerabilidad; algo que le tocó un nervio a Grace. Desde la noticia del secuestro en Kemp Town dos horas antes y del descubrimiento de un zapato en la acera donde supuestamente había tenido lugar, había habido novedades: un joven había ido a buscar a su novia para asistir juntos a un elegante evento celebrado media hora después del momento del secuestro y ella no le había abierto la puerta. Tampoco había respondido al teléfono móvil; le saltaba siempre el buzón de voz.

Ya se había establecido que la última persona que la había visto era su monitor de *kick-boxing*, en un gimnasio de la zona. Ella se había mostrado muy animada, a la espera de aquella noche, aunque algo nerviosa ante la perspectiva de presentar a su novio en familia.

Podía haberse arrepentido, pensó Grace. Pero no parecía capaz de dejar plantado a su novio y de decepcionar a su familia de aquel modo. Cuanto más oía al respecto, menos le gustaba la situación. Aquello provocaba que aún estuviera más furioso.

Furioso ante la petulancia de Ken Acott.

Furioso ante aquel desgraciado que se escudaba en su «no hay comentarios» y en su condición. Grace conocía a un niño con Asperger. Un colega del cuerpo y su esposa, que había sido amiga de Sandy, tenían un hijo adolescente con aquella afección. Era un chaval raro pero dulce, que estaba obsesionado con las pilas. Un niño a quien no se le daba bien interpretar las emociones de la gente y que tenía problemas para relacionarse. En algunos aspectos de conducta, no distinguía del todo el bien y el mal. Pero, tal como lo veía él, era una persona capaz de distinguir la línea que separa el bien y el mal si se trataba de cosas tan graves como violaciones o asesinatos.

—¿Puedes explicarme por qué te interesan los váteres? —le preguntó.

—¡Las cadenas de cisterna! Tengo una colección. Podría enseñársela en algún momento.

—Sí, me gustaría mucho.

Acott le clavó una mirada asesina.

—No me ha dicho si su váter tiene la cisterna alta o baja —prosiguió Kerridge.

Grace se lo pensó un momento.

—Baja.

—¿Por qué?

—¿Por qué te gustan los zapatos de mujer, John? —respondió Grace de pronto.

—Lo siento —dijo Acott, con la voz tensa de la rabia—.
No voy a permitir ningún interrogatorio.
Grace no le hizo caso e insistió:
—¿Te parecen sensuales?
—La gente sensual es mala —respondió Yac.

425

Capítulo 102

Sábado, 17 de enero de 2010

Grace salió de la sala de interrogatorios aún más intranquilo que cuando había entrado. John Kerridge era un hombre extraño y percibía en él una tendencia a la violencia. Sin embargo, no le parecía que tuviera la astucia o la capacidad mental que habría necesitado el Hombre del Zapato para quedar impune tras sus delitos de doce años atrás y después de los de las últimas semanas.

Le inquietaban en particular las últimas noticias sobre el posible secuestro de Jessie Sheldon aquella misma noche. Lo que más le preocupaba era el zapato en la acera. La chica iba vestida con chándal y deportivas. ¿De quién era el zapato, entonces? Un zapato de mujer de tacón alto nuevecito, típico del Hombre del Zapato.

Pero había algo más que le tenía intranquilo en aquel momento, más aún que John Kerridge y Jessie Sheldon. No recordaba cuándo se le había pasado por la cabeza la primera vez —en algún momento desde su salida del garaje de Mandalay Court, por la tarde, y la llegada a la sala de operaciones de comisaría—. Y no paraba de darle vueltas; más incluso que antes.

Salió de la Sussex House y se dirigió a su coche. La llovizna casi había desaparecido y se estaba levantando viento. Se sentó al volante y arrancó el motor. En aquel momento, la radio emitió un comunicado. Era un informe actualizado de uno de los agentes que habían asistido al incendio de la furgoneta en la granja al norte de Patcham. El vehículo aún estaba demasiado caliente como para registrarlo.

Poco después, hacia las 22.15, aparcó el Ford Focus sin marcas en la calle principal, The Drive, algo al sur de su destino. Luego, con la linterna escondida en el bolsillo de su gabardina, caminó un par de cientos de metros hasta Mandalay Court, intentando parecer un paseante cualquiera, para no correr el riesgo de alertar al Hombre del Zapato, o a quienquiera que usara el garaje, por si se le ocurría volver.

Ya había hablado con el agente de guardia para advertirle de su llegada. La alta silueta de Jon Exton salió a su encuentro cuando estaba bajando la rampa.

—Todo tranquilo, señor —informó el policía.

Grace le dijo que permaneciera de guardia y que le informara por radio si veía acercarse a alguien; luego rodeó el bloque de pisos y pasó junto a los candados del último garaje, el número 17.

Con la linterna encendida, recorrió todo el lateral, contando sus pasos. El garaje tenía unos ocho metros y medio de largo. Lo comprobó de nuevo volviendo sobre sus pasos, y luego volvió a la parte frontal y sacó un par de guantes de látex.

Jack Tunks, el cerrajero, le había dejado la puerta abierta. Grace levantó la puerta articulada, la cerró tras de sí e iluminó el interior con la linterna. Entonces contó sus pasos hasta la pared del fondo.

Seis metros.

El pulso se le aceleró.

Dos metros y medio de diferencia.

Golpeó la pared con los nudillos. Sonaba a hueco. Falsa. Se giró hacia los estantes de madera del extremo derecho de la pared. El acabado era burdo e irregular, como si fueran caseros. Entonces miró la tira de rollos de cinta americana. Aquello era una herramienta típica de los secuestradores. Luego, a la luz de la linterna, vio algo que no había observado en su visita anterior. Los estantes tenían un fondo de madera que los separaba dos o tres centímetros de la pared.

Grace nunca había practicado el bricolaje, pero sabía lo suficiente como para cuestionarse por qué el pésimo «mani-

427

tas» que había hecho aquellos estantes les había puesto un fondo. Solo se le pone un fondo a los estantes si hay que esconder una pared fea, ¿no? ¿Por qué se molestaría nadie en hacerlo en el caso de un viejo garaje asqueroso?

Con la linterna en la boca, agarró uno de los estantes y probó a tirar de él con fuerza. Nada. Tiró aún con más fuerza, pero tampoco pasó nada. Entonces agarró el siguiente de arriba. Lo movió y de repente se soltó. Tiró y vio, en la ranura en la que estaba encajado el estante, un pestillo. Apoyó el estante contra la pared y abrió el pestillo. Entonces probó primero a tirar y luego a empujar la estantería. Pero no se movió.

Comprobó cada uno de los estantes que quedaban y descubrió que el último también estaba suelto. Lo sacó y descubrió un segundo pestillo, también oculto en la ranura del estante. Lo abrió y se puso en pie, agarró dos de los estantes que seguían en su sitio y empujó. No pasó nada.

Entonces tiró, y casi se cayó de espaldas cuando toda la estantería cedió.

Era una puerta.

Agarró la linterna y enfocó el haz de luz hacia el vacío que se creó detrás. Y se quedó sin respiración.

Se le heló la sangre.

Al mirar alrededor, era como si unos dedos helados le recorrieran la columna.

Había una caja de embalaje en el suelo. Las paredes estaban cubiertas casi en su totalidad de recortes de periódico viejos y amarillentos. La mayoría eran del *Argus*, pero algunos eran de diarios nacionales. Dio un paso adelante y leyó el titular de uno de ellos. Tenía fecha del 14 de diciembre de 1997:

LA POLICÍA CONFIRMA LA ÚLTIMA VÍCTIMA
DEL HOMBRE DEL ZAPATO

Allá donde enfocara la linterna, aparecían titulares en las paredes. Más artículos, algunos con fotografías de las víctimas. Había fotografías de Jack Skerritt, el inspector del caso. Y más allá, en un lugar destacado, una gran fotografía de

Rachael Ryan que le miraba desde debajo de un titular de primera plana del *Argus* de enero de 1998:

RACHAEL, LA CHICA DESAPARECIDA,
¿SEXTA VÍCTIMA DEL HOMBRE DEL ZAPATO?

Grace se quedó mirando la fotografía y luego el titular. Recordaba el momento en que había visto aquella portada por primera vez. El escalofriante titular. Había sido lo más buscado en todos los quioscos de la ciudad.

Tocó la tapa de la caja. Estaba suelta. La levantó y se quedó pasmado, con los ojos desorbitados, al ver lo que había dentro.

Estaba llena hasta los topes de zapatos de tacón, cada uno envuelto en celofán y precintado. Rebuscó en la caja. Algunos paquetes contenían un solo zapato y unas bragas. Otros, un par de zapatos. Todos los zapatos parecían casi nuevos.

Estaba temblando de los nervios, pero necesitaba saber cuántos había. Con cuidado de no dañar ninguna prueba forense, los contó y los dejó en el suelo, con sus envoltorios. Veintidós paquetes.

En otro, envuelto con celofán, había un vestido de mujer, bragas y un sujetador. Quizás el disfraz del Hombre del Zapato. Se quedó pensando. ¿Sería la ropa que le había quitado a Nicola Taylor en el Metropole?

Se arrodilló, mirando los zapatos unos momentos. Luego volvió a los recortes de la pared, para asegurarse de que no se había dejado nada significativo que pudiera llevarle hasta su presa.

Miró uno tras otro, concentrándose en los de Rachael Ryan, grandes y pequeños, que cubrían una gran sección de una pared. Vio una hoja de papel A4 que era diferente. No era un recorte de periódico: era un impreso relleno en parte a bolígrafo. El epígrafe decía:

FUNERARIA J. BUND & SONS

Se acercó para ver bien la letra pequeña. Bajo el nombre, decía:

PETER JAMES

Impreso de registro
Ref. D5678
Sra. Molly Winifred Glossop
f. 2 de enero de 1998. 81 años

Leyó el impreso hasta la última letra. Era una lista detallada:

Tarifa de la iglesia
Honorarios del médico
Tarifa de retirada de marcapasos
Tarifa de cremación
Honorarios del enterrador
Tarifa de impresión de hojas del servicio
Flores
Recordatorios
Esquelas
Ataúd
Urna
Honorarios del organista
Tarifa del cementerio
Entierro
Honorarios del clérigo

Funeral: 12 de enero de 1998, 11.00
Lawn Memorial Cemetery, Woodingdean

Volvió a leer la hoja. Y luego una vez más, petrificado.

Con la mente había retrocedido de golpe doce años. Hasta un cuerpo calcinado en una camilla del tanatorio de Brighton y Hove. Una viejecita, cuyos restos habían sido hallados, incinerados, en la carcasa de una furgoneta Ford Transit incendiada, y que nunca había podido ser identificada. Como era de rigor, se había conservado el cuerpo dos años y luego se había enterrado en el cementerio de Woodvale, en un funeral pagado con fondos públicos.

Durante sus años de servicio había visto muchas cosas horrendas, pero la mayoría había podido apartarlas de la mente. Había solo unas pocas —y podía contarlas con los dedos de una mano— que sabía que se llevaría a la tumba. Siempre había pensado que aquella viejecita, y el misterio que la acompañó, serían una de ellas.

Pero ahora, allí de pie, en el falso fondo de aquel viejo garaje, algo estaba adquiriendo por fin un sentido.

Tenía la creciente certeza de que ahora sabía quién era.

Molly Winifred Glossop.

Pero ¿a quién habían enterrado el lunes 12 de enero de 1998 a las once de la mañana en el Lawn Memorial Cemetery de Woodingdean?

Estaba bastante seguro de cuál era la respuesta correcta.

431

Capítulo 103

Domingo, 18 de enero de 2010

*U*na vez más, Jessie oyó la vibración de su teléfono en la semioscuridad. Estaba muerta de sed. De vez en cuando sentía que la vencía el sueño, pero luego se despertaba de nuevo presa del pánico, esforzándose por respirar a través de la nariz congestionada.

Los hombros le dolían terriblemente, de tener los brazos estirados hacia los lados y hacia delante. A su alrededor se oían ruidos de todo tipo: sonidos metálicos, crujidos, golpes, chirridos... Con cada uno de ellos volvía el temor de que aquel hombre hubiera regresado, de que estuviera acercándose por detrás en aquel mismo momento. Su mente flotaba en un torbellino constante de miedo y pensamientos confusos. ¿Quién era aquel tipo? ¿Por qué la había llevado hasta aquel lugar, dondequiera que estuviera? ¿Qué pensaba hacer? ¿Qué quería?

No podía dejar de pensar en las películas de terror que más la habían asustado. Intentó apartarlas de su mente, pensar en momentos felices. Como sus últimas vacaciones con Benedict en la isla griega de Naxos. Los planes de boda que habían hecho, sus proyectos para una vida en común.

«¿Dónde estás ahora, Benedict, cariño mío?»

El sonido vibratorio del teléfono se repitió. Cuatro tonos, y luego se detuvo otra vez. ¿Significaba aquello que tenía un mensaje? ¿Sería Benedict? ¿O sus padres? Intentó liberarse una y otra vez, desesperadamente. Agitándose y revolviéndose, intentando aflojar las ataduras de las muñecas, soltar las manos. Pero lo único que conseguía era acabar rebotando, haciéndose más daño, con los hombros casi desencajados y dando con el cuerpo contra el duro suelo para volver a subir luego, hasta quedar exhausta.

Al final lo único que pudo hacer fue permanecer allí tendida, frustrada. La mancha húmeda de la ingle y los muslos ya no estaba caliente y empezaba a picarle. También le picaba la mejilla y tenía unas ganas irrefrenables de rascarse. Y tenía que hacer un esfuerzo constante por tragar saliva para contener la bilis que le subía por la garganta y que podría llegar a ahogarla, era consciente de ello, si daba rienda suelta a sus ganas de vomitar teniendo la boca amordazada.

Lloró de nuevo, con los ojos irritados por la sal de sus lágrimas.

«Por favor, que alguien me ayude, por favor.»

Por un momento se preguntó si no debería dejarse llevar y vomitar, ahogarse y morir. Acabar con todo antes de que aquel hombre volviera a llevar a cabo las aberraciones que tuviera pensadas. Al menos, le quitaría esa satisfacción.

Pero no lo hizo: decidió depositar una confianza que ya sentía mermada en el hombre que amaba, cerró los ojos y rezó por primera vez en mucho tiempo, más del que podía recordar. Tardó un poco en rememorar las palabras exactas.

433

En cuanto acabó, el teléfono volvió a sonar. Los cuatro tonos de siempre, y luego se paró. Entonces oyó un sonido del todo diferente.

Un sonido que reconoció.

Un sonido que la dejó helada.

El ruido del motor de una motocicleta.

Capítulo 104

Domingo, 18 de enero de 2010

*L*a jueza de instrucción de Brighton y Hove era una mujer de carácter. Cuando estaba de mal humor, con su actitud podía llegar a asustar a unos cuantos de sus subordinados, así como a más de un aguerrido policía. Pero Grace sabía que era una persona con un gran sentido común y con sensibilidad. De hecho nunca había tenido ningún problema con ella.

Quizá fuera porque acababa de llamarla a casa pasada la medianoche y la había despertado, a juzgar por el tono somnoliento de su voz. Al irse despertando, se mostró más inquisitiva. Pero era lo suficientemente profesional como para escuchar con atención, interrumpiéndole solo para pedirle alguna aclaración.

—Lo que me está pidiendo no es poco, superintendente —dijo por fin, con un tono de voz de maestra de escuela, cuando Grace acabó su exposición.

—Lo sé.

—Eso solo ha pasado dos veces en Sussex. No es algo que se pueda hacer a la ligera. Me está pidiendo mucho.

—No es habitual encontrarse en una situación de vida o muerte, señora —alegó Grace, que había optado por dirigirse a ella en tono formal—. Pero creo que esta lo es.

—¿Basándose solo en la declaración del novio de la chica desaparecida?

—En nuestra búsqueda de Jessie Sheldon, hemos contactado con amigos suyos, a partir de una lista que nos ha dado su novio. La que aparentemente es su mejor amiga recibió un mensaje de texto de Jessie el martes pasado, con una fotografía de un par de zapatos que se había comprado para esta noche. Los zapatos de la fotografía son idénticos al zapato que hemos encontrado en la acera frente a su piso, exactamente donde tuvo lugar el secuestro, según los testigos.

—¿Está seguro de que el novio no está implicado de ningún modo?

—Sí, se le ha descartado como sospechoso. Y también se ha descartado la implicación de tres de los cuatro sospechosos principales de la investigación del Hombre del Zapato.

Se había confirmado que Cassian Pewe se encontraba en un curso presencial en el Centro de Formación de la Policía en Bramshill. Darren Spicer había vuelto al Centro de Noche Saint Patrick's a las 19.30, hora que no encajaba para poder culparlo, y John Kerridge seguía en custodia preventiva.

La jueza se tomó unos momentos para responder:

—Estas intervenciones se realizan siempre a primera hora de la mañana, generalmente de madrugada, para evitar alterar el orden público. Eso significaría el lunes por la mañana como muy pronto.

—Eso queda muy lejos. Supondría treinta horas antes de que pudiéramos siquiera ponernos a buscar cualquier prueba forense que nos fuera de ayuda. Antes de encontrar coincidencias positivas nos plantaríamos a mediados de la semana que viene, como muy pronto. Creo que cada hora que pasa puede ser esencial. No podemos esperar tanto. Podría marcar la diferencia entre la vida y la muerte.

Hubo un largo silencio. Grace sabía que estaba pidiéndole un enorme voto de confianza. Y al hacer aquella petición él también se la estaba jugando. Aún no estaba seguro al cien por cien de que Jessie Sheldon hubiera sido secuestrada. Además, lo más probable era que, después de doce años, no quedaran pruebas forenses que pudieran ser de utilidad a la investigación. Pero había hablado con Joan Major, la arqueóloga forense a la que consultaba regularmente el D.I.C. de Sussex, y ella le había dicho que valía la pena intentarlo.

Con todas las presiones que estaba recibiendo, tenía que agarrarse a cualquier probable indicio. Pero estaba convencido de que lo que estaba solicitando era mucho más que eso.

La voz de la jueza adquirió un tono aún más directo:

435

—¿Quiere hacer esta operación en un cementerio público en domingo y a plena luz del día, superintendente? ¿Cómo cree que se van a sentir los familiares afligidos que estén visitando las tumbas de sus seres queridos en el Día del Señor?

—Estoy seguro de que podemos provocar cierta consternación —respondió—. Pero nada comparable con lo que estará pasando esa joven, Jessie Sheldon, que ha desaparecido. Creo que el Hombre del Zapato puede haberla secuestrado. Podría equivocarme. También puede ser que lleguemos ya demasiado tarde. Pero si hay una ocasión de salvarle la vida, me parece que eso justifica herir por un momento los sentimientos de unos cuantos familiares afligidos que probablemente después del cementerio se vayan al ASDA o al Tesco, o allá donde suelan ir a hacer la compra en el «Día del Señor» —dijo, dejando clara su postura.

—Muy bien —dijo ella—. Firmaré la orden. Pero sea todo lo discreto que pueda. Estoy seguro de que lo será.

—Por supuesto.

—Le veré en mi despacho dentro de media hora. Supongo que es la primera vez que se encuentra con uno de estos procedimientos.

—Pues sí.

—No tiene idea de la cantidad de papeleo que suponen.

Grace sí la tenía. Pero en aquel momento le preocupaba más salvar la vida de Jessie Sheldon que dar gusto a un puñado de chupatintas. Aun así, no quiso arriesgarse a hacer algún comentario corrosivo. Le dio las gracias a la jueza y le dijo que estaría allí al cabo de media hora.

436

Capítulo 105

Domingo, 18 de enero de 2010

Jessie oyó el sonido metálico de la puerta lateral de la furgoneta al abrirse. Luego el vehículo se balanceó un poco y oyó unos pasos a su lado. Estaba temblando de terror.

Un instante más tarde le deslumbró el haz de luz de la linterna, que enfocaba directamente a su cara.

—¡Qué peste! —exclamó el hombre, furioso—. Hueles a meado. Te has meado encima, guarra asquerosa.

Apartó el rayo de luz de su rostro. Jessie levantó la cabeza, parpadeando. Ahora él se enfocaba el rostro encapuchado con el rayo de luz deliberadamente, para que le viera.

—No me gustan las mujeres sucias —anunció—. Y ese es tu problema, ¿verdad? Todas sois unas guarras. ¿Cómo esperas darme placer si apestas de este modo?

Ella rogó con la mirada: «Por favor, desátame. Por favor, quítame la mordaza. Haré lo que sea. No me resistiré. Haré lo que sea. Por favor. Haré lo que tú quieras, y luego me dejas ir. ¿Vale? ¿De acuerdo? ¿Tenemos un trato?».

De pronto sintió unas ganas terribles de volver a orinar, aunque no había bebido nada en lo que le había parecido una eternidad, y tenía la boca toda seca. ¿Qué hora sería? Supuso que por la mañana, a juzgar por la luz que había inundado fugazmente la furgoneta unos minutos antes.

—Hoy tengo una comida de domingo —dijo—. No dispongo de tiempo de arreglarte y limpiarte. Tendré que volver más tarde. Lástima que no pueda invitarte. ¿Tienes hambre?

Volvió a enfocarle la cara con la linterna.

Ella rogó con la mirada que le diera agua. Intentó articular la palabra tras la mordaza, desde la garganta, pero lo único que salió fue un gemido ondulante.

Estaba desesperada por beber agua. Y se agitaba, intentando controlar la vejiga.

—No entiendo muy bien lo que dices. ¿Que me aproveche la comida?

—*Grnnnmmmmmooooowhhh.*

—¡Qué detalle por tu parte!

Jessie volvió a rogarle con la mirada: «Agua. Agua».

—Probablemente quieras agua. Supongo que es eso lo que dices. El problema es que, si te traigo agua, vas a mearte otra vez, ¿no?

Ella sacudió la cabeza.

—¿No? Bueno, pues ya veremos. Si me prometes que te portarás bien, quizá luego te traiga un poco.

Jessie siguió intentando controlar la vejiga desesperadamente. Pero en el momento en que oyó el ruido de la puerta corredera al cerrarse, sintió de nuevo un goteo cálido extendiéndose por su entrepierna.

Capítulo 106

*E*l Lawn Memorial Cemetery de Woodingdean estaba situado en alto, al este de Brighton, y ofrecía buenas vistas del canal de la Mancha. «No es que los residentes del cementerio vayan a apreciar las vistas», pensó apesadumbrado Roy, vestido con su traje de papel azul con capucha y cremallera hasta el cuello, mientras salía de la larga tienda azul en forma de oruga sacudida por el viento y pasaba a la que habían designado como vestidor y zona de refresco.

La jueza no se había equivocado en cuanto a la burocracia que conllevaba consigo una exhumación. Conseguir la orden y firmarla era la parte fácil. Mucho más difícil era conseguir el equipo necesario en un domingo por la mañana.

Estaba la empresa comercial especializada en exhumaciones, cuyo negocio principal era el traslado de fosas comunes para liberar terrenos de construcción, o para vaciar los cementerios de iglesias desconsagradas. Pero no iban a empezar hasta el día siguiente sin cargar unos suplementos prohibitivos.

Grace no estaba dispuesto a esperar. Llamó a su subdirector Rigg, que accedió a asumir los costes.

El equipo reunido para la reunión que había celebrado en John Street una hora antes era considerable: un oficial del juzgado, dos agentes de la Científica (uno de ellos fotógrafo forense), una mujer del Departamento de Medio Ambiente (que dejó claro que le molestaba profundamente sacrificar su

439

domingo), un funcionario del Ministerio de Sanidad (cuya presencia hacía necesaria la nueva legislación) y, dado que era un terreno consagrado, un clérigo. También estaban presentes la arqueóloga forense Joan Major y Glenn Branson, a quien había puesto a cargo del control de los transeúntes, así como Foreman, al que había nombrado observador oficial.

Cleo, Darren Wallace —su número dos en el depósito— y Walter Hordern —al cargo de los cementerios de la ciudad, y en esta ocasión al volante de la discreta furgoneta verde del juzgado usada para la recuperación de cadáveres— también estaban allí. Solo necesitaba a dos de ellos, pero como ninguno de los tres había asistido nunca a una exhumación, acudieron voluntariamente. A Grace le resultaba evidente que les gustaba aquello de ver cadáveres. A veces se preguntaba cómo se relacionaba aquello con el amor que Cleo sentía por él.

No solo el personal del depósito había manifestado su curiosidad. Cuando se extendió la noticia, se pasó toda la mañana recibiendo llamadas de otros miembros del D.I.C. que preguntaban si podían asistir. Para muchos de ellos sería una ocasión única en su carrera, pero tuvo que decirles que no a todos por falta de espacio, y entre el cansancio y los nervios acumulados, en más de un caso estuvo a punto de añadir que aquello no era un circo.

Eran las cuatro de la tarde y hacía un frío glacial. Volvió a salir de la tienda con una taza de té en la mano. La luz del día iba desapareciendo rápidamente. La luz de los focos móviles, situados por todo el cementerio y a los lados del camino que llevaba hasta la tienda que cubría la tumba de Molly Glossop y varias a su alrededor, se iba volviendo cada vez más intensa.

El lugar estaba cercado por un doble cordón policial. Todas las entradas al cementerio estaban vigiladas por la Policía y hasta el momento la reacción del público había sido más de curiosidad que de indignación. Un segundo cordón policial rodeaba directamente las dos tiendas. No se había permitido el acceso de la prensa más allá de la calle.

El equipo reunido en la tienda principal estaba a punto de llegar al fondo de la tumba. Grace no necesitaba que nadie se lo dijera; todo el mundo lo notaba por la peste, que iba en aumento. El olor a muerte siempre le había parecido la peor peste del mundo, y ahora flotaba en el aire, incluso fuera de la tienda. Era el hedor a un desagüe añejo de pronto desatascado, de la carne podrida en la nevera después de un apagón de dos semanas en pleno verano, un olor pesado y penetrante que parecía absorber el espíritu, al tiempo que se hundía en el terreno.

Ninguno de los expertos había podido predecir el estado en el que estaría el cuerpo de aquel ataúd, ya que había demasiadas variables en juego. No sabían qué cuerpo había allí, si es que había cuerpo, ni cuánto tiempo llevaría muerto antes de ser enterrado. La humedad del terreno siempre es un factor decisivo. Pero aquel suelo era calcáreo y estaba elevado, posiblemente sobre la capa freática, por lo que estaría seco hasta cierto punto. A juzgar por el olor cada vez más hediondo, saldrían de dudas al cabo de muy poco.

Grace se había acabado el té y estaba a punto de volver a entrar en la tienda cuando sonó su teléfono. Era Kevin Spinella.

—¿Qué? ¿A la gran estrella del *Argus* se le han pegado las sábanas? —dijo, a modo de saludo.

Había mucho ruido por el viento y por el zumbido de un enorme generador portátil situado cerca.

—¡Lo siento! —gritó el reportero—. ¡No le he oído!

Grace repitió lo que acababa de decir.

—De hecho estoy haciendo un recorrido por los cementerios de la ciudad buscándole, superintendente. ¿Hay alguna posibilidad de que pueda entrar?

—Claro, cómprate una tumba y luego ve a que te atropelle un autobús.

—¡Ja, ja! Quiero decir ahora.

—No, lo siento.

—Bueno. ¿Y qué tiene para mí?

—No mucho más de lo que puedes ver desde el perímetro ahora mismo. Llámame dentro de una hora. Puede que entonces tenga algo más.

—Perdóneme, pero pensaba que estaba buscando a una joven que desapareció anoche, Jessie Sheldon. ¿Qué está haciendo aquí, desenterrando a una octogenaria?

—Tú desentierras cosas, y a veces yo también tengo que hacerlo —respondió Grace, que una vez más se preguntó cómo había conseguido aquella información el periodista.

De pronto, Joan Major salió de la tienda principal y le hizo un gesto.

—¡Roy! —le llamó.

Grace colgó.

—¡Han llegado al ataúd! Buenas noticias. ¡Está intacto! ¡Y la placa dice: «Molly Winifred Glossop»! Así que es el bueno.

Entró tras ella. El hedor era insoportable. Cuando la solapa de la tienda se cerró tras él, intentó respirar solo por la boca. El interior, atestado de gente, parecía el set de filmación de una película, con la batería de potentes focos repartidos alrededor de la tumba y el montón de tierra en el otro extremo, mientras varias cámaras de vídeo fijas grababan todo lo que ocurría.

La mayoría de los presentes tenía los mismos problemas con el olor, a excepción de los cuatro agentes de la Unidad Especial de Búsqueda. Llevaban trajes blancos de protección bioquímica con accesorios para respirar. Dos de ellos estaban de rodillas sobre la tapa del ataúd, atornillando unos sólidos ganchos a los lados para pasar unos cables y fijarlos a un sistema de poleas una vez limpios los laterales. Los otros dos estaban colocándose en posición, a un metro por encima de la superficie de la tumba.

Joan Major se puso a cavar. Durante la hora siguiente estuvo limpiando sin descanso los laterales y liberando la base del ataúd por ambos extremos, para pasar unas correas por debajo. Mientras trabajaba, fue recogiendo y embolsando muestras de tierra de encima, de los laterales y de debajo del ataúd, para su posterior examen en busca de posibles fugas de fluidos del interior del ataúd.

Cuando hubo acabado, dos de los especialistas en exhumación pasaron cuerdas por cada uno de los cuatro ganchos y por debajo del ataúd, por delante y por detrás, y salieron de la fosa.

—Ya está —anunció uno de ellos, apartándose—. Listos.

Todo el mundo se retiró.

El capellán de la Policía dio un paso adelante, sosteniendo un libro de oraciones. Pidió silencio, se puso sobre la tumba y leyó una oración impersonal que daba la bienvenida a la Tierra a quienquiera que estuviera en el ataúd.

A Grace aquella oración le resultó curiosamente conmovedora; parecía que estuvieran recibiendo a un viajero que volviera tras un largo viaje.

Los otros miembros del equipo de exhumaciones empezaron a tirar de una gruesa soga. Hubo un breve instante de nervios en el que no pasó nada. De pronto, hubo un extraño ruido de succión, que era más bien como un suspiro, como si la tierra cediera a regañadientes algo de lo que ya se había apropiado. Y de pronto el ataúd empezó a subir lentamente.

Emergió, oscilando, rozándose con los laterales, entre el crujido de las poleas, hasta quedar varios centímetros por encima de la fosa. Se balanceó. Todos los presentes en la tienda observaron durante unos momentos con un silencio reverencial. Unos cuantos terrones pegados se desprendieron y cayeron de nuevo a la fosa.

Grace se quedó mirando la madera, que tenía un color claro. Desde luego, parecía que se había conservado muy bien, como si solo llevara ahí abajo unos días, y no doce años. «Bueno, ¿qué secretos contienes? Por Dios, que sea algo que nos lleve al Hombre del Zapato.»

Ya habían llamado a la patóloga del Ministerio del Interior, Nadiuska de Sancha, que se dirigiría al depósito en cuanto cargaran el cuerpo en la furgoneta del juzgado.

De pronto se oyó un crujido ensordecedor, como un trueno. Todos los presentes dieron un brinco.

Algo con la forma y el tamaño de un cuerpo humano, amortajado en plástico negro pegado con cinta americana, atravesó la base del ataúd y cayó al fondo de la tumba.

443

Capítulo 107

Domingo, 18 de enero de 2010

Jessie estaba luchando de nuevo por respirar. Presa del pánico, se agitaba desesperadamente intentado girar la cabeza hacia los lados para despejar un poco la nariz. «Benedict, Ben, Ben, por favor, ayúdame. Por favor, no me dejes morir aquí. Por favor.»

Tenía unos dolores terribles; sentía todos los músculos del cuello como si se estuvieran desgarrando de los hombros. Pero por lo menos ahora podía respirar. Aún no del todo bien, pero el pánico disminuyó por un momento. Sentía una sed insoportable y los ojos irritados de tanto llorar. Las lágrimas le caían por las mejillas, tentándola, pero no podía recogerlas con la boca, pues la había amordazado.

Volvió a rezar: «Por favor, Dios, acabo de encontrar una felicidad increíble. Ben es un hombre encantador. Por favor, no me lo quites, ahora no. Por favor, ayúdame».

Pese a todo su sufrimiento, intentó pensar con claridad. No sabía cuándo, pero en algún momento aquel tipo regresaría.

Le traería el agua de la que le había hablado, a menos que estuviera burlándose de ella, y tendría que desatarla, al menos lo suficiente para sentarse a beber. Si llegaba a tener una oportunidad, sería entonces.

Solo una oportunidad.

Aunque le dolían todos los músculos del cuerpo, a pesar de que estaba agotada, seguía teniendo fuerzas. Intentó pensar en las diferentes posibilidades. ¿Hasta dónde llegaría la inteligencia de aquel tipo? ¿Cómo podría engañarle? ¿Haciéndose la muerta? ¿Fingiendo un ataque? Debía haber algo, algo en lo que no hubiera pensado.

En lo que él no hubiera pensado.

¿Qué hora era? En aquel largo y oscuro vacío en el que estaba suspendida, de pronto sintió una imperiosa necesidad de medir el tiempo, de saber qué hora era, de averiguar cuánto tiempo llevaba allí.

Domingo. Era lo único que tenía claro. El almuerzo del que había hablado debía de ser la comida del domingo. ¿Había pasado una hora desde que se había ido? ¿Media hora? ¿Dos horas? ¿Cuatro? Antes había una tenue luz grisácea, que ya había desaparecido. Estaba en una oscuridad total.

Quizá pudiera deducir algo de los sonidos que oía. Los continuos y tenues ruidos metálicos, tañidos y chirridos de ventanas sueltas, puertas, paneles de chapa, placas de metal o lo que fuera que se oía fuera del edificio. Observó que uno en particular parecía tener un ritmo constante. Volvió a oírlo y empezó a contar.

«Un elefante, dos elefantes, tres elefantes, cuatro elefantes. Bang. Un elefante, dos elefantes, tres elefantes, cuatro elefantes. Bang.»

445

Su padre era aficionado a la fotografía. Recordaba que, de niña, antes de que se hubiera impuesto la fotografía digital, tenía un cuarto oscuro donde revelaba las fotografías él mismo. A ella le gustaba acompañar a su padre allí, donde se encerraban completamente a oscuras o bajo la luz de una débil bombilla roja. Cuando abría un carrete, estaban sin nada de luz y su padre le hacía contar los segundos tal como le había enseñado. Si decía «un elefante» lentamente, el resultado era más o menos equivalente a un segundo. Y funcionaba con el resto de los números.

Así que ahora podía calcular que aquel ruido se producía cada cuatro segundos. Quince veces por minuto.

Contó un minuto. Luego cinco. Diez. Veinte minutos. Media hora. Entonces, en un acceso de rabia, vio la futilidad de lo que estaba haciendo. «¿Por qué a mí, Dios, si es que existes? ¿Por qué narices quieres destruir mi amor con Benedict? ¿Por qué no es judío, se trata de eso? ¡Joder, Dios, pues estás bien enfermo! Ben ha dedicado la vida a ayudar a gente desfavorecida. Eso es también lo que intento hacer yo, por si no te habías dado cuenta.»

Entonces empezó a sollozar de nuevo.

Y siguió contando automáticamente, como si el golpeteo fuera un metrónomo. Cuatro segundos. Bang. Cuatro segundos. Bang. Cuatro segundos. Bang.

De pronto, un ruido intenso, de algo corredizo.

El vehículo se agitó.

Pasos.

Capítulo 108

Domingo, 18 de enero de 2010

$\mathcal{H}$acía poco que en el depósito de cadáveres de Brighton y Hove habían hecho considerables obras de renovación. El motivo era que cada vez había más gente que se mataba comiendo, y que los más gordos no cabían en las neveras. Así que se habían instalado neveras de gran tamaño para darles cabida.

Aunque desde luego no hizo falta una nevera de gran tamaño para alojar los restos desecados de la mujer que yacía en la mesa de acero inoxidable, en el centro de la reformada sala de autopsias, aquella tarde de domingo a las cinco y media.

Pese a llevar media hora allí dentro, Grace no se había acostumbrado aún al terrible olor, y respiraba a través de la boca entreabierta. Entendía por qué antes la mayoría de los forenses fumaban y por qué realizaban su trabajo con un cigarrillo entre los labios. Los que no fumaban se ponían un poco de ungüento, como el Vicks, sobre el labio superior. No obstante, parecía ser que aquella tradición había desaparecido con la introducción de la ley antitabaco, unos años atrás. A él, desde luego, no le habría ido mal disponer de uno de aquellos dos remedios.

¿Acaso era el único de los presentes en la sala a quien le afectaba?

Allí dentro, con sus trajes protectores, máscaras y botas de goma, estaban el funcionario del juzgado, la arqueóloga forense Joan Major, el fotógrafo de la Científica, James Gartrell, que iba grabando en vídeo y en fotografía todas las fases del examen, Cleo y su ayudante, Darren Wallace y, en el centro, Nadiuska de Sancha. La patóloga del Ministerio del Interior, nacida en España y de origen ruso, era una belleza escultural a la que casi todos los agentes varones de la Policía de Sussex deseaban en silencio, y con la que les gustaba trabajar, ya que era rápida y siempre estaba de buen humor.

También estaba presente Glenn Branson. No es que su presencia fuera necesaria, pero Grace había decidido que era mejor tenerle ocupado, en lugar de dejarle que siguiera dándole vueltas a su calamitosa separación.

Siempre se le hacía raro asistir a una autopsia en la que participara Cleo. Le resultaba casi una extraña, activa, eficiente e impersonal, salvo por alguna sonrisa ocasional que le pudiera lanzar.

Desde el inicio del examen, Nadiuska había tomado muestras de cada centímetro de la piel de la mujer con cintas adhesivas que había embolsado por separado con la esperanza de que contuvieran alguna célula cutánea o de semen invisible a simple vista, o algún pelo o una fibra de tejido.

448

Grace se quedó contemplando el cuerpo, hipnotizado. La piel estaba casi negra por la deshidratación, prácticamente momificada. La larga melena castaña estaba bien conservada. Los pechos, aunque encogidos, eran visibles, al igual que el vello púbico y la pelvis.

El cadáver presentaba una muesca en la parte posterior del cráneo, atribuible a algún duro golpe o a una caída. Antes de pasar al examen en detalle, por lo que veía a primera vista, Nadiuska determinó que con un golpe así en aquella parte del cráneo bastaría para matar a una persona.

Joan dijo que los dientes indicaban que la mujer estaría entre el final de la adolescencia y los veinticinco años.

«La edad de Rachael Ryan. ¿Es este el aspecto que tendría ahora, si es que está tan muerta como tú? Eso, si tú no eres ella…», pensó Grace.

Para intentar determinar su edad con mayor precisión, Nadiuska había procedido a retirar parte de la piel del cuello del cadáver, para dejar la clavícula a la vista. Major observaba atentamente.

La arqueóloga forense de pronto se mostró más animada.

—¡Sí, mira! Mira la clavícula. ¿La ves? No hay señales de fusión en la clavícula medial, ni siquiera al inicio del hueso. Eso suele ocurrir hacia los treinta años. Así que podemos determinar con bastante certeza que tenía menos de treinta años; veintipocos, diría yo. Podré dar una edad más aproximada cuando tengamos el esqueleto a la vista.

Grace se quedó mirando el rostro de la muerta, sintiendo una profunda tristeza por ella.

«¿Eres tú, Rachael Ryan?»

Estaba cada vez más seguro de que lo era.

Recordó claramente cuando tuvo que hablar con sus padres, que estaban destrozados en aquellos días terribles tras su desaparición, la Navidad de 1997. Se acordaba de su rostro, de cada detalle, pese a que hacía tantos años. Aquel rostro sonriente, feliz, aquella cara bonita; una cara tan joven y tan llena de vida...

«¿Te he encontrado por fin, Rachael? Demasiado tarde, lo sé. Siento mucho que sea tan tarde. Perdóname. He hecho todo lo que he podido.»

Un análisis de ADN le diría si tenía razón, y no iba a haber problemas para obtener una buena muestra. Tanto la patóloga como la arqueóloga forense estaban profundamente impresionadas ante el estado del cadáver. Nadiuska declaró que estaba mejor conservado que algunos cuerpos que solo llevaban muertos unas semanas, y lo atribuyó al hecho de que la hubieran envuelto en dos capas de plástico y a que hubiera sido enterrada en un terreno seco.

En aquel momento, Nadiuska estaba realizando un raspado vaginal, y embolsaba y etiquetaba cada muestra a medida que iba profundizando.

Grace siguió mirando el cuerpo, los doce años que se le habían escapado. Y de pronto se preguntó si, un día, se encontraría en un depósito, en algún lugar, contemplando un cadáver y declarando que se trataba de Sandy.

—¡Es muy curioso! —anunció Nadiuska—. ¡La vagina está absolutamente intacta!

Grace no podía apartar los ojos del cadáver. La larga melena castaña tenía una frescura casi obscena, comparada con la piel marchita de la que salía. Había oído hablar del mito de

449

que el cabello y las uñas siguen creciendo tras la muerte. La realidad, más prosaica, era que la piel se contrae: eso es todo. Todo se detiene con la muerte, salvo las células parasitarias del interior del cuerpo, que se ponen las botas cuando ven que el cerebro ya no envía anticuerpos para combatirlas. Así que, cuanto más se encoge la piel, marchitándose, devorada desde el interior, más quedan expuestos el cabello y las uñas.

—¡Oh, Dios mío! —exclamó de pronto Nadiuska—. ¡Mirad lo que tenemos aquí!

Grace se giró hacia ella, sobresaltado. Su mano, enfundada en un guante, sostenía un pequeño objeto de metal con un fino mango. Algo colgaba de su extremo. Al principio pensó que se trataba de un trozo de carne.

Luego, mirando con más atención, vio lo que era realmente.

Un preservativo.

Capítulo 109

Domingo, 18 de enero de 2010

*L*e arrancó la cinta americana que le cubría la boca y, al tirar de la última capa, despegándosela de la piel, los labios y el cabello, Jessie soltó un gemido. Luego, casi ajena al profundo dolor, empezó a respirar con ansiedad, sintiendo el alivio momentáneo que suponía respirar normalmente.

—Encantado de saludarte como corresponde —dijo él con su suave voz, a través de la ranura del pasamontañas.

Encendió la luz interior de la furgoneta; por primera vez Jessie pudo verle bien. Allí sentado, mirándola, no parecía particularmente grande o fuerte, ni siquiera con aquel mono de cuero de motociclista machote que le cubría todo el cuerpo. Pero el pasamontañas le helaba la sangre. Vio el casco en el suelo, con unos gruesos guantes encima. En las manos llevaba otros, pero estos eran quirúrgicos.

—¿Tienes sed?

La había recolocado en el suelo, apoyándole la espalda contra la pared, pero seguía atada. Jessie miró, desesperada, la botella de agua abierta que le tendía y asintió.

—Por favor. —Le costaba hablar; tenía la boca seca y pastosa.

Entonces la vista se le fue al cuchillo de caza que aquel hombre tenía en la otra mano. No es que lo necesitara; ella tenía los brazos atados tras la espalda y las piernas por las rodillas y los tobillos.

Podía soltarle una patada, lo sabía. También podía flexionar las rodillas y darle con fuerza, y hacerle mucho daño. Pero ¿de qué serviría aquello? ¿Para enfurecerle aún más y provocar que le hiciera algo aún peor que lo que tenía pensado?

Era esencial mantener la pólvora seca. Por su experiencia como enfermera sabía cuáles eran los puntos vulnerables, y por sus clases de *kick-boxing* sabía dónde dar una patada de gran efecto que, lanzada contra el punto idóneo, le dejara inerme al menos unos segundos y, con un poco de suerte, más tiempo.

Si encontraba la ocasión.

Solo tendría una. Era esencial que no la desperdiciara.

Se bebió el agua con avidez, tragando, tragando con desesperación, hasta derramársela por la barbilla. Se atragantó y tosió con fuerza. Cuando acabó de toser bebió un poco más, aún sedienta, y le dio las gracias, sonriendo, mirándole directamente con expresión amable, como si fuera su nuevo mejor amigo, sabiendo que, de algún modo, tenía que establecer un vínculo con él.

—Por favor, no me hagas daño —dijo, con la voz ronca—. Haré lo que quieras.

—Sí —respondió él—. Sé que lo harás. —Se echó adelante y le puso el cuchillo frente a la cara—. Está afilado —le dijo—. ¿Quieres saber hasta qué punto? —Presionó la parte lisa de la fría hoja de acero contra su mejilla—. Está tan afilado que podrías afeitarte con él. Podrías afeitarte todo ese asqueroso vello, especialmente el del pubis, todo empapado en orina. ¿Sabes qué más podría hacer con él?

—No —respondió ella, temblando de miedo, con la hoja del cuchillo aún presionada contra la mejilla.

—Podría circuncidarte.

Dejó que aquellas palabras calaran.

Ella no dijo nada. El cerebro le bullía, buscando alguna idea. «Un vínculo. Tengo que establecer un vínculo.»

—¿Por qué? —dijo ella, intentando parecer tranquila, aunque le salió una especie de jadeo—. Quiero decir... ¿Por qué ibas a querer hacer eso?

—¿No es eso lo que les hacen a todos los niños judíos?

Ella asintió, sintiendo la hoja que empezaba a morderle la piel, justo por debajo del ojo derecho.

—La tradición —respondió.

—Pero ¿a las niñas no se lo hacen?

—No. En algunas culturas, pero no en la judía.

—¿Ah, sí?

Tenía el cuchillo tan apretado que no se atrevía a mover la cabeza lo más mínimo.

—Sí. —Apenas articuló la palabra; el sonido se quedó atrapado en su garganta, presa del terror.

—Al circuncidar a una mujer se impide que obtenga placer sexual. Una mujer circuncidada no puede alcanzar el orgasmo, así que al cabo de un tiempo no se molesta siquiera en intentarlo. Eso significa que no se molesta en ponerle los cuernos a su marido; no tiene sentido. ¿Sabías eso?

Una vez más, la respuesta no llegó casi a salirle de la garganta:

—No.

—Yo sé cómo hacerlo —dijo—. Lo he estudiado. No te gustaría que te circuncidara, ¿verdad?

—No —respondió, esta vez en forma de tenue suspiro. Estaba temblando, intentando respirar regularmente, calmarse. Pensar con claridad—. No hace falta que me hagas eso —dijo, con una voz algo más audible esta vez—. Me portaré bien contigo, lo prometo.

—¿Te lavarás para mí?

—Sí.

—¿Por todas partes?

—Sí.

—¿Te afeitarás el pubis para mí?

—Sí.

Sin apartarle el cuchillo del pómulo, dijo:

—Tengo agua en la furgoneta; agua corriente calentita. Jabón. Una esponja. Una toalla. Una maquinilla. Voy a dejar que te quites toda la ropa para que puedas lavarte. Y luego vamos a jugar con ese zapato —prosiguió, señalando hacia el suelo con la botella de agua—. ¿Lo reconoces? Es idéntico al par que te compraste el martes en Marielle Shoes, en Brighton. Es una lástima que echaras uno a la calle de una patada; podríamos haber jugado con la pareja. Pero nos divertiremos solo con uno, ¿verdad?

—Sí —dijo ella. Luego, intentando parecer más animada, añadió—: A mí me gustan los zapatos. ¿A ti también?

—Oh, mucho. Me gustan los de tacón alto. Los que las mujeres pueden usar como consolador.

—¿Como consolador? ¿Quieres decir masturbándose con ellos?

—Eso es lo que quiero decir.

—¿Es eso lo que quieres hacer?

—Te diré lo que vas a hacer cuando esté listo —replicó de pronto, con una rabia inesperada. Luego le apartó el cuchillo de la mejilla y empezó a cortar la cinta adhesiva que le unía las rodillas.

»Voy a advertirte de algo, Jessie —dijo, recuperando el tono amable—: no quiero que nada estropee nuestra fiesta, ¿de acuerdo? La pequeña sesión que vamos a tener, ¿vale?

Ella frunció los labios y asintió, mostrándole la mejor sonrisa que pudo.

Entonces él levantó la hoja del cuchillo y se la colocó frente a la nariz.

—Si intentas algo, si intentas hacerme daño o huir, lo que voy a hacer es atarte de nuevo, pero sin los pantalones del chándal ni las bragas, ¿de acuerdo? Y entonces te circuncidaré. Tú piensa en cómo será cuando estés en tu luna de miel con Benedict. Y en cada vez que tu marido te haga el amor, el resto de tu vida. Piensa en lo que te vas a perder. ¿Nos hemos entendido?

—Sí —dijo ella.

Pero estaba pensando.

No era un tipo grande. Era un bravucón.

En el colegio ya se había encontrado con abusones que se metían con ella, por su nariz aguileña, por ser la niña rica a la que iban a recoger con coches llamativos. Pero había aprendido a tratar a gente así. Los bravucones esperaban salirse con la suya. No estaban preparados para que la gente les plantara cara. Una vez dio un golpe a la matona más grande de la escuela, Karen Waldergrave, con un palo de hockey, durante un partido. La golpeó tan fuerte que le rompió el hueso: tuvieron que ponerle una prótesis de rótula. Por supuesto, fue un accidente. Una de esas acciones desafortunadas que se dan en el deporte; por lo menos, eso es lo que les pareció a los profesores. Nadie más volvió a meterse con ella.

En el momento en que tuviera su oportunidad, aquel hombre tampoco iba a seguir metiéndose con ella.

Le cortó la cinta que le unía los tobillos. Ella empezó a mover las piernas, aliviada al volver a recuperar la circulación, y él se dirigió al lavabo y abrió un grifo.

—¡Agua calentita para ti! —Se giró y le lanzó una mirada severa—. Ahora voy a soltarte las manos, para que puedas lavarte y afeitarte para mí. ¿Recuerdas lo que te he dicho?

Ella asintió.

—Dilo en voz alta.

—Recuerdo lo que me has dicho.

Cortó las ataduras que le unían las muñecas y le dijo que se quitara la cinta adhesiva.

Ella sacudió las manos unos segundos para recuperar la sensibilidad, luego cogió los trozos de cinta y se los arrancó. Él tenía el cuchillo en alto todo el rato y frotaba el lateral de la hoja con el dedo, enfundado en aquel guante opaco.

—Puedes dejarla en el suelo —dijo, al ver que Jessie no sabía que hacer con los trozos de cinta.

Entonces él alargó la mano hasta el suelo, recogió el zapato de piel y se lo entregó.

—¡Huélelo! —ordenó.

Ella frunció el ceño.

—Póntelo en la nariz. ¡Saborea su olor!

Ella aspiró el intenso olor a cuero limpio.

—Bueno, ¿eh?

Por un instante él fijó la vista en el zapato, y no en ella. Jessie vio cómo le brillaban los ojos. Estaba distraído. En aquel momento, el zapato, y no ella, se había convertido en el centro de atención para él. Jessie volvió a cogerlo y se lo llevó a la nariz, fingiendo disfrutar con el olor, y disimuladamente le dio la vuelta, para agarrarlo por la puntera. En aquel mismo instante, con la excusa de mover las piernas para recuperar el flujo sanguíneo, flexionó las rodillas.

—¿Eres ese del que hablan en los periódicos, el de la picha pequeña? —le preguntó, de pronto.

Ante aquel insulto, se lanzó hacia ella. Jessie arqueó la espalda y estiró las rodillas, levantando las piernas a la vez y soltándolas con todas sus fuerzas. Le golpeó bajo la barbilla

455

con la punta de las deportivas y, de la fuerza del impacto, lo levantó del suelo. El hombre se golpeó la cabeza en el techo de la furgoneta. Cayó en el suelo, atontado, y el cuchillo salió disparado, rebotando sonoramente en el metal.

Antes de que pudiera recuperarse, Jessie ya estaba de pie y le había arrancado el pasamontañas. Sin él resultaba casi patético, como un topo asustado. Entonces le atizó con el zapato, clavándole el tacón con todas sus fuerzas en el ojo derecho.

El hombre gritó. Un terrible aullido de dolor, sorpresa y rabia. De la cara le brotó un chorro de sangre. Luego, tras recoger el cuchillo del suelo, Jessie abrió la puerta corredera y salió dando tumbos, casi cayéndose de cabeza. La oscuridad era total. A sus espaldas oyó el terrible aullido de dolor de una bestia herida y enloquecida.

Corrió y chocó contra algo sólido. Entonces vio ráfagas de luz que se agitaban a su alrededor.

«Mierda, mierda, mierda.»

¿Cómo podía haber sido tan tonta? ¡Tenía que haber cogido la maldita linterna!

El errático haz de luz de la linterna le bastó para ver la vagoneta en desuso sobre los raíles, cubiertos de polvo. El pórtico de una grúa. Parte de la pasarela de acero elevada junto a las paredes. Algo que parecían turbinas colgadas del techo.

¿Dónde estaba la puerta?

Oyó ruidos tras ella. El hombre gritaba de dolor y de rabia.

—¡¿Crees que vas a escapar?! ¡¡¡Pues no, zorra asquerosa!!!

Jessie agarró el cuchillo con fuerza. El rayo de luz le dio directamente en la cara y la deslumbró. Se giró. Vio unas enormes puertas dobles sobre los raíles. Parecía estar allí para la entrada y salida de vagonetas. Salió corriendo hacia ellas. El haz de luz le indicaba el camino.

Encontró la cadena tendida entre ellas, asegurada con un candado.

Capítulo 110

Domingo, 18 de enero de 2010

Jessie se giró y se quedó mirando hacia la luz, con la mente trabajando a toda velocidad. El tipo no tenía una pistola, de eso estaba bastante segura, la habría usado para amenazarla en lugar del cuchillo. Estaba herido. Y no era grande. Ella tenía el cuchillo. Sabía algo de defensa personal. Pero aun así le asustaba.

Tenía que haber otra salida.

Entonces se apagó la luz.

Parpadeó ante la oscuridad, como si así fuera a ver mejor, o como si alguien fuera a encender las luces. Estaba temblando. Podía oír sus propios jadeos. Hizo un esfuerzo por respirar más pausadamente.

Ahora estaban iguales, pero él tenía una ventaja: se suponía que conocía el lugar.

¿Se estaría acercando a ella?

A la luz de la linterna había visto a su izquierda un amplio espacio con lo que parecía una especie de silo al final. Dio unos pasos y enseguida chocó. Se oyó un sonoro *pinggggggg* metálico y algo salió rodando de bajo sus pies y salió volando, para caer en el agua segundos más tarde.

«Mierda.»

Se quedó inmóvil. ¡Entonces se acordó de su teléfono!

Si pudiera volver hasta la furgoneta, podría llamar y pedir ayuda. Entonces, cada vez más asustada, se lo pensó otra vez: ¿llamar a quién? ¿Dónde estaba? Atrapada en una jodida fábrica abandonada en algún sitio. Seguro que eso le sonaría estupendo a la operadora de emergencias.

Υ

Él ya había vuelto a la furgoneta. La cara le dolía terriblemente y no veía nada con el ojo derecho, pero aquello no le importaba; al menos no en aquel momento. No le preocupaba nada más que pillar a aquella zorra. Le había visto la cara.

Tenía que encontrarla. Tenía que evitar que huyera.

Tenía que hacerlo, porque si no le pillarían.

Y sabía cómo hacerlo.

No quería revelar su posición encendiendo la linterna, así que se movió lo más lentamente que pudo, tanteando el interior de la furgoneta hasta que encontró lo que buscaba: sus binoculares de visión nocturna.

Solo tardó unos segundos en localizarla. Una figura verde a través de la pantalla de visión nocturna, moviéndose poco a poco, avanzando muy despacio hacia la izquierda, como si caminara a cámara lenta.

«Te crees muy lista, ¿verdad?»

Buscó a su alrededor algo que le sirviera. Algo pesado y sólido con lo que pudiera noquearla. Abrió el armarito junto al lavabo, pero estaba demasiado oscuro para ver en el interior, incluso con los binoculares. Así que encendió la linterna un momento. Los binoculares de visión nocturna proyectaron un destello hiriente en su ojo derecho, cosa que le sobresaltó de tal modo que la linterna se le escapó de las manos. Trastabilló hacia atrás y se cayó de espaldas.

Jessie oyó el golpe. Miró en aquella dirección y al momento vio la luz en el interior de la furgoneta. Se alejó a toda prisa en dirección al silo que había visto, avanzando a ciegas, tropezando con algo y luego golpeándose la cabeza con un objeto saliente y afilado. Reprimió un gruñido. Luego siguió, a tientas, hasta llegar a una viga vertical de acero.

¿Sería uno de los pilares en los que se apoyaba el silo?

Se arrastró hacia delante, tanteando la curva descendiente de la base del silo, y se coló por debajo, aspirando un aire que olía a polvo seco. Entonces tocó algo que le pareció el travesaño de una escalerilla.

Y

El hombre siguió buscando frenéticamente con la linterna, abriendo uno tras otro los cajones. En el último encontró unas cuantas herramientas. Entre ellas había una gran llave inglesa. La cogió, sintiendo que el dolor del ojo empeoraba a cada segundo, que la sangre le caía por la cara. Recuperó los binoculares y se dirigió a la puerta. Se los puso y miró hacia el exterior.

La zorra se había esfumado.

No importaba. La encontraría. Conocía toda la planta cementera como la palma de su mano. Había supervisado la instalación de todas las cámaras de vigilancia del lugar. Aquel edificio albergaba los hornos gigantes que calentaban la mezcla de caliza, arcilla, arena y cenizas a mil quinientos grados centígrados, que luego se vertía en dos gigantescas turbinas de enfriamiento, para pasar luego a la estación de molido y, una vez procesada, a una serie de silos de almacenamiento desde donde se vertía a los camiones. Si la zorra quería esconderse, había muchos sitios donde hacerlo.

Pero solo había una salida.

Y él tenía la llave del candado en el bolsillo.

459

Capítulo 111

Domingo, 18 de enero de 2010

*G*race retrasó la reunión del domingo por la tarde a las siete y media para darse tiempo y poder incluir los resultados de la exhumación.

Dejó a Glenn en el depósito para que diera parte de cualquier novedad, ya que la autopsia no había acabado y era probable que aún tardara. El cadáver tenía la mandíbula rota y una fractura en el cráneo, y desde luego esta última había sido la causa más probable de la muerte.

Su gran esperanza para la identificación de la mujer muerta y para ver cumplidos los objetivos de la exhumación radicaba en los folículos capilares y las muestras de piel obtenidas del cadáver, así como en el condón que, según Nadiuska de Sancha y Joan Major, podía contener restos de semen intactos. La arqueóloga forense consideraba que, aunque hubieran pasado doce años, las probabilidades de que pudieran obtener ADN intacto eran buenas.

Ambas muestras se habían enviado en una nevera al laboratorio de ADN en el que más confiaba por sus resultados rápidos y por la buena relación de trabajo que tenía, Orchid Cellmark Forensics. Habían prometido ponerse manos a la obra en cuanto les llegaran las muestras. Pero el proceso de secuenciación era lento, y aunque el laboratorio trabajara a destajo, no podrían obtener resultados antes del lunes a media tarde. Grace recibió la promesa de que le informarían de los resultados inmediatamente por teléfono.

Ocupó su lugar y se dirigió a su equipo, poniéndolos al día y preguntando por sus progresos.

Bella Moy empezó por pasarle las fotografías de una joven con un peinado salvaje:

—Señor, esta es una fotografía de la Policía de Brighton, de una de las personas en busca y captura de la ciudad. Su nombre actual (ha usado diversos alias) es Donna Aspinall. Es consumidora de tóxicos y tiene un largo historial de denuncias por viajar sin pagar, tanto en trenes como en taxis. Está fichada por delitos contra el orden público y se la busca por tres cargos de agresión, lesiones y violencia. Ha sido identificada por dos agentes de paisano en la operación de anoche (a uno de los agentes le mordió en un brazo) como la persona a la que perseguía John Kerridge, el taxista.

Grace se quedó mirando la fotografía, consciente de lo que implicaba.

—¿Me estás diciendo que Kerridge dice la verdad?

—Podría estar diciendo la verdad acerca de esta pasajera, señor.

Se quedó pensando un momento. Kerridge llevaba veinticuatro horas allí. El tiempo máximo que podían retener a un sospechoso sin presentar cargos y sin obtener una prolongación del juzgado era de treinta y seis horas. Tendrían que soltar al taxista a las nueve y media de la mañana, a menos que tuvieran suficientes motivos como para convencer a un magistrado de que firmara la extensión de la orden de detención. Por otro lado, no tenían pruebas de que la desaparición de Jessie Sheldon fuera obra del Hombre del Zapato. Pero si el abogado de Kerridge, Acott, se enteraba de aquello —y sin duda ya lo habría hecho—, tendrían que presentar batalla para conseguir la extensión. Tenía que pensar en aquello, y solicitar una vista de emergencia esa misma noche para conseguir la orden necesaria para retenerlo.

—Vale, gracias. Buen trabajo, Bella.

Entonces Norman Potting levantó la mano:

—Jefe, hoy he recibido mucha ayuda de O_2, la operadora de telefonía. Esta mañana he hablado con el novio de Jessie Sheldon, que me ha dicho que esa es la operadora que gestiona la línea de su iPhone. Hace media hora me han dado el informe de rastreo de señal de su teléfono. Puede ser indicativo.

—Adelante —dijo Grace.

—La última llamada que hizo fue a las 18.32 de anoche, a un número que he identificado como el de su novio, Benedict Greene. Él confirma que ella le llamó a esa hora, más o menos, para decirle que iba hacia su casa tras su clase de *kickboxing*. Él le dijo que se diera prisa, porque iba a recogerla a las 19.15. Entonces el teléfono se quedó en espera. No se realizaron más llamadas, pero por la conexión con los repetidores de la ciudad sabemos que se desplazó hacia el oeste a una velocidad regular a partir de las 18.45 aproximadamente, la hora del secuestro. A las 19.15 se paró, y ha permanecido estático desde entonces.

—¿Dónde? —preguntó Grace.

—Bueno —respondió el sargento—, déjeme que se lo muestre.

Se puso en pie y señaló un mapa del Servicio Oficial de Cartografía que estaba pegado a una pizarra blanca de la pared. Una línea azul serpenteante atravesaba el mapa. Había un óvalo rojo dibujado, con dos X en los extremos superior e inferior.

—Las dos cruces indican los repetidores de O_2 con los que el teléfono de Jessie Sheldon se está comunicando ahora —dijo Potting—. Es una extensión bastante grande y por desgracia no tenemos un tercer repetidor a mano que nos dé la triangulación que nos permitiría establecer su posición con mayor precisión.

—Este es el río Adur —dijo, señalando la línea azul serpenteante—, que desemboca en Shoreham.

—Shoreham es donde vive John Kerridge —observó Bella.

—Sí, pero eso no nos ayuda, puesto que está detenido —respondió Potting, con tono condescendiente—. A ambos lados del río hay campo abierto, y entre los dos repetidores discurre Coombes Road, una carretera importante. Por la zona hay unas cuantas casas independientes, una serie de chalés que antes pertenecían a la vieja cementera, y la cementera propiamente dicha. Parece ser que Jessie Sheldon (o por lo menos su teléfono móvil) se encuentra en algún lugar del interior de este círculo. Pero es una zona muy amplia.

—Podemos descartar la planta cementera —intervino Nicholl—. Yo estuve allí hace un par de años en respuesta a una llamada. Tiene un gran sistema de seguridad, con monitorización las veinticuatro horas. Si un pájaro se caga dentro, salta la alarma.

—Excelente, Nick —dijo Grace—. Gracias. Bueno, acción inmediata. Necesitamos peinar toda la zona con la primera luz del día. Una unidad de búsqueda y todos los agentes de calle, agentes especiales y de la Científica con los que podamos contar. Y que el helicóptero salga para allá ahora mismo. Pueden empezar a buscar con focos.

Grace tomó unas notas y luego miró a su equipo.

—Según los listados del registro de la propiedad, el garaje pertenece a una compañía, señor —dijo Emma-Jane Boutwood—. Iré al registro a primera hora de la mañana.

Roy asintió. A pesar de la vigilancia día y noche, por allí no había pasado nadie. No tenía esperanzas de que la cosa cambiara.

No estaba seguro de qué pensar.

Se giró hacia el psicólogo forense:

—Julius, ¿se le ocurre algo?

Proudfoot asintió.

—El tipo que ha secuestrado a Jessie Sheldon es su hombre —dijo, convencido—. No el pobre diablo que tiene detenido.

—Parece muy seguro.

—Del todo: el sitio indicado, el momento indicado, la persona indicada —afirmó, con tanta petulancia que, por un instante, Grace deseó desesperadamente poder demostrar que se equivocaba.

Cuando volvió a su despacho tras la reunión, Grace encontró un pequeño paquete de FedEx esperándole.

Intrigado, se sentó y lo abrió. Y la noche empeoró aún más.

Dentro había una nota escrita a mano en un papel con el membrete del Centro de Formación de la Policía en Bramshill, acompañada de la fotocopia de un correo electrónico con fecha de octubre del año anterior.

El mensaje iba dirigido a él. El remitente era el superintendente Cassian Pewe. Le informaba de que faltaban algunas páginas en el dosier del Hombre del Zapato que Grace le había pedido que examinara. Precisamente las páginas sobre el testigo que había visto la furgoneta en la que podrían haber secuestrado a Rachael Ryan en 1997.

La nota escueta, escrita a mano, decía: «¡He encontrado esto en mi carpeta de "enviados", Roy! Espero que te sea útil. Quizá no tengas la memoria de antes, pero no te preocupes... ¡Nos pasa a todos! Saludos, Cassian».

Después de rebuscar durante diez minutos entre su correo, Grace encontró el *e-mail* original entre cientos de mensajes sin leer. En aquella época eso era un caos, y Pewe parecía deleitarse bombardeándole con decenas de correos cada día. Si se los hubiera leído todos, no habría podido hacer otra cosa.

En cualquier caso, aquello no solo le ponía en evidencia, sino que eliminaba a otro sospechoso de la lista.

Capítulo 112

Domingo, 18 de enero de 2010

A Jessie siempre le habían dado pavor las alturas, así que agradeció no ver prácticamente nada. No tenía ni idea de dónde estaba, pero acababa de subir, travesaño a travesaño, lo que suponía que sería una escalerilla de inspección en el interior de la tolva del silo.

Había tardado tanto en subir que daba la impresión de que la escalera ascendía hasta el cielo, y dio gracias de no poder ver nada bajo sus pies. Miró, cada pocos travesaños, pero no vio a su perseguidor (ni lo oyó).

Por fin, una vez arriba, tocó una baranda y un suelo de rejilla metálica al que se subió. Entonces cayó de cabeza sobre un montón de algo que debían de ser viejos sacos de cemento, y trepó a lo alto. Se quedó agazapada, mirando a la oscuridad que la rodeaba y escuchando, intentando no moverse para evitar cualquier ruido al roce con los sacos.

Pero no oía nada más allá de los sonidos normales del lugar en el que estaba recluida. Los golpeteos, crujidos y chirridos se oían mucho más fuertes allí arriba que cuando estaba en la furgoneta, al golpear el viento las diferentes piezas de chapa que tenía alrededor unas con otras.

Pensaba a toda velocidad: ¿cuál sería el plan de aquel hombre? ¿Por qué no usaba la linterna?

¿Habría otro modo de subir hasta allí?

Lo único que veía era la esfera luminosa de su reloj. Apenas eran las nueve y media. De la noche del domingo, supuso. Tenía que ser aquello. Hacía más de veinticuatro horas desde su secuestro. ¿Qué estaría pasando en su casa?

¿Y Benedict? Sus padres lo mantendrían aislado, pensó. ¡Ojalá se lo hubiera presentado antes, para que ahora pudieran hacer algo todos juntos!

¿Estaría avisada la Policía? Seguro que sí. Conocía a su padre. Habría recurrido a todos los servicios de emergencia del país.

¿Cómo estarían? ¿Qué pensaría su madre? ¿Y su padre? ¿Y Benedict?

A lo lejos distinguió el ruido de un helicóptero. Era la segunda vez que lo oía en la última media hora.

A lo mejor estaba buscándola a ella.

Él también volvió a oír el ruido del helicóptero. Una máquina enorme, no como esos pequeños de la escuela cercana al aeropuerto de Shoreham. Y no había muchos helicópteros que volaran de noche. Básicamente los militares, los servicios de rescate, los de emergencias médicas… y los de la Policía.

El helicóptero de la Policía de Sussex tenía su base en Shoreham. Si era el suyo el que oía, no había motivos para alarmarse. Podía ser por cualquier motivo. El ruido ahora iba a menos; se dirigía hacia el este.

Entonces oyó otro sonido que le preocupó mucho más.

Un zumbido penetrante e insistente. Procedía de la parte frontal de la furgoneta. Bajó los binoculares y vio una luz débil e intermitente procedente de aquel mismo lugar.

—¡Oh, mierda! ¡No, no, no!

Era el teléfono móvil de la zorra (se lo había quitado del bolsillo). Pensaba que había apagado aquella mierda de aparato.

Se subió al asiento delantero y vio la luz que emitía la pantalla del teléfono, lo agarró y lo tiró al suelo hecho una furia. Lo pisoteó y lo aplastó, como si fuera un escarabajo enorme.

Volvió a pisotearlo. Otra vez. Y otra.

Enloquecido por el dolor del ojo, furioso con aquella zorra y consigo mismo, se puso en pie, temblando de rabia. ¡Joder! ¡Joder! ¡Joder! ¿Cómo podía haber sido tan estúpido?

Los teléfonos móviles comunicaban su situación, aunque estuvieran en espera. Sería una de las primeras cosas que cualquier policía espabilado buscaría.

¿Cabía la posibilidad de que los operadores de telefonía no pudieran acceder a información de ese tipo los domingos?

En cualquier caso, no podía correr el riesgo. Tenía que llevarse a Jessie Sheldon de allí lo antes posible. Aquella misma noche. Aprovechando la oscuridad.

La chica no había hecho ningún ruido desde hacía más de una hora. Estaría jugando al escondite. A lo mejor se creía muy lista por haberse hecho con el cuchillo. Pero él tenía dos herramientas mucho más útiles en aquel momento: la linterna y los binoculares.

Nunca había sido aficionado a la literatura y a toda esa mierda. Pero entre tanto dolor había una frase que recordaba de algún sitio: «En el país de los ciegos, el tuerto es el rey».

Eso era él en aquel momento.

Salió de la furgoneta, bajó al suelo de cemento y se llevó los binoculares a la cara. Empezaba la caza.

467

Capítulo 113

Domingo, 18 de enero de 2010

$\mathcal{A}$ Grace aquella tarde se le estaba haciendo eterna. Sentado en su despacho, examinaba el árbol genealógico de Jessie Sheldon, trazado por uno de los miembros de su equipo. En aquel momento, dos atareados miembros de la Unidad de Delitos Tecnológicos, que habían sacrificado su día libre, examinaban los registros de su ordenador y de su teléfono móvil.

El único informe que había recibido hasta el momento era que Jessie se mostraba muy activa en las redes sociales, algo que tenía en común con la mujer que a punto había estado de convertirse en víctima del Hombre del Zapato el jueves por la tarde, Dee Burchmore.

¿Era así como seguía a sus víctimas?

Mandy Thorpe también escribía mucho en Facebook y en otros dos sitios. Pero ni Nicola Taylor, violada en el hotel Metropole en Nochevieja, ni Roxy Pearce, violada en su casa en The Droveway, tenían un perfil en ninguna red social.

El vínculo que unía a todas aquellas mujeres volvía a ser el mismo: todas acababan de comprarse zapatos caros en alguna tienda de Brighton. Todas menos Mandy Thorpe.

A pesar de la insistencia del doctor Proudfoot, el superintendente seguía creyendo que esta no había sido violada por el Hombre del Zapato, sino por otra persona. Quizás un imitador. O quizá fuera una coincidencia temporal.

Le sonó el teléfono. Era el agente Foreman, desde la SR-1.

—Acabo de recibir un informe de *Hotel 900*, que va a aterrizar para repostar, señor. Hasta ahora no hay nada destacable, salvo dos posibles anomalías en la vieja cementera.

—¿Anomalías? —dijo Grace, preguntándose qué podía significar aquello para los pilotos del helicóptero.

Sabía que disponían de equipo de visión térmica a bordo, con el que podían detectar presencia humana en una oscuridad total o entre la densa niebla solo por el calor emitido por los cuerpos. Desgraciadamente, aunque resultaba útil para seguir la pista a los cacos que robaban un coche e intentaban ocultarse en el bosque o en ciertos callejones, muchas veces recibían pistas falsas procedentes de animales o de cualquier otra cosa que desprendiera calor.

—Sí, señor. No pueden asegurar que se trate de seres humanos; podrían ser zorros, o tejones, o gatos o perros vagabundos.

—Vale, envía una patrulla para comprobarlo. Mantenme informado.

Media hora más tarde, Foreman volvió a llamar a Grace. Una patrulla había ido hasta la entrada de la vieja cementera y había informado de que el lugar estaba seguro. Las puertas de entrada eran de tres metros y medio, con alambre de espino por encima y había un amplio dispositivo de vigilancia.

469

—¿Qué tipo de vigilancia? —preguntó Grace.

—Cámaras de control remoto. Una empresa de Brighton de buena reputación, Sussex Remote Monitoring Services. Si estuviera pasando algo, ya lo habrían detectado, señor.

—Ya sé quiénes son —dijo Grace.

—La Policía trabaja con ellos. Creo que instalaron los sistemas de alarma de la Sussex House.

—Ya, bueno.

Como cualquier otro vecino de Brighton, había oído hablar de la cementera. Era un lugar de referencia, situado hacia el oeste, y corrían rumores de que en algún momento volverían a ponerla en marcha tras casi dos décadas de abandono. Era un lugar enorme, situado en una cantera de caliza abierta en los Downs y que comprendía diversas estructuras, cada una de ellas más grande que un campo de fútbol. Ni siquiera sabía con seguridad quiénes eran los propietarios actuales, pero sin duda habría un cartel en la entrada.

Para hacer un registro tendría que conseguir su consentimiento o una orden de registro. Y para que el registro fuera efectivo, tendría que desplazar un gran equipo. Habría que hacerlo con luz de día.

Se puso una nota en el cuaderno para la mañana siguiente.

Capítulo 114

Domingo, 18 de enero de 2010

—¡*J*essie! —gritó—. ¡Te llaman al teléfono!

Sonaba tan convincente que casi le creyó.

—¡Jessie! ¡Es Benedict! ¡Quiere hacer un trato conmigo para que te deje marchar! Pero primero necesita saber que estás bien. ¡Quiere hablar contigo!

La chica permaneció en silencio, intentando pensar. ¿Habría llamado Benedict, algo muy probable, y aquel monstruo le había respondido?

¿Querría obtener un rescate?

Benedict no tenía dinero. ¿Qué tipo de trato iba a hacer? Y en cualquier caso aquel asqueroso era un pervertido, el Hombre del Zapato, o quienquiera que fuera. Quería que se masturbara con el zapato. ¿De qué trato hablaba? No tenía sentido.

Y sabía que, si gritaba, estaría indicándole su posición.

Tendida sobre los viejos sacos de cemento, con el cuerpo lleno de calambres y una sed terrible, se dio cuenta de que, por lo menos de momento, a pesar de todo, allí arriba estaba segura. Le había oído moverse por todo el lugar durante casi dos horas, primero por la planta de abajo, luego por la de arriba, y luego por otro nivel por debajo de ella, no muy lejos. En un momento dado lo había tenido tan cerca que le había oído respirar. Pero la mayor parte del tiempo se había mantenido en silencio, revelando su situación solo de vez en cuando al dar una patada a algo, o al aplastar algo con los pies, o con algún sonido metálico al hacer chocar dos piezas. Pero seguía sin encender la linterna.

Por un momento se preguntó si se le habría roto o si se habría quedado sin pilas. Pero entonces vio algo que le heló la sangre.

Un tenue brillo rojizo.

No es que fuera una experta en esos temas, pero recordaba una película en la que un personaje usaba un equipo de visión nocturna que emitía un brillo rojizo apenas visible. ¿Era eso lo que estaba usando aquel tipo?

¿Algo con lo que podría verla, sin que ella le viera a él?

Y entonces, ¿por qué no la había pillado ya? Solo podía haber un motivo: no había sido capaz de encontrarla.

De ahí lo de fingir la llamada de Benedict.

Una cosa estaba clara: había buscado hasta el último rincón de aquella planta y ella no estaba allí. Tenía que haber subido a algún sitio. Pero ¿dónde? Había dos enormes plantas superiores que albergaban los hornos y las largas tuberías de enfriamiento a las que iba a parar el cemento caliente, pero aquello ya lo había registrado.

Aquella puta era lista. A lo mejor iba moviéndose todo el rato. A cada minuto que pasaba, sus nervios y su desesperación iban en aumento. Tenía que sacarla de allí y, de algún modo, ponerla a buen recaudo, en otro sitio. Y tenía que asistir al trabajo al día siguiente. Era un día decisivo. Un importante cliente nuevo y una reunión decisiva con el banco sobre sus planes de expansión. Además, tendría que encontrar un rato para dormir un poco.

Y necesitaba que le echaran un vistazo a ese ojo. El dolor iba en aumento.

—¡Jessie! —la llamó, con un tono de lo más amistoso—. ¡Es para *tiiiiiii*!

Luego, tras unos momentos de silencio, dijo:

—¡Sé dónde estás, Jessie! ¡Te veo ahí arriba! ¡Si Mahoma no va a la montaña, la montaña irá a Mahoma!

El silencio fue la única respuesta que recibió. Luego, un golpe metálico. Cuatro segundos más tarde, volvió a sonar.

—Así solo conseguirás empeorar las cosas, Jessie. No voy a estar muy contento cuando te encuentre. ¡Desde luego que no!

472

La chica no hizo ningún ruido. Se dio cuenta de una cosa: mientras estuviera oscuro, aquel monstruo tenía ventaja. Pero en cuanto amaneciera y entrara algo de luz en aquel lugar, por poca que fuera, la cosa sería muy diferente. Le daba miedo y no sabía de qué era capaz. Pero estaba segura de que le había malherido en el ojo. Y aún tenía el cuchillo, en el suelo, junto a la mano.

Era medianoche. El sol saldría hacia las siete de la mañana. De algún modo tenía que encontrar fuerzas para olvidar aquella sed insoportable y el agotamiento. Dormir no era una opción.

Al día siguiente quizá se colara algún rayo de luz por las paredes. Aquel lugar estaba abandonado, prácticamente en ruinas. Habría algún agujero en algún sitio por el que podría colarse. Aunque fuera en el techo.

473

Capítulo 115

Lunes, 19 de enero de 2010

$\mathcal{A}$ pesar de la enérgica protesta del abogado del taxista, Ken Acott, Grace se había negado a dejar en libertad a John Kerridge —Yac—, y había solicitado al juzgado una extensión de treinta y seis horas que le habían concedido enseguida, ya que, debido a la exigencia del abogado de contar con la presencia de un médico especialista, aún no habían podido empezar a interrogar a su defendido.

A Grace aún no le hacía ninguna gracia aquel sospechoso, aunque tenía que admitir que las pruebas contra Kerridge no parecían decisivas, al menos de momento. Del teléfono móvil de aquel hombre no habían sacado nada. Solo tenía cinco números en la agenda. Uno pertenecía al dueño del taxi; otro era de la compañía de taxis; dos eran de los dueños del barco en el que vivía, que estaban en Goa —una línea móvil y otra fija—, y el otro era de un terapeuta al que no había visto desde hacía más de un año.

Su ordenador tampoco había revelado nada de interés. Solo innumerables visitas a páginas web sobre calzado de señora —más relacionadas con la moda que con el fetichismo—, visitas a eBay, así como montones a páginas de perfumería o a otras relacionadas con váteres victorianos de época y de cartografía.

Una experta estaba de camino: era una psicóloga especializada en pacientes con el síndrome de Asperger. Cuando llegara, si daba su consentimiento, Acott accedería a que se interrogara a su cliente. Entonces quizá pudieran sacarle algo más.

En el momento en que volvía a su despacho tras la reunión de la mañana, sonó su teléfono móvil.

—Roy Grace —respondió.

Era una técnica del laboratorio forense que conocía. Parecía muy satisfecha consigo misma:

—¡Roy, tengo vuestros resultados de ADN!

—¿De lo que os enviamos anoche? —respondió, sorprendido.

—Es una maquinaria nueva; aún está en pruebas y no es fiable del todo para presentar pruebas en el juzgado. Pero las dos muestras de ADN eran tan buenas que decidimos hacer el experimento, al ser conscientes de la prisa que corría.

—Bueno, ¿y?

—Tenemos dos coincidencias, una por cada muestra. Una es completa, al cien por cien; la otra es parcial, una coincidencia de parentesco. La coincidencia completa es del folículo capilar del cadáver. Se llama Rachael Ryan. Desapareció en 1997. ¿Te ayuda eso?

—¿Estáis seguros?

—La «máquina» está segura. Aún estamos haciendo las pruebas convencionales con el resto de su ADN, y tendremos ese resultado dentro de unas horas. Pero estoy bastante segura.

Roy se concedió un par de segundos para asimilar aquello. Era lo que se esperaba, pero aun así le resultaba duro. Era una confirmación de su fracaso en el intento por salvar la vida de aquella joven. Tomó nota mental de que tenía que ponerse en contacto con sus padres, si es que continuaban vivos y seguían viviendo juntos.

—¿Y la coincidencia de parentesco?

Grace sabía que «de parentesco» significaba una coincidencia parcial, no exacta. Normalmente era entre hermanos, o entre padres e hijos.

—Es del semen del condón que se encontró en el interior del cadáver de Rachael Ryan (ahora que sabemos que es ella). Se trata de una mujer, la señora Elizabeth Wyman-Bentham.

Grace apuntó el nombre, repitiendo letra por letra para no equivocarse, tan nervioso que la mano le temblaba. Luego la técnica le dio la dirección.

—¿Sabemos por qué está en la base de datos?

—Por conducir bajo los efectos del alcohol.

Le dio las gracias y, en cuanto colgó el teléfono, llamó a

Información Telefónica, dio el nombre de Elizabeth Wyman-Bentham y su dirección.

Un momento más tarde ya tenía el número y lo marcó.

Le saltó el buzón de voz. Dejó un mensaje con su nombre y su rango, pidiéndole que le llamara urgentemente a su teléfono móvil. Entonces se sentó y buscó su nombre en Google para ver si había algo sobre ella, en particular dónde trabajaba. Eran las 9.15 de la mañana. Si trabajaba, era muy probable que estuviera ya en su puesto, o de camino.

Un momento más tarde en su pantalla aparecieron las palabras sobre «Lizzie Wyman-Bentham, presidenta y directora general de WB Public Relations».

Seleccionó la página y casi de inmediato se encontró con una fotografía de una mujer sonriente con una gran melena rizada, junto con una serie de vínculos con más información sobre la empresa. En el momento en que seleccionaba «Contacto», sonó su teléfono.

Respondió y se encontró con una voz femenina agitada y efusiva:

—Lo siento, no he llegado a tiempo de atender su llamada; he oído el móvil justo cuando salía de casa. ¿En qué puedo ayudarle?

—Puede que la pregunta le parezca algo rara —dijo Roy—. ¿Tiene usted un hermano o un hijo?

—Un hermano —respondió, y de pronto su voz adquirió un tono de pánico—. ¿Le ha pasado algo? ¿Ha tenido un accidente?

—No, por lo que sabemos está bien. Necesito hablar con él en relación con una investigación policial.

—Caray, por un momento me ha asustado.

—¿Puede decirme dónde puedo encontrarle?

—¿Una investigación, dice? Ah, claro, ahora entiendo. Será algo de su trabajo. ¡Qué tonta! Creo que trabaja con ustedes. Es Garry Starling. Su empresa (bueno, tiene dos, Sussex Security Systems y Sussex Remote Monitoring Services) están en el mismo edificio, en Lewes.

Grace tomó nota de los nombres y del teléfono del despacho de Starling.

—No entiendo muy bien por qué… ¿Por qué han contactado conmigo?

—Es un poco complicado —respondió Grace.

—No se habrá metido en problemas Garry, ¿verdad? Quiero decir que es un empresario muy respetable... Es muy conocido en la ciudad.

Grace no quiso desvelar más información, así que le dijo que no, que su hermano no se había metido en problemas. Puso fin a la conversación y llamó al despacho de Starling. Al teléfono respondió una mujer de voz agradable. Grace no reveló su identidad; se limitó a preguntar por Garry Starling.

—Aún no ha llegado —dijo ella—, pero estoy segura de que llegará enseguida. Normalmente a esta hora ya está aquí. Soy su secretaria. ¿Quiere que le deje algún mensaje?

—Volveré a llamar —contestó Grace, haciendo un esfuerzo para mantener un tono de voz tranquilo.

En cuanto colgó, se fue directamente a la SR-1, dando forma a su plan mientras corría por el pasillo.

Capítulo 116

𝓗abía menos luz de la que Jessie se había imaginado, lo cual, en cierto modo, podía ser bueno. Si iba con mucho, mucho cuidado, procurando no hacer ningún ruido, podía recorrer de puntillas la pasarela con suelo de reja y ver la furgoneta allá abajo.

Ahí estaba: era de color crema, algo mugrienta. Tenía la puerta lateral abierta. Era de aquellas furgonetas que habían sido símbolo de la era hippy: «*flower power*; nucleares no, gracias...», todo aquello que recordaba haber leído de los años sesenta y setenta.

Aquel tipo no parecía para nada un hippy.

En aquel momento estaba dentro de la furgoneta. ¿Habría dormido algo? Lo dudaba. Ella se había quedado traspuesta una o dos veces durante la noche, y en una ocasión casi se le escapa un grito, cuando algún animal le había rozado el brazo. Luego, un rato después, con la llegada de la tenue luz del amanecer, una rata se le había acercado y se le había quedado mirando.

Odiaba las ratas y, tras aquel incidente, cualquier rastro de cansancio había desaparecido de pronto.

¿Qué pensaría hacer ahora aquel hombre? ¿Qué estaría pasando en el mundo exterior? No había vuelto a oír el helicóptero, así que quizá ni siquiera la estuviera buscando a ella. ¿Cuánto tiempo más duraría aquello?

A lo mejor tenía provisiones en la furgoneta. Sabía que tenía agua, y quizá también tuviera comida. Podía tenerla allí indefinidamente, si es que no tenía un trabajo o una vida que le estuvieran esperando. Sin embargo, sabía que ella no aguantaría mucho más sin agua y sin algo que comer. Empezaba a sentirse débil. Despierta, pero desde luego más débil que el día anterior. Y cansadísima. Se mantenía en pie gracias a la adrenalina.

Y a su determinación.

Iba a casarse con Benedict. Aquel cerdo no iba a detenerla. Nadie lo haría.

«Voy a salir de aquí», decidió.

El viento soplaba cada vez más fuerte. El ruido a su alrededor aumentaba. Aquello le iba bien, porque la ayudaría a encubrir cualquier ruido que pudiera hacer al moverse.

De pronto oyó un aullido rabioso:

—¡¡¡Muy bien, zorra, ya estoy cansado de tus jueguecitos!!! ¡¡¡Voy a buscarte, ¿me oyes?!!! ¡¡¡Ya sé dónde estás, y voy a por ti!!!

Ella se asomó a su punto de observación y miró abajo. Y lo vio, con el rostro descubierto y una especie de enorme verdugón rojo alrededor del ojo derecho. Corría por la planta baja, con una llave inglesa en una mano y un cuchillo de cocina en la otra.

Corría directamente hacia la entrada del silo, por debajo de donde estaba ella.

Entonces le oyó gritar otra vez. Su voz resonó como si estuviera gritando en el interior de un embudo.

—¡Mira qué lista, la zorra! ¡Una escalera de subida al silo! ¡¿Cómo la has encontrado?!

Un momento más tarde oyó el sonido metálico de las pisadas sobre los escalones.

479

Capítulo 117

Lunes, 19 de enero de 2010

*B*ranson ya estaba esperando a Grace en un coche sin distintivos a la entrada del recinto de la empresa. Llevaba las órdenes de registro firmadas en el bolsillo.

El mapa que había estudiado anteriormente, mientras trazaba el plan de esta operación a toda prisa, indicaba que solo había dos rutas posibles de entrada y salida para los vehículos que visitaran la sede central de las dos empresas de Garry Starling, Sussex Security Systems y Sussex Remote Monitoring Services. Discretamente escondidos esperaban los vehículos del equipo que había organizado para efectuar la detención (eso, si Starling aparecía).

Ya tenía cuatro agentes de paisano en sus puestos, vestidos de calle. En una bocacalle, listos para actuar en el momento en que volviera Starling, había dos unidades caninas cubriendo las salidas de su edificio de oficinas. Tenía una de las furgonetas del Equipo de Apoyo Local, con seis agentes equipados con chaleco antibalas en su interior, y cuatro coches patrulla más cubriendo el acceso a la red de carreteras que daban al complejo industrial, por si Starling intentaba huir.

Grace dejó su coche aparcado una travesía antes de llegar y se subió al de Branson. Estaba tenso. La confirmación de la muerte de Rachael Ryan le había quitado un peso de encima, pero al mismo tiempo le dolía. Ahora tenía que concentrarse en el plan. Le preocupaban muchas cosas.

—¿Rock'n'roll?

Grace asintió distraídamente. El Hombre del Zapato nunca había dejado rastros de ADN. Sus víctimas decían que no podía mantener las erecciones. ¿Significaba eso que Garry Starling no era el Hombre del Zapato? ¿O que haber matado a Rachael Ryan —suponiendo que fuera el asesino— le había excitado tanto que le había hecho eyacular?

¿Por qué no estaba en su despacho esa mañana?

Si había tenido relaciones sexuales doce años antes con una mujer hallada muerta, ¿cómo iban a demostrar que Starling la había matado? Si es que era realmente él el asesino. ¿Cómo lo enfocaría el fiscal general?

Un millón de preguntas sin respuesta.

Solo tenía la convicción creciente de que el hombre que había matado a Rachael Ryan era el mismo que había secuestrado a Jessie Sheldon. Esperaba con toda su alma que esta vez las cosas acabaran de otro modo y pudiera encontrarla viva. Y que no tuviera que acabar desenterrándola de una tumba doce años más tarde.

A medida que se acercaban a la elegante entrada de Sussex Security Systems y Sussex Remote Monitoring Services, observó los coches aparcados en sus plazas designadas y la plaza vacía del presidente. Pero lo que más le llamó la atención fue la fila de furgonetas blancas con la imagen de marca de las empresas.

Había sido una furgoneta blanca la que había salido a toda velocidad del aparcamiento donde habían atacado a Dee Burchmore el jueves. Y una furgoneta blanca la que habían empleado para secuestrar a Rachael Ryan, doce años atrás.

Salieron del coche y atravesaron la puerta de entrada. Los recibió una recepcionista de mediana edad sentada tras una mesa curvada con los dos logotipos en el frontal. A su derecha había una pequeña sala de espera, con ejemplares del *Sussex Life* y varios de los periódicos del día, entre ellos el *Argus*.

Quizás al día siguiente no tendrían el *Argus*, teniendo en cuenta el titular que podría presentar.

—¿Puedo ayudarles, caballeros?

Grace mostró la orden.

—¿Ya ha llegado el señor Starling?

—No..., esto... No, todavía no —respondió ella, algo nerviosa.

—¿Diría usted que eso es poco habitual?

—Bueno, normalmente los lunes por la mañana es el primero en llegar.

Grace le entregó la orden de registro y le dio unos segundos para leerla.

—Tenemos una orden de registro para estas instalaciones. Le agradecería que nos buscara a alguien para enseñarnos el lugar.

—Yo... Buscaré al gerente, señor.

—Bien. Iremos empezando. Dígale que venga a nuestro encuentro.

—Sí... Sí, señor, se lo diré. Cuando el señor Starling aparezca, ¿quieren que se lo diga?

—No se preocupe —dijo Grace—. Ya nos enteraremos.

Ella se quedó sin palabras.

—¿Dónde tienen los monitores de vigilancia por circuito cerrado? —preguntó Grace.

—En la primera planta. Le enviaré un mensaje al señor Addenberry para que les lleve.

Glenn señaló a la puerta que daba a las escaleras.

—Primera planta —dijo.

—Sí, giren a la derecha. Sigan por el pasillo, hasta el departamento de cuentas, y luego la sala de operadores, y ya estarán allí.

Los dos policías se dirigieron a las escaleras. Cuando llegaron al final del pasillo, con oficinas a ambos lados, un hombre bajito de poco más de cuarenta años, con entradas y de aspecto nervioso, con un traje gris y una fila de bolígrafos en el bolsillo del pecho, se les acercó a paso ligero.

—Hola, caballeros. ¿En qué puedo ayudarles? Soy John Addenberry, el gerente —dijo, con una voz algo melosa.

Cuando Grace le explicó quiénes eran y le habló de la orden de registro, Addenberry puso una cara como si le hubiera dado la corriente.

—Ah —dijo—. Sí, claro. Nosotros trabajamos mucho con la Policía de Sussex. Para nosotros el D.I.C. es un cliente muy importante. Mucho.

Poniéndose al frente de la comitiva, los llevó hasta la sala de control de circuito cerrado. Sentado en una silla, ante una batería de veinte monitores de televisión, había un tipo más que gordo, vestido con un uniforme que apenas le cabía, con el pelo grasiento y una pelusa en el bigote para la que decididamente ya no tenía edad. En una mesa, enfrente, había una Coca-Cola grande y una bolsa de Doritos de tamaño gigante junto a un micrófono y un pequeño panel de control, y un teclado de ordenador.

—Este es Dunstan Christmas —dijo Addenberry—. Es el controlador de turno.

Pero Grace se había quedado mirando los monitores. Y uno en particular le había hecho fruncir el ceño. Era la fachada de una casa elegante y modernísima. Señaló a la pantalla.

—El número 11. ¿Es eso el 76 de The Droveway, la casa de los señores Pearce?

—Sí —dijo Christmas—. A la señora la violaron, ¿verdad?

—No vi ninguna cámara cuando estuve allí.

—No, no debería —respondió Christmas, mordisqueándose una uña—. Creo que las de esa casa están todas ocultas.

—¿Por qué nadie me lo ha dicho? Podría haber pruebas grabadas del ataque —replicó Grace, enfadado.

Christmas sacudió la cabeza.

—No, aquella noche no funcionaba. La línea falló desde media tarde. No se recuperó hasta la mañana siguiente.

Grace se lo quedó mirando fijamente y vio que Branson hacía lo mismo. ¿Estaba ocultando algo? ¿O era un comentario sin ninguna malicia? Entonces volvió a mirar la pantalla. La imagen cambió y apareció el jardín trasero.

Precisamente la noche del ataque. Y su nuevo sospechoso era el propietario de la empresa.

Demasiada coincidencia.

—¿Se estropean a menudo?

Christmas negó con la cabeza y volvió a mordisquearse la uña.

—No, muy pocas veces. Es un buen sistema, y suele haber cámaras de refuerzo.

—Pero ¿las cámaras de refuerzo no funcionaron la noche del ataque de la señora Pearce?

—Eso es lo que me dijeron.

—¿Y esa de ahí? —dijo Branson, señalando la pantalla número 17, que estaba apagada.

—Sí, esa no funciona ahora mismo.

—¿Qué finca es la que cubre?

—La vieja cementera de Shoreham —dijo Christmas.

Capítulo 118

Lunes, 19 de enero de 2010

*J*essie sabía lo que tenía que hacer, pero a medida que se acercaba el momento, el pánico la atenazaba cada vez más, paralizándola.

Estaba acercándose. El metal de los escalones resonaba con sus pasos, lentos, regulares, decididos. Ya oía su respiración. Cada vez más cerca. Más cerca. A punto de llegar.

Por encima de su cabeza oía un sonido, como el repiqueteo del helicóptero otra vez. Pero no hizo caso; no se atrevía a distraerse. Se giró, con el cuchillo en la mano, y por fin se atrevió a mirar abajo. Y casi se le cayó el cuchillo del miedo. Solo estaba a un par de metros por debajo de ella.

Su globo ocular derecho tenía un aspecto grotesco, casi como si le mirara hacia dentro, medio hundido en una pasta de sangre coagulada y de fluido gris, y toda la órbita rodeada de un cardenal de un morado pálido. La enorme llave inglesa le sobresalía del bolsillo superior del anorak el cuchillo de cocina en una mano. Con la otra se agarraba a los travesaños, mientras la miraba, con una expresión de odio desatado.

Estaban muy altos. El cerebro de Jessie no paraba de dar vueltas. Intentaba pensar con claridad, recordar sus clases, pero nunca le habían enseñado cómo golpear en una situación así. Si pudiera darle fuerte con los dos pies en la cara podría hacerle caer, lo sabía. Era su única oportunidad.

En un movimiento rápido, e intentando superar el vértigo al mirar abajo, se agachó, concentrándose en él y no en la gran altura. Apoyó todo el peso en las manos, se encogió, flexionó las rodillas y luego golpeó con toda la fuerza de la que fue capaz, agarrándose a la rejilla del suelo con los dedos.

Al momento sintió un dolor penetrante en la base de los dedos del pie derecho.

Entonces sintió una presión en el tobillo izquierdo, como una tenaza que le arrancó un grito. Estaba tirando de ella. Tirando de ella. Intentando desplazarla. Y en aquel momento se dio cuenta de que había cometido un terrible error. Le había clavado el cuchillo en el pie derecho, había soltado el travesaño y ahora le cogía de los dos tobillos. Era mucho más fuerte de lo que parecía. Estaba tirando de ella. Intentando arrancarla de allí. Jessie enseguida vio que aquello era un movimiento suicida. Se la estaba jugando. O podía con ella y ambos caían al vacío, o ella tendría que subirle.

Entonces sintió otra punzada de dolor en la base del pie derecho, seguida de otra en la pantorrilla derecha. Y otra. La estaba agarrando con la mano izquierda y la acuchillaba en el pie con la derecha. De pronto sintió un dolor terrible en el talón y que el pie no le respondía.

Le había cortado el tendón de Aquiles, estaba claro.

En un reflejo desesperado, se echó hacia atrás de golpe. Y cayó de espaldas. Se había liberado.

Se puso en pie como pudo y volvió a caerse. Oyó un repiqueteo al caérsele el cuchillo y contempló, horrorizada, cómo se colaba por entre la rejilla. Un momento después oyó un lejano *ping* muy por debajo. El pie derecho le dolía terriblemente y no podía apoyarse en él.

«¡Oh, Dios mío, por favor, ayúdame!»

Él estaba trepando por el borde de la escalerilla, con el cuchillo de cocina aún en la mano.

Intentó pensar, a pesar del dolor agónico. Aquella posición era mejor. La pierna izquierda aún le funcionaba.

Él ya estaba sobre la rejilla, a solo un metro o dos de ella, de rodillas, a punto de ponerse en pie.

Ella se quedó inmóvil, observándolo.

Vio la mueca en su rostro. Volvía a sonreír. Había recuperado el control. Iba a por ella.

Ya de pie, se le acercó, blandiendo el cuchillo manchado de sangre con la mano derecha y sacando la llave inglesa del bolsillo con la izquierda. Dio un paso hacia la chica y luego levantó la llave.

Al cabo de menos de un segundo, calculó Jessie, dejaría caer todo el peso de la llave inglesa contra su cabeza.

La chica flexionó la rodilla izquierda y luego golpeó con cada gramo de fuerza que le quedaba en el cuerpo, visualizando un punto un metro más allá de la rótula de él. Oyó el chasquido al conectar el golpe y dar con el pie en la rodilla, del mismo modo que había impactado el palo de hockey contra la matona del colegio tantos años atrás.

Vio en su rostro la repentina expresión de asombro. Oyó su horrendo aullido de dolor al caer de espaldas y darse un sonoro golpe contra la rejilla. Luego, apoyándose en la barandilla, se puso en pie y, dando saltitos, arrastrando el pie derecho, se alejó de él.

—¡*Auuuuuu!* ¡Mi rodilla! ¡*Auuuuuu,* zorra hija de *putaaaaa*!

Al final de aquella pasarela había una escalera vertical; la había visto antes. Se agarró a la escalera sin mirar abajo, sin pensar en la altura. Cogiéndose al borde con ambas manos, fue dejándose caer, a saltitos y resbalones, bajando cada vez más.

No se le veía allí arriba.

Entonces, cuando llegó abajo, un par de manos la agarraron por la cintura.

Soltó un chillido de terror.

Una voz desconocida, tranquila y amable, le dijo:

—¿Jessie Sheldon?

Ella se giró, temblando. Y se encontró enfrente a un hombre alto, con unas patillas plateadas a ambos lados de una gorra de béisbol negra. En la parte frontal de la gorra llevaba escrita la palabra «Policía».

Se dejó caer en sus brazos, sollozando.

487

Capítulo 119

Viernes, 23 de enero de 2010

—¡*E*res increíble! ¿Sabes qué? ¡Eres jodidamente increíble! ¿Sabes cuántas pruebas tienen en tu contra? ¡Joder, es increíble! ¡Asqueroso pervertido! ¡Eres un monstruo!

—Baja la voz —replicó él, en un tono sumiso.

Denise Starling se quedó mirando a su marido, que iba vestido con el informe mono azul de la cárcel y que llevaba un parche sobre el ojo derecho, sentado frente a ella en la gran sala de visitas, pintada con colores chillones. Una cámara los vigilaba desde el techo y un micrófono los grababa discretamente. Entre ellos solo había una mesa de plástico azul.

A ambos lados, otros reclusos hablaban con sus seres queridos y familiares.

—¿Has leído los periódicos? —insistió ella—. Te relacionan con las violaciones del Hombre del Zapato, en 1997. También son cosa tuya, ¿no?

—Haz el favor de bajar la voz.

—¿Por qué? ¿Tienes miedo de lo que puedan hacerte en el ala de prisión preventiva? No les gustan los pervertidos, ¿verdad? ¿Te buscan con zapatos de mujer en las duchas? Eso te gustaría, ¿no?

—Baja la voz de una vez. Tenemos cosas de las que hablar.

—Yo no tengo nada que hablar contigo, Garry Starling. Has destruido nuestro matrimonio. Siempre supe que eras un maldito pervertido. Pero no sabía que eras un violador y un asesino. Te lo pasaste bien con ella en el Tren Fantasma, ¿verdad? En una de nuestras primeras citas me llevaste hasta allí y me metiste el dedo en el coño. ¿Te acuerdas? Te pone, ese lugar, ¿eh?

—Yo no subí al Tren Fantasma. No fui yo. ¡Créeme!

—Sí, claro, tengo que creerte. ¡Ja!

—No fui yo. Eso no lo hice yo.

—Sí, claro, y tampoco eras tú el de la cementera, ¿verdad? Sería alguien que se te parecía.

Él no dijo nada.

—Toda aquella mierda de atarme y obligarme a hacer cosas con los zapatos, mientras tú mirabas y te tocabas...

—¡Denise!

—No me importa. ¡Que lo oiga todo el mundo! Has arruinado mi vida. Te has llevado mis mejores años. Todas aquellas gilipolleces de que no querías tener hijos porque habías tenido una infancia tan desgraciada. Eres un monstruo, y estás donde te mereces estar. Espero que te pudras en el Infierno. Y más vale que te busques un buen abogado, porque yo no te voy a apoyar. Voy a sacarte hasta el último penique que pueda —dijo, y se echó a llorar.

Él se quedó en silencio. No tenía nada que decir. Si hubiera podido, le habría gustado acercarse por encima de la mesa y estrangular a aquella puta con sus propias manos.

—Pensé que me querías —sollozó ella—. Pensé que podríamos crear una vida juntos. Pensé que eras un poco excéntrico, pero que si te amaba lo suficiente quizá podría cambiarte, que podría ofrecerte algo que nunca habías tenido.

—¡Déjalo ya!

—Es cierto. Una vez fuiste honesto conmigo. Hace doce años, cuando nos casamos, me dijiste que era la única persona que te había dado paz en la vida. Que te entendía. Me dijiste que tu madre te obligaba a follártela, porque tu padre era impotente. Que aquello te hizo aborrecer las partes íntimas de las mujeres, incluso las mías. Pasamos por toda aquella mierda psicológica juntos.

—¡Denise, cierra la boca!

—No, no la cerraré. Cuando empezamos a salir entendí que los zapatos eran lo único que te ponía. Y lo acepté porque te quería.

—¡Denise! ¡Joder, cállate!

489

—Tuvimos muchos años buenos. No me di cuenta de que me estaba casando con un monstruo.

—Tuvimos buenos momentos —dijo él, de pronto—. Buenos momentos, hasta hace poco. Entonces tú cambiaste.

—¿Que cambié? ¿Qué quieres decir con que cambié? ¿Te refieres a que me harté de masturbarme con zapatos? ¿Es eso lo que quieres decir con que cambié?

Él volvió a callarse de nuevo.

—¿Qué futuro me espera ahora? Ahora soy la señora del Hombre del Zapato. ¿Estás orgulloso? Has destrozado mi vida. ¿Sabes nuestros buenos amigos, Maurice y Ulla, con los que salimos a cenar cada sábado al China Garden? No me devuelven las llamadas.

—A lo mejor nunca les gustaste. A lo mejor era yo el que les gustaba, y tú eras la bruja quejicosa a la que soportaban porque venías conmigo.

—¿Sabes qué voy a hacer? —dijo ella, sollozando otra vez—. Voy a irme a casa y me voy a suicidar. Seguro que ni te importa.

490

—Pues asegúrate de no fallar.

Capítulo 120

Viernes, 23 de enero de 2010

*D*enise Starling volvió a casa conduciendo su Mercedes descapotable sin prestar demasiada atención. A través de las lágrimas veía la carretera mojada que tenía delante. Los limpiaparabrisas repiqueteaban rítmicamente. En la BBC Sussex Radio, una mujer parloteaba con cierta alegría sobre las vacaciones desastrosas, e invitaba a los oyentes a llamar a la emisora y contar su propia experiencia.

Sí, todas las vacaciones con Garry habían sido un maldito desastre. La vida con él había sido horrible. Y ahora estaba empeorando aún más.

¡Cabrón de mierda!

A los tres años de matrimonio se había quedado embarazada. Él la había hecho abortar. No quería traer niños al mundo. Le había citado unos versos, de un poeta cuyo nombre no recordaba, sobre cómo te jodían la vida los padres.

Lo que le había pasado durante su infancia le había afectado, de eso no había duda. Le había dañado de un modo que ella nunca entendería.

Siguió conduciendo, muy por encima de la velocidad permitida. Recorrió London Road, pasó Preston Park y gritó «¡Que te jodan!» cuando la cámara de control de tráfico, de la que se había olvidado completamente, le hizo una foto con flash. Entonces giró por Edward Street, dejó atrás los juzgados, el Brighton College y el Royal Sussex County Hospital.

Unos minutos más tarde giró a la derecha frente al East Brighton Golf Club, del que era socio Garry —no por mucho tiempo, pensó, con una extraña satisfacción malsana: ¡que volviera al mundo de los parias!—. Luego superó la colina, tomó Roedean Crescent y por fin giró a la izquierda, para entrar en la vía de acceso a su gran casa de falso estilo Tudor. Pasó junto a la puerta del garaje, de dos hojas, y paró frente al Volvo gris de Garry.

Entonces, con los ojos aún húmedos, abrió la puerta principal de la casa. Por unos momentos tuvo problemas para desconectar la alarma. «¡Típico! ¡Para una vez que falla la alarma, Garry no está en casa para solucionarlo!»

Cerró de un portazo y luego corrió la aldaba de seguridad. «¡Que te jodan, mundo! ¿Quieres pasar de mí? ¡Perfecto! Yo también voy a pasar de ti. ¡Voy a abrirme una botella del burdeos más caro de Garry y me voy a pillar un buen pedo!» Entonces una voz suave a sus espaldas dijo:

—¡Shalimar! ¡Me gusta el Shalimar! ¡Lo olí la primera vez que nos vimos!

Un brazo le rodeó el cuello. Le apretaron algo húmedo y de olor nauseabundo contra la nariz. Ella se revolvió unos segundos, con la mente cada vez más turbia.

Antes de caer inconsciente, las últimas palabras que oyó fueron:

—Eres como mi madre. Haces cosas malas a los hombres. Cosas malas que hacen que los hombres hagan cosas malas. Eres asquerosa. Eres mala, como mi madre. Me trataste mal en el taxi. Destrozaste a tu marido, ¿sabes? Alguien tiene que detenerte antes de que destruyas a otras personas.

Ella tenía los ojos cerrados, así que le susurró al oído:

—Voy a hacerte algo que le hice a mi madre hace tiempo. Con ella esperé demasiado, así que tuve que hacerlo de otra manera. Pero luego me sentí muy bien. Sé que también me sentiré bien después de esto. A lo mejor incluso mejor. Ajá.

Yac arrastró el cuerpo escaleras arriba. El *pom-pom, pom-pom* de sus Christian Louboutin negros golpearon con cada escalón.

Se detuvo, sudando, cuando llegó al rellano. Entonces se agachó y recogió la cuerda azul de remolque que había encontrado en el garaje. Con las manos enfundadas en guantes, ató un extremo a una de las vigas de falso estilo Tudor del techo, la más próxima a las escaleras. Ya había hecho un nudo corredizo en el otro extremo. Y había medido la distancia.

Pasó el nudo alrededor del cuello de la mujer, que seguía desmayada, y la levantó, con cierta dificultad, hasta la altura de la barandilla.

Observó cómo caía, cómo se retorcía y cómo daba vueltas luego, una y otra vez.

Tardó varios minutos en quedarse quieta.

Se quedó mirando los zapatos. Recordó que los llevaba la primera vez que se había subido a su taxi. Sintió la necesidad de quitárselos.

Allí colgada, muerta —o por lo menos eso parecía—, le recordó de nuevo a su madre.

Ya no podría hacerle daño a nadie.

Igual que su madre.

—Con ella usé una almohada —le dijo.

Pero ella no respondió. Tampoco esperaba que lo hiciera.

Decidió dejar los zapatos, aunque resultaban muy tentadores. Al fin y al cabo, eso es lo que habría hecho el Hombre del Zapato. No era su estilo.

493

Capítulo 121

Domingo, 25 de enero de 2010

*E*ra una buena mañana de domingo. La marea estaba alta y el bebé del barco de al lado no estaba llorando. A lo mejor se había muerto, pensó Yac. Había oído hablar del síndrome de muerte súbita del lactante. Quizás el bebé hubiera muerto de eso. O quizá no. Pero lo esperaba.

Encima de la mesa del salón tenía ejemplares del *Argus* de todos los días de la semana. *Bosun*, el gato, había pasado por encima. No le importaba. Habían llegado a un acuerdo. El animal ya no pasaba por encima de sus cadenas de váter. Pero si quería pasar por encima de sus periódicos, a él le daba igual.

Estaba contento con lo que había leído.

La mujer del Hombre del Zapato se había suicidado. Era comprensible. La detención de su marido había sido un gran trauma para ella. Garry Starling había sido un personaje importante en la ciudad, bien situado socialmente. La desgracia de su detención tenía que ser algo muy difícil de sobrellevar. Ella había ido diciendo a la gente que tenía tentaciones de suicidarse, y por fin se había colgado.

Perfectamente razonable.

Ajá.

Le gustaba que la marea estuviera alta y que el *Tom Newbound* flotara.

Así podría recoger sus hilos de pesca.

Tenía dos líneas tendidas, ambas con plomos en el extremo, de modo que se hundieran bien en el fango cuando la marea estaba baja. Por supuesto, las veces que la Policía había registrado el barco había pasado algo de miedo. Pero no tenía por qué. Habían levantado cada tablón del barco, desde la cubierta hasta la sentina. Habían buscado en todas las cavidades. Pero a nadie se le había ocurrido recoger los hilos de pesca, como hacía él en aquel momento.

Mejor.

Al final del segundo hilo había atada una bolsa impermeable. Dentro estaban los zapatos de Mandy Thorpe. Unos Jimmy Choos falsos. No le gustaban los zapatos falsos. Merecían estar enterrados en el fango.

Y ella merecía el castigo que le había infligido por ponérselos.

Pero tenía que admitir que había disfrutado castigándola. Le recordaba mucho a su madre. Gorda como su madre. El mismo olor. Había esperado mucho tiempo para hacerle aquello a su madre, para ver qué se sentía. Pero lo había postergado demasiado y, cuando había reunido el valor suficiente, le daba ya mucho asco. No obstante, con Mandy Thorpe había estado bien. Había sentido que era como si castigara a su madre. Había estado pero que muy bien.

495

No obstante, no tanto como al castigar a Denise Starling.

Le había gustado verla dar vueltas colgada de la cuerda, como una peonza.

Pero no le había gustado estar arrestado. No le había gustado que la Policía le quitara muchas de sus cosas del barco, que se lo toquetearan todo y que manosearan sus colecciones. Aquello había estado mal.

Por lo menos ahora lo había recuperado todo. Era como si hubiera recuperado su vida.

La mejor noticia de todas era que había recibido una llamada de los dueños del barco, que le habían dicho aún que se quedarían en Goa al menos dos años más. Aquello le alegró mucho.

De pronto el futuro se presentaba muy halagüeño. Muy tranquilo.

Y la marea estaba subiendo. No podía haber nada mejor.

Ajá.

Capítulo 122

Viernes, 20 de febrero de 2010

*D*arren Spicer estaba de buen humor. Hizo una parada en el pub, una escala habitual en el camino de vuelta a casa desde el trabajo, para tomarse sus dos pintas de costumbre con sendos chupitos de whisky. ¡Se estaba volviendo un animal de costumbres! No hacía falta estar en la cárcel para tener una rutina; también podía tenerse fuera.

Y disfrutaba con su nueva rutina. Con sus viajes al Grand Hotel desde el centro de noche —siempre a pie, para ahorrarse unos peniques y mantenerse en forma—. Había una jovencita llamada Tia, que trabajaba como camarera en el hotel, que le hacía gracia; y le daba la impresión de que él también le hacía gracia a ella. Era filipina, guapa, de poco más de treinta años, y había dejado a su novio porque le pegaba. Se estaban conociendo cada vez más, aunque no se la había hecho aún, por decirlo así. Pero ahora aquello era solo cuestión de tiempo.

Tenían una cita al día siguiente. Era difícil quedar por la noche, porque tenía que estar de vuelta en el centro antes del toque de queda, pero esta vez pasarían todo el día juntos. Ella compartía una habitación en un pisito junto a Lewes Road y, con una risita tímida, le había confesado que su compañera de habitación estaría fuera todo el fin de semana. Con un poco de suerte, pensó, se pasarían todo el día follando.

Se tomó otro whisky para celebrarlo, uno de calidad esta vez, un malta, Glenlivet. No debía beber demasiado, porque volver al Saint Patrick's borracho era motivo de expulsión directa. Y ahora ya estaba cerca de conseguir su codiciado MiPod. Así que solo un Glenlivet. No es que pudiera gastar a espuertas, pero su precaria situación mejoraba día a día.

Había conseguido un puesto en el Departamento de Mantenimiento de Habitaciones del hotel, porque iban cortos de personal. Disponía de una tarjeta-llave maestra que le daba acceso a todas las habitaciones del edificio. Y tenía en el bolsillo el botín del día, obtenido de las cajas fuertes de las habitaciones que había abierto. Había ido con cuidado. Iba a mantener la promesa que se había hecho de evitar la cárcel para siempre. Lo único que se llevaba era una minúscula parte del efectivo que encontraba en las cajas. Por supuesto, había encontrado algún reloj y joyas que resultaban tentadores, pero se había mantenido fiel a su objetivo, y estaba orgulloso de su autodisciplina.

En las cuatro semanas y media anteriores había conseguido acumular casi cuatro mil libras en su maleta, cerrada con candado y guardada en la taquilla que tenía en el Saint Patrick's. Los precios de las propiedades iban a la baja, gracias a la recesión. Con lo que ganaba Tia y con lo que pudiera acumular en el banco, quizá dentro de un año podría comprarse un pisito en la zona de Brighton. O incluso mudarse directamente a algún lugar más barato, donde quizás hiciera mejor tiempo.

A lo mejor España.

Quizás a Tia le apeteciera vivir en un país cálido.

Por supuesto, todo aquello era el cuento de la lechera. Aún no había hablado con ella de futuro. Lo más lejos que había llegado era a la perspectiva de follar con ella al día siguiente, y eso si todo iba bien. La chica desprendía una calidez que le ponía de buen humor cada vez que estaba cerca de ella o que hablaban. A veces valía la pena dejarse llevar por el instinto.

Y su instinto, diez minutos más tarde, cuando giró la esquina de Western Road y embocó Cambridge Road, le dijo que algo iba mal.

Era aquel impecable Ford Focus plateado, aparcado en doble fila casi frente a la puerta del Centro de Noche Saint Patrick's, con alguien sentado en el asiento del conductor.

Cuando te has pasado la vida intentando que no te metan en chirona, desarrollas una especie de sexto sentido y tienes siempre las antenas conectadas en busca de policías de paisano y sus vehículos. Los ojos se le fueron a las cuatro antenas cortas en el tejado del Ford.

«Mierda.»

El miedo se apoderó de él. Por un momento se planteó si debía dar media vuelta, salir corriendo y luego vaciar los bolsillos. Pero se lo había pensado demasiado. El agente que esperaba en la puerta, un tipo corpulento, negro y calvo, ya le había visto. Spicer decidió que tendría que intentar soltarles alguna trola.

«Mierda», pensó otra vez, olvidándose de pronto de sus sueños y del polvo del día siguiente con Tia. Las lúgubres paredes verdes de la cárcel de Lewes iban materializándose en su mente.

—Hola, Darren —le saludó el sargento Branson, con una gran sonrisa—. ¿Qué tal va?

Spicer le miró, desconfiado.

—Bien. Sí.

—Me preguntaba si podríamos charlar un momento —dijo, señalando a la puerta—. Nos dejan usar esa sala de entrevistas. ¿Te parece bien?

—Sí. —Se encogió de hombros—. ¿De qué se trata?

—Es solo una charla. Tengo que decirte algo que a lo mejor te interesa.

Spicer se sentó, agitado, muy incómodo. No se le ocurría nada que pudiera decirle el sargento Branson y que le pudiera interesar.

Branson cerró la puerta y luego se sentó al otro lado de la mesa, frente a él.

—¿Recuerdas cuando hablamos y me diste aquella pista sobre el garaje de Mandalay Court? ¿De la furgoneta que había dentro?

Spicer le miró, escéptico.

—Te mencioné que había una recompensa, ¿verdad? Cincuenta mil libras. Por cualquier información que condujera a la detención y procesamiento del hombre que intentó atacar a la señora Dee Burchmore. ¿Te suena? La ofrecía su marido.

—Sí. ¿Y?

—Bueno, tengo buenas noticias para ti. Parece que tienes posibilidades.

Spicer sonrió de pronto, aliviado de golpe. Increíblemente aliviado.

—¿Se está quedando conmigo?

Branson negó con la cabeza.

—No. En realidad, el mismo superintendente Grace, el oficial al cargo, ha dado tu nombre. Gracias a ti hemos pillado a nuestro sospechoso. Ha sido detenido y procesado.

—¿Y cuándo me darán el dinero?

—Cuando le condenen. Creo que se ha fijado la fecha del juicio para el próximo otoño; puedo informarte cuando tenga la información exacta. Pero parece poco probable que el acusado no sea el culpable. —Branson sonrió—. Bueno, campeón, ¿qué vas a hacer con toda esa pasta? Metértela por la nariz, como siempre. ¿Verdad?

—*Nah* —dijo Spicer—. Voy a comprarme un pisito, ya sabe, como inversión para el futuro. Usaré el dinero para la entrada. ¡Genial!

Branson sacudió la cabeza.

—No te lo crees ni tú. Te lo gastarás en drogas.

—¡No, señor! ¡Esta vez no! No voy a volver a ir a chirona. Voy a comprarme un pisito y a portarme bien. ¡Sí!

—¿Sabes qué? Invítanos a la fiesta de inauguración. Para demostrarnos que has cambiado, ¿te parece?

Spicer sonrió.

—Sí, bueno, eso puede ser complicado. Si es una fiesta, ya sabe... Puede que haya material. Ya sabe, material de fiesta. Podría resultarle incómodo, siendo un poli, y eso...

—No es fácil ponerme incómodo.

Spicer se encogió de hombros.

—Cincuenta de los grandes. ¡Increíble! ¡Joder!

El sargento se lo quedó mirando.

—¿Sabes qué? He oído que no se han molestado en cambiar las sábanas de tu celda. Saben que vas a volver.

—Esta vez no.

—Estaré esperando la invitación. El director de la cárcel de Lewes sabrá dónde enviármela.

499

—Muy gracioso —respondió Spicer, con una mueca.

—Es la verdad, campeón.

Branson dejó la sala y salió a la calle, donde Grace le esperaba en el coche. No veía la hora de ir a tomarse una cerveza con su colega para ponerle el punto final a la semana.

Capítulo 123

He empezado a hablar. Solo por un motivo: para vengarme de usted, engreído superintendente Roy Grace.

La vida aquí, en el ala de custodia preventiva, no es ningún lujo. Aquí no les gustan los tipos como yo. Los pervertidos, como nos llaman. Me corté la lengua con un trozo de cuchilla que me habían puesto en el estofado. He oído rumores de que hay quien se mea en mi sopa. Uno de estos tíos ha amenazado con sacarme el otro ojo.

Me han dicho que las cosas mejorarán tras el juicio. Luego, si tengo suerte —¡ja!— me pondrán en lo que se conoce como el ala de los pervertidos. Todos los pervertidos juntos. ¡Eso será fantástico! ¡Fiesta, fiesta, fiesta!

Algunas noches no duermo nada. Tengo toda esta rabia por todas partes —a mi alrededor, en este lugar, y en lo más profundo de mi ser—. Estoy cabreado con quienquiera que cometiera aquella violación en el Tren Fantasma. Eso provocó que el muelle se llenara de policía después, lo que arruinó completamente mis planes. Todo iba de maravilla hasta entonces. Y a partir de ese momento las cosas se estropearon.

Estoy cabreado porque aquella zorra se librara de la humillación que supondría que el mundo la reconociera como mi mujer. Ahí ha pasado algo raro. Aunque en realidad no me importa, y no creo que le importe a nadie.

Pero lo que más me cabrea de todo es usted, superintendente Grace. Se cree muy listo, hablándole a todo el mundo sobre el tamaño de mi polla. No puedo permitir que eso se quede así.

Por eso hablo en este momento. Voy a confesar todas las violaciones y diré que me llevé todos esos zapatos. En particular, en el Tren Fantasma. No podrá pillarme con ninguna pregunta-trampa: parece que ha corrido la voz sobre todos los delitos perpetrados por el Hombre del Zapato —los recientes—, todos los detalles de lo que les hizo a las diferentes mujeres. Incluidos los de lo ocurrido en el Tren Fantasma.

Estoy preparado.

No entendió por qué cambié de modus operandi, por qué dejé de llevarme un zapato y las braguitas y empecé a llevarme los dos zapatos. No se trataba de que lo entendiera, ¿sabe? No iba a facilitarle el trabajo repitiendo lo mismo una y otra vez. En la variedad está el gusto, ¿no?

¡Soy su hombre, perfecto! Lo único que espero es que el maníaco que violó a aquella mujer en el Tren Fantasma vuelva a atacar.

502

Se va a cubrir de mierda, superintendente Grace.

Y yo voy a disfrutar como un enano.

¿Y quién será entonces el que la tiene pequeña?

Capítulo 124

Domingo, 22 de febrero de 2010

—¡Qué gusto verte tan relajado, cariño! —dijo Cleo.

Ya había anochecido. Habían pasado la tarde juntos, Roy con una copa de vino tinto en la mano, viendo *The Antiques Road Show*, un programa sobre antigüedades que le gustaba en especial. Lo que más le gustaba era ver a la gente cuando les daban la tasación de sus preciados —o no tan preciados— tesoros familiares. La cara de asombro cuando se enteraban de que un viejo cuenco que usaban para que comiera el perro valía miles de libras, o la de decepción cuando les decían que alguna pintura espléndida custodiada por la familia durante generaciones era una falsificación y no valía más que un puñado de libras.

—¡Pues sí! —Sonrió.

Pero no estaba relajado. La duda seguía corroyéndole por dentro, a pesar de haber atrapado al Hombre del Zapato. Y aún quedaban flecos pendientes del suicidio de la esposa de Starling. Había oído la grabación de la cárcel, en la que decía que se iría a casa y se suicidaría. Parecía una amenaza sin fundamento. Pero al final resultó que se fue a casa y lo hizo. Ni una nota, nada.

—Quiero decir —matizó ella, apartando a *Humphrey* y acurrucándose con él en el sofá—, todo lo relajado que puedes estar.

Roy se encogió de hombros y asintió:

—Por lo menos el Hombre del Zapato ha recibido lo suyo. Ha quedado ciego de un ojo para siempre.

—Poco es eso. La lástima es que esa chica no le castrara,

ya puestos —replicó Cleo—. Todas sus víctimas han sufrido secuelas, y una está muerta.

—Ojalá supiera quiénes son, todas, quiero decir. Está entre rejas, pero no creo que nos lo esté contando todo. Es uno de los monstruos más asquerosos que me he encontrado nunca. Sus ordenadores, en casa y en la oficina, están llenos de cosas de lo más retorcido. Todo tipo de páginas web y chats de fetichismo de pies y zapatos, muchos de ellos sádicos. Y en la nevera de su despacho tiene todo un botiquín de somníferos y otras drogas para someter a las chicas.

—¿Se va a declarar culpable? Al menos así evitaría a sus víctimas tener que pasar el mal trago de declarar.

—No lo sé. Depende de su abogado, nuestro amigo Ken Acott otra vez. Tenemos pruebas a montones en su contra. El garaje está a su nombre. Hemos encontrado las páginas que faltaban del dosier del Hombre del Zapato de 1997 en una caja fuerte en su oficina. En su ordenador y en su iPhone hay vínculos a las páginas de Facebook y Twitter de algunas de sus víctimas recientes. Y tenemos el ADN obtenido del cuerpo de Rachael Ryan.

Dio un sorbo al vino.

—Pero vamos a tener que esperar al examen psiquiátrico, que determinará si está capacitado para afrontar el juicio. ¡Espléndido! Garry Starling está capacitado para dirigir una de las mayores empresas de la ciudad, para ser segundo capitán de su club de golf y tesorero del Rotary Club, pero quizá no sea apto para el juicio. Nuestro sistema judicial es una mierda.

Cleo sonrió, comprensiva. Entendía su frustración ante esos procedimientos.

—A Jessie Sheldon deberían darle una medalla. ¿Cómo se encuentra? ¿Se ha repuesto bien de aquel infierno?

—Bastante bien. He ido a verla a su casa esta tarde. La han operado del tobillo y parece que se repondrá a tiempo. De hecho, parecía estar muy animada, pese a todo. Espera casarse este verano.

—¿Estaba prometida?

—Parece que sí. Me dijo que había sido la determinación por casarse lo que la ayudó a seguir adelante.

504

—Bueno, pues no te sientas mal por el ojo de ese tipo.

—No, no es eso. Es que no me parece que lo hayamos dejado todo bien cerrado. No del todo.

—¿Por esos otros zapatos?

—No me preocupan demasiado. Si podemos hacer que hable más, al final también los encontraremos.

Bebió un poco más y echó un vistazo al televisor.

—¿Es la del Tren Fantasma la que te preocupa? ¿Cómo se llama?

—Mandy Thorpe. Sí. No creo que fuera el Hombre del Zapato quien la violó. Aunque diga que lo hizo. Sigo convencido de que el psicólogo forense se equivoca.

—¿Quieres decir que el culpable sigue libre?

—Sí, ese es exactamente el problema. Si Proudfoot se equivoca, sigue en la calle. Y podría volver a atacar.

—Si está en la calle, tú lo pillarás. Algún día.

—Querría pillarlo antes de que vuelva a atacar.

Cleo frunció los labios, bromeando:

—Es usted mi héroe, superintendente Grace. Siempre acaba pillándolos.

—Eso no te lo crees ni tú.

—Sí, sí que me lo creo. Soy realista. —Se dio una palmadita en el vientre—. Dentro de unos cuatro meses nacerá nuestro pequeño bultito. Yo me fío de ti, y sé que harás que el mundo sea más seguro para él… o para ella.

La besó.

—Siempre quedarán tipos malos en el mundo.

—¡Y chicas malas!

—También. El mundo es un lugar peligroso. Nunca conseguiremos encerrarlos a todos. Siempre habrá gente malvada que se salga con la suya.

—¿Y gente buena que acabe entre rejas?

—Los límites son siempre difusos. Hay mucha gente buena y mucha gente mala. La vida no es diáfana, y pocas veces es justa. No quiero que nuestro hijo crezca creyendo que sí lo es. A veces llegan días de mierda.

—«Llegaban» días de mierda —replicó Cleo, sonriéndole—. Dejaron de llegar el día en que te conocí. ¡Eres el mejor!

Roy también sonrió.

—Cariño, eres estupenda. A veces me pregunto por qué me quieres.

—¿De verdad, superintendente Grace? Yo no. No, hasta el momento. Y no creo que me lo pregunte nunca. Me haces sentir segura. Lo has hecho desde el día en que te conocí, y siempre lo harás.

—Qué fácil es contentarte —dijo él, sonriente.

—Sí, y salgo baratita. Ni siquiera tengo unos zapatos de diseño.

—¿Quieres que te compre un par?

Ella se lo quedó mirando, socarrona.

Él le devolvió la mirada y sonrió abiertamente:

—¡Para usarlos como se debe, claro!

Epílogo del autor

*L*as violaciones a cargo de extraños son, en realidad, muy poco frecuentes. Por fortuna, en Sussex, el condado donde se desarrolla *Tan muerto como tú*, las agresiones como las descritas en la obra son muy raras. De hecho, la triste realidad es que prácticamente todas las violaciones son obra de hombres que conocían a la víctima. La gran mayoría de las supervivientes de violaciones explican que han sido atacadas por algún amigo o por alguien con quien tenían una relación larga. Ello supone que sienten traicionada su confianza, lo que puede socavar su capacidad para establecer nuevas relaciones a partir de entonces.

Es imposible generalizar a la hora de hablar de las reacciones de las víctimas de una violación, porque no existe una reacción «normal» a un acto tan anormal. El trauma se puede manifestar de muchos modos diferentes y existen organizaciones especializadas, como Rape Crisis, creadas específicamente para dar apoyo a las víctimas. En Sussex hay una, The Lifecentre, que busca la «reconstrucción» de las supervivientes a una violación. He decidido apoyarlos porque tengo la sensación de que aportan un servicio esencial que, por increíble que parezca, no está subvencionado por el Gobierno, así que agradecen cualquier donativo. Quien desee contribuir puede visitar su página web: www.lifecentre.uk.com. Gracias.

Agradecimientos

Como siempre, hay mucha gente a la que tengo que dar las gracias por ayudarme en mi investigación para esta novela.

Mi primer agradecimiento es para Martin Richards, comandante de Policía en Sussex, que me ha dado acceso al mundo del cuerpo, algo realmente impagable.

Mi buen amigo, el exsuperintendente David Gaylor, ha sido, como siempre, una piedra angular, una fuente de sabiduría, y algunas veces me ha controlado más incluso que mis editores, ayudándome así a cumplir los plazos.

Como siempre, son muchos los agentes de la Policía de Sussex que me han brindado su tiempo y su sabiduría y han soportado mi presencia, respondiendo a mis interminables preguntas. Me es casi imposible mencionarlos a todos, pero voy a intentarlo, y espero que me perdonen cualquier omisión: el superintendente en jefe Kevin Moore; el superintendente en jefe Graham Barlett; el superintendente en jefe Chris Ambler; el inspector jefe Trevor Bowles, que ha sido un pilar y una luz de guía; el inspector jefe Stephen Curry; inspector jefe Paul Furnell; Brian Cook, director de la División de Apoyo Científico; Stuart Leonard; Tony Case; el inspector William Warner; el inspector jefe Nick Sloan; el inspector Jason Tingley; el inspector jefe Steve Brookman; el inspector Andrew Kundert; el inspector Roy Apps; el sargento Phil Taylor; Ray Packham y Dave Reed, de la Unidad de Delitos Tecnológicos; Lex Westwood; el sargento James Bowes; la agente Georgie Edge; el inspector Rob Leet; el inspector Phil Clarke; el sargento Mel Doyle; el agente Tony Omotoso; el agente Ian Upperton; el agente Andrew King; el sargento Sean McDonald; el agente Steve Cheesman; el sargento Andy McMahon; el sargento Justin Hambloch; Chris Heaver; Martin Bloomfield; Ron King; Robin Wood; Sue Heard, jefa de prensa y relaciones públicas; Louise Leonard y James Gartrell.

La sargento Tracy Edwards ha sido de una ayuda increíble para que pudiera comprender la realidad del sufrimiento de las víctimas de violación, al igual que Maggie Ellis, de The Lifecentre, y los agentes Julie Murphy y Jonathan Jackson, de la Policía Metropolitana de Londres.

Eoin McLennan-Murray, exdirector de la cárcel de Lewes, y el subdirector, Alan Setterington, me auxiliaron mucho a la hora de trazar el perfil psicológico de mis sospechosos, al igual que Jeanie Civil y Tara Lester, que me ayudaron mucho con el aspecto psicológico de los delincuentes, y el abogado Richard Cherrill. También fue de gran ayuda para entender la psicología de los criminales el doctor Dennis Friedman.

Un agradecimiento especial a Caroline Mayhew, y al equipo del Centro de Noche Saint Patrick's, en particular a Emma Harrington, Theo Abbs y Amanda Lane.

Y, como siempre, le debo un agradecimiento especial y enorme al fantástico equipo del Depósito de Cadáveres de Brighton y Hove: Sean Didcott y Victor Sindon. Y también al doctor Nigel Kirkham; a la arqueóloga forense Lucy Sibun; al doctor Jonathan Pash; al doctor Peter Dean, juez forense; al doctor Benjamin Swift, patólogo forense; al doctor Ben Sharp y a Marian Down.

Gracias a mis espléndidos asesores sobre autismo: Vicky Warren, a quien le debo gran parte de la inspiración para crear a Yac; Gareth Ransome; Tony Balazs; y tanto a la magnífica Sue Stopa, gerente de Hollyrood (residencia para autistas y bastión de la fundación Disabilities Trust) como a su personal y a sus residentes.

Gracias también a Peter Wingate Saul; a Juliet Smith, magistrada jefa de Brighton y Hove; a Paul Grzegorzek; a Abigail Bradley y a Matt Greenhalgh, director de análisis forenses de Orchid Cellmark Forensics; a Tim Moore, a Anne Busbridge, directora general del Hilton Metropole Hotel de Brighton, a Michael Knox-Johnston, director general del Grand Hotel. ¡Y a Graham Lewis, mi especialista en garajes! Un agradecimiento especial a Josephine y Howard Belm, dueños del barco-vivienda

Tom Newbound. Y muy especialmente a Steve Dudman, propietario de la cementera Old Cement Works, cuya amable oferta de enseñarme el recinto me dio la idea para la localización del desenlace. Gracias también a Andy Lang, de Languard Alarms. Y a Phil Mills. Y también a Anne Martin y a Peter Burgess, directora general e ingeniero en jefe del Brighton Pier, respectivamente.

Como siempre, gracias a Chris Webb, de MacService, por mantener vivo mi Mac a pesar de mis abusos. Un agradecimiento muy grande y especial a Anna-Lisa Lindeblad, que ha sido una vez más una incansable y maravillosa editora «no oficial» y que me ha brindado sus comentarios a lo largo de toda la serie de Roy Grace, y a Sue Ansell, cuya gran atención al detalle me ha evitado más de un momento de vergüenza, y a mi magnífica ayudante personal, Linda Buckley.

Profesionalmente, tengo que repetir que tengo un equipo de ensueño: la maravillosa Carole Blake como representante; mis increíbles publicistas, Tony Mulliken, Sophie Ransom y Claire Barnett, de Midas PR; y todo el personal de Macmillan, para el que no tengo espacio. Eso sí, tengo que mencionar a la que fue mi brillante editora, Maria Rejt, ahora directora de Colecciones; a mi editora, Susan Opie; y a mi correctora, Lesley Levene. Y una enorme bienvenida a mi nuevo editor, el magnífico Wayne Brookes.

Como siempre, Helen ha sido mi bastión, alimentándome con paciencia de santa y con su constante sabiduría.

Mis amigos del mundo canino siguen evitando que pierda el juicio. El siempre jovial *Coco* se ha unido a *Oscar* y *Phoebe* bajo mi mesa, impacientes por abalanzarse sobre cualquier página del manuscrito descartada que cae al suelo, para triturarla convenientemente...

Por último, gracias a mis lectores, por el increíble apoyo que me dais. ¡Seguid enviándome *posts* al blog y mensajes de correo electrónico!

PETER JAMES
Sussex, Inglaterra
www.peterjames.com
Buscadme y seguidme en:
http://twitter.com/peterjamesuk

OTROS LIBROS DE PETER JAMES

TRAFICANTES DE MUERTE

La vida de Lynn Barrett se convierte en una pesadilla cuando a su hija Caitlin se le diagnostica un cáncer de hígado terminal. La escasez de órganos hace que incluso candidatos idóneos para un transplante fallezcan mientras esperan que se les pueda realizar la operación. Desesperada, Lynn recurre a un traficante de órganos que encuentra en Internet quien, curiosamente, enseguida le confirma que ha encontrado a una donante perfecta. Entretanto, Roy Grace está trabajando en un caso en que a los restos de tres jóvenes que han aparecido en las profundidades de la costa de Brighton les faltan los órganos vitales... La pista llevará a Grace a Rumanía donde operan las mafias de traficantes de órganos de los que el detective sospecha.

En *Traficantes de muerte*, Peter James ahonda en un tema tan escalofriante como actual: el tráfico de órganos.

«Los amantes de la novela negra que todavía no hayan descubierto a Peter James deberían rectificar esta situación inmediatamente.»
Birmingham Evening Mail

MUERTE PREVISTA

Cuando encuentra un CD de ordenador que alguien ha olvidado en el asiento contiguo del tren en el que viaja, Tom Bryce hace lo que cualquier persona decente haría: lo recoge y cuando llega a casa intenta averiguar a quién pertenece para poder devolvérselo. Sin embargo, su buena fe topará con el horrible contenido: un estremecedor asesinato. En un principio, duda sobre la veracidad de los hechos de los que es testigo, ¿realidad o ficción? Sin embargo, a partir de ese momento, su vida y la de su familia comienzan a correr peligro. Al poco tiempo aparece el cadáver decapitado de una joven cuya identidad se desconoce; la única pista de la que dispondrá la policía será la presencia de un escarabajo oculto entre los restos de la víctima, en lo que parece ser el indicio de un juego macabro. Al frente de la investigación se colocará el peculiar detective Roy Grace, especializado en la resolución de casos que llevan años sin resolver, y cuyo pasado y personales métodos, entre los que se halla su fe en la videncia para la resolución de los crímenes más complicados, le confieren una discutida posición dentro del cuerpo de policía.

Con su maestría habitual, Peter James, atrapa al lector en las páginas de este *thriller* que no descansa, desde la primera hasta la última página, con una trama que esconde todos los alicientes y recursos de la mejor novela policíaca.

CASI MUERTO

Katie Bishop, esposa de un multimillonario hombre de negocios, aparece asesinada de un modo brutal en su lujosa casa de Brighton. Su marido, Brian, está en Londres por asuntos profesionales cuando se produce el crimen; sin embargo y a pesar de una coartada aparentemente sólida, poco a poco las sospechas se ciernen sobre él hasta convertirlo en el único sospechoso. Poco después, otro terrible asesinato golpea su entorno, y de nuevo él es el principal sospechoso: parece culpable. Pero ¿es posible que un hombre esté en dos sitios a la vez?

Al frente de la investigación se coloca el comisario Roy Grace, cuyo instinto, desde un primer momento, le dirá que algo en la historia de los Bishop no encaja. Todas las pruebas —algunas de ellas parecen incontestables— señalan que Brian es el asesino que buscan..., pero los métodos de Grace siempre llegan más allá de las apariencias. Por otra parte, la investigación se verá alterada cuando el comisario reciba una llamada desde Múnich. En ella le informan de que acaban de ver a su mujer —desaparecida en extrañas circunstancias hace diez años— paseando por esa ciudad alemana.

Entre dos aguas, Roy Grace tendrá que decidir si aparcar sus sentimientos y centrarse en desentrañar el asesinato de Katie Bishop, así como en su actual vida, o si viajar a ese pasado, que casi ya no le pertenece, para perseguir el fantasma de su esposa.

Una muerte sencilla

Primera novela de la serie de misterio del detective Roy Grace, un hombre atormentado por el recuerdo de su mujer muerta.

Grace recibe una llamada de auxilio de Ashley Harper, una joven que, tres días antes de su boda, no sabe dónde está su prometido. Para colmo, algunos amigos de éste han aparecido muertos. Algo extraño ha sucedido durante la despedida de soltero, pero la única persona que sabe algo no tiene intención de hablar al menos de momento. Quizás encuentre alguna razón para explicar lo que sabe, un motivo que nadie imagina; ya se sabe que la desgracia para uno es la fortuna para otro.

Este libro utiliza el tipo Aldus, que toma su nombre
del vanguardista impresor del Renacimiento
italiano Aldus Manutius. Hermann Zapf
diseñó el tipo Aldus para la imprenta
Stempel en 1954, como una réplica
más ligera y elegante del
popular tipo
Palatino

***

**

*

Tan muerto como tú se acabó de imprimir
en un día de verano de 2011,
en los talleres gráficos de Egedsa
Roís de Corella, 12-16, nave 1
Sabadell (Barcelona)

***

**

*